Des gens plus jeunes que moi m'ont demandé : Pourquoi n'as-tu pas paniqué? Pourquoi *personne* n'a-t-il paniqué? Il n'y a pas eu d'émeutes, de pillages? Pourquoi votre génération a-t-elle laissé faire, pourquoi vous êtes-vous tous laissés entrer dans le Spin sans même un murmure de protestation?

Il m'arrive de répondre : *Mais il s'est passé des choses terribles.*

Il m'arrive aussi de répondre : *Mais nous ne comprenions pas. Et qu'aurions-nous pu y faire ?*

Il m'arrive aussi de répondre par la parabole de la grenouille. Lâchez une grenouille dans de l'eau bouillante, elle en sortira aussitôt d'un bond. Placez-la dans une casserole d'eau tiède que vous mettez à chauffer à feu doux, et la grenouille mourra avant de se rendre compte du problème.

SPIN

DU MÊME AUTEUR
DANS LA MÊME COLLECTION

Darwinia
Les Chronolithes
Blind Lake

ROBERT CHARLES WILSON

SPIN

ROMAN TRADUIT DE L'ANGLAIS (CANADA)
PAR GILLES GOULLET

LUNES D'ENCRE
DENOËL

Collection LUNES D'ENCRE
Sous la direction de Gilles Dumay

Titre original : *Spin*

4×10^9 ap. J.-C.

Tout le monde tombe, et nous atterrissons tous quelque part.

Nous avons donc loué une chambre au troisième étage d'un hôtel de style colonial de Padang, où personne ne nous remarquerait avant un moment.

Neuf cents euros par nuit nous ont permis d'obtenir tranquillité et balcon avec vue sur l'océan Indien. Par beau temps, ce dont on ne manquait pas depuis quelques jours, on apercevait la partie la plus proche de l'Arc : une ligne verticale couleur de nuage qui ne cessait de s'élever sur l'horizon jusqu'à disparaître dans une brume bleue. Un spectacle impressionnant, même si on ne voyait en réalité, de la côte ouest de Sumatra, qu'une fraction de l'Arc tout entier. Son pilier le plus éloigné plongeait jusqu'aux pics sous-marins de la crête Carpenter, à plus de mille kilomètres de là, enjambant la faille de Mentawai comme une alliance lâchée à la verticale dans une flaque peu profonde. Sur la terre ferme, l'Arc serait allé de Bombay, sur la côte orientale de l'Inde, à Madras, sur la côte occidentale. Ou disons, très grossièrement, de New York à Chicago.

Diane avait passé la majeure partie de l'après-midi sur le balcon, transpirant à l'ombre d'un parasol rayé aux couleurs passées. La vue la fascinait, et qu'elle puisse encore y prendre un tel plaisir — après tout ce qu'il s'était passé — me ravissait et me soulageait à la fois.

Je l'ai rejointe au crépuscule. Le coucher du soleil était le meilleur moment de la journée.

Le long de la côte, un cargo se dirigeait vers Teluk Bayur, le port de Padang, tel un collier de perles lumineuses glissant sans peine dans l'obscurité du large. Le pilier le plus proche de l'Arc luisait comme un clou d'un rouge lustré épinglant le ciel à la mer. Nous avons regardé l'ombre de la Terre monter sur ce pilier tandis que la nuit tombait sur la ville.

C'était une technologie, comme dit la célèbre citation, « impossible à distinguer de la magie ». Comment, sinon par magie, l'air et la mer pourraient-ils s'écouler sans interruption du golfe du Bengale à l'océan Indien là où un navire de surface se voyait transporter vers des ports bien plus singuliers ? Quel miracle de l'ingénierie permettrait à une structure de mille kilomètres de rayon de ne pas s'effondrer sous son propre poids ? De quoi était-elle constituée, et comment accomplissait-elle ce qu'elle accomplissait ?

Peut-être seul Jason Lawton aurait-il pu répondre à ces questions. Mais Jason n'était pas avec nous.

Diane restait tranquillement allongée dans un transat, son bain de soleil jaune et son chapeau de paille d'une largeur comique réduits à des géométries d'ombre par la nuit tombante. Elle avait la peau claire, lisse, noisette. Les dernières lueurs du jour jetaient un reflet très séduisant dans son regard, mais son expression restait prudente — cela n'avait pas changé.

Elle a levé la tête vers moi. « Depuis ce matin, tu n'arrêtes pas de t'agiter.

— Je songe à écrire quelque chose, ai-je répondu. Avant que ça commence. Une espèce d'autobiographie.

— Tu as peur de ce que tu pourrais perdre ? Sois raisonnable, Tyler. Ce n'est pas comme si ta mémoire allait se vider. »

Se vider, non, mais peut-être se brouiller, s'atténuer, se délayer. Les autres effets secondaires du médicament étaient temporaires et supportables, mais la possibilité d'une perte de mémoire me terrifiait.

« De toute manière, a-t-elle ajouté, la balance penche de ton côté. Tu le sais aussi bien que moi. Il y a bel et bien un risque... mais ce n'est qu'un *risque*, et très minime. »

Que cela se soit produit dans son cas était d'ailleurs peut-être pour le mieux.

« Quand même, je me sentirais plus à l'aise en écrivant quelque chose.

— Tu n'es pas obligé de continuer si tu n'en as pas envie. Quand tu seras prêt, tu le sentiras.

— Non, je veux le faire. » Je le pensais, du moins.

« Alors, il faut commencer ce soir.

— Je sais. Mais au cours des prochaines semaines...

— Tu n'auras sans doute pas envie d'écrire.

— Sauf si je ne peux pas m'en empêcher. » La graphomanie était l'un des effets secondaires éventuels les moins inquiétants.

« On en reparlera quand tu seras pris de nausées. » Elle m'a adressé un sourire de consolation. « J'imagine qu'on a tous quelque chose qu'on craint de laisser filer. »

C'était un commentaire troublant, un commentaire auquel je n'avais pas envie de réfléchir.

« Écoute, a-t-elle dit, on devrait peut-être commencer. »

La piscine de l'hôtel, trois étages plus bas, assaisonnait d'un soupçon de chlore l'air chargé d'une odeur tropicale. Padang, devenu port international important, accueillait de nombreux étrangers : des Indiens, des Philippins, des Coréens et même quelques Américains égarés comme Diane et moi, tous dépourvus des moyens financiers nécessaires aux transits de luxe et des qualifications requises pour les programmes d'implantation territoriale approuvés par les Nations unies. La ville était animée mais souvent livrée à l'anarchie, surtout depuis que le Nouveau Reformasi avait pris le pouvoir à Jakarta.

Mais l'hôtel était sûr et les étoiles se montraient dans toute leur splendeur dispersée. Rien ne brillait davantage dans le ciel que le sommet de l'Arc, délicat U chromé écrit à l'envers par un dieu dyslexique. La main dans la main, Diane et moi l'avons observé se fondre dans le noir.

« À quoi tu penses ? m'a-t-elle demandé.

— À la dernière fois où j'ai vu nos bonnes vieilles constellations. » La Vierge, le Lion, le Sagittaire : lexique d'astrologue réduit à quelques notes de bas de page dans les manuels d'histoire.

« Mais elles auraient eu une forme différente, ici, non ? Dans l'hémisphère Sud, je veux dire ? »

J'ai répondu que je le croyais.

Puis, dans l'obscurité totale de la nuit, nous sommes rentrés dans la chambre. J'ai allumé les lampes tandis que Diane baissait les stores puis déballait le kit d'injection que je lui avais appris à utiliser. Elle a empli la seringue stérile et, les sourcils froncés, en a tapoté le corps pour chasser une bulle. Son expression semblait professionnelle, mais sa main tremblait.

J'ai ôté ma chemise et me suis allongé sur le lit.

« Tyler... »

D'un coup, c'était elle qui hésitait. « Pas d'atermoiements, ai-je tranché. Je sais ce qui m'attend. Et nous en avons parlé dix fois. »

Elle a hoché la tête et m'a désinfecté la saignée du bras avec un peu d'alcool. Sa main droite tenait la seringue, l'aiguille vers le haut. La petite quantité de liquide semblait aussi innocente que de l'eau.

« Cela remonte à loin, a-t-elle dit.

— Quoi donc ?

— Cette dernière fois où nous avons regardé les étoiles.

— Je suis content que tu t'en souviennes.

— Évidemment que je m'en souviens. Serre le poing, maintenant. »

La douleur était dérisoire. Du moins au début.

La Grande Maison

J'avais douze ans, et les jumeaux treize, la nuit où les étoiles ont disparu dans le ciel.

Par cette soirée d'octobre, deux semaines avant Halloween, nous étions tous les trois consignés au sous-sol de la demeure des Lawton — la Grande Maison, comme nous l'appelions — jusqu'à la fin d'une réception réservée aux adultes.

Ce confinement ne nous gênait en rien. Il ne gênait pas Diane et Jason, qui aimaient passer au sous-sol le plus clair de leur temps, et il ne me gênait certainement pas, moi. Leur père avait défini une frontière stricte entre les zones adultes et enfants de la demeure, mais nous disposions d'une plate-forme de jeux haut de gamme, de disques, de films et même d'une table de billard... sans le moindre adulte pour nous surveiller, sinon un des traiteurs habituels, une Mme Truall, qui descendait environ toutes les heures éviter la corvée de petits-fours en nous donnant les dernières nouvelles de la fête. (Un employé de Hewlett-Packard s'était déshonoré avec l'épouse d'un chroniqueur du *Post*. Un sénateur ivre occupait le cabinet de travail.) Il ne nous manquait, d'après Jason, que le silence (la musique de danse traversant le plafond semblait les battements d'un cœur d'ogre) et le ciel.

Le silence et le ciel : typiquement, Jase avait décidé vouloir les deux.

Nés à quelques minutes d'intervalle, Diane et Jason étaient

de toute évidence davantage frère et sœur que jumeaux : seule leur mère les désignait d'ailleurs par ce terme. Jason affirmait qu'ils étaient le produit de « la pénétration d'ovules de charge opposée par du sperme dipolaire ». Diane, qui disposait d'un QI presque aussi impressionnant que Jason mais tenait davantage son vocabulaire en laisse, comparait son frère et elle à « deux prisonniers différents échappés de la même cellule ».

Ils m'impressionnaient l'un comme l'autre.

Jason, à treize ans, jouissait non seulement d'une intelligence effrayante mais d'une bonne forme physique : vigoureux sans être particulièrement musclé, il se débrouillait plutôt bien en athlétisme. Il mesurait déjà près d'1,80 m, avec une silhouette très élancée et un sourire en coin qui compensait son visage emprunté. Il avait, à l'époque, des cheveux blonds et raides.

Moins grande de douze ou treize centimètres, Diane ne paraissait rondelette et de complexion plus sombre que par comparaison avec son frère. Elle avait le teint clair, sauf autour des yeux, où de multiples taches de rousseur lui donnaient l'air d'avoir les paupières tombantes : elle appelait cela son *masque de raton laveur*. Ce que je préférais chez elle — et j'atteignais un âge auquel ces détails prenaient une importance indéniable bien que mal comprise —, c'était son sourire. Elle souriait peu, mais de manière spectaculaire. Convaincue (à tort) d'avoir les dents trop proéminentes, elle avait pris l'habitude de se cacher la bouche lorsqu'elle riait. J'aimais la faire rire, mais c'était de son sourire dont j'avais soif en secret.

La semaine précédente, le père de Jason lui avait offert de coûteuses jumelles astronomiques. Après les avoir tripotées toute la soirée, pour les braquer sur l'affiche d'agence de voyages fixée sous cadre au-dessus du téléviseur ou prétendre espionner Cancún depuis notre banlieue de Washington, Jason a fini par se lever en disant : « Il faut qu'on aille regarder le ciel.

— Non, a aussitôt répondu Diane. Il fait froid dehors.
— Mais le ciel est dégagé. Pour la première fois de la semaine. Et le temps est juste un peu frisquet.
— Ce matin, il y avait de la glace sur la pelouse.
— De la gelée blanche, a contré Jason.
— Il est minuit passé.
— C'est vendredi soir.
— On n'est pas censés quitter le sous-sol.
— On n'a pas le droit de gêner la fête. Personne ne nous a interdit d'aller dehors. Personne ne nous verra, au cas où tu aurais peur de te faire prendre.
— Ce n'est pas ce qui me fait peur.
— Alors c'est *quoi* ?
— De t'écouter jacasser pendant que je me gèle les pieds. »

Jason s'est tourné vers moi. « Et toi, Tyler ? Tu veux voir le ciel ? »

Les jumeaux me demandaient souvent d'arbitrer leurs différends, à mon grand déplaisir. Impossible de donner une réponse inoffensive à sa question : me ranger aux côtés de Jason risquait de m'aliéner Diane, mais prendre parti pour elle aurait l'air... eh bien, évident. « Je ne sais pas trop, Jase. Il fait quand même assez froid, dehors... »

C'est Diane qui m'a sauvé la mise. Elle a posé la main sur mon épaule en disant : « T'inquiète. Mieux vaut un peu d'air frais que l'écouter se plaindre. »

Nous avons donc pris nos blousons dans le couloir du sous-sol avant de sortir par la porte de derrière.

La Grande Maison n'était pas aussi imposante que le laissait penser le surnom dont nous l'avions affublée, même si, en superficie bâtie ou non, la propriété se situait au-dessus de la moyenne de ce quartier assez huppé. Une large pelouse impeccable s'étendait jusque derrière la demeure, où elle cédait la place à un massif de pins non cultivés bordé d'un ruisseau à peine pollué. C'est un endroit à mi-chemin de ces bois que Jason a choisi pour observer les étoiles.

Le mois d'octobre était resté agréable jusqu'à la veille, où un front froid avait brisé l'échine de l'été indien. Diane a frissonné avec ostentation en se mettant les mains sous les aisselles, mais uniquement pour embêter Jason. La nuit était juste fraîche, pas désagréable. Le ciel était d'une pureté de cristal et l'herbe à peu près sèche, même s'il y aurait peut-être à nouveau de la gelée blanche au matin. Pas de lune ni le moindre petit bout de nuage. Illuminée comme un bateau à vapeur du Mississippi, la Grande Maison projetait une intense lumière jaune sur la pelouse, mais nous savions d'expérience que par de telles nuits, se tenir à l'ombre d'un arbre suffisait à vous faire disparaître complètement, comme dans un trou noir.

Jason s'est allongé et a braqué ses jumelles sur le ciel étoilé.

Je me suis assis jambes croisées à côté de Diane et l'ai regardée sortir de la poche de son blouson une cigarette qu'elle devait avoir volée à sa mère. (Carol Lawton, cardiologue et soi-disant ex-fumeuse, cachait des paquets de cigarettes dans sa commode, dans son bureau et dans un tiroir de la cuisine. Je le tenais de ma mère.) Elle se l'est glissée entre les lèvres, l'a allumée avec un briquet rouge translucide — la flamme a été un instant le point le plus lumineux des environs — avant d'exhaler un panache de fumée qui a tourbillonné avec vivacité dans le noir.

Elle a surpris mon regard. « Tu veux une taffe ?

— Il a douze ans, est intervenu Jason. Il a assez de problèmes comme ça. Il n'a pas besoin d'un cancer des poumons.

— Bien sûr », j'ai dit. C'était une question d'honneur, maintenant.

Amusée, Diane m'a passé la cigarette. J'ai tiré dessus timidement et suis parvenu à ne pas m'étouffer.

Elle a repris la cigarette. « Ne t'emballe pas.

— Tyler, a dit Jason, tu t'y connais un peu en étoiles ? »

J'ai inspiré une goulée d'air froid et propre. « Bien sûr.

— Je ne parle pas de ce que tu as appris en lisant ces livres de poche. Tu connais des *noms* d'étoiles ? »

J'ai rougi en espérant qu'il ne s'en apercevrait pas dans l'obscurité. « Arcturus, ai-je cité. Alpha du Centaure. Sirius. L'étoile Polaire...

— Et laquelle, a demandé Jason, est celle des Klingons ?

— Ne sois pas méchant », a reproché Diane.

Les jumeaux étaient d'une intelligence précoce. Je n'avais rien d'un idiot, mais eux et moi ne jouions pas dans la même division, ce qu'aucun de nous n'ignorait. Ils fréquentaient une école pour enfants exceptionnels, quand j'allais en bus dans un établissement public. C'était l'une des quelques différences évidentes entre nous. Eux vivaient dans la Grande Maison, ma mère et moi dans une petite maison de plain-pied tout à l'est de la propriété ; leurs parents poursuivaient de brillantes carrières, ma mère nettoyait leur maison. D'une manière ou d'une autre, nous parvenions à admettre ces différences sans les laisser se dresser entre nous.

« D'accord, a fait Jason. Tu peux nous montrer l'étoile Polaire ? »

L'étoile qui indiquait le nord. J'avais lu une chanson d'esclaves en fuite dans un livre sur l'esclavage et la guerre de Sécession :

Au retour du soleil et au premier cri de la caille
Suis la Calebasse
Le vieillard attend pour t'emporter vers la liberté
Lorsque tu suis la Calebasse

« Au retour du soleil » désignait le solstice d'hiver. L'hiver de la caille, dans le Sud. La Calebasse, c'était la Grande Ourse, dont l'extrémité la plus large pointait vers la Polaire, le nord, la direction de la liberté. J'ai trouvé la Grande Ourse et agité la main dans ce que j'espérais être la bonne direction.

« Tu vois ? » a dit Diane à Jason, comme si je venais de prouver quelque chose dans une dispute dont ils n'avaient pas pris la peine de m'informer.

« Pas mal, a reconnu Jason. Une comète, tu sais ce que c'est ?

— Oui.

— Tu veux en voir une ? »

J'ai hoché la tête et me suis allongé près de lui, en regrettant d'avoir encore dans la bouche le goût âcre de la cigarette de Diane. Jason m'a montré comment m'appuyer sur les coudes avant de me laisser tenir les jumelles devant mes yeux et les régler jusqu'à ce que les étoiles deviennent des ovales flous puis des piqûres d'épingles, bien plus nombreuses que je n'en voyais à l'œil nu. J'ai panoramiqué jusqu'à trouver, ou penser avoir trouvé, la tache que Jason m'avait désignée : un minuscule nœud phosphorescent sur l'implacable ciel noir.

« Une comète, c'est... a commencé Jason.

— Je sais : une espèce de boule de neige sale qui tombe vers le Soleil.

— On peut dire ça. » Son ton était dédaigneux. « Tu sais d'où sortent les comètes, Tyler ? Elles viennent du système solaire extérieur, d'une espèce de halo glacé entourant le Soleil depuis l'orbite de Pluton jusqu'à mi-chemin de l'étoile la plus proche. Il y fait plus froid que tu ne peux l'imaginer. »

J'ai hoché la tête, un peu mal à l'aise. J'avais assez lu de science-fiction pour appréhender la grandeur proprement indicible du ciel nocturne. J'aimais y penser de temps en temps, même si cela pouvait s'avérer — au mauvais moment de la nuit, quand on n'entendait plus le moindre bruit dans la maison — un peu intimidant.

« Diane ? a appelé Jason. Tu veux regarder ?

— Je suis obligée ?

— Non, bien sûr que non. Tu peux rester là à t'enfumer les poumons et à baver, si tu préfères.

— Gros malin. » Elle a écrasé la cigarette dans l'herbe et a tendu la main. Je lui ai passé les jumelles.

« Mais prends-en bien soin. » Jason était amoureux fou de ses jumelles. Elles sentaient encore le plastique d'emballage et le polystyrène expansé.

Elle a fait le point et levé les yeux. Il y a eu un moment de silence. Puis elle a dit : « Vous savez ce que je vois quand j'utilise ces trucs-là pour regarder les étoiles ?

— Non, quoi ?

— Toujours les mêmes bonnes vieilles étoiles.

— Sers-toi de ton imagination. » Il semblait sincèrement mécontent.

« Si je peux me servir de mon imagination, je n'ai pas besoin de jumelles.

— Je veux dire, pense à ce que tu regardes.

— Oh », a-t-elle dit. Puis : « Oh ! *Oh*, Jason, je vois...

— Quoi ?

— Je crois que... oui... c'est Dieu ! Il a une longue barbe blanche ! Il brandit une pancarte ! Et sur cette pancarte, il y a écrit... JASON EST UN GROS NUL !

— Très drôle. Rends-les-moi, si tu ne sais pas comment t'en servir. »

Il a tendu la main mais elle l'a ignoré. Elle s'est redressée et a braqué les jumelles sur les fenêtres de la Grande Maison.

La fête avait commencé en fin d'après-midi. D'après ma mère, les réceptions des Lawton étaient de « coûteuses causeries pour gros bonnets d'entreprise », mais vu son sens aigu de l'hyperbole, il convenait de prendre cette affirmation un ton ou deux en dessous. D'après Jason, la plupart des invités étaient des étoiles montantes de l'aérospatiale ou du personnel politique. Non l'habituelle bonne société de Washington, mais des personnes aisées fraîchement arrivées de l'ouest du pays et bien introduites dans l'industrie de la défense. E.D. Lawton, le père de Jason et de Diane, organisait ce genre de fêtes tous les trois ou quatre mois.

« Rien à signaler, a annoncé Diane derrière les deux ovales des jumelles. Au rez-de-chaussée, ça danse et ça boit. Ça boit plus que ça danse, maintenant. Mais j'ai l'impression que la cuisine va fermer. Les traiteurs ont l'air de se préparer à partir. Les rideaux sont tirés dans le cabinet de travail. E.D. est dans la bibliothèque avec deux types en costard. Berk ! Y en a un qui fume le cigare.

— Votre dégoût ne semble pas sincère, Mme Marlboro », a persiflé Jason.

Elle a continué à répertorier les fenêtres visibles tandis que Jason se penchait sur moi : « Montre-lui l'univers, m'a-t-il chuchoté, et elle préférera espionner ce qu'il se passe dans un dîner. »

Je n'ai pas su que répondre. Comme presque toujours, ce que disait Jason semblait spirituel et plus intelligent que tout ce que je pourrais trouver à dire.

« Ma chambre, a poursuivi Diane. Vide, Dieu merci. Celle de Jason, vide, à part l'exemplaire de *Penthouse* sous le matelas...

— Ce sont de bonnes jumelles, mais quand même.

— La chambre de Carol et d'E.D., vide ; la chambre d'amis...

— Oui ? »

Mais Diane n'a pas répondu. Elle est restée complètement immobile, les jumelles devant les yeux.

« Diane ? » ai-je appelé.

Elle est restée silencieuse quelques secondes de plus. Puis elle a frémi, s'est retournée et a lancé — *jeté* — les jumelles à Jason, qui a protesté mais sans paraître comprendre que Diane avait vu quelque chose de perturbant. J'allais lui demander si tout allait bien...

Lorsque les étoiles ont disparu.

Ce n'était pas grand-chose.

Les gens le disent souvent, ceux qui ont assisté au phénomène. Ce n'était pas grand-chose. Je suis d'accord, et je parle en tant que témoin. Je regardais le ciel pendant que Diane et Jason se chamaillaient. Il n'y a rien eu sinon une brève et étrange lueur qui m'a laissé dans les yeux l'image rémanente des étoiles en une froide phosphorescence verte. J'ai battu des paupières. Jason a demandé : « Qu'est-ce que c'était ? Un éclair ? » et Diane n'a pas pipé mot.

« Jason... » ai-je dit en battant toujours des paupières.

« Quoi ? Diane, je te jure que si tu as fendu une lentille...

— Ferme-la », a répliqué Diane.

Et moi : « Arrêtez. *Regardez.* Où sont passées les étoiles ? »

Ils ont tous deux levé la tête vers le ciel.

De nous trois, seule Diane était disposée à croire que les étoiles venaient bel et bien de s'« éteindre », comme des chandelles dans le vent. Impossible, a maintenu Jason : la lumière de ces étoiles avait traversé cinquante, cent ou même cent millions d'années-lumière, suivant le cas ; elles ne pouvaient sûrement pas avoir cessé de briller les unes après les autres, en un ordre extrêmement précis conçu pour sembler simultané aux Terriens. De toute manière, ai-je fait remarquer, le Soleil était lui aussi une étoile, et il continuait à briller, du moins de l'autre côté de la planète... à moins que ?

« Bien sûr. Sinon, a dit Jason, on sera tous morts de froid au matin. »

La logique voulait donc que les étoiles continuent à briller, mais sans qu'on les voie. Elles n'avaient pas cessé de briller, elles étaient juste masquées, éclipsées. Si le ciel se retrouvait soudain d'un noir d'ébène, il s'agissait d'un mystère, non d'une catastrophe.

Une partie du commentaire de Jason me trottait pourtant dans le crâne. Et si le Soleil avait bel et bien disparu ? Je me suis représenté de la neige tombant doucement dans des ténèbres perpétuelles, avec ensuite, ai-je deviné, l'air lui-même gelant en une neige différente, jusqu'à ce que toute la civilisation humaine se retrouve enfouie dans la matière que nous respirons. Et donc, il valait mieux, oh, bien mieux, supposer que les étoiles avaient été « éclipsées ». Mais par quoi ?

« Eh bien, de toute évidence, par quelque chose de gros.

De rapide. Tu l'as vu se produire, Tyler. C'est arrivé d'un coup, ou est-ce que quelque chose a traversé le ciel ? »

Je lui ai répondu qu'on aurait dit que toutes les étoiles s'étaient mises d'un coup à briller plus fort avant de s'éteindre.

« Au diable ces putains d'étoiles stupides », s'est emportée Diane. (Cela m'a surpris : Diane n'avait pas l'habitude d'utiliser le mot « putain », même si Jase et moi en faisions un usage assez libre depuis que nous avions un âge à deux chiffres. Beaucoup de choses avaient changé durant l'été.)

Jason a senti l'angoisse dans la voix de sa sœur. « Je ne pense pas qu'il y ait quoi que ce soit à craindre », a-t-il dit, sans parvenir pour autant à cacher son malaise.

Diane s'est contentée d'une grimace. « J'ai froid », a-t-elle annoncé.

Nous avons donc décidé de rentrer dans la Grande Maison voir si CNN ou CNBC parlaient du phénomène. Le ciel était déconcertant avec cette obscurité totale, lourd mais sans poids au-dessus de nos têtes, plus noir que tous les ciels que j'avais jamais vus.

« Il faut le dire à E.D., a estimé Jason.

— Alors dis-lui », a répliqué Diane.

Jase et Diane appelaient leurs parents par leurs prénoms parce que Carol Lawton s'imaginait à la tête d'une maisonnée progressiste. La réalité était plus complexe. Carol se montrait indulgente avec les jumeaux mais ne semblait guère prendre part à leur vie, tandis qu'E.D. se livrait à la formation systématique d'un héritier. Cet héritier, bien entendu, était Jason. Celui-ci adorait son père. Diane, elle, le craignait.

Je n'étais pas assez bête pour me montrer dans la zone adulte au cours des reliquats alcoolisés d'une fête des Lawton, aussi Diane et moi avons-nous traîné dans la zone démilitarisée derrière une porte tandis que Jason allait retrouver son père dans une pièce adjacente. Nous n'avons pas entendu la conversation en détail, mais on ne pouvait se méprendre sur le ton de la voix d'E.D. : affligée, impatiente et irascible. Lorsque Jason est redescendu au sous-sol le visage rouge et les larmes aux yeux, j'ai dit au revoir et me suis dirigé vers la porte de derrière.

Diane m'a rattrapé dans le couloir. Elle a posé la main sur mon poignet comme pour s'accrocher à quelque chose. « Tyler. Il va se lever, n'est-ce pas ? Le soleil, je veux dire, demain matin. Je sais bien que c'est une question stupide. Mais le soleil *va* se lever, hein ? »

Elle semblait complètement dépassée. J'ai commencé à répondre de manière désinvolte — *on va tous mourir s'il ne se lève pas* — mais son angoisse a fait naître le doute en moi. Qu'avions-nous vu au juste, et qu'est-ce que cela signifiait ? Jason n'avait manifestement pas pu convaincre son père qu'un événement d'importance s'était produit dans le ciel nocturne, aussi nous effrayions-nous peut-être pour rien. Mais s'il s'agissait bel et bien de la fin du monde et que personne d'autre ne le sache ?

« Tout ira bien », ai-je affirmé.

Elle m'a regardé entre deux mèches de cheveux ternes. « Tu en es sûr ? »

J'ai essayé de sourire. « À 90 %.

— Mais tu vas rester debout jusqu'au matin, non ?

— Peut-être. Sans doute. » Je savais que je n'avais pas envie de dormir.

Elle a tendu le pouce et l'auriculaire. « Je peux t'appeler plus tard ?

— Bien sûr.

— Ça m'étonnerait que je dorme. Et... je sais bien que je vais avoir l'air idiote, mais au cas où je m'endorme, tu veux bien m'appeler dès que le soleil se lèvera ? »

J'ai répondu que je le ferais.

« Promis ?

— Promis. »

J'étais aux anges qu'elle me l'ait demandé.

Je vivais avec ma mère dans une jolie maison à bardeaux située à l'extrémité est de la propriété des Lawton. Une petite roseraie clôturée de rambardes en pin cernait le perron — les roses elles-mêmes avaient fleuri jusque bien avant dans l'automne mais s'étaient flétries dans la récente vague d'air froid. Par cette nuit sans lune, sans nuages et sans étoiles, la lumière du porche brillait telle une balise.

Je suis entré tout doucement. Ma mère s'était retirée depuis longtemps dans sa chambre. Le petit salon était en ordre, à part un verre à liqueur vide sur la table basse : ma mère ne buvait jamais, sauf un peu de whisky le week-end. Elle avait coutume de se reconnaître deux vices, dont un petit verre le vendredi soir. (Un jour, je lui avais demandé quel était l'autre. Elle m'avait longuement regardé avant de répondre : « Ton père. » Je n'avais pas insisté.)

Je me suis allongé avec un livre sur le canapé vide et j'ai lu jusqu'à ce que Diane appelle, moins d'une heure plus tard. Sa première parole a été : « T'as allumé la télé ?

— Je devrais ?

— Pas la peine. Il n'y a rien.

— Ben tu sais, il est quand même deux heures du matin.

— Non, je veux dire, il n'y a absolument rien. À part des publireportages sur le câble local, rien du tout. Qu'est-ce que cela veut dire, Tyler ? »

Cela signifiait que tous les satellites en orbite avaient disparu avec les étoiles. Qu'ils aient servi aux télécommunications, à l'armée, aux services météorologiques ou au système GPS, tous avaient cessé de fonctionner en un clin d'œil. Mais je n'en savais rien et ne pouvais donc pas l'expliquer à Diane. « Cela pourrait vouloir dire plein de trucs.

— Je trouve ça un peu effrayant.

— Il n'y a sans doute pas de quoi s'inquiéter.

— J'espère. Je suis contente que tu sois toujours debout. »

Elle a rappelé une heure après avec d'autres informations.

Internet ne fonctionnait plus non plus. La télévision locale avait commencé à annoncer l'annulation des vols du matin au départ de l'aéroport Reagan et des aéroports régionaux, en conseillant aux gens d'appeler avant de s'y rendre.

« Mais il y a eu des avions à réaction toute la nuit. » J'avais vu leurs feux de position par la fenêtre de ma chambre, des fausses étoiles, en mouvement rapide. « Des militaires, j'imagine. Ça pourrait être un coup des terroristes.

— Jason est dans sa chambre avec une radio. Il capte des stations de Boston et de New York. D'après lui, on parle d'activités militaires et d'aéroports fermés, mais ni de terroristes... ni des étoiles.

— Des gens ont bien dû s'apercevoir de quelque chose.

— Dans ce cas, ils n'en parlent pas. On leur a peut-être *interdit* d'en parler. Ils n'ont pas parlé non plus du lever du soleil.

— Pourquoi en parleraient-ils ? Le soleil est censé se lever dans quoi, une heure ? Il est donc déjà en train de se lever sur l'océan. Loin sur l'Atlantique. Les navires en mer ont dû le voir. Et *nous*, nous le verrons sous peu.

— J'espère. » Elle semblait à la fois effrayée et embarrassée. « J'espère que tu as raison.

— Tu verras.

— J'aime ta voix, Tyler. Je te l'ai déjà dit ? Tu as une voix très rassurante. »

Même si je ne racontais que des conneries.

Le compliment m'a toutefois davantage affecté que je ne souhaitais le lui laisser savoir. J'y ai pensé lorsqu'elle a raccroché. Je me le suis rejoué en esprit pour profiter de la sensation de chaleur qu'il suscitait en moi. Et je me suis demandé ce que cela signifiait. Diane avait un an de plus que moi et était trois fois plus mûre... alors pourquoi ressentais-je soudain un tel besoin de la protéger, pourquoi souhaitais-je l'avoir près de moi pour pouvoir lui caresser le visage en lui promettant que tout irait bien ? Cette énigme se révélait presque aussi pressante et presque aussi dérangeante que ce qu'il était arrivé au ciel.

Elle m'a appelé à nouveau à cinq heures moins dix, à un moment où, malgré moi, j'avais presque sombré tout habillé dans le sommeil. J'ai fouillé dans la poche de ma chemise pour en extraire le téléphone. « Allô ?

— Ce n'est que moi. Il fait toujours nuit, Tyler. »

J'ai jeté un coup d'œil par la fenêtre. Oui. Nuit. Puis j'ai regardé le réveil. « Ce n'est pas encore tout à fait l'aube, Diane.

— Tu dormais ?

— Non.

— Mais si. Veinard. Il fait encore nuit. Et froid. J'ai regardé le thermomètre sur le rebord de la fenêtre de la cuisine. 2 °C. C'est normal qu'il fasse si froid ?

— On avait la même température hier matin. Personne ne dort, chez toi ?

— Jason s'est enfermé dans sa chambre avec sa radio. Mes, euh, parents, sont, euh, je pense qu'ils récupèrent de la fête. Ta mère est levée ?

— Pas si tôt. Pas le week-end. » J'ai jeté un coup d'œil nerveux par la fenêtre. À cette heure, il devrait sûrement y avoir un peu de lumière dans le ciel. Rien qu'un soupçon de jour aurait paru réconfortant.

« Tu ne l'as pas réveillée ?

— Qu'est-ce que cela aurait changé, Diane ? Elle aurait fait revenir les étoiles ?

— J'imagine que non. » Elle s'est tue un instant. « Tyler.

— Je suis là.

— Quelle est la première chose dont tu te souviennes ?

— Tu veux dire... aujourd'hui ?

— Non. La première chose dont tu te rappelles de ta **vie.** Je sais que c'est une question stupide, mais je pense que ça me fera du bien de ne pas parler du ciel pendant cinq ou dix minutes.

— Mon premier souvenir ? » J'y ai réfléchi. « Ça doit remonter à Los Angeles, avant qu'on déménage dans l'Est. » À l'époque où mon père vivait encore et travaillait pour E.D. Lawton dans leur start-up de Sacramento. « On avait un appartement avec de grands rideaux blancs dans la chambre. La première chose dont je me souvienne vraiment est de regarder ces rideaux bouger dans le vent. Il y avait du soleil, la fenêtre était ouverte et la brise entrait. » Je ne m'attendais pas à trouver ce souvenir si poignant, comme un rivage en train de disparaître dans le lointain. « Et toi ? »

Le premier souvenir de Diane remontait aussi à Sacramento, mais était très différent. E.D. avait emmené ses enfants visiter l'usine, plaçant déjà Jason dans son rôle d'héritier putatif. Les énormes espars perforés sur le sol de l'usine, les bobines de tissu d'aluminium microfin grandes comme des maisons et le bruit incessant avaient fasciné Diane. Tout paraissait si grand qu'elle s'attendait presque à trouver un géant de conte de fées enchaîné au mur et prisonnier de son père.

Ce n'était pas un souvenir agréable. Elle se sentait, m'a-t-elle confié, tenue à l'écart, presque perdue, abandonnée dans une énorme et terrifiante machinerie de construction.

Nous en avons discuté un petit moment. Puis Diane a dit : « Regarde le ciel. »

J'ai jeté un coup d'œil par la fenêtre. De la lumière débordait de l'horizon à l'ouest en quantité suffisante pour transformer l'obscurité en bleu-noir.

Je n'ai pas voulu avouer à quel point cela me soulageait.

« Faut croire que t'avais raison », a-t-elle dit, soudain pleine d'entrain. « Le soleil se lève, après tout. »

Bien entendu, ce n'était pas vraiment le soleil. Nous avions affaire à un imposteur, à un faux ingénieux. Mais nous n'en savions encore rien.

Atteindre l'âge adulte dans l'eau bouillante

Des gens plus jeunes que moi m'ont demandé : Pourquoi n'as-tu pas paniqué ? Pourquoi *personne* n'a-t-il paniqué ? Il n'y a pas eu d'émeutes, de pillages ? Pourquoi votre génération a-t-elle laissé faire, pourquoi vous êtes-vous tous laissés entrer dans le Spin sans même un murmure de protestation ?

Il m'arrive de répondre : *Mais il s'est passé des choses terribles.*

Il m'arrive aussi de répondre : *Mais nous ne comprenions pas. Et qu'aurions-nous pu y faire ?*

Il m'arrive aussi de répondre par la parabole de la grenouille. Lâchez une grenouille dans de l'eau bouillante, elle en sortira aussitôt d'un bond. Placez-la dans une casserole d'eau tiède que vous mettez à chauffer à feu doux, et la grenouille mourra avant de se rendre compte du problème.

L'oblitération des étoiles n'a été ni lente ni subtile, mais elle n'a pas représenté non plus, pour la plupart d'entre nous, un désastre immédiat. Si vous étiez astronome ou stratège militaire, si vous travailliez dans les télécommunications ou l'aérospatiale, vous avez sans doute passé les premiers jours du Spin dans un état de terreur absolue. Mais pour un conducteur de bus ou un cuisinier de fast-food, c'était de l'eau plus ou moins chaude.

Les médias anglophones l'ont baptisé « l'Événement d'Octobre » (cela ne deviendrait « le Spin » que quelques années plus tard), et il a eu comme effet le plus immédiat et le plus évident d'anéantir l'industrie multimilliardaire des satellites orbitaux.

La perte des satellites signifiait celle de la plupart des chaînes de télévision, elle a privé de fiabilité le système téléphonique longue distance et d'utilité les localisateurs GPS ; elle a vidé le World Wide Web, rendu obsolète l'essentiel de la technologie militaire moderne la plus sophistiquée, tiré un trait sur la reconnaissance et la surveillance globales, obligé les présentateurs météo locaux à tracer des isobares sur des cartes des États-Unis au lieu d'évoluer dans des images informatiques générées à partir de données transmises par les satellites météo. Aucune des nombreuses tentatives de joindre la Station spatiale internationale n'a connu le moindre succès. Les lancements commerciaux prévus à Canaveral (tout comme à Baïkonour et Kourou) se sont vus reportés *sine die*.

Cela signifiait, à long terme, de gros problèmes pour GE Americom, AT & T, COMSAT, Hughes Communication et de nombreux autres.

Cette fameuse nuit a bel et bien eu de terribles conséquences, même si le black-out des médias en a laissé la plupart dans l'ombre. Les nouvelles voyageaient comme des murmures, se glissaient par les câbles en fibre optique transatlantiques au lieu de ricocher dans l'espace orbital : il a fallu près d'une semaine pour apprendre qu'un missile à tête nucléaire pakistanais Hatf V, lancé par erreur ou par méprise dans les premiers instants de confusion de l'Événement, avait dévié de son itinéraire et vaporisé une vallée agricole dans la région de l'Hindu Kush. C'était le premier engin nucléaire à exploser au cours d'une guerre depuis 1945, et si tragique qu'ait été cet événement, vu la paranoïa globale suscitée par la perte des télécommunications, nous pouvons nous estimer heureux qu'il soit resté unique en son genre. Selon certains rapports, nous avons failli perdre Téhéran, Tel-Aviv et Pyongyang.

Rassuré par le lever du soleil, j'ai dormi jusqu'à midi. Je me suis ensuite habillé et j'ai gagné le salon. Toujours vêtue de sa robe de chambre matelassée, ma mère y regardait la télévision, le visage fermé. Lorsque je lui ai demandé si elle avait pris son petit déjeuner, elle m'a répondu par la négative. Je l'ai donc préparé pour deux.

Elle avait eu quarante-cinq ans à l'automne. Si on m'avait demandé de la décrire en un mot, j'aurais sans doute choisi « placide ». Elle se mettait rarement en colère et je ne l'avais vue pleurer qu'une fois : le soir où la police s'était présentée chez nous (nous habitions encore Sacramento) pour l'informer que mon père s'était tué sur la route près de Vacaville en revenant d'un déplacement professionnel. Elle prenait soin, je pense, de ne me montrer que cet aspect-là de sa personnalité. Il en existait pourtant d'autres. Sur une étagère du salon, on voyait ainsi une photographie prise des années avant ma naissance, le portrait d'une femme si soignée, si belle et fixant l'objectif d'un regard si dépourvu d'appréhension que ma mère m'avait beaucoup surpris en m'apprenant que cette femme était elle-même.

De toute évidence, ce qu'elle apprenait à la télévision ne lui plaisait pas. Une chaîne locale diffusait des informations en continu, répétant des histoires de radios à ondes courtes ou de radioamateurs et répercutant de vagues appels au calme lancés par le gouvernement fédéral. « Tyler, a-t-elle dit en m'enjoignant d'un geste à m'asseoir, ce n'est pas facile à expliquer. Il s'est passé quelque chose cette nuit...

— Je suis au courant, l'ai-je interrompue. J'en ai entendu parler avant d'aller me coucher.

— Tu savais ? Et tu ne m'as pas réveillée ?

— Je n'étais pas sûr que... »

Mais son irritation n'a pas duré. « Ça ne fait rien, Ty. Je ne pense pas avoir raté grand-chose en dormant. C'est drôle... J'ai l'impression d'être *encore* en train de dormir.

— C'est juste les étoiles, ai-je dit, bêtement.

— Les étoiles et la lune, a-t-elle rectifié. Tu n'as pas entendu, pour la lune ? Plus personne sur Terre ne voit ni les étoiles, ni la lune. »

La lune constituait un indice, bien entendu.

Je suis resté un peu avec maman, puis je l'ai laissée toujours collée à la télévision (« Rentre avant la nuit, cette fois », a-t-elle dit, et sans plaisanter) pour me rendre à la Grande Maison. J'ai frappé à la porte de derrière, celle qu'utilisaient la cuisinière et la bonne de jour, même si les Lawton évitaient avec soin de l'appeler « la porte de service ». C'était aussi par cette porte que, durant la semaine, ma mère entrait pour s'occuper de la maison.

Mme Lawton, la mère des jumeaux, m'a ouvert, fixé d'un air absent puis fait signe de monter au premier. Diane dormait toujours, la porte de sa chambre était fermée. Jason n'avait pas dormi et ne semblait pas en avoir l'intention. Je l'ai trouvé dans sa chambre en train d'écouter une radio à ondes courtes.

La chambre de Jason était une caverne d'Ali Baba remplie d'objets luxueux que je convoitais mais n'espérais plus posséder un jour : un ordinateur doté d'une connexion Internet ultrarapide, un téléviseur de seconde main deux fois plus grand que celui devant lequel j'avais laissé ma mère. Au cas où il n'ait pas entendu les nouvelles, je lui ai lancé : « La lune a disparu.

— Intéressant, hein ? » Jase s'est levé et étiré en passant la main dans ses cheveux ébouriffés. Il portait les mêmes vêtements que la veille, distraction qui ne lui ressemblait pas. Bien que génie authentique, Jason ne s'était jamais comporté comme tel en ma présence — je veux dire, il n'avait jamais eu le comportement des génies de cinéma : il ne louchait pas, ne bégayait pas, n'écrivait pas d'équations algébriques sur les murs. Ce jour-là, pourtant, il m'a semblé distrait au plus haut point. « La lune n'a *pas* disparu, bien entendu, comment le pourrait-elle ? D'après la radio, les marées mesurées sur la côte Atlantique sont normales. La lune est donc toujours là. Et si la lune est toujours là, les étoiles aussi.

— Alors pourquoi on ne les voit pas ? »

Il m'a jeté un regard d'ennui. « Comment veux-tu que je le sache ? Je dis juste qu'il s'agit au moins en partie d'un phénomène *optique.*

— Regarde par la fenêtre, Jase. Le soleil brille. Quel genre d'illusion d'optique laisse passer le soleil mais pas les étoiles ni la lune ?

— Là encore, comment veux-tu que je le sache ? Mais qu'est-ce que cela pourrait être d'autre, Tyler ? Quelqu'un a mis la lune et les étoiles dans un sac et s'est enfui avec ? »

Non, ai-je pensé. C'était la Terre qui était dans le sac, pour une raison que même Jason ne pouvait deviner.

« Mais tu as mis le doigt sur quelque chose, en parlant du soleil. Ce n'est pas une barrière mais un *filtre* optique. Intéressant...

— Et donc, qui a mis ce filtre en place ?

— Comment veux-tu que... ? » Il a secoué la tête d'un air irrité. « Tu conclus trop vite. Qui a dit que *quelqu'un* l'avait mis en place ? Il pourrait s'agir d'un phénomène naturel se produisant seulement tous les quelques milliards d'années, comme l'inversion des pôles magnétiques. Tu vas trop loin en supposant l'intervention d'un être intelligent.

— Mais c'est possible.

— Beaucoup de choses sont possibles. »

Il m'avait assez mis en boîte parce que je lisais de la science-fiction pour que je rechigne à prononcer le mot « extraterrestre ». Mais bien entendu, cela avait été ma première pensée. Et celle de beaucoup de gens. Jason lui-même devait admettre que l'hypothèse d'une intervention extraterrestre était devenue infiniment plus plausible au cours des dernières vingt-quatre heures.

« De toute manière, ai-je dit, il faut aussi se demander pour quelles raisons ils auraient agi comme ça.

— Il n'y a que deux raisons plausibles. Pour nous *cacher* quelque chose, ou pour *nous* cacher à quelque chose.

— Qu'est-ce que ton père en pense ?

— Je ne lui ai pas posé la question. Il est resté toute la journée au téléphone. Sans doute pour essayer de placer au plus vite un ordre de vente de ses actions GTE. » Il plaisantait, et je n'étais pas sûr de ce qu'il voulait dire par là, mais cela a aussi été pour moi la première allusion à ce que la perte de l'accès orbital pourrait signifier pour l'industrie aérospatiale en général et la famille Lawton en particulier. « Je n'ai pas fermé l'œil de la nuit, a reconnu Jason. Je craignais de rater quelque chose. Je suis jaloux de ma sœur, parfois. *Réveille-moi quand quelqu'un aura compris ce qu'il se passe*, tu vois ce que je veux dire. »

Je me suis hérissé face à ce qui m'a paru une insulte envers Diane. « Elle n'a pas dormi non plus, ai-je riposté.

— Ah oui, vraiment? Et qu'est-ce que tu en sais, toi? »

Piégé. « On s'est un peu parlé au téléphone...

— Elle t'a appelé?

— Ouais, vers l'aube, par là.

— Mon Dieu, Tyler, mais tu rougis.

— Pas du tout.

— Si si. »

J'ai été sauvé par un coup soudain à la porte : E.D. Lawton, qui ne semblait pas avoir beaucoup dormi non plus.

Le père de Jason, homme grand et large d'épaules, exigeant et irritable, me paraissait toujours intimidant : les week-ends, il se déplaçait dans la maison comme un front orageux, tout en éclairs et en tonnerre. Ma mère m'avait dit un jour : « E.D. n'est pas le genre de personne dont on désire vraiment attirer l'attention. Je n'ai jamais compris pourquoi Carol l'avait épousé. »

Ce n'était pas tout à fait l'entrepreneur typique ayant réussi par ses propres moyens — son grand-père, fondateur à la retraite d'un cabinet juridique de San Francisco ayant connu un succès spectaculaire, avait financé la plupart des premiers projets d'E.D. — mais il s'était construit une société rentable dans l'instrumentation de haute altitude et la technologie du plus léger que l'air, et il l'avait fait à la dure, sans relations dans l'industrie, du moins au début.

La mine renfrognée, il est entré dans la chambre de Jason et son regard est passé sur moi. « Désolé, Tyler, mais il va falloir rentrer chez toi. J'ai besoin de discuter de certaines choses avec Jason. »

Jase n'a pas soulevé la moindre objection et je n'avais pas particulièrement envie de rester. J'ai donc enfilé ma veste et suis sorti par la porte de derrière. J'ai passé le reste de l'après-midi près du ruisseau, à faire des ricochets et à regarder les écureuils emmagasiner des vivres pour l'hiver.

Le soleil, la lune et les étoiles.

Dans les années qui ont suivi, des enfants ont grandi sans avoir jamais vu la lune de leurs yeux ; des personnes d'à peine cinq ou six ans de moins que moi sont devenues adultes en ne connaissant guère les étoiles que par les vieux films et une poignée de clichés de moins en moins appropriés. Un jour, j'avais la trentaine, j'ai fait écouter à une femme plus jeune que moi une chanson du vingtième siècle, *Corcovado* d'Antonio Carlos Jobim : *Douce nuit aux étoiles silencieuses.* Elle m'a demandé, une surprise sincère dans ses yeux écarquillés : « Les étoiles faisaient du *bruit* ? »

Nous avions toutefois perdu quelque chose de plus subtil que quelques lumières dans le ciel. Nous avions perdu l'impression de connaître avec certitude notre place dans l'univers. La Terre est ronde, la lune tourne autour, la Terre elle-même orbite autour du Soleil : les gens n'en savaient en général pas davantage sur le plan cosmologique (ils n'en avaient d'ailleurs pas besoin), et je doute que plus d'une personne sur cent y repensait après le lycée. Mais cela les a déconcertés qu'on les en ait privés.

Nous n'avons eu d'annonce officielle sur le soleil qu'à la deuxième semaine de l'Événement d'Octobre.

Le soleil semblait se conformer au même mouvement prévisible et éternel. Il se levait et se couchait conformément à l'éphéméride standard, les jours raccourcissaient dans leur précession naturelle ; rien ne suggérait la moindre urgence à son sujet. Sur Terre, beaucoup de choses dépendent de la nature et de la quantité du rayonnement solaire atteignant la surface, y compris la vie elle-même, et presque rien n'avait changé à ce niveau-là. Tout ce que nous voyions du soleil à l'œil nu laissait penser que nous regardions toujours la même éblouissante étoile de type G.

Il lui manquait pourtant les taches, les éruptions, les protubérances.

Le soleil est un objet violent et turbulent. Il bouillonne, il bout, il résonne comme une cloche d'immenses énergies ; il baigne le système solaire d'un flot de particules chargées qui nous tueraient sans la protection du champ magnétique terrestre. Mais depuis l'Événement d'Octobre, nous ont annoncé les astronomes, nous avions pour astre une sphère géométriquement parfaite, dépourvue de toute tache et d'un éclat imperturbablement uniforme. Du nord du globe nous est de surcroît arrivée la nouvelle que les aurores boréales, produits de l'interaction de notre champ magnétique avec toutes ces particules solaires chargées, avaient cessé leur spectacle comme une mauvaise pièce de théâtre.

On dénotait aussi d'autres absences dans notre nouveau ciel nocturne : celle des étoiles filantes. Plus de trente-cinq millions de tonnes de poussière spatiale, dont la très grande majorité se voyait réduite en cendres par le frottement atmosphérique, tombaient chaque année sur Terre. Il n'en tombait plus du tout : on n'a détecté aucune entrée de météorite dans l'atmosphère durant les premières semaines de l'Événement d'Octobre, pas même les microscopiques appelées particules de Brownlee. C'était, en termes astrophysiques, un silence assourdissant.

Jason lui-même ne pouvait expliquer cela.

Le soleil qui n'était donc pas le soleil continuait toutefois de briller, contrefait ou non, et au fur et à mesure que passaient et défilaient les jours, la perplexité croissait tandis que le sentiment d'urgence s'érodait. (L'eau ne bouillait pas, elle était juste chaude.)

Mais quel inépuisable sujet de *conversation* toute cette histoire fournissait. Le mystère céleste, mais aussi ses conséquences immédiates : l'absence soudaine de télécommunications, les guerres étrangères qu'on ne pouvait plus ni suivre ni raconter par satellite, les bombes intelligentes à guidage GPS devenues irrémédiablement stupides, la ruée vers l'or de la fibre optique. Washington publiait des déclarations avec une régularité déprimante : *Rien à ce jour ne laisse augurer la moindre intention hostile de la part d'une nation ou d'une organisation* puis *Les meilleurs esprits de notre génération travaillent à comprendre, expliquer et enfin inverser les effets potentiellement négatifs de ce voile qui nous empêche de voir l'univers.* Apaisante salade de mots produite par une administration qui espérait encore identifier un ennemi, terrien ou non, capable d'un tel acte. L'ennemi persistait toutefois à rester indéfinissable. On a commencé à parler d'une « hypothétique intelligence gouvernante ». Incapables de voir au-delà des murs de notre prison, nous en étions réduits à cartographier ses limites et ses recoins.

Après l'Événement, Jason s'est retiré dans sa chambre pendant près d'un mois. Durant cette période, je ne lui ai jamais parlé directement, et ne l'ai qu'entraperçu lorsque le minibus de l'Institut Rice venait chercher les jumeaux. Mais Diane m'appelait presque tous les soirs sur mon portable, en général vers dix ou onze heures, lorsqu'elle et moi pouvions disposer d'un peu d'intimité. Et je chérissais ses appels, pour des raisons que je n'étais pas tout à fait prêt à reconnaître.

« Jason est d'une humeur massacrante, m'a-t-elle confié un soir. D'après lui, si on n'est pas sûrs que le soleil soit le soleil, alors il n'y a rien qu'on puisse prétendre savoir.

— Il a peut-être raison.

— Mais pour lui, cela confine à la religion. Il a toujours adoré les cartes... tu le savais, Tyler ? Tout petit déjà, il savait se servir d'une carte. Il aimait savoir où il se trouvait. Cela donne du sens aux choses, qu'il disait. Mon Dieu, j'adorais l'entendre parler de cartes. Je pense que c'est pour cela qu'il flippe tellement, maintenant, plus encore que la plupart des gens. Rien n'est à son endroit normal. Il a perdu sa carte. »

Bien entendu, certains indices étaient déjà en place. Avant la fin de la semaine, les militaires avaient entrepris de rassembler les débris de satellites : leur orbite n'avait pas varié jusqu'à cette nuit d'octobre, et pourtant tous s'étaient écrasés sur Terre avant l'aube, certains laissant des épaves emplies de preuves appétissantes. Mais même une famille avec autant de relations que celle d'E.D. Lawton n'a pas eu cette information tout de suite.

Notre premier hiver de nuits noires a été claustrophobe et étrange. La neige n'a pas tardé : nous vivions dans la grande banlieue de Washington, mais à Noël, on se serait plutôt cru dans le Vermont. Les nouvelles inquiétantes se succédaient. Le traité de paix négocié à la hâte entre l'Inde et le Pakistan s'avérait bien fragile ; le projet de décontamination de l'Hindu Kush lancé par l'ONU avait déjà alourdi de dizaines de victimes le bilan initial. En Afrique du Nord, quelques conflits armés couvaient tandis que les armées du monde industriel se retiraient pour se regrouper. Le prix du pétrole a grimpé en flèche. À la maison, on a laissé le thermostat un ou deux degrés sous la température de confort jusqu'à ce que les jours recommencent à s'allonger (au retour du soleil et au premier cri de la caille).

Mais face aux menaces inconnues et mal comprises, l'espèce humaine a réussi à ne pas déclencher de guerre globale et totale, ce qui est tout à son honneur. Nous avons procédé à des ajustements et continué à vaquer à nos occupations, si bien qu'au printemps, les gens parlaient de « nouvelle normalité ». À long terme, comprenait-on, on pourrait avoir à payer un prix plus élevé pour ce qu'il s'était passé... mais on sera morts avant, comme on disait.

J'ai assisté à ce changement chez ma mère. Le passage du temps l'a apaisée et les beaux jours, lorsqu'ils ont fini par revenir, ont débarrassé son visage d'une partie de sa tension. J'ai aussi constaté ce changement chez Jason, qui est sorti de sa retraite méditative. Je m'inquiétais toutefois pour Diane : elle refusait catégoriquement de parler des étoiles et commençait à me demander si je croyais en Dieu, ou si je pensais Dieu responsable de l'Événement d'Octobre.

Je n'en sais rien, lui ai-je répondu. Ma famille n'était pas pratiquante. En toute franchise, le sujet me rendait un peu nerveux.

Cet été-là, les jumeaux et moi sommes allés pour la dernière fois à vélo au centre commercial Fairway.

Nous avions effectué le trajet cent, mille fois auparavant. Les jumeaux avaient déjà un peu passé l'âge, mais au cours des sept années que nous avions vécues sur la propriété de la Grande Maison, c'était devenu un rituel, l'inévitable balade des samedis d'été. Nous n'y sacrifiions pas en cas de pluie ou de canicule, mais par beau temps, on aurait dit qu'une main invisible nous attirait à notre point de rendez-vous, au bout de la longue voie privée menant chez les Lawton.

Ce jour-là, l'air était doux, avec un vent léger. Le soleil imprégnait tout ce qu'il touchait d'une profonde chaleur organique. On aurait pu croire que le climat voulait nous rassurer : le monde naturel allait bien, merci, presque dix mois après l'Événement... même si nous étions désormais (comme disait parfois Jase) une planète *cultivée,* un jardin entretenu par des forces inconnues et non un coin de nature cosmique vierge.

Jason montait un coûteux VTT, Diane un modèle féminin moins voyant. J'avais quant à moi un vieux clou d'occasion racheté par ma mère à une œuvre de bienfaisance. Aucune importance. Ce qui comptait, c'était l'odeur des pins et les heures vides déployées devant nous. Je le sentais, Diane le sentait et je pense que Jason aussi le sentait, même s'il a semblé distrait, voire un peu embarrassé lorsque nous avons enfourché nos bicyclettes ce matin-là. J'ai mis cela sur le compte du stress ou (on était en août) de la perspective d'une nouvelle année scolaire. Jase suivait des cours accélérés à l'Institut Rice, une école très exigeante. L'année précédente, il avait survolé les cours de maths et de physique — il aurait pu les enseigner lui-même —, mais devait commencer le latin au semestre suivant. « Ce n'est même pas une langue vivante, disait-il. Qui diable lit le latin, à part les érudits en lettres classiques ? C'est comme apprendre le FORTRAN. Tous les textes importants sont traduits depuis longtemps. Cela me rend-il meilleur de lire Cicéron dans le texte ? Cicéron, pour l'amour de Dieu ! L'Alan Dershowitz de la République romaine ! »

Je ne prenais pas vraiment toutes ses jérémiades au sérieux. Lorsque nous partions ainsi à vélo, nous aimions entre autres pratiquer l'art de nous plaindre. (Je n'avais pas la moindre idée de qui était Alan Dershowitz, un camarade d'école de Jason, pensais-je [1].) Mais ce jour-là, il se montrait d'humeur lunatique, changeante. Il se mit debout sur les pédales et prit un peu d'avance sur nous.

Pour nous rendre au centre commercial, nous longions des terrains très arborés et des maisons pastel aux jardins impeccables dont les arroseurs automatiques striaient d'arcs-en-ciel l'air du matin. Le soleil pouvait être faux ou filtré, sa lumière se décomposait toujours en couleurs lorsqu'elle traversait des gouttes d'eau et semblait toujours une bénédiction tandis que nous sortions de l'ombre des chênes pour nous retrouver sur le trottoir d'un blanc éclatant.

Dix ou quinze tranquilles minutes de vélo plus tard, nous avons vu se profiler devant nous le sommet de Bantam Hill

1. Homme politique et professeur de droit criminel à Harvard, né en 1938 et célèbre pour le nombre de ses publications, son soutien à Israël et au sionisme, ainsi que pour sa participation en tant qu'avocat à plusieurs procès très en vue. (*N.d.T.*)

Road — dernier obstacle et étape décisive sur le chemin du centre commercial. La pente était raide, mais une fois en haut, on bénéficiait d'une longue descente en douceur jusqu'au parking du Fairway. Jason avait déjà franchi le quart de la montée. Diane m'a regardé d'un air malicieux.

« On fait la course ? »

Sa proposition m'a plongé dans le désarroi. Les jumeaux avaient fêté leur anniversaire en juin. Le mien serait pour octobre. Chaque été, Jason et Diane n'avaient donc pas un mais *deux* ans de plus que moi : ils avaient atteint quatorze ans alors que j'allais rester à douze encore quatre longs mois, différence qui se traduisait par un avantage physique. Diane ne pouvait manquer de me savoir incapable d'arriver avant elle au sommet de la colline, mais elle s'est quand même mise à pédaler plus fort et, avec un soupir, j'ai essayé sur ma vieille bécane de fournir une opposition digne de ce nom. Mais je n'étais pas à la hauteur. Dressée sur sa brillante mécanique d'aluminium décapé, Diane avait acquis une inertie énorme en arrivant au bas de la pente. Trois petites filles qui marquaient le trottoir à la craie se sont dépêchées de s'écarter de sa trajectoire. Elle m'a jeté un coup d'œil par-dessus son épaule, à la fois pour m'encourager et pour se moquer de moi.

La pente lui a repris son inertie, mais elle a habilement changé de vitesse et remis ses membres inférieurs en action. Arrêté au sommet, Jason s'appuyait sur une de ses longues jambes en nous regardant d'un air perplexe. J'ai fait de mon mieux, mais parvenu à mi-pente, mon vieux vélo oscillait davantage qu'il n'avançait et il m'a fallu terminer l'ascension à pied.

Diane m'a souri quand j'ai fini par la rejoindre.

« Tu as gagné, ai-je dit.

— Désolée, Tyler. Ce n'était pas vraiment équitable. »

Embarrassé, j'ai haussé les épaules.

La route se terminait là en cul-de-sac, des piquets et des cordes délimitant des terrains résidentiels restés non bâtis. Le centre commercial nous attendait à l'ouest en bas d'une longue pente douce. Un chemin de terre battue passait entre des arbres rabougris et des buissons à baies. « On se revoit en bas », a-t-elle dit en s'éloignant à nouveau.

Nous avons attaché nos bicyclettes avant de pénétrer dans la nef vitrée du centre commercial. C'était un environnement rassurant, surtout parce qu'il avait très peu changé depuis octobre. La presse et la télévision avaient beau rester en alerte maximum, le centre commercial vivait quant à lui dans un oubli délicieux : seules l'absence de paraboles satellites dans les vitrines des magasins d'électronique grand public et la vague de titres parlant d'Octobre sur les présentoirs des librairies signalaient d'éventuelles anomalies dans le monde extérieur. Jason a ricané en voyant un livre de poche doté d'une resplendissante couverture or et bleu qui affirmait lier l'Événement d'Octobre à la prophétie biblique : « Les prophéties les plus faciles, a-t-il décrété, sont celles prédisant ce qui s'est déjà produit. »

Diane lui a décoché un regard venimeux. « Tu n'es pas obligé de t'en moquer juste parce que tu n'y crois pas.

— Techniquement, je ne me moque que de la couverture. Je n'ai pas lu le livre.

— Tu devrais peut-être.

— Pourquoi ? De quoi prends-tu la défense ?

— De rien du tout. Mais peut-être Dieu a-t-il un rapport avec ce qu'il s'est passé en octobre. Cela ne semble pas si ridicule.

— En fait, a tranché Jason, si, ça semble complètement ridicule. »

Elle a roulé des yeux et s'est éloignée en soupirant. Jase a reposé le livre sur le présentoir.

Je lui ai dit qu'à mon avis, les gens voulaient juste comprendre ce qu'il s'était passé, d'où ce genre d'ouvrages.

« À moins que les gens ne veuillent juste faire semblant de

comprendre. Ça s'appelle le "déni". Tu veux que je te dise quelque chose, Tyler ?

— Vas-y.

— Tu le garderas pour toi ? » Il a baissé la voix pour que même Diane, à quelques mètres devant nous, ne puisse l'entendre. « Ça n'a pas encore été rendu public. »

Jason avait entre autres caractéristiques marquantes de souvent détenir des informations vraiment importantes un ou deux jours avant que le journal du soir n'en parle. En un sens, l'Institut Rice n'était pour lui qu'un externat : sa véritable éducation se déroulait sous la tutelle de son père, et E.D. avait toujours voulu que son fils comprenne de quelle manière affaires, sciences et technologie étaient liées au pouvoir politique. Lui-même travaillait dans cette intersection. La perte des satellites de télécommunications avait ouvert un vaste nouveau marché militaire et civil pour les ballons stationnaires à haute altitude (« aérostats ») que fabriquait son entreprise. Une niche technologique devenait dominante, et E.D. surfait au sommet de la vague. En partageant parfois avec son fils de quatorze ans des secrets qu'il n'aurait pas osé murmurer à un concurrent.

Bien entendu, E.D. ignorait qu'il arrivait à Jase de me confier ces secrets. Mais je les gardais scrupuleusement pour moi. (De toute manière, à qui aurais-je pu en parler ? Je n'avais pas d'autres véritables amis. Nous habitions le genre de quartier nouveau riche extrêmement sensible aux distinctions sociales : les fils aussi sérieux que studieux de mères actives et dépourvues d'époux ne figuraient jamais parmi les copains préférés.)

Il a encore baissé la voix d'un ton. « Tu sais, les trois cosmonautes russes ? Ceux qui étaient en orbite en octobre ? »

Disparus et présumés morts le soir de l'Événement. J'ai hoché la tête.

« L'un d'eux est vivant. À Moscou. Les Russes n'en parlent pas. Mais d'après la rumeur, il est complètement dingue. »

Je l'ai regardé les yeux écarquillés, mais il n'a pas voulu en dire davantage.

Il faudra une douzaine d'années pour que la vérité soit rendue publique, mais lorsqu'elle sera enfin publiée (sous forme d'une note de bas de page dans un livre européen retraçant les premières années du Spin), je me souviendrai de cette journée au centre commercial. En fait, il s'est passé ceci :

Trois cosmonautes russes revenant d'une mission d'entretien de la moribonde Station spatiale internationale se trouvaient en orbite le soir de l'Événement d'Octobre. Peu après minuit, heure d'hiver de New York, le commandant de mission, le colonel Leonid Glavin, a remarqué une perte de communication avec le contrôle au sol et s'est efforcé à plusieurs reprises, mais en vain, de rétablir le contact.

Si inquiétante que cette situation ait pu paraître aux yeux des cosmonautes, elle a vite empiré. Lorsque l'orbite du Soyouz, jusqu'alors du côté nocturne de la planète, l'a conduit dans l'aube, un globe noir et obscur avait remplacé ladite planète.

Le colonel Glavin le décrirait plus tard en termes simples : une noirceur, une absence uniquement visible lorsqu'elle occultait le soleil, une éclipse permanente. Le rapide cycle orbital d'aubes et de crépuscules constituait leur seule preuve visuelle convaincante que la Terre continuait d'exister. La lumière du Soleil apparaissait d'un coup derrière une silhouette ronde, sans le moindre reflet sur la noirceur que survolait leur capsule, et disparaissait tout aussi soudainement lorsque cette dernière glissait dans la nuit.

Privés de tout moyen de comprendre ce qu'il s'était passé, les cosmonautes ont dû connaître des moments de terreur inimaginable.

Après avoir orbité une semaine autour de cette obscurité vide sous leurs pieds, les cosmonautes ont choisi d'essayer de revenir sur Terre par leurs propres moyens plutôt que de rester dans l'espace ou de tenter de s'arrimer à la SSI vide : de périr sur Terre, ou sur ce qu'était devenue la Terre, leur a paru préférable à mourir de faim dans leur coin. Mais privés de guidage au sol et de repères visuels, ils n'ont eu d'autre choix que de se baser sur des calculs extrapolés à partir de leur dernière position connue. Cela a valu à leur capsule Soyouz de pénétrer dans l'atmosphère à un angle dangereusement aigu, de subir d'écrasantes forces de gravité et de perdre un parachute crucial durant la descente.

La capsule s'est écrasée sur un versant boisé de la Ruhr. Vassili Golubev est mort sur le coup ; Valentina Kirchoff n'a survécu que quelques heures à un traumatisme crânien. Le colonel Glavin, étourdi, ne souffrant que d'une fracture du poignet et d'écorchures bénignes, est parvenu à s'extraire de l'appareil. Une équipe de secours allemande a fini par le repérer et le remettre aux autorités russes.

Après toute une série de débriefings, les Russes avaient conclu que l'épreuve subie par Glavin lui avait fait perdre la raison. Le colonel s'obstinait à affirmer avoir passé trois semaines en orbite avec son équipage, mais il s'agissait de toute évidence de folie...

Car la capsule Soyouz, comme tout autre matériel orbital humain dont on avait retrouvé une partie, était retombée sur Terre la nuit même de l'Événement d'Octobre.

Nous avons déjeuné dans l'aire de restauration du centre commercial, où Diane a aperçu trois camarades de Rice qu'elle connaissait. Trois filles plus âgées, d'une sophistication impossible à mes yeux : chevelure teinte en bleu ou en rose, hanches ceintes de coûteux pantalons taille basse à pattes d'éléphant et cou pâle orné d'une chaîne supportant une minuscule croix en or. Diane est allée les rejoindre à leur table avec son emballage MexiTaco, et les quatre filles ont penché la tête les unes vers les autres en riant. Mon burrito et mes frites m'ont soudain semblé perdre tout intérêt.

Jason a étudié mon expression. « Tu sais, a-t-il dit doucement, c'est inévitable.

— Quoi donc ?

— Elle ne vit plus dans notre monde. Toi, moi, Diane, la Grande Maison et la Petite, le samedi au centre commercial, le dimanche au cinéma. Cela marchait quand on était gamins, mais on ne l'est plus. »

Vraiment ? Non, bien entendu, mais avais-je seulement réfléchi à ce que cela signifiait ou pourrait signifier ?

« Ça fait un an qu'elle est réglée », a ajouté Jason.

J'ai blêmi. Je n'avais pas besoin d'en savoir autant. Cela m'a pourtant rendu jaloux qu'il l'ait su et pas moi. Elle ne m'avait pas parlé de ses règles, ni d'ailleurs de ses amies de Rice. Tout ce qu'elle m'avait confié au téléphone, je m'en suis aperçu d'un coup, n'était que des confidences de gamins, des histoires sur Jason et ses parents et sur ce qu'elle n'avait pas aimé au dîner. Je me retrouvais soudain confronté à la preuve qu'elle m'en avait caché autant qu'elle m'en avait dit, confronté à une Diane que je n'avais jamais rencontrée, et qui restait attablée avec insouciance à l'autre bout de l'aire de restauration.

« On devrait rentrer », ai-je lancé à Jason.

Il m'a regardé d'un air de pitié. « Si tu veux. » Il s'est levé.

« Tu vas dire à Diane qu'on s'en va ?

— Je pense qu'elle est occupée, Tyler. Je pense qu'elle a trouvé de quoi s'occuper.

— Mais il faut qu'elle rentre avec nous.

— Non, il ne *faut* pas. »

J'en ai pris ombrage. Elle n'allait pas nous laisser tomber ainsi. Elle valait mieux que cela. Je me suis levé et approché de la table de Diane. Ses trois amies et elle m'ont accordé toute leur attention. J'ai regardé Diane dans les yeux en ignorant ses compagnes. « On rentre », l'ai-je informée.

Les trois filles de Rice ont ri tout fort. Diane a juste souri d'un air embarrassé avant de répondre : « D'accord, Ty. Super. À plus.

— Mais... »

Mais quoi ? Elle ne me regardait même plus.

En m'éloignant, j'ai entendu une de ses amies lui demander si j'étais « un autre frère à elle ». Diane a répondu non, juste un gamin qu'elle connaissait.

Devenu d'une compassion agaçante, Jason a proposé qu'on échange nos vélos pour le retour. Son vélo ne m'intéressait pas vraiment à ce moment-là, mais j'ai pensé que cela pourrait être un bon moyen de masquer mes sentiments.

Nous sommes donc remontés au sommet de Bantam Hill Road, à l'endroit où l'asphalte descend comme un ruban noir dans les rues ombrées d'arbres. Mon déjeuner me semblait un parpaing enfoui sous mes côtes. J'ai hésité au fond de l'impasse, les yeux fixés sur la pente abrupte.

« Laisse-toi descendre, a dit Jason. Vas-y. Familiarise-toi avec lui. »

La vitesse me changerait-elle les idées ? Existait-il quoi que ce soit capable de me les changer ? Je m'en suis voulu à mort de m'être autorisé à me croire le centre du monde de Diane. Après tout, je n'étais, en réalité, qu'un gamin qu'elle connaissait.

Mais Jason m'avait vraiment prêté un vélo merveilleux. Je me suis dressé sur les pédales, défiant la gravité. Les pneus ont crissé sur la poussière de la chaussée mais la chaîne et les dérailleurs, d'une douceur satinée, n'ont produit d'autre bruit que le délicat vrombissement des roulements. Le vent s'est mis à déferler au fur et à mesure que je prenais de la vitesse. Sans rien d'autre que ma liberté, je suis passé comme une flèche devant les maisons à la peinture bien sage et les voitures haut de gamme parquées dans leurs allées. Près du bas de la pente, j'ai commencé à actionner les freins, perdant de l'inertie sans vraiment ralentir. Je ne voulais pas m'arrêter. Je ne voulais jamais m'arrêter. C'était une course agréable.

Mais la chaussée est redevenue horizontale et j'ai fini par

freiner puis par poser ma chaussure gauche sur l'asphalte. Je me suis retourné.

Jason se trouvait toujours en haut de Bantam Hill Road sur mon vélo disgracieux, si loin de moi qu'il ressemblait désormais à un cavalier solitaire dans un vieux western. Je lui ai fait signe. C'était son tour.

Jason avait dû grimper et descendre la colline des centaines de fois. Mais jamais sur un vélo rouillé racheté à une œuvre de bienfaisance.

La bicyclette lui allait mieux qu'à moi. Il avait des jambes plus longues que les miennes et le cadre ne le rapetissait pas. Mais nous n'avions encore jamais échangé nos vélos, et je songeais maintenant à tous les problèmes et les caprices du mien, à la connaissance intime que j'en avais, à la manière dont j'avais appris à ne pas tourner à droite trop brutalement à cause du cadre un peu faussé, aux oscillations qu'il fallait combattre, au dérailleur ridicule. Jason ne savait rien de tout cela. La colline pouvait se montrer traître. J'ai voulu lui dire d'y aller doucement, mais il ne m'aurait pas entendu même si j'avais crié, je m'étais trop éloigné. Il a levé le pied comme un grand enfant emprunté. Le vélo pesait son poids. Il lui fallait quelques secondes pour prendre de la vitesse, mais je savais la difficulté à l'immobiliser. Il était tout en masse sans la moindre grâce. Mes mains ont serré des freins imaginaires.

Je ne pense pas que Jason ait pris conscience du problème avant d'être parvenu aux trois quarts de la descente. C'est à ce moment-là que la chaîne rouillée a cassé et lui a fouetté la cheville. Il se trouvait désormais assez près de moi pour que je le voie tressaillir et pousser un cri. La bicyclette s'est mise à zigzaguer mais, par miracle, Jason a réussi à garder son équilibre.

Un morceau de chaîne s'est emmêlé dans la roue arrière, où il a claqué sur les entretoises avec un bruit de marteau-piqueur cassé. Deux maisons plus haut, une femme qui désherbait son jardin s'est bouché les oreilles en se retournant pour voir ce qu'il se passait.

Jason a réussi à garder le contrôle de ce vélo pendant une durée incroyable. Ce n'était pas un athlète, mais il se sentait à l'aise dans son grand corps dégingandé. Il a tendu les pieds pour garder l'équilibre — les pédales ne servaient plus à rien — et a maintenu la roue avant bien droite pendant que celle de derrière se bloquait et dérapait. Il a tenu bon. Ce qui m'a stupéfait a été la manière dont son corps, au lieu de se contracter, a semblé au contraire se détendre, comme si Jason était en train de trouver la solution d'un problème difficile mais intéressant, comme s'il croyait avec une confiance absolue qu'aidé par son esprit, son corps et la machine qu'il chevauchait sauraient le conduire en lieu sûr.

La machine a flanché la première. Le fragment de chaîne graisseuse qui battait dangereusement s'est coincé entre le pneu et le cadre. La roue, déjà abîmée, s'est voilée de manière impossible puis a plié, éparpillant du caoutchouc déchiré et libérant des roulements à billes. Jason a décollé du vélo et a culbuté dans les airs comme un mannequin lâché d'une fenêtre du dernier étage. Il a heurté la chaussée d'abord avec les pieds, puis les genoux, les coudes et la tête. Il s'est immobilisé au moment où la bicyclette détruite le dépassait en tournoyant pour aboutir dans le caniveau sans que la roue avant cesse de tourner et de claquer. J'ai lâché son vélo et me suis précipité vers mon ami.

Encore étourdi, il s'est mis sur le dos et a levé les yeux. Il avait la chemise et le pantalon déchirés. Du sang coulait de son front et du bout de son nez, brutalement privés de leur peau. Il avait la cheville lacérée et la douleur lui montait les larmes aux yeux. « Tyler, a-t-il articulé. Oh, euh, euh... Désolé pour ton vélo, mec. »

Sans vouloir exagérer l'importance de cet incident, il m'est arrivé d'y repenser dans les années qui ont suivi... La machine de Jason et son corps pris dans une dangereuse accélération, et sa confiance imperturbable en ses capacités à s'en sortir indemne, sans aide extérieure, rien qu'en se donnant à fond, rien qu'en ne perdant pas le contrôle.

Nous avons abandonné dans le caniveau mon vélo irrécupérable et j'ai poussé la bicyclette haut de gamme de Jason jusque chez lui. Il m'a suivi tant bien que mal en s'efforçant de ne pas montrer sa douleur, la main droite pressée sur son front sanglant comme s'il souffrait de la tête, ce qui devait être le cas, j'imagine.

À notre arrivée à la Grande Maison, les parents de Jason ont descendu le perron pour venir à notre rencontre dans l'allée. E.D. Lawton, qui avait dû nous repérer depuis son cabinet de travail, semblait furieux et inquiet, avec sa bouche plissée en moue et ses sourcils froncés sur ses yeux perçants. Derrière lui, la mère de Jason se tenait à distance, moins intéressée, peut-être même un peu ivre, à en juger par sa sortie chancelante.

E.D. a examiné Jase — qui semblait soudain beaucoup plus jeune et moins sûr de lui — avant de lui dire de se dépêcher d'aller se nettoyer.

Puis il s'est tourné vers moi.

« Tyler, a-t-il dit.

— Oui monsieur ?

— Je suppose que tu n'es pas responsable de la situation. Je l'espère. »

Avait-il remarqué que nous étions arrivés sans mon vélo et que celui de Jason n'avait rien ? M'accusait-il de quoi que ce soit ? Je n'ai pas su que répondre. J'ai regardé la pelouse.

E.D. a soupiré. « Je vais t'expliquer une chose. Tu es l'ami de Jason. C'est bien. Jason en a besoin. Mais tu dois comprendre, comme ta mère le comprend, que ta présence ici ne va pas sans certaines responsabilités. Si tu veux passer du temps avec Jason, je compte sur toi pour veiller sur lui. Pour faire preuve de discernement. Il te semble peut-être ordinaire. Il ne l'est pas. Jason est doué et il a un avenir. Nous ne pouvons laisser quoi que ce soit se mettre en travers de cela.

— Exact », est intervenue Carol Lawton, et j'ai été sûr que la mère de Jason avait bu. Elle a penché la tête et failli tomber dans le gravier séparant l'allée de la haie. « Exact, c'est un putain de génie. Il va être le plus jeune génie du M.I.T. Ne le casse pas, Tyler, il est fragile. »

E.D. ne m'a pas quitté des yeux. « Rentre, Carol, a-t-il ordonné d'une voix atone. Nous sommes-nous bien compris, Tyler ?

— Oui m'sieur », ai-je menti.

Je n'avais pas compris E.D. du tout. Mais je savais qu'il n'avait pas tout à fait tort. Oui, Jason était spécial. Et oui, c'était à moi de veiller sur lui.

Le temps désarticulé

J'ai entendu parler pour la première fois du Spin cinq ans après l'Événement d'Octobre, au cours d'une soirée luge, par une nuit d'hiver d'un froid de loup. C'est Jason, évidemment, qui a annoncé la nouvelle.

La soirée avait commencé par un dîner chez les Lawton. Jason étant revenu de l'université pour les vacances de Noël, le repas prenait une allure d'événement, même si n'y participait « que la famille » — j'avais été invité sur l'insistance de Jase, et sans doute malgré les objections d'E.D.

« Ta mère devrait être là aussi, a chuchoté Diane en m'ouvrant la porte. J'ai essayé de la faire inviter par E.D., mais... » Elle a haussé les épaules.

Je lui ai dit de ne pas s'inquiéter : Jason était déjà passé dire bonjour. « De toute manière, elle ne se sent pas bien. » Une migraine la clouait au lit, ce qui ne lui ressemblait pas. Et je pouvais difficilement me plaindre du comportement d'E.D. : le mois précédent, il avait offert de financer mes études de médecine si je réussissais les tests d'admission, « parce que ton père aurait aimé ça ». Bien que ce geste ait été à la fois généreux et faux sur le plan émotionnel, je ne pouvais me permettre de le refuser.

Marcus Dupree, mon père, avait été le meilleur (le seul, d'après certains) ami d'E.D. Lawton à l'époque de Sacramento, celle où ils essayaient de vendre des appareils de surveillance aérostatiques aux services météorologiques et aux patrouilles frontalières. Je gardais de lui des souvenirs sommaires et déformés par ce que ma mère m'avait raconté, même si je me rappelais distinctement les coups à la porte le soir de sa mort. Fils unique d'une famille canadienne française du Maine peinant à joindre les deux bouts, fier de son diplôme d'ingénieur, c'était un professionnel talentueux, mais naïf sur le plan financier : il avait perdu ses économies dans une suite de paris boursiers, laissant ma mère face à des traites qu'elle ne pouvait honorer.

Lorsqu'ils ont déménagé dans l'est, Carol et E.D. ont engagé ma mère comme gouvernante : sans doute E.D. tentait-il ainsi d'honorer la mémoire de son ami. Quelle importance qu'il ne laisse jamais ma mère oublier cette faveur ? Qu'il la traite par conséquent comme un accessoire domestique ? Qu'il préserve une espèce de système de castes dans lequel la famille Dupree ne pouvait de toute évidence tenir que la seconde place ? Cela pouvait avoir de l'importance ou pas. D'après ma mère, la générosité, sous quelle que forme que ce soit, était en voie de disparition. Aussi m'imaginais-je peut-être (ou peut-être y étais-je trop sensible) le plaisir qu'E.D. semblait prendre du fossé intellectuel entre Jason et moi, sa conviction apparente que j'étais né pour servir de faire-valoir à son fils, d'individu conventionnellement normal à l'aune duquel on pourrait juger des qualités exceptionnelles de Jason.

Par chance, Jason et moi savions tous deux que c'était des conneries.

Diane et Carol se trouvaient à table lorsque je m'y suis installé. Carol n'avait pas bu ce soir-là, ce qui sortait de l'ordinaire, du moins elle n'était pas assez ivre pour que cela se remarque. Elle avait abandonné son cabinet médical deux ans plus tôt et s'efforçait désormais de ne plus sortir de la propriété afin de ne pas risquer d'arrestation pour conduite en état d'ivresse. Elle m'a souri machinalement. « Tyler, a-t-elle dit. Bienvenue. »

Jason et son père sont descendus ensemble quelques minutes plus tard en échangeant regards et froncements de sourcils : de toute évidence, il se tramait quelque chose. Jason m'a salué d'un hochement de tête distrait en s'asseyant à côté de moi.

Comme la plupart des dîners de famille des Lawton, celui-là a été chaleureux mais tendu. Nous avons fait passer les petits pois en bavardant de tout et de rien. Carol se montrait distante, E.D. d'un calme inhabituel. Diane et Jason s'essayaient à prendre part à la conversation, mais à l'évidence, il s'était produit entre Jason et son père quelque chose dont ni l'un ni l'autre ne voulaient discuter. Jase semblait si réservé qu'au dessert, je me suis demandé s'il était malade : ses yeux quittaient à peine son assiette, à laquelle il n'avait presque pas touché. Au moment de partir à la soirée luge, il s'est levé avec une réticence manifeste et semblait sur le point de renoncer à sortir quand E.D. Lawton lui a dit : « Vas-y, prends du bon temps. Ça te changera les idées. » Je me suis alors demandé : ça lui changera les idées de *quoi* ?

Nous avons pris l'automobile de Diane, une petite Honda sans prétention, « une voiture genre première voiture », comme elle se plaisait à la décrire. Je me suis installé derrière la conductrice et Jason, toujours morose, sur le siège passager, les genoux dans le vide-poches.

« Qu'est-ce qu'il s'est passé ? a demandé Diane. Il t'a flanqué la fessée ?

— Pas vraiment.

— On dirait, à te voir.

— Ah bon ? Désolé. »

Le ciel, bien entendu, était noir. Lorsque nous avons tourné en direction du nord, les phares ont balayé des pelouses enneigées et un mur d'arbres dénudés. Nous avions connu trois jours auparavant une chute de neige record, suivie d'une vague de froid qui avait embaumé la couche neigeuse d'une peau de glace aux endroits négligés par les chasse-neige.

Quelques voitures nous ont doublés sans se départir d'une vitesse prudente.

« Alors quoi ? a insisté Diane. C'est grave ? »

Jason a haussé les épaules.

« Guerre ? Pestilence ? Famine ? »

Il a haussé les épaules à nouveau et remonté le col de sa veste.

La situation ne s'est pas vraiment arrangée à la soirée. Il faut dire aussi qu'il s'agissait plutôt d'un rassemblement de personnes, anciens camarades d'école et autres, dont Diane et Jason avaient fait la connaissance à Rice. Cela se passait chez la famille d'un autre ancien de Rice revenu d'une des prestigieuses universités de l'Ivy League, et les parents s'étaient efforcés d'organiser une soirée thématique très convenable, avec mini-sandwiches, chocolat chaud et luge sur la pente douce derrière la maison. Mais pour la majorité des invités — mornes BCBG ayant skié à Zermatt ou Gstaad bien avant d'être débarrassés de leurs appareils orthodontiques — ce n'était qu'une excuse supplémentaire pour s'enivrer en douce. À l'extérieur, sous des guirlandes de lumières colorées, les flasques chromées circulaient en toute liberté, et au sous-sol, un certain Brent vendait de l'ecstasy au gramme.

Jason a trouvé une chaise dans un coin et s'y est installé en jetant des regards mauvais à tous ceux qui ne gardaient pas leurs distances. Diane m'a abandonné après m'avoir présenté à une fille aux grands yeux prénommée Holly, qui a entamé un monologue portant sur tous les films qu'elle avait vus au cours des douze derniers mois. Elle a fait avec moi le tour de la pièce pendant presque une heure, s'interrompant de temps à autre pour dérober des rouleaux de Californie [1] sur un plateau. Lorsqu'elle s'est excusée pour se rendre aux toilettes, j'ai filé à l'endroit où Jason boudait pour le supplier de venir dehors avec moi.

1. Mélange de riz, de crabe et d'avocat roulé dans une feuille d'algue. (*N.d.T.*)

« Je ne suis pas d'humeur à faire de la luge.

— Moi non plus. Rends-moi ce service, tu veux bien ? »

Nous avons donc enfilé nos bottes et nos parkas avant de sortir. La nuit était froide, sans un souffle de vent. Sous la véranda ouverte, une demi-douzaine de diplômés de Rice baignant dans un halo de fumée de cigarette nous regardait passer. Nous avons suivi un chemin tracé dans la neige jusqu'à nous retrouver à peu près seuls au sommet d'une petite colline, au-dessus de quelques lugeurs glissant sans trop d'enthousiasme dans la lumière de cirque dispensée par les éclairages de Noël. J'ai parlé à Jason d'Holly, qui était restée collée à moi comme une sangsue en vêtements Gap. Il a haussé les épaules en disant : « Chacun ses problèmes.

— Mais enfin, qu'est-ce que tu as, ce soir ? »

Avant qu'il puisse répondre, mon téléphone portable a sonné. C'était Diane, dans la maison. « Vous êtes partis où, les gars ? Holly est plutôt en rogne. L'abandonner comme ça. C'est très grossier, Tyler.

— Il doit bien y avoir quelqu'un d'autre qu'elle peut prendre pour cible de sa conversation.

— Elle est juste un peu nerveuse. Elle ne connaît pas grand monde, ici.

— Désolé, mais en quoi ça me concerne ?

— Je me suis dit que ça pourrait accrocher, entre vous. »

J'ai cillé. « Accrocher ? » Il n'y avait aucun moyen d'interpréter cela de la bonne manière. « Je rêve ou tu es en train de me dire que tu essayais de nous faire sortir ensemble ? »

Elle a gardé le silence durant une ou deux secondes accusatrices. « Allons, Tyler... Ne le prends pas comme ça. »

Pendant cinq ans, l'image de Diane était tour à tour devenue nette ou floue, comme dans un film amateur, ou du moins c'est ce qu'il me semblait. À certains moments, surtout une fois Jason parti à l'université, j'avais eu l'impression d'être son meilleur ami. Elle m'appelait, on discutait, on allait faire les magasins ou voir des films ensemble. On était amis.

Copains. S'il y avait la moindre tension sexuelle, c'était semblait-il uniquement de mon côté, et je prenais soin de la dissimuler, parce que, même partielle, cette intimité restait fragile — je le savais sans qu'on ait besoin de me le dire. Il n'y avait pas la moindre passion, quelle qu'elle soit, dans ce que Diane voulait de moi.

Bien entendu, E.D. n'aurait jamais toléré entre Diane et moi d'autre relation que chaperonnée, fondamentalement infantile, et ne risquant à aucun moment de prendre un tournant inattendu. Mais cette distance entre nous semblait convenir aussi à Diane, qu'il m'arrivait de ne presque plus voir pendant des mois. Je lui adressais par exemple un signe amical pendant qu'elle attendait le bus de Rice (à l'époque où elle allait encore à Rice), mais durant ces périodes-là, elle n'appelait jamais, et les rares fois où j'avais l'audace de lui téléphoner, elle n'était pas d'humeur à discuter.

Il m'arrivait alors de sortir avec des filles de l'école, en général des timides qui auraient préféré (souvent ouvertement) fréquenter un type à la popularité plus remarquable mais s'étaient résignées à une vie sociale de second plan. Aucune de ces relations n'avait duré. À dix-sept ans, j'ai perdu ma virginité avec une jolie fille d'une taille surprenante nommée Elaine Bowland ; j'ai essayé de me convaincre que j'étais amoureux d'elle, mais on s'est séparés en douceur avec un mélange de regret et de soulagement au bout de huit ou neuf semaines.

Après chacun de ces épisodes, Diane appelait à l'improviste, et nous bavardions, et je ne parlais pas d'Elaine Bowland (ou de Toni Hickock, ou de Sarah Burstein), tandis que Diane ne se résolvait jamais vraiment à me dire comment elle avait occupé son temps libre durant notre hiatus, et ce n'était pas grave car nous nous retrouvions très vite à l'intérieur de la bulle, en équilibre entre amour romantique et simulacre, enfance et âge adulte.

J'ai essayé de ne pas espérer davantage. Mais je ne pouvais m'empêcher de souhaiter sa compagnie. Et je pensais qu'elle recherchait la mienne. Après tout, elle ne cessait de revenir vers moi. J'avais vu de quelle manière elle se détendait avec moi, son sourire spontané lorsque j'entrais dans la pièce, une quasi-déclaration : *Oh, bien, Tyler est là. Rien de mal n'arrive quand il est là.*

« Tyler ? »

Je me suis demandé ce qu'elle avait dit à Holly. *Tyler est vraiment sympa, mais il me colle aux basques depuis des années, maintenant... entre vous deux, ça devrait marcher du tonnerre !*

« Tyler ? » Elle semblait angoissée. « Tyler, si tu ne veux pas parler à...

— Eh bien non, en fait.

— Alors passe-moi Jason, s'il te plaît. »

J'ai tendu mon téléphone portable à Jason, qui a écouté quelques instants. Puis il a dit : « On est en haut de la colline. Non. Non. Et si tu venais nous rejoindre ? Il ne fait pas si froid que ça. Non. »

Je ne voulais pas la voir. J'ai commencé à m'éloigner. Jason m'a lancé mon portable en me disant : « Fais pas chier, Tyler. Il faut que je vous parle, à Diane et à toi.

— Que tu nous parles de quoi ?

— De l'avenir. »

C'était une réponse énigmatique au point d'en devenir agaçante. « Tu n'as peut-être pas froid, mais moi, si. » Je me gelais.

« C'est plus important que tes problèmes avec ma sœur. » Il était sérieux comme un pape. « Et je sais l'importance qu'elle a pour toi.

— Elle n'a aucune importance pour moi.

— Ce ne serait pas vrai même si vous n'étiez qu'amis.

— On *n'est* qu'amis. » Je ne lui avais jamais vraiment parlé de Diane, nos conversations n'étant pas censées aborder ce sujet. « Demande-lui, tu verras.

— Tu fais la gueule parce qu'elle t'a présenté à cette Holly.

— Je ne veux pas en parler.

— Elle a juste voulu se comporter en sainte. C'est sa nouvelle marotte. Elle a lu ces livres, tu sais ?

— Lesquels ?

— Ceux de théologie apocalyptique. Qu'on trouve en général sur le présentoir des best-sellers. Tu sais bien : *Prier dans le noir* de C.R. Ratel, l'abnégation du moi terrestre. Il faut que tu regardes davantage la télévision dans la journée, Tyler. Elle n'essayait pas de t'insulter. C'est une espèce de geste.

— Et ça excuse son comportement ? » Je me suis éloigné de quelques pas supplémentaires en direction de la maison, en me demandant comment rentrer sans eux.

« Tyler », a-t-il dit, et quelque chose dans sa voix m'a poussé à me retourner. « Tyler. Écoute. Tu m'as demandé ce que j'avais sur le cœur. » Il a soupiré. « E.D. m'a dit quelque chose sur l'Événement d'Octobre. Cela n'a pas encore été rendu public. J'ai promis de ne pas en parler. Mais je vais manquer à cette promesse. Je vais la violer parce qu'il y a seulement trois personnes au monde que je considère comme ma famille. L'une d'elles est mon père, les deux autres sont Diane et toi. Alors est-ce qu'il te serait possible de m'accorder quelques petites minutes ? »

J'ai aperçu Diane en train de monter la pente tout en se débattant avec sa parka d'un blanc de neige, un bras dans une manche, l'autre encore dehors.

J'ai regardé le visage de Jason, son expression grave et triste dans la vague lumière de vacances venant d'en bas. Cela m'a fait peur, et malgré ce que je ressentais, j'ai accepté d'écouter ce qu'il avait à dire.

Il a chuchoté quelque chose à l'oreille de Diane lorsqu'elle est arrivée sur le belvédère. Elle l'a regardé les yeux écarquillés et s'est un peu écartée de nous. Puis Jason s'est mis à parler, doucement, avec méthode, d'une voix presque apaisante, à nous raconter un cauchemar comme s'il s'agissait d'une histoire pour s'endormir.

Bien entendu, c'est E.D. qui lui avait appris tout cela.

Les affaires d'E.D. avaient prospéré après l'Événement d'Octobre. Lawton Industries avait présenté une technologie de remplacement pratique et immédiatement disponible : des aérostats de haute altitude, des ballons sophistiqués conçus pour flotter indéfiniment dans la stratosphère. Cinq ans plus tard, les aérostats d'E.D. transportaient des appareils de télécommunications, relayant communications vocales et transmissions de données multipoint, assurant toutes les fonctions (à l'exception du GPS et de l'astronomie) qu'un satellite conventionnel aurait pu assurer. Le pouvoir et l'influence d'E.D. s'étaient accrus à toute vitesse. Ces derniers temps, il avait monté un groupe de pression dans le domaine de l'aérospatiale, la Fondation Périhélie, et officié comme consultant pour le gouvernement fédéral dans nombre de projets moins publics, en l'occurrence, le programme ARV (Automated Reentry Vehicle) de la NASA.

La NASA perfectionnait ses sondes ARV depuis maintenant deux ans. Les lancements initiaux devaient servir à étudier le bouclier d'Octobre. Pouvait-on le pénétrer, pouvait-on de l'extérieur récupérer des données utiles ?

La première tentative avait littéralement été un coup au hasard, un simple ARV monté sur une Lockheed Martin Atlas 2AS spécialement aménagée et lancée dans le noir absolu au-dessus de la base aérienne de Vandenberg. La mission avait semblé échouer presque aussitôt : conçu pour passer une semaine en orbite, le satellite était retombé dans l'Atlantique au large des Bermudes quelques instants après son lancement. Comme si, a dit Jason, il s'était heurté à la frontière de l'Événement et y avait rebondi.

Mais il n'avait *pas* rebondi. « En récupérant le satellite, on s'est aperçus qu'il contenait une semaine de données.

— Comment est-ce possible ?

— La question n'est pas de savoir ce qui est *possible* mais ce qu'il s'est passé. Et il s'est passé que l'appareil, après sept jours en orbite, est retombé le soir de son lancement. On en est certains parce que cela s'est reproduit à chaque lancement, et il y en a eu beaucoup.

— Mais *pourquoi* ? De quoi s'agit-il, Jason ? De voyage dans le temps ?

— Non... pas tout à fait.

— *Pas tout à fait* ?

— Laisse-le donc parler », a dit Diane à voix basse.

On disposait de toutes sortes d'indices sur ce qu'il se produisait en réalité, nous a appris Jason. Vues du sol, les fusées semblaient accélérer en arrivant sur la barrière puis disparaître, comme attirées à l'intérieur. Mais les données récupérées ensuite sur les appareils ne montraient rien de tel. Impossible de concilier les deux jeux d'observations. Vus du ciel, les satellites accéléraient en approchant de la barrière, y pénétraient et retombaient presque aussitôt sur Terre, les satellites eux-mêmes signalaient s'être installés sans problème en orbite et y avoir passé le temps imparti pour revenir d'eux-mêmes des semaines ou des mois plus tard. (Comme le cosmonaute russe, ai-je pensé, cosmonaute dont l'histoire, jamais ni confirmée ni démentie officiellement, était devenue une espèce de légende urbaine.) Si l'on supposait corrects les deux jeux de données, il n'y avait qu'une seule explication :

Le temps ne s'écoulait pas à la même vitesse de l'autre côté de la barrière.

Ou, pour inverser l'équation, le temps sur Terre passait plus lentement que dans le reste de l'univers.

« Vous comprenez ce que cela signifie ? s'est enquis Jason. Avant, on aurait dit qu'une cage électromagnétique régulait l'énergie parvenant à la surface de la Terre. Et c'est le cas. Mais en fait, ce n'est qu'un effet secondaire, un détail d'une image plus vaste.

— Un effet secondaire de quoi ?

— De ce qu'ils appellent un *gradient temporel.* Vous en saisissez la signification ? Pour chaque seconde qui passe sur Terre, il s'écoule beaucoup plus de temps à l'extérieur de la barrière.

— Ça n'a aucun sens, ai-je dit aussitôt. Quel genre de physique ça impliquerait, bordel ?

— Des gens bien plus expérimentés que moi se battent avec cette question. Mais la notion de gradient temporel permet d'expliquer pas mal de points. S'il y a une différence temporelle entre l'univers et nous, les radiations ambiantes atteignant la surface de la Terre à un moment donné, la lumière du soleil, les rayons X, les radiations cosmiques, sont accélérées en proportion. Et une année de soleil condensée en dix secondes nous tuerait sur le coup. La barrière électromagnétique entourant la Terre ne nous cache pas, elle nous *protège.* Elle filtre toute cette radiation concentrée, et décalée vers le bleu, j'imagine.

— Le faux soleil, a compris Diane.

— Exact. Ils nous ont donné un faux soleil parce que le vrai serait mortel pour nous. Juste ce qu'il faut de lumière solaire, et répartie comme il convient, pour imiter les saisons, faire pousser les plantes et fonctionner la météo. Les marées, notre trajectoire autour du soleil, masse, inertie, gravitation, *tout* cela est manipulé, pas seulement pour nous ralentir mais pour nous garder en vie en même temps.

— *Géré,* ai-je dit. Ce n'est pas un acte de la nature. C'est de l'ingénierie.

— Je crois qu'on est bien obligés de l'admettre, oui, a dit Jason.

— Quelqu'un nous fait cela, à *nous.*

— Les gens parlent d'une hypothétique intelligence gouvernante.

— Mais dans quel but, pour parvenir à quoi ?

— Je ne sais pas. Personne n'en sait rien. »

Diane a regardé son frère, dont la séparait un fossé d'air

hivernal froid et immobile. Elle a serré sa parka sur ses épaules en frissonnant. Pas à cause de la température, juste parce qu'elle était arrivée à la question fondamentale : « Combien de *temps*, Jason ? Combien de temps passe dehors ? »

Dehors, derrière le ciel vide.

Jason a hésité, manifestement peu disposé à lui répondre. « Beaucoup, a-t-il admis.

— Dis-nous, a insisté Diane d'une voix éteinte.

— Eh bien... Il y a toutes sortes de mesures. Mais au dernier lancement, ils ont fait rebondir un signal de calibration à la surface de la lune. La lune s'éloigne un peu plus de la Terre tous les ans, vous le saviez ? Très peu, mais c'est mesurable. En mesurant la distance, on obtient une espèce de calendrier grossier, de plus en plus précis au fur et à mesure que le temps passe. Si on ajoute cela aux autres données significatives, comme le mouvement des étoiles proches...

— *Combien de temps*, Jason ?

— Il s'est passé cinq ans et deux mois depuis l'Événement d'Octobre. À l'extérieur de la barrière, cela correspond à un peu plus de cinq cents millions d'années. »

Un nombre à vous couper le souffle.

Je n'ai rien trouvé à dire. Pas un mot. Cela m'a laissé sans voix. Et sans pensées. À ce moment-là, il n'y avait pas le moindre bruit, rien que le vide acerbe de la nuit.

Puis Diane, à qui le cœur du problème était aussitôt apparu dans toute son horreur, a demandé : « Et combien de temps nous reste-t-il ?

— Je ne sais pas non plus. Ça dépend. Nous sommes protégés, jusqu'à un certain point, par la barrière, mais quel est le niveau d'efficacité de cette protection ? Et puis il y a des faits incontournables. Le soleil est mortel, comme toutes les étoiles. Il brûle de l'hydrogène, grossit et chauffe de plus en plus en vieillissant. La Terre existe dans une espèce de zone habitable du système solaire, et cette zone s'éloigne peu à peu du soleil. Comme je l'ai dit, nous sommes protégés, donc aucun problème pour le moment. Mais la Terre va finir par se retrouver dans l'héliosphère du soleil. Avalée par lui. Passé un certain point, il n'y a tout simplement pas de retour possible.

— Combien de *temps*, Jase ? »

Il l'a regardée avec un air de pitié. « Quarante, peut-être cinquante ans, a-t-il répondu. En gros. »

4×10^9 ap. J.-C.

J'ai eu du mal à supporter la douleur, même avec la morphine achetée à un prix ridicule par Diane dans une pharmacie de Padang. La fièvre a été pire.

Elle n'était pas permanente. Elle venait par vagues, par bouffées, par bulles de chaleur et de bruit qui surgissaient à l'improviste dans mon crâne. Cela rendait mon corps capricieux, instable. Un soir, en voulant m'emparer d'un verre d'eau imaginaire, j'ai fracassé la lampe de chevet, ce qui a réveillé le couple de la chambre voisine.

Au matin, redevenu provisoirement lucide, je ne me souvenais plus de l'incident. Mais j'ai vu du sang coagulé sur mes doigts et entendu Diane dédommager le concierge, qui semblait furieux.

« J'ai vraiment fait ça ? l'ai-je interrogée.

— J'en ai bien peur. »

Elle s'est assise à côté du lit dans un siège en osier. Comme elle avait commandé des œufs brouillés et du jus d'orange, j'ai deviné que c'était le matin. Derrière les rideaux de voile, j'ai vu le ciel tout bleu. La porte du balcon, ouverte, laissait entrer l'odeur de l'océan ainsi que des bouffées d'air d'une agréable chaleur. « Désolé, ai-je dit.

— Tu avais perdu la tête. Je te conseillerais bien d'oublier l'incident, mais de toute évidence, c'est déjà fait. » Elle a posé sa main sur mon front. « Et ce n'est pas encore terminé, j'en ai peur.

— Depuis combien de temps... ?

— Une semaine.

— Seulement ?

— Seulement. »

Je n'étais même pas encore arrivé à la moitié de mon calvaire.

Mais les intervalles de lucidité étaient bien pratiques pour écrire.

La graphomanie constituait l'un des rares effets secondaires du médicament. Lorsqu'elle avait subi la même épreuve, Diane avait écrit des centaines de fois et d'une manière presque identique la phrase *Ne suis-je pas le gardien de mon frère* sur quatorze feuilles de papier ministre. Ma propre graphomanie se révélait au moins un peu plus cohérente. J'ai empilé les feuilles de papier manuscrites sur la table de chevet en attendant une nouvelle offensive de la fièvre, relisant ce que j'avais écrit pour essayer de le fixer dans ma mémoire.

Diane a passé la journée hors de l'hôtel. À son retour, je lui ai demandé où elle était allée.

« Nouer des relations », a-t-elle répondu. Elle m'a raconté avoir contacté un courtier de transit, un Minang nommé Jala dont l'affaire d'import-export servait de couverture à de plus lucratives activités de courtage en émigration. Tout le monde sur les quais connaissait Jala, d'après Diane. Elle lui avait fait une offre pour des couchettes, offre qui se trouvait toutefois en concurrence avec celle de kibboutzim fous d'utopie, aussi rien n'était-il réglé, mais elle affichait un optimisme prudent.

« Reste sur tes gardes, l'ai-je prévenue. Il y a peut-être encore des gens qui nous recherchent.

— Je n'en ai pas l'impression, mais... » Elle a haussé les épaules et jeté un coup d'œil au bloc-notes que je tenais à la main. « Encore en train d'écrire ?

— Ça me permet d'oublier la douleur.

— Tu arrives à tenir le stylo ?

— On dirait une arthrose terminale, mais je m'en sors. » *Pour l'instant,* ai-je rajouté à part moi. « La distraction compense le désagrément. »

Mais bien entendu, il n'y avait pas que ça. Et je n'écrivais pas juste par graphomanie. C'était un moyen d'extérioriser ce qui se sentait menacé.

« C'est vraiment très bien fait », a dit Diane.

Je l'ai regardée, horrifié. « Tu l'as *lu* ?

— Tu me l'as demandé. Tu m'as suppliée, Tyler.

— Je délirais ?

— Il faut croire... tu semblais pourtant assez rationnel, à ce moment-là.

— Je n'écrivais pas à destination d'un public. » Et j'étais stupéfait d'avoir oublié que je lui avais montré mes papiers. Avais-je encore perdu beaucoup d'autres souvenirs ?

« Je ne lirai plus, alors. Mais ce que tu as écrit... » Elle a penché la tête. « Je suis surprise et flattée que tu aies éprouvé des sentiments aussi forts à mon égard, à l'époque.

— Je vois mal comment cela peut te surprendre.

— Plus que tu ne l'imagines. Mais il y a quelque chose de paradoxal, Tyler. La fille dont tu parles là-dedans est indifférente, presque cruelle.

— Je ne t'ai jamais considérée ainsi.

— Ce n'est pas ton opinion qui m'inquiète. C'est la mienne. »

Je m'étais assis sur le lit, m'imaginant accomplir une démonstration de force, prouver mon stoïcisme. Cela prouvait plus probablement que les analgésiques agissaient, du moins pour le moment. J'ai frissonné. Ce qui constituait le premier symptôme d'un retour de fièvre. « Tu veux savoir quand je suis tombé amoureux de toi ? Je devrais peut-être le mettre par écrit. C'est important. J'avais dix ans...

— Tyler, Tyler... Personne ne tombe amoureux à dix ans.

— C'était à la mort de Saint-Augustin. »

Saint-Augustin, espiègle springer blanc et noir à pedigree, avait été l'animal domestique particulier de Diane. Elle l'avait appelé « Saint-Chien ».

Elle a tiqué. « C'est d'un macabre. »

Mais je ne plaisantais pas. E.D. Lawton avait acheté l'animal sur un coup de tête, sans doute pour décorer l'âtre de la Grande Maison, comme avec une paire de chenets anciens. Mais Saint-Chien avait résisté à son destin. Il était assez décoratif, mais aussi curieux et très turbulent. E.D. n'avait pas tardé à le mépriser, Carol Lawton l'ignorait et Jason affichait un amusement perplexe. Diane, alors âgée de douze ans, s'était quant à elle attachée à l'animal. Chacun avait fait apparaître l'autre sous son meilleur jour. Six mois durant, Saint-Chien l'avait suivie partout, sauf dans le bus scolaire. Ils jouaient ensemble les soirs d'été sur la grande pelouse, et c'est durant un de ces soirs que j'ai pour la première fois remarqué Diane d'une certaine manière, que j'ai pour la première fois pris du plaisir simplement à la regarder. Elle courait jusqu'à épuisement avec Saint-Chien, qui ne s'impatientait jamais pendant qu'elle reprenait son souffle. Elle lui manifestait diverses attentions auxquelles aucun des autres Lawton n'avait jamais pensé... elle se montrait sensible à ses humeurs, comme Saint-Augustin aux siennes.

Je n'aurais pu dire en quoi cela me plaisait. Sauf que dans le monde des Lawton, un monde inquiet et émotionnellement lourd, elle était une oasis d'affection simple. Si j'avais été un chien, j'aurais peut-être ressenti de la jalousie. Au lieu de cela, j'en ai retiré l'impression marquante que Diane était spéciale, différente de sa famille sur des points importants. Elle allait à la rencontre du monde avec une ouverture émotionnelle perdue ou jamais acquise par les autres Lawton.

Saint-Augustin a connu une mort soudaine et prématurée à l'automne — alors qu'il n'était encore guère qu'un chiot. Diane a été accablée de chagrin, et je me suis aperçu que je l'aimais.

Voilà qui a *vraiment* l'air macabre. Je ne suis pas tombé amoureux d'elle parce qu'elle pleurait son chien. Je suis tombé amoureux d'elle parce qu'elle était *capable* de le pleurer, quand tous les autres semblaient indifférents ou secrètement soulagés d'être enfin débarrassés de Saint-Augustin.

Elle a détourné le regard en direction de la fenêtre ensoleillée. « La mort de cet animal m'a brisé le cœur. »

Nous avions enterré Saint Chien dans les bois derrière la pelouse. Diane avait érigé en guise de monument funéraire un petit monticule de pierres dont elle a continué à accroître la hauteur chaque printemps jusqu'à son départ de la propriété, dix ans plus tard.

Elle a aussi prié sur cette tombe à chaque nouvelle saison, en silence, les mains jointes. Prié qui, et pour qui, je l'ignore. Je ne sais pas ce que font les gens lorsqu'ils prient. Je ne crois pas en être capable.

Mais cela a constitué pour moi le premier signe que Diane vivait dans un monde plus vaste que celui de la Grande Maison, un monde dans lequel chagrin et joie se déplaçaient avec une lourdeur de marées, avec le poids de l'océan derrière eux.

La fièvre est revenue ce soir-là. J'en garde pour seul souvenir celui d'une peur récurrente (revenant toutes les heures) que le médicament ait effacé davantage de souvenirs que je n'en pourrais jamais retrouver, un sentiment de perte irrécupérable similaire à ces rêves dans lesquels on cherche en vain le portefeuille manquant, un objet de prix, le sens de soi-même. J'ai imaginé sentir le médicament martien se frayer un chemin en moi, lancer de nouveaux assauts et négocier des trêves temporaires avec mon système immunitaire, établir des têtes de pont cellulaires, isoler des séquences chromosomiques hostiles.

Lorsque je suis revenu à moi, Diane n'était pas là. Séparé de la douleur par la morphine qu'elle m'avait administrée, j'ai quitté le lit et réussi à me servir des toilettes, puis à me traîner sur le balcon.

L'heure du dîner. Le soleil n'était pas encore couché mais le ciel avait pris une teinte bleu crépusculaire. L'air sentait le lait de coco et les vapeurs de diesel. L'Arc luisait à l'ouest comme du vif-argent gelé.

J'ai eu à nouveau envie d'écrire, le besoin s'emparant de moi comme un écho de la fièvre. J'avais en ma possession le bloc-notes déjà à moitié rempli de griffonnages tout juste déchiffrables. Il allait falloir demander à Diane de m'en acheter un autre. Peut-être même deux. Que je remplirais de mots.

Des mots comme des ancres, amarrant des bateaux de mémoire pour ne pas que la tempête les emporte.

Des rumeurs d'apocalypse parviennent dans les Berkshires

Après la soirée luge, je n'ai plus revu Jason avant plusieurs années, même si nous restions en contact. Nous nous sommes retrouvés l'année où je suis sorti de la fac de médecine, dans une location estivale des Berkshires [1], à environ vingt minutes de Tanglewood.

J'avais été très occupé. J'avais étudié quatre ans à la fac tout en travaillant bénévolement dans une clinique locale, et commencé à préparer le concours d'admission en médecine deux ans avant de le tenter. Mes notes de fac, les résultats du concours et une liasse de lettres de recommandations m'avaient valu une admission en médecine à l'université de New York, sur le campus de Stony Brook, pour quatre années supplémentaires. C'était fait, acquis, mais il faudrait rajouter encore au moins trois ans d'internat avant de pouvoir exercer.

Ce qui me plaçait parmi la majorité des gens ayant continué à vivre leur vie comme si personne n'avait annoncé la fin du monde.

Peut-être cela aurait-il été différent si on avait pu calculer le jour et l'heure du Jugement dernier. Nous aurions tous pu choisir notre partition, de la panique à la sainte résignation, afin de jouer l'histoire humaine avec un sens convenable du minutage et l'œil rivé sur nos montres.

1. Branche du massif des Appalaches centrée dans l'ouest du Massachusetts. (*N.d.T.*)

Mais nous n'affrontions guère que la forte probabilité d'une extinction finale, dans un système solaire devenant rapidement inadapté à la vie. Rien, sans doute, ne pourrait nous protéger indéfiniment du soleil en expansion que nous avions tous vu sur les images transmises par les sondes orbitales de la NASA... mais nous en étions pour le moment protégés, et pour des raisons que personne ne comprenait. La crise, s'il y en avait une, restait intangible ; la seule preuve accessible aux sens étant l'absence d'étoiles — absence de preuve, preuve d'absence.

Comment construire une vie sous la menace de l'extinction ? Cette question a défini notre génération. Cela a semblé plutôt facile pour Jason, qui s'était attaqué bille en tête au problème : le Spin *devenait* rapidement sa vie. J'imagine que cela a aussi été relativement facile pour moi. Je m'orientais vers la médecine de toute manière, choix qui paraissait encore plus sage dans cette ambiance de crise en gestation. Peut-être m'étais-je imaginé sauver des vies au cas où la fin du monde ne se révèle ni hypothétique ni instantanée. Quelle importance, si nous étions tous condamnés ? Pourquoi sauver des vies si l'humanité allait s'éteindre ? Mais bien entendu, nous autres médecins ne *sauvons* pas vraiment des vies, nous les prolongeons, ou bien nous fournissons antalgiques et soins palliatifs. Ce qui pourrait bien être le talent le plus utile de tous.

Mes études m'avaient aussi permis d'oublier les plaies du reste du monde, distraction longue, permanente, épuisante mais bienvenue.

Aussi m'en suis-je sorti. Jason aussi. Mais beaucoup ont eu plus de mal. Diane, par exemple.

Je nettoyais le deux-pièces que je louais à Stony Brook lorsque Jason a appelé.

C'était un début d'après-midi. L'illusion d'optique impossible à distinguer du soleil brillait avec éclat. Ma Hyundai était bondée et prête à me reconduire chez moi. J'avais prévu de passer quinze jours avec ma mère, puis de traverser tranquillement le pays en une semaine ou deux. Il ne me restait pas davantage de temps libre avant d'entamer mon internat au centre médical Harborview de Seattle, et j'avais l'intention d'en profiter pour voir le monde, ou du moins la partie du monde située entre le Maine et l'État de Washington. Mais Jason avait eu une autre idée. Il m'a tout juste laissé le temps de placer un salut-comment-ça-va avant de sortir son boniment.

« Tyler, a-t-il dit, l'occasion est trop belle pour qu'on n'en profite pas... E.D. a loué un pavillon dans les Berkshires.

— Ah oui ? Grand bien lui fasse.

— Mais il ne peut pas y aller. La semaine dernière, pendant qu'il visitait une usine d'extrusion d'aluminium dans le Michigan, il s'est fracturé la hanche en tombant d'un quai de chargement.

— J'en suis désolé.

— Rien de grave, il se remet, mais il ne pourra pas se passer de béquilles avant un bon moment et il ne veut pas faire tout le chemin jusqu'au Massachusetts juste pour y avaler des OxyContin toute la journée. Et le séjour n'enthousiasmait pas Carol depuis le début. » Rien d'étonnant. Carol était devenue une ivrogne professionnelle. Je n'osais imaginer ce qu'elle aurait fait dans les Berkshires avec E.D. Lawton, à part boire encore davantage. « Le problème, a continué Jason, c'est qu'il ne peut pas annuler la location, alors la maison va rester vide trois mois. Je me suis donc dit, comme t'as fini la fac et tout, qu'on pourrait peut-être s'y retrouver au moins deux semaines. On arrivera peut-être à convaincre Diane de se joindre à nous. Aller à un concert. Se promener dans les bois. Comme au bon vieux temps. Je suis déjà en route, en fait. Qu'est-ce que t'en penses, Tyler ? »

J'allais décliner. Mais j'ai pensé à Diane. J'ai pensé aux quelques lettres et coups de téléphone que nous avions échangés lors d'occasions prévisibles, et à toutes les questions restant sans réponse qui s'étaient accumulées entre nous. Le bon sens voulait que je décline, je le savais. Mais il était trop tard : mes lèvres avaient déjà accepté.

J'ai donc passé une nuit de plus sur Long Island avant d'entasser mes derniers biens terrestres dans le coffre de ma voiture et d'aller prendre l'autoroute.

Il y avait peu de circulation et le temps était ridiculement beau, en ce grand après-midi bleu à la chaleur agréable. J'ai eu envie de vendre demain au plus offrant pour m'installer à jamais dans ce 2 juillet. Je ne m'étais pas senti plus bêtement, plus corporellement heureux depuis longtemps.

Puis j'ai branché la radio.

J'étais assez âgé pour me souvenir qu'une « station de radio » consistait en un bâtiment muni d'un transmetteur et d'une grande antenne, à l'époque où passer d'une ville à l'autre provoquait des flux et reflux dans la réception radio. Nombre de ces stations existaient encore, mais le récepteur analogique de la Hyundai avait rendu l'âme environ une semaine après la fin de la garantie. Ce qui ne me laissait que les programmes numériques (relayés par un des aérostats de haute altitude d'E.D.). J'écoutais en général des téléchargements de jazz du vingtième siècle, dont j'avais pris le goût en fouinant dans la collection de disques de mon père. Tel était, aimais-je à prétendre, mon véritable héritage paternel : Duke Ellington, Billie Holiday, Miles Davis, de la musique déjà vieille dans la jeunesse de Marcus Dupree et transmise subrepticement, comme un secret de famille. Je voulais écouter « Harlem Air Shaft », mais le type qui s'était occupé de l'entretien de la voiture avant le voyage avait effacé mes préréglages au profit d'une chaîne d'information dont je n'ai pas réussi à me débarrasser. Je suis donc resté coincé avec les catastrophes naturelles et les frasques de célébrités. Ils ont même parlé du Spin.

On avait commencé à l'appeler le Spin, à l'époque.

Même si la plus grande partie de l'humanité n'y croyait pas.

Les sondages se montraient assez clairs sur le sujet. La NASA avait dévoilé les données de ses sondes orbitales la nuit où Jason nous avait appris la nouvelle, à Diane et moi, et une rafale de lancements européens avait confirmé les résultats américains. Néanmoins, huit ans après que le Spin avait été rendu public, seule une minorité d'Européens et de Nord-Américains y voyait « une menace pour eux-mêmes ou leur famille. » Dans la plus grande partie de l'Asie, de l'Afrique et du Moyen-Orient, une nette majorité de la population le considérait comme un complot ou un accident américain, sans doute une tentative ratée de créer une espèce de système de défense antimissile type « guerre des étoiles ».

J'avais un jour demandé pourquoi à Jason. « Tu as vu ce qu'on leur demande de croire ? avait-il répondu. On a là une population qui, globalement, a une compréhension quasi prénewtonienne de l'astronomie. Combien as-tu besoin au juste d'en savoir sur la lune et les étoiles lorsque ta vie consiste à récupérer assez de biomasse pour nourrir ta famille ? Raconter à ces gens quelque chose de compréhensible sur le Spin oblige à remonter très loin. Il faudrait commencer par leur dire que la Terre est vieille de plusieurs milliards d'années. Les laisser se débattre, peut-être pour la première fois, avec le concept de "milliards d'années". C'est un gros morceau à avaler, surtout si on a été éduqué dans une théocratie musulmane, un village animiste ou une école privée de la Ceinture Biblique [1]. Il faut leur dire ensuite que la Terre n'est pas immuable, qu'il y a eu une ère plus longue que la nôtre au cours de laquelle les océans étaient vapeur et l'air poison. Leur raconter comment des organismes vivants sont apparus de manière spontanée

1. La Ceinture Biblique (*Bible Belt*) est le nom donné à une zone fictive représentant en gros le quart sud-est des États-Unis, dans laquelle vit un fort pourcentage de fondamentalistes chrétiens. (*N.d.T.*)

pour évoluer sporadiquement pendant trois milliards d'années avant de produire quelque chose qui ressemblait au premier être humain. Parler ensuite du Soleil, leur dire qu'il n'est pas permanent non plus, mais qu'il a commencé son existence sous forme d'un nuage de gaz et de poussière et qu'un jour, dans quelques milliards d'années, il grossira et englobera la Terre pour finir par laisser échapper sa couronne extérieure et se réduire à une pépite de matière superdense. Le b.a.-ba de la cosmologie, pas vrai ? Tu l'as appris dans tous ces livres de poche que tu lisais, c'est une seconde nature pour toi, mais pour la plupart des gens, c'est une manière de voir le monde complètement inédite qui contredit sans doute quelques-unes de leurs croyances de base. Donc, tu les laisses assimiler cela. Tu les laisses assimiler cela, et tu leur donnes ensuite les nouvelles *vraiment* mauvaises. Le temps *lui-même* est fluide et imprévisible. Le monde qui semble si vigoureusement normal — malgré tout ce que nous venons d'apprendre — a depuis peu été enfermé dans une espèce de chambre froide cosmologique. *Pourquoi* nous a-t-on infligé cela ? On ne sait pas au juste. On pense qu'il s'agit d'une action délibérée d'entités si puissantes et si inaccessibles qu'on pourrait aussi bien les appeler des dieux. Et si nous offensons les dieux, ils pourraient nous retirer leur protection, si bien que les montagnes ne tarderaient pas à fondre et les océans à entrer en ébullition. Mais ne nous croyez pas sur parole. Ignorez le crépuscule et la neige qui continue tous les hivers à tomber sur la montagne. Nous avons des preuves. Nous avons des calculs, des inférences logiques, des photographies prises par des machines. Des experts d'envergure mondiale. » Jason avait souri, un de ses sourires narquois et un peu tristes. « Bizarrement, le jury n'est pas convaincu. »

Et il n'y avait pas que les ignorants à rester sceptiques. À la radio, le dirigeant d'une compagnie d'assurances s'est plaint de l'impact économique de « toute cette discussion incessante et sans le moindre esprit critique sur le soi-disant Spin ». Les gens commençaient à prendre cela au sérieux, d'après lui. Ce qui n'arrangeait pas les affaires. Cela rendait les gens téméraires. Cela encourageait l'immoralité, le crime, et l'accroissement du déficit. Pire, cela bousillait les tables actuaires. « Si la fin du monde ne se produit pas dans les trente ou quarante prochaines années, a-t-il affirmé, nous risquons un désastre. »

Des nuages ont commencé à arriver par l'ouest. Une heure plus tard, le ciel d'un bleu splendide s'était nettement assombri et les premières gouttes de pluie s'écrasaient sur mon parebrise. J'ai allumé les phares.

La radio a abandonné le sujet des tables actuaires pour parler en abondance de ce qui faisait depuis peu la une des journaux : les boîtes argentées, aussi grandes qu'une ville, en surplace à l'extérieur de la barrière du Spin plusieurs centaines de kilomètres au-dessus des pôles terrestres. En surplace, pas en orbite. Un objet peut rester en orbite stable au-dessus de l'équateur — comme les satellites géostationnaires, à l'époque — mais rien, de par les plus élémentaires lois du mouvement, ne peut « orbiter » à un emplacement donné au-dessus du pôle de la planète. Ces choses s'y trouvaient pourtant, détectées par une sonde radar et photographiées ensuite par une mission de reconnaissance automatique : un mystère supplémentaire du Spin, et tout aussi incompréhensible pour les masses sans instruction, moi compris, cette fois. Je voulais en parler à Jason. Je voulais qu'il m'explique.

Il pleuvait à verse et le tonnerre grondait dans les collines lorsque j'ai fini par m'arrêter devant la maison louée par E.D. Lawton à l'extérieur de Stockbridge.

C'était un cottage campagnard à l'anglaise comptant quatre chambres, revêtu d'une peinture vert arsenic et entouré d'hectares de bois entretenus. Il luisait comme une lampe tempête dans le crépuscule. Jason était déjà arrivé : j'ai vu sa Ferrari blanche garée sous une tonnelle dégoulinante.

Il avait dû m'entendre, car il a ouvert la grande porte

d'entrée avant que je frappe. « Tyler ! » s'est-il exclamé en souriant.

Je suis entré et j'ai posé ma valise trempée sur le sol carrelé du vestibule.

Nous avions gardé le contact par l'intermédiaire du courrier électronique et du téléphone, mais à part quelques brèves apparitions à la Grande Maison pendant des vacances, c'était la première fois que nous nous trouvions dans la même pièce depuis presque huit ans. J'imagine que le temps avait laissé sa marque sur lui comme sur moi, subtil inventaire des changements. J'avais oublié à quel point il semblait impressionnant. Il était depuis toujours grand et à l'aise dans son corps : cela n'avait pas changé, même s'il semblait plus mince, non pas fragile mais dans un équilibre fragile, comme un manche à balai debout. Sa chevelure se limitait à un chaume uniforme de quelques millimètres. Et il avait beau conduire une Ferrari, il manquait toujours complètement de style vestimentaire, avec son jean déchiré, son ample pull bouloché et ses tennis au rabais.

« Tu as mangé en route ? s'est-il enquis.

— J'ai déjeuné tard.

— Tu as faim ? »

Non, mais j'ai admis mourir d'envie de boire une tasse de café. La fac de médecine avait fait de moi un accro à la caféine.

« T'as de la chance, a estimé Jason. J'ai acheté une livre de guatémaltèque en chemin. » Indifférents à la fin du monde, les Guatémaltèques continuaient à cultiver du café. « Je vais en préparer. Et te montrer les lieux pendant qu'il passe. »

Nous avons exploré la maison. Elle avait quelque chose de tarabiscoté caractéristique du vingtième siècle, avec ses murs peints en orange ou vert pomme, ses solides meubles anciens issus d'un vide-grenier campagnard, ses châlits en cuivre et ses rideaux en dentelle habillant des fenêtres aux vitres irrégulières que la pluie inondait sans se lasser. La cuisine et le salon étaient équipés des facilités modernes : grand téléviseur, station musicale, connexion Internet. Un nid douillet au milieu de la pluie. Nous sommes redescendus et Jason m'a servi mon café. Nous nous sommes assis à la table de la cuisine pour échanger les dernières nouvelles.

Jase est resté vague sur son travail, soit par modestie, soit pour des raisons de sécurité. Au cours des huit années écoulées depuis la révélation de la véritable nature du Spin, il avait passé un doctorat en astrophysique avant d'occuper un poste subalterne à la Fondation Périhélie d'E.D. L'idée n'était peut-être pas mauvaise, maintenant E.D. devenu figure éminente de la Commission d'Enquête Parlementaire du président Walker sur la Crise Globale et Environnementale. Selon Jase, Périhélie, de groupe d'experts dans le domaine aérospatial, allait se transformer en organisme consultatif officiel, doté d'une véritable autorité pour influer sur la politique.

« C'est légal ? ai-je demandé.

— Ne sois pas naïf, Tyler. E.D. a déjà pris du recul par rapport à Lawton Industries. Il a démissionné du conseil d'administration et ses parts sont gérées par un fidéicommis sans droit de regard. Nos avocats nous assurent de l'absence de tout conflit d'intérêts.

— Et toi, tu fais quoi à Périhélie ? »

Il a souri. « J'écoute mes aînés avec attention et je soumets poliment des suggestions. Parle-moi de la fac de médecine. »

Il m'a demandé si je n'avais pas trouvé dégoûtant de me confronter à autant de faiblesses et de maladies humaines. Je lui ai donc parlé du cours d'anatomie de deuxième année. Avec une douzaine d'autres étudiants, j'avais disséqué un cadavre humain et trié son contenu par taille, couleur, fonction et poids. Une expérience sans rien de plaisant. Son authenticité en avait été la seule consolation et son utilité sa seule vertu. Mais cela marquait aussi un passage, une étape. Derrière laquelle il ne restait plus rien de l'enfance.

« Mon Dieu, Tyler. Tu veux quelque chose de plus fort que le café ?

— Je ne dis pas qu'il y avait de quoi en faire un plat. C'était justement ça le plus scandaleux. Ce n'était rien du tout. Quand on sortait de là, on allait au cinéma.

— Ça en fait du chemin depuis la Grande Maison, tout de même.

— Oui, ça en fait. Pour toi comme pour moi. » J'ai levé ma tasse.

Puis nous nous sommes mis à échanger nos souvenirs et la tension a déserté la conversation. Nous avons parlé du bon vieux temps. Nous sommes tombés dans ce que j'ai identifié comme un motif récurrent : Jason mentionnait un endroit — le sous-sol, le centre commercial, le ruisseau dans les bois — et je fournissais une histoire : le jour où nous avions forcé le placard à alcools, la fois où nous avions vu une fille de Rice nommée Kelley Weems voler une boîte de capotes à la pharmacie, l'été où Diane avait tenu à nous lire d'étouffants passages de Christina Rossetti, comme si elle avait découvert quelque chose de profond.

La grande pelouse, a lancé Jason. *La nuit où les étoiles ont disparu*, ai-je répondu.

Puis nous avons gardé le silence un moment.

J'ai fini par demander : « Finalement... elle vient ou pas ?

— Elle n'a pas encore pris sa décision, a répondu Jase d'un ton neutre. Elle jongle avec quelques obligations. Elle est censée m'appeler demain pour me dire.

— Elle est toujours dans le sud ? » Elle y était la dernière fois que j'avais eu de ses nouvelles, par l'intermédiaire de ma mère. Diane étudiait je ne savais plus trop bien quoi dans une fac du sud : la géographie urbaine, l'océanographie ou autre matière improbable se terminant par « ographie ».

« Ouais, toujours, a dit Jason en s'agitant sur sa chaise. Tu sais, Ty, il y a eu pas mal de changements, concernant Diane.

— Rien de surprenant à cela, j'imagine.

— Elle est plus ou moins fiancée. »

J'ai réagi plutôt élégamment. « Eh bien, tant mieux pour

elle. » Comment pourrais-je être jaloux ? Je n'avais plus aucune relation avec Diane, et dans un certain sens du mot « relation », je n'en avais même jamais eu. J'avais de plus failli me fiancer moi-même, à Stony Brook, avec une étudiante de deuxième année appelée Candice Boone. Nous avions apprécié de nous dire « je t'aime » jusqu'au jour où cela a fini par nous lasser. Je crois que c'est Candice qui en a eu assez la première.

Et pourtant : *plus ou moins* fiancée ? Qu'est-ce que cela signifiait ?

J'ai été tenté de poser la question. Mais la tournure prise par la conversation mettait manifestement Jason mal à l'aise. Cela m'a rappelé qu'un jour, à la Grande Maison, Jason avait ramené la fille avec laquelle il sortait afin de la présenter à sa famille. Une fille quelconque mais pas désagréable, trop timide pour parler beaucoup, qu'il avait rencontrée au club d'échecs de Rice. Carol était restée plutôt sobre ce soir-là, mais E.D. n'avait de toute évidence pas apprécié cette fille, s'était montré avec elle d'une grossièreté flagrante, et après son départ, avait reproché à Jase d'avoir « ramené un tel spécimen à la maison ». Une intelligence hors du commun, avait dit E.D., n'allait pas sans responsabilités hors du commun. Il ne voulait pas que Jason se laisse piéger dans un mariage conventionnel. Ne voulait pas le voir « mettre des couches de bébé à sécher » quand il pouvait « laisser une empreinte sur le monde ».

Placés dans cette situation, beaucoup auraient cessé de ramener leurs rendez-vous à la maison.

Jason, lui, avait cessé de sortir avec des filles.

Le lendemain matin, en me réveillant, j'ai trouvé la maison vide.

Une note m'attendait sur la table de la cuisine : Jason était parti acheter des provisions pour un barbecue. *Je ne reviens pas avant midi.* Il était neuf heures et demie. J'avais dormi voluptueusement tard, la langueur des vacances d'été s'emparant de moi.

Une langueur qui semblait engendrée par la maison. Les tempêtes de la nuit étaient passées et une agréable brise matinale traversait les rideaux de calicot. La lumière du soleil soulignait les imperfections dans le grain des plans de travail en bois épais de la cuisine. J'ai tranquillement pris mon petit déjeuner près de la fenêtre en regardant des nuages semblables à d'imposants schooners naviguer sur l'horizon.

Peu après dix heures, on a sonné à la porte et j'ai connu un instant de panique en pensant que cela pouvait être Diane — aurait-elle décidé d'arriver tôt ? Il s'agissait en réalité de « Mike, le paysagiste », en bandana et T-shirt sans manches, venu me prévenir qu'il allait s'occuper de la pelouse. Il ne voulait réveiller personne, mais la tondeuse était plutôt bruyante. Il pouvait revenir dans l'après-midi si cela posait un problème. Aucun problème, ai-je répondu, et quelques minutes plus tard, il effectuait le tour de la propriété sur un vieux John Deere vert qui répandait de l'essence brûlée dans l'atmosphère. Encore un peu endormi, je me suis demandé de quoi ce jardinage aurait l'air aux yeux de ce que Jason aimait appeler l'univers dans sa globalité. Pour l'univers dans sa globalité, la Terre était une planète quasiment en stase. Ces brins d'herbe avaient poussé au fil des siècles, aussi majestueux dans leur mouvement que l'évolution des étoiles. Mike, une force de la nature née deux milliards d'années plus tôt, les fauchait avec une vaste et irrésistible patience. Les brins coupés tombaient comme faiblement soumis à la gravité, avec de nombreuses saisons entre soleil et terreau, terreau dans lequel les vers de Mathusalem rampaient tandis que partout ailleurs dans la galaxie, des empires se créaient et disparaissaient.

Jason avait raison, bien entendu : c'était difficile à croire. Ou plutôt, pas « à croire » — les gens croyaient toutes sortes de choses invraisemblables — mais à accepter comme vérité fondamentale du monde. Je me suis assis sur la véranda devant la maison, à l'opposé des grondements du Deere. L'air était frais et le soleil agréable sur ma peau même si je savais qu'il s'agissait de rayonnements filtrés d'une étoile prise dans un tournoiement (le Spin) complètement fou, au sein d'un univers où les siècles passaient comme des secondes.

Cela ne pouvait être vrai. C'*était* vrai.

J'ai repensé à mes études de médecine, à ce cours d'anatomie dont j'avais parlé à Jason. Candice Boone, mon ex-presque-fiancée, s'y trouvait aussi. Elle avait fait preuve de stoïcisme durant la dissection, mais pas ensuite. Un corps humain, avait-elle affirmé, devrait contenir de l'amour, de la haine, du courage, de la lâcheté, une âme, un esprit... pas cet assortiment gluant d'impondérables bleus ou rouges. Oui. Et nous ne devrions pas être entraînés malgré nous dans un avenir mortel et cruel.

Mais le monde est ce qu'il est, on ne peut pas négocier avec lui. Comme je l'avais dit à Candice.

Elle m'avait répondu que j'étais « froid ». Je n'avais toutefois rien réussi à rassembler de plus proche de la sagesse.

La matinée s'est écoulée. Mike est parti une fois la pelouse tondue, laissant l'atmosphère pleine d'un silence humide. Au bout d'un moment, je me suis décidé à aller téléphoner à ma mère en Virginie, où le temps, m'a-t-elle dit, était moins engageant que dans le Massachusetts : il restait couvert depuis la nuit précédente, au cours de laquelle une tempête avait abattu quelques arbres et lignes électriques. Je l'ai informée que j'étais arrivé sans problème à la maison louée par E.D. Elle m'a demandé des nouvelles de Jason, alors même qu'elle avait dû le voir plus récemment que moi durant l'un de ses passages à la Grande Maison. « Il a vieilli, ai-je répondu. Mais c'est toujours Jase.

— Il se fait du souci pour cette histoire en Chine ? »

Ma mère était une droguée des informations depuis l'Événement d'Octobre et regardait CNN non pour le plaisir ou même pour les informations, mais surtout pour se rassurer elle-même, tout comme un villageois mexicain garde un œil sur le volcan voisin en espérant ne pas y voir de fumée. Cette histoire en Chine se limitait pour le moment à une crise diplomatique, m'a-t-elle appris, même si on avait entendu cliqueter les sabres. Une controverse à propos du lancement d'un satellite. « Tu devrais poser la question à Jason.

— E.D. t'a embêtée avec cette histoire ?

— Pas vraiment. Carol me raconte parfois des choses.

— Je ne sais pas si on peut vraiment se fier à ce qu'elle raconte.

— Allons, Ty. Elle boit, mais elle n'est pas idiote. Moi non plus, d'ailleurs.

— Ce n'est pas ce que je voulais dire.

— C'est surtout par Carol que j'ai des nouvelles de Jason et de Diane, maintenant.

— A-t-elle indiqué si Diane montait dans les Berkshires ? Je n'arrive pas à obtenir une réponse claire de Jason. »

Ma mère a hésité. « Diane est un peu imprévisible depuis deux ans. J'imagine que c'est pour ça.

— Qu'est-ce que tu entends au juste par "imprévisible" ?

— Oh, tu sais bien. Manque de réussite dans les études. Petits ennuis avec la justice.

— Avec la *justice* ?

— Enfin, je veux dire, elle n'a pas braqué de banque ni quoi que ce soit, mais elle s'est fait embarquer deux ou trois fois quand les rassemblements NR dégénéraient.

— Que diable fait-elle dans des rassemblements NR ? »

Un autre silence. « Tu devrais vraiment poser la question à Jason. »

J'en avais bien l'intention.

Elle a toussé — je me la suis représentée la main sur le combiné et la tête délicatement détournée — et j'ai demandé : « Comment tu te sens ?

— Fatiguée.

— Du neuf du côté du médecin ? » On la traitait pour anémie avec des flacons de comprimés de fer.

« Non. Sauf que je vieillis, Ty. Ça arrive à tout le monde à un moment ou à un autre. » Elle a ajouté : « Je songe à prendre ma retraite. Si on peut appeler "travail" ce que je fais. Maintenant que les jumeaux sont partis, il n'y a plus que Carol et E.D., et on ne voit d'ailleurs plus trop E.D. depuis le lancement de cette affaire à Washington.

— Tu les as prévenus que tu songeais à partir ?

— Pas encore.

— Ce ne serait pas la Grande Maison, sans toi. »

Elle a ri, un rire sans joie. « Je pense que j'en ai assez de la Grande Maison pour toute une vie, merci. »

Mais elle n'a plus jamais parlé de retraite. C'est Carol, je pense, qui l'a convaincue de rester.

Jase a franchi la porte en milieu d'après-midi. « Ty ? » Son jean très large lui pendait sur les hanches comme les gréements d'un navire encalminé et des taches de sauce constellaient son T-shirt. « Tu peux me donner un coup de main pour le barbecue ? »

Je l'ai suivi derrière la maison. Le barbecue était un appareil à gaz standard. Jase n'en avait jamais utilisé un. Il a ouvert la valve, pressé le bouton de l'allume-gaz et tressailli lorsque les flammes se sont épanouies. Puis il m'a souri. « On a des steaks. Et de la salade de haricots de chez le traiteur de la ville.

— Et presque aucun moustique, ai-je fait remarquer.

— Ils ont procédé à des pulvérisations préventives au printemps. Tu as faim ? »

J'avais faim. Bizarrement, somnoler tout l'après-midi m'avait ouvert l'appétit. « On cuisine pour deux ou pour trois ?

— Je n'ai toujours pas de nouvelles de Diane. Je n'en aurai sans doute pas avant ce soir. On ne sera que deux à dîner, je pense.

— Sauf si les Chinois nous atomisent d'abord. »

C'était un appât.

Jason a mordu à l'hameçon. « Tu te fais du souci pour les *Chinois*, Ty ? Ce n'est même plus une crise. C'est réglé.

— Tant mieux. » J'avais appris dans la même journée l'existence de cette crise et sa résolution. « Ma mère en a parlé. Elle a vu ça aux infos.

— L'armée chinoise veut détruire les artefacts polaires. Elle dispose de missiles à têtes nucléaires prêts au lancement à Jiuquan. Selon son raisonnement, endommager les engins polaires les obligerait peut-être à abandonner tout le Bouclier d'Octobre. Bien entendu, il n'y a aucune raison de croire que cela marcherait. Quelle est la probabilité pour qu'une technologie capable de manipuler le temps et la gravité soit vulnérable à nos armes ?

— Donc, nous avons menacé les Chinois et ils y ont renoncé ?

— Il y a un peu de ça. Mais nous avions aussi une carotte. Nous avons proposé de les prendre à bord.

— Je ne comprends pas.

— De les laisser se joindre à notre petit projet pour sauver le monde.

— Tu me fais un peu peur, là, Jase.

— Passe-moi ces pinces. Je suis désolé. Je sais que ça a l'air énigmatique. Je ne suis pas censé en parler. À personne, jamais.

— Tu fais une exception pour moi ?

— Comme toujours. » Il a souri. « On en discutera au dîner, d'accord ? »

Je l'ai laissé au barbecue, nimbé de fumée et de chaleur.

Deux gouvernements américains successifs s'étaient vus étriller par la presse pour leur « inaction » vis-à-vis du Spin. Mais c'était une critique édentée. S'il existait une action concrète à tenter, personne ne savait en quoi elle consistait. Et toute mesure de rétorsion manifeste — telle que celle proposée par les Chinois — aurait été d'un danger prohibitif.

Périhélie proposait une approche radicalement différente.

« La métaphore dominante, a dit Jase, n'est pas celle du combat. Plutôt celle du judo. Retourner contre son adversaire son propre poids et sa propre inertie. C'est ce que nous voulons faire avec le Spin. »

Il m'a raconté ça d'un ton laconique en coupant son steak grillé avec une attention chirurgicale. Nous mangions dans la cuisine avec la porte de derrière ouverte. Un énorme bourdon, si gras et si jaune qu'il semblait un nœud de brins de laine aéroporté, s'est cogné à la moustiquaire.

« Essaye de considérer le Spin comme une occasion plutôt que comme une agression.

— Une occasion de quoi ? De mourir prématurément ?

— Une occasion d'utiliser le temps à nos propres fins, d'une manière dont nous ne pouvions pas nous servir jusqu'ici.

— Ce n'est pas le temps qu'ils nous ont pris ?

— Au contraire. À l'extérieur de notre petite bulle terrestre, nous disposons de millions d'années. Et nous avons justement un outil d'une fiabilité extrême sur de telles périodes de temps.

— Un outil », ai-je fait écho, perplexe, tandis qu'il piquait un autre cube de bœuf. Le repas était austère. Steak arrosé de bière. Rien de folichon, à part la salade de haricots, dont il n'a pris qu'une maigre portion.

« Oui, un outil, et plutôt évident : l'évolution.

— L'évolution.

— Tyler, si tu ne fais que répéter ce que je dis, on va avoir du mal à discuter.

— Bon, d'accord, l'évolution comme outil... Je ne vois toujours pas de quelle manière nous pouvons évoluer suffisamment en trente ou quarante ans pour que cela fasse une différence.

— Pas *nous*, pour l'amour du ciel, et sûrement pas en

trente ou quarante ans. Je parle de formes de vie simples. Je parle d'éons. Je parle de Mars.

— Mars. » Oups.

« Ne sois pas bouché. Réfléchis. »

Mars était une planète fonctionnellement morte, même si elle avait pu connaître par le passé les précurseurs primitifs de la vie. En dehors de la bulle du Spin, Mars avait « évolué » pendant des millions d'années depuis l'Événement d'Octobre, réchauffée par le Soleil en expansion. C'était toujours, d'après les dernières photographies orbitales, une planète morte et sans eau. Une vie simple dans un climat adapté aurait pu maintenant devenir, ai-je pensé, une jungle d'un vert luxuriant. Mais cela ne s'était pas produit.

« Les gens parlaient de terraformation, a dit Jason. Tu te souviens de ces romans spéculatifs que tu lisais ?

— J'en lis toujours, Jase.

— Bon courage. Comment t'y prendrais-tu pour terraformer Mars ?

— J'essaierais d'accumuler assez de gaz à effet de serre dans l'atmosphère pour la réchauffer. Je libérerais son eau gelée. J'y sèmerais des organismes simples. Mais même selon les hypothèses les plus optimistes, cela prendrait... »

Il a souri.

J'ai dit : « Tu te fiches de moi.

— Non. » Le sourire a disparu. « Pas du tout. C'est très sérieux.

— Mais comment ne serait-ce que commencer ?...

— Avec un ensemble de lancements synchronisés de bactéries spécialement conçues. Avec de simples moteurs à ions et un lent glissement jusqu'à Mars. Avec essentiellement des écrasements contrôlés, auxquels des formes de vie unicellulaires peuvent survivre, et quelques chargements plus gros, des ogives perforantes capables de livrer les mêmes organismes sous la surface de la planète, où nous soupçonnons la présence d'eau souterraine. On maximise nos chances avec des lancements multiples et tout un spectre d'organismes candidats. L'idée est d'obtenir suffisamment d'action organique pour libérer le carbone de la croûte et le faire passer dans l'atmosphère. On laisse s'écouler quelques millions d'années, des mois, pour nous, et on regarde ce qu'est devenue la planète. Si elle s'est réchauffée, possède une atmosphère plus dense et peut-être quelques mares d'eau semi-liquide, on recommence, cette fois avec des plantes multicellulaires conçues pour cet environnement. Cela libère de l'oxygène dans l'air et augmente peut-être la pression atmosphérique de deux millibars supplémentaires. On recommence autant de fois que nécessaire. On ajoute encore quelques millions d'années et on mélange le tout. En un temps raisonnable, de notre point de vue, on pourrait obtenir une planète habitable. »

C'était une idée à couper le souffle. Je me suis fait l'effet d'un de ces personnages secondaires dans un roman policier de l'époque victorienne : « Il avait imaginé un plan audacieux, voire ridicule, mais j'avais beau l'examiner sous tous les angles, je n'y décelais pas la moindre faille ! »

Sauf une. Une faille fondamentale.

« Jason, ai-je dit. Supposons que cela soit possible. Quel *bien* cela nous fera-t-il ?

— Si Mars est habitable, les gens pourront aller y vivre.

— Tous les sept ou huit milliards ? »

Il a pouffé. « Pas vraiment. Non, juste quelques pionniers. Un stock de reproducteurs, si tu veux parler de manière clinique.

— Et que sont-ils censés faire ?

— Vivre, se reproduire et mourir. À des millions de générations pour chacune de nos années.

— Vivre dans quel but ?

— Déjà, pour donner une deuxième chance à l'espèce humaine dans le Système solaire. Au mieux... ils auront toutes nos connaissances, plus quelques millions d'années pour les améliorer. À l'intérieur de la bulle du Spin, on manque de temps pour déterminer ce que sont les Hypothétiques ou pourquoi ils nous ont fait ça. Nos descendants martiens auront peut-être plus de chance. Ils peuvent peut-être réfléchir pour nous. »

Ou se battre pour nous ?

(Cela a été, à propos, la première fois que j'ai entendu cette dénomination « les Hypothétiques » — les hypothétiques intelligences gouvernantes, les créatures jamais vues et largement théoriques qui nous avaient enfermés dans ce coffre-fort temporel. L'appellation ne passerait dans le public que quelques années plus tard. À mon grand dépit. Je la trouvais trop clinique, elle suggérait quelque chose d'abstrait et de froidement objectif : la vérité était sans doute plus complexe.)

« Il y a *vraiment* un plan pour faire ces choses ?

— Oh que oui. » Jason avait terminé les trois quarts de son steak. Il a repoussé son assiette. « Ce n'est même pas d'un coût prohibitif. La seule difficulté consiste à concevoir des organismes unicellulaires résistants. La surface de Mars est froide, sèche, quasiment sans air, et baignée de radiations stérilisantes chaque fois que le soleil se lève. On a pourtant tout un tas d'extrémophiles avec lesquels travailler — des bactéries vivant dans les cailloux de l'Antarctique ou dans les écoulements de réacteurs nucléaires. Tout le reste, c'est de la technologie éprouvée. On sait de quelle manière marchent les fusées. On sait de quelle manière fonctionne l'évolution. La seule chose vraiment nouvelle, c'est la perspective. Être capable d'obtenir des résultats à extrêmement long terme littéralement des jours ou des mois après le lancement. C'est... on appelle cela “ingénierie téléologique”.

— On dirait presque, ai-je dit (en testant le nouveau mot qu'il m'avait donné), ce que font les Hypothétiques.

– C'est vrai. » Jason a haussé les sourcils pour me regarder d'une manière que je trouvais encore flatteuse après toutes ces années : avec surprise, avec respect. « Oui, dans un sens, ça y ressemble, j'imagine. »

J'avais lu un jour un détail intéressant dans un livre sur le premier alunissage de l'homme, en 1969. À l'époque, affirmait le livre, certains des hommes et des femmes parmi les plus âgés, ceux nés au dix-neuvième siècle et assez vieux pour se rappeler le monde d'avant les automobiles et la télévision, avaient eu du mal à y croire. Des mots qui dans leur enfance auraient relevé du conte de fées (« deux hommes ont marché sur la lune ce soir ») étaient prononcés comme une déclaration de fait. Et ils ne pouvaient l'accepter. Cela dépassait leur sens du raisonnable et de l'absurde.

Maintenant, c'était mon tour.

Nous allons terraformer et coloniser Mars, avait dit mon ami Jason, et il ne souffrait pas de délire... du moins, pas plus que les dizaines de personnes intelligentes et puissantes qui semblaient partager sa conviction. C'était donc tout à fait sérieux, ce devait même être, à un niveau bureaucratique, un travail en cours.

Je suis allé faire un petit tour sur la propriété après le dîner pour profiter des dernières lueurs du jour.

Mike-le-paysagiste avait fait du bon boulot. La pelouse reluisait comme l'idée qu'un mathématicien se ferait d'un jardin : la culture d'une couleur primaire. Derrière, les ombres avaient commencé à s'épaissir dans la superficie boisée. Je me suis dit que Diane aurait aimé les bois dans cette lumière. J'ai repensé à ces étés où elle nous lisait des passages de ses vieux livres près du ruisseau, il y avait des années de cela. Un jour, alors que nous parlions du Spin, Diane avait cité une strophe d'un poète anglais, A.E. Housman :

Le grizzly féroce et immense
A dévoré l'enfançon joli
L'enfançon n'a pas conscience
De s'être fait manger par le grizzly

Jason était au téléphone lorsque, au retour de ma promenade, je suis entré dans la maison par la porte de la cuisine. Il m'a regardé puis s'est détourné et a baissé la voix.

« Non, a-t-il dit. S'il faut que ça se passe de cette manière, mais... non, je comprends. D'accord. J'ai dit d'accord, non ? D'accord, ça veut dire d'accord. »

Il a empoché le téléphone. « C'était Diane ? »

Il a hoché la tête.

« Elle vient ?

— Elle vient. Mais il y a deux choses dont je veux te parler avant son arrivée. Tu sais, ce dont on a discuté pendant le dîner ? On ne peut pas le partager avec elle. Ni avec quiconque, en fait. Ce ne sont pas des informations publiques.

— Tu veux dire qu'elles sont classées secrètes.

— Eh bien, techniquement, oui, je suppose.

— Mais à *moi*, tu en as parlé.

— Oui. C'est un crime fédéral. » Il a souri. « De ma part, pas de la tienne. Et je te fais confiance pour te montrer discret à ce sujet. Sois patient, tout sera sur CNN dans deux mois. En plus, j'ai des plans pour toi, Ty. Un de ces jours, Périhélie va devoir examiner les candidats à l'émigration dans un milieu extrêmement fruste. Ce serait génial si on pouvait le faire, si on pouvait travailler ensemble, non ? »

Cela m'a surpris. « Je viens d'avoir mon diplôme, Jase. Je n'ai pas encore mon internat.

— Chaque chose en son temps. »

J'ai dit : « Tu n'as pas confiance en Diane ? »

Son sourire s'est évanoui d'un coup. « Franchement, non. Plus maintenant. Pas en ce moment.

— Elle arrive quand ?

— Demain matin.

— Et qu'est-ce que tu ne voulais pas me dire ?

— Elle vient avec son petit ami.

— Ça pose un problème ?

— Tu verras. »

Rien ne demeure

Je me suis réveillé en sachant que je n'étais pas prêt à la revoir.

À mon réveil dans le luxueux pavillon d'été loué par E.D. Lawton au milieu des Berkshires, le soleil traversait le filigrane des rideaux en dentelle et je pensais : *Ça suffit, les conneries.* J'en avais assez. De toutes ces conneries intéressées des huit dernières années, jusques et y compris ma liaison avec Candice Boone, Candice qui avait vu clair avant moi dans mes mensonges irréalistes. « Tu es quand même un peu obsédé par les Lawton », avait-elle affirmé un jour. Ne m'en parlez pas.

En toute honnêteté, je ne pouvais me dire encore amoureux de Diane. Notre lien avait toujours été plus ambigu. Diane et moi avions grandi à la fois à l'intérieur et à l'extérieur de celui-ci, à la manière des plantes grimpantes entremêlées à un grillage. Mais aux meilleurs moments, cela avait été une véritable relation, un sentiment presque effrayant de gravité et de maturité. D'où mon empressement à le dissimuler. Cela l'aurait effrayée aussi.

Il m'arrivait encore d'avoir avec elle des conversations imaginaires, en général au milieu de la nuit, le ciel sans étoiles assistant alors à mes apartés. J'étais assez égoïste pour qu'elle me manque mais assez sain d'esprit pour savoir que nous n'avions jamais été vraiment ensemble. J'étais tout à fait prêt à l'oublier.

Je n'étais tout simplement pas prêt à la revoir.

Je suis descendu dans la cuisine retrouver Jason et me préparer un petit déjeuner. Jason avait ouvert la porte et de légères brises pénétraient dans la maison. J'ai sérieusement envisagé de jeter mon sac sur la banquette arrière de la Hyundai et de reprendre la route. « Parle-moi de cette histoire de NR, ai-je demandé à Jase.

— Tu ne lis pas les journaux ? On garde les carabins en isolement à Stony Brook ? »

Bien entendu, je savais quelques petites choses sur le NR, pour l'essentiel ce que j'avais entendu à la radio ou au resto U. Je n'ignorais pas que NR signifiait « Nouveau Royaume ». Qu'il s'agissait d'un mouvement chrétien suscité par le Spin... du moins théoriquement chrétien, malgré son rejet par les Églises aussi bien conventionnelles que traditionalistes. Je n'ignorais pas davantage qu'il attirait surtout les jeunes et les insatisfaits. En première année de médecine, deux de mes condisciples avaient abandonné leurs études pour adopter un style de vie NR, troquant leur avenir universitaire incertain contre une édification moins exigeante.

« Ce n'est qu'un mouvement millénariste, en fait, a affirmé Jason. En retard pour le millénaire, mais juste à l'heure pour la fin du monde.

— Une secte, autrement dit.

— Non, pas tout à fait. L'appellation "NR" recouvre l'ensemble du spectre hédoniste chrétien, aussi ne s'agit-il pas d'une secte en soi, même si certains groupes n'en sont pas loin. Il n'y a pas de chef unique. Pas de saintes écritures, juste une bande de théologiens marginaux avec laquelle le mouvement est plus ou moins identifié : C.R. Ratel, Laura Greengage et autres du même acabit. » J'avais vu leurs livres sur les présentoirs des drugstores. La théologie Spin avec des titres en point d'interrogation : *Avons-nous assisté au Second Avènement ? Pouvons-nous survivre à la fin du temps ?* « Il n'y a pas vraiment de programme non plus, à part une espèce de communalisme de week-end. Mais ce n'est pas la théologie qui attire les foules. Tu as déjà vu des images de ces rassemblements NR qu'ils appellent Ekstasis ? »

J'en avais vu, et à la différence de Jase, qui ne s'était jamais vraiment senti à son aise avec la chair, je pouvais en comprendre l'attrait. J'avais par exemple visualisé une vidéo enregistrée lors d'une réunion dans la chaîne des Cascades, l'été précédent. On aurait dit un mélange de pique-nique baptiste et de concert des Grateful Dead. Une prairie ensoleillée, des fleurs sauvages, des robes de cérémonie blanches, un joueur de chofar sans une once de graisse. Au crépuscule, un grand feu brûlait avec entrain et l'on avait dressé une estrade pour les musiciens. Puis les robes s'étaient mises à tomber et les danses avaient commencé. Ainsi que divers actes plus intimes.

Malgré tout le dégoût manifesté par les médias dominants, cela m'avait paru d'une innocence charmante. Pas de prêche, juste quelques centaines de pèlerins souriant au nez de l'extinction et aimant leur prochain comme ils voudraient qu'on les aime. Gravée sur des centaines de DVD, la vidéo était passée de la main à la main dans les résidences universitaires de tout le pays, y compris celle de Stony Brook. Il n'y a pas d'acte sexuel assez édénique pour qu'un étudiant en médecine solitaire ne puisse se branler dessus.

« Difficile d'imaginer Diane attirée par le NR.

— Détrompe-toi. Diane représente leur cœur de cible. Le Spin et tout ce qu'il implique sur notre monde la font mourir de peur. Le NR met du baume au cœur de gens comme elle. Il transforme leur plus grande peur en objet d'adoration, en porte du Royaume des Cieux.

— Elle est là-dedans depuis combien de temps ?

— Presque un an, maintenant. Depuis qu'elle a rencontré Simon Townsend.

— Simon est NR ?

— J'ai bien peur que Simon soit un NR *pur et dur*.

— Tu l'as déjà rencontré ?

— Elle l'a amené à la Grande Maison à Noël dernier. Je crois qu'elle voulait assister au feu d'artifice. Bien entendu, E.D. n'a pas apprécié Simon. Son hostilité a même été assez évidente. » (Jason a grimacé au souvenir de ce qui avait dû constituer l'une des crises de colère majeures d'E.D. Lawton.) « Mais Diane et Simon se sont comportés en NR : ils ont tendu l'autre joue. Ils ont failli le tuer avec leurs sourires. Littéralement. Un regard doux et indulgent supplémentaire aurait expédié E.D. dans une unité de soins intensifs cardiologiques. »

Un point pour Simon, ai-je pensé. « Il est bon pour elle ?

— Il correspond exactement à ce qu'elle veut. Et il est la dernière chose dont elle ait besoin. »

Ils sont arrivés cet après-midi-là, remontant l'allée dans une voiture de tourisme vieille de quinze ans dont le moteur pétaradant semblait brûler davantage d'huile que le tracteur de Mike-le-paysagiste. Diane a garé l'automobile avant d'en sortir du côté opposé par rapport à Jason et moi, masquée par la galerie de toit, tandis que Simon apparaissait devant nous avec un sourire timide.

Il était bel homme, 1,80 m, peut-être un peu plus, très mince mais pas chétif ; un visage franc et un rien chevalin compensé par une chevelure dorée mal peignée. Son sourire laissait voir un intervalle entre ses incisives supérieures. Il portait un jean, une chemise à carreaux, et un bandana noué comme un tourniquet sur le biceps gauche : un emblème NR, ai-je appris plus tard.

Diane a contourné la voiture pour se placer à côté de lui et ils ont gravi les marches en nous adressant un grand sourire. Elle était vêtue elle aussi à la mode NR : jupe longue bleu centaurée, chemisier bleu et ridicule chapeau noir à large rebord du genre de ceux portés par les hommes chez les Amish. Mais ces vêtements lui allaient bien, ou plutôt ils l'habillaient de manière plaisante, suggérant une santé insolente et une sensualité rustre. Son visage renfermait autant de vie qu'une baie non cueillie. Éblouie par le soleil, elle s'est abrité les yeux en souriant, surtout à mon intention, ai-je voulu croire. Mon Dieu, quel sourire. Il parvenait à être à la fois sincère et malicieux.

J'ai commencé à me sentir perdu.

Le téléphone de Jason a bourdonné. Il l'a sorti de sa poche et a vérifié l'identité de l'appelant.

« Faut que je le prenne, a-t-il soufflé.

— Me laisse pas tout seul comme ça, Jase !

— Je serai dans la cuisine. Je reviens tout de suite. »

Il s'est esquivé juste au moment où Simon hissait son sac marin sur la véranda en s'écriant : « Tu dois être Tyler Dupree ! »

Il m'a tendu la main, que j'ai serrée. Il avait une poigne ferme et un accent chantant du Sud, les voyelles polies comme du bois flottant, les consonnes aussi lisses qu'une carte de visite. Dans sa bouche, mon nom sonnait vraiment cajun, alors que ma famille ne s'était jamais aventurée plus au sud que Millinocket. Diane a bondi derrière lui sur la véranda en criant « Tyler ! » avant de me serrer avec fougue dans ses bras. Je me suis retrouvé tout soudain avec ses cheveux dans la figure, sans autre sensation que son odeur salée et ensoleillée.

Nous avons reculé à une confortable longueur de bras l'un de l'autre. « Tyler, Tyler, s'est-elle exclamée comme si je m'étais transformé en quelque chose de remarquable. Tu as bonne mine après toutes ces années.

— Huit, ai-je stupidement précisé. Huit années.

— Ouaouh, tant que ça ? »

Je les ai aidés à rentrer leurs bagages, les ai installés dans le salon et me suis précipité dans la cuisine retrouver Jason, toujours au téléphone. À mon entrée, il tournait le dos à la porte.

« Non, a-t-il dit d'une voix tendue. Non... pas même le ministère des Affaires étrangères ? »

Je me suis figé sur place. Le ministère des Affaires étrangères. Ça alors.

« Je peux revenir en deux heures si... oh. Je vois. Non, pas de problème. Mais tenez-moi au courant. OK. Merci. »

Il a rempoché son téléphone et m'a aperçu.

« Tu parlais à E.D. ? ai-je demandé.

— À son assistant, en fait.

— Tout va bien ?

— Allons, Ty, tu ne voudrais quand même pas que je te mette au courant de *tous* les secrets ? » Il s'est efforcé de sourire, sans trop de succès. « J'aurais préféré que tu n'entendes rien.

— Tout ce que j'ai entendu, c'est que tu proposais de rentrer à Washington en me laissant ici avec Simon et Diane.

— Eh bien... j'y serai peut-être obligé. Les Chinois se montrent réticents.

— Qu'est-ce que tu veux dire par *réticents* ?

— Ils refusent d'abandonner définitivement le lancement qu'ils ont prévu. Ils veulent se garder cette possibilité. »

C'est d'une attaque nucléaire sur les artefacts Spin dont il parlait. « J'imagine que quelqu'un essaye de les convaincre ?

— Les manœuvres diplomatiques sont en cours. Mais on ne peut pas vraiment dire qu'elles soient un *succès*. Les négociations semblent dans l'impasse.

— Et donc... *Merde*, Jase ! Qu'est-ce que cela représente au juste, leur truc ?

— L'explosion de deux armes à fusion à haut rendement tout près de dispositifs inconnus associés au Spin. Quant aux conséquences... eh bien, la question ne manque pas d'intérêt. Mais cela n'est pas encore arrivé. Et n'arrivera sans doute pas.

— Tu parles du jour du Jugement dernier, ou peut-être de la fin du Spin...

— Baisse la voix. N'oublie pas que nous avons des invités. Et tu dramatises. Le projet des Chinois est imprudent et sans doute vain, mais même s'ils le mettent à exécution, il n'aura vraisemblablement rien de suicidaire. Les Hypothétiques, quels qu'ils soient, doivent savoir se défendre sans nous détruire dans l'opération. Et les artefacts polaires ne sont pas forcément à l'origine du Spin. Il peut s'agir de plates-formes d'observation passive, de dispositifs de communication, voire de leurres.

— Si les Chinois lancent leur attaque, ai-je demandé, combien de temps à l'avance serons-nous prévenus ?

— Tout dépend de ce que tu appelles "nous". *A priori*, le grand public n'en saura rien avant que ce soit terminé. »

J'ai commencé à comprendre à ce moment-là que Jason n'était pas simplement l'apprenti de son père, qu'il avait déjà entrepris de se créer lui-même des relations en haut lieu. Plus tard, j'allais en apprendre bien davantage sur la Fondation Périhélie et sur le travail que Jason y effectuait. Mais pour l'instant, cela faisait toujours partie de la vie secrète de Jason. Il en avait déjà une dans notre enfance : loin de la Grande Maison, c'était un prodige des mathématiques qui se promenait dans une école d'élite privée comme un champion de golf sur un parcours de minigolf ; à la maison, c'était juste Jase, et nous avions pris soin que cela ne change pas.

Cela n'avait d'ailleurs toujours pas changé. Mais Jason projetait désormais une ombre plus importante. Il ne passait plus ses journées à impressionner les professeurs de calcul de Rice, mais à se positionner de manière à influencer le cours de l'histoire.

Il a ajouté : « Si cela arrive, oui, je serai prévenu. *Nous* le serons. Mais je ne veux pas que Diane s'inquiète à ce sujet. Ni Simon, bien entendu.

— Super. Je vais juste me sortir ça de la tête. La fin du monde.

— Pas du tout. Il ne s'est encore rien passé. Calme-toi, Tyler. Sers à boire, ça t'occupera. »

Il avait beau affecter la nonchalance, sa main tremblait lorsqu'il a sorti quatre grands verres du placard de la cuisine.

J'aurais pu partir. J'aurais pu franchir la porte, monter dans ma Hyundai et rouler un bon moment avant de manquer à quelqu'un. J'ai pensé à Diane et Simon dans le salon, avec leur christianisme hippie, et à Jase qui recevait dans la cuisine des nouvelles du jour du Jugement dernier sur son téléphone portable : voulais-je vraiment passer ma dernière nuit sur Terre avec ces gens-là ?

Tout en me demandant en même temps : mais avec qui d'autre ? Avec qui d'autre ?

« On s'est rencontrés à Atlanta, a raconté Diane. L'État de Géorgie organisait un séminaire sur la spiritualité alternative. Simon était venu assister à la conférence de C.R. Ratel. Je l'ai en quelque sorte découvert à la cafétéria du campus. Il était seul à une table en train de lire *Second Avènement*, et comme je n'avais personne avec qui manger, j'ai posé mon plateau et on s'est mis à discuter. »

Diane et Simon partageaient un canapé en peluche jaune près de la fenêtre et sentant la poussière. Diane s'adossait à l'accoudoir et Simon, l'air attentif, se tenait assis bien droit. Son sourire avait commencé à m'inquiéter. Il ne disparaissait jamais.

Nous avons siroté nos boissons tandis que les rideaux flottaient dans la brise et qu'un taon bourdonnait contre la moustiquaire. Difficile d'entretenir la conversation quand nous étions censés éviter tant de sujets. Je me suis efforcé de dupliquer le sourire de Simon. « Tu es étudiant, donc ?

— J'étais, a-t-il répondu.

— Tu fais quoi, ces derniers temps ?

— Je voyage. En général.

— Simon peut se permettre de voyager, a précisé Jase. C'est un héritier.

— Pas d'impolitesses, l'a averti Diane d'un ton forcé signifiant qu'elle ne plaisantait pas. Pour une fois, Jase, tu veux bien ? »

Mais Simon a haussé les épaules. « Non, il a raison. J'ai de l'argent de côté. Diane et moi profitons de l'occasion pour voir un peu de pays.

— Simon, a ajouté Jason, est le petit-fils d'Augustus Townsend, le roi du cure-pipe géorgien. »

Diane a roulé des yeux. Toujours imperturbable, Simon — qui commençait presque à avoir l'air d'un saint — a dit : « C'était à l'époque. On n'est même plus censés appeler ça des cure-pipes. Ce sont des "tiges chenilles". » Il a ri. « Et me voilà héritier d'une fortune de tiges chenilles. » Il s'agissait en réalité d'une fortune de cadeaux et babioles, comme Diane nous l'a expliqué plus tard. Augustus Townsend s'était lancé dans les cure-pipes mais gagnait davantage d'argent en distribuant jouets en fer-blanc, bracelets porte-bonheur et peignes en plastique aux bazars et supérettes dans tout le sud du pays. Dans les années 1940, la famille avait eu beaucoup d'influence dans les hautes sphères d'Atlanta.

Jason a continué : « Simon n'a quant à lui pas de profession à proprement parler. C'est un esprit libre.

— Je ne crois pas que quiconque soit vraiment un esprit libre, l'a contredit Simon, mais non, je n'ai pas ni ne veux de profession. J'imagine que ça doit me donner l'air paresseux. Eh bien, je *suis* paresseux. C'est mon principal défaut. Mais je me demande à quoi une profession peut bien servir à long terme. Considérant l'état des choses. Sans vouloir offenser personne. » Il s'est tourné vers moi. « Tu es dans la médecine, Tyler ?

— Je sors tout juste de fac, ai-je dit. En parlant de professions...

— Non, je trouve ça merveilleux. Sans doute le métier le plus précieux du monde. »

Jason avait accusé Simon d'être, en fait, inutile. Simon avait répliqué que les professions étaient généralement inutiles... sauf celles comme la mienne. Coups et parades. On aurait cru voir deux personnes se bagarrant en chaussons de danse dans un bar.

J'ai eu toutefois envie de m'excuser pour Jase. Ce n'était pas la philosophie de Simon qui offensait Jason, mais sa présence. Cette semaine dans les Berkshires était censée nous ramener ensemble, Jason, Diane et moi, dans la zone de confort, nous permettre de revisiter notre enfance. Au lieu de cela, nous avions le droit à une promiscuité avec Simon, que Jason considérait de toute évidence comme un intrus, une espèce de Yoko Ono sudiste.

J'ai demandé à Diane depuis combien de temps ils voyageaient.

« Environ une semaine, mais nous passerons la plus grande partie de l'été sur la route. Je suis sûre que Jason t'a parlé du Nouveau Royaume. Mais vraiment, c'est plutôt merveilleux, Ty. Nous avons noué des liens d'amitié dans tout le pays grâce à Internet. Avec des gens chez qui on peut dormir un jour ou deux. Alors de juillet à octobre, on fait les conclaves et les concerts du Maine à l'Oregon.

— J'imagine que ça permet de faire des économies sur le logement *et* sur les vêtements, a glissé Jason.

— Tous les conclaves ne sont pas des Ekstasis, a répliqué Diane.

— On ne voyagera plus beaucoup, a dit Simon, si notre vieille bagnole tombe en morceaux. Le moteur a des ratés et on consomme un max d'essence. Je n'y connais malheureusement pas grand-chose en mécanique auto, mais peut-être que toi, Tyler ?...

— Un peu », ai-je répondu. J'ai compris sa question comme une invitation à laisser Diane tenter de négocier un cessez-le-feu avec son frère. « Allons voir ça. »

Le temps était toujours dégagé, avec des vagues d'air chaud qui ondulaient vers nous depuis la pelouse émeraude derrière l'allée. J'ai écouté d'une oreille distraite, je dois dire, Simon énumérer ses problèmes en soulevant le capot de sa vieille Ford. S'il était aussi riche que le sous-entendait Jase, ne pouvait-il pas s'acheter une automobile en meilleur état ? Mais il devait avoir hérité d'une fortune dilapidée, ou investie dans des fonds en fidéicommis.

« Je dois avoir l'air assez idiot, a dit Simon. Surtout en pareille compagnie. J'ai toujours eu du mal à comprendre tout ce qui est scientifique ou mécanique.

— Je ne suis pas un expert non plus. Même si on arrive à améliorer les choses, tu ferais mieux de consulter un vrai mécanicien avant de traverser le pays.

— Merci, Tyler. » Il m'a observé d'un regard plus ou moins fasciné inspecter le moteur. « Merci du conseil. »

Les bougies étaient la cause la plus probable du dysfonctionnement. J'ai demandé à Simon si elles avaient déjà été remplacées. « Pas à ma connaissance. » La voiture accusait plus de 100 000 kilomètres. Je me suis servi du jeu de clés à cliquet de ma Hyundai pour en dévisser une. « Voilà d'où vient la plus grande partie de tes problèmes, ai-je dit à Simon en la lui montrant.

— De cette chose ?

— Et de ses copines. La bonne nouvelle, c'est qu'elles ne coûtent pas cher à changer. La mauvaise étant que tu devrais t'abstenir de reprendre le volant tant qu'on ne les a pas remplacées.

— Mmm, a fait Simon.

— Je peux te conduire en ville en racheter des neuves, si tu peux attendre jusqu'à demain matin.

— Oh, bien sûr. C'est très gentil. On n'avait pas prévu de repartir tout de suite. Euh, à moins que Jason insiste.

— Jason va se calmer. C'est juste qu'il...

— Tu n'as pas besoin de m'expliquer. Jason préférerait que je ne sois pas là. Je le comprends. Cela ne me scandalise pas et cela ne me surprend pas non plus. Diane a juste estimé impossible d'accepter une invitation qui tenait à ne pas m'inclure.

— Eh bien... tant mieux pour elle. » J'imagine.

« Mais je pourrais tout aussi bien louer une chambre en ville.

— Inutile », ai-je répondu en me demandant comment

j'avais pu me retrouver à pousser Simon Townsend à rester. J'ignore ce que j'avais espéré de cette réunion avec Diane, mais la présence de Simon avait étouffé tout espoir dans l'œuf. Ce qui valait sans doute mieux.

« J'imagine, a dit Simon, que Jason t'a parlé du Nouveau Royaume. Cela a été une pierre d'achoppement.

— Il m'a dit que Diane et toi étiez impliqués.

— Je ne vais pas te faire un speech de recrutement. Mais si tu as la moindre inquiétude quant au mouvement, je peux peut-être l'apaiser.

— Tout ce que je sais sur le NR, c'est ce que j'en vois à la télé, Simon.

— Certains l'appellent hédonisme chrétien. Je préfère Nouveau Royaume. C'est vraiment le concept en deux mots : construire le chiliasme en le vivant, maintenant, tout de suite. Rendre la dernière génération aussi idyllique que la toute première.

— Ah. Eh bien… Jase n'est pas très patient avec la religion.

— Non, en effet, mais tu sais quoi, Tyler ? Je ne pense pas que ce soit le côté religieux qui le gêne.

— Non ?

— Non. En toute honnêteté, j'admire Jason Lawton, et pas seulement parce qu'il est rudement intelligent. Il fait partie de ceux qui détiennent le savoir, si je puis dire. Il prend le Spin au sérieux. Il y a quoi, huit milliards d'habitants sur Terre ? Et tous jusqu'au dernier savent au minimum que les étoiles et la lune ont disparu du ciel. Mais ils continuent à vivre dans le refus. Seuls quelques-uns d'entre nous croient vraiment au Spin. Le NR le prend au sérieux. Jason aussi. »

Cela ressemblait d'une manière presque choquante à ce qu'avait dit Jason. « Dans un… *style* différent, tout de même.

— C'est le nœud de l'affaire. Deux visions en concurrence dans l'esprit du grand public. Qu'ils le veuillent ou non, les gens auront bientôt à affronter la réalité. Et il leur faudra choisir entre deux compréhensions, l'une scientifique et l'autre spirituelle. Voilà ce qui inquiète Jason. Parce que lorsque cela se résume à des questions de vie ou de mort, la foi l'emporte toujours. Où est-ce que tu préférerais passer l'éternité, toi ? Dans un paradis terrestre ou dans un laboratoire stérile ? »

La réponse ne me semblait pas aussi évidente qu'elle en avait l'air pour Simon. Je me suis souvenu de ce qu'avait répondu Mark Twain à une question similaire :

« Au paradis pour le climat. En enfer pour la compagnie. »

On entendait dans la maison Diane réprimander son frère et celui-ci répliquer d'un ton maussade et monocorde. Simon et moi avons sorti deux chaises pliantes du garage pour nous asseoir à l'ombre de l'auvent en attendant la fin de la dispute. Nous avons parlé du temps. Il faisait très beau. Nous avons atteint un consensus sur ce point.

À l'intérieur, les jumeaux ont fini par vider leur querelle. Un peu plus tard, un Jason à l'air abattu est sorti pour nous demander un coup de main avec le barbecue. Nous l'avons suivi à l'arrière et avons continué à bavarder tranquillement le temps que le barbecue chauffe. Diane est sortie la mine rouge mais triomphante. Elle avait toujours cette expression lorsqu'elle remportait une dispute avec Jase : un peu arrogante, un peu surprise.

Nous nous sommes attablés devant du poulet, du thé glacé et le reste de la salade de haricots. « Ça vous gêne si je récite le bénédicité ? » a demandé Simon.

Jason a roulé des yeux mais n'a pas émis d'objection.

Simon a solennellement baissé la tête. Je me suis préparé à entendre un sermon. Mais il s'est contenté de dire : « Donne-nous le courage d'accepter la manne que Tu nous proposes aujourd'hui comme tous les jours. Amen. »

Une prière exprimant non la gratitude mais le besoin de courage. Très contemporain. Assise en face de moi, Diane m'a souri. Puis elle a pressé le bras de Simon et nous nous sommes mis à manger.

Nous avons fini de dîner tôt : la lumière du soleil s'attardait encore et les moustiques n'avaient pas commencé à se déchaîner. La brise était tombée, l'air de plus en plus frais renfermait une certaine douceur.

Ailleurs, la situation évoluait à toute vitesse.

Ce que nous ignorions — ce que même Jason, malgré toutes ses belles relations, n'avait pas encore appris — était qu'à un moment, entre notre première bouchée de poulet et notre dernière cuillerée de salade de haricots, les Chinois avaient rompu les négociations et ordonné le lancement immédiat d'une paire de missiles Dong Feng modifiés armés de têtes nucléaires. Les fusées ont dû s'élever dans le ciel au moment où nous sortions les Heineken de la glacière. Des bouteilles vertes et glacées en forme de fusée, dégoulinantes de sueur estivale.

Nous avons débarrassé la table. J'ai parlé des bougies et annoncé mon intention de conduire Simon en ville le lendemain matin. Diane a murmuré quelque chose à son frère, puis (au bout d'un moment) l'a poussé du coude. Jase a fini par hocher la tête pour se tourner vers Simon en disant : « Il y a une grande surface automobile ouverte jusqu'à neuf heures à la sortie de Stockbridge. Si je t'y conduisais tout de suite ? »

Bien que réticente, c'était une offre de paix. Simon s'est remis de sa surprise : « Je ne vais pas refuser un tour en Ferrari, si c'est bien ce que tu me proposes.

— Je peux te montrer ce dont elle est capable. » Amadoué par la perspective de frimer avec son automobile, Jason est parti chercher ses clés. Simon nous a décoché un regard genre « ça alors » avant de le suivre à l'intérieur. J'ai regardé Diane. Elle a souri, fière de son triomphe de diplomatie.

Ailleurs, les missiles Dong Feng traversaient la barrière Spin pour approcher de leurs cibles programmées. Pensée curieuse que celle de ces fusées fonçant soudain au-dessus d'une Terre noire, froide, immobile, se dirigeant grâce à leur seule programmation interne vers les artefacts sans traits distinctifs qui flottaient à des centaines de kilomètres au-dessus des pôles.

Comme une pièce de théâtre sans public, trop subite pour qu'on y assiste.

Le consensus qui s'est dégagé — après — parmi les gens bien informés a été que la détonation des têtes nucléaires chinoises n'avait eu aucun effet sur le différentiel de temps. Mais elle en a eu un (important) sur le filtre visuel entourant la Terre. Sans parler de la manière dont l'humanité percevait le Spin.

Comme Jase l'avait fait remarquer des années plus tôt, le gradient temporel signifiait que d'énormes quantités de radiations très décalées vers le bleu auraient baigné la surface de notre planète si elles n'avaient été filtrées et gérées par les Hypothétiques. Plus de trois ans de lumière solaire par seconde écoulée : bien assez pour tuer tout ce qui vit sur Terre, stériliser le sol et évaporer les océans. Les Hypothétiques ayant conçu l'enclos temporel de la Terre nous en avaient aussi protégés des effets secondaires mortels. En outre, les Hypothétiques régulaient non seulement le montant d'énergie atteignant la Terre statique, mais aussi la quantité de chaleur et de lumière terrestres irradiées dans l'espace. C'était peut-être pour cela que le temps avait été, ces dernières années, si agréablement... moyen.

Au-dessus des Berkshires, du moins, le ciel semblait d'une transparence de cristal lorsque les missiles chinois ont atteint leur cible, à 19 h 55 heure de New York.

J'étais avec Diane dans le salon lorsque le téléphone a sonné.

Avions-nous remarqué quoi que ce soit avant l'appel de Jason ? Un changement de luminosité, quelque chose d'aussi insignifiant que l'impression qu'un nuage passait devant le soleil ? Non. Rien. Je consacrais toute mon attention à Diane.

Nous buvions des rafraîchissements en parlant de tout et de rien. Des livres que nous avions lus, des films que nous avions vus. La conversation était ensorcelante, non par son contenu mais par la cadence des paroles, par le rythme dans lequel nous retombions lorsque nous nous retrouvions seuls, ce jour-là comme par le passé. Toute conversation entre amants ou amis crée ses propres rythmes naturels ou forcés, une conversation cachée courant comme une rivière souterraine sous l'échange le plus ordinaire. Nous prononcions des paroles banales et conventionnelles, mais avec un non-dit profond et parfois perfide.

Et très vite, nous nous sommes mis à flirter, comme si Simon Townsend et les huit dernières années n'avaient jamais existé. Pour plaisanter au début, peut-être plus sérieusement ensuite. Je lui ai dit qu'elle m'avait manqué. « Il y a eu des moments où j'ai eu envie de te parler, a-t-elle avoué. Où j'ai eu besoin de te parler. Mais je n'avais pas ton numéro, ou alors je t'imaginais trop occupé.

— Mon numéro, tu aurais pu le trouver. Et je n'étais pas trop occupé.

— Tu as raison. En réalité, il s'agissait plutôt de... de lâcheté morale.

— Je fais si peur que ça ?

— Pas toi. Notre situation. Je suppose que j'avais l'impression de devoir m'excuser auprès de toi. Et je ne savais pas par où commencer. » Elle a eu un petit sourire. « Je ne suis d'ailleurs toujours pas sûre de savoir.

— Il n'y a rien dont tu doives t'excuser, Diane.

— Je te remercie, mais il se trouve que je ne suis pas d'accord. Nous ne sommes plus des enfants. Nous pouvons nous retourner sur le passé avec un minimum de perspicacité. Nous étions aussi proches que deux personnes peuvent l'être sans se toucher. Mais c'était la seule chose que nous ne pouvions pas faire. Ni même dont nous ne pouvions discuter. Comme si nous avions fait vœu de silence.

— Depuis la nuit où les étoiles ont disparu », ai-je dit, la gorge sèche, atterré par moi-même, terrifié, excité.

Diane a fait un geste. « Ah, cette nuit-là… Tu sais ce qu'il me reste comme souvenir de cette nuit ? Les jumelles de Jason. J'observais la Grande Maison pendant que vous regardiez le ciel. Je ne me souviens vraiment pas des étoiles. Je me souviens plutôt avoir aperçu Carol dans une des chambres du fond avec un des extra engagés pour le service. Elle était saoule et on aurait dit qu'elle lui faisait des avances. » Elle a ri timidement. « Cela a été ma petite apocalypse à moi. Tout ce que je détestais déjà dans la Grande Maison, dans ma famille, tout cela résumé en une nuit. J'ai juste voulu faire comme si cela n'existait pas. Pas de Carol, pas d'E.D., pas de Jason…

— Pas de Tyler ? »

Elle s'est déplacée sur le canapé et, parce que c'était devenu une conversation de ce genre-là, a posé sa main sur ma joue. Sa main froide, à la température de la boisson qu'elle avait tenue. « Tu étais l'exception. J'avais peur. Tu t'es montré d'une patience incroyable. Je m'en rendais compte.

— Mais nous ne pouvions pas…

— Nous toucher.

— Nous toucher. E.D. ne l'aurait jamais supporté. »

Elle a retiré sa main. « Nous aurions pu le lui cacher si nous avions voulu. Mais tu as raison, c'était E.D. le problème. Il abîmait tout. J'ai trouvé obscène, avilissante la manière dont il a fait vivre à ta mère une espèce d'existence de deuxième zone. Puis-je l'avouer ? J'ai vraiment détesté être sa fille. J'ai surtout détesté l'idée que si quoi que ce soit, tu sais, arrivait entre nous, cela pourrait être une façon pour toi de te venger d'E.D. Lawton. »

Elle s'est calée contre le dossier, un peu surprise d'elle-même, je pense.

« Cela n'aurait pas été le cas, bien entendu, ai-je dit prudemment.

— J'étais désorientée.

— D'où le NR ? Pour te venger d'E.D. ?

— Non, dit-elle sans cesser de sourire. Si j'aime Simon, ce n'est pas juste parce qu'il met mon père en colère. La vie n'est pas aussi simple, Ty.

— Je ne voulais pas sous-entendre...

— Mais tu vois comme c'est insidieux ? Certains soupçons te viennent en tête et y restent. Non, le NR n'a rien à voir avec mon père. Il a à voir avec la découverte de la divinité dans ce qui est arrivé à la Terre, et à l'expression de cette divinité dans la vie de tous les jours.

— Le Spin n'est peut-être pas aussi simple que cela non plus.

— Soit on nous assassine, soit on nous transforme, d'après Simon.

— Il m'a raconté que vous construisiez le paradis sur Terre.

— N'est-ce pas ce que les chrétiens sont censés faire ? Établir le Royaume des Cieux en l'exprimant dans leurs vies ?

— Ou en dansant.

— Là, tu parles comme Jason. Je ne peux de toute évidence défendre tous les aspects du mouvement. La semaine dernière, pendant un conclave à Philadelphie, nous avons fait la connaissance d'un couple, notre âge, amical, intelligent... "vivant dans l'esprit", a dit Simon. On est allés dîner et on a parlé de la parousie. Puis ils nous ont invités dans leur chambre d'hôtel et voilà que tout d'un coup ils se mettent à sniffer de la coke et à passer des vidéos pornos. Toutes sortes de marginaux sont attirées par le NR. On ne refuse personne. Et pour la plupart, la théologie existe à peine, sinon comme image floue du Jardin d'Éden. Mais au meilleur de sa forme, le mouvement est tout ce qu'il affirme être : une véritable foi vivante.

— Foi en quoi, Diane ? En l'Ekstasis ? En la promiscuité ? »

J'ai regretté mes paroles aussitôt prononcées. Diane a semblé peinée. « L'Ekstasis n'a rien à voir avec la promiscuité. Pas quand elle réussit, en tout cas. Mais dans le corps de Dieu, aucun acte n'est interdit du moment qu'il n'est ni vengeance ni colère, du moment qu'il exprime l'amour divin en plus de l'amour humain. »

Le téléphone a sonné à ce moment-là. J'ai dû avoir l'air coupable. Diane a ri en voyant mon expression.

Les premiers mots de Jason quand j'ai décroché : « J'ai dit qu'on serait prévenus. Je suis désolé. Je me suis trompé.

— Pardon ?

— Tyler... Tu n'as pas vu le ciel ? »

Nous sommes donc montés à l'étage trouver une fenêtre donnant sur le crépuscule.

La chambre orientée à l'ouest était d'une taille généreuse, dotée de larges fenêtres et meublée d'une armoire en acajou ainsi que d'un lit à rambarde en cuivre. J'ai ouvert les rideaux. Diane a poussé une exclamation de surprise.

Il n'y avait pas de soleil couchant. Ou plutôt, il y en avait plusieurs.

À l'ouest, l'ensemble du ciel était illuminé. Au lieu de l'orbe unique du soleil, on voyait un arc de cercle à l'éclat rougeâtre parcourant au moins quinze degrés sur l'horizon et constitué de ce qui ressemblait à une exposition multiple d'au moins dix couchers de soleil tremblotants. La lumière fluctuait, brillait et s'atténuait comme un feu lointain.

Nous sommes restés un long moment bouche bée à observer le phénomène. Diane a fini par demander : « Qu'est-ce qui arrive, Tyler ? Qu'est-ce qu'il se passe ? »

Je lui ai fait part de ce que Jason m'avait raconté sur les missiles nucléaires chinois.

« Il savait que cela risquait d'arriver ? a-t-elle demandé avant de répondre à sa propre question. Bien sûr qu'il le savait. » La lumière étrange donnait une teinte rose à la chambre et tombait comme une fièvre sur ses joues. « Cela va nous tuer ?

— Jason ne le pense pas. Même si les gens vont avoir une frousse de tous les diables.

— Mais est-ce que c'est dangereux ? À cause des radiations ou je ne sais quoi ? »

J'en doutais. Mais ce n'était pas impossible. « Allumons la télé », ai-je proposé. Chaque chambre comportait un écran plasma encastré dans un panneau de noyer en face du lit. Je me disais que la moindre radiation un tant soit peu mortelle brouillerait aussi l'émission et la réception des programmes. Mais le téléviseur fonctionnait assez pour que les chaînes d'information nous montrent des foules se rassemblant dans les villes européennes, où il faisait déjà noir... du moins aussi noir que serait la nuit. Aucune radiation mortelle, mais beaucoup de panique naissante. Diane est restée assise sans bouger au bord du lit, les mains croisées sur les genoux, l'air effrayée. Je me suis assis à côté d'elle. « Si ça devait nous tuer, nous serions déjà morts », lui ai-je dit.

Dehors, le crépuscule avançait en bégayant vers l'obscurité. La lueur diffuse s'est résolue en plusieurs soleils couchants distincts, chacun d'une pâleur spectrale, puis en une torsade de lumière solaire, comme un ressort lumineux qui a traversé le ciel d'un bout à l'autre avant de disparaître tout aussi soudainement.

Nous sommes restés assis hanche contre hanche tandis que le ciel s'obscurcissait.

Puis les étoiles sont apparues.

J'ai réussi à recontacter Jase avant que la bande passante soit saturée. Il m'a dit que Simon venait de payer le jeu de bougies pour sa voiture au moment de cette éruption dans le ciel. À l'extérieur de Stockbridge, les routes étaient déjà bondées et la radio signalait quelques pillages à Boston ainsi qu'une circulation bloquée sur tous les grands axes, aussi Jason s'était-il garé dans un parking près d'un motel dans lequel il avait loué deux chambres pour la nuit. Au matin, a-t-il dit, il lui faudrait sans doute repartir à Washington, mais il déposerait d'abord Simon à la maison.

Puis il a passé son portable à Simon et j'ai prêté le mien à Diane avant de quitter la chambre pour la laisser parler avec son fiancé. Le pavillon semblait étrangement grand et vide. Je suis passé d'une pièce à l'autre en allumant les lumières jusqu'à ce que Diane me rappelle.

« Un autre verre ? lui ai-je proposé.

— Oh que oui. »

Nous sommes sortis peu après minuit.

Diane faisait bonne contenance. Simon lui avait servi une espèce de discours d'encouragement Nouveau Royaume. Dans la théologie NR, il n'y avait ni Second Avènement au sens conventionnel, ni Extase ni Apocalypse : le Spin était tout cela à la fois, toutes les anciennes prophéties réalisées de manière indirecte. Et si Dieu, disait Simon, voulait se servir du ciel comme toile pour nous y peindre la géométrie du temps, Il le ferait, et il serait alors tout à fait approprié pour nous d'avoir peur ou de nous sentir intimidés. Il ne faudrait toutefois pas nous laisser submerger par ces sentiments, car le Spin était en fin de compte un acte de salut, le dernier et meilleur chapitre de l'histoire de l'humanité.

Ou quelque chose du même tonneau.

Nous sommes donc sortis observer le ciel parce que Diane pensait qu'il s'agissait là d'une action courageuse et spirituelle. Il n'y avait pas un nuage et l'air sentait le pin. Malgré la distance nous séparant de la route nationale, il nous arrivait d'entendre vaguement des klaxons et des sirènes.

Nos ombres ont dansé autour de nous au rythme des portions du ciel qui s'illuminaient, un coup au nord, un coup au sud. Nous nous sommes assis dans l'herbe à quelques mètres de la lueur tranquille du perron, Diane s'est appuyée contre moi et je lui ai entouré les épaules du bras. Nous étions tous les deux un peu ivres.

Malgré les années de froideur émotionnelle, malgré notre passé à la Grande Maison, malgré ses fiançailles avec Simon Townsend, malgré le NR, les Ekstasis et même le ciel dérangé par les déflagrations nucléaires, j'avais délicieusement conscience de la pression de son corps contre le mien. Le plus étrange était que cette sensation me semblait tout à fait familière, la forme de son bras sous ma main, le poids de sa tête sur mon épaule : non une découverte, mais un souvenir. J'avais toujours su que cela me ferait cette impression-là. Même l'odeur forte de sa peur me semblait familière.

Le ciel s'est illuminé d'une étrange lumière. Pas celle, naturelle, de l'univers pris dans le Spin, lumière qui nous aurait tués sur-le-champ. Cela ressemblait plutôt à une série d'instantanés du ciel, des minuits consécutifs compressés en microsecondes, avec des images rémanentes s'effaçant telle la trace d'une ampoule de flash ; puis le même ciel un siècle ou un millénaire plus tard, comme des séquences d'un film surréaliste. Certaines images étaient floues d'une exposition trop longue, qui aurait transformé les étoiles et la lune en fantomatiques orbes, cercles ou cimeterres. Certaines étaient des clichés nets qui s'effaçaient rapidement. On voyait au nord des lignes et des cercles plus fins, aux rayons relativement petits, tandis que les étoiles équatoriales, plus agitées, valsaient en énormes ellipses. Des lunes pleines, croissantes ou décroissantes clignotaient d'un horizon à l'autre en transparences d'un orange pâle. La Voie lactée, bande blanche fluorescente (parfois plus brillante, parfois plus sombre), tirait sa luminescence du flamboiement d'étoiles à l'agonie. Chaque souffle d'air estival voyait des étoiles se créer et d'autres disparaître.

Et tout cela bougeait.

Bougeait en vastes chatoiements et danses complexes suggérant des cycles encore plus grands mais restant invisibles. Le ciel pulsait au-dessus de nous comme un cœur. « C'est tellement vivant », a dit Diane

Notre brève fenêtre de conscience nous impose un préjugé :

ce qui bouge est vivant, ce qui ne bouge pas est mort. Le ver de terre vit et se tortille sous les rochers morts et immobiles. Les étoiles et les planètes bougent, mais selon les lois inertes de la gravitation : une pierre peut tomber sans être vivante, et le mouvement orbital n'est que la même chute indéfiniment prolongée.

Mais étendez notre existence éphémère, comme l'avaient fait les Hypothétiques, et la distinction se brouille. Les étoiles naissent, vivent, meurent et lèguent leurs cendres élémentaires à de nouvelles étoiles. Le total de leurs divers mouvements n'est pas simple mais incroyablement complexe, danse d'attraction et de vélocité, magnifique mais effrayante. Effrayante parce que, comme un tremblement de terre, les étoiles en se tortillant rendaient mutable ce qui devrait rester immuable. Effrayante parce que nos plus grands secrets organiques, nos accouplements et nos actes désordonnés de reproduction s'avèrent ne pas être des secrets, après tout : les étoiles aussi saignent et souffrent. *Tout passe et rien ne demeure.* Je ne me souvenais plus où j'avais lu ça.

« Héraclite », a dit Diane.

Je ne m'étais pas rendu compte avoir parlé à voix haute.

« Pendant toutes ces années, a dit Diane. Pendant toutes ces putains d'années gâchées à la Grande Maison, j'ai toujours su… »

J'ai mis mon doigt sur ses lèvres. Je savais ce qu'elle avait su.

« Je veux rentrer, a-t-elle dit. Je veux revenir dans la chambre. »

Nous n'avons pas tiré les rideaux. Les étoiles cinétiques et tourbillonnantes jetaient dans la pièce leur lumière, qui jouait dans l'obscurité sur ma peau et sur celle de Diane en images floues, à la manière des lumières de la ville entrant par une fenêtre constellée de pluie, en silence, en ondulations. Nous nous sommes tus parce que les mots auraient constitué un obstacle. Les mots auraient été mensongers. Nous avons fait l'amour sans prononcer une parole, et c'est seulement ensuite que je me suis mis à penser : *Que ceci demeure. Juste ceci.*

Nous dormions lorsque le ciel s'est obscurci à nouveau, lorsque le feu d'artifice céleste a fini par s'éteindre et disparaître. L'attaque chinoise s'était réduite à une vague gesticulation. La panique avait fait des milliers de morts, mais il n'y avait eu aucune victime directe sur Terre… ni, *a priori*, chez les Hypothétiques.

Le lendemain matin, le soleil s'est levé à l'heure prévue.

La sonnerie d'un téléphone fixe m'a réveillé. J'étais seul dans le lit. Diane a pris l'appel dans une autre pièce puis est venue m'informer que les routes s'étant dégagées, Jason annonçait prendre le chemin du retour.

Douchée et habillée, elle sentait le savon et le coton empesé. « Et c'est tout ? ai-je demandé. Simon se pointe et vous repartez ? La nuit dernière ne signifie rien ? »

Elle s'est assise près de moi sur le lit. « La nuit dernière n'a jamais voulu dire que je ne partirais pas avec Simon.

— Je pensais qu'elle avait davantage de signification.

— Elle signifie plus que je ne pourrais l'exprimer. Mais elle ne fait pas table rase du passé. J'ai pris certains engagements et je suis croyante, ce qui place ma vie entre certaines frontières. »

Elle ne semblait pas convaincue. « Croyante, ai-je répliqué. Ne me dis pas que tu crois à cette connerie. »

Elle s'est levée en fronçant les sourcils.

« Peut-être pas, a-t-elle conclu. Mais j'ai peut-être besoin d'être avec quelqu'un qui y croit. »

J'ai bouclé mes bagages et les ai chargés dans la Hyundai avant le retour de Jase et de Simon. Diane me regardait depuis le perron lorsque j'ai refermé le coffre.

« Je t'appellerai, a-t-elle dit.

— Fais donc », lui ai-je répondu.

4×10^{9} ap. J.-C.

J'ai cassé une autre lampe pendant un de mes accès de fièvre.

Cette fois, Diane a réussi à ce que le concierge n'en sache rien. Elle avait soudoyé le personnel d'entretien pour qu'il change notre linge devant la porte un matin sur deux : elle ne voulait pas courir le risque qu'une femme de chambre me trouve en plein délire en entrant s'occuper du ménage. Ces six derniers mois, l'hôpital local avait connu des cas de dengue, de choléra et de forme humaine du SDCV, et je n'avais aucune envie de me réveiller dans un service épidémiologique près d'un malade en quarantaine.

« Ce qui m'inquiète, a dit Diane, c'est ce qui pourrait se passer quand je ne suis pas là.

— Je peux me débrouiller tout seul.

— Pas si la fièvre augmente d'un coup.

— Alors c'est une question de chance et de minutage. Tu prévois d'aller quelque part ?

— Juste aux endroits habituels. Mais en cas d'urgence... Ou si je ne peux pas revenir ici pour une raison ou pour une autre.

— Quel genre d'urgence ? »

Elle a haussé les épaules. « C'est purement hypothétique », a-t-elle dit d'un ton laissant penser que ce ne l'était pas du tout.

Je n'ai toutefois pas insisté. Je ne pouvais améliorer la situation qu'en coopérant.

J'entamais ma deuxième semaine de traitement et la crise approchait. Le médicament martien s'était accumulé à un niveau critique dans mon sang et mes tissus. Même lorsque la fièvre baissait, je me sentais désorienté, confus. Les effets secondaires purement physiques n'avaient rien de plaisant non plus. Douleurs articulaires. Jaunisse. Inflammations, si on pouvait appeler ainsi la sensation d'être dépouillé de sa peau, couche après couche, jusqu'à exposer une chair presque aussi à vif qu'une plaie ouverte. Certaines nuits, après quatre ou cinq heures de sommeil — je crois n'avoir jamais dormi plus de cinq heures —, je me réveillais entouré de lambeaux de peau. J'allais alors m'asseoir comme un arthritique sur une chaise à proximité du lit le temps que Diane les enlève des draps constellés de sang.

J'en suis même venu à ne plus me fier à mes périodes les plus lucides. Il m'arrivait tout aussi souvent de ressentir une clarté d'esprit purement hallucinatoire, le monde trop radieux et hyperdéfini, paroles et souvenirs comme les engrenages d'un moteur emballé.

Mauvais pour moi. Peut-être encore davantage pour Diane, de corvée de bassin hygiénique durant mes incontinences. D'une certaine manière, elle me renvoyait l'ascenseur. Je lui avais tenu compagnie lorsqu'elle avait elle-même subi pareille épreuve. Mais c'était bien des années auparavant.

Elle passait la plupart des nuits près de moi sur le lit, mais j'ignore comment elle y parvenait. Elle restait à distance prudente — le contact du drap en coton suffisait parfois à m'arracher des larmes de douleur —, mais la conscience presque subliminale de sa présence m'apaisait.

Les nuits vraiment mauvaises, lorsque dans mon agitation je risquais de la blesser en tendant soudain le bras, elle se pelotonnait sur le canapé à fleurs près des fenêtres donnant sur le balcon.

Elle parlait peu de ses déplacements à Padang. Je savais à peu près pourquoi elle y allait : afin de lier connaissance avec des commissaires de bord et des responsables de cargaison et de déterminer ainsi le coût des différentes options pour un transit par l'Arc. Une tâche dangereuse. La seule chose encore plus désagréable pour moi que les effets du médicament était de voir Diane sortir dans un demi-monde asiatique potentiellement violent sans autre protection qu'une petite bombe de gaz lacrymogène et son énorme courage.

Mieux valait toutefois prendre ce risque insupportable plutôt qu'on nous retrouve.

Ils — les agents de l'administration Chaykin ou leurs alliés à Jakarta — s'intéressaient à nous pour nombre de raisons. À cause du médicament, bien entendu, mais surtout à cause des diverses copies numériques des archives martiennes en notre possession. Ils auraient aussi adoré nous interroger sur les dernières heures de Jason, sur son monologue auquel j'avais assisté et que j'avais enregistré, sur tout ce qu'il m'avait raconté quant à la nature des Hypothétiques et du Spin, connaissances dont Jason avait été l'unique détenteur.

J'ai dormi et à mon réveil, elle était partie.

J'ai passé une heure à regarder les rideaux du balcon s'agiter et la lumière du soleil jouer sur le pilier visible de l'Arc, ou bien à rêvasser aux Seychelles.

Vous êtes déjà allé aux Seychelles ? Moi non plus. Mais je ressassais en esprit un vieux documentaire que j'avais vu un jour à la télé. Les Seychelles sont des îles tropicales où l'on trouve des tortues, des cocos-fesses et une dizaine de variétés d'oiseaux rares. Géologiquement, elles constituent les seuls restes d'un continent ancien reliant autrefois l'Asie à l'Amérique du Sud, bien avant l'évolution des humains modernes.

Les rêves, avait dit un jour Diane, sont des métaphores

devenues sauvages. Et si je rêvais des Seychelles (m'imaginais-je l'entendre me dire), c'était parce que je me sentais submergé, antique, en voie d'extinction.

Comme un continent en train de couler, submergé par la perspective de ma propre transformation.

Je me suis rendormi. À mon réveil, elle n'était toujours pas revenue.

Je me suis réveillé dans le noir, toujours seul et conscient que bien trop de temps avait passé. Jusqu'alors, Diane était toujours rentrée avant la nuit.

J'avais eu un sommeil agité. Le drap gisait en tas par terre, à peine visible dans la lumière de la rue réfléchie par le plafond en plâtre. J'avais froid, mais je souffrais trop pour tendre le bras et ramasser le drap.

Dehors, le ciel était d'une limpidité exquise. J'ai grincé des dents et penché la tête vers la gauche pour essayer d'apercevoir quelques étoiles par la porte en verre donnant sur le balcon. Je me suis amusé à penser qu'en valeur absolue, certaines de ces étoiles pourraient être plus jeunes que moi.

J'ai essayé de ne pas penser à Diane, à l'endroit où elle pouvait se trouver et à ce qui pouvait lui arriver.

Et j'ai fini par me rendormir, la lumière des étoiles me brûlant les yeux à travers les paupières, fantômes phosphorescents flottant dans l'obscurité rougeâtre.

Le matin.

C'est du moins ce qu'il m'a semblé. Je voyais maintenant la lumière du jour par la fenêtre. Quelqu'un, très probablement la femme de chambre, a frappé deux fois et prononcé en malais quelques paroles irritées dans le couloir. Avant de repartir.

Je m'inquiétais vraiment, désormais, même si dans cette phase du traitement, mon inquiétude ressemblait davantage à une vague mauvaise humeur. Qu'est-ce qui avait pris à Diane de s'absenter si longtemps, pourquoi n'était-elle pas là pour me tenir la main et m'essuyer le front ? L'idée qu'elle pouvait avoir eu des ennuis était inopportune, non prouvée, inadmissible devant une cour de justice.

En tout cas, il n'y avait plus d'eau depuis au moins la veille dans la bouteille en plastique posée près du lit, mes lèvres gercées ne cessaient de se fendiller et je ne me souvenais plus de la dernière fois où je m'étais traîné aux toilettes. Si je ne voulais pas que mes reins lâchent, il fallait que j'aille chercher de l'eau au robinet de la salle de bains.

Mais rien que m'asseoir sans hurler s'est révélé difficile. Forcer mes jambes à passer le rebord du matelas a été presque insupportable, comme si on avait remplacé dans mon corps os et cartilages par du verre brisé et des rasoirs rouillés.

Et j'avais beau essayer de penser à autre chose (aux Seychelles, au ciel), ce piètre analgésique se voyait lui-même déformé par l'objectif de ma fièvre. Je me suis imaginé entendre la voix de Jason derrière moi, Jason qui me demandait de lui apporter quelque chose, un chiffon, une peau de chamois, pour ses mains sales. Je suis ressorti de la salle de bains avec un gant de toilette au lieu d'un verre d'eau et ne me suis aperçu de mon erreur qu'à mi-chemin du lit. Idiot. J'ai recommencé. Cette fois, j'ai emporté la bouteille. Je l'ai remplie en entier. À ras bord. *Suis la Calebasse.*

Tendre à Jason une peau de chamois dans l'abri de jardin où, derrière la Grande Maison, les jardiniers remisaient leurs outils.

Il avait environ douze ans. Un début d'été, deux ans avant le Spin.

Boire de l'eau à petites gorgées en goûtant le temps. Revoilà les souvenirs.

Jason m'a surpris en suggérant qu'on essaye de réparer la tondeuse à essence du jardinier. Celui de la Grande Maison était un Belge irritable nommé De Meyer qui fumait Gauloise sur Gauloise et se contentait de hausser les épaules avec aigreur quand nous lui adressions la parole. Il maudissait cette tondeuse qui crachait de la fumée et calait toutes les cinq minutes. Pourquoi lui rendre service ? Mais c'était le défi intellectuel qui fascinait Jase. Il m'a raconté avoir cherché sur Internet des renseignements sur les moteurs à essence jusqu'à minuit passé. Cela avait piqué sa curiosité. Il a annoncé vouloir voir à quoi ressemblait *in vivo* un moteur de ce genre. Le fait d'ignorer la signification d'*in vivo* rendait la perspective deux fois plus intéressante à mes yeux. J'ai offert mon aide à Jason.

En réalité, je n'ai guère fait que l'observer tandis qu'il plaçait la tondeuse sur une douzaine de feuilles du *Washington Post* de la veille pour entamer son examen. Nous nous trouvions dans l'abri de jardin, à l'autre bout de la pelouse s'étendant à l'arrière de la Grande Maison, un endroit secret qui empestait l'essence, le gazole, l'engrais et l'herbicide. Des sacs de semences de pelouse et de paillis d'écorce posés sur des étagères de pin brut laissaient échapper leur contenu entre des lames pliées et des manches de pioche fendus. Nous n'étions pas censés jouer dans cet abri, en général fermé à clef. Jason avait pris la clef au râtelier derrière la porte du sous-sol.

Il faisait chaud, dehors, par ce vendredi après-midi, et cela ne me gênait pas de rester à l'intérieur pour regarder travailler Jason : je trouvais cela à la fois instructif et étrangement apaisant. Il a commencé par examiner la machine en s'allongeant près d'elle sur le sol. Il a tranquillement promené ses doigts sur le capot pour localiser les vis, qu'il a alors enlevées pour les mettre de côté, dans l'ordre, puis il a ôté le capot.

Il a ensuite plongé dans les entrailles de la machine. D'une manière ou d'une autre, Jason avait appris ou compris la manière de se servir d'un tournevis automatique et d'une clef dynamométrique. Ses gestes semblaient parfois timides, mais jamais hésitants. Il a travaillé comme un artiste ou un athlète :

en nuances, conscient de ses actes et de ses propres limitations. Il avait démonté toutes les pièces à sa portée, en les posant à la manière d'une illustration anatomique sur les pages noircies de graisse du *Post*, lorsque la porte de l'abri s'est ouverte avec un grincement, nous faisant sursauter.

E.D. Lawton était rentré tôt.

« Merde », ai-je murmuré, m'attirant un coup d'œil réprobateur de Lawton senior. Vêtu d'un impeccable costume gris sur mesure, il inspectait l'épave du regard depuis le seuil tandis que Jason et moi contemplions nos pieds, nous sentant d'instinct aussi coupables que si on nous avait surpris avec un *Penthouse*.

« Tu la *répares* ou tu l'*abîmes* ? » a-t-il fini par demander de ce ton mêlant mépris et dédain qui constituait sa signature verbale. Il parlait de cette manière depuis si longtemps que c'était devenu chez lui une seconde nature.

« Je la répare, a docilement répondu Jason.

— Je vois. Cette tondeuse est à *toi* ?

— Non, bien sûr, mais j'ai pensé que cela pourrait plaire à M. De Meyer que...

— Mais ce n'est pas non plus la tondeuse à gazon de M. De Meyer, pas vrai ? M. De Meyer n'est pas le propriétaire de ses outils. Il vivrait de l'aide sociale si je ne l'engageais pas chaque été. Il se trouve que c'est *ma* tondeuse. » E.D. a laissé le silence se répandre jusqu'à en devenir presque douloureux. Puis il a demandé : « Tu as trouvé le problème ?

— Pas encore.

— Pas encore ? Alors tu ferais mieux de t'y remettre. »

Jason a eu l'air presque surnaturellement soulagé. « D'accord, a-t-il dit. Je me disais qu'après le dîner, je...

— Non. Pas après le dîner. Tu l'as désossée, tu la répares et tu la remontes. Ensuite, tu pourras manger. » E.D. s'est alors tourné vers moi, ce dont je me serais volontiers passé. « Rentre chez toi, Tyler. Je ne veux plus te retrouver là-dedans. Tu devrais le savoir. »

Je me suis précipité dehors en clignant des yeux dans la lumière de l'après-midi.

Il ne m'a plus jamais surpris là, mais uniquement parce que j'ai pris soin de l'éviter. Je suis revenu plus tard dans la soirée, à dix heures passées, après avoir vu par la fenêtre de ma chambre de la lumière filtrer sous la porte de l'abri. J'ai pris une cuisse de poulet dans le réfrigérateur, je l'ai enveloppée dans du papier aluminium et j'ai foncé jusqu'à l'abri sous couvert de l'obscurité. J'ai chuchoté pour avertir Jase, qui a éteint la lampe le temps de me laisser entrer sans qu'on me voie.

Il avait comme des tatouages maoris de graisse et de cambouis sur tout le corps, et le moteur de la tondeuse n'était toujours qu'à moitié remonté. Je l'ai laissé engloutir quelques bouchées de poulet avant de lui demander ce qui lui prenait si longtemps.

« Je pourrais tout remonter en un quart d'heure, m'a-t-il affirmé. Mais ça ne fonctionnerait pas. Le plus difficile est de déterminer ce qui ne va pas au juste. En plus, je n'arrête pas d'aggraver la situation. Si j'essaye de nettoyer l'arrivée d'essence, j'y laisse pénétrer de l'air. Ou alors le caoutchouc craque. Rien n'est vraiment en bon état. Il y a une fissure dans le carburateur, mais je ne sais pas comment la réparer. Je n'ai pas de pièces de rechange. Ni les bons outils. Je ne suis même pas sûr de savoir quels *sont* les bons outils. » Son visage s'est plissé et j'ai cru un instant qu'il allait se mettre à pleurer.

« Abandonne, alors, ai-je conseillé. Va t'excuser auprès d'E.D. et laisse-le te priver d'argent de poche ou je ne sais quoi. »

Il m'a dévisagé comme si j'avais prononcé des paroles nobles mais d'une naïveté ridicule. « Non, Tyler. Merci, mais je ne le ferai pas.

— Pourquoi ? »

Mais il n'a pas répondu. Il a juste reposé la cuisse de poulet avant de se retourner vers l'éparpillement de pièces généré par son extravagance.

J'allais partir quand il y a eu un autre coup à la porte, un coup très léger. Jason m'a fait signe d'éteindre la lumière et a entrouvert la porte à sa sœur.

De toute évidence, elle mourait de peur qu'E.D. puisse la trouver dans l'abri. Elle n'a parlé qu'à voix basse. Mais comme moi, elle avait apporté quelque chose à Jase. Non une cuisse de poulet. Mais un navigateur Internet sans fil grand comme sa main.

En voyant l'appareil, le visage de Jason s'est illuminé. « Diane ! » s'est-il exclamé.

Elle lui a fait signe de baisser la voix et m'a glissé un sourire nerveux. « Ce n'est qu'un gadget », a-t-elle chuchoté avant de nous adresser un hochement de tête et de ressortir discrètement.

« Elle sait bien que non, a dit Jason après son départ. Le gadget est trivial. C'est le réseau qui va servir. Pas le gadget : le réseau. »

Moins d'une heure plus tard, il consultait un groupe de fanas de mécanique de la côte Ouest, le genre à modifier de petits moteurs pour des compétitions de robots télécommandés. Vers minuit, il avait bricolé des réparations temporaires pour la douzaine d'infirmités de la tondeuse. Je suis rentré en douce chez moi où je me suis posté à la fenêtre de ma chambre pour regarder Jason appeler son père. J'ai vu E.D. sortir d'un pas traînant de la Grande Maison en pyjama et chemise de flanelle ouverte. Bras croisés, il a regardé Jason démarrer la tondeuse, bruit incongru dans l'obscurité du petit matin. Il a écouté quelques instants avant de hausser les épaules et de faire signe à Jason de rentrer à la maison.

Jase s'est attardé sur le pas de la porte et, voyant ma lumière de l'autre côté de la pelouse, m'a adressé un signe discret.

Bien entendu, ces réparations n'étaient que temporaires. Le mercredi suivant, lorsqu'il est revenu, le jardinier fumeur de Gauloises n'a pu tondre que la moitié de la pelouse avant que la tondeuse se grippe et rende définitivement l'âme. Installés à l'ombre des arbres, Jason et moi avons appris à ce moment-là plus d'une douzaine de jurons flamands bien utiles. Jason, avec sa mémoire quasi eidétique, s'est entiché de *Godverdomme mijn kloten miljardedju!* — littéralement : « Dieu damne un million de fois mes couilles Jésus ! » d'après ce que Jason a pu tirer d'un dictionnaire flamand/anglais trouvé dans la bibliothèque de Rice. Pendant quelques mois, il a ressorti cette expression à chaque lacet cassé ou panne informatique.

E.D. a fini par devoir allonger la monnaie pour une tondeuse neuve. Le magasin lui a dit que l'ancienne coûterait trop cher à réparer et qu'elle n'avait fonctionné aussi longtemps que par miracle. J'ai appris ça de ma mère, qui le tenait de Carol Lawton. Et pour autant que je le sache, E.D. n'a plus jamais abordé le sujet avec Jason.

Ce qui ne nous a pas empêchés, Jason et moi, d'en rire à plusieurs reprises... des mois plus tard, une fois l'humiliation quasiment oubliée.

Je me suis recouché tant bien que mal en pensant à Diane, qui avait offert à son frère un cadeau non seulement consolateur, comme le mien, mais vraiment utile. Où était-elle maintenant ? Quel cadeau pourrait-elle m'apporter pour alléger mon fardeau ? Sa présence m'aurait suffi.

La lumière du jour se déversait dans la chambre comme de l'eau, comme un fleuve lumineux dans lequel je flottais, submergé de minutes vides.

Tous les délires ne sont pas vifs et frénétiques. Certains sont lents, reptiliens, à sang froid. J'ai regardé les ombres monter sur les murs de la chambre d'hôtel en rampant comme des lézards. J'ai cligné des yeux et une heure avait passé. J'ai cligné une nouvelle fois des yeux et la nuit tombait. En penchant la tête, je n'ai pas vu de soleil sur l'Arc, juste des cieux sombres, des nuages de tempête tropicale, des éclairs impossibles à différencier des barbelés visuels induits par la fièvre, mais le tonnerre quant à lui inimitable a précédé une soudaine odeur minérale d'humidité venue de l'extérieur et le bruit de gouttes de pluie crachées sur le béton du balcon.

Et enfin un autre bruit : une carte dans la serrure, le couinement des gonds.

« Diane », ai-je dit (ou murmuré, ou croassé).

Elle s'est précipitée dans la chambre. Elle était en tenue de ville, avec une robe chasuble bordée de cuir et un chapeau à large rebord dégoulinant de pluie. Elle s'est approchée du lit.

« Je suis désolée, a-t-elle dit.

— Pas besoin de t'excuser, mais...

— Non, je suis désolée, Tyler, mais il faut que tu t'habilles. On doit partir. Maintenant. *Tout de suite.* J'ai un taxi qui nous attend. »

Il m'a fallu un peu de temps pour digérer l'information. Diane en a profité pour commencer à jeter des affaires dans une valise rigide : des habits, des documents authentiques ou non, des cartes mémoires, un étui matelassé contenant des flacons et des seringues. « Je ne tiens pas debout », ai-je voulu dire, mais les mots refusaient de sortir.

Un peu plus tard, Diane a donc commencé à m'habiller, processus au cours duquel j'ai réussi à conserver un minimum de dignité en levant les jambes sans qu'elle me le demande et en grinçant des dents au lieu de hurler. Puis je me suis assis et elle m'a fait boire encore un peu d'eau de la bouteille posée près du lit. Elle m'a conduit à la salle de bains, où j'ai libéré un épais filet jaune canari. « Oh zut. Tu es tout déshydraté. » Elle m'a fait boire une autre gorgée d'eau et m'a injecté une dose d'analgésique qui a brûlé comme du venin dans mon bras. « Tyler, je suis vraiment désolée ! » Mais pas assez pour cesser de m'inciter à revêtir un imperméable et un lourd couvre-chef.

J'étais assez lucide pour déceler l'appréhension dans sa voix. « Qu'est-ce qu'on fuit ?

— Disons juste que je suis tombée sur des gens désagréables.

— Où on va ?

— À l'intérieur des terres. Dépêche-toi. »

Nous avons donc longé en hâte le couloir mal éclairé de l'hôtel avant de descendre au rez-de-chaussée par les escaliers, Diane traînant la valise de la main gauche et me soutenant de la droite. Une longue promenade. Surtout les escaliers. « Arrête de gémir », m'a-t-elle chuchoté une fois ou deux. Alors j'ai arrêté. Enfin je crois.

Puis nous sommes sortis dans la nuit. La pluie rebondissait sur les trottoirs et grésillait sur le capot d'un taxi surchauffé vieux de vingt ans. À l'abri dans son véhicule, le chauffeur m'a regardé d'un air méfiant. Je lui ai rendu son regard. « Il n'est pas malade », lui a affirmé Diane en mimant l'action de boire à la bouteille, et le chauffeur s'est renfrogné mais a accepté les billets qu'elle lui mettait dans la main.

Les narcotiques ont agi pendant que nous roulions. Les rues de Padang dégageaient dans la nuit une odeur caverneuse d'asphalte humide et de poisson en décomposition. Des flaques huileuses s'ouvraient comme des arcs-en-ciel sous les roues du taxi. Nous avons quitté le quartier touristique et ses éclairages au néon au profit du fouillis de boutiques et de logements qui avait poussé autour de la ville au cours des trente dernières années, les taudis de fortune cédant le pas à la nouvelle prospérité, les bulldozers garés sous des toiles goudronnées entre des cabanes à toit métallique. De grands immeubles poussant comme des champignons dans un compost de champs de squatters. Puis nous avons traversé la zone industrielle avec ses murs gris et ses barbelés, et j'ai dormi, je crois, une nouvelle fois.

En rêvant non des Seychelles mais de Jason. De Jason et de son penchant pour les réseaux (« pas un gadget, un réseau »), des réseaux qu'il avait créés et habités et des endroits où ces réseaux l'avaient conduit.

Nuits troublées

Seattle, par un vendredi pluvieux de septembre, cinq ans après l'attaque ratée des missiles chinois. Je suis rentré chez moi en voiture à l'heure de pointe et dès que j'ai franchi la porte de mon appartement, j'ai activé l'interface audio afin de lancer une liste de lecture baptisée « Thérapie » que j'avais établie moi-même.

Cela avait été une dure journée, aux urgences de Harborview. Je m'étais occupé de deux blessures par balles et d'une tentative de suicide. L'image de sang dégoulinant des roulettes d'une civière flottait sous mes paupières. J'ai échangé ma tenue de jour humide de pluie contre un jean et un sweatshirt avant de me servir un verre que j'ai bu debout près de la fenêtre en regardant la ville frémir dans le noir. Dehors, quelque part, il y avait la brèche sans lumière du détroit de Puget [1], obscurcie par les nuages houleux. La circulation était presque bloquée sur l'I-5, long fleuve rouge et lumineux.

Ma vie, pour l'essentiel, telle que je l'avais construite. Et elle tenait en équilibre sur un mot.

La voix nostalgique et un peu fausse d'Astrud Gilberto s'est bientôt élevée, interprétant une chanson qui parlait de Corcovado et d'accords de guitare, mais j'étais encore trop à cran pour penser à ce que Jason m'avait dit la veille au téléphone.

1. Bras de mer de l'océan Pacifique au bord duquel est situé Seattle. (*N.d.T.*)

Trop à cran aussi pour accorder à la musique l'attention qu'elle méritait. « Corcovado », « Desafinado », quelques Gerry Mulligan et Charlie Byrd. Thérapie. Mais tout cela se mêlait au bruit de la pluie. J'ai réchauffé mon dîner au micro-ondes et l'ai mangé sans en sentir le goût, avant d'abandonner tout espoir d'équanimité karmique et de décider d'aller frapper chez Giselle pour voir si elle était rentrée.

Giselle Palmer louait l'appartement à trois portes du mien. Elle m'a ouvert vêtue d'un jean en lambeaux et d'une vieille chemise en flanelle, signe qu'elle passerait la soirée chez elle. Je lui ai demandé si elle était occupée ou si ça lui disait de passer un peu de temps avec moi.

« Je ne sais pas, Tyler. Tu as l'air plutôt lugubre.

— Partagé, plutôt. Je songe à quitter la ville.

— Vraiment ? Genre en déplacement professionnel ?

— Définitivement.

— Ah ? » Son sourire s'est évanoui. « Quand as-tu pris cette décision ?

— Je n'ai rien décidé. C'est le problème. »

Elle a ouvert sa porte en grand et m'a fait signe d'entrer. « Sérieusement ? Tu vas aller où ?

— C'est une longue histoire.

— Tu veux dire qu'il te faut un verre avant d'en parler ?

— Par exemple », ai-je répondu.

Giselle était venue faire ma connaissance l'année précédente, durant une réunion des résidents de l'immeuble qui se tenait au sous-sol. Elle avait vingt-quatre ans et m'arrivait à peu près à la clavicule. Elle travaillait de jour dans un restaurant franchisé à Renton, mais quand on avait commencé à prendre le café ensemble le dimanche après-midi, elle m'avait raconté être « une pute, une prostituée, c'est mon travail à temps partiel ».

Elle voulait dire en fait qu'elle appartenait à un vague groupe de copines qui se transmettaient les noms d'hommes plus âgés (présentables, en général mariés) prêts à rémunérer généreusement une relation sexuelle mais terrifiés par la prostitution de rue. Giselle m'avait raconté cela avec les épaules redressées et une expression de défi, au cas où j'aurais été choqué ou dégoûté. Je ne l'avais pas été. Nous vivions les années Spin, après tout. Les gens de l'âge de Giselle suivaient leurs propres règles, pour le meilleur ou pour le pire, et les gens comme moi s'abstenaient de porter un jugement.

Nous avons continué à boire un café ou dîner ensemble de temps en temps, et il m'était arrivé à une ou deux reprises de demander des analyses de sang pour son compte. Son dernier test HIV était négatif et son organisme ne renfermait qu'un seul anticorps contre des virus de grandes maladies contagieuses : celui de la fièvre du Nil occidental. En d'autres termes, elle avait été à la fois chanceuse et prudente.

Mais l'inconvénient du commerce sexuel, m'avait confié Giselle, était qu'il se mettait à définir votre vie, même à son niveau semi-professionnel. On devenait, d'après elle, le genre de femmes à trimballer des préservatifs et du Viagra dans son sac à main. Pourquoi le faire, dans ce cas, au lieu par exemple de prendre un travail de nuit au grand supermarché ? La question ne lui a pas plu et elle y a répondu sur la défensive : « C'est peut-être une perversion chez moi. Ou un hobby, tu sais, comme les trains en modèle réduit. » Mais je savais qu'elle avait fui très jeune un beau-père brutal à Saskatoon, et il n'était pas difficile d'imaginer le tour pris ensuite par sa vie. Et bien entendu, elle pouvait, tout aussi facilement que n'importe qui d'un certain âge, excuser un comportement à risques par la quasi-certitude de notre extinction en masse. La mortalité, a dit un jour un écrivain de ma génération, l'emporte sur la moralité.

« Bon, il faut que tu te saoules comment ? a-t-elle demandé. Juste pompette ou complètement déchiré ? En fait, je ne suis pas sûre qu'on ait le choix. Le bar n'est pas très fourni, ce soir. »

Elle m'a préparé un mélange à base de vodka qui, au goût,

semblait sortir d'une cuve à mazout. J'ai débarrassé une chaise du journal du jour et me suis assis. L'appartement de Giselle était décemment meublé mais elle semblait aussi douée pour le ménage qu'un étudiant de première année débarquant en résidence universitaire. Le journal était ouvert sur l'éditorial. La caricature portait sur le Spin et représentait les Hypothétiques sous forme de deux araignées noires enserrant le globe terrestre entre leurs pattes velues. Légende : « On les mange tout de suite ou on attend les élections ? »

« Je n'y comprends rien », a dit Giselle en désignant le journal du pied alors qu'elle se laissait tomber sur le sofa.

« À la caricature ?

— Au tout. Au Spin. Au "non-retour". Lire les journaux, c'est comme... Bon, il y a quelque chose de l'autre côté du ciel, quelque chose de pas amical. Voilà tout ce que je sais vraiment. »

La plus grande partie de l'humanité aurait pu se reconnaître dans cette affirmation. Mais pour une raison ou pour une autre — peut-être à cause de la pluie, ou du sang que j'avais vu couler ce jour-là —, ses paroles m'ont indigné. « Ce n'est pas dur à comprendre.

— Ah ouais ? Alors, pourquoi cela arrive-t-il ?

— Non, pas le *pourquoi*. Personne ne sait le *pourquoi*. Mais *ce* qui arrive...

— Oui, je sais, pas besoin d'une conférence. On est enfermés dans une espèce de sac congélation cosmique et l'univers tourne à toute vitesse autour de nous, bla-bla-bla. »

Cela m'a irrité aussi. « Tu connais ta propre adresse, j'imagine. »

Elle a bu une gorgée de son verre. «'videmment.

— Parce que tu aimes savoir où tu es. À quelques kilomètres du Pacifique, à cent soixante-dix de la frontière, à quelques milliers à l'ouest de New York... D'accord ?

— Ouais, et alors ?

— Je veux te montrer que les gens n'ont aucun problème à

différencier Spokane et Paris, mais quand il s'agit du ciel, ils ne voient qu'une grosse et mystérieuse tache sans forme. Comment ça se fait ?

— Je n'en sais rien. Parce que tout ce que je connais en astronomie, je l'ai appris dans des rediffusions de *Star Trek* ? Je veux dire, qu'est-ce que je sais, au juste, sur les lunes et les étoiles ? Je n'en ai plus vu depuis toute petite. Même les savants admettent ne pas savoir de quoi ils parlent à peu près une fois sur deux.

— Et ça ne te pose aucun problème ?

— Qu'est-ce qu'on en a à foutre si ça me pose un problème ? Écoute, je devrais peut-être allumer la télé. Tu pourrais me dire pourquoi tu penses à quitter la ville pendant qu'on regarde un film. »

Les étoiles étaient comme les gens, lui ai-je dit : elles vivaient et mouraient dans des intervalles de temps prévisibles. Le Soleil vieillissait vite, et consommait son carburant de plus en plus vite au fur et à mesure qu'il prenait de l'âge. Sa luminosité s'accroissait de dix pour cent chaque milliard d'années. Les changements déjà subis par le système solaire rendraient la Terre inhabitable même si le Spin s'arrêtait aujourd'hui. Point de non-retour. C'était de cela que les journaux parlaient. Ils ne l'auraient pas fait si le président Clayton n'avait officialisé la chose en admettant dans un discours que, d'après les meilleurs experts scientifiques, il n'existait aucun moyen de revenir au *statu quo ante*.

Elle m'a alors adressé un long regard mécontent : « Toutes ces conneries...

— Ce ne sont pas des conneries.

— Peut-être, mais cela ne me fait aucun bien.

— J'essayais juste d'expliquer...

— Merde, Tyler ! Je t'ai demandé une explication ? Rentre chez toi avec tes cauchemars. Ou bien calme-toi et racontemoi pourquoi tu veux quitter Seattle. Y a un rapport avec tes amis, je parie ? »

Je lui avais parlé de Jason et de Diane. « Avec Jason, surtout.

— Le soi-disant génie.

— Pas juste soi-disant. Il est en Floride...

— Il fait je ne sais plus quoi pour les gens des satellites, tu m'as dit.

— Il transforme Mars en jardin.

— Ça aussi, les journaux en ont parlé. C'est vraiment possible ?

— Je n'en ai aucune idée. Jason semble penser que oui.

— Mais ça prendrait beaucoup de temps, non ?

— L'horloge tourne plus vite au-dessus d'une certaine altitude, lui ai-je rappelé.

— Oui oui. Bon, et pourquoi il a besoin de toi ? »

Eh bien, ouais, pourquoi ? Bonne question. Excellente question. « Ils engagent un médecin pour la clinique intégrée à Périhélie.

— Je te prenais pour un généraliste ordinaire.

— C'est ce que je suis.

— Qu'est-ce qui te qualifie pour devenir médecin d'astronautes ?

— Absolument rien. Mais Jason...

— Il rend service à un vieux pote ? Eh bien, ça se comprend. Dieu bénit les riches, hein ? Mieux vaut les garder parmi ses amis. »

J'ai haussé les épaules. Qu'elle le pense si elle en avait envie. Inutile d'en parler à Giselle, et Jase n'avait rien dit de spécial...

Mais durant notre conversation, j'avais eu l'impression que Jason me voulait non comme médecin résident mais comme médecin personnel. Parce qu'il avait un problème. Une espèce de problème dont il ne voulait parler à personne de Périhélie. Un problème dont il ne parlerait pas au téléphone.

Giselle n'avait plus de vodka mais en fouillant dans son sac, elle a déniché un joint dissimulé dans une boîte de tampons.

« La paye est bonne, j'imagine. » Elle a actionné un briquet en plastique dont elle a placé la flamme sur l'embout entortillé du joint avant d'inhaler profondément.

« On n'est pas rentrés dans les détails. »

Elle a recraché la fumée. « Quel *débile* tu fais. C'est peut-être pour ça que tu peux supporter de penser tout le temps au Spin. Tyler Dupree, limite autiste. Tu l'es *vraiment*, tu sais. Tu en as tous les symptômes. J'imagine que ce Jason Lawton est exactement comme toi. Je parie qu'il bande chaque fois qu'il dit "milliard".

— Ne le sous-estime pas. Il pourrait vraiment contribuer à sauver l'espèce humaine. » Mais pas forcément tous ses représentants.

« Voilà bien une ambition de débile. Et sa sœur, la nana avec laquelle tu as couché...

— Une seule fois.

— Une fois. Elle était croyante, c'est ça ?

— Oui. » Et elle l'était toujours, pour ce que j'en savais. Je n'avais plus aucune nouvelle d'elle depuis cette nuit dans les Berkshires. Pas seulement parce que je n'avais pas essayé d'en obtenir. Deux ou trois courriers électroniques étaient restés sans réponse. Jase n'avait pas beaucoup de nouvelles non plus, mais d'après Carol, Diane vivait avec Simon quelque part dans l'Utah ou l'Arizona — un de ces États de l'ouest dans lequel je n'étais jamais allé et que je n'arrivais pas à me représenter — où ils avaient échoué après la dissolution du Nouveau Royaume.

« Ce n'est pas difficile à comprendre non plus. » Giselle m'a passé le joint. Je ne me sentais pas tout à fait à mon aise avec l'herbe, mais ce qualificatif de « débile » m'avait un peu blessé. J'ai aspiré la fumée au fond de mes poumons et cela a eu exactement le même effet qu'à la résidence universitaire de Stony Brook : une aphasie instantanée. « Ça a dû être horrible pour elle. L'arrivée du Spin, elle qui voulait plus que tout ne pas y penser quand c'était la dernière chose que sa famille ou toi la laisserait faire. Moi aussi, je me serais réfugiée dans la religion, à sa place. J'aurais chanté dans ce putain de chœur. »

J'ai demandé — tardivement, décalé : « Le monde est vraiment si difficile à regarder en face ? »

Giselle a tendu la main et récupéré le joint. « De ma position, oui. En général. »

Distraite, elle a tourné la tête. Le tonnerre secouait la fenêtre comme s'il n'appréciait pas la chaleur sèche à l'intérieur. Du mauvais temps arrivait par le détroit de Puget. « Ça va encore être un de ces hivers pourris, j'imagine, a-t-elle dit. J'aimerais bien avoir une cheminée. Ce serait pas mal qu'on mette un peu de musique. Mais je suis trop fatiguée pour me lever. »

Je suis allé alimenter son matériel audio avec un téléchargement d'un album de Stan Getz et le saxophone a réchauffé l'atmosphère bien mieux qu'une cheminée n'en aurait été capable. Elle a hoché la tête : ce n'est pas ce qu'elle aurait choisi, mais ouais, c'était bien... « Et donc il t'a appelé pour te proposer ce boulot.

— Voilà.

— Et tu lui as dit que tu acceptais ?

— Je lui ai dit que j'allais y réfléchir.

— C'est ce que tu fais ? Tu y réfléchis ? »

Elle semblait sous-entendre quelque chose, je ne savais pas quoi. « Je crois, oui.

— Moi je crois que non. Je crois que tu sais déjà ce que tu vas faire. Tu sais ce que je crois ? Je crois que tu es venu me dire au revoir. »

J'ai répondu croire que c'était possible.

« Alors tu pourrais au moins venir t'asseoir à côté de moi. »

Je me suis mollement installé sur le sofa. Giselle s'est allongée et a posé ses pieds sur mes genoux. Elle portait des chaussettes d'homme aux losanges flous un peu ridicules. Le bas de son jean lui remontait au-dessus des chevilles. « Pour un type qui peut regarder une blessure par balle sans broncher, tu es plutôt doué pour éviter les miroirs.

— Qu'est-ce que tu veux dire par là ?

— Que manifestement, tu n'en as pas fini avec Jason et Diane. Surtout avec elle. »

Mais il était impossible que Diane compte encore pour moi.

C'est peut-être ce que j'ai voulu prouver. C'est peut-être pour cela que nous avons fini par trébucher jusque dans la chambre en désordre de Giselle et fumer un autre joint avant de tomber sur le couvre-lit rose bonbon, de faire l'amour sous la fenêtre inondée de pluie et de rester serrés l'un contre l'autre jusqu'à ce que le sommeil s'empare de nous.

Mais ce n'est pas le visage de Giselle qui m'a ensuite trotté en rêve dans la tête, et je me suis réveillé deux heures plus tard en pensant : Mon Dieu, elle a raison. Je vais en Floride.

En fin de compte, il a fallu des semaines pour procéder à tous les arrangements, tant du côté de Jason que de mon hôpital. Des semaines pendant lesquelles j'ai revu Giselle, mais brièvement. Comme elle cherchait une voiture d'occasion, je lui ai vendu la mienne : je ne voulais pas courir le risque de traverser le pays avec (le banditisme de grand chemin avait augmenté de plus de dix pour cent sur les autoroutes). Mais nous n'avons pas parlé de l'intimité venue et repartie avec la pluie, acte de bonté un peu ivre de la part de quelqu'un, plus probablement de la sienne.

À part Giselle, je n'avais pas grand monde à qui dire adieu à Seattle, et pas grand-chose à garder dans mon appartement, rien de plus substantiel que quelques fichiers numériques, éminemment portables, et une centaine de vieux disques. Le jour de mon départ, Giselle m'a aidé à caser mes bagages à l'arrière du taxi. « Aéroport SeaTac », ai-je indiqué au chauffeur et Giselle m'a adressé un geste d'adieu — un geste pas particulièrement triste mais au moins nostalgique — au moment où le taxi s'insérait dans la circulation.

Giselle était quelqu'un de bien qui menait une vie dangereuse. Je ne l'ai jamais revue, mais j'espère qu'elle a survécu au chaos ultérieur.

Le vol pour Orlando était assuré par un vieil Airbus grinçant. Le tissu des sièges était usé jusqu'à la trame et les écrans vidéo intégrés aux dossiers auraient dû être remplacés. Je me suis installé entre un homme d'affaires russe côté hublot et une quinquagénaire côté couloir. Le Russe a opposé une indifférence maussade à toute tentative de conversation mais la femme se sentait d'humeur bavarde : c'était une audiotypiste médicale partant passer deux semaines à Tampa chez sa fille et son gendre. Elle m'a dit s'appeler Sarah et nous avons parlé boutique tandis que l'appareil se hissait à son altitude de croisière.

L'industrie aérospatiale avait bénéficié d'énormes subventions fédérales au cours des cinq années écoulées depuis le feu d'artifice chinois. Mais seule une infime partie de celles-ci avait été consacrée à l'aviation commerciale, ce qui expliquait pourquoi ces Airbus réaménagés volaient encore. On avait préféré investir dans le genre de projets qu'E.D. Lawton gérait depuis son bureau de Washington et que Jason concevait à Périhélie en Floride : des études du Spin comportant, depuis quelque temps, l'effort Mars. L'administration Clayton avait obtenu toutes ces subventions grâce à la docilité d'un Congrès ravi de sembler prendre des mesures concrètes au sujet du Spin. Cela bénéficiait au moral de la population. Mieux, personne n'espérait de résultats tangibles à court terme.

L'argent fédéral avait contribué à garder à flot l'économie nationale, du moins dans le sud-ouest, dans la région de Seattle et sur le littoral de la Floride. Mais il s'agissait d'une prospérité aussi mollassonne que fragile, et Sarah s'inquiétait pour sa fille : son gendre, tuyauteur breveté, avait été définitivement licencié par un distributeur de gaz naturel de la région de Tampa. Le couple habitait dans une caravane et vivait des allocations fédérales en essayant d'élever un enfant de trois ans, Buster, le petit-fils de Sarah.

« Drôle de nom, pour un garçon, vous ne trouvez pas ? m'a-t-elle demandé. Je veux dire, *Buster*[1] ? On dirait une star du cinéma muet. Mais le fait est que ça lui va bien. »

Je lui ai dit que les noms ressemblaient aux habits : soit on les portait, soit c'est eux qui vous portaient. « Ah vraiment, Tyler Dupree ? » a-t-elle répliqué, et j'ai souri d'un air penaud.

« Bien entendu, a-t-elle repris, je me demande vraiment pourquoi les jeunes font encore des enfants. Si horrible que cela paraisse. Je n'ai rien contre Buster, bien sûr. Je l'aime du fond du cœur et je lui souhaite une longue vie de bonheur. Mais je ne peux m'empêcher de me demander quelles sont ses chances.

— Les gens ont parfois besoin d'une raison d'espérer, ai-je indiqué en me demandant si c'était cette vérité banale que Giselle avait essayé de me rappeler.

— Oui mais beaucoup de jeunes n'ont *pas* d'enfants, je veux dire, ils refusent d'en avoir, par bonté d'âme. D'après eux, on ne peut traiter mieux un enfant qu'en lui évitant la souffrance qui nous attend tous.

— Je ne suis pas sûr que quiconque sache ce qui nous attend.

— Je veux dire, le point de non-retour et tout...

— Nous l'avons dépassé. Mais nous sommes toujours là. Pour une raison ou pour une autre. »

Elle a haussé les sourcils. « Vous croyez qu'il y a des *raisons*, docteur Dupree ? »

Nous avons continué à bavarder un peu, puis Sarah a déclaré : « il faut que j'essaye de dormir » et fourré l'oreiller miniature fourni par la compagnie aérienne entre son cou et l'appuie-tête. De l'autre côté du hublot, en partie masqué par le Russe indifférent, le soleil s'était couché et le ciel avait pris une couleur de suie : je ne voyais rien d'autre que le reflet de

1. Ce terme évoque à la fois un enfant robuste, une personne née après le baby-boom et un éliminateur (cf. *Ghostbusters*). (*N.d.T.*)

la lampe d'éclairage au-dessus de ma tête. J'ai réduit la puissance du faisceau lumineux, que j'ai braqué sur mes genoux.

J'avais bêtement mis tout ce que j'avais à lire dans mes bagages enregistrés, mais j'ai trouvé un magazine très abîmé dans la pochette intégrée au dossier du siège devant Sarah. La couverture, blanc uni, portait en titre le mot *Passerelle*. Sans doute une publication religieuse abandonnée par un passager.

Je l'ai feuilleté en pensant forcément à Diane. Après l'attaque ratée des artefacts Spin, le mouvement du Nouveau Royaume avait perdu en quelques années le peu de cohérence qu'il avait possédé. Ses personnalités fondatrices l'avaient désavoué et son joyeux communisme sexuel s'était épuisé sous le poids des maladies vénériennes et de la cupidité humaine. Plus personne, même parmi l'avant-garde de la religiosité branchée, ne se prétendait plus simplement « NR ». Il fallait être hectorien, prétériste (total ou partiel), reconstructionniste du Royaume... jamais uniquement « Nouveau Royaume ». Le circuit Ekstasis suivi par Diane et Simon l'été de notre rencontre dans les Berkshires avait cessé d'exister.

Aucune des factions NR restantes n'avait vraiment de poids démographique. Les baptistes sudistes étaient à eux seuls plus nombreux que l'ensemble des sectes du Royaume. Mais l'orientation millénariste du mouvement avait fortement contribué à l'angoisse religieuse générée par le Spin. C'était en partie à cause du Nouveau Royaume qu'on voyait tant de panneaux d'affichage proclamant AFFLICTION EN COURS au bord des routes et tant d'Églises traditionnelles forcées d'aborder la question de l'apocalypse.

Passerelle semblait l'organe de presse d'une faction reconstructionniste de la côte Ouest. On trouvait à l'intérieur, après un éditorial dénonçant les calvinistes et les covenantaires, trois pages de recettes et une rubrique cinéma. Mais c'est un article intitulé « Sacrifice et génisse rouge » qui a surtout attiré mon attention, une histoire de veau à la robe d'un rouge sans défaut qui apparaîtrait « pour accomplir la prophétie » et serait sacrifié au mont du Temple à Israël, ouvrant la voie à l'Extase. Selon toute apparence, l'ancienne foi NR considérant le Spin comme un acte de rédemption était passée de mode. « Car il s'abattra comme un filet sur tous ceux qui habitent la surface de toute la Terre », Luc 21, 35. Un filet, un piège, pas une délivrance. Mieux valait trouver un animal à brûler : l'Affliction était plus pénible que prévue.

Au moment où je remettais le magazine là où je l'avais trouvé, une turbulence a secoué l'avion. Sarah s'est renfrognée dans son sommeil. L'homme d'affaires russe a sonné l'hôtesse et lui a demandé un cocktail de whisky au citron.

L'automobile que j'ai louée le lendemain matin à Orlando avait reçu deux balles dans la portière avant droite : on voyait encore les trous malgré le masticage et la peinture. J'ai demandé à l'employé s'il pouvait me proposer autre chose. « C'est la dernière disponible, m'a-t-il répondu. Mais si vous préférez attendre deux heures...

— Non, ai-je capitulé, ça ira. »

J'ai emprunté la voie express Bee Line vers l'est puis la 95 vers le sud. Je me suis arrêté non loin de Cocoa pour petit-déjeuner dans un Denny's au bord de la route. Sentant peut-être mon déracinement essentiel, la serveuse m'a généreusement resservi en café. « Le voyage est long ?

— Encore une heure de route.

— Eh bien, vous êtes pratiquement *arrivé*. C'est chez vous que vous allez ? » Elle a souri en comprenant que je n'avais pas de réponse toute faite. « Vous réglerez ça, mon chou. On y arrive tous, tôt ou tard. » Et en échange de cette bénédiction du bord de la route, je lui ai laissé un pourboire ridiculement élevé.

Le campus de Périhélie — que, fait alarmant, Jason avait appelé « l'enclos » — était situé bien au sud de la base de lancement Canaveral/Kennedy où l'on transformait ses stratégies en actes. La Fondation Périhélie (désormais agence gouvernementale officielle) ne faisait pas partie de la NASA, même si elle s'y « interfaçait », lui empruntant et lui prêtant ingénieurs et autre personnel. En un sens, c'était une couche de bureaucratie imposée à la NASA par les gouvernements s'étant succédé depuis le début du Spin, emmenant l'agence spatiale moribonde dans des directions que ses anciens patrons n'auraient pu anticiper et n'auraient peut-être pas approuvées. E.D. présidait son comité de pilotage, et Jason avait pris le contrôle effectif de la réalisation des programmes.

Le jour avait commencé à se réchauffer, une chaleur de Floride qui semblait monter du sol, la terre humide suant comme une poitrine de bœuf sur un barbecue. Je suis passé devant des bosquets de palmiers nains mal en point, des boutiques de surf délavées, des fossés remplis d'une eau verte stagnante et au moins un endroit où s'était déroulé un crime : des voitures de police entouraient un pick-up noir, trois types se penchaient sur le capot métallique brûlant, les poignets attachés dans le dos. Le flic chargé de la circulation a longuement regardé les plaques de ma voiture de location avant de me faire signe de passer, les yeux luisant d'une vague suspicion générique.

J'ai trouvé Périhélie bien moins sinistre que le mot « enclos » le laissait supposer. Il s'agissait d'un complexe industriel couleur saumon, moderne et propre, entouré d'une grande pelouse verte impeccable et protégé par une solide clôture, mais sans rien d'intimidant. À l'entrée, un garde a regardé à l'intérieur de la voiture, m'a prié d'ouvrir le coffre, a tripoté le contenu de mes valises et de mes boîtes de disques, puis m'a confié un badge d'accès temporaire avant de m'indiquer le chemin du parking visiteurs (« derrière l'aile sud, suivez la route à votre gauche, bonne journée »). La sueur avait rendu indigo son uniforme bleu.

À peine m'étais-je garé que Jason sortait par deux portes en verre glacé barrées de l'inscription TOUS LES VISITEURS

DOIVENT S'ENREGISTRER et, traversant un lopin d'herbe, parvenait dans le désert torride du parking. « Tyler ! s'est-il exclamé en s'arrêtant à un mètre de moi comme si je pouvais disparaître tel un mirage.

— Salut, Jase ! ai-je répondu avec un sourire.

— Dr Dupree ! » Il a souri aussi. « Mais cette voiture. Une location ? On la fera reconduire à Orlando. On te trouvera quelque chose de plus joli. Tu sais où loger ? »

Je lui ai rappelé qu'il avait promis de s'en occuper aussi.

« Oh, on l'a fait. Ou plutôt, on est en train. On négocie un bail pour un petit truc à moins de vingt minutes d'ici. Avec vue sur l'océan. Ce sera prêt dans deux jours. Entre-temps, il va te falloir un hôtel, mais ça peut s'arranger sans problème. Bon, pourquoi on reste dehors à absorber des UV ? »

Je l'ai suivi dans l'aile sud du complexe. J'ai observé la manière dont il marchait. J'ai remarqué qu'il penchait un peu sur la gauche et avait tendance à se servir davantage de la main droite.

La climatisation nous a agressés dès que nous avons franchi la porte, froid arctique qui semblait, à l'odeur, sortir de profonds caveaux stériles souterrains. Il y avait beaucoup de carrelage brillant et de granit à la réception. Ainsi que d'autres gardes, ceux-là formés à une politesse irréprochable. « Je suis si content que tu sois là, a affirmé Jase. Je n'ai pas le temps, mais je tiens à te faire visiter. En vitesse. Il y a des gens de Boeing qui m'attendent en salle de réunion. Un type de Torrance et un autre du groupe IDS de Saint-Louis. Amélioration de l'ion xénon, ils sont très fiers d'obtenir un peu plus de poussée, comme si cela avait vraiment de l'importance. On n'a pas besoin de finesse, c'est ce que je leur dis, mais de fiabilité, de simplicité...

— Jason, ai-je glissé.

— Ils... Quoi ?

— Respire. »

Il m'a décoché un regard dur et irrité. Puis il s'est calmé et a ri tout fort. « Désolé. C'est juste, c'est comme... tu te souviens quand on était gamins ? Chaque fois qu'on avait un nouveau jouet et qu'il fallait qu'on frime avec ? »

En général, c'était lui qui avait les nouveaux jouets, ou du moins les plus coûteux. Mais oui, lui ai-je répondu, je m'en souvenais.

« Eh bien, ce ne serait pas sérieux de le décrire de cette manière à quelqu'un d'autre que toi, mais ce que nous avons là, Tyler, est le plus gros coffre à jouets du monde. Laisse-moi frimer avec, tu veux bien ? Ensuite on t'installera. On te donnera le temps de t'habituer au climat. Si c'est possible. »

Je l'ai donc laissé me montrer le rez-de-chaussée des trois ailes et j'ai admiré comme il convenait les bureaux, les salles de réunion, les énormes laboratoires et ateliers d'ingénierie, où on concevait les prototypes et élaborait les missions avant de transmettre plans et objectifs aux principaux sous-traitants. Tout cela était très intéressant et très déconcertant. Nous avons fini par la clinique, où j'ai rencontré le Dr Koenig, le médecin que j'allais remplacer, qui m'a serré la main sans enthousiasme avant de s'éloigner d'une démarche traînante en lançant par-dessus son épaule : « Bonne chance, Dr Dupree. »

À ce moment-là, le *pager* de Jason vibrait si souvent qu'il ne pouvait plus l'ignorer. « Les gens de Boeing, m'a-t-il dit. Il faut que j'aille admirer leurs unités de propulsion, sinon ils vont faire la tête. Tu arriveras à retrouver la réception ? J'ai demandé à Shelly — mon assistante personnelle — de t'y attendre pour te trouver une chambre d'hôtel. On reparlera plus tard. Tyler, je suis vraiment content de te revoir ! »

Une autre poignée de main, étrangement faible, et il est reparti, toujours penché sur la gauche, en me laissant me demander non s'il était malade mais à quel point et jusqu'où cela allait empirer.

Jason a tenu parole. En moins d'une semaine, j'avais emménagé dans une petite maison meublée qui semblait aussi fragile à mes yeux que toutes les maisons de Floride : lattes de bois, davantage de fenêtres que de murs. Elle devait toutefois coûter cher : la galerie à l'étage donnait sur une longue pente longeant un centre commercial jusqu'à l'océan. Durant cette première semaine, j'ai eu le droit à trois briefings du taciturne docteur Koenig, qui semblait très clairement avoir été malheureux à Périhélie mais m'a transmis sa clientèle avec beaucoup de *gravitas*, me confiant ses dossiers et son personnel, et j'ai soigné mon premier patient le lundi suivant, un jeune métallurgiste qui s'était tordu la cheville sur la pelouse sud pendant un match interne de football américain. De toute évidence, la clinique était « surconçue », comme aurait pu dire Jase, par rapport aux tâches triviales que nous y effectuions chaque jour. Mais Jason affirmait anticiper le moment où on aurait du mal à obtenir des soins médicaux dans le monde extérieur à nos portes.

J'ai commencé à m'installer. J'ai dressé ou prolongé des ordonnances, distribué de l'aspirine, consulté les dossiers des patients. J'ai plaisanté avec Molly Seagram, ma réceptionniste, qui me préférait de beaucoup (d'après elle) au docteur Koenig.

Le soir, je rentrais chez moi observer les éclairs illuminer les nuages qui se garaient au large comme de grands clippers électrifiés.

Et j'ai attendu que Jason donne des nouvelles, ce qu'il n'a pas fait, du moins avant presque un mois. Puis, un vendredi soir, après le coucher du soleil, il a soudain frappé à ma porte sans s'être annoncé, vêtu d'une manière décontractée (jeans, T-shirt) qui le rajeunissait de dix ans. « J'ai eu dans l'idée de passer, a-t-il dit. Si tu n'as rien contre ? »

Je n'avais rien contre, bien entendu. Nous sommes montés, j'ai sorti deux bouteilles de bière du réfrigérateur et nous avons traîné un moment sur le balcon blanchi à la chaux. Jase a commencé à dire des choses genre « ravi de te revoir » et « content de t'avoir à bord » jusqu'à ce que je l'interrompe :

« Cesse de me débiter ces fichues paroles de bienvenue. Ce n'est que moi, Jase. »

Il a eu un rire penaud et s'est détendu.

Nous avons évoqué le passé. À un moment, je lui ai demandé : « Tu as souvent des nouvelles de Diane ? »

Il a haussé les épaules. « Non, rarement. »

Je n'ai pas insisté. Puis, alors que nous avions fait un sort à deux bières chacun, que l'air s'était rafraîchi et le soir empli de silence, je lui ai demandé comment il allait, lui.

« J'ai été très occupé, a-t-il répondu. Comme tu l'as deviné. Nous approchons des premiers lancements... plus vite qu'on ne le laisse entendre à la presse. E.D. aime garder une longueur d'avance. Il passe la plus grande partie de son temps à Washington, Clayton garde en personne un œil sur nous, nous sommes les chouchous du gouvernement, du moins pour le moment. Mais cela m'oblige à me coltiner toute cette satanée bureaucratie, qui n'en finit pas, au lieu du travail que je veux et que j'ai *besoin* de faire : concevoir des missions. C'est... » Il a eu un geste d'impuissance.

« Stressant, ai-je proposé.

— Stressant. Mais on progresse. Petit à petit.

— J'ai remarqué que je n'avais pas de dossier sur toi. À la clinique. Chaque employé ou administrateur y a un dossier médical. Sauf toi. »

Il a détourné le regard, puis a ri, un aboiement nerveux. « Eh bien... j'aimerais que ça reste ainsi, Tyler. Pour le moment.

— Le docteur Koenig n'était pas d'accord ?

— Le docteur Koenig nous pensait tous un peu cinglés. Ce qui est le cas, bien entendu. Je t'ai raconté qu'il avait pris la responsabilité d'une clinique de bord d'un navire de croisière ? Tu imagines ça ? Koenig en chemise hawaïenne en train de distribuer aux touristes des pilules contre le mal de mer ?

— Dis-moi juste ce qui ne va pas, Jase. »

Il a regardé le ciel de plus en plus sombre à l'est. Une faible lumière flottait quelques degrés au-dessus de l'horizon, pas une étoile, presque à coup sûr un des aérostats de son père.

« Le fait est, a-t-il dit presque dans un murmure, que je crains un peu de me retrouver sur la touche juste au moment où on commence à obtenir des résultats. » Il m'a regardé longtemps. « Je veux pouvoir te faire confiance, Ty.

— Il n'y a que toi et moi, ici. »

Et il a enfin listé ses symptômes, tranquillement, de manière presque schématique, comme si la douleur et la faiblesse pesaient autant, sur le plan émotionnel, que les ratés d'un moteur mal réglé. Je lui ai promis de procéder à quelques tests qui ne seraient consignés nulle part. Il a acquiescé d'un hochement de tête, nous avons alors changé de sujet et ouvert une autre bière, et il a fini par me remercier, par me serrer la main, peut-être avec plus de solennité que nécessaire, avant de quitter la maison qu'il avait louée pour moi, mon nouveau et peu familier foyer.

Je suis allé me coucher inquiet pour lui.

Sous la surface

J'ai beaucoup appris sur Périhélie grâce à mes patients — aux scientifiques, qui adoraient parler, plutôt qu'aux administrateurs, en général plus taciturnes — mais aussi aux familles du personnel qui avaient commencé à préférer la clinique du complexe à leurs centres de santé de plus en plus délabrés. Je me suis soudain retrouvé à gérer un cabinet de médecine générale en état de marche, avec une clientèle constituée pour l'essentiel de gens ayant regardé la réalité du Spin au fond des yeux et l'ayant affrontée avec courage et résolution. « On laisse le cynisme à l'entrée du complexe, m'a dit un programmeur de missions. On sait que ce qu'on fait est important. » C'était admirable. Et contagieux, aussi. Il ne m'a pas fallu longtemps pour commencer à me considérer comme l'un d'eux, comme une partie de l'œuvre consistant à étendre l'influence de l'humanité dans le torrent furieux du temps extraterrestre.

Certains week-ends, je remontais la côte jusqu'à Kennedy pour regarder décoller les fusées, Atlas et Delta modernisées montant en rugissant dans le ciel d'une forêt de plates-formes de lancement récemment construites, et parfois, à la fin de l'automne ou au début de l'hiver, Jase délaissait son travail pour m'accompagner. Les charges utiles consistaient en simples ARV, appareils de reconnaissance préprogrammés, disgracieuses fenêtres ouvertes sur les étoiles. Leurs modules de récupération retomberaient doucement (sauf en cas d'échec de la mission) dans l'Atlantique ou les cuvettes salées du désert à l'ouest, porteurs de nouvelles du monde au-delà du monde.

La grandeur des lancements me plaisait. Ce qui fascinait Jase, de son propre aveu, était la rupture relativiste. Ces petites charges pouvaient passer des semaines voire des mois derrière la barrière du Spin à mesurer la distance de la Lune ou le volume du Soleil, l'une et l'autre en augmentation, mais retomberaient sur Terre (dans notre cadre de référence) l'après-midi même, flacons enchantés renfermant plus de temps qu'ils ne pouvaient contenir.

Et lorsque ce vin avait décanté, inévitablement, les rumeurs couraient les couloirs de Périhélie : rayonnement gamma en hausse, indice de quelque événement violent dans le voisinage stellaire; nouvelles stries sur Jupiter, le Soleil injectant davantage de chaleur dans sa turbulente atmosphère; apparition d'un vaste cratère sur la Lune, qui ne se présentait plus sous le même aspect à la Terre puisqu'elle tournait petit à petit sa face cachée vers nous.

Un matin de décembre, Jase m'a fait traverser le campus jusqu'à un atelier d'ingénierie dans lequel on avait installé une maquette grandeur nature d'un vaisseau martien. Celle-ci occupait toute une plate-forme en aluminium dans un coin de l'énorme pièce divisée en secteurs. Tout autour de nous, des hommes et des femmes vêtus de combinaisons blanches en Tyvek assemblaient ou bricolaient d'autres prototypes. L'appareil m'a paru d'une petitesse déconcertante, noueuse boîte noire grosse comme une niche et terminée par un embout, terne sous l'impitoyable lumière tombant du haut plafond. Mais Jason l'a exhibé avec une fierté paternelle.

« En fait, a-t-il dit, il y a trois parties : le propulseur ionique et la masse de réaction, les systèmes de navigation embarqués et la charge utile. Le moteur représente l'essentiel de la masse. Aucun système de communication : il ne peut pas parler à la Terre et il n'en a pas besoin. Les programmes de navigation sont à redondance multiple mais le matériel lui-même n'est pas plus gros qu'un téléphone portable. Quant à l'énergie, elle provient de panneaux solaires. » Ceux-ci n'étaient pas fixés mais on avait punaisé au mur une vue d'artiste représentant l'appareil avec lesdits panneaux complètement déployés, niche de chien transformée en libellule à la Picasso.

« Cela ne m'a pas l'air assez puissant pour arriver jusqu'à Mars.

— La puissance ne pose aucun problème. Les moteurs à ions sont lents mais obstinés. C'est exactement ce qu'il nous faut : une technologie simple, robuste, durable. Le plus délicat reste le système de navigation, qu'on veut à la fois intelligent et autonome. Un objet qui franchit la barrière Spin acquiert ce que certains appellent une "vélocité temporelle", description idiote mais assez explicite. Le véhicule de lancement est accéléré et réchauffé — pas par rapport à lui-même mais par rapport à nous — et le différentiel est extrêmement grand. Même un infime changement de vélocité ou de trajectoire durant le lancement, genre bourrasque de vent ou alimentation en carburant un peu molle de la fusée de lancement, rend impossible de prévoir non pas comment mais *quand* le véhicule va apparaître dans l'espace extérieur.

— Quelle importance ?

— Cela a de l'importance parce que Mars et la Terre ont des orbites elliptiques et ne tournent pas autour du Soleil à la même vitesse. On n'a aucun moyen fiable de calculer à l'avance les positions relatives des planètes au moment où le véhicule se mettra en orbite. Au fond, la machine doit trouver Mars dans un ciel bondé et calculer sa propre trajectoire. Il nous faut donc un logiciel flexible et intelligent ainsi qu'un moteur robuste et d'une grande longévité. Par chance, nous avons les deux. C'est une chouette machine, Tyler. Elle n'a l'air de rien vue de l'extérieur, mais sous la surface... Sauf désastre, tôt ou tard, elle fera sans aide extérieure ce pour quoi on l'a conçue : se placer en orbite autour de Mars.

— Et ensuite ? »

Jase a souri. « On arrive au cœur du problème. Regarde. » Il a tiré une série de faux verrous sur la maquette pour ouvrir un panneau à l'avant, révélant un compartiment blindé divisé en cavités hexagonales, genre nid-d'abeilles. On voyait dans chacune de ces cavités un objet ovale émoussé. Un nid d'œufs d'ébène. Jason en a sorti un. C'était assez petit pour tenir au creux de sa main.

« On dirait une grosse fléchette enceinte, ai-je dit.

— C'est à peine plus complexe. On les disperse dans l'atmosphère martienne. Lorsqu'ils atteignent une certaine altitude, ils déploient des pales et descendent en vrille jusqu'à la surface tout en perdant chaleur et vélocité. Les endroits où on les disperse, les pôles, l'équateur, dépendent de la charge particulière de chaque véhicule et de ce que nous recherchons, la glace brute ou la boue salée subsurfacique, mais le processus est similaire. Penses-y comme à des aiguilles hypodermiques qui inoculent la vie à la planète. »

Cette « vie », ai-je compris, consistait en microbes spécialement conçus par assemblage de matériel génétique de bactéries découvertes à l'intérieur de rochers dans les vallées sèches de l'Antarctique, d'anaérobies capables de survivre dans les tuyaux d'écoulement des réacteurs nucléaires, et de corps unicellulaires récupérés dans la vase glacée au fond de la mer de Barents. Ces organismes serviraient surtout à conditionner le sol et devaient d'autant plus se développer que le soleil vieillissant réchauffait la surface martienne, libérant entre autres gaz de la vapeur provenant de l'eau piégée dans le sous-sol. Viendrait ensuite le tour d'une souche d'algues bleu-vert hyperconçue, simples photosynthétiseurs, et enfin de formes de vie plus complexes capables d'exploiter l'environnement que les premiers lancements avaient contribué à créer. Mars serait toujours, au mieux, un désert : toute son eau libérée ne pourrait créer que quelques lacs salés, instables et peu profonds... mais cela pourrait suffire. Suffire pour créer un endroit marginalement habitable ailleurs que sur la Terre emprisonnée, un endroit où les êtres humains pourraient aller vivre, un million de leurs siècles pour chacune de nos années. Un endroit où nos cousins martiens pourraient avoir le temps de résoudre des énigmes auxquelles nous ne pouvions nous attaquer qu'à tâtons.

Un endroit où nous pourrions construire, ou laisser l'évolution construire pour nous, une race de sauveurs.

« Difficile de croire que nous pouvons vraiment faire cela...

— *Si* nous le pouvons. C'est loin d'être gagné d'avance.

— Et même ainsi, comme moyen de résoudre un problème...

— C'est un acte de désespoir téléologique. Tu as mille fois raison. Évite juste de le dire à voix haute. Mais nous avons une force puissante pour nous aider.

— Le temps, ai-je deviné.

— Non. Le temps est un levier utile. L'ingrédient actif est plutôt la vie. Dans l'abstrait, je veux dire, le côté réplication, évolution, complexification. L'habitude de la vie de remplir fentes et crevasses, de survivre d'une manière inattendue. Je crois en ce processus : il est robuste, obstiné. Peut-il nous secourir ? Je n'en sais rien. Mais c'est bien possible. » Il a souri. « Si tu présidais un comité budgétaire sénatorial, je me montrerais moins incertain. »

Il m'a tendu la fléchette. Elle était étonnamment légère, du poids d'une balle de base-ball. J'ai essayé d'imaginer une centaine de ces objets pleuvant dans le ciel sans nuages de Mars, imprégnant de destinée humaine le sol stérile. Quelle que soit la destinée qu'il nous restait.

E.D. Lawton est venu visiter le complexe au troisième mois de la nouvelle année, à un moment où, après une rémission de plusieurs mois, les symptômes de Jason se manifestaient à nouveau.

Lorsqu'il était venu me trouver, l'année précédente, Jason m'avait décrit ses symptômes à contrecœur mais avec méthode. Faiblesse et engourdissement passagers des membres inférieurs et supérieurs. Vision floue. Vertiges transitoires. Périodes d'incontinence. Aucun de ces symptômes n'était handicapant, mais ils devenaient trop fréquents pour les ignorer.

Cela pouvait être beaucoup de choses, lui avais-je dit, même s'il devait savoir aussi bien que moi qu'il s'agissait sans doute d'un problème neurologique.

Nous avions été soulagés que ses analyses sanguines révèlent une sclérose en plaques. On pouvait en effet soigner (ou contenir) cette maladie depuis l'introduction, dix ans plus tôt, des sclérostatines chimiques. Le Spin avait entre autres caractéristiques quelque peu ironiques d'avoir coïncidé avec un certain nombre de percées médicales issues de la recherche protéinomique. Notre génération, à Jason et à moi, était peut-être condamnée, mais ce ne serait ni la sclérose en plaques, ni la maladie de Parkinson, ni le diabète, ni le cancer du poumon, ni l'artériosclérose, ni la maladie d'Alzheimer qui nous tueraient. La dernière génération du monde industrialisé serait sans doute la mieux portante.

Bien entendu, ce n'était pas tout à fait aussi simple. Près de cinq pour cent des malades à qui on diagnostiquait une sclérose en plaques ne réagissaient ni aux sclérostatines, ni aux autres traitements. Les cliniciens commençaient à parler de « SEP polyrésistante », peut-être même d'une maladie différente présentant les mêmes symptômes.

Mais le traitement initial de Jason s'était déroulé comme nous l'espérions. Je lui avais prescrit une dose quotidienne minimale de Tremex et il se trouvait en rémission complète depuis. Du moins jusqu'à la semaine où E.D. a débarqué à Périhélie avec toute la délicatesse d'une tempête tropicale, parsemant les couloirs d'attachés parlementaires et d'attachés de presse comme d'autant de débris emportés par le vent.

E.D. était Washington, nous étions la Floride ; il était le gouvernement, nous étions la science et l'ingénierie. Jase se tenait en équilibre plus ou moins précaire entre les deux. Son travail consistait surtout à faire appliquer les ordres du comité de pilotage, mais il s'était assez souvent opposé à la bureaucratie pour que les scientifiques cessent de parler de « népotisme » et se mettent à lui offrir à boire. L'ennui, d'après Jase, était qu'E.D. ne se contentait pas d'avoir initié le projet Mars : il voulait le microgérer, souvent pour des raisons politiques, distribuant des contrats à des soumissionnaires douteux pour s'octroyer davantage de soutien au Congrès. Le personnel le méprisait, mais semblait plutôt content de lui serrer la main quand il se trouvait dans les parages. Sa visite annuelle a culminé en un discours au personnel et aux invités dans l'auditorium du complexe. Nous y sommes entrés en file indienne, aussi obéissants que des écoliers mais plus vraisemblablement enthousiastes, et dès que le public a eu fini de s'installer, Jason s'est levé pour présenter son père. Je l'ai observé qui montait sur la scène et s'approchait de la tribune. J'ai vu de quelle manière il laissait sa main gauche pendre au niveau de sa cuisse, de quelle manière il se tournait, en pivotant avec gêne sur le talon, pour serrer la main de son père.

Jase a présenté son père en quelques paroles courtes mais aimables, avant de se fondre à nouveau dans le groupe de dignitaires occupant le fond de la scène. E.D. s'est avancé. Il avait eu soixante ans peu avant Noël mais pouvait encore passer pour un athlétique quinquagénaire, avec son ventre plat sous son costume trois-pièces et ses cheveux clairsemés coupés en une arrogante petite brosse militaire. Il a prononcé ce qui ressemblait à un discours de campagne électorale, louant l'administration Clayton pour sa prévoyance, le personnel réuni devant lui pour son dévouement à la « vision Périhélie », son fils pour sa « gestion inspirée », les ingénieurs et techniciens pour « avoir réalisé un rêve et, si nous réussissons, donné la vie à une planète stérile tout en insufflant un nouvel espoir à ce monde que nous appelons encore le nôtre ». Une ovation, un grand geste de la main, un sourire carnassier, et il avait à nouveau disparu, escamoté par sa cabale de gardes du corps.

J'ai retrouvé Jase une heure plus tard dans la cafétéria des cadres où, assis à une petite table, il faisait semblant de lire un tiré à part de l'*Astrophysics Review*.

Je me suis assis en face de lui. « Bon, ça se passe si mal que ça ? »

Il a vaguement souri. « Tu ne parles pas de la visite tornadesque de mon père, j'imagine ?

— Tu sais très bien de quoi je parle. »

Il a baissé la voix. « Je n'ai pas cessé de prendre mon médicament. Je l'ai pris sans faute matin et soir. Mais c'est revenu. Ça allait mal, ce matin. Des fourmis dans le bras et la jambe gauches. Et ça empire. Plus mauvais que jamais. Presque d'heure en heure. J'ai l'impression d'avoir un côté du corps traversé par un courant électrique.

— Tu as le temps de venir à la clinique ?

— Oui, mais... » Son regard a étincelé. « Je ne sais pas si j'en suis capable. Je ne veux pas t'inquiéter. Mais je suis content que tu sois arrivé. Pour l'instant, je ne sais même pas si je pourrai marcher. Je suis venu ici après le discours d'E.D. Mais je vais tomber par terre si j'essaye de me lever, j'en mettrais presque ma main au feu. Je ne pense pas pouvoir marcher. Ty... *Je ne peux pas marcher.*

— Je vais demander de l'aide. »

Il s'est redressé sur sa chaise. « Pas question. S'il le faut, j'attendrais qu'il ne reste plus que la garde de nuit pour partir d'ici.

— C'est absurde.

— Ou alors tu peux *discrètement* m'aider à me lever. On est à quoi, vingt ou trente mètres de la clinique ? Si tu me tiens par le bras en prenant un air sympa, on devrait pouvoir y arriver sans trop attirer l'attention. »

J'ai fini par accepter, non parce que j'approuvais ce petit numéro mais parce que je ne voyais pas d'autre moyen de faire venir Jason dans mon bureau. Je lui ai pris le bras gauche et il s'est appuyé sur la table de la main droite pour se hisser sur pieds. Nous avons réussi à traverser la cafétéria en ligne droite, même si le pied gauche de Jason traînait d'une manière difficile à dissimuler... par chance, personne ne nous prêtait vraiment attention. Une fois dans le couloir, nous sommes restés tout près du mur, où traîner des pieds se remarquait moins. Lorsqu'un administrateur hors cadre est apparu au bout du couloir, Jason a murmuré « Stop » et nous sommes restés immobiles comme si nous conversions tranquillement, Jason appuyé sur un présentoir dont il serrait si fort l'étagère métallique de la main droite que ses phalanges ont pâli et que des gouttes de sueur lui ont perlé au front. L'homme est passé en nous saluant d'un signe de tête mais sans nous adresser un mot.

Le temps que nous parvenions à l'entrée de la clinique, Jason laissait reposer sur moi la plus grande partie de son poids. Par chance, Molly Seagram n'était pas à son bureau et nous nous sommes retrouvés seuls dès que j'ai refermé la porte extérieure. J'ai aidé Jase à s'installer sur la table d'une des salles d'examen, puis je suis allé laisser un mot pour Molly à la réception afin d'éviter qu'on nous dérange.

À mon retour, Jase pleurait. Pas à gros sanglots, mais des larmes avaient zébré ses joues et lui pendaient au menton. « C'est trop horrible, putain. » Il fuyait mon regard. « Je n'ai pas pu m'en empêcher, a-t-il dit. Je suis désolé. Je n'ai pas pu m'en empêcher. »

Il avait perdu le contrôle de sa vessie.

Je l'ai aidé à enfiler une blouse d'hôpital, puis je me suis servi du lavabo de la salle d'examen pour rincer ses vêtements mouillés que j'ai mis à sécher près d'une fenêtre ensoleillée, dans une pièce de rangement très peu utilisée derrière les armoires à pharmacie. Les affaires étaient calmes, ce jour-là, ce qui m'a fourni un prétexte pour accorder son après-midi à Molly.

Jason avait plus ou moins retrouvé son calme, même s'il semblait diminué dans cette blouse en papier. « Tu as dit que c'était une maladie guérissable. Dis-moi ce qui n'a pas marché.

— On peut la traiter, Jase. La plupart du temps et pour la plupart des patients. Mais il y a des exceptions.

— Et quoi, j'en suis une ? J'ai gagné à la loterie des mauvaises nouvelles ?

— Tu fais une rechute. C'est typique d'une maladie non traitée, ces périodes d'invalidité suivies de rémissions. Tu mets peut-être du temps à réagir. Dans certains cas, un médicament n'est vraiment efficace qu'en ayant atteint depuis un bon moment une concentration donnée dans l'organisme.

— Tu m'as fait cette ordonnance il y a six mois. Et je ne vais pas mieux, au contraire.

— On peut t'administrer une autre sclérostatine, pour voir si ça change quelque chose. Mais sur le plan chimique, elles se ressemblent toutes beaucoup.

— Et donc, une nouvelle ordonnance ne changera rien.

— Peut-être, et peut-être que si. Il faut essayer avant de se prononcer.

— Et si ça ne donne rien ?

— Alors nous cesserons d'envisager d'éliminer la maladie pour commencer à réfléchir à la manière de la gérer. Même non traitée, la SEP est rarement mortelle. Beaucoup de malades connaissent des rémissions complètes entre les crises et parviennent à mener une vie à peu près normale. » Mais ceux-là n'étaient ni aussi gravement ni aussi agressivement atteints que Jason, me suis-je abstenu de préciser. « Le traitement de repli habituel consiste en une association d'anti-inflammatoires, d'inhibiteurs sélectifs de protéines et de stimulants ciblés du système nerveux central. Cela peut se montrer très efficace pour supprimer les symptômes et ralentir la progression de la maladie.

— Bien, a dit Jason. Super. Prescris-moi ça.

— Ce n'est pas si simple. Tu pourrais souffrir d'effets secondaires.

— Comme ?

— Peut-être aucun. Peut-être de la détresse psychologique : légère dépression ou épisodes maniaques. Ou une faiblesse physique généralisée.

— Mais j'aurais l'air normal ?

— Selon toute probabilité. » Pour le moment et sans doute pendant au moins dix à quinze ans. « Mais il s'agit d'une mesure de contrôle, pas d'un soin... d'un frein, pas d'un arrêt. La maladie reviendra si tu vis assez longtemps.

— Mais tu peux m'accorder dix ans, tu en es sûr ?

— Autant qu'on puisse l'être dans mon boulot.

— Dix ans, dit-il d'un ton songeur. Ou un milliard d'années. Suivant la manière dont on le considère. Cela suffira peut-être. Il faudra bien, tu ne crois pas ? »

Je n'ai pas demandé : suffira pour quoi ? « Mais d'ici là...

— Je ne veux pas entendre parler d'"ici là", Tyler. Je ne peux pas me permettre de lâcher mon travail et je ne veux pas que quiconque soit au courant.

— Il n'y a rien dont tu doives avoir honte.

— Je n'en ai pas honte. » Il désigna de la main droite sa blouse en papier. « Je me sens foutrement humilié, mais je n'ai pas honte. Ce n'est pas un problème psychologique. Cela concerne ce que je fais ici à Périhélie. Ce que je suis *autorisé* à faire. E.D. déteste la maladie, Tyler. Il abhorre toute faiblesse. Il a détesté Carol dès qu'elle a commencé à trop boire.

— Tu penses qu'il ne comprendra pas ?

— J'adore mon père, mais je connais ses défauts. Non, il ne comprendrait pas. Toute l'influence dont je dispose à Périhélie passe par E.D. Et c'est un peu précaire en ce moment. Nous avons eu quelques différends. Si je deviens une gêne pour lui, il me fera reléguer dans une clinique de soins hors de prix en Suisse ou à Bali avant la fin de la semaine, en se disant qu'il agit pour mon bien. Pire, en s'en persuadant.

— Ce que tu choisis de rendre public te regarde. Mais il faut que tu consultes un neurologue, pas un généraliste d'entreprise.

— Non, a-t-il décrété.

— Je ne peux en bonne conscience continuer à te soigner, Jase, si tu ne consultes pas un spécialiste. C'était déjà assez risqué de te prescrire du Tremex sans cela.

— Tu as l'IRM et les analyses de sang, non? Qu'est-ce qu'il te faut de plus?

— Dans l'idéal, un diplôme en neurologie ainsi qu'un laboratoire d'hôpital bien équipé.

— N'importe quoi. Tu dis toi-même que la SEP n'est plus vraiment un problème de nos jours.

— Sauf quand elle ne réagit pas au traitement.

— Je ne peux pas... » Il a voulu discuter. Mais la fatigue lui est de toute évidence tombée dessus d'un coup. Il pouvait toutefois s'agir d'un autre symptôme de sa rechute : Jase s'était beaucoup dépensé dans les semaines précédant la visite d'E.D. « Je vais passer un marché avec toi. J'accepte de consulter un spécialiste si tu peux m'arranger ça discrètement et sans le faire figurer dans mon dossier médical à Périhélie. Mais il faut me garder en état de fonctionner. J'ai besoin de fonctionner *demain*. Autrement dit de pouvoir marcher sans assistance et de ne pas me pisser dessus. Les médicaments dont tu m'as parlé, ils agissent vite?

— En général. Mais sans examen neurologique...

— Tyler, il faut que je te dise : j'apprécie ce que tu as fait pour moi, mais je peux me payer un médecin plus coopératif si besoin est. Soigne-moi maintenant et j'irai voir un spécialiste, je ferai tout ce que tu estimes nécessaire. Mais si tu imagines que je vais me pointer au boulot en chaise roulante avec un cathéter dans la bite, tu te fourres le doigt dans l'œil jusqu'au coude.

— Même si je te fais une ordonnance, Jase, tu n'iras pas mieux du jour au lendemain. Cela prend deux jours.

— Je devrais pouvoir m'absenter deux jours. » Il y a réfléchi. « D'accord, a-t-il fini par dire. Je veux les médicaments et je veux que tu me sortes d'ici sans qu'on nous remarque. Si tu peux y arriver, je m'en remets à toi. Sans discuter.

— Les médecins ne marchandent pas, Jase.

— À prendre ou à laisser, Hippocrate. »

Je ne lui ai pas administré tout de suite la combinaison de médicaments envisagée — nous n'avions pas tout ce qu'il fallait en pharmacie —, me limitant pour commencer à un stimulant du système nerveux central qui lui permettrait au moins de contrôler sa vessie et de marcher sans aide pendant quelques jours. L'inconvénient, c'est que cela lui donnait un état d'esprit nerveux, froid, comme, paraît-il, lorsque la cocaïne cesse de faire effet. Cela a augmenté sa pression sanguine et lui a accroché de sombres valises sous les yeux.

Nous avons attendu que la plus grande partie du personnel rentre chez elle, ne laissant plus dans le complexe que l'équipe de nuit. Jase est passé d'un pas raide mais crédible devant la réception pour sortir sur le parking, a adressé un geste amical à deux collègues partant plus tard que les autres, et s'est affalé sur le siège passager de ma voiture. Je l'ai reconduit chez lui.

Il m'avait rendu plusieurs visites dans ma petite maison de location, mais je n'étais jamais allé chez lui. Je m'attendais à quelque chose en rapport avec sa position à Périhélie. L'endroit où il dormait — manifestement, il n'y faisait guère davantage — s'est révélé un appartement en copropriété avec une vue très limitée sur l'océan. Il l'avait meublé d'un canapé, d'une télévision, d'un bureau, de deux bibliothèques et d'une connexion Internet/média large bande. Le seul mur non nu était celui au-dessus du bureau : il y avait scotché un schéma manuscrit représentant de manière linéaire l'histoire du système solaire depuis la naissance du Soleil jusqu'à son effondrement final en une naine blanche fumante, avec l'histoire de l'humanité en divergeant à un endroit marqué le Spin. Les bibliothèques, bondées de revues et de textes universitaires, étaient décorées d'exactement trois photographies sous cadre : E.D. Lawton, Carol Lawton, et un très sage cliché de Diane qui devait remonter à plusieurs années.

Jase s'est allongé sur le canapé. Il ressemblait à une étude du paradoxe, avec son corps au repos et ses yeux brillants d'une hypervivacité due aux médicaments. Je suis allé dans la cuisine attenante préparer des œufs brouillés (ni lui ni moi n'avions mangé depuis le petit déjeuner) pendant que Jason parlait. Et parlait encore. Et ne cessait de parler. « Bien sûr, a-t-il reconnu à un moment, je sais que je parle trop, j'en suis conscient, mais je ne peux même pas envisager de dormir... cet effet-là, il s'estompe ?

— Si on t'administre cette combinaison de médicaments à long terme, oui, l'effet manifeste de stimulation disparaîtra. » Je lui ai apporté une assiette sur le canapé.

« C'est très *speed*. Comme l'une de ces pilules que les gens prennent pour bachoter avant les derniers examens. Mais sur le plan physique, cela calme. Je me fais l'impression d'une enseigne au néon sur un immeuble vide. Tout illuminé mais en fin de compte, creux. Les œufs, les œufs sont très bons. Merci. » Il a repoussé son assiette. Il en avait peut-être mangé une cuillerée.

Je me suis assis à son bureau en regardant le schéma sur le mur en face de moi. En me demandant quel effet cela ferait de vivre avec cette description austère des origines et du destin de l'humanité, celle-ci étant rendue comme un événement fini dans la vie d'une étoile ordinaire. Il l'avait tracé au feutre sur du papier brun d'emballage ordinaire.

Jason a suivi mon regard des yeux. « De toute évidence, a-t-il affirmé, ils veulent qu'on fasse *quelque chose*...

— Qui ça ?

— Les Hypothétiques. S'il faut les appeler ainsi. Et j'imagine qu'il le faut. Tout le monde le fait. Ils attendent quelque chose de nous. Je ne sais pas quoi. Un cadeau, un signal, un sacrifice acceptable.

— Comment le sais-tu ?

— Ce n'est pas vraiment une observation originale. Pourquoi la barrière Spin est-elle perméable aux objets humains tels que les satellites, mais pas aux météores ni même aux particules de Brownlee ? De toute évidence, ce n'est *pas* une barrière, le terme n'a jamais convenu. » Sous l'influence du stimulant, Jase semblait particulièrement friand de l'expression « de toute évidence ». « De toute évidence, il s'agit d'un filtre sélectif. On sait qu'il filtre l'énergie atteignant la surface de la Terre. Les Hypothétiques veulent donc qu'on reste intacts et vivants, nous ou du moins l'écologie terrestre, mais alors pourquoi nous accorder l'accès à l'espace ? Même après notre tentative de faire sauter à l'arme atomique les deux seuls artefacts Spin jamais découverts ? Qu'est-ce qu'ils *attendent*, Ty ? Quel est le prix ?

— Ce n'est peut-être pas un prix. C'est peut-être une rançon. Payez et nous vous laissons tranquilles. »

Il a secoué la tête. « Il est trop tard pour qu'ils nous laissent tranquilles. On a besoin d'eux, maintenant. Et nous ne pouvons toujours pas exclure la possibilité qu'ils soient bienveillants, ou du moins inoffensifs. Je veux dire : suppose qu'ils ne soient pas arrivés au moment où ils sont arrivés. Qu'est-ce qui nous attendait ? Beaucoup pensent que nous vivions notre dernier siècle en tant que civilisation durable, peut-être même en tant qu'espèce. Le réchauffement climatique, la surpopulation, la mort des océans, la perte de terres arables, la prolifération des maladies, la menace des armes nucléaires ou biologiques...

— On se serait peut-être détruits nous-mêmes, mais au moins cela aurait été de notre faute.

— Ah, vraiment ? La faute de *qui* au juste ? La tienne ? La mienne ? Non, cela aurait été le résultat de plusieurs milliards d'êtres humains effectuant des choix relativement inoffensifs : avoir des enfants, aller au travail en voiture, ne pas perdre son emploi, résoudre en priorité les problèmes à court terme. Lorsqu'on parvient à un point où même les actes les plus triviaux sont punissables de la mort de l'espèce, alors de toute évidence, de toute évidence, on se trouve à un moment critique, un autre genre de point de non-retour.

— Mieux vaut se faire griller par le soleil ?

— Ce n'est pas encore arrivé. Et nous ne sommes pas la première étoile à mourir. La galaxie est jonchée de naines blanches qui ont pu abriter des planètes habitables. Tu ne te demandes jamais ce qui *leur* est arrivé ?

— Rarement », ai-je avoué.

En quelques pas sur le parquet nu, j'ai gagné l'étagère de livres et les photos de famille. E.D souriait à l'objectif… E.D. dont les sourires n'étaient jamais vraiment convaincants. Il ressemblait à Jason de manière saisissante. (Évidente, aurait pu dire Jase.) Machine similaire, esprit différent à l'intérieur.

« Comment la vie pourrait-elle survivre à une catastrophe stellaire ? Mais de toute évidence, cela dépend de ce qu'est la “vie”. Parlons-nous de vie organique, ou de tout autre type de boucle d'asservissement autocatalytique généralisée ? Les Hypothétiques sont-ils organiques ? C'est une question intéressante en soi…

— Tu devrais vraiment essayer de dormir. » Il était minuit passé. Il prononçait des mots que je ne comprenais pas. J'ai pris la photo de Carol. La ressemblance paraissait plus subtile. Le photographe avait saisi Carol dans un de ses bons jours : elle avait les yeux ouverts, non bloqués en berne, et malgré son sourire réticent, rehaussement à peine perceptible de ses fines lèvres, le portrait m'a paru dans l'ensemble assez fidèle.

« Ils sont peut-être en train d'extraire des morceaux de Soleil », a dit Jason, toujours à propos des Hypothétiques. « Certaines de nos données sur les éruptions solaires le laissent penser. De toute évidence, ce qu'ils ont fait à la Terre requiert de grandes quantités d'énergie. Cela équivaut à refroidir une masse de la taille d'une planète à une température proche du zéro absolu. Et d'où provient donc toute cette énergie ? Très probablement du Soleil. Nous avons de plus observé, depuis le Spin, une réduction sensible du nombre de grandes éruptions solaires. Quelque chose, une force ou un intermédiaire, capte peut-être les particules à haute énergie avant qu'elles atteignent l'héliosphère. Extraire des morceaux de Soleil, Tyler ! Voilà un acte d'*hubris* technologique presque aussi étonnant que le Spin lui-même. »

J'ai pris ensuite le cadre protégeant la photo de Diane. Le cliché, antérieur à son mariage avec Simon Townsend, avait capturé une certaine inquiétude caractéristique, comme si elle venait de plisser un peu les paupières de perplexité. Elle était belle sans essayer de l'être, mais pas vraiment à l'aise, pleine de grâce mais en même temps un peu en déséquilibre.

J'avais tant de souvenirs d'elle. Sauf qu'ils remontaient désormais à plusieurs années et disparaissaient dans le passé à une vitesse presque comparable à celle du Spin. En me voyant avec la photo de sa sœur à la main, Jason a gardé quelques instants un silence bienvenu. Puis il a dit : « Franchement, Tyler, cette fixation est indigne de toi.

— Ce n'est pas vraiment une fixation, Jase.

— Pourquoi ? Parce que tu en as *fini* avec elle ou parce que tu as *peur* d'elle ? Mais je pourrais lui poser la même question. Si elle appelle un jour. Simon la surveille de près. Je la soupçonne de regretter l'époque du NR, quand le mouvement regorgeait d'unitariens et de hippies évangéliques à poil. Le prix de la piété est plus élevé, de nos jours.

— Est-elle heureuse, au moins ?

— Diane vit au milieu de fanatiques. En est peut-être une elle-même. Le bonheur n'est pas une option.

— Tu la penses en danger ? »

Il a haussé les épaules. « Je pense qu'elle mène la vie qu'elle s'est choisie. Elle aurait pu faire d'autres choix. Elle aurait pu, par exemple, t'épouser *toi*, Ty, sans son fantasme ridicule...

— Quel fantasme ?

— Elle s'imaginait qu'E.D. était ton père. Qu'elle était ta sœur biologique. »

J'ai reculé si vite que j'ai fait tomber les photographies par terre.

« C'est ridicule.

— Bien entendu. Mais je ne crois pas qu'elle ait définitivement abandonné cette idée avant la fac.

— Comment a-t-elle seulement pu penser...

— C'était un fantasme, pas une théorie. Penses-y. Il n'y a jamais vraiment eu d'affection entre Diane et E.D. Elle se sentait ignorée par lui. Et en un sens, elle avait raison. E.D. n'a jamais voulu de fille, il voulait un héritier, masculin. Il fondait sur lui de grands espoirs, et il se trouve que je me suis montré à la hauteur. Diane ne représentait pour lui qu'une distraction. Il se reposait sur Carol pour l'élever, et Carol... » Il a haussé les épaules. « Carol n'en a pas été capable.

— Alors elle a inventé cette... histoire ?

— Elle y a pensé par déduction. Cela expliquait pourquoi E.D. vous gardait, ta mère et toi, dans la propriété. Cela expliquait le chagrin permanent de Carol. Et dans le fond, cela lui permettait de s'apprécier elle-même. Ta mère était plus gentille et plus attentive avec elle que Carol ne l'a jamais été. Cette idée d'appartenir à la famille Dupree plaisait à Diane. »

J'ai regardé Jason. Le visage pâle, les pupilles dilatées, il braquait son regard distant sur la fenêtre. Je me suis souvenu qu'il était mon patient, qu'il manifestait une réaction psychologique prévisible à un médicament puissant, que ce même homme avait, à peine quelques heures plus tôt, pleuré de sa propre incontinence. « Il faut vraiment que je parte, maintenant, Jason, ai-je dit.

— Pourquoi, tout cela est-il si choquant ? Tu ne pensais

pas que grandir était douloureux ? » Tout à coup, avant que je puisse répondre, il a tourné la tête et croisé mon regard pour la première fois de la soirée. « Oh là là. Je commence à avoir l'impression que je me suis mal comporté.

— Le médicament...

— Que je me suis comporté comme un monstre. Tyler, je suis désolé.

— Tu te sentiras mieux après une nuit de sommeil. Mais tu ne devrais pas revenir à Périhélie avant deux jours.

— OK. Tu passes me voir demain ?

— D'accord.

— Merci. »

Je suis parti sans répondre.

Jardinage céleste

Cela a été l'hiver des portiques de lancement.

On avait construit de nouveaux pas de tir non seulement à Canaveral mais dans le sud-ouest désertique des États-Unis, en Guyane française, en Afrique équatoriale, ainsi qu'en Chine à Jiuquan et Xichang et en Russie à Baïkonour et Svobodny : des portiques pour des lancements destinés à l'ensemencement martien et d'autres plus grands pour les « Grandes Piles », les énormes assemblages de propulseurs qui emporteraient les humains volontaires sur une Mars à peine habitable en cas de succès de la rudimentaire terraformation. Les portiques ont poussé cet hiver-là comme des forêts de fer et de métal, exubérantes, luxuriantes, enracinées dans le béton et irriguées par des réservoirs d'argent fédéral.

En un sens, les premières fusées d'ensemencement étaient moins spectaculaires que les installations de lancement bâties pour elles. Ces propulseurs basés sur les vieux modèles Titan et Delta, produits en série sur des chaînes de montage et pas plus complexes d'un iota ou d'un microprocesseur que nécessaire, se sont mis à peupler en nombre surprenant leurs pas de tir au fur et à mesure qu'approchait le printemps, les vaisseaux spatiaux comme des capsules de peuplier noir, prêtes à emporter une vie en sommeil sur un lointain sol stérile.

D'une certaine manière, c'était aussi le printemps, ou du moins un été indien prolongé, dans l'ensemble du système solaire. Sa zone habitable, se dilatant au fur et à mesure que le soleil épuisait l'hélium contenu dans son cœur, commençait à englober Mars et finirait par englober aussi Ganymède, la lune aquatique de Jupiter, autre cible potentielle pour une terraformation avancée. Sur Mars, des millions d'étés de plus en plus chauds avaient commencé à sublimer dans l'atmosphère d'énormes tonnages de glace et de CO_2 gelé. Au début du Spin, la pression atmosphérique à la surface de Mars s'élevait à environ 8 millibars, soit un air aussi raréfié que cinq kilomètres au-dessus de l'Everest. Désormais, sans la moindre intervention humaine, la planète avait atteint l'équivalent climatique d'un sommet montagneux arctique baigné de dioxyde de carbone gazeux... un climat doux, selon les normes martiennes.

Mais nous avions l'intention de poursuivre le processus. Nous avions l'intention de mêler de l'oxygène à l'air de la planète, de verdir ses plaines, de créer des étendues aquatiques dans lesquelles la glace subsurfacique, qui désormais fondait périodiquement, jaillirait en geysers de vapeur ou en purin de boue toxique.

Nous étions dangereusement optimistes, durant l'hiver des portiques.

Le 3 mars, peu avant la date prévue pour la première vague des lancements d'ensemencement, Carol Lawton m'a appelé chez moi pour m'apprendre que ma mère avait eu une grave attaque à laquelle on ne s'attendait pas qu'elle survive.

Je me suis arrangé pour qu'un médecin des environs me remplace à Périhélie, puis je suis allé à Orlando prendre le premier vol pour Washington.

Carol m'attendait à l'aéroport Reagan, l'air sobre. Elle m'a ouvert les bras et j'ai serré dans les miens cette femme ne m'ayant jamais manifesté qu'une indifférence perplexe pendant toutes les années où j'avais vécu sur sa propriété. Elle a ensuite reculé pour poser ses mains frémissantes sur mes épaules. « Je suis vraiment désolée, Tyler.

— Elle est toujours en vie ?

— Elle s'accroche. Une voiture nous attend. On pourra parler en route. »

Je l'ai suivie dehors jusqu'à un véhicule sans doute dépêché par E.D. lui-même, une limousine noire munie de macarons fédéraux. Le chauffeur a rangé mes bagages dans le coffre, touché sa casquette lorsque je l'ai remercié, et repris place sur le siège conducteur, scrupuleusement séparé du luxueux compartiment passagers, sans prononcer plus de quelques mots. Il a pris de lui-même la direction de l'hôpital universitaire George-Washington.

Plus menue que dans mon souvenir, Carol ressemblait à un petit oiseau sur le cuir des sièges. Elle a sorti un mouchoir en coton de son minuscule sac à main pour se tamponner les yeux. « Toutes ces larmes ridicules, a-t-elle dit. J'ai perdu mes lentilles de contact, hier. À force de pleurer, tu imagines ça ? Il y a des choses que l'on tient pour acquises. Pour moi, c'était d'avoir ta mère dans la maison pour la garder en ordre, ou simplement de la savoir tout près, à l'autre bout de la pelouse. La nuit, je me réveillais — je n'ai pas le sommeil profond, cela ne devrait pas t'étonner —, je me réveillais avec l'impression que le monde était fragile et que je pourrais passer à travers, traverser le plancher et tomber pour l'éternité. Alors je pensais à elle là-bas dans la Petite Maison en train de dormir à poings fermés. À poings fermés. C'était comme une pièce à conviction. Pièce A, Belinda Dupree, la possibilité d'avoir l'esprit tranquille. Elle était le pilier de la maisonnée, Tyler, que tu l'aies su ou non. »

J'ai supposé que je l'avais su. En réalité, il n'y avait eu qu'une seule maisonnée, même si enfant, j'avais surtout conscience de la distance entre les deux maisons : la mienne, modeste mais calme, et la Grande, aux jouets plus chers et aux disputes plus méchantes.

J'ai demandé si E.D. était allé à l'hôpital.

« E.D. ? Non. Il est occupé. Expédier des vaisseaux spatiaux sur Mars semble nécessiter d'innombrables dîners en ville. Je sais que c'est aussi ce qui retient Jason en Floride, mais je crois que Jason s'occupe du côté pratique de la chose, si tant est qu'elle ait un côté pratique, tandis qu'E.D. est davantage un magicien tirant de l'argent de divers chapeaux. Mais je suis sûre que tu verras E.D. à l'enterrement. » J'ai tiqué et elle m'a adressé un regard d'excuses. « Si jamais. Mais d'après les médecins...

— Elle ne devrait pas s'en remettre.

— Elle est mourante. Oui. D'un médecin à un autre. Tu te rappelles cela, Tyler ? J'ai été médecin, autrefois. À l'époque où j'en étais capable. Et t'en voilà maintenant un. Mon Dieu. »

J'ai apprécié sa franchise. Je la devais peut-être à sa sobriété soudaine. Carol se retrouvait à nouveau dans le monde de lumière brillante qu'elle évitait depuis vingt ans, et ce monde lui apparaissait en tout point aussi horrible que dans son souvenir.

Nous sommes arrivés à l'hôpital. Carol s'était déjà présentée au personnel infirmier de l'étage de réanimation et nous nous sommes aussitôt rendus dans la chambre de ma mère. « Vous ne rentrez pas ? ai-je demandé à Carol en la voyant hésiter devant la porte.

— Je... Non, je ne crois pas. Je lui ai déjà dit plusieurs fois adieu. Je ne supporte pas l'odeur du désinfectant. Je vais retourner sur le parking fumer une cigarette avec les brancardiers. Tu me retrouves là-bas ? »

J'ai répondu par l'affirmative.

Ma mère gisait, inconsciente, au milieu d'appareils de réanimation, et la machine sifflante régulant sa respiration rythmait les mouvements de sa cage thoracique. Je ne me souvenais pas qu'elle avait les cheveux aussi blancs. Je lui ai caressé la joue mais sans obtenir la moindre réaction.

Un instinct médical malvenu m'a poussé à lui soulever une paupière, histoire, j'imagine, de vérifier la dilatation de ses pupilles. Mais elle avait eu une hémorragie oculaire après son attaque. Son œil était aussi rouge qu'une tomate cerise, gorgé de sang.

Je suis reparti de l'hôpital avec Carol mais ai décliné son invitation à dîner en lui disant que je me préparerais moi-même quelque chose. « Je suis sûr que tu trouveras ce qu'il faut dans la cuisine de ta mère, a-t-elle dit. Mais on t'accueille à bras ouverts si tu préfères loger à la Grande Maison. Même si elle est un peu en désordre en ce moment, sans ta mère pour diriger les employés. Je suis sûre qu'on peut te dénicher une chambre d'amis convenable. »

Je l'ai remerciée en l'assurant que je préférais rester de mon côté de la pelouse.

« Préviens-moi si tu changes d'avis. » Son regard a quitté l'allée de gravier pour glisser sur la pelouse et aller se poser sur la Petite Maison comme si elle la voyait vraiment pour la première fois depuis des années. « Tu as toujours la clé ?...

— Toujours.

— Eh bien, je te laisse. L'hôpital a les deux numéros, au cas où ». Carol m'a alors serré une nouvelle fois dans ses bras avant de remonter les marches de la Grande Maison avec une détermination, presque une impatience, suggérant qu'elle avait assez reculé le moment de boire un verre.

Je suis entré chez ma mère. C'est davantage chez elle que chez moi, ai-je pensé, même si ma présence n'en avait pas été effacée. En partant pour l'université, j'avais dépouillé ma petite chambre et emballé tout ce qui comptait pour moi, mais ma mère avait gardé le lit et rempli les espaces vides (les étagères en pin, le rebord de la fenêtre) de plantes en pots qui séchaient à toute vitesse en son absence, aussi les ai-je arrosées. Le reste de la maison était tout aussi ordonné. Diane avait un jour qualifié de « linéaire » le ménage de ma mère, adjectif par lequel elle voulait dire, à mon avis, ordonné mais pas obsessionnel. J'ai passé en revue le salon et la cuisine, jeté un coup d'œil dans sa chambre. On ne pouvait pas dire que chaque chose était à sa place. Mais chacune *avait* sa place.

À la tombée de la nuit, j'ai fermé les rideaux et, histoire de m'opposer à la mort, allumé toutes les lampes de la maison, acte que ma mère aurait trouvé inapproprié quelles que soient les circonstances. Je me suis demandé si Carol avait remarqué la lumière projetée sur l'herbe brunie par l'hiver et si elle avait trouvé cela réconfortant ou inquiétant.

E.D. est rentré vers neuf heures, ce soir-là, et il a eu la gentillesse de venir frapper à la porte pour me présenter ses condoléances. Il semblait mal à l'aise dans la lumière du perron, avec son costume sur mesure débraillé. Sa respiration se condensait dans la fraîcheur du soir. Sans s'en apercevoir, il touchait ses poches, sa poitrine et sa hanche, comme s'il avait oublié quelque chose ou ne savait tout simplement pas quoi faire de ses mains. « Je suis désolé, Tyler. »

Ses condoléances m'ont semblé nettement prématurées, comme si la mort de ma mère était non seulement inévitable mais un fait établi. Il avait déjà renoncé à elle. Mais elle respire toujours, me suis-je dit, du moins elle traite de l'oxygène, à des kilomètres de là, dans la solitude de sa chambre d'hôpital. « Merci de l'avoir dit, monsieur Lawton.

— Mon Dieu, Tyler, appelle-moi E.D., comme tout le monde. D'après Jason, tu fais du bon boulot, à Périhélie Floride.

— Mes patients semblent satisfaits.

— Formidable. Nous avons besoin de la collaboration de tous, si modeste soit-elle. Dis-moi, c'est Carol qui t'a installé là ? Parce qu'on a une chambre d'amis de prête, si tu veux.

— Je suis très bien, ici.

— OK, je comprends ça. N'hésite pas à nous sonner si tu as besoin de quoi que ce soit, d'accord ? »

Il a retraversé la pelouse. On avait beaucoup parlé, dans la presse et la famille Lawton, du génie de Jason, mais je me suis souvenu qu'E.D. pouvait lui aussi prétendre à ce qualificatif. Il avait fait fructifier son diplôme d'ingénieur et son talent pour les affaires en entreprise de première importance, et vendu de la bande passante de télécommunications par aérostats quand Americom et AT & T regardaient encore le Spin en clignant des yeux comme un cerf surpris. Il lui manquait non pas l'intelligence de Jason mais sa présence d'esprit et sa profonde curiosité envers l'univers physique. Et peut-être aussi un soupçon de son humanité.

Je me suis donc retrouvé à nouveau seul, chez moi et pas chez moi, et j'ai traîné un peu sur le canapé en m'étonnant que la pièce ait si peu changé. Tôt ou tard, il me reviendrait de disposer du contenu de cette maison, tâche que j'avais beaucoup de mal à envisager, plus difficile, plus grotesque que cultiver la vie sur une autre planète. Mais peut-être était-ce parce que je réfléchissais à cet acte de déconstruction que j'ai remarqué un espace vide sur l'étagère du haut, à côté du téléviseur.

Je l'ai remarqué parce qu'à ma connaissance, de toutes les années que j'avais vécues dans cette maison, l'étagère supérieure n'avait guère eu le droit qu'à un époussetage rapide. Cette étagère était le grenier de la vie de ma mère. J'aurais pu réciter les yeux fermés ce qu'on y trouvait : les annuaires de son lycée (établissement secondaire Martell à Bingham, dans le Maine, années 1975, 1976, 1977 et 1978) ; celui de l'année de 1982 à la fac de Berkeley ; un serre-livres en jade représentant Bouddha, son diplôme sous cadre plastique, le dossier brun en accordéon dans lequel elle gardait son acte de naissance, son passeport et ses documents fiscaux, et enfin, contre un autre Bouddha vert, trois boîtes à chaussures délabrées libellées SOUVENIRS (ÉCOLE), SOUVENIRS (MARCUS) et DIVERS.

Mais ce soir-là, le deuxième Bouddha en jade était de travers et la boîte marquée SOUVENIRS (ÉCOLE) manquait à l'appel. J'ai supposé que ma mère l'avait descendue, même si je ne l'avais vue nulle part dans la maison. Des trois boîtes, la seule que ma mère ait ouverte régulièrement en ma présence était DIVERS, bondée de places de concerts et autres billets, de coupures de presse friables (dont les nécrologies de ses parents), d'un pin's souvenir de la forme de la goélette *Bluenose* qu'elle avait rapporté de sa lune de miel en Nouvelle-Écosse, de pochettes d'allumettes sélectionnées dans les hôtels et restaurants qu'elle avait visités, de bijouterie fantaisie, d'un certificat de baptême et même d'une boucle de mes cheveux de bébé conservée dans un bout de papier sulfurisé fermé par une épingle.

J'ai descendu l'autre boîte, celle marquée SOUVENIRS (MARCUS). Je n'avais jamais été particulièrement curieux de mon père, et ma mère ne m'en avait guère dressé de lui qu'un bref portrait (bel homme, ingénieur, collectionneur de jazz, meilleur ami d'E.D. à la fac, mais aussi gros buveur et victime, une nuit qu'il rentrait de chez un fournisseur en électronique de Milpitas, de son penchant pour les automobiles rapides). La boîte renfermait une pile de lettres sous enveloppes de vélin portant une écriture nette et brusque qui devait être la sienne. Il avait expédié ces lettres à Belinda Sutton, nom de jeune fille de ma mère, à une adresse de Berkeley qui ne m'évoquait rien.

J'ai extrait l'une de ces enveloppes et l'ai ouverte, en ai sorti un papier jauni que j'ai déplié.

C'était un papier non réglé mais l'écriture traversait la page en petites lignes bien parallèles. *Chère Bel. Je croyais t'avoir tout dit au téléphone hier soir mais je ne peux pas m'empêcher de penser à toi. Écrire ceci semble te rapprocher de moi, mais moins que je le voudrais. Moins que nous ne l'étions en août! Je me repasse ce souvenir comme une cassette vidéo chaque soir où je ne peux pas m'allonger à tes côtés.*

Je n'ai pas lu la suite. J'ai replié la lettre que j'ai remise dans son enveloppe jaunie avant de refermer la boîte et de la reposer à sa place.

Le lendemain matin, on a frappé à la porte. J'ai ouvert en m'attendant à voir Carol ou quelque secrétaire de la Grande Maison.

Ce n'était pas Carol, mais Diane. Diane en longue jupe bleu nuit et chemisier à col haut. Elle serrait ses mains sous sa poitrine. Elle a levé vers moi des yeux brillants. « Je suis tellement désolée. Je suis venue dès que j'ai su. »

Mais trop tard. L'hôpital avait appelé dix minutes plus tôt. Belinda Dupree était morte sans avoir repris connaissance.

Aux funérailles, E.D. a dit quelques mots gênés sans rien de significatif. J'ai parlé, Diane aussi, et Carol en avait l'intention mais pleurait trop ou avait trop bu pour cela.

Le panégyrique de Diane était le plus émouvant, rythmé et sincère, inventaire des gentillesses exportées par ma mère de l'autre côté de la pelouse comme autant de cadeaux d'une nation plus riche et plus aimable. Je lui en ai été reconnaissant. Tout le reste de la cérémonie m'a semblé mécanique, en comparaison : des visages plus ou moins familiers surgissaient de l'assemblée pour marmonner homélies ou demi-vérités, et je les remerciais en souriant, encore et encore, jusqu'au moment où il a fallu nous rendre sur la tombe.

Il y a eu une réception ce soir-là à la Grande Maison, une réception post-funéraire au cours de laquelle j'ai reçu les condoléances des associés d'E.D., que je ne connaissais pas mais dont certains avaient connu mon père, et du personnel de maison, au chagrin plus authentique et plus difficile à supporter.

Les extra glissaient parmi la foule munis de verres de vin sur des plateaux argentés. J'ai bu plus que de raison jusqu'à ce que Diane se glisse elle aussi au milieu des invités et me sorte d'une autre série de « vraiment toutes mes condoléances » pour me dire : « Tu as besoin de prendre l'air.

— Il fait froid, dehors.

— Si tu continues à boire, tu vas devenir hargneux. Tu n'en es déjà plus très loin. Allez, Ty, viens. Juste quelques minutes. »

Nous sommes sortis sur la pelouse. La pelouse brunie du milieu de l'hiver. La même sur laquelle nous avions assisté aux premiers instants du Spin, vingt ans plus tôt. Nous avons fait le tour de la Grande Maison, une petite promenade, en réalité, malgré la forte brise de mars et la neige poudreuse qui n'avait encore déserté aucun endroit abrité ou ombragé.

Nous avions déjà abordé tous les sujets évidents. Nous avions échangé nos impressions : ma carrière, le déménagement en Floride, mon boulot à Périhélie ; ses années avec Simon, son éloignement du NR vers une orthodoxie plus fade, accueillant l'Extase avec piété et abnégation. (« On ne mange pas de viande, avait-elle confié. On ne porte aucune fibre artificielle. ») Moi qui marchais à côté d'elle avec la tête qui tournait, je me suis demandé si elle me trouvait désormais grossier ou répugnant, si elle s'apercevait à mon haleine que j'avais mangé des biscuits apéritifs jambon-fromage et se rendait compte que je portais une veste en polycoton. Diane n'avait guère changé, même si elle était plus mince, peut-être trop, sa mâchoire se découpant de manière un peu abrupte devant l'étroit col haut.

J'étais assez sobre pour la remercier d'essayer de me faire dessaouler.

« J'avais besoin de m'échapper aussi, a-t-elle répondu. Tous ces invités d'E.D... Aucun n'a vraiment connu ta mère. Aucun. Ils sont là pour parler projets de loi de finances ou tonnages de charge utiles. Pour passer des marchés.

— C'est peut-être de cette manière qu'E.D. rend hommage à ma mère. En assaisonnant sa veillée funèbre de célébrités politiques.

— Voilà une généreuse interprétation.

— Il continue à te mettre en colère. » Si facilement, ai-je pensé.

« E.D. ? Bien entendu. Même s'il serait plus charitable de lui pardonner. Ce que tu sembles avoir fait.

— J'ai moins à lui pardonner, ai-je répondu. Ce n'est pas mon père. »

Je ne voulais rien dire de particulier par là. Mais j'avais encore parfaitement à l'esprit ce que Jason m'avait raconté quelques semaines plus tôt. Je me suis étranglé sur ma remarque, l'ai regrettée avant d'avoir fini de la prononcer et ai rougi tout de suite après. Diane m'a regardé longuement sans comprendre, puis ses yeux se sont si visiblement écarquillés que j'ai pu y déceler colère et embarras dans la faible lumière venant de la véranda.

« Tu as parlé à Jason, a-t-elle affirmé d'un ton froid.

— Je suis désolé...

— Ça se passe comment, au juste ? Lui et toi passez des soirées ensemble à vous moquer de moi ?

— Bien sûr que non. Il... tout ce que Jason m'a raconté, c'était à cause du médicament. »

Un autre faux pas tout aussi ridicule, sur lequel elle a bondi. « Quel médicament ?

— Je suis son médecin. Il m'arrive de lui rédiger des ordonnances. Quelle importance ?

— Quel médicament fait manquer à sa parole, Tyler ? Il avait promis de ne jamais te dire... » Elle est passée à une autre déduction. « Jason est *malade* ? C'est pour cela qu'il n'est pas venu à l'enterrement ?

— Il est occupé. Nous ne sommes plus qu'à quelques jours des premiers lancements.

— Mais tu le soignes pour quelque chose.

— L'éthique m'interdit de discuter de la santé de Jason », ai-je dit en sachant que cela ne pourrait qu'exacerber ses soupçons, que j'avais fondamentalement trahi le secret de Jason en le gardant.

« Cela lui ressemblerait tellement d'être malade sans en parler à aucun d'entre nous. Il est si, si *hermétiquement fermé*...

— Tu devrais peut-être prendre l'initiative. L'appeler de temps en temps.

— Tu crois que je ne le fais pas ? Il t'a dit ça aussi ? Je l'appelais toutes les semaines. Mais il faisait un numéro de séduction vide et refusait de dire quoi que ce soit de significatif. Comment vas-tu, moi ça va, quoi de neuf, rien. Il ne voulait pas de mes nouvelles, Tyler. Il est complètement dans le camp d'E.D. Je suis un embarras pour lui. » Elle a marqué un temps d'arrêt. « À moins que ça n'ait changé.

— Je ne sais pas ce qui a changé. Mais tu devrais peut-être le voir, lui parler en tête à tête.

— Et comment ? »

J'ai haussé les épaules. « Prends une autre semaine de congés. Rentre avec moi en Floride.

— Tu m'as dit qu'il était occupé.

— Une fois les lancements commencés, il n'y a plus qu'à attendre. Tu peux venir à Canaveral avec nous. Assister à un événement historique.

— Les lancements ne servent à rien », a-t-elle affirmé, mais j'ai eu l'impression que c'était quelque chose qu'on lui avait appris à dire. Elle a ajouté : « J'aimerais bien, mais je ne peux pas me le permettre. Avec Simon, on s'en sort. Mais on n'est pas riches. On n'est pas les Lawton.

— Je te paye l'avion.

— Tu es généreux quand tu as bu.

— Je parle sérieusement.

— Merci, mais non. Je ne pourrais pas.

— Penses-y.

— Reparle-m'en quand tu auras dessaoulé. » Et tandis que nous remontions les marches, dans la lumière jaune lui ombrant les yeux, elle a ajouté : « Quoi que j'aie pu croire un jour… quoi que j'aie pu raconter à Jason…

— Tu n'as pas besoin de le dire, Diane.

— Je sais qu'E.D. n'est pas ton père. »

Le plus intéressant dans ce démenti était la manière dont

elle l'avait prononcé. D'un ton ferme, définitif. Comme si elle avait gagné en sagesse. Comme si elle avait découvert une vérité différente, une autre clef des mystères Lawton.

Diane est rentrée dans la Grande Maison. J'ai décidé ne plus pouvoir supporter d'expressions de compassion et regagné la demeure de ma mère, qui m'a semblé étouffante et surchauffée.

Le lendemain, Carol m'a accordé du temps pour débarrasser les affaires de ma mère, ce qu'elle a appelé « prendre mes dispositions ». « La Petite Maison ne va pas s'envoler, a-t-elle dit. Prends un mois. Un an. » Je pouvais attendre pour « prendre mes dispositions » d'avoir le temps et de m'en sentir le courage.

Le courage ne serait pas pour tout de suite, loin de là, mais je l'ai remerciée pour sa patience et j'ai passé la journée à faire mes bagages afin de rentrer en Floride en avion. Je ne pouvais me débarrasser du sentiment que je devais emporter quelque chose ayant appartenu à ma mère, qu'elle aurait voulu que je garde un souvenir pour ma propre boîte à chaussures. Mais qu'emporter ? Une de ses figurines Hummel auxquelles elle tenait tant et qui m'avaient toujours paru aussi kitsch que coûteuses ? Le papillon au point de croix accroché au mur du salon, la reproduction des *Nénuphars* dans son cadre à monter soi-même ?

Diane est arrivée à la porte pendant que je réfléchissais. « L'offre tient toujours ? Pour le voyage en Floride ? Tu parlais sérieusement ?

— Bien entendu.

— Parce que j'en ai discuté avec Simon. L'idée ne le ravit pas, mais il pense pouvoir se débrouiller tout seul encore quelques jours. »

Rudement aimable de sa part, ai-je pensé.

« Et donc, a-t-elle dit, à moins que... je veux dire, je sais que tu avais bu...

— Ne sois pas ridicule. Je vais appeler la compagnie aérienne. »

J'ai réservé une place pour Diane dans le premier vol Washington/Orlando du lendemain.

Puis j'ai bouclé mes bagages. Parmi les affaires de ma mère, j'ai fini par opter pour les serre-livres ébréchés en jade.

J'ai regardé dans toute la maison, j'ai même vérifié sous les lits, mais la boîte SOUVENIRS (ÉCOLE) manquante semblait avoir disparu à tout jamais.

Clichés de l'écopoïèse

Jason a suggéré que nous prenions des chambres à Cocoa Beach et y attendions son arrivée le lendemain. Il effectuait une dernière série de rencontres avec les médias à Périhélie mais avait libéré son agenda pour les lancements, auxquels il voulait assister sans qu'une équipe de CNN le harcèle de questions stupides.

« Super, a dit Diane lorsque je lui ai transmis cette information. Je vais pouvoir toutes les poser moi-même. »

J'avais réussi à calmer ses angoisses quant à la santé de Jason : non, il n'était pas mourant, et tout problème médical temporaire ne regardait que lui. Elle a accepté cela, du moins en apparence, mais elle tenait toujours à voir son frère, ne serait-ce que pour se rassurer, comme si le décès de ma mère avait ébranlé sa foi dans les étoiles fixes de l'univers Lawton.

J'ai donc utilisé mes papiers d'identité Périhélie et mon lien avec Jase pour nous louer deux suites voisines dans un Holiday Inn avec vue sur Canaveral. Peu après la conception du projet Mars — une fois les objections de l'Agence de protection de l'environnement notées et ignorées —, on avait construit une douzaine de plates-formes de lancement en eau peu profonde au large de l'île Merritt. C'était ces structures-là que l'on voyait le mieux de l'hôtel. Le reste de la vue consistait en parkings, en plages et en eau bleue.

Nous nous trouvions sur le balcon de la suite de Diane.

Nous étions venus en voiture d'Orlando, Diane avait pris une douche et changé de vêtements, et nous nous apprêtions à descendre affronter le restaurant de l'hôtel. La moitié des autres balcons présents dans notre champ de vision se hérissaient d'objectifs et de caméras : le Holiday Inn était l'hôtel affecté aux médias. (Simon pouvait se méfier de la presse séculaire, Diane s'y retrouvait soudain plongée jusqu'au cou.) On ne voyait pas le coucher du soleil, mais sa lumière se reflétait au loin sur les portiques et les fusées, les rendant plus éthérés que réels, escadron de robots géants en marche vers une bataille se déroulant dans une fosse sous-marine au milieu de l'Atlantique. Diane s'est éloignée de la balustrade comme si le spectacle l'effrayait. « Pourquoi y en a-t-il autant?

— Écopoïèse à la chevrotine. »

Elle a ri de manière un peu réprobatrice. « C'est une des expressions de Jason? »

Non, du moins pas vraiment. Le terme « écopoïèse » avait été formé par un dénommé Robert Haynes en 1990, à une époque où la terraformation, alias écogenèse, restait une science purement spéculative. Techniquement, il désignait la création d'une biosphère anaérobie autorégulée là où il n'en existait aucune, mais dans son usage moderne, le mot désignait n'importe quelle modification purement biologique de Mars. Verdir Mars faisait intervenir deux genres d'ingénierie planétaire : une terraformation sommaire, afin d'élever la température de surface et la pression atmosphérique à un niveau acceptable pour le développement de la vie, et une écopoïèse : l'utilisation de vie microbienne et végétale pour conditionner le sol et oxygéner l'air.

Le Spin avait déjà accompli le plus difficile à notre place. Toutes les planètes du système solaire, à l'exception de la Terre, avaient vu leur température augmenter de manière significative suite à l'expansion du Soleil. Il ne restait plus à effectuer que la tâche plus subtile de l'écopoïèse. Mais cela pouvait passer par de nombreux chemins, de nombreux organismes candidats, de la bactérie vivant dans les rochers jusqu'aux mousses alpines.

« À la chevrotine parce que vous les envoyez toutes, a présumé Diane.

— Toutes et autant que possible, car on n'a aucune garantie qu'un des organismes s'adaptera et survivra. Mais il n'est pas impossible que cela se produise.

— Il y en aura peut-être même plus d'un.

— Tant mieux. On cherche à obtenir une écologie, pas une monoculture. » En fait, les lancements seraient échelonnés avec précision. La première vague ne transporterait que des organismes anaérobies et photoautotrophiques, formes de vie simples qui n'avaient pas besoin d'oxygène et tiraient leur énergie de la lumière solaire. S'ils se développaient et mouraient en nombre suffisant, ils créeraient une couche de biomasse pour nourrir des écosystèmes plus complexes. La vague suivante, un an plus tard, introduirait des organismes oxygénateurs, et les derniers lancements inhabités emporteraient des plantes primitives chargées de fixer le sol et de réguler les cycles pluie/évaporation.

« Toute cette histoire semble tellement improbable.

— On vit une époque improbable. De toute manière, on n'est pas sûrs que cela va fonctionner.

— Et alors, si cela ne fonctionne pas ? »

J'ai haussé les épaules. « Qu'aurons-nous perdu ?

— Beaucoup d'argent. Beaucoup d'efforts.

— Je ne leur imagine pas meilleur usage. Oui, c'est un pari, et non, ce n'est pas garanti, mais les gains potentiels valent le coût. Et tout le monde en a bénéficié, du moins jusqu'à maintenant. Au point de vue moral du pays et promotion de la coopération internationale.

— Mais vous aurez induit en erreur beaucoup de gens ordinaires. Vous les aurez convaincus que le Spin est gérable, qu'on peut y trouver une solution technologique.

— On leur aura donné de l'espoir, tu veux dire.

— Le mauvais genre d'espoir. Et si vous échouez, vous ne leur en laissez pas le moindre.

— Qu'aurais-tu voulu qu'on fasse, Diane ? Qu'on batte en retraite sur nos tapis de prière ?

— Cela ne serait pas revenu à admettre la défaite, loin de là... la prière, je veux dire. Et si vous réussissez, l'étape suivante consiste à envoyer des gens ?

— Oui. Si nous verdissons la planète, nous y envoyons des gens. » Projet bien plus difficile et bien plus complexe sur le plan éthique. Nous expédierions des volontaires par équipes de dix. Ils auraient à subir un trajet d'une longueur imprévisible dans des quartiers ridiculement exigus en se nourrissant de rations limitées. Ils auraient à supporter, après des mois d'apesanteur, un freinage atmosphérique à un delta-V quasi mortel suivi d'une descente périlleuse vers la surface de la planète. Si tout se passait bien, et si leur maigre matériel de survie effectuait sa descente parallèle pour se poser non loin d'eux, il leur faudrait apprendre à survivre dans un environnement mal adapté à l'habitat humain. Le but de leur mission n'était pas de revenir sur Terre mais de vivre assez longtemps pour se reproduire en nombre suffisant et transmettre à leur progéniture un mode d'existence viable.

« Quelle personne saine d'esprit accepterait cela ?

— Tu serais surprise. » Je ne pouvais parler pour les Chinois, les Russes ou les autres volontaires internationaux, mais les candidats au vol nord-américains formaient un groupe d'hommes et de femmes terriblement ordinaires. On les avait sélectionnés pour leur jeunesse, leur résistance physique et leur capacité à tolérer et subir l'inconfort. Seuls quelques-uns avaient été pilotes d'essai dans l'armée de l'air mais tous possédaient ce que Jason appelait « une mentalité de pilote d'essai » : l'aptitude à accepter de courir de grands risques physiques pour accomplir un exploit spectaculaire. Et bien entendu, la plupart étaient sans doute condamnés, tout comme la plupart des bactéries embarquées là-bas dans les fusées. Le meilleur résultat qu'on pouvait raisonnablement espérer était qu'une bande de survivants nomades errant dans les canyons moussus de Valles Marineris rencontre un groupe similaire de Russes, de Danois ou de Canadiens et engendre une humanité martienne viable.

« Et tu *approuves* cela ?

— Personne ne m'a demandé mon opinion. J'espère néanmoins que tout ira bien pour eux. »

Diane m'a regardé d'un air ça-ne-suffit-pas mais a préféré ne pas poursuivre la discussion. Nous sommes descendus au rez-de-chaussée en ascenseur pour prendre place dans la file d'attente du restaurant derrière une douzaine de techniciens de journaux télévisés dont elle a dû sentir l'excitation croissante.

Après que nous avons passé commande, elle a tourné la tête pour capter les bribes de conversations — des mots comme « photodissociation », « cryptoendélithique »... et même « écopoïèse » — qui flottaient entre les tables bondées, les journalistes répétant le jargon pour leur travail du lendemain ou s'efforçant juste de le comprendre. Il y avait aussi les rires et le tintement téméraire des couverts, une atmosphère d'attente enivrante quoique incertaine. Jamais depuis le premier alunissage, plus de soixante ans auparavant, l'attention du monde ne s'était autant focalisée sur une aventure spatiale, aventure à laquelle le Spin conférait de surcroît un véritable sentiment d'urgence et une impression globale de risque dont même cet alunissage avait manqué.

« Tout cela est l'œuvre de Jason, pas vrai ?

— Sans Jason et E.D., cela se produirait peut-être tout de même. Mais différemment, et sans doute avec moins de rapidité et d'efficacité. Jase en a toujours été au cœur.

— Et nous à la périphérie. En orbite autour de son génie. Je vais te dire un secret. J'ai un peu peur de lui. Peur de le revoir si longtemps après. Je sais qu'il désapprouve ce que je suis.

— Pas ce que tu es. Ta manière de vivre, peut-être.

— Ma foi, tu veux dire. Ça ne me gêne pas d'en parler. Je sais que Jase se sent un peu... trahi, j'imagine. Comme si Simon et moi avions répudié tout ce en quoi il croit. Mais ce n'est pas vrai. Jason et moi n'avons jamais été sur la même voie.

— À la base, tu sais, c'est juste Jase. Le même Jase qu'avant.

— Mais moi, suis-je la même Diane qu'avant ? »

Question à laquelle je n'avais pas de réponse.

Elle a mangé avec un appétit manifeste, et après le plat de résistance, nous avons commandé des desserts et du café. « Quelle chance que tu aies pu prendre du temps pour venir.

— Que Simon m'ait lâché la bride ?

— Ce n'est pas ce que je voulais dire.

— Je sais. Mais c'est vrai, d'une certaine manière. Simon peut être un peu directif. Il aime savoir où je suis.

— C'est un problème, pour toi ?

— Tu veux dire : est-ce que cela menace mon mariage ? Non. Pas du tout, je ne le permettrais pas. Ce qui ne veut pas dire qu'on est toujours d'accord. » Elle a hésité. « Si je t'en parle, je le partage avec *toi*, d'accord ? Pas avec Jason. Juste avec toi. »

J'ai hoché la tête.

« Simon a pas mal changé depuis que tu l'as rencontré. Nous avons tous changé, tous ceux de l'époque NR. On pouvait résumer le NR à des jeunes formant une communauté de croyance, une sorte d'espace sacré dans lequel nous n'avions pas à avoir peur de notre prochain, dans lequel nous pouvions l'étreindre au sens figuré mais aussi au sens propre. L'Éden sur Terre. Sauf que nous nous trompions. Nous pensions que le sida n'avait aucune importance, que la jalousie n'avait aucune importance... Comment pourraient-ils en avoir alors que nous avions atteint la fin du monde ? Mais c'est une Affliction lente, Ty. L'Affliction est l'œuvre de toute une vie, et il nous faut garder santé et force pour elle.

— Simon et toi...

— Oh, nous sommes en bonne santé. » Elle a souri. « Merci d'avoir posé la question, Dr Dupree. Mais plusieurs de nos amis sont morts du sida ou d'overdose. Le NR ressemblait à un tour sur les montagnes russes, l'amour tout au long de la montée et le chagrin pendant toute la descente. Tous ceux qui y ont participé te le diront. »

Sans doute, mais je ne connaissais pas d'autre vétéran NR que Diane. « Les dernières années n'ont été faciles pour personne.

— Simon a eu du mal à gérer cela. Il nous voyait vraiment comme une génération bénie. Il m'a dit un jour que Dieu s'était tellement approché de l'humanité que cela ressemblait à rester assis à côté d'un poêle une nuit d'hiver, qu'il pouvait pratiquement se réchauffer les mains au Royaume des Cieux. Nous avions tous ce sentiment, mais cela a vraiment fait apparaître Simon sous son meilleur jour. Et quand cela a commencé à mal tourner, quand tant de nos amis se battaient contre la maladie ou s'embourbaient dans telle ou telle addiction, il en a vraiment souffert. Au même moment, on s'est mis à manquer d'argent et Simon a fini par être obligé de chercher du travail... moi aussi, d'ailleurs. J'ai fait de l'intérim pendant quelques années. Simon n'a pas réussi à trouver d'emploi séculier mais il travaille comme concierge dans notre église à Tempe, le Tabernacle du Jourdain, qui le paye comme elle peut... il étudie pour devenir tuyauteur.

— Pas vraiment la Terre Promise.

— Ouais, mais tu sais quoi ? Je ne pense pas que ce soit censé l'être. C'est ce que je lui dis. Peut-être qu'on sent arriver le chiliasme, mais qu'il n'est pas encore là... il faut jouer jusqu'à la dernière minute de la partie même si le résultat est acquis. Et peut-être qu'on nous juge là-dessus. Il faut jouer le jeu comme si cela comptait. »

Nous avons repris l'ascenseur. Diane s'est arrêtée à la porte de sa chambre. « J'avais oublié à quel point parler avec toi était agréable, a-t-elle dit. On se parlait beaucoup, tu te rappelles ? »

On se confiait nos peurs par le chaste intermédiaire du téléphone. L'intimité à distance. Elle avait toujours préféré que cela se passe de cette manière. J'ai hoché la tête.

« On pourrait peut-être recommencer. Je dois pouvoir t'appeler d'Arizona, de temps en temps. »

Bien entendu, c'était elle qui m'appellerait, parce que Simon n'apprécierait pas forcément que je téléphone à Diane. C'était bien compris. Comme la nature de la relation qu'elle proposait. Un copinage platonique. Je serais quelqu'un d'inoffensif à qui se confier en période de trouble, comme l'ami homo dans un drame de cinéplex. On bavarderait. On partagerait. Personne ne serait blessé.

Ce n'était ni ce que j'avais voulu ni ce dont j'avais besoin. Mais je ne pouvais le lui dire alors qu'elle me regardait d'un air impatient et un peu perdu. J'ai donc répondu : « Ouais, bien sûr. »

Alors elle a souri, m'a serré dans ses bras et m'a abandonné dans le couloir.

Je suis resté debout plus tard que je ne l'aurais dû, au milieu du bruit et des rires venus des chambres voisines, à soigner les blessures faites à ma dignité, à penser à tous ces savants et ingénieurs de Périhélie, du Jet Propulsion Laboratory et de Cap Kennedy ou à tous les journalistes de presse écrite et télévisée en train de regarder la lumière des lampes à arc jouer au loin sur les fusées, chacun d'entre nous occupé à travailler ici, au bout de l'histoire de l'humanité, à faire ce qu'on attendait de nous, à jouer le jeu comme si cela comptait vraiment.

Jason est arrivé le lendemain à midi, dix heures avant le moment prévu pour la première vague de lancements. Il faisait un temps radieux et calme de bon augure. Parmi tous les sites de lancement global, le seul non-partant manifeste, retenu par une féroce tempête de mars, était celui de l'ESA, l'Agence spatiale européenne, à Kourou en Guyane française. (Les micro-organismes de l'ESA seraient retardés d'un jour ou deux... ou d'un demi-million d'années, selon le temps du Spin.)

Jase est venu directement dans ma suite, où Diane et moi l'attendions. Il portait un vilain anorak en plastique et s'était enfoncé une casquette des Marlins sur le crâne pour ne pas que les reporters logeant à l'hôtel le reconnaissent. « Tyler, a-t-il dit lorsque je lui ai ouvert la porte. Je suis désolé. Je serais venu si j'avais pu. »

Aux funérailles. « Je sais.

— Belinda Dupree est ce que la Grande Maison avait de meilleur. Et je le pense vraiment.

— Je t'en suis reconnaissant », ai-je répondu avant de m'écarter pour le laisser entrer.

Diane s'est approchée avec une expression prudente. Jason a refermé la porte derrière lui sans sourire. Ils sont restés à se regarder à un mètre de distance. Dans un silence pesant. Que Jason a brisé.

« Ce col te donne l'air d'un banquier victorien. Et tu devrais prendre un peu de poids. C'est si difficile que ça de se faire un repas dans ton pays plein de vaches ?

— On y trouve davantage de cactus que de vaches, Jase », a répondu Diane.

Et ils ont ri en tombant dans les bras l'un de l'autre.

Nous nous sommes risqués sur le balcon à la nuit tombée, en y apportant des chaises confortables et après avoir demandé qu'on nous monte un plateau de crudités (choix de Diane). La nuit était aussi sombre que tout autre nuit privée d'étoiles par le Spin, mais le reflet des plates-formes de lancement qu'illuminaient de gigantesques projecteurs dansait sur les vagues paisibles.

Jason consultait un neurologue depuis plusieurs semaines.

Le spécialiste avait posé le même diagnostic que moi : Jason souffrait d'une grave sclérose en plaques qui ne réagissait pas aux traitements et contre laquelle on ne pouvait guère qu'user de palliatifs. En fait, le neurologue avait voulu soumettre le cas de Jason au Centre des maladies contagieuses pour leur étude en cours sur ce que certains appelaient SEPA — sclérose en plaques atypique. Jase l'avait convaincu d'y renoncer, par la menace ou la corruption. Et, du moins pour le moment, la nouvelle combinaison de médicaments le gardait en rémission. Il était aussi fonctionnel et mobile que jamais. Les soupçons que pouvait nourrir Diane se sont vite dissipés.

Il avait apporté une onéreuse bouteille de champagne authentiquement français pour fêter les lancements. « On pourrait avoir des places de VIP, ai-je dit à Diane. Dans les tribunes devant le bâtiment d'assemblage de véhicules. Côtoyer le président Garland.

— La vue est aussi bonne d'ici, a contré Jason. Mieux : ici, personne ne nous prendra en photo comme des bêtes curieuses.

— Je n'ai jamais rencontré de président », a dit Diane.

Bien entendu, le ciel était noir, mais le téléviseur de la chambre d'hôtel (que nous avions allumé pour suivre le compte à rebours) parlait de la barrière Spin, et Diane a regardé le ciel comme si un miracle avait pu rendre visible le couvercle enfermant le monde. Jason a remarqué qu'elle penchait la tête. « Ils ne devraient pas l'appeler barrière, a-t-il affirmé. Aucun journal ne lui donne plus ce nom.

— Ah oui ? Et ils l'appellent comment, alors ? »

Il s'est raclé la gorge. « Une “membrane étrange”.

— Oh non. » Diane a ri. « Quelle horreur. Ce n'est pas acceptable. On dirait le nom d'un problème gynécologique.

— Ouais, mais “barrière” est impropre. Ça ressemble plus à une couche frontière. Il ne s'agit pas d'une ligne qu'on traverse, mais d'une chose qui s'empare d'objets de manière sélective et les accélère pour les projeter dans l'univers extérieur. Le processus ressemble davantage à une osmose qu'à, disons, un choc dans une clôture. Par conséquent, membrane.

— J'avais oublié à quoi ressemblait de discuter avec toi, Jase. Ça peut être un peu surréaliste.

— Chut, leur ai-je intimé. Écoutez. »

La télévision était passée au direct de la NASA et l'on entendait la voix monotone du centre de contrôle égrener le compte à rebours. Trente secondes. Il y avait douze fusées, les réservoirs pleins, prêtes à décoller sur le pas de tir. Douze lancements simultanés, acte que par le passé, une agence spatiale moins ambitieuse aurait qualifié d'irréaliste et de radicalement dangereux. Mais nous vivions une époque plus audacieuse, ou plus désespérée.

« Pourquoi doivent-elles toutes partir en même temps ? a demandé Diane.

— Parce que... a commencé Jason avant de renoncer. Non. Attends. Regarde. »

Vingt secondes. Dix. Jase s'est levé et penche sur la balustrade. Les balcons de l'hôtel étaient bondés. La plage aussi. Mille têtes et objectifs se tournaient dans la même direction. On a par la suite estimé à environ deux millions le nombre de personnes dans et autour de Canaveral. Selon les rapports de police, plus de cent portefeuilles ont été subtilisés cette nuit-là. On a recensé deux coups de couteau mortels, quinze tentatives de viol et un accouchement prématuré. (L'enfant, une fille d'un kilo huit, est née sur une table à tréteaux du Palais des crêpes à Cocoa Beach.)

Cinq secondes. Dans la chambre, la télé s'est tue. Pendant un instant, on n'a plus entendu que le bourdonnement et le chuintement des appareils photographiques.

Puis la lueur du feu a illuminé l'océan jusqu'à l'horizon.

Aucune de ces fusées n'aurait impressionné à elle seule une foule des environs, même dans le noir, mais il n'y avait pas là une seule colonne de feu, il y en avait cinq, sept, dix, douze. Les portiques maritimes se sont découpés un instant comme des gratte-ciel squelettiques avant de se noyer dans des tourbillons d'eau de mer vaporisée. Douze colonnes de feu blanc, séparées par des kilomètres mais rapprochées par la perspective, ont griffé un ciel que leur lumière conjuguée avait rendu indigo. Sur la plage, les gens ont commencé à pousser des acclamations, dont le bruit s'est mêlé à celui des propulseurs à combustible solide cherchant à toute vitesse à gagner plus d'altitude, pulsation qui vous comprimait le cœur comme l'extase ou la terreur. Mais nous n'acclamions pas uniquement le spectacle. Chacune ou presque de ces deux millions de personnes avait sûrement déjà assisté à un lancement de fusée, au moins à la télévision, et même si cette ascension multiple était magnifique et bruyante, elle était surtout remarquable par son but, par sa finalité. Nous n'allions pas juste planter le drapeau de la vie terrestre sur Mars, nous défiions le Spin lui-même.

Les fusées montaient. (Et sur l'écran rectangulaire du téléviseur, auquel j'ai jeté un coup d'œil par la porte-fenêtre du balcon, des fusées similaires fonçaient dans le jour nuageux à Jiuquan, Svobodny, Baïkonour et Xichang.) L'ardente lumière horizontale est devenue oblique et a commencé à diminuer tandis que la nuit revenait à toute vitesse par l'océan. Le bruit s'est étouffé dans le sable, le béton et l'eau salée surchauffée. J'ai imaginé sentir l'âcre odeur des feux d'artifice arriver avec la marée sur le rivage, l'agréable puanteur des chandelles romaines.

Mille appareils photographiques ont cliqueté comme des criquets agonisants et se sont tus.

Les acclamations ont continué, sous une forme ou sous une autre, jusqu'à l'aube.

Nous sommes rentrés dans la chambre dont nous avons tiré les rideaux pour masquer l'obscurité décevante. Nous avons ensuite ouvert la bouteille de champagne et regardé les nouvelles de l'étranger. À part le retard pour raisons météorologiques des Français, tous les lancements s'étaient déroulés sans accroc. Une armada de bactéries se dirigeait vers Mars.

« Bon, alors *pourquoi* faut-il qu'elles partent toutes en même temps ? » a redemandé Diane.

Jason l'a longuement regardée d'un air songeur. « Parce qu'on veut qu'elles arrivent à peu près au même moment à destination. Ce n'est pas aussi simple que cela en a l'air. Il faut qu'elles pénètrent dans la membrane Spin plus ou moins en même temps, sinon elles en ressortiront avec des années ou des siècles de différence. Non que ce soit bien grave pour des cargaisons anaérobies, mais on s'entraîne pour quand ce sera vraiment important.

— Des années ou des *siècles* ? Comment cela se peut-il ?

— C'est dans la nature du Spin, Diane.

— D'accord, mais des siècles ? »

Il a pivoté sur sa chaise pour lui faire face, les sourcils froncés. « J'essaye en ce moment d'évaluer l'étendue de ton ignorance...

— C'est juste une question, Jase.

— Compte-moi une seconde.

— Quoi ?

— Regarde ta montre et compte-moi une seconde. Attends, je le fais. Une... » Il a marqué un petit temps d'arrêt. «... seconde. Tu comprends ?

— Jason...

— Un peu de patience. Tu comprends le ratio Spin ?

— En gros.

— En gros, ça ne suffit pas. Une seconde terrestre vaut 3,17 années Spin. Si l'une de nos fusées entre dans la membrane Spin une seconde après les autres, elle arrivera en orbite avec un retard de plus de trois ans.

— Ce n'est pas parce que je suis incapable de donner les chiffres...

— Ce sont des chiffres importants, Diane. Suppose que notre flottille vienne d'émerger de la membrane, juste maintenant, *maintenant...* » Il a dressé l'index. « *Une seconde*, finie. Pour la flottille, c'était trois et quelques années. Une seconde plus tôt, elles étaient en orbite terrestre. Maintenant elles ont livré leur cargaison à la surface de Mars. Je veux dire *maintenant*, Diane, littéralement *maintenant*. Cela s'est déjà produit, c'est fait. Alors laisse s'écouler une minute à ta montre. C'est environ cent quatre-vingt-dix ans pour une horloge extérieure.

— C'est beaucoup, bien sûr, mais on ne peut pas transformer une planète en deux cents ans, si ?

— Bon, on est donc deux cents années Spin après le début de l'expérience. En ce moment, au moment même où nous parlons, les colonies bactériennes qui ont survécu au voyage se reproduisent sur Mars depuis deux siècles. Dans une heure, elles auront été là depuis onze mille quatre cents ans. Demain à la même heure, elles se seront multipliées depuis presque deux cent soixante-quatorze mille ans.

— D'accord, Jason, je vois.

— Même jour même heure la semaine prochaine : 1,9 million d'années.

— D'accord.

— Le mois prochain : 8,3 millions d'années.

— Jason...

— Même date l'année prochaine : cent millions d'années.

— Oui, mais...

— Sur Terre, cent millions d'années, c'est environ ce qui sépare le moment où la vie est sortie des océans de ton dernier anniversaire. Cent millions d'années suffisent à ces micro-organismes pour extraire du dioxyde de carbone des gisements de carbonate présents dans la croûte, lessiver l'azote des nitrates, éliminer les oxydes de la régolithe et l'enrichir en mourant en grandes quantités. Tout ce CO_2 libéré est un gaz à effet de serre. L'atmosphère s'épaissit et se réchauffe. Dans un an, nous enverrons une autre armada d'organismes respirateurs qui entreprendront de recycler le CO_2 en oxygène libre.

Encore un an... ou dès que la signature spectroscopique de la planète nous semblera adéquate, nous introduirons l'herbe, les plantes et d'autres organismes complexes. Et lorsque tout cela se sera stabilisé en une espèce d'écologie planétaire grossièrement homéostatique, nous expédierons des humains. Tu sais ce que cela signifie ?

— Dis-le-moi, a répondu Diane de mauvaise grâce.

— Cela signifie que d'ici cinq ans, il y aura une civilisation humaine prospère sur Mars. Avec des fermes, des usines, des routes, des cités...

— Il y a un mot grec pour cela, Jase.

— Écopoïèse.

— Je pensais plutôt à "hubris", l'orgueil démesuré. »

Il a souri. « J'ai beaucoup de sujets d'inquiétude. Mais offenser les dieux n'en fait pas partie.

— Offenser les Hypothétiques non plus ? »

Cela lui a cloué le bec. Il s'est calé sur son siège et a bu quelques gorgées de champagne, désormais un peu éventé, dans son verre de chambre d'hôtel.

« Je n'ai pas peur de les offenser, a-t-il fini par répondre. Au contraire. J'ai peur que nous agissions exactement comme ils veulent nous voir agir. »

Mais il n'a pas voulu s'expliquer et Diane tenait à changer de sujet.

Le lendemain, j'ai conduit Diane à Orlando pour qu'elle rentre en avion à Phoenix.

Au cours des jours précédents, il était devenu évident que nous ne discuterions pas, ne mentionnerions pas ni ne ferions allusion de quelque manière que ce soit à l'intimité physique partagée cette nuit-là dans les Berkshires avant son mariage avec Simon. La seule manière dont nous en reconnaissions l'existence était par les circonvolutions embarrassantes avec lesquelles nous évitions le sujet. Lorsque nous nous sommes étreints (en toute chasteté) devant le portique de sécurité de l'aéroport, elle a dit « Je t'appellerai » et je savais qu'elle le ferait — si Diane promettait peu, elle tenait scrupuleusement ses promesses — mais j'avais tout autant conscience du temps qui s'était écoulé depuis la dernière fois où je l'avais vue et de celui qui, inévitablement, s'écoulerait avant que je la revoie : non du temps Spin, mais quelque chose d'aussi érosif et d'aussi avide. Elle avait au coin des yeux des rides assez semblables à celles que je voyais tous les matins dans mon miroir.

Étonnant, ai-je pensé, que nous nous soyons si activement transformés plus ou moins en inconnus l'un pour l'autre.

Il y a eu d'autres lancements durant le printemps et l'été, cette année-là, des dispositifs de surveillance qui passaient des mois en orbite terrestre haute et revenaient avec des images photographiques ou spectrographiques de Mars... des clichés de l'écopoïèse.

Les premiers résultats se sont révélés ambigus : un modeste accroissement du CO_2 atmosphérique qui pouvait être un effet secondaire du réchauffement solaire. Mars restait un monde froid et inhospitalier selon tous les critères plausibles. Jason a admis que même les OMGC — les Organismes Martiens Génétiquement Conçus emportés pour l'ensemencement initial — avaient pu ne pas s'adapter comme il convenait à la régolithe infestée d'oxydant ou à la quantité d'UV dans la lumière non filtrée arrivant sur la planète.

Mais au milieu de l'été, nous avions des preuves spectrographiques solides d'une activité biologique. Il y avait davantage de vapeur d'eau dans l'atmosphère, elle-même plus dense, davantage de méthane, d'éthane et d'ozone, et même une quantité infinitésimale mais détectable d'azote libre en plus.

À Noël, ces changements, bien qu'encore subtils, dépassaient de manière si spectaculaire ce qu'on pouvait attribuer au réchauffement du soleil qu'il ne subsistait plus aucun doute. Mars était devenue une planète vivante.

On a apprêté une nouvelle fois les pas de tirs, préparé et emballé de nouvelles cultures de vie microbienne. Cette année-là, on a consacré plus de deux pour cent du produit intérieur brut des États-Unis — et un pourcentage similaire de celui des autres nations industrialisées — au travail aérospatial lié au Spin — pour l'essentiel, au programme Mars.

Jason a fait une rechute en février. Il s'est réveillé incapable de voir net. Son neurologue a adapté son traitement et lui a prescrit un cache-œil comme remède temporaire. Jason s'est remis sans tarder mais n'a pu aller travailler pendant presque une semaine.

Diane a tenu parole. Elle s'est mise à m'appeler au moins une fois par mois, en général davantage, souvent la nuit, quand Simon dormait à l'autre bout de leur petit appartement. Ils vivaient dans quelques pièces au-dessus d'une bouquinerie à Tempe : c'était tout ce qu'ils pouvaient se permettre avec le salaire de Diane et les revenus irréguliers que Simon rapportait du Tabernacle du Jourdain. Par temps chaud, j'entendais en fond sonore bourdonner un refroidisseur à évaporation, et l'hiver, une radio réglée à faible volume dissimulait le son de sa voix.

Je l'ai invitée à revenir en Floride pour la prochaine série de lancements, mais bien entendu, elle ne pouvait pas : elle avait trop de travail, ils recevaient des amis de l'église à dîner ce week-end-là, Simon ne comprendrait pas. « Simon traverse une petite crise spirituelle. Il est confronté au problème du Messie.

— Il y a un problème du Messie ?

— Tu devrais lire les journaux », a dit Diane en surestimant peut-être la fréquence avec laquelle la presse généraliste relayait ces débats religieux, du moins en Floride, la situation était peut-être différente chez elle dans l'Ouest. « L'ancien mouvement NR croyait à une parousie sans Christ. C'est ce qui nous distinguait des autres. » Ça et leur penchant pour la nudité en public, ai-je pensé. « Les écrivains du début, Ratel et Greengage, considéraient le Spin comme un accomplissement direct de la prophétie biblique, ce qui signifiait que la prophétie elle-même était redéfinie, reconfigurée par les événements historiques. Il n'y avait pas besoin d'une Affliction au sens propre ou même d'un Second Avènement physique du Christ. On pouvait réinterpréter et ignorer tous ces trucs dans l'Épître aux Thessaliens, aux Corinthiens ou dans l'Apocalypse, le Spin était une authentique intervention divine dans l'histoire humaine, un miracle tangible qui remplaçait et annulait les Écritures. Cela nous a libérés pour faire le Royaume sur Terre. Soudain, nous nous retrouvions responsables de notre propre chiliasme.

— Je ne suis pas sûr de te suivre. » En fait, elle m'avait perdu aux environs du mot « parousie ».

« Cela signifie... eh bien, tout ce qui compte vraiment est que le Tabernacle du Jourdain, notre petite église, a renoncé officiellement à toute la doctrine NR, même si la moitié de la congrégation est constituée d'anciens du NR comme Simon et moi. Tout à coup, on voit surgir une pléthore de débats sur l'Affliction et sur la manière dont le Spin ne concorde pas avec la prophétie biblique. Les gens choisissent leur camp. Les béréens contre les progressistes, les covenantaires contre les prétéristes. Y a-t-il un Antéchrist et si oui, où se trouve-t-il ? L'Extase arrive-t-elle avant l'Affliction, pendant ou après ? Des problèmes de ce genre. Qui peuvent paraître insignifiants, mais comportent de très importants enjeux spirituels, et les gens engagés dans ces débats comptent pour nous, ce sont nos amis.

— Et toi, tu te situes où ?

— Moi personnellement ? » Elle s'est tue, et j'ai à nouveau entendu la radio murmurer dans son dos, un speaker à la voix de Valium donner les dernières nouvelles aux insomniaques. *Du nouveau sur la fusillade à Mesa.* Parousie ou non. « On pourrait dire que je suis partagée. Je ne sais que croire.

Parfois, le bon vieux temps me manque. Quand on préparait le Paradis au fur et à mesure. On dirait que... »

Elle a marqué un temps d'arrêt. Il y avait désormais une autre voix en plus du murmure de la radio : *Diane? Tu es encore debout?*

« Désolée », a-t-elle murmuré. Simon en patrouille. Il était temps de mettre fin à notre rendez-vous téléphonique, à son acte d'infidélité sans contact physique. « Je te rappelle bientôt. »

Elle a raccroché avant que je puisse lui dire au revoir.

La deuxième série de lancements d'ensemencement s'est aussi bien déroulée que la première. Les médias ont à nouveau envahi Cap Canaveral, mais c'est par l'intermédiaire d'une grande projection numérique dans l'auditorium de Périhélie que j'ai observé les lancements et les ai vus éparpiller, comme des confettis brillants, des hérons dans le ciel ensoleillé au-dessus de l'île Merritt.

Un autre été d'attente a suivi. L'ESA a expédié une série de télescopes orbitaux et d'interféromètres de nouvelle génération, et les données emmagasinées qu'elle a récupérées étaient encore plus nettes et plus belles que celles de l'année précédente. En septembre, tous les bureaux de Périhélie étaient tapissés d'images haute résolution de notre succès. J'en ai encadré une pour la salle d'attente de l'infirmerie : une restitution en fausses couleurs de Mars montrant Olympus Mons souligné de givre ou de glace et balafré de canaux de drainage, du brouillard coulant comme de l'eau dans Valles Marineris, des capillaires verts serpentant sur Solis Lacus. Au sud, les régions montagneuses de Terra Sirenum étaient encore désertiques, mais l'érosion provoquée par un climat plus venteux et plus humide y avait rendu quasi invisibles les cratères d'impact.

La proportion d'oxygène dans l'atmosphère a connu des hauts et des bas pendant quelques mois à cause des oscillations de la population d'organismes aérobies, mais en décembre, elle avait atteint vingt millibars et s'y tenait. À partir d'un mélange potentiellement chaotique de gaz à effet de serre en augmentation, d'un cycle hydrologique instable et de boucles de rétroaction biogéochimiques originales, Mars découvrait son propre équilibre.

Cette kyrielle de succès était bénéfique à Jason. Il restait en rémission et ses occupations le gardaient heureux, voire le soignaient. Seule lui déplaisait son émergence en tant que génie iconique de la Fondation Périhélie, ou du moins sa célébrité scientifique, l'incarnation de la transformation de Mars. L'œuvre d'E.D. plutôt que la sienne : E.D. savait que le public voulait un visage humain pour Périhélie, un visage de préférence jeune, intelligent mais pas intimidant, et il poussait Jase devant les caméras depuis l'époque où la Fondation n'était qu'un groupe de pression dans le domaine aérospatial. Jase le supportait — il expliquait bien, sans s'impatienter et était assez photogénique — mais en détestant cela, et il aurait préféré quitter une pièce plutôt que se voir à la télévision.

Cela a été l'année des premiers vols PEN inhabités, que Jase a suivis avec une attention particulière. Ces véhicules transporteraient les humains sur Mars, et contrairement à la relative simplicité des appareils d'ensemencement, ils relevaient d'une technologie nouvelle. PEN signifiait « Propulsion à Électricité Nucléaire » : des réacteurs nucléaires miniatures alimentant des moteurs à ions largement plus puissants que ceux des vaisseaux d'ensemencement, assez puissants pour emporter d'énormes cargaisons. Mais mettre ces géants en orbite nécessitait des propulseurs aussi grands que tout ce que la NASA avait jamais lancé, actes que Jason appelait « d'ingénierie héroïque », d'un coût héroïque. Ce coût avait fait se dresser des drapeaux rouges jusqu'au Congrès, qui nous soutenait pourtant en grande majorité, mais le flot de succès notables gardait cette opposition sous le boisseau. Jason craignait que le moindre échec manifeste ne change la donne à ce niveau.

Peu après le nouvel an, un véhicule de test PEN n'a pas restitué sa capsule de rentrée contenant les données de test et a été présumé hors service en orbite. Il y a eu des discours accusateurs au Congrès de la part d'une coterie d'élus ultraconservateurs sur le plan fiscal et sans investissements significatifs dans l'aérospatiale, les amis qu'E.D. comptait dans le corps législatif ont neutralisé ces objections et la réussite d'un autre test, une semaine plus tard, a enterré la controverse. Mais selon la formule de Jason, nous avions senti le vent du boulet.

Diane avait suivi le débat sans toutefois le considérer d'une quelconque importance. « Ce dont il *faut* que Jase s'inquiète, a-t-elle dit, c'est de ce que cette histoire de Mars est en train de faire au monde. Pour l'instant, il n'y a que de la bonne presse, pas vrai ? C'est tout feu tout flamme, on veut tous que quelque chose nous rassure à propos de... je ne suis pas sûre de savoir comment l'appeler... de la *puissance* de l'espèce humaine. Mais l'euphorie finira par retomber, et en attendant, les gens deviennent extrêmement bien informés sur la nature du Spin.

— C'est embêtant ?

— Oui, si le projet Mars échoue ou n'est pas à la hauteur des espérances. Et pas seulement parce que les gens seront déçus. Ils ont suivi la transformation d'une planète entière... ils ont un critère avec lequel prendre la mesure du Spin. Son côté complètement dément, je veux dire. Le Spin n'est pas qu'un phénomène abstrait... vous leur avez fait regarder la bête dans les yeux, et tant mieux pour vous, j'imagine, mais si votre projet échoue, cela les privera de ce nouveau courage, ce qui sera encore pire parce qu'ils ont *vu* la chose. Et ils n'apprécieront pas que vous échouiez, Tyler, car cela les laissera encore plus effrayés qu'ils ne l'ont jamais été. »

J'ai cité le poème de Housman qu'elle m'avait appris si longtemps auparavant : *L'enfançon n'a pas conscience/De s'être fait manger par le grizzly.*

« L'enfançon commence à s'en rendre compte, a-t-elle réagi. C'est peut-être ce qui définit l'Affliction. »

Peut-être. Certaines nuits, quand je n'arrivais pas à dormir, je pensais à ces choses ou ces êtres qu'on appelait les Hypothétiques. Il n'y avait que cela de véritablement évident, de saillant, à leur sujet : non seulement ils avaient la capacité d'enfermer la Terre dans cette... membrane étrange, mais ils étaient là — à nous posséder, à réguler notre planète et le passage du temps — depuis presque deux milliards d'années.

Rien d'un tant soit peu humain ne pouvait avoir une telle patience.

Le neurologue de Jason a attiré mon attention sur une étude publiée cet hiver-là par le *Journal of the American Medical Association*. Des chercheurs de l'université Cornell avaient découvert un marqueur génétique pour une SEP aiguë résistante aux médicaments. Le neurologue — un gros Floridien affable du nom de David Malmstein — avait inspecté l'ADN de Jason, dans lequel il avait déniché la séquence suspecte. Je lui ai demandé ce que cela signifiait.

« Cela signifie que nous pouvons adapter son traitement avec un peu plus de précision. Cela signifie aussi que nous ne pourrons jamais lui procurer le genre de rémission permanente à laquelle s'attend un patient atteint de SEP typique.

— Il me semble être en rémission depuis presque un an, maintenant. N'est-ce pas du long terme ?

— Ses symptômes sont maîtrisés, c'est tout. La SEPA continue à brûler, un peu comme un feu dans un gisement de charbon. À un moment, nous ne pourrons plus compenser cela.

— Le point de non-retour.

— Pour ainsi dire.

— Combien de temps peut-il passer pour normal ? »

Malmstein a marqué un temps d'arrêt. « Vous savez, a-t-il dit, c'est exactement ce que Jason m'a demandé.

— Que lui avez-vous répondu ?

— Que je n'étais pas devin. Que la SEP était une maladie dépourvue d'étiologie bien établie. Que le corps humain suivait son propre calendrier.

— Je sens qu'il n'a pas apprécié la réponse.

— Il a bruyamment exprimé sa désapprobation. Mais c'est vrai. Il peut passer la prochaine décennie sans symptômes. Ou se retrouver en chaise roulante à la fin de la semaine.

— Vous lui avez dit *ça* ?

— De manière plus douce, plus gentille. Je ne veux pas lui faire perdre espoir. Il a l'esprit combatif, ce qui compte beaucoup. Le fond de ma pensée est qu'il s'en sortira bien à court terme... Deux ans, cinq, peut-être plus. Ensuite, on ne peut jurer de rien. J'aimerais disposer d'un meilleur pronostic. »

Je n'ai pas dit à Jason que j'avais parlé avec Malmstein, mais j'ai bien vu de quelle manière, les semaines suivantes, il redoublait d'efforts dans son travail, comptant les succès contre le temps et la mortalité. Non le temps et la mortalité du monde, mais les siens.

Le rythme des lancements d'ensemencement, sans parler de leur coût, a commencé à monter en flèche. La dernière vague (la seule à emporter, entre autres, de véritables semences) s'est produite en mars, deux ans après que Jase, Diane et moi avons regardé douze fusées similaires partir de Floride à destination de ce qui était à l'époque une planète stérile.

Le Spin nous avait fourni les moyens nécessaires pour une longue écopoïèse. Maintenant que nous avions lancé les graines de plantes complexes, toutefois, le minutage devenait crucial. Si nous attendions trop longtemps, l'évolution de Mars pouvait nous échapper : une espèce de graine comestible ayant évolué un million d'années dans la nature pouvait ne plus ressembler à sa forme ancestrale, être devenue immangeable ou même toxique.

Ce qui signifiait que les satellites de reconnaissance devaient être lancés quelques semaines seulement après l'armada d'ensemencement, et les vaisseaux PEN habités, si les résultats semblaient prometteurs, tout de suite après.

J'ai eu un autre appel nocturne de Diane, la nuit suivant le lancement des satellites de reconnaissance. (Leurs données avaient été récupérées mais étaient encore en route pour Pasadena où le JPL les analyserait.) Elle semblait tendue et a admis, lorsque je l'ai questionnée, avoir perdu son emploi au moins jusqu'à juin. Simon et elle avaient des problèmes avec leur arriéré de loyer. Elle ne pouvait pas demander de l'argent à E.D. et il était impossible de discuter avec Carol. Elle rassemblait son courage pour parler à Jase, mais l'humiliation ne la réjouissait guère.

« De quelle somme est-il question, Diane ?

— Tyler, je ne voulais pas...

— Je sais. Tu n'as pas demandé. C'est moi qui propose.

— Eh bien... ce mois-ci, même cinq cents dollars feraient une grosse différence.

— J'imagine que la fortune du cure-pipe s'est tarie.

— Le fonds en fidéicommis s'est asséché. Il reste de l'argent dans la famille, mais Simon ne leur parle plus.

— Il ne va pas avoir du mal à comprendre, si je t'envoie un chèque ?

— Il ne va pas aimer. J'ai pensé lui dire avoir retrouvé et encaissé une ancienne police d'assurance-vie. Quelque chose dans ce goût-là. Le genre de mensonge qui ne compte pas vraiment comme un péché. J'espère.

— Vous habitez toujours Collier Street ? » J'y envoyais tous les ans une carte de vœux poliment neutre et en recevais une en retour, des paysages enneigés sans caractère, avec en signature : *Simon et Diane Townsend, que Dieu vous bénisse !*

« Oui », a-t-elle répondu. Puis : « Merci, Tyler. Merci beaucoup. C'est incroyablement vexant, tu sais.

— Les temps sont durs pour pas mal de monde.

— Mais toi, ça va ?

— Ouais, ça va. »

Je lui ai envoyé six chèques postdatés au quinze de chaque mois, la valeur d'une demi-année, sans trop savoir si cela cimenterait ou empoisonnerait notre amitié. Ou si cela avait une quelconque importance.

Les données de reconnaissance ont montré un monde toujours plus sec que la Terre mais marqué de lacs comme des turquoises brillantes incrustées dans un disque de cuivre ; une planète doucement balayée de massifs nuageux, les tempêtes lâchant de la pluie sur les pentes au vent d'anciens volcans et alimentant les bassins fluviaux et les deltas limoneux des basses terres, les uns et les autres verts comme des pelouses de banlieues résidentielles.

On a rempli de carburant les gros propulseurs sur leur pas de tir et près de huit cents êtres humains, répartis dans divers cosmodromes ou installations de lancement du globe, sont montés dans les portiques pour s'enfermer dans des compartiments de la taille de placards et affronter une destination tout sauf certaine. Les arches PEN embarquées au sommet de ces propulseurs contenaient (en plus des astronautes) des embryons de moutons, de bovins, de chevaux, de cochons et de chèvres, ainsi que les matrices métalliques dans lesquelles ils pourraient, avec de la chance, être amenés à maturité ; les graines de dix mille plantes ; les larves d'abeilles et d'autres insectes utiles ; des douzaines de cargaisons biologiques similaires qui pourraient survivre ou pas au voyage et aux rigueurs de la renaissance ; des archives condensées de l'essentiel du savoir humain, à la fois sous forme numérique (avec les outils pour les lire) et imprimées en petits caractères ; ainsi que des pièces et fournitures pour des abris simples, des générateurs solaires, des serres, des purificateurs d'eau et des hôpitaux de campagne élémentaires. Dans le scénario le plus optimiste, tous ces vaisseaux expéditionnaires humains atteindraient à peu près les mêmes terres équatoriales sur une période de quelques années, suivant leur transit dans la membrane Spin. Au pire, même un seul vaisseau, s'il arrivait raisonnablement intact, pourrait permettre à son équipage de survivre durant la période d'acclimatation.

Je me suis donc retrouvé à nouveau dans l'auditorium de Périhélie, avec tous ceux qui n'avaient pas remonté la côte pour assister en personne à l'événement. Je me suis installé à côté de Jason au premier rang et nous avons levé la tête vers la liaison vidéo de la NASA, un spectaculaire plan d'ensemble des plates-formes de lancements offshore, îles de métal reliées par d'immenses ponts ferroviaires, avec dix énormes propulseurs Prométhée (du moins lorsqu'ils sortaient des usines Boeing ou Lockheed Martin : les Russes, les Chinois et les Européens fabriquaient un modèle similaire mais les appelaient et les peignaient différemment) baignant dans la lumière des projecteurs, alignés comme des piquets de clôture blanchis à la chaux jusque loin dans le bleu de l'Atlantique. On avait consenti beaucoup de sacrifices pour en arriver là : impôts et trésor, littoral et récifs de corail, carrières et vies. (Une plaque au pied de chaque portique au large de Canaveral rappelait le nom des quinze ouvriers morts durant l'assemblage.) Jason tapotait violemment du pied tandis que le compte à rebours atteignait sa dernière minute, et je me suis demandé s'il s'agissait d'un symptôme, mais il m'a surpris à l'observer et s'est penché pour me glisser à l'oreille : « Je suis juste nerveux. Pas toi ? »

Il y avait eu des problèmes. Quatre-vingts de ces gros propulseurs avaient été assemblés et préparés dans le monde entier pour le lancement synchronisé de ce soir. Mais il s'agissait d'une conception nouvelle dont toutes les bogues n'avaient pas été extirpées. Quatre s'étaient retrouvés hors service avant le lancement du fait de divers problèmes techniques. Trois avaient interrompu leur compte à rebours — dans un lancement censé être synchrone sur toute la planète — pour les raisons habituelles : alimentation en carburant dangereuse, pépins logiciels. C'était inévitable et prévu, mais semblait néanmoins de mauvais augure.

Tant de choses étaient arrivées si vite. Nous transplantions cette fois non de la biologie mais l'histoire de l'humanité, et l'histoire de l'humanité, avait dit Jason, brûlait comme le feu en comparaison de la lente corrosion de l'évolution. (Lorsque nous étions beaucoup plus jeunes, après le Spin mais avant de quitter la Grande Maison, Jase avait un truc de salon pour démontrer cette idée. « Tends les bras, intimait-il, tends les bras de chaque côté de ton corps », et lorsqu'on avait adopté la position cruciforme attendue, il disait : « Du bout de ton index gauche au bout du droit en passant par ton cœur, voilà l'histoire de la Terre. Tu sais ce qu'est l'histoire de l'*humanité*? L'histoire de l'humanité est l'ongle de ton index droit. Et même pas l'ongle entier. Juste cette petite partie blanche. La partie que tu coupes lorsqu'elle grandit trop. C'est la découverte du feu, l'invention de l'écriture, Galilée, Newton, l'alunissage, le 11-Septembre, la semaine dernière et ce matin. Comparés à l'évolution, nous sommes des nouveau-nés. Comparés à la géologie, nous existons à peine. »)

La voix de la NASA a alors annoncé : « Mise à feu », et Jason a inspiré entre ses dents en tournant à moitié la tête tandis que neuf des dix fusées, tubes remplis de liquide explosif plus grands que l'Empire State Building, détonaient en direction du ciel contre toute logique de gravité et d'inertie, brûlant des tonnes de carburant pour atteindre les quelques premiers centimètres d'altitude et vaporisant l'eau de mer afin d'assourdir un événement sonique qui les aurait sans cela tellement secouées qu'elles se seraient désintégrées. Puis cela a été comme si elles avaient fabriqué des échelles de vapeur et de fumée, échelles qu'elles escaladaient avec une vitesse désormais visible, volutes de feu devançant les nuages bouillonnants qu'elles avaient créés. Elles sont montées et ont disparu, comme dans tout lancement qui réussit : rapides et aussi vives qu'un rêve, puis évaporées dans le ciel.

La dernière fusée, retenue par un capteur défaillant, est partie avec dix minutes de retard. Elle arriverait sur Mars presque mille ans après le reste de la flotte, mais un tel cas de figure avait été pris en compte et pourrait se révéler bénéfique, car il permettrait d'injecter de la technologie et du savoir-faire terriens longtemps après que les livres et les lecteurs numériques des premiers colons seraient tombés en poussière.

Quelques instants plus tard, on nous a montré des images venues de Guyane française, le vieux et très élargi Centre national d'études spatiales à Kourou, où l'une des grandes fusées fabriquées par EADS s'était élevée d'une trentaine de mètres avant de perdre sa poussée et de retomber sur son pas de tir dans un champignon de feu.

Douze personnes ont trouvé la mort, dix à bord de l'arche PEN et deux au sol, mais cela a été la seule tragédie manifeste de toute la séquence de lancements, ce qui est plutôt chanceux, tout compte fait.

Mais ce n'était pas la fin de l'exercice. À minuit — ce qui, m'a-t-il semblé, était encore le signe le plus manifeste de la grotesque disparité entre le temps terrestre et le temps Spin — la civilisation humaine sur Mars avait soit échoué du tout au tout, soit connu un développement de presque cent mille ans.

Ce qui équivalait à peu près à l'intervalle de temps entre l'apparition de l'*Homo sapiens* en tant qu'espèce distincte et l'après-midi de la veille.

Cela s'est passé pendant que je rentrais chez moi en voiture. Il était fort possible que des dynasties martiennes se créent et disparaissent tandis que j'attendais au feu rouge. J'ai pensé à ces vies, ces vies humaines vraiment réelles — chacune enfermée dans un intervalle de moins d'une minute, telle que ma montre comptait les minutes — et cela m'a un peu donné le vertige. Le vertige du Spin. Ou quelque chose de plus profond.

Une demi-douzaine de satellites de reconnaissance ont été

lancés cette nuit-là, programmés pour la recherche de signes de vie humaine sur Mars. Leurs chargements sont redescendus en parachute et ont été retrouvés avant le matin.

J'ai vu les résultats avant qu'ils soient rendus publics.

C'était une semaine après le lancement des Prométhée. Jason avait pris rendez-vous à 10 h 30 à l'infirmerie, rendez-vous dépendant de l'arrivée de nouvelles du JPL. Il ne l'a pas annulé mais s'est présenté avec une heure de retard et une enveloppe en papier kraft à la main, manifestement impatient de discuter d'un sujet sans aucun rapport avec sa santé. Je l'ai aussitôt fait entrer dans une salle d'examen.

« Je ne sais pas quoi dire à la presse, m'a-t-il confié. Je sors d'une conférence téléphonique avec le directeur de l'ESA et une bande de bureaucrates chinois. On essaye de jeter les bases d'une déclaration conjointe des chefs d'État mais dès que les Russes se déclarent d'accord sur une phrase, les Chinois veulent y mettre leur veto et vice versa.

— Une déclaration à quel propos, Jase ?

— Les données satellites.

— Vous avez les résultats ? » En fait, ces résultats étaient en retard. Le JPL mettait en général moins de temps à partager ses photos. Mais vu ce que venait de dire Jason, j'ai compris que quelqu'un les avait gardées sous le coude, ce qui signifiait des résultats ne correspondant pas aux attentes. Des mauvaises nouvelles, peut-être.

« Regarde », a dit Jason.

Il a ouvert son enveloppe et en a sorti deux photos télescopiques en fausses couleurs, l'une sur l'autre. Toutes deux représentaient Mars vue de l'orbite terrestre après le lancement des Prométhée.

La première m'a coupé le souffle. Elle n'était pas aussi nette que l'image que j'avais encadrée et accrochée au mur de la salle d'attente, puisque dans celle-ci la planète ne se trouvait pas au plus près de la Terre, et sa précision témoignait de l'efficacité des technologies d'imagerie modernes. À première vue, elle ne semblait guère différente de la photo encadrée : je voyais assez de vert pour comprendre que l'écologie transplantée était toujours intacte, vivante.

« Regarde d'un peu plus près », a dit Jason.

Il a passé le doigt sur la ligne sinueuse d'une plaine fluviale. Il y avait là de la verdure pourvue de limites nettes et régulières. Plus je regardais, plus j'en voyais.

« De l'agriculture », a dit Jase.

J'ai retenu ma respiration et réfléchi aux implications. J'ai pensé : *Il y a maintenant deux planètes habitées dans le système solaire*. Et il ne s'agissait pas d'une hypothèse, mais de la réalité. D'endroits où des gens vivaient, où des gens vivaient *sur Mars*.

J'ai voulu regarder à nouveau. Mais Jase a glissé l'impression dans l'enveloppe, me montrant celle du dessous.

« La deuxième photo, a-t-il annoncé, a été prise vingt-quatre heures plus tard.

— Je ne comprends pas.

— Par la même caméra du même satellite. Nous avons des images parallèles pour confirmer ce résultat. On a pensé à un défaut du système d'imagerie jusqu'à ce qu'en poussant le contraste, on décèle un peu de lumière des étoiles. »

Mais il n'y avait rien *dans* la photographie. Quelques étoiles, avec au milieu un gros rien en forme de disque.

« Qu'est-ce que c'est ?

— Une membrane Spin, a répondu Jason. Vue de l'extérieur. Mars en a une aussi, maintenant. »

4×10^9 ap. J.-C.

Nous nous sommes éloignés de Padang — cela au moins, je le comprenais —, montant dans l'intérieur des terres par des routes parfois lisses comme de la soie, parfois accidentées et jalonnées de nids-de-poule, jusqu'à ce que l'automobile s'arrête devant ce qui, dans l'obscurité, ressemblait à un bunker en béton mais devait être (à en croire le croissant de peinture rouge qu'illuminait une éblouissante ampoule au tungstène) une espèce de clinique. Le chauffeur s'est fâché en voyant où il nous avait conduits — preuve supplémentaire que j'étais malade et non juste ivre — mais Diane lui a mis d'autres billets dans la main et l'a renvoyé sinon heureux, du moins amadoué.

J'avais du mal à tenir debout. Je me suis lourdement appuyé sur Diane, qui m'a épaulé avec courage dans la nuit humide, sur cette route déserte éclairée par la lune qui fendait les lambeaux de nuages. À part la clinique devant nous et une station-service de l'autre côté de la chaussée, on ne voyait que la forêt et des étendues plates, sans doute des champs cultivés. Nous n'avons pas vu âme qui vive non plus, jusqu'à ce qu'une petite femme rondelette en jupe longue et coiffe blanche franchisse la porte à moustiquaire pour se précipiter vers nous.

« Ibu Diane ! » s'est-elle exclamée avec animation mais à voix basse, comme de peur qu'on l'entende malgré l'heure. « Bienvenue !

— Ibu Ina, l'a saluée Diane avec respect.

— Et ce doit être?...
— Pak Tyler Dupree. L'ami dont je vous ai parlé.
— Trop malade pour répondre lui-même?
— Trop malade pour dire quoi que ce soit de sensé.
— Alors aidons-le vite à rentrer. »

Diane m'a soutenu d'un côté et la femme qu'elle avait appelée Ibu Ina m'a pris par le bras droit au niveau de l'épaule. Elle n'était pas jeune mais d'une force remarquable. Sous sa coiffe blanche, ses cheveux grisonnants se raréfiaient. Elle sentait la cannelle. À en juger par la manière dont elle a froncé le nez, je sentais quant à moi bien plus mauvais.

Dans la clinique, nous sommes passés devant une salle d'attente vide meublée de chaises bon marché en rotin et en métal pour parvenir dans ce qui ressemblait à un cabinet de consultation plutôt moderne, où Diane m'a lâché sur une table matelassée tandis qu'Ina disait : « Eh bien, voyons ce qu'on peut faire pour lui. » Je me suis alors senti assez en sécurité pour m'évanouir.

En me réveillant, j'ai entendu au loin l'appel à la prière d'un muezzin et senti une odeur de café frais.

J'étais allongé nu sur une paillasse dans une petite pièce en béton. La pâle annonciation de l'aube entrant par la fenêtre en constituait la seule lumière, et derrière l'espèce de dentelle en bambou masquant le seuil, quelqu'un maniait avec énergie des tasses et des bols.

J'ai trouvé près de ma paillasse mes vêtements de la veille, lavés et pliés. J'étais entre deux fièvres — j'avais appris à reconnaître ces petites oasis de bien-être —, et donc assez en forme pour m'habiller.

En équilibre sur une jambe, j'introduisais l'autre dans mon pantalon lorsque Ina a glissé la tête par le rideau. « Ah, vous vous sentez la force de vous lever! » a-t-elle constaté.

Pas longtemps. Je suis retombé à moitié habillé sur ma paillasse. Ina est entrée avec un bol de riz blanc, une cuiller et une tasse en métal émaillé. Elle s'est agenouillée près de moi en désignant du regard le plateau en bois : en voulais-je ?

J'ai découvert que oui. Pour la première fois depuis bien des jours, j'avais faim. Tant mieux, j'imagine. Mon pantalon flottait d'une manière ridicule et mes côtes saillaient avec obscénité. « Merci, ai-je dit.

— Nous avons fait connaissance hier soir, a-t-elle répliqué en me tendant le bol. Vous vous souvenez ? Désolée pour ce logement rudimentaire. Cette pièce est plus adaptée à la dissimulation qu'au confort. »

Elle devait approcher de la soixantaine. Elle avait un visage rond et ridé, les traits concentrés en une lune de chair brune, une apparence de poupée de chiffon qu'accentuaient sa longue robe noire et sa coiffe blanche. Si les Amish s'étaient établis dans l'ouest de Sumatra, cela aurait pu donner quelqu'un comme Ibu Ina.

Elle parlait avec une diction très comme il faut malgré son accent indonésien chantant. « Vous parlez très bien », lui ai-je affirmé, incapable de trouver un autre compliment en si peu de temps.

« Merci. J'ai étudié à Cambridge.

— L'anglais ?

— La médecine. »

Le riz était fade mais bon. Je me suis donné en spectacle pour le terminer.

« Vous en revoudrez peut-être, plus tard ? a demandé Ibu Ina.

— Oui, merci. »

Ibu était le terme minangkabau pour s'adresser de manière respectueuse à une femme. (L'équivalent de *Pak* pour un homme.) Ina était par conséquent un médecin minangkabau et nous nous trouvions dans les plateaux de Sumatra, sans doute en vue du mont Merapi. Tout ce que je savais de l'ethnie à laquelle appartenait Ina, je le tenais du guide de Sumatra lu dans l'avion en arrivant de Singapour : plus de cinq millions de Minangkabaus vivaient dans les villes et villages des plateaux ; ils géraient la plupart des meilleurs restaurants de Padang ; ils étaient célèbres pour leur culture matrilinéaire, leur sens des affaires et leur religion mêlant islam aux coutumes *adat* traditionnelles.

Rien de tout cela n'expliquait pour quelle raison je me retrouvais à l'arrière d'un cabinet de médecin minang.

« Diane dort toujours ? me suis-je enquis. Parce que je ne comprends pas...

— J'ai bien peur qu'Ibu Diane soit rentrée en bus à Padang. Mais vous ne risquez rien, ici.

— J'espérais qu'elle ne risquait rien non plus.

— Elle courrait moins de risques ici qu'en ville, en effet. Mais cela ne vous aiderait pas, elle et vous, à quitter l'Indonésie.

— Comment avez-vous fait la connaissance de Diane ? »

Ina a souri. « Un pur hasard ! Enfin, en gros. Elle négociait un contrat avec mon ex-mari, Jala, qui travaille, entre autres, dans l'import-export, lorsque le Nouveau Reformasi s'est mis à s'intéresser de manière beaucoup trop évidente à elle. Je travaille quelques jours par mois à l'hôpital public de Padang et j'ai été ravie que Jala me présente Diane, même s'il l'a fait uniquement pour cacher un certain temps un client potentiel. C'était si excitant de rencontrer la sœur de Pak Jason Lawton ! »

Ses paroles m'ont surpris à plus d'un titre. « Vous êtes au courant pour Jason ?

— J'ai entendu parler de lui... Je n'ai pas eu comme vous le privilège de l'approcher. Mais je m'intéressais à tout ce que les médias disaient de Jason Lawton, au début du Spin. Et dire que vous étiez son médecin personnel ! Et que je vous ai maintenant dans ma clinique !

— Je ne suis pas sûr que Diane ait bien fait d'en parler. » J'étais même persuadé du contraire. L'anonymat constituait notre seule protection, et voilà qu'il était menacé.

Ibu Ina a pris un air déconfit. « Bien entendu, il aurait mieux valu ne pas mentionner ce nom-là. Mais les étrangers en proie à des difficultés légales courent les rues de Padang. Comme on dit, on en trouve à la pelle. Les étrangers en proie à des difficultés légales *et* médicales posent encore plus de problèmes. Diane a dû apprendre que Jala et moi admirions beaucoup Jason Lawton... elle n'a dû mentionner son nom qu'en désespoir de cause. Même ainsi, je ne l'ai pas vraiment crue avant d'avoir cherché des photos sur Internet. J'imagine que se faire photographier tout le temps est un des inconvénients de la célébrité. Bref, j'ai trouvé un cliché de la famille Lawton, pris au tout début du Spin, mais j'ai reconnu Diane : elle disait donc vrai ! Elle devait par conséquent dire vrai aussi pour son ami malade. Vous étiez le médecin de Jason Lawton, et bien entendu de l'autre, le plus célèbre...

— Oui.

— Le petit homme noir et ridé.

— Oui.

— Dont le médicament vous rend malade.

— En m'améliorant, j'espère.

— Comme il a déjà amélioré Diane, du moins à ce qu'elle dit. Voilà qui m'intéresse. Y a-t-il vraiment un âge adulte au-delà de l'âge adulte ? Comment vous sentez-vous ?

— Pas au mieux, à franchement parler.

— Mais le processus n'est pas terminé.

— Non, pas encore.

— Vous devriez vous reposer, dans ce cas. Avez-vous besoin de quoi que ce soit ?

— J'avais des cahiers... du papier...

— Dans un paquet avec le reste de vos bagages. Je vais vous apporter cela. Vous êtes écrivain, en plus de médecin ?

— Juste pour un temps. J'ai besoin de coucher quelques pensées par écrit.

— Peut-être, quand vous vous sentirez mieux, pourrez-vous partager avec moi quelques-unes de ces pensées.

— Peut-être. J'en serais honoré. »

Elle s'est relevée. « Surtout sur le petit homme noir et ridé. L'homme de Mars. »

J'ai dormi par à-coups pendant les deux jours suivants, m'éveillant surpris par le passage du temps, les nuits soudaines et les matins inattendus, marquant tant bien que mal les heures grâce aux appels à la prière, au bruit de la circulation, au riz et aux œufs au curry ou encore aux toilettages prodigués par Ibu Ina. Nous avons discuté, mais nos conversations ont fui ma mémoire comme du sable dans un tamis, et je m'apercevais parfois à son expression que je me répétais ou avais oublié des choses qu'elle m'avait dites. Lumière et obscurité, obscurité et lumière, et soudain, Diane s'agenouillait près d'Ina à côté du lit, l'une et l'autre me considérant d'un air sombre.

« Il est réveillé, a dit Ibu Ina. Veuillez m'excuser. Je vous laisse seuls. »

Il y a alors juste eu Diane à côté de moi.

Elle portait un chemisier blanc au-dessus d'un pantalon bouffant bleu, et une écharpe blanche couvrait ses cheveux bruns. On aurait pu la prendre pour une de ces clientes occidentalisées qu'on voyait dans les centres commerciaux de Padang, encore qu'elle était trop grande et de complexion trop pâle pour tromper vraiment quiconque.

« Tyler », a-t-elle commencé, ses yeux bleus écarquillés, « tu fais attention à tes fluides ?

— J'ai si mauvaise mine que ça ? »

Elle m'a caressé le front. « Ce n'est pas facile, hein ?

— Je ne m'attendais pas à une partie de plaisir.

— Encore deux semaines et ce sera terminé. D'ici là... »

Elle n'avait pas besoin de le dire. Le médicament commençait à agir au plus profond de mes muscles et de mes nerfs.

« Et c'est un bon endroit, ici, a-t-elle ajouté. Il y a des antispasmodiques, des analgésiques dignes de ce nom. Ina comprend ce qu'il se passe. » Elle a souri tristement. « Même si... même si ce n'est pas exactement ce qu'on avait prévu. »

Nous avions prévu de rester anonymes. N'importe laquelle des villes servant de porte à l'Arc aurait dû convenir à un Américain nanti désireux de passer inaperçu. Nous avions choisi Padang non seulement pour sa commodité — Sumatra était la masse continentale la plus proche de l'Arc — mais aussi pour son fonctionnement anarchique consécutif à son développement économique hyper-rapide et à ses troubles récents avec le gouvernement Nouveau Reformasi de Jakarta. Je subirais les effets du traitement de longévité dans un hôtel quelconque, et ensuite, une fois reconstruit, nous achèterions notre passage vers un endroit où rien de mauvais ne pourrait nous atteindre. Voilà comment cela devait se passer.

Nous n'avions pas imaginé que l'administration Chaykin manifesterait une telle rancune et une telle détermination à faire de nous des exemples, à cause des secrets que nous avions gardés tout comme de ceux que nous avions déjà divulgués.

« J'imagine que je me suis un peu trop fait remarquer aux mauvais endroits, a dit Diane. Je nous avais pris des réservations auprès de deux collectifs *rantau* différents, mais tout a été rompu, soudain les gens ne me parlaient plus et il était évident que nous attirions bien trop l'attention. Le consulat, le Nouveau Reformasi et la police locale ont tous nos signalements. Des signalements pas vraiment *précis*, mais suffisamment.

— Voilà pourquoi tu as dit à ces gens qui nous étions.

— Je le leur ai dit parce qu'ils s'en doutaient déjà. Pas Ibu Ina, mais Jala, son ex, oui, j'en mettrais ma main au feu. C'est quelqu'un de très malin. Il dirige une compagnie de transport assez respectable. Une grosse partie du béton ordinaire et de l'huile de palme qui transite par le port de Teluk Bayur passe aussi par les entrepôts de Jala. Le *rantau gadang* rapporte moins mais c'est net d'impôt, et ces navires remplis d'émigrants ne reviennent pas vides. Il a une florissante activité secondaire dans le marché noir de bétail et de chèvres.

— On dirait le portrait d'un type qui se ferait un plaisir de nous vendre au Nouveau Reformasi.

— Mais nous payons mieux. Avec des difficultés légales moindres, tant qu'on ne nous capture pas.

— Ina approuve ?

— Approuve quoi ? Le *rantau gadang* ? Elle a deux fils et une fille dans le nouveau monde. Est-ce qu'elle approuve Jala ? Elle le pense plus ou moins fiable... il ne trahit pas ceux qui le payent. Est-ce qu'elle nous approuve ? Elle nous prend presque pour des saints.

— À cause de Wun Ngo Wen ?

— En gros.

— On a eu de la chance de la trouver.

— Ce n'est pas entièrement de la chance.

— On devrait quand même partir dès que possible.

— Dès que tu iras mieux. Jala a un navire de prévu. Le *Capetown Maru*. Voilà pourquoi j'ai fait la navette entre ici et Padang. Il y a d'autres gens que je dois payer. »

D'étrangers ayant de l'argent, nous devenions à toute vitesse des étrangers ayant eu de l'argent. « Tout de même, ai-je dit, j'aimerais bien...

— Quoi ? » Elle promenait langoureusement son doigt d'un bout à l'autre de mon front.

«... ne pas être obligé de dormir seul. »

Elle a ri un peu et a posé la main sur ma poitrine. Sur ma cage thoracique émaciée, sur ma peau qui avait encore une horrible texture d'alligator. Et n'incitait pas vraiment à davantage d'intimité. « Il fait trop chaud pour rester l'un contre l'autre.

— Trop chaud ? »

Je frissonnais.

« Pauvre Tyler », a dit Diane.

J'ai voulu lui conseiller de se montrer prudente. Mais j'ai fermé les yeux, et lorsque je les ai rouverts, elle était repartie.

Le pire était forcément à venir, mais en réalité, je me suis senti nettement mieux au cours des jours suivants : l'œil du cyclone, comme l'avait appelé Diane. On aurait dit que mon corps et le médicament martien avaient négocié une trêve temporaire, les deux camps se préparant à l'ultime bataille. J'ai essayé de profiter de ce répit.

Je mangeais tout ce que m'apportait Ina, et de temps en temps, j'arpentais la pièce en essayant d'insuffler de la force à mes jambes décharnées. Si je m'étais senti plus fort, cette boîte de béton (dans laquelle Ina avait entreposé des fournitures médicales avant de construire, attenant à la clinique, un système plus sûr muni d'une serrure et d'une alarme) aurait pu me sembler une cellule de prison. Étant donné les circonstances, je la trouvais presque confortable. J'ai placé notre valise rigide dans un coin comme une espèce de bureau, en m'asseyant sur une natte de roseau pour écrire. Par la haute fenêtre, je voyais un peu de soleil.

J'y ai vu aussi, à deux reprises, le visage d'un écolier du village en train de m'observer. Lorsque j'en ai parlé à Ibu Ina, elle a hoché la tête et s'est absentée quelques minutes pour revenir en tirant le garçon par la main. « Voici Eng, a-t-elle annoncé en le lançant quasiment vers moi de derrière le rideau. Eng a dix ans. Il est très brillant. Il veut devenir médecin. C'est aussi le fils de mon neveu. Il est hélas affligé d'une curiosité irrépressible qui le prive de sensibilité. Il a grimpé sur les poubelles pour voir ce que je cachais ici. Impardonnable. Présente tes excuses à mon invité, Eng. »

Eng baissait tellement la tête que j'ai craint de voir ses énormes lunettes lui tomber du nez. Il a marmonné quelque chose.

« En anglais, a précisé Ina.

— *Désolé !*

— Peu élégant mais pertinent. Peut-être Eng peut-il faire quelque chose pour vous, Pak Tyler, histoire de se faire pardonner son mauvais comportement ? »

J'ai essayé de tirer Eng d'affaire. « Rien d'autre que respecter ma vie privée.

— Il est hors de question qu'il continue à ne pas la respecter... n'est-ce *pas*, Eng ? » L'enfant a eu un mouvement de recul et hoché la tête. « Mais moi, j'ai un boulot pour lui. Eng vient à la clinique presque chaque jour. Quand j'ai un peu de temps, je lui montre deux ou trois trucs. Les planches anatomiques. La manière dont le papier de tournesol change de couleur dans le vinaigre. Il affirme m'être reconnaissant de ces petits privilèges. » Le hochement de tête d'Eng s'est fait presque frénétique. « Et donc, en retour, et afin de se faire pardonner sa grossière négligence du *budi* commun, Eng va devenir la sentinelle de la clinique. Tu sais ce que ça veut dire ? »

Le garçon a cessé de hocher la tête et affiché une expression prudente.

« Cela veut dire, a expliqué Ibu Ina, qu'à partir de maintenant, tu mettras ta vigilance et ta curiosité à bon usage. Si qui que ce soit vient au village poser des questions sur la clinique... quelqu'un de la ville, je veux dire, surtout s'il a un air ou un comportement de policier, tu cours *immédiatement* ici me le dire.

— Même si je suis à l'école ?

— Je ne pense pas que le Nouveau Reformasi t'embêtera à l'école. Lorsque tu es à l'école, concentre-toi sur tes leçons. Mais sinon, dans la rue, à un *warung* ou ailleurs, si tu vois ou entends quelque chose sur moi, sur la clinique ou sur Pak Tyler, dont tu ne dois *pas* parler, viens tout de suite à la clinique. Compris ?

— Oui », a dit Eng, avant de murmurer quelque chose que je n'ai pas compris.

« Non, a aussitôt répliqué Ina, ce n'est pas payé, quelle question scandaleuse ! Toutefois, si je suis contente de tes services, il pourra y avoir récompense. Mais là, je ne suis pas du tout contente. »

Eng a filé, son T-shirt blanc trop grand flottant derrière lui.

Au crépuscule, il avait commencé à pleuvoir, une épaisse pluie tropicale qui a duré des jours, pendant lesquels j'ai écrit, dormi, mangé, arpenté la pièce et souffert.

Au plus noir d'une nuit pluvieuse, Ibu Ina a essuyé mon corps avec une éponge, détachant une mue de peau morte.

« Racontez-moi quelque chose dont vous vous rappelez sur eux, m'a-t-elle demandé. Racontez-moi à quoi cela ressemblait de grandir avec Diane et Jason Lawton. »

J'y ai réfléchi. Ou plutôt, je me suis plongé dans le marécage toujours plus bourbeux de ma mémoire pour y pêcher un souvenir à offrir à Ibu Ina, un souvenir à la fois authentique et emblématique. Je n'ai pas trouvé exactement ce que je voulais, mais quelque chose flottait à la surface : un ciel étoilé, un arbre. L'arbre était un mystérieux et énigmatique peuplier argenté. « Un jour, on est allés camper, ai-je commencé. C'était avant le Spin, mais pas beaucoup. »

J'ai trouvé agréable qu'on me débarrasse de cette peau morte, du moins au début, car le derme mis à nu était sensible, à vif. La première caresse de l'éponge était apaisante, la deuxième donnait l'impression de teinture d'iode sur une petite coupure. Ina l'a compris.

« Tous les trois ? Vous n'étiez pas trop jeunes pour partir camper, je veux dire, de la manière dont on voit les choses là d'où vous venez ? Ou bien vous voyagiez avec vos parents ?

— Sans les parents. E.D. et Carol ne partaient en vacances qu'une fois par an, en croisière ou dans des hôtels de luxe, et de préférence sans les enfants.

— Et votre mère ?

— Elle préférait rester à la maison. C'est un couple habitant plus loin dans la rue qui nous a emmenés dans les Adirondacks avec leurs deux fils, des adolescents qui ne voulaient rien avoir à faire avec nous.

— Alors pourquoi... Oh, je suppose que le père voulait s'attirer les bonnes grâces d'E.D. Lawton ? Afin de pouvoir solliciter une faveur, peut-être ?

— Quelque chose comme ça. Je n'ai pas posé la question. Jason non plus. Diane a dû le savoir... Elle prenait garde à ce genre de choses.

— Ça n'a pas vraiment d'importance. Vous êtes allés dans un camping dans les montagnes ? Tournez-vous sur le côté, s'il vous plaît.

— Le genre de camping avec un parking. Pas vraiment la nature à l'état sauvage. Mais c'était un week-end de septembre et on a quasiment eu l'endroit pour nous. On a planté les tentes et allumé un feu. Les adultes... » Leur nom m'est revenu en mémoire. « Les Fitch ont chanté des chansons en nous faisant reprendre les refrains. Ils devaient avoir gardé de bons souvenirs de leurs colonies de vacances. En fait, c'était plutôt déprimant. Les fils Fitch ont détesté et se sont réfugiés dans leur tente avec leurs écouteurs. Les parents ont fini par abandonner et aller se coucher.

— En vous laissant tous les trois autour du feu de camp à l'agonie. C'était une nuit dégagée, ou pluvieuse comme celle-là ?

— Une belle nuit de début d'automne. » Pas vraiment comme celle-là, avec ses chœurs de grenouilles et ses gouttes s'écrasant sur le toit peu épais. « Sans lune, mais avec beaucoup d'étoiles. Pas chaude mais pas vraiment froide non plus, même si nous étions assez haut dans les collines. Avec du vent. Assez de vent pour entendre les arbres se parler. »

Le sourire d'Ina s'est élargi. « Les arbres se parler ! Oui, je connais ce bruit Sur le côté gauche, maintenant, s'il vous plaît

— Le voyage avait été ennuyeux mais on commençait à se sentir bien, maintenant qu'on n'était plus que tous les trois. Jase a pris une torche électrique et on s'est éloignés du feu de quelques mètres, jusqu'à un espace dégagé dans un bosquet de peupliers, à l'écart des voitures, des tentes et des gens, un endroit où le terrain descendait vers l'ouest. Jason nous a montré la lumière zodiacale en train de monter dans le ciel.

— Qu'est-ce que c'est, la lumière zodiacale ?

— La réflexion de la lumière solaire sur des poussières de glace de la ceinture d'astéroïdes. On arrive parfois à la voir par nuit noire, quand la visibilité est très bonne. » Du moins on y arrivait avant le Spin. Y avait-il toujours une lumière zodiacale, ou la pression solaire avait-elle emporté la glace ? « Cela montait de l'horizon comme la respiration en hiver, très loin, délicate. Diane a trouvé cela fascinant. Elle a écouté les explications de Jase, et à l'époque, les explications de Jason la fascinaient encore, elle n'avait pas cessé de s'y intéresser. Elle aimait l'intelligence de Jason, elle aimait Jason *pour* son intelligence...

— Comme le père de Jason, peut-être ? Sur le ventre, maintenant, si vous voulez bien.

— Mais pas de cette manière de propriétaire. C'était un pur enchantement genre bouche bée.

— "Bouche bée" ? ?

— Grande ouverte. Et le vent a commencé à forcir, alors Jason a braqué la torche sur les peupliers afin que Diane puisse voir la manière dont les branches bougeaient. » Tout en parlant, il m'est très nettement revenu en mémoire Diane jeune en pull trop grand d'au moins une taille, les mains enfouies dans la laine pour se serrer les bras sur le corps, le visage levé dans le cône de lumière que ses yeux reflétaient en lunes solennelles. « Il lui a montré les grosses branches qui s'agitaient plus ou moins au ralenti alors que les branches plus petites remuaient davantage. Parce que chaque branche et brindille avait ce que Jase a appelé une fréquence de résonance. Et on pouvait considérer ces fréquences de résonance comme des notes de musique, d'après lui. Le mouvement de l'arbre dans le vent était en réalité une espèce de musique trop grave pour l'oreille humaine, le tronc chantant dans le registre des basses, les branches dans celui des ténors et les brindilles jouant du piccolo. Il a ajouté qu'on pouvait aussi les considérer comme des nombres purs, chaque résonance, du vent lui-même jusqu'au tremblement d'une feuille, effectuant un calcul à l'intérieur d'un calcul à l'intérieur d'un calcul.

— Vous décrivez de manière magnifique.

— Pas autant que Jason l'a fait. On l'aurait dit amoureux du monde, ou du moins des motifs du monde. De la musique de celui-ci. Aïe.

— Désolée. Et Diane était amoureuse de Jason ?

— Amoureuse d'être sa sœur. Fière de lui.

— Et vous étiez amoureux d'être son ami ?

— J'imagine, oui.

— Et amoureux de Diane.

— Oui.

— Et elle de vous.

— Peut-être. Je l'espérais.

— Et donc, si je puis me permettre, qu'est-ce qui a mal tourné ?

— Pourquoi croyez-vous que quelque chose a mal tourné ?

— Manifestement, vous êtes toujours amoureux. Elle et vous, je veux dire. Mais pas comme un homme et une femme qui ont été ensemble pendant des années. Quelque chose a dû vous tenir à l'écart l'un de l'autre. Excusez-moi, je suis terriblement indiscrète. »

Oui, quelque chose nous avait gardés à l'écart l'un de l'autre. Et même beaucoup de choses. La plus évidente, j'imagine, étant le Spin. Il avait tout spécialement et tout particulièrement effrayé Diane, pour des raisons que je n'avais pas vraiment comprises, comme si le Spin constituait un défi et un reniement de tout ce qui lui permettait jusque-là de se sentir en sécurité. Qu'est-ce qui lui permettait de se sentir en sécurité ? La progression ordonnée de la vie : amis, famille, travail... une espèce de *sensibilité* fondamentale des choses, qui dans la Grande Maison d'E.D. et Carol Lawton devait déjà avoir semblé fragile, plus souhaitée que réelle.

La Grande Maison l'avait trahie, et même Jason avait fini par la trahir : les idées scientifiques qu'il lui présentait comme des cadeaux étranges et qui avaient autrefois semblé rassurantes — les confortables accords majeurs de Newton et d'Euclide — étaient devenues plus bizarres et plus aliénantes : la longueur de Planck (en dessous de laquelle les choses ne se comportaient plus comme des *choses*), les trous noirs coincés par leur densité impondérable dans un royaume au-delà de la causalité, un univers non seulement en expansion mais en accélération vers sa propre désagrégation. Elle m'a dit un jour, à l'époque où Saint-Augustin était toujours de ce monde, qu'en posant la main sur le pelage du chien, elle voulait sentir sa chaleur, sa vigueur... et non compter les battements de son cœur ou voir les grands espaces entre le noyau et les électrons constitutifs de son être physique. Elle voulait que Saint-Chien soit lui-même tout entier, non la somme de parties terrifiantes, non un fugace épiphénomène évolutionnaire dans la vie d'une étoile agonisante. Sa vie manquait suffisamment d'amour et d'affection : chaque exemple de ceux-ci devait se voir recensé et gardé en réserve au paradis, thésaurisé pour s'opposer à l'hiver de l'univers.

Le Spin, à son arrivée, a dû lui sembler une monstrueuse justification de la manière dont Jason voyait le monde... d'autant plus que le phénomène obsédait son frère. Il existait manifestement une autre forme de vie intelligente dans la galaxie, et tout aussi manifestement, elle ne ressemblait en rien à la nôtre. Elle était d'une puissance immense, d'une patience terrifiante et d'une indifférence totale envers la terreur qu'elle avait infligée à notre monde. En imaginant les Hypothétiques, on pourrait se représenter des robots hyperintelligents ou d'inscrutables êtres d'énergie, mais jamais le contact d'une main, un baiser, la chaleur d'un lit, un mot de consolation.

Elle avait donc voué au Spin une haine très personnelle, et je pense que c'est ce qui a fini par l'amener à Simon Townsend et au mouvement NR. Dans la théologie NR, le Spin est devenu un événement sacré mais aussi accessoire : grand mais pas autant que le dieu d'Abraham, choquant mais moins que la crucifixion du Sauveur ou une tombe vide.

J'ai plus ou moins raconté cela à Ina. « Je ne suis pas chrétienne, bien entendu, a-t-elle dit. Je ne suis même pas assez islamique au goût des autorités locales. On me dit corrompue par l'Occident athée. Mais même dans l'islam, il y a eu des mouvements de ce genre. Des gens glosant sur Imam Mehdi et Ad-Dajjal, Yajuj et Majuj buvant la mer de Galilée. Parce qu'ils croyaient que cela donnait plus de sens à la situation. Voilà, terminé. » Elle m'avait récuré la plante des pieds. « Vous avez toujours su ces choses-là sur Diane ? »

Su dans quel sens ? Senti, soupçonné, deviné, mais *su*... non, je ne pouvais pas dire cela.

« Alors peut-être que le médicament martien répond à vos attentes », a dit Ina en emportant son assortiment d'éponges et sa casserole d'acier inoxydable pleine d'eau chaude, me laissant seul dans la nuit obscure avec un sujet de réflexion.

Il y avait trois portes pour entrer ou sortir de la clinique d'Ibu Ina. Elle m'a fait visiter le bâtiment un jour, après le départ de son dernier rendez-vous, un patient au doigt en attelle.

« Voilà ce que j'ai construit dans ma vie, a-t-elle conclu. Vous trouverez peut-être que ce n'est pas grand-chose. Mais au niveau médical, ce village n'avait rien de plus proche que l'hôpital de Padang... Une sacrée distance, surtout en bus ou par des routes peu fiables. »

Il y avait la porte d'entrée, par laquelle ses patients arrivaient et repartaient.

Il y avait celle de derrière, robuste et doublée de métal. Le matin, Ina garait sa petite voiture à cellule énergétique sur le parking de terre battue derrière la clinique et entrait par cette porte qu'elle verrouillait en repartant le soir. Cet accès jouxtait la pièce dans laquelle je vivais et j'avais appris à reconnaître le tintement des clefs d'Ina, peu après le premier appel à la prière de la mosquée du village, distante de quatre cents mètres.

La troisième porte, latérale, s'ouvrait au bout d'un petit couloir dans lequel on trouvait aussi les toilettes et une rangée de placards de fournitures. Elle y réceptionnait les livraisons et Eng préférait passer par là pour ses allées et venues.

Eng ressemblait en tout point au portrait qu'en avait dressé Ina : timide mais vif, assez intelligent pour décrocher le diplôme de médecine auquel il rêvait. Ses parents n'étaient pas riches, m'a dit Ina, mais s'il décrochait une bourse, réussissait brillamment sa première année de médecine à la nouvelle université de Padang et trouvait un moyen de financer son doctorat... « Alors, qui sait ? Le village pourrait avoir un autre médecin. C'est comme ça que j'ai fait, moi.

— Vous pensez qu'il reviendrait s'établir ici ?

— Possible. On s'en va, on revient. » Elle a haussé les épaules, comme s'il s'agissait de l'ordre naturel des choses. C'était le cas, pour les Minang : *rantau*, la tradition d'expédier les jeunes hommes à l'étranger, participait du système de l'*adat*, le droit et la loi coutumière. L'*adat*, tout comme l'islam conservateur, avait subi l'érosion des trente dernières années de modernisation, mais battait comme un cœur sous la surface de la vie minang.

On avait averti Eng de ne pas me déranger, mais il a cessé peu à peu de me craindre. Entre deux de mes accès de fièvre, et avec la permission expresse d'Ina, le garçon enrichissait son vocabulaire anglais en m'apportant des aliments qu'il me nommait : *silomak*, riz gluant, *singgang ayam*, poulet au curry. Lorsque je lui disais « merci », Eng répondait « pas de quoi ! » avec un sourire qui dévoilait des dents d'un blanc éclatant mais furieusement désordonnées : Ina essayait de convaincre ses parents de lui faire poser un appareil.

Ina vivait avec des membres de sa famille dans une petite maison du village, même si elle dormait ces derniers temps à la clinique dans un cabinet de consultation qui ne pouvait en aucun cas être plus confortable que ma morne cellule. Certains soirs, toutefois, les charges familiales l'en éloignaient : elle notait alors ma température et mon état, m'approvisionnait en eau et en nourriture puis me laissait un *pager* en cas d'urgence. Je me retrouvais seul jusqu'à ce que sa clé cliquette dans la serrure le lendemain matin.

Mais une nuit, j'ai été tiré d'un rêve aussi frénétique que labyrinthique par le bruit de la porte latérale s'agitant comme si quelqu'un en actionnait la poignée pour tenter de l'ouvrir. Quelqu'un, pas Ina. Ce n'était ni la bonne porte, ni la bonne heure. Ma montre indiquait minuit, soit le début de la partie la plus sombre de la nuit : il devait y avoir toujours quelques villageois traînant dans les *warungs* locaux, des voitures passant sur la route principale, des camions s'efforçant d'atteindre au matin quelque *desa* lointaine. Peut-être s'agissait-il d'un patient espérant encore trouver Ina à la clinique. Ou d'un drogué en quête de stupéfiants.

La poignée a cessé de bouger.

Tout doucement, je me suis levé pour enfiler un jean et un T-shirt. Tout était éteint dans la clinique comme dans ma cellule, il n'y avait d'autre lumière que celle de la lune entrant par la fenêtre en haut du mur... lumière qui s'est soudain retrouvée éclipsée.

J'ai levé les yeux et vu la tête d'Eng se découper comme une planète en surplace. « Pak Tyler ! a-t-il murmuré.

— Eng ! Tu m'as fait peur. » Le choc m'avait même coupé les jambes et j'ai dû m'appuyer au mur pour ne pas tomber.

« Faites-moi entrer ! » a intimé le garçon.

Je me suis donc traîné pieds nus pour aller déverrouiller la porte. Une bouffée d'air humide et chaud s'est engouffrée à l'intérieur, suivie d'Eng. « Laissez-moi parler à Ibu Ina !

— Elle n'est pas là. Qu'est-ce qu'il se passe, Eng ? »

Il a été tout désorienté. Il a remonté ses lunettes sur son nez. « Mais il faut que je lui parle !

— Elle est chez elle, ce soir. Tu sais où elle habite ? »

Il a hoché la tête, l'air malheureux. « Mais elle m'avait dit de venir *ici* la prévenir.

— Quoi ? Mais elle t'a dit ça quand ?

— Si un étranger pose des questions sur la clinique, je dois venir ici la prévenir.

— Mais elle n'est pas... » La signification des paroles du garçon a alors percé le brouillard de ma fièvre naissante. « Eng, est-ce que quelqu'un au village pose des questions sur Ibu Ina ? »

Je lui ai extirpé toute l'histoire. Il vivait avec sa famille dans une maison derrière un *warung* (un petit café-restaurant) au centre du village, à seulement trois maisons de la mairie, le *kepala desa*. La nuit, quand il ne dormait pas, il écoutait le murmure des conversations des clients du *warung*. Il en avait retiré une connaissance encyclopédique mais mal assimilée des rumeurs du village. À la nuit tombée, c'était en général les hommes qui restaient à parler en buvant du café, le père d'Eng, ses oncles et les voisins. Mais ce soir-là, deux étrangers étaient arrivés dans une voiture noire luisante avant d'approcher des lumières du *warung* avec une audace de buffle pour demander, sans même se présenter, comment trouver la clinique locale. Ni l'un ni l'autre ne semblait malade. Ils portaient des habits de la ville, avaient des manières désagréables et un maintien de policiers, aussi le père d'Eng leur avait-il donné des directions vagues et incorrectes qui les expédiaient dans la direction diamétralement opposée.

Mais ils cherchaient la clinique d'Ina et finiraient forcément par la trouver : dans un village de cette taille, une mauvaise orientation ne pouvait au mieux que vous retarder. Eng s'était donc habillé et glissé dehors sans se faire remarquer pour venir à la clinique, conformément à ses instructions, remplir son marché avec Ibu Ina en l'avertissant du danger.

« Très bien, lui ai-je dit. Bon boulot, Eng. Maintenant, il faut que tu ailles lui raconter tout ça là où elle habite. » Pendant ce temps-là, je rassemblerais mes affaires et quitterais la clinique. J'imaginais pouvoir me cacher dans les champs de riz avoisinant jusqu'à ce que la police vienne et reparte. J'étais assez en forme pour cela. *A priori.*

Mais Eng a croisé les bras et a reculé d'un pas. « Elle a dit de l'attendre *ici.*

— Exact. Mais elle ne reviendra pas avant le matin.

— Elle dort presque tout le temps ici. » Il a haussé le cou pour regarder par-dessus mon épaule dans le couloir obscur comme si elle pouvait sortir du cabinet de consultation pour le rassurer.

« Ouais, mais pas ce soir. Promis. Eng, ça pourrait être dangereux. Ces types sont peut-être des ennemis d'Ibu Ina, tu comprends ? »

Mais un entêtement inné s'était emparé de tout son être. Si aimables que nous ayons été l'un avec l'autre, Eng continuait à ne pas me faire confiance. Il a tremblé un instant, les yeux grands ouverts comme un lémurien, puis m'a contourné à toute vitesse pour s'enfoncer dans la clinique éclairée par la lune en appelant « *Ina ! Ina !* »

Je l'ai poursuivi en allumant les lumières au fur et à mesure.

Et en essayant de réfléchir de manière cohérente. Les types impolis à la recherche de la clinique pouvaient être le Nouveau Reformasi de Padang, ou des flics de la région, ou encore travailler pour Interpol, le ministère des Affaires étrangères américain ou n'importe quelle autre administration choisie comme marteau par mon gouvernement.

Et s'ils me cherchaient, moi, cela signifiait-il qu'ils avaient trouvé et interrogé Jala, l'ex-mari d'Ina ? Cela signifiait-il qu'ils avaient déjà arrêté Diane ?

Eng a déboulé à l'aveuglette dans le cabinet de consultation obscur. Il s'est cogné le front aux étriers déployés d'une table d'examen et est tombé sur les fesses. Lorsque je l'ai rejoint, il pleurait sans bruit, apeuré, des larmes lui dévalant les joues.

L'éraflure au-dessus de son sourcil gauche semblait douloureuse mais sans gravité.

J'ai posé les mains sur ses épaules. « Eng, elle n'est pas là. Vraiment. Elle n'est vraiment, vraiment pas là. Et je sais très bien qu'elle ne voudrait pas que tu restes ici dans le noir quand il pourrait se produire du vilain. Elle ne le voudrait pas, n'est-ce pas ?

— *Nan*, a-t-il concédé.

— Alors cours chez toi, d'accord ? Rentre vite chez toi et restes-y. Je vais m'occuper de ce problème et nous verrons Ibu Ina demain. Ça te va ? »

Il a essayé de se débarrasser de sa peur pour adopter un air critique. « Je pense », a-t-il grimacé.

Je l'ai aidé à se relever.

Mais le gravier a alors crissé sous des pneus devant la clinique, aussi Eng et moi nous sommes-nous à nouveau accroupis.

Nous nous sommes précipités à la réception, où j'ai jeté un coup d'œil entre les lattes de bambou des stores, Eng dans mon dos, ses petites mains nouées dans le tissu de mon T-shirt.

La voiture venait de s'immobiliser sous la lune. Je n'ai pas reconnu le modèle, mais à en juger par son lustré noir, elle devait être assez neuve. Un éclat lumineux, sans doute un briquet, a percé un instant l'obscurité régnant à l'intérieur de l'automobile. Puis une lumière bien plus brillante, celle d'un projecteur, est sortie par la fenêtre passager. Le faisceau a traversé les stores et a expédié des ombres mouvantes sur les posters de promotion de l'hygiène accrochés au mur opposé. Nous avons baissé la tête. Eng a gémi.

« Pak Tyler ? » a-t-il dit.

J'ai fermé les yeux et me suis aperçu avoir du mal à les rouvrir. Derrière mes paupières, j'ai vu des étoiles et des feux d'artifice. La fièvre revenait. Un petit chœur de voix intérieures a répété *La fièvre revient, la fièvre revient.* Pour se moquer de moi.

« Pak Tyler ! »

Cela tombait à un très mauvais moment. (*Très mauvais moment, très mauvais moment...*). « Va à la porte, Eng. La porte latérale.

— Venez avec moi ! »

Bon conseil. J'ai jeté un nouveau coup d'œil par la fenêtre. Le projecteur s'était éteint. Je me suis levé et j'ai conduit Eng dans le corridor, passant devant les armoires de fournitures pour gagner la porte latérale, qu'il avait laissée ouverte. C'était une nuit au calme et à l'attrait trompeurs : une étendue de terre compressée, un champ de riz, la forêt, palmiers noirs dont la cime s'agitait mollement dans la lueur de la lune.

La clinique se trouvait entre nous et la voiture. « Cours droit dans la forêt, ai-je dit.

— Je connais le chemin...

— Reste loin de la route. Cache-toi s'il le faut.

— Je sais. Venez avec moi !

— Je ne peux pas », ai-je dit, en parlant au sens propre. Dans mon état, la perspective de partir en courant derrière un enfant de dix ans était absurde.

« Mais... », a fait Eng, et je l'ai poussé un peu en lui disant de ne pas perdre de temps.

Il s'est mis à courir sans regarder en arrière et a disparu avec une vitesse presque inquiétante dans les ombres, silencieux, petit, admirable. Je l'ai envié. Dans le calme qui a suivi, j'ai entendu une portière de voiture s'ouvrir et se refermer.

La lune était aux trois quarts pleine, plus rougeâtre et plus distante qu'avant, présentant un visage différent de celui dont je me souvenais de mon enfance. Elle ne ressemblait d'ailleurs plus à un visage, et la cicatrice ovale sombre barrant la surface lunaire, cette nouvelle mais maintenant antique *mare*, provenait d'un énorme impact qui avait fait fondre la régolithe du pôle à l'équateur et ralenti la spirale éloignant progressivement la Lune de la Terre.

Derrière moi, j'ai entendu les policiers (au nombre de deux, ai-je deviné) frapper à la porte d'entrée en s'annonçant d'un ton bourru et en secouant la poignée.

J'ai pensé courir. Je m'en croyais capable — mais pas aussi vite qu'Eng —, je croyais pouvoir arriver au moins jusqu'au champ de riz. Et m'y cacher en croisant les doigts.

Mais je me suis alors souvenu des bagages que j'avais laissés dans ma pièce. Des bagages qui contenaient non seulement des vêtements, mais aussi des cahiers et des disques, des petites tranches de mémoire numérique et de compromettantes fioles de liquide transparent.

Je me suis retourné pour rentrer dans la clinique en verrouillant la porte derrière moi. J'ai avancé, pieds nus, sur le qui-vive, attentif aux bruits des policiers qui pourraient faire le tour du bâtiment ou essayer à nouveau la porte d'entrée. Mais la fièvre montait vite et j'entendais beaucoup de bruits, dont une partie seulement devait être réelle.

Je suis revenu dans la pièce cachée d'Ina, où le plafonnier était toujours éteint. Je me suis activé à tâtons et à la lueur de la lune. J'ai ouvert la valise rigide dans laquelle j'ai fourré une pile de pages manuscrites avant de la refermer, de la verrouiller et de la soulever, ce qui m'a fait tituber. Je me suis aperçu que j'arrivais à peine à marcher.

J'ai buté sur un petit objet en plastique : le *pager* d'Ina. Je me suis arrêté, j'ai posé la valise et ramassé l'appareil que j'ai glissé dans la poche de mon T-shirt. Puis j'ai inspiré plusieurs fois à fond avant de soulever à nouveau la valise : mystérieusement, elle semblait encore plus lourde qu'avant. J'ai essayé de me convaincre : *Tu peux le faire*, mais les mots semblaient sans force ni conviction et résonnaient comme si mon crâne s'était étendu aux dimensions d'une cathédrale.

J'ai entendu des bruits à la porte de derrière, celle qu'Ina gardait verrouillée de l'extérieur à l'aide d'un cadenas : le tintement du métal et le grognement du loquet, peut-être parce qu'on pesait sur une barre de fer introduite dans la boucle du cadenas. Celui-ci ne pourrait que céder très vite, livrant passage aux types de la voiture.

J'ai titubé jusqu'à la troisième porte, celle d'Eng, la porte latérale, que j'ai déverrouillée et ouverte tout doucement dans l'espoir aveugle qu'il n'y avait personne de l'autre côté. Et il n'y avait personne. Les deux intrus (s'ils n'étaient que deux) se trouvaient à l'arrière. Ils murmuraient en s'activant sur le cadenas, leurs voix à peine audibles dans les chœurs des grenouilles et le léger bruit du vent.

Je n'étais pas sûr de pouvoir parvenir à l'abri du champ de riz sans me faire voir. Pire, je n'étais pas sûr d'y parvenir sans tomber.

Mais il y a eu un gros *bang* de percussion quand le cadenas s'est séparé de la porte. Le pistolet de départ, me suis-je dit. Tu peux le faire, me suis-je dit. J'ai saisi ma valise et suis sorti pieds nus, titubant dans la nuit étoilée.

Hospitalité

J'entrais dans l'infirmerie de Périhélie lorsque Molly Seagram s'est adressée à moi avec une expression qui signifiait : *mauvaise amulette, mauvais présages.* « Vous avez vu ça ? » m'a-t-elle demandé en désignant un magazine posé près d'elle à l'accueil, l'édition sur papier glacé d'un important magazine d'information dont la photo de Jason ornait la couverture. Titre : « La personnalité très privée derrière le visage public du projet Périhélie. »

« Si je comprends bien, il ne s'agit pas de bonnes nouvelles ? »

Elle a haussé les épaules. « Le portrait n'a rien de flatteur. Prenez-le. Lisez-le. On pourra en discuter au dîner. » Je lui avais déjà promis un dîner. « Oh, et Mme Tuckman est prête, elle vous attend cabine trois. »

J'avais demandé à Molly de ne pas appeler « cabines » les salles de consultation, mais cela ne valait pas la peine de se disputer. J'ai glissé le magazine dans mon courrier. Par ce calme et pluvieux matin d'avril, je n'avais pas d'autres patients prévus avant le déjeuner que Mme Tuckman.

Épouse d'un ingénieur de direction, elle était venue me voir trois fois dans le mois en se plaignant d'angoisse et de fatigue. Je devinais sans difficulté la source de son problème. Deux ans après l'apparition de la membrane Spin autour de Mars, des rumeurs de licenciement couraient dans tout Périhélie. La situation financière de son mari était incertaine, ses propres tentatives pour trouver un emploi avaient échoué. Elle consommait du Xanax à un rythme alarmant et en voulait davantage, tout de suite.

« Nous pourrions envisager un autre traitement, ai-je glissé.

— Je ne veux pas d'antidépresseur, si c'est ce que vous suggérez. » C'était une petite femme dont un froncement de sourcils déterminé plissait le visage par ailleurs agréable. Son regard, qui papillonnait dans tout le cabinet, s'est posé un instant sur la fenêtre striée de pluie donnant au sud sur la pelouse aménagée. « Je ne plaisante pas. J'ai été sous Paraloft pendant six mois et je n'arrêtais pas de courir aux toilettes.

— Cela remonte à quand ?

— Avant votre arrivée. Une prescription du Dr Koenig. Bien entendu, les choses étaient différentes. Je voyais à peine Carl, tellement il était occupé. J'ai passé bien des soirées toute seule. Mais au moins, à l'époque, cela semblait un bon emploi stable et durable. J'aurais dû m'estimer heureuse, j'imagine. Ce n'est pas dans mon, euh, dossier ou je ne sais quoi ? »

J'avais ses antécédents médicaux devant moi sur le bureau. Je trouvais souvent les notes du Dr Koenig difficiles à déchiffrer, même s'il avait eu l'obligeance de souligner au stylo rouge les points les plus importants : allergies, maladies chroniques. En ce qui concernait Mme Tuckman, ses notes étaient impeccables, laconiques et mesquines. Y figurait la prescription de Paraloft, traitement interrompu le (date indéchiffrable) à la demande de la patiente, « qui continue de se plaindre de nervosité et de craindre l'avenir ». N'avions-nous pas tous peur de l'avenir ?

« Et voilà qu'on ne peut même plus compter sur le boulot de Carl. Mon cœur battait si fort hier soir... je veux dire très rapidement, à une vitesse *inhabituelle*. J'ai pensé que cela pouvait être... vous savez.

— Quoi donc ?

— Vous savez. Le SDCV. »

Les médias parlaient du SDCV — alias Syndrome de Déficience Cardio-Vasculaire — depuis quelques mois. Il avait tué des milliers de personnes en Égypte et au Soudan, et on signalait quelques cas en Grèce, en Espagne et dans le sud des États-Unis. Il s'agissait d'une infection bactérienne à évolution lente, potentiellement dangereuse pour les économies du tiers-monde mais curable avec des médicaments modernes. Mme Tuckman n'avait rien à craindre du SDCV, et je le lui ai dit.

« Les gens disent qu'ils nous l'ont lâchée dessus.

— Qui a lâché quoi, Mme Tuckman ?

— La maladie. Les Hypothétiques. Ils nous l'ont lâchée dessus.

— Tout ce que j'ai lu laisse penser que le SDCV nous a été transmis par le bétail. » C'était encore pour l'essentiel une maladie d'ongulés qui décimait régulièrement des troupeaux de bovins dans le nord de l'Afrique.

« Le bétail. Ah. Mais ils ne vous le *diraient* pas forcément, n'est-ce pas ? Je veux dire, ils ne viendraient pas l'annoncer dans les journaux.

— Le SDCV est une maladie aiguë. Si vous l'aviez, vous seriez déjà hospitalisée. Votre pouls est normal et tout va bien du côté cardiaque. »

Elle ne semblait pas convaincue. J'ai fini par lui prescrire un autre anxiolytique — à la base, du Xanax avec une chaîne latérale moléculaire différente — en espérant que ce nouveau médicament, ne serait-ce que par son nom, aurait de l'effet. Mme Tuckman est sortie apaisée, la main serrée sur l'ordonnance comme sur un parchemin sacré.

Je me suis senti inutile et un peu malhonnête.

Mais l'état de Mme Tuckman n'avait rien d'unique. Le monde entier se rongeait les sangs d'angoisse. Ce qui avait à un moment semblé notre meilleure carte à jouer pour assurer notre survie, la terraformation et la colonisation de Mars, avait abouti à l'impuissance et l'incertitude. Cela nous laissait sans autre avenir que le Spin. L'économie globale avait commencé à osciller, consommateurs et nations accumulant des dettes qu'ils espéraient ne jamais avoir à rembourser, tandis que les créanciers thésaurisaient et que les taux d'intérêt grimpaient en flèche. Religiosité extrême et criminalité brutale avaient augmenté de conserve, aux États-Unis et à l'étranger. Les effets se révélaient particulièrement dévastateurs dans les nations du tiers-monde, où l'effondrement des monnaies et la famine récurrente contribuaient à un renouveau des mouvements marxistes et islamistes militants jusqu'alors en sommeil.

La tangente psychologique n'était pas difficile à comprendre. La violence non plus. Beaucoup de gens nourrissaient des griefs, mais seuls ceux ayant perdu foi en l'avenir risquaient de se présenter sur leur lieu de travail armés de fusils automatiques et munis d'une liste de cibles. Les Hypothétiques, qu'ils l'aient voulu ou pas, avaient précisément incubé ce genre de désespoir terminal. Les gens au mécontentement suicidaire étaient légion, et considéraient comme leurs ennemis tous les Américains, Britanniques, Canadiens, Danois, etc., ou, à l'inverse, tous les musulmans, individus à peau foncée, non anglophones, immigrants ; tous les catholiques, fondamentalistes, athées ; tous les libéraux, tous les conservateurs... Pour ces gens-là, un lynchage ou un suicide à la bombe, une *fatwa* ou un pogrom représentaient l'acte de lucidité morale parfait. Et ils prospéraient, désormais, montant comme des étoiles sombres au-dessus d'un paysage terminal.

Nous vivions des temps dangereux. Mme Tuckman ne l'ignorait pas, et tout le Xanax du monde n'aurait pu la convaincre du contraire.

Pour déjeuner, je me suis attablé au fond de la cafétéria du personnel, où j'ai siroté un café en regardant la pluie tomber sur le parking avant de survoler le magazine donné par Molly.

S'il y avait une science appelée spinologie, commençait

l'article, *Jason Lawton en serait le Newton, l'Einstein, le Stephen Hawking.*

C'était ce qu'E.D. avait toujours encouragé la presse à dire et ce que Jase avait toujours craint d'entendre.

Des relevés radiologiques aux études de perméabilité, de la science pure et dure au débat philosophique, il n'y a guère de domaines dans l'étude du Spin que ses idées n'aient touchés et transformés. Ses publications sont nombreuses et souvent citées. Sa présence transforme aussitôt de somnolentes conférences académiques en événements médiatiques. Et en tant que directeur de la Fondation Périhélie, il a pesé d'un poids important sur la politique aérospatiale américaine et mondiale dans l'ère du Spin.

Mais les véritables exploits de Jason Lawton — et l'occasionnel battage publicitaire autour de sa personne — font facilement oublier que Périhélie a été fondée par son père, Edward Dean (E.D.) Lawton, qui reste une figure éminente du comité de pilotage et du cabinet présidentiel. Et l'image publique du fils, avancent certains, est aussi la création du plus mystérieux, tout aussi influent, et beaucoup moins public E.D.

L'article poursuivait en détaillant le début de carrière d'E.D. : le succès écrasant dans les télécommunications par aérostats suite au Spin, son adoption virtuelle par trois gouvernements successifs, la création de la Fondation Périhélie.

Au départ groupe d'experts et lobby industriel, Périhélie a fini par être transformée en agence du gouvernement fédéral chargée de concevoir des missions spatiales en relation avec le Spin et coordonner le travail de dizaines d'universités, d'instituts de recherches et de centres de la NASA. En fait, le déclin de « la vieille NASA » est lié à l'ascension de Périhélie. Il y a dix ans, la relation a été formalisée et Périhélie, subtilement réorganisée, a été officiellement annexée à la NASA en tant que corps consultatif. En réalité, nous disent nos sources internes, c'est la NASA qui a été annexée à Périhélie. Et tandis que le jeune prodige Jason Lawton charmait la presse, son père continuait à tirer les ficelles.

L'article s'interrogeait ensuite sur la longue relation entre

E.D. et l'administration Garland, sous-entendant un scandale potentiel : certains ensembles d'instruments auraient été fabriqués à plusieurs millions de dollars pièce par une petite firme de Pasadena dirigée par un vieux copain d'E.D., alors même que Ball Aerospace avait fait une proposition moins chère.

Nous connaissions une période électorale durant laquelle les deux grands partis avaient généré des factions radicales. Garland, du parti républicain réformé, se voyait régulièrement critiqué par le magazine et avait déjà effectué deux mandats. Son vice-président et successeur désigné, Preston Lomax, dépassait son opposant dans les derniers sondages. Le « scandale » n'en était pas vraiment un. La proposition moins-disante de Ball Aerospace portait sur un appareil moins efficace de sa conception : les ingénieurs de Pasadena avaient intégré davantage d'instruments à volume et poids équivalents.

C'est ce que j'ai dit à Molly quand nous avons dîné au Champs, à un kilomètre et demi de Périhélie. Il n'y avait rien de vraiment nouveau dans cet article. Les insinuations en étaient plus politiques que substantielles.

« Quelle importance qu'ils aient raison ou pas ? a demandé Molly. Ce qui compte, c'est la manière dont ils parlent de nous. Tout à coup, rien de plus normal qu'un grand média s'en prenne à Périhélie. »

Dans ce magazine, un éditorial avait décrit le projet Mars comme « le pire gâchis de l'Histoire, tout aussi coûteux financièrement qu'en vies humaines, un monument à la capacité humaine à profiter d'une catastrophe globale pour s'enrichir ». L'éditorialiste écrivait les discours du parti conservateur chrétien. « Ce torchon appartient au PCC, Molly. Tout le monde le sait.

— Ils veulent nous faire fermer.

— Ils n'y arriveront pas. Même si Lomax perd les élections. Même si on nous réduit aux missions de surveillance, nous sommes le seul œil que le pays garde sur le Spin.

— Cela ne signifie pas pour autant que nous ne serons pas tous virés et remplacés.

— Ce n'est pas si terrible. »

Elle n'a pas eu l'air convaincue.

Molly était l'infirmière/réceptionniste dont j'avais hérité du Dr Koenig à mon arrivée à Périhélie. Pendant la plus grande partie de ces cinq années, elle s'était comportée au bureau comme une pièce de mobilier polie, professionnelle et efficace. Nous n'avions guère échangé davantage que les plaisanteries habituelles, grâce auxquelles j'avais appris que c'était une célibataire de trois ans de moins que moi vivant loin de l'océan dans un immeuble sans ascenseur. Elle n'avait jamais semblé particulièrement loquace, aussi l'avais-je supposée peu bavarde.

Puis, un jeudi soir, moins d'un mois auparavant, alors qu'elle prenait son sac à main pour rentrer chez elle, Molly s'était tournée vers moi en me proposant de dîner avec elle. Pourquoi ? « Parce que j'en ai assez d'attendre que vous me le proposiez. Alors ? Oui ? Non ? »

Oui.

Molly s'est révélée une femme spirituelle, maligne, cynique, et de meilleure compagnie que je ne m'y attendais Nous partagions des repas au Champs depuis maintenant trois semaines. Nous en appréciions le menu (sans prétentions) et l'atmosphère (estudiantine). J'ai souvent trouvé Molly resplendissante dans ce box en vinyle du Champs, qu'elle embellissait de sa présence, auquel elle conférait une certaine dignité. Elle avait de longs cheveux blonds, rendus ce soir-là flasques par la forte humidité. Le vert de ses yeux, bien qu'obtenu délibérément par le port de lentilles de contact colorées, lui allait bien.

« Tu as lu l'encadré ?

— J'y ai jeté un coup d'œil. » Ledit encadré mettait en contraste les succès professionnels de Jason et sa vie privée, inexistante ou impénétrable. *Selon ses relations, son logement est aussi peu encombré que sa vie sentimentale. Aucune rumeur ne lui a jamais attribué de fiancée, petite amie ou conjoint d'un sexe ou de l'autre. On en retire l'impression d'un homme non seulement marié avec ses idées mais presque pathologiquement dévoué à elles. Et de bien des manières, Jason Lawton, comme Périhélie elle-même, reste sous l'influence étouffante de son père. Malgré tous ses succès, il lui reste à émerger en tant qu'homme indépendant.*

« Au moins, cette partie-là sonne juste, a lancé Molly.

— Vraiment ? Jason peut être un peu égocentrique, mais...

— Il traverse l'accueil comme si je n'existais pas. Je veux dire, ça n'a pas vraiment d'importance, mais on ne peut pas dire que ce soit *chaleureux*. Comment se déroule son traitement ?

— Je ne lui fais suivre aucun traitement, Molly. » Elle avait vu le dossier de Jason, mais je n'y avais rien fait figurer concernant sa SEP. « Il vient pour discuter.

— Ben voyons. Et il vient parfois discuter presque en boitant. Non, tu n'as pas à m'en parler. Mais je ne suis pas aveugle, je te signale. De toute manière, il est à Washington, en ce moment, pas vrai ? »

Il y passait davantage de temps qu'en Floride. « Il y a beaucoup de discussions en cours. Les gens se positionnent pour après les élections.

— Il se mijote donc quelque chose.

— Il se mijote toujours quelque chose.

— Au sujet de Périhélie, je veux dire. Le personnel de support a des indices. Par exemple, tu veux savoir un truc étrange ? On vient juste d'acheter quelques hectares de terrain à l'ouest de la clôture. Je tiens ça de Tim Chesley, le transcripteur des ressources humaines. Il paraît qu'on aura la visite de géomètres la semaine prochaine.

— Pour quoi faire ?

— Personne ne le sait. Peut-être pour s'agrandir. Ou peut-être qu'on nous transforme en centre commercial. »

C'était la première fois que j'en entendais parler.

« Tu es hors du coup, a dit Molly avec le sourire. Il te faut des contacts. Comme moi. »

Après le dîner, nous nous sommes retirés chez Molly, où j'ai passé la nuit.

Je ne décrirai pas ici les gestes, regards et contacts par lesquels nous avons négocié notre intimité. Non par pudibonderie mais parce que j'en ai apparemment perdu le souvenir. Perdu dans le temps, dans la reconstruction. Et, oui, l'ironie ne m'échappe pas. Je peux citer l'article de presse dont nous avons discuté et vous dire ce que Molly a mangé ce soir-là au Champs... mais tout ce qu'il reste de nos ébats amoureux se réduit à un cliché mental passé : une pièce à l'éclairage tamisé, une brise humide agitant des fuseaux de tissu devant la fenêtre ouverte, ses yeux verts tout près des miens.

Moins d'un mois plus tard, Jase de retour à Périhélie arpentait les couloirs comme infusé d'une étrange énergie nouvelle.

Il avait amené avec lui une armée d'agents de sécurité, des gens vêtus de noir et d'origine incertaine mais qu'on pensait représenter le ministère des Finances. Eux-mêmes suivis par des petits bataillons d'entrepreneurs et géomètres qui encombraient les couloirs et refusaient de parler au personnel. Molly me tenait au courant des rumeurs : le complexe allait être rasé, il allait être agrandi, on allait tous nous licencier, on allait tous nous augmenter. En bref, il se tramait quelque chose.

Pendant presque une semaine, Jason ne m'a donné aucune nouvelle. Puis, par un jeudi après-midi plutôt calme, il m'a bipé dans mon bureau pour me demander de monter au premier étage. « Je veux te présenter quelqu'un. »

Avant d'atteindre l'escalier désormais très surveillé, je me suis retrouvé entouré d'une escorte de gardes armés munis de badges d'accès universel qui m'ont conduit à une salle de réunion à l'étage. De toute évidence, il ne s'agissait pas d'un bonjour en passant, mais d'une plongée dans les affaires de Périhélie, desquelles je n'aurais pas dû être instruit. Il semblait bien qu'une fois encore, Jason avait décidé de partager des secrets. Ce qui n'allait jamais sans inconvénients. J'ai inspiré à fond et je suis entré.

Dans la salle, j'ai trouvé une table en acajou, six chaises luxueuses et deux hommes.

L'un était Jason.

On aurait pu prendre l'autre pour un enfant. Un enfant horriblement brûlé et en besoin urgent d'une greffe de peau : telle a été ma première impression. Cet individu d'environ 1,50 m se tenait dans un coin de la pièce. Vêtu d'un jean et d'un T-shirt blanc en coton, il avait des épaules larges, de grands yeux injectés de sang, et des bras qui semblaient un peu trop longs pour son torse abrégé.

Mais le plus surprenant était sa peau, terne, gris cendre, et sans le moindre poil. Elle n'était pas ridée de la manière conventionnelle — *flasque* comme celle d'un chien limier — mais d'une texture épaisse, sillonnée, comme l'écorce d'un cantaloup.

Le petit homme s'est approché de moi, la main tendue. Une petite main ridée au bout d'un long bras ridé. Je l'ai serrée avec hésitation. Des doigts de momie, ai-je pensé. Mais charnus, dodus, comme les feuilles d'une plante du désert, comme si j'agrippais une poignée d'aloès et la sentais m'agripper en retour. La créature a souri.

« Voici Wun, a dit Jason.

— Un *quoi* ? »

Wun a ri, dévoilant de larges dents émoussées et immaculées. « Je ne me lasse jamais de cette excellente plaisanterie ! »

Son nom complet était Wun Ngo Wen et il venait de Mars.

L'homme de Mars.

C'était une description trompeuse. Les Martiens disposent d'une longue histoire littéraire, de Wells à Heinlein. Mais en réalité, bien entendu, Mars était une planète morte. Jusqu'à ce que nous nous en occupions. Jusqu'à ce que nous donnions naissance à nos propres Martiens.

Et nous avions là, semblait-il, un spécimen vivant, humain à 99,9 % malgré sa conception un peu particulière. Une *personne* martienne, descendante, par les millénaires du temps-Spin, des colons partis seulement deux ans plus tôt. Il parlait un anglais pointilleux, avec un accent mi-Oxford, mi-New Delhi. Il a marché de long en large dans la salle de réunion. Il a pris une bouteille d'eau de source sur la table, a dévissé le capuchon et a bu à grands traits. Il s'est essuyé la bouche de l'avant-bras. Des gouttelettes ont perlé sur sa chair ondulée.

Je me suis assis en essayant de ne pas regarder Wun trop fixement pendant que j'écoutais les explications de Jase.

Voici ce qu'il m'a dit, un peu simplifié et enrichi de détails que j'ai appris plus tard.

Le Martien avait quitté sa planète peu avant que celle-ci se voie imposer une membrane Spin.

Wun Ngo Wen était historien et linguiste, relativement jeune selon les standards martiens — cinquante-cinq années terrestres — et en bonne forme physique. Érudit de profession, on l'avait convoqué pour faire son devoir alors qu'entre deux postes, il participait volontairement aux coopératives agricoles et venait de passer un mois-lueur sur le delta du fleuve Kirioloj, dans ce que nous appelons le bassin d'Argyre mais qu'eux ont baptisé la plaine Baryal (*Epu Baryal*).

Comme des milliers d'autres hommes et femmes de son âge et de sa classe, Wun avait soumis sa candidature aux comités chargés de concevoir et coordonner un voyage sur Terre, sans vraiment espérer se retrouver sélectionné un jour. Il était, en réalité, assez timide et ne s'était jamais aventuré hors des limites de sa préfecture, sinon pour des voyages de type universitaire ou des réunions familiales. Consterné que son nom ait été choisi, il aurait peut-être refusé s'il ne venait d'entrer dans son Quatrième Âge. Il devait sûrement y avoir quelqu'un de plus apte à cette tâche ? Mais non, apparemment, personne : ses talents et son passé convenaient de manière unique à ce travail, ont insisté les autorités, aussi a-t-il mis ses affaires en ordre (pour ainsi dire) et pris le train pour le complexe de lancement situé dans le désert de Basalte (Tharsis sur nos cartes), où on l'a entraîné pour représenter les Cinq Républiques dans une mission diplomatique sur Terre.

La technologie martienne n'avait que tout récemment intégré la notion de voyage spatial habité. Par le passé, les conseils gouvernementaux avaient jugé cette aventure très imprudente, susceptible d'attirer l'attention des Hypothétiques, trop coûteuse en ressources et impliquant une fabrication industrielle qui libérerait des substances volatiles non prévues dans une biosphère très vulnérable et par conséquent gérée avec un soin extrême. Les Martiens étaient conservateurs de nature et thésauriseurs d'instinct. Leurs technologies biologiques à petite échelle étaient anciennes et perfectionnées, mais leur base industrielle, superficielle, avait déjà été mise à mal par l'exploration automatique des minuscules et inutiles lunes de la planète.

Ils avaient toutefois, des siècles durant et sans cesser de se poser des questions, surveillé la Terre sous son voile Spin. Ils savaient cette planète sombre le berceau de l'humanité et avaient appris, par leurs observations télescopiques et les données récupérées lors de l'arrivée tardive d'une arche PEN, qu'on pouvait traverser la membrane entourant notre planète. Ils ont compris la nature temporelle du Spin, mais pas les mécanismes qui le produisaient. Se rendre sur Terre depuis Mars, ont-ils conclu, bien que physiquement possible, serait difficile et irréaliste. La Terre, après tout, était en réalité statique : un explorateur lâché dans l'obscurité terrestre y resterait piégé durant un millénaire, même si, selon son décompte, il en repartait le lendemain.

Mais de vigilants astronomes avaient récemment détecté des structures géométriques en cours de construction à des centaines de kilomètres au-dessus des pôles martiens : des artefacts hypothétiques, presque identiques à ceux associés à la Terre. Après cent mille ans de solitude tranquille, Mars avait fini par attirer l'attention des créatures anonymes et omnipotentes avec lesquelles elle partageait le système solaire. La conclusion — que Mars allait bientôt se retrouver entouré de sa propre membrane Spin — coulait de source. De puissantes factions ont réclamé qu'on en débatte avec la Terre. De maigres ressources se sont vues rassemblées. Un vaisseau spatial a été conçu et construit. À son grand désarroi, on a désigné pour ce voyage Wun Ngo Wen, linguiste et érudit pour qui les bribes encore existantes de l'histoire et du langage terrestres n'avaient pas de secret.

Wun Ngo Wen s'est fait à la probabilité de sa propre mort pendant qu'il préparait son organisme au confinement et à la débilitation d'un long voyage spatial tout comme aux rigueurs d'un environnement terrestre soumis à une forte gravité. Il avait perdu la plus grande partie de sa famille proche trois étés plus tôt dans l'inondation du Kirioloj — c'était une des raisons pour lesquelles il s'était porté volontaire... et avait été retenu. Pour Wun, mourir représentait un risque moins pesant que pour la plupart de ses pairs. Il n'attendait toutefois pas cet instant avec impatience et espérait bien rester en vie. Il s'est entraîné avec vigueur. Il a appris les complexités et particularités de son véhicule. Et si les Hypothétiques englobaient Mars — non qu'il l'espérait —, cela lui donnerait une chance de revenir non sur une planète rendue étrange par le passage de millions d'années mais dans un endroit familier, préservé, avec tous ses souvenirs et ses pertes, de l'érosion du temps.

On n'avait toutefois prévu, bien entendu, aucun voyage

retour : le vaisseau de Wun était un appareil à aller simple. S'il revenait un jour sur Mars, ce serait grâce au bon vouloir des Terriens, qui feraient en effet preuve d'une immense générosité, pensait Wun, en lui fournissant un billet retour.

Wun Ngo Wen avait donc savouré ce qui serait sans doute sa dernière vision de la planète — les plaines érodées par le vent du désert de Basalte, *Odos on Epu-Epia* — avant de se voir enfermer dans la cabine de la grossière fusée multi-étages de fer et de céramique qui l'a alors emporté dans l'espace.

S'il a passé la majeure partie du trajet en état de léthargie métabolique provoquée, celui-ci a toutefois été une épreuve d'endurance aussi difficile que débilitante. La membrane Spin de Mars a été mise en place pendant son transit, aussi Wun s'est-il retrouvé pendant le reste du voyage isolé, coupé des deux mondes humains, celui dont il provenait et celui vers lequel il se dirigeait, par la discontinuité temporelle. Si effrayante que puisse paraître la mort, a-t-il pensé, pouvait-elle être très différente de ce silence sous sédatifs, de cette surveillance morose d'une minuscule machine tombant sans fin dans un vide inhumain ?

Ses heures de véritable conscience se sont effilochées. Il s'est réfugié dans la rêverie et le sommeil forcé.

Son vaisseau, primitif par bien des aspects mais doté de subtils dispositifs de navigation et de guidage semi-intelligents, a utilisé la plus grande partie de ses réserves de carburant au cours d'un freinage le plaçant en orbite terrestre haute. La planète sous ses pieds était un néant noir, sa lune un énorme disque tournoyant. Des sondes microscopiques lancées par le vaisseau de Wun ont prélevé des échantillons des limites de l'atmosphère terrestre, générant une télémétrie de plus en plus décalée vers le rouge avant de disparaître dans le Spin, fournissant juste la quantité de données suffisante pour calculer un angle d'entrée. Avec de la chance, son engin spatial, équipé d'un ensemble de gouvernes, d'aérofreins et de parachutes, lui ferait traverser sans l'écraser ni le cuire l'air dense et turbulent le séparant de la surface de l'énorme planète. Mais beaucoup de choses reposaient encore sur la chance. Beaucoup trop, au goût de Wun. Il s'est immergé dans une cuve de gel protecteur et a lancé la descente finale, fin prêt à mourir.

Il s'est réveillé dans son vaisseau juste un peu brûlé et immobilisé au milieu d'un champ de colza dans le sud du Manitoba, entouré d'hommes à la peau curieusement pâle et lisse, certains porteurs de ce qu'il a identifié comme un équipement d'isolation biologique. Sorti de son engin le cœur battant, les muscles alourdis et endoloris par la terrible gravité, les poumons agressés par l'air épais et isolant, Wun Ngo Wen a aussitôt été placé en détention.

Il a passé le mois suivant dans une bulle en plastique installée dans une salle du Centre des maladies animales (organisme dépendant du ministère de l'Agriculture) sur Plum Island, une île non loin de Long Island et donc de New York. Mois durant lequel il a appris à parler une langue qu'il ne connaissait que par les anciens documents écrits, a habitué ses lèvres et sa langue aux riches modalités de ses voyelles, a enrichi son vocabulaire en s'efforçant de s'expliquer avec des étrangers sinistres ou intimidés. Cela a été une période difficile pour lui. Les Terriens, créatures blêmes et dégingandées, ne ressemblaient pas du tout à ce qu'il avait imaginé en déchiffrant les documents antiques. Beaucoup d'entre eux, pâles comme des fantômes, lui rappelaient les histoires d'Embermonth qui l'avaient terrifié enfant : il s'attendait presque à en voir un se lever à son chevet comme Huld de Phraya en exigeant un bras ou une jambe en tribut. Il avait des rêves agités et désagréables.

Par chance, il restait néanmoins en pleine possession de ses talents de linguiste, et il ne lui a pas fallu longtemps pour se voir présenter à des hommes et des femmes de statut et de pouvoir bien plus hospitaliers que ses gardiens initiaux. Wun Ngo Wen a cultivé ces amitiés utiles, en luttant pour maîtriser les protocoles sociaux d'une culture aussi ancienne que déroutante et en attendant patiemment le moment idoine pour présenter la proposition qu'il avait convoyée entre les deux mondes humains au prix de tant de sacrifices personnels et publics.

« Jason, ai-je lancé lorsqu'il a atteint ce point de son récit. Arrête. *S'il te plaît.* »

Il a marqué un temps d'arrêt. « Tu as une question, Tyler ?

— Non. J'ai juste besoin... d'un peu de temps pour assimiler tout ça.

— Mais jusque-là, ça va ? Tu me suis ? Parce que je vais raconter l'histoire plus d'une fois. Je veux qu'elle coule toute seule. C'est le cas ?

— Plutôt, oui. La raconter à qui ?

— À tout le monde. Aux médias. On va rendre cela public.

— Je ne veux plus être un secret, est intervenu Wun Ngo Wen. Je ne suis pas venu ici pour me cacher. J'ai des choses à dire. » Il a rouvert sa bouteille d'eau de source. « Vous en voulez un peu, Tyler Dupree ? Vous avez l'air d'avoir besoin d'un verre. »

J'ai pris la bouteille entre ses doigts potelés et ridés. J'ai bu à grands traits avant de demander : « Alors, cela fait de nous des frères d'eau ? »

Wun Ngo Wen a eu l'air perplexe. Jason a ri tout fort.

Quatre photographies du delta du Kirioloj

Il n'est pas facile de représenter la folie sauvage de cette époque.

Certains jours, cela semblait presque libérateur. Au-delà de notre insignifiante imitation de ciel, le soleil continuait à grossir, les étoiles naissaient ou s'éteignaient, on avait insufflé la vie dans une planète morte, qui avait ainsi pu évoluer vers une civilisation rivalisant avec la nôtre, voire la surpassant. Plus près de nous, des gouvernements se voyaient renversés et remplacés puis leurs remplaçants renversés à leur tour; religions, philosophies et idéologies se transformaient, fusionnaient et engendraient une progéniture mutante. L'ancien monde s'écroulait et son ordre avec lui. De nouvelles choses poussaient dans ses ruines. Nous avons cueilli l'amour encore vert, en avons savouré l'aigreur : Molly Seagram m'aimait surtout, je suppose, parce que j'étais disponible. Pourquoi pas? L'été touchait à sa fin et la récolte était incertaine.

Le mouvement du Nouveau Royaume, depuis longtemps disparu, avait commencé à sembler aussi bien prescient qu'excessivement désuet, et sa timide rébellion contre l'ancien consensus ecclésiastique à annoncer des dévotions nouvelles et plus énervées. Des cultes dionysiaques surgissaient d'un bout à l'autre du monde occidental, débarrassés de la piété et de l'hypocrisie du vieux NR — des clubs de baise munis d'étendards ou de symboles sacrés. Ils ne méprisaient pas la jalousie humaine mais l'englobaient, voire s'en délectaient : les amoureux éconduits favorisaient les pistolets calibre 45 à bout portant, une rouge rose sur le corps de la victime. C'était l'Affliction reconfigurée en drame élisabéthain.

Né dix ans plus tard, Simon Townsend aurait pu se retrouver dans une de ces spiritualités à la Quentin Tarantino. Mais l'échec du NR l'avait laissé désabusé et en quête de quelque chose de plus simple. Diane continuait à m'appeler de temps en temps — environ une fois par mois, quand les auspices étaient bons et Simon sorti — pour me tenir au courant de sa situation ou tout bonnement pour évoquer le passé, tisonnant les souvenirs comme des braises et se réchauffant à leur chaleur. Chaleur qui semblait un peu manquer dans son foyer, même si sa situation financière s'était quelque peu améliorée. Simon s'employait à plein-temps à la maintenance du Tabernacle du Jourdain, leur église locale, tandis que Diane travaillait en intérim dans les bureaux, occupation irrégulière qui la laissait souvent tourner en rond dans l'appartement ou s'éclipser à la bibliothèque locale lire des livres que Simon désapprouvait : romans contemporains, actualités. Le Tabernacle du Jourdain, disait-elle, était une église de « désengagement » : on encourageait les paroissiens à éteindre leur téléviseur et éviter les livres, journaux et autres éphémères culturels. Pour ne pas risquer d'arriver impurs à l'Extase.

Diane ne prônait jamais ces idées-là — elle n'a jamais fait de prosélytisme avec moi — mais agissait en conformité avec elles, évitait avec soin de les remettre en cause. J'en perdais parfois un peu patience. « Diane, lui ai-je demandé un soir, tu crois vraiment à ce truc ?

— Quel "truc", Tyler ?

— Celui que tu veux. Ne pas avoir de livres à la maison. Considérer les Hypothétiques comme des agents de la parousie Toute cette merde. » (J'avais dû boire une bière de trop.)

« Simon y croit.

— Je ne t'ai pas demandé si *Simon* y croyait.

— Il est plus dévot que moi. Je l'envie pour ça. Je sais de quoi ça doit avoir l'air. *Jette ces livres à la poubelle*, comme s'il était monstrueux, arrogant. Mais il ne l'est pas. Il s'agit d'un geste d'humilité, vraiment... un geste de soumission. Simon peut se donner à Dieu d'une manière qui m'est impossible.

— Heureux homme.

— Oui, *vraiment*. Tu ne peux pas t'en apercevoir, mais il est très paisible. Il a trouvé une espèce de sérénité au Tabernacle du Jourdain. Il peut regarder le Spin en face le sourire aux lèvres, parce qu'il se sait sauvé.

— Et toi ? Tu n'es pas sauvée ? »

Elle a laissé un long silence parcourir la ligne téléphonique entre nous. « J'aimerais que ce soit une question simple. J'aimerais vraiment. Je n'arrête pas de me dire que ce n'est peut-être pas à cause de ma foi. Peut-être Simon a-t-il assez de foi pour nous deux. Peut-être sa foi est-elle assez puissante pour m'englober un moment. Il s'est montré très patient avec moi, en fait. On ne se dispute jamais, sauf au sujet des enfants. Simon aimerait en avoir. L'Église l'encourage. Et je le comprends, mais avec nos problèmes d'argent et... tu sais... le monde tel qu'il est...

— Ce n'est pas une décision qu'on prend sous la pression.

— Je ne veux pas sous-entendre qu'il fait pression sur moi. Il me dit : "Remets-t'en à Dieu". Remets-t'en à Dieu et tout se passera bien.

— Mais tu es trop intelligente pour y croire.

— Vraiment ? Oh, Tyler, j'espère que non. J'espère que ce n'est pas vrai. »

Molly, d'un autre côté, n'avait aucun usage de ce qu'elle appelait « toutes ces conneries de religion ». Chacune pour soi, voilà en quoi consistait sa philosophie. Surtout, disait-elle, si le monde tombait en ruine et si aucun de nous n'allait dépasser le demi-siècle. « Je n'ai pas l'intention de passer ce temps-là à genoux. »

Elle était coriace de nature. Ses parents, producteurs laitiers, avaient passé dix ans à se battre en justice contre l'exploitation d'extraction de pétrole établie sur les sables bitumineux en bordure de leur propriété, qu'elle intoxiquait petit à petit. Ils avaient fini par céder cette dernière en contrepartie d'un règlement à l'amiable assez généreux pour leur assurer une retraite confortable ainsi qu'une éducation décente à leur fille. Mais c'était le genre d'expérience, disait Molly, qui filerait des durillons au cul d'un ange.

L'évolution du paysage social la surprenait rarement. Un soir, nous regardions à la télévision un sujet sur les émeutes à Stockholm. Une foule de pêcheurs de cabillaud et de religieux radicaux lançaient des briques dans les vitrines et incendiaient des automobiles ; des hélicoptères de police aspergeaient les émeutiers de gel trébuchant jusqu'à ce que la majeure partie de Gamla Stan ressemble un peu à ce qu'aurait pu expectorer un Godzilla tuberculeux. J'ai émis, sur le mauvais comportement des gens en proie à la peur, un commentaire stupide qui a provoqué la réaction suivante de la part de Molly : « Allons, Tyler, tu ne vas pas me faire croire que tu ressens de la sympathie pour ces enfoirés ?

— Je n'ai pas dit cela, Molly.

— Le Spin leur donnerait le droit de mettre à sac leur Parlement juste parce qu'ils ont *peur* ?

— Ce n'est pas une excuse. Mais une raison. Ils n'ont pas d'avenir. Ils se croient condamnés par le destin.

— Condamnés à mourir. Eh bien, bienvenue dans la condition humaine. Ils vont mourir, tu vas mourir, je vais mourir... cela a-t-il *jamais* été autrement ?

— Nous sommes tous mortels, mais nous avions la consolation de savoir que l'humanité nous survivrait.

— Sauf que les espèces peuvent mourir aussi. Le seul changement, c'est que soudain, cela ne se passera pas dans un lointain avenir. Il est possible que nous mourions tous ensemble et d'une manière spectaculaire dans quelques années... mais ce n'est même qu'une *possibilité.* Les Hypothétiques pourraient nous garder plus longtemps dans les environs. Pour je ne sais quelle raison insaisissable.

— Tu n'en as pas peur ?

— Bien sûr que si ! Tout cela m'effraie. Ce n'est pas une raison pour aller tuer des gens. » Elle a esquissé un geste en direction du téléviseur. Quelqu'un avait lancé une grenade dans le Riksdag. « C'est tellement, tellement *stupide.* Cela n'avance à rien. C'est un déchaînement hormonal. C'est simiesque.

— Tu ne peux pas prétendre ne pas en être affectée. »

Elle a ri, ce qui m'a surpris. « Non... ça, c'est *ton* style, pas le mien.

— Vraiment ? »

Elle a baissé la tête avant de la relever en me regardant presque d'un air de défi. « La manière dont tu prétends être *cool* en ce qui concerne le Spin. Comme celle dont tu es *cool* en ce qui concerne les Lawton. Ils se servent de toi, ils t'ignorent, et tu souris comme s'il n'y avait rien de plus normal. » Elle m'a observé, guettant ma réaction. J'étais trop têtu pour lui en faire grâce d'une. « Je pense juste qu'il y a de meilleurs moyens de vivre en attendant la fin du monde. »

Mais elle n'a pas voulu me dire en quoi consistaient ces moyens.

Toutes les personnes embauchées à Périhélie avaient signé un engagement de confidentialité et les autorités avaient procédé sur leur compte à un contrôle d'antécédents ainsi qu'à une enquête de sécurité. Nous nous montrions discrets et respections la nécessaire interdiction de parler à l'extérieur de sujets importants. Les fuites pouvaient effrayer les comités parlementaires, embarrasser des alliés puissants, détourner le financement.

Mais un Martien vivait désormais sur le campus — on avait converti l'essentiel de l'aile nord en quartiers temporaires pour Wun Ngo Wen et le personnel chargé de s'occuper de lui —, ce qui constituait un secret difficile à garder.

Il ne pouvait de toute manière plus être gardé très longtemps. À l'arrivée en Floride de Wun, une bonne partie de l'élite de Washington et plusieurs chefs d'État étrangers connaissaient déjà son existence. Le ministère des Affaires étrangères lui avait accordé le statut légal idoine et prévoyait de le présenter sur la scène internationale au moment opportun. On avait commencé à le préparer pour l'inévitable frénésie médiatique.

Son arrivée aurait pu et peut-être dû être gérée différemment. On aurait pu le faire passer par les Nations unies et rendre aussitôt sa présence publique. L'administration Garland se ferait rappeler à l'ordre pour l'avoir caché. Le parti conservateur chrétien laissait déjà entendre que « le gouvernement en sait davantage qu'il ne le dit sur les résultats du projet de terraformation » en espérant attirer le président ou son successeur potentiel, Lomax, sur le terrain de la critique. Des critiques, il y en aurait forcément, mais Wun avait exprimé son souhait de ne pas devenir un sujet électoral. Il voulait rendre sa présence publique mais disait attendre pour cela le scrutin présidentiel de novembre.

Sauf que l'existence de Wun Ngo Wen n'était que le plus insignifiant des secrets entourant son arrivée. Il y en avait d'autres. Qui nous ont fait passer un été étrange, à Périhélie.

En août, Jason m'a appelé dans l'aile nord. Je l'ai retrouvé dans son bureau — son véritable bureau, pas la suite meublée avec goût dans laquelle il accueillait presse et visiteurs officiels : un cube sans fenêtre doté d'une table de travail et d'un sofa. Perché sur sa chaise entre deux piles de journaux scientifiques, vêtu d'un Levi's et d'un sweat-shirt crasseux, il avait l'air d'avoir poussé dans ce désordre comme un légume hydroponique. Il suait. Ce qui n'était jamais bon signe chez lui.

« Je recommence à perdre mes jambes », m'a-t-il annoncé.

J'ai dégagé une partie du sofa, je me suis assis et j'ai attendu qu'il développe.

« J'ai eu quelques petites crises ces deux dernières semaines. Rien d'inhabituel, des fourmillements le matin. Rien que je ne puisse contourner. Mais ça ne passe pas. En fait, ça empire. Je pense qu'on pourrait avoir besoin d'ajuster le traitement. »

Peut-être. Mais je n'appréciais vraiment pas ce que ce traitement lui avait fait. À l'époque, Jase avalait chaque jour une poignée de pilules : des stimulateurs de myéline pour ralentir la perte du tissu nerveux, des amplificateurs neurologiques pour aider le cerveau à recâbler les parties endommagées, et d'autres médicaments pour traiter les effets secondaires de ceux-ci. Pouvait-on augmenter le dosage ? Possible. Sauf que nous approchions déjà dangereusement du seuil de toxicité. Jase avait perdu du poids, et peut-être plus important encore, un certain équilibre émotionnel. Il parlait plus vite et souriait moins qu'auparavant. Lui qui jusque-là avait semblé à l'aise dans son corps se déplaçait désormais comme une marionnette : lorsqu'il a tendu le bras pour prendre une tasse, sa main a dépassé la cible et a dû rebrousser un peu chemin pour une seconde interception.

« De toute manière, ai-je rappelé, il faut demander l'avis du Dr Malmstein.

— Il m'est absolument impossible de m'absenter assez longtemps pour le voir. Les choses ont changé, au cas où tu ne l'aurais pas remarqué. On ne peut pas le consulter par téléphone ?

— Peut-être. Je demanderai.

— Entre-temps, tu peux me rendre un autre service ?

— Lequel, Jase ?

— Expliquer mon problème à Wun. Lui dénicher un ou deux manuels sur le sujet.

— Des manuels médicaux ? Pourquoi, il est médecin ?

— Pas vraiment, mais il a apporté beaucoup d'informations. Les sciences biologiques martiennes ont une avance considérable sur les nôtres. » (Il a dit cela avec un sourire grimaçant que j'ai été incapable d'interpréter.) « Il pense pouvoir éventuellement m'aider.

— Tu plaisantes ?

— Pas du tout. Arrête de prendre cet air scandalisé. Tu lui parleras ? »

Un homme d'une autre planète. Un homme avec cent mille ans d'histoire martienne derrière lui. « Euh, ouais, ai-je dit. Ce sera un honneur pour moi de lui parler, mais...

— Je vais arranger cela, alors.

— Mais s'il possède bel et bien des connaissances médicales capables de guérir la SEP, il faut qu'il entre en contact avec de meilleurs médecins que moi.

— Wun a apporté tout un lot d'encyclopédies. Il y a déjà des gens en train de parcourir les archives martiennes — du moins en partie — à la recherche d'informations utiles, dans le domaine médical et dans d'autres. C'est juste un point de détail.

— Cela me surprend qu'il ait le temps de s'occuper d'un point de détail.

— Il s'ennuie davantage que tu pourrais le penser. Et il manque d'amis. J'ai pensé qu'il pourrait apprécier de passer un peu de temps avec quelqu'un qui ne le prend ni pour un sauveur, ni pour une menace. Mais à court terme, j'aimerais quand même que tu parles à Malmstein.

— Bien entendu.

— Et appelle-le de chez toi, d'accord ? Je n'ai plus confiance dans les téléphones d'ici. »

Il a souri comme s'il avait dit quelque chose d'amusant.

Cet été-là, il m'est arrivé d'aller me promener sur la plage publique, de l'autre côté de la route passant devant chez moi.

On ne pouvait vraiment parler de plage, d'ailleurs : une langue de terre non exploitée la protégeait de l'érosion et la rendait inutilisable aux surfeurs. Par les après-midi de chaleur, les vieux motels examinaient le sable de leurs yeux vitreux et quelques touristes trempaient sans enthousiasme leurs pieds dans les vagues.

Je suis allé m'installer sur une passerelle en bois brûlant suspendue au-dessus de touffes d'herbe, de laquelle j'ai regardé les nuages s'épaissir à l'est sur l'horizon en réfléchissant à ce qu'avait dit Molly : je feignais d'être *cool* sur le Spin (et les Lawton), je simulais une sérénité que je ne pouvais ressentir.

Je ne voulais pas me montrer injuste avec Molly. Peut-être était-ce de cette manière que je lui apparaissais.

« Spin » était un nom idiot mais inévitable pour ce qu'avait subi la Terre. Je veux dire, il était physiquement inexact — rien ne tournait vraiment plus fort ou plus vite qu'avant — mais métaphoriquement adapté. En réalité, la Terre était plus statique que jamais. Mais avait-on *l'impression* qu'elle tournait comme prise dans un tourbillon incontrôlable ? Dans tous les sens importants du terme, oui. Il fallait s'accrocher à quelque chose ou glisser dans l'oubli.

Alors peut-être bien que je m'accrochais aux Lawton, pas seulement à Jason et Diane mais à tout leur monde, à la Grande Maison et la Petite, aux loyautés d'une enfance passée. Peut-être n'existait-il rien d'autre auquel je puisse m'agripper. Et peut-être n'y avait-il pas forcément de mal à cela. Si Molly avait raison, il nous avait fallu, à tous, nous agripper à quelque chose ou nous retrouver perdus. Diane s'était agrippée à la foi, Jason à la science.

Et moi à Diane et Jason.

J'ai quitté la plage lorsque les nuages se sont approchés, l'un de ces inévitables grains des après-midi de fin août, le ciel à l'est agité d'éclairs, la pluie commençant à fouetter les tristes balcons pastel des motels. Je suis arrivé chez moi trempé. Mes habits mettraient des heures à sécher dans l'atmosphère humide. À la tombée de la nuit, la tempête s'était éloignée, laissant toutefois dans son sillage une tranquillité lourde et fétide.

Molly est venue après le dîner et nous avons téléchargé un film récent, une de ces comédies de mœurs victorienne qu'elle affectionnait. Elle est ensuite allée nous préparer un verre dans la cuisine pendant que j'appelais David Malmstein sur le téléphone de la chambre d'amis. Malmstein m'a dit qu'il aimerait voir Jase « dès qu'il pourrait se libérer » mais ne voyait *a priori* aucun problème pour augmenter le traitement de quelques crans, du moment que Jase et moi nous efforcions de repérer toute réaction intempestive.

En sortant de la chambre après avoir raccroché, j'ai trouvé Molly dans le couloir, un verre dans chaque main et le visage perplexe. « Où étais-tu passé ?

— Je donnais juste un coup de fil.

— Important ?

— Non.

— Tu vérifiais l'état d'un patient ?

— Quelque chose dans le genre », ai-je répondu.

Au cours des jours qui ont suivi, Jase m'a organisé une rencontre avec Wun Ngo Wen dans les quartiers de ce dernier à Périhélie.

L'ambassadeur martien habitait une pièce qu'à l'aide de catalogues, il avait ornée à son goût de meubles en osier bas et légers. Un tapis à longs poils recouvrait le linoléum. Un bureau simple en pin brut, assorti à plusieurs bibliothèques, accueillait un ordinateur. Apparemment, les Martiens décoraient leurs logements comme des étudiants venant de se marier.

J'ai fourni à Wun la documentation technique demandée : deux livres sur l'étiologie et le traitement de la sclérose en plaques, plus une série de tirés à part du *Journal of American Medical Association* sur la SEPA. La SEPA, dans l'état actuel de la réflexion, n'était en réalité pas du tout une SEP, mais une maladie complètement différente, un trouble génétique qui avait les mêmes symptômes que la SEP et provoquait la même dégradation des gaines de myéline entourant les fibres nerveuses. La SEPA s'en différenciait par sa gravité, sa progression rapide et sa résistance aux thérapies habituelles. Wun a dit qu'il connaissait mal cette maladie mais qu'il chercherait des informations dans ses archives.

Je l'ai remercié tout en soulevant l'objection évidente : vu son manque de qualification médicale et les différences manifestes entre les physiologies martienne et terrestre... en supposant qu'il trouve une thérapie adaptée, fonctionnerait-elle sur Jason ?

« Nous ne sommes pas si différents que vous pourriez le croire. L'une des premières réactions de votre peuple a été de séquencer mon génome. Qui ne présente aucune différence avec le vôtre.

— Je ne voulais pas vous offenser.

— Je ne le suis pas. Cent mille ans, c'est une longue séparation, assez longue pour ce que les biologistes appellent une spéciation. Mais il se trouve que votre peuple et le mien sont interfertiles à cent pour cent. Les différences manifestes entre nous ne sont que des adaptations superficielles à un environnement plus froid et plus sec. »

Il parlait avec une autorité peu conforme à sa taille et d'une voix plus aiguë que la moyenne des adultes, sans toutefois rien de juvénile : mélodieuse, presque féminine, mais toujours pondérée.

« Quand bien même, ai-je objecté, il peut y avoir des problèmes légaux, si on envisage une thérapie dont la mise sur le marché n'a pas été autorisée.

— Je ne doute pas que Jason serait disposé à attendre l'approbation officielle. Mais sa maladie pourrait se montrer moins patiente. » Wun a alors levé la main pour prévenir toute autre objection. « Laissez-moi lire ce que vous m'avez apporté, nous en rediscuterons ensuite. »

Déchargé des affaires immédiates, il m'a alors demandé de rester bavarder avec lui. Cela m'a flatté. Malgré son étrangeté, il y avait en lui quelque chose de réconfortant, une tranquillité contagieuse. Il s'est rencogné dans son fauteuil en osier trop grand, les pieds ballants, et m'a écouté avec une fascination apparente résumer ma vie à grands traits. Il m'a posé deux questions sur Diane (« Jason ne parle pas beaucoup de sa famille ») et s'est davantage intéressé à mes études médicales (le concept de la dissection de cadavres lui était étranger et il a tressailli lorsque je le lui ai décrit... comme la plupart des gens).

Lorsque je l'ai à mon tour interrogé sur sa vie, il a plongé la main dans la petite sacoche grise qui ne le quittait pas pour en extraire une série d'images imprimées, des photographies apportées sous forme de fichiers numériques. Quatre photos de Mars.

« Seulement quatre ? »

Il a haussé les épaules. « Quel nombre serait assez grand pour se substituer aux souvenirs ? Bien entendu, les archives officielles contiennent bien plus d'images. Celles-ci sont à moi. Personnelles. Vous voulez les voir ?

— Bien entendu. »

Il me les a passées.

Photo n° 1 : Une maison. Un habitat humain, de toute évidence, malgré l'étrange architecture techno/rétro, bas et rond, comme un modèle en porcelaine d'une hutte en terre. Le ciel en arrière-plan était d'un turquoise brillant, ou du moins représenté de cette couleur par l'imprimante. L'horizon bizarrement proche mais géométriquement plat se divisait en rectangles de plus en plus distants de culture verte que je n'ai pu identifier, mais qui m'a paru trop charnue pour du blé ou du maïs et trop haute pour de la salade ou du chou. Deux Martiens adultes occupaient le premier plan, un homme et une femme aux expressions comiquement solennelles. *Gothique martien.* Il n'y manquait qu'une fourche et la signature de Grant Wood [1].

1. Grant Wood a souvent peint le Middle West rural et sa toile la plus célèbre, *American Gothic,* représente un couple de fermiers hiératiques, l'homme tenant une fourche, devant une demeure de style gothique. (*N.d.T.*)

« Ma mère et mon père », a simplement dit Wun.

Photo nº 2 : « Moi enfant. »

Celle-ci m'a paru surprenante. Les prodigieuses rides de la peau martienne, m'a expliqué Wun, se développaient à la puberté. Âgé d'environ sept ans terrestres, Wun avait le visage lisse et souriant. Il ressemblait à n'importe quel petit Terrien, encore qu'on ne pouvait situer son appartenance ethnique, avec ses cheveux blonds, sa peau café, son nez étroit et ses lèvres généreuses. Il se tenait debout dans ce qui, à première vue, ressemblait à un parc à thème excentrique mais était en réalité, m'a dit Wun, une ville martienne. Un marché. Avec des étals de nourriture et des boutiques, les bâtiments du même matériau genre porcelaine que la ferme, en couleurs primaires tape-à-l'œil. Derrière lui, la rue était bondée de piétons et de machines légères. On ne voyait qu'une partie du ciel derrière les bâtiments les plus élevés, et même là, une espèce de véhicule passait, le flou de ses pales tourbillonnantes formant un pâle ovale.

« Vous avez l'air heureux, ai-je dit.

— La ville s'appelle Voy Voyud. Ce jour-là, nous étions venus de notre campagne y faire des courses. Comme c'était le printemps, mes parents m'ont laissé acheter des *murkuds*. Des espèces de petites grenouilles, comme animaux domestiques. Dans le sac que je tiens... Vous voyez ? »

Wun serrait un sac en tissu blanc mystérieusement bosselé. À cause des *murkuds*.

« Ils ne vivent que quelques semaines, a-t-il ajouté. Mais ils pondent des œufs délicieux. »

Photo nº 3 : Une vue panoramique prise depuis une hauteur, avec au premier plan, une autre maison martienne, une femme en kaftan multicolore (son épouse, m'a-t-il précisé) et deux jolies fillettes (ses filles) à la peau lisse et vêtues de robes orange en forme de sac. Derrière la maison s'étendait tout un paysage semi-rural. Des champs marécageux verts se chauffaient sous un autre ciel turquoise. Le domaine agricole était divisé par plusieurs chaussées surélevées qu'empruntaient quelques véhicules en forme de caisse à savon, et des machines agricoles, gracieuses moissonneuses noires, évoluaient dans les champs. Les routes convergeaient vers une ville à l'horizon, celle, m'a dit Wun, dans laquelle il avait acheté des *murkuds* dans son enfance, Voy Voyud, capitale de la province de Kirioloj, ses tours en inextricables terrasses s'élevant haut dans la faible gravité.

« On voit sur cette photo la plus grande partie du delta du Kirioloj. » Le fleuve était un ruban bleu se jetant au loin dans un lac de la couleur du ciel. On avait bâti la ville de Voy Voyud en hauteur, sur le rebord érodé d'un ancien cratère d'impact, m'a raconté Wun, même si cela ressemblait pour moi à une banale chaîne de collines. Les points noirs sur le lac devaient représenter des bateaux ou des péniches.

« Quel endroit magnifique, ai-je dit.

— Oui.

— Votre famille est magnifique aussi.

— Oui. » Son regard a croisé le mien. « Elle est morte.

— Ah... Désolé.

— Ma famille a péri dans une énorme inondation il y a quelques années. La dernière photo, vous voyez ? Prise au même endroit, mais après le désastre. »

Une étrange tempête avait provoqué une pluviosité record sur les pentes des Montagnes Solitaires à la fin d'une longue saison sèche. La pluie s'était pour l'essentiel retrouvée dans les affluents à sec du Kirioloj. Mars terraformée restait à certains égards un monde encore jeune avec des cycles hydrologiques restant à établir, et ses paysages évoluaient rapidement au fur et à mesure que l'antique poussière et la régolithe se voyaient réaménagées par la circulation de l'eau. Cette pluie soudaine et massive a généré une boue rouge oxyde qui a dévalé en grondant le Kirioloj jusqu'à débouler comme un train de marchandises liquide dans le delta agricole.

Photo n° 4 : après. Il ne restait de la maison de Wun que les fondations et un mur, dressés comme des tessons de poterie au milieu d'une chaotique plaine de boue, de gravats et de rochers. La ville au loin sur la colline n'avait pas souffert, mais les fertiles terres arables étaient inondées. Sans le reflet d'eau brune à l'emplacement du lac, on aurait presque dit Mars retournée à sa condition virginale : une régolithe sans vie. Plusieurs appareils aériens, en surplace dans le ciel, cherchaient sans doute des survivants.

« J'avais passé la journée dans les contreforts avec des amis et voilà ce que j'ai retrouvé à mon retour. On a déploré de nombreuses pertes humaines, en plus de ma famille. Je garde donc ces quatre photos pour ne pas oublier d'où je viens. Ni pourquoi je ne peux pas rentrer.

— Cela a dû être insupportable.

— Je m'y suis fait. Autant que possible. Quand j'ai quitté Mars, on avait restauré le delta. Pas comme avant, bien entendu. Mais il était à nouveau fertile, vivant, productif. »

Il ne semblait pas vouloir en dire davantage sur le sujet.

Je suis revenu aux premiers clichés et me suis rappelé ce que je voyais : non de fantaisistes images générées par ordinateur mais des photos ordinaires. Des photos d'un autre monde. De Mars, planète longtemps chargée des téméraires produits de notre imaginaire. « Cela ne ressemble pas à du Burroughs, certainement pas à du Wells, peut-être un peu à du Bradbury... »

Wun a plissé son front déjà bien plissé. « Excusez-moi... je ne connais pas ces mots.

— Il s'agit d'auteurs. D'auteurs de fiction qui ont écrit sur votre planète. »

Je lui ai expliqué que certains auteurs avaient imaginé la vie sur Mars bien avant sa terraformation, ce qui l'a fasciné. « Vous croyez que je pourrais lire ces livres ? Et qu'on pourrait en discuter à votre prochaine visite ?

— Vous me flattez. Êtes-vous sûr d'avoir le temps ? Il doit y avoir des chefs d'État qui aimeraient beaucoup vous parler.

— Je n'en doute pas. Mais ils peuvent attendre. »

Je lui ai dit que j'en serais enchanté.

En rentrant chez moi en voiture, je suis passé chez un bouquiniste, et le lendemain matin, j'ai livré un paquet de livres de poche à Wun, du moins aux types taciturnes gardant ses quartiers. *La Guerre des mondes, La Princesse de Mars, Chroniques martiennes, En terre étrangère, Mars la Rouge.*

Je n'ai plus eu de nouvelles de lui pendant deux semaines.

La construction des nouvelles installations de Périhélie se poursuivait. Fin septembre, d'énormes fondations en béton avaient remplacé les pins enchevêtrés et les palmiers miteux, un grand gréement de poutrelles d'aciers et de tuyauterie en aluminium.

Molly avait entendu dire qu'on recevrait la semaine suivante un laboratoire de niveau militaire et de l'équipement de réfrigération. (Un autre dîner au Champs, la plupart des clients suivant un match des Marlins sur l'écran plasma grand comme un panneau d'affichage tandis que nous nous partagions nos hors-d'œuvre dans un coin distant et sombre.) « Pourquoi avons-nous besoin de matériel de labo, Ty? Périhélie se consacre à la recherche spatiale et au Spin. Je ne comprends pas.

— Je n'en sais rien. Personne n'en parle.

— Tu pourrais peut-être demander à Jason, pendant un de ces après-midi que tu passes dans l'aile nord. »

Je lui avais dit que je conférais avec Jase, pas que l'ambassadeur martien m'avait adopté. « Je n'ai pas le niveau d'habilitation nécessaire. » Molly non plus, bien entendu.

« Je commence à croire que tu ne me fais pas confiance.

— Je suis juste les règles, Molly.

— Ah oui. T'es *vraiment* un saint. »

Jason est passé me voir sans prévenir, par chance un soir où Molly n'était pas là, pour me parler de ses médicaments. Je lui ai répété les paroles de Malmstein : cela ne poserait *a priori* aucun problème d'augmenter les doses mais il nous faudrait surveiller l'apparition d'effets secondaires. La maladie ne se tenait pas tranquille et si elle dépassait un certain seuil, on ne pourrait plus en gommer les symptômes. Cela ne voulait pas dire que Jase était condamné, simplement que tôt ou tard, il lui faudrait gérer ses affaires d'une autre manière, s'accommoder de la maladie plutôt que la dissimuler. (Il existait par ailleurs un autre seuil dont ni lui ni moi n'avons discuté : l'invalidité définitive et la démence.)

« Je comprends », a dit Jason qui, installé dans un fauteuil près de la fenêtre, ses longues jambes croisées devant lui, regardait à l'occasion son reflet dans la vitre. « J'ai juste besoin de quelques mois de plus.

— Quelques mois de plus pour quoi ?

— Pour couper l'herbe sous le pied à E.D. Lawton. » Je l'ai regardé. Je pensais qu'il plaisantait. Il ne souriait pas. « Faut-il que j'explique ?

— Si tu veux que je comprenne, ouais, il faut.

— E.D. et moi n'avons pas la même vision d'avenir pour Périhélie. En ce qui le concerne, Périhélie sert à soutenir l'industrie aérospatiale. C'est sa raison d'être, depuis le début. Il n'a jamais cru que nous puissions faire quoi que ce soit concernant le Spin. » Jason a haussé les épaules. « Il a presque certainement raison, en ce sens qu'on ne peut pas l'*annuler*. Cela ne signifie pas pour autant qu'on ne peut pas le comprendre. On ne peut pas mener une guerre significative aux Hypothétiques, mais on peut se livrer à un peu de guérilla scientifique. C'est ça, l'arrivée de Wun.

— Je ne te suis pas.

— Wun n'est pas qu'un ambassadeur interplanétaire en visite amicale. Il est arrivé porteur d'un plan, d'un projet de collaboration qui pourrait nous donner des indices sur les Hypothétiques, sur leur origine, sur ce qu'ils veulent et ce qu'ils font à nos deux planètes. L'idée a reçu un accueil mitigé. E.D. essaye de la couler : il ne la pense pas utile et l'estime dangereuse pour le capital politique qu'il nous reste après la terraformation.

— Et tu veux donc lui couper l'herbe sous le pied ? »

Jason a soupiré. « Cela peut sembler cruel, mais E.D. ne comprend pas que son époque est révolue. Mon père est précisément ce dont le monde avait besoin il y a vingt ans. Je l'admire pour cela. Il a accompli des choses stupéfiantes, incroyables. Sans E.D. pour allumer le feu sous les politiciens, Périhélie n'aurait jamais existé. L'une des ironies du Spin est que les conséquences à long terme du génie d'E.D. Lawton se sont retournées contre lui... si E.D. n'existait pas, Wun Ngo Wen n'existerait pas. Je ne suis pas dans une espèce de conflit œdipien. Je sais exactement qui est mon père et ce qu'il a fait. Il se promène comme chez lui dans les coulisses du pouvoir, Garland joue au golf avec lui. Super. Mais il est aussi prisonnier. Prisonnier de sa propre myopie. Ses jours de visionnaire sont révolus. Il n'aime pas le plan de Wun parce qu'il ne se fie pas à la technologie... il n'aime rien sur quoi il ne puisse pratiquer de la rétro-ingénierie, il n'aime pas que les Martiens puissent manier des technologies que nous commençons à peine à entrevoir. Et il déteste que je sois du côté de Wun. Avec, soit dit en passant, une nouvelle génération de décideurs politiques de Washington, dont Preston Lomax, qui sera sans doute le prochain président. E.D. se retrouve soudain entouré de gens qu'il ne peut pas manipuler. Des gens plus jeunes, ayant assimilé le Spin d'une manière qui a toujours échappé à sa génération. Des gens comme nous, Ty. »

Cela m'a flatté et un peu inquiété qu'il m'inclue dans ce pronom.

« C'est un lourd fardeau sur tes épaules, non ? »

Il m'a regardé avec sévérité. « Je fais exactement ce qu'E.D. m'a formé à faire. Depuis ma naissance. Il n'a jamais voulu d'un fils : il lui fallait un héritier, un apprenti. Il a pris cette décision longtemps avant le Spin, Tyler. Il savait exactement à quel point j'étais intelligent et de quelle manière il voulait que je me serve de cette intelligence. Et j'ai accepté cela. Même une fois assez grand pour comprendre son but, j'ai coopéré. Tu as donc devant toi le bel objet futé, asexué et apprécié de la presse produit par E.D. Lawton. Une image commercialisable, une certaine perspicacité intellectuelle, et une seule loyauté : Périhélie. Mais ce contrat a toujours comporté une clause en petits caractères, même si E.D. n'aime pas y penser. "Héritier" implique "héritage". Il implique qu'à un moment, mon jugement remplace le sien. Eh bien, ce moment-là est arrivé. Nous nous trouvons face à une opportunité tout bonnement trop importante pour nous permettre de merder. »

J'ai remarqué qu'il avait serré les poings et que ses jambes tremblaient, mais était-ce dû à l'intensité de son émotion ou à sa maladie? Et à ce propos, dans quelles proportions son monologue était-il sincère et dans lesquelles était-il l'effet des neurostimulants que je lui prescrivais?

« On dirait que tu as peur, a dit Jason.

— De quelle technologie martienne parlons-nous au juste? »

Il a souri. « C'est vraiment très futé. Quasi biologique. De très petite échelle. Il s'agit à la base de boucles de rétroaction moléculaires autocatalytiques, avec des programmes contingents dans leurs protocoles reproductifs.

— En clair, s'il te plaît, Jase.

— De minuscules réplicateurs artificiels.

— Des êtres vivants?

— D'une certaine manière, oui, ils sont vivants. Des choses vivantes et artificielles qu'on peut lancer dans l'espace.

— Mais qu'est-ce qu'ils *font*, Jase? »

Son sourire s'est élargi. « Ils bouffent de la glace et ils chient des informations. »

4×10^9 ap. J.-C.

J'ai traversé quelques mètres de terre battue, à laquelle l'asphalte usé par les intempéries s'accrochait en parcelles rugueuses, et me suis bruyamment laissé glisser au bas d'un talus, avec ma valise rigide remplie de modestes vêtements, de notes manuscrites, de fichiers numériques et de médicaments martiens. Je me suis retrouvé dans un fossé de drainage, baignant jusqu'à mi-cuisse dans une eau verte comme des feuilles de papaye et chaude comme la nuit tropicale. Une eau dans laquelle se reflétait la lune balafrée et qui empestait le purin.

J'ai dissimulé mes bagages dans un endroit sec à mi-hauteur avant de me hisser encore plus haut, où je me suis allongé de manière à rester caché tout en pouvant voir la route, la clinique d'Ibu Ina et l'automobile noire garée devant.

Ses occupants avaient fracturé la porte de derrière. Ils allumaient les lumières au fur et à mesure de leur progression dans le parallélépipède de béton, transformant en carrés jaunes les fenêtres aux stores baissés, mais je n'avais aucun moyen de savoir ce qu'ils faisaient. J'ai supposé qu'ils fouillaient les lieux. J'ai essayé d'estimer combien de temps ils passaient à l'intérieur, mais je semblais avoir perdu toute capacité à estimer l'écoulement du temps, voire à interpréter le cadran de ma montre, sur laquelle les chiffres luisaient comme des lucioles agitées, refusant de rester tranquilles assez longtemps pour me permettre de les lire.

L'un des hommes est ressorti par-devant, s'est installé au volant et a lancé le moteur. Quelques secondes plus tard, l'autre est venu prendre place sur le siège passager. Lorsqu'elle a tourné sur la route, l'automobile couleur de minuit est passée tout près de moi en balayant de ses phares le bas-côté. Je me suis baissé et n'ai plus bougé jusqu'à ce que le bruit du moteur s'évanouisse.

J'ai ensuite réfléchi à mon action suivante. C'était difficile, car je me sentais fatigué... soudain extrêmement fatigué et trop faible pour me lever. Je voulais revenir dans la clinique trouver un téléphone pour mettre Ibu Ina en garde contre ces types en voiture. Mais peut-être Eng s'en chargerait-il. Je l'espérais. Parce que je n'arriverais pas à la clinique. Quand je voulais bouger les jambes, elles se contentaient de trembler. C'était davantage que de la fatigue. Cela ressemblait à de la paralysie.

Lorsque j'ai relevé les yeux vers la clinique, de la fumée s'échappait en spirale par l'exutoire du toit et une lumière jaune vacillait derrière les stores. Un incendie.

Les types venus en voiture avaient mis le feu à la clinique d'Ibu Ina et je ne pouvais rien faire, à part fermer les yeux en espérant qu'on me retrouve avant que je meure.

Des pleurs et la puanteur de la fumée m'ont réveillé.

Le jour n'était toujours pas tout à fait levé. Je me suis néanmoins aperçu que je pouvais bouger, au moins un peu, au prix d'efforts et de douleurs considérables, et que je semblais avoir retrouvé une certaine lucidité. Centimètre par centimètre, je me suis donc hissé hors du fossé

L'espace entre la clinique et moi était bondé de gens et de voitures, dont phares et torches électriques traçaient dans le ciel de convulsifs arcs de cercle. Il ne restait de la clinique que des ruines fumantes. Les murs de béton tenaient encore, mais le toit s'était effondré et l'incendie avait éviscéré le bâtiment. J'ai réussi à me lever. Je me suis dirigé vers les pleurs.

Ils provenaient d'Ibu Ina, assise les bras autour des genoux sur une île d'asphalte entourée de femmes qui m'ont regardé approcher d'un œil noir et suspicieux. Mais en me voyant, Ibu Ina a bondi sur ses pieds et s'est essuyé les yeux sur sa manche. « Tyler Dupree ! » Elle s'est précipitée vers moi. « Je vous croyais brûlé vif ! Brûlé avec tout le reste ! »

Elle m'a attrapé, serré dans ses bras, soutenu... j'avais à nouveau les jambes en coton. « La clinique, ai-je réussi à dire. Tout votre travail. Ina, je suis vraiment désolé...

— Allons, allons. La clinique n'est qu'un bâtiment. Tout l'équipement médical peut être remplacé. Vous, en revanche, vous êtes *unique*. Eng a raconté à tout le monde que vous l'avez renvoyé à l'arrivée des incendiaires. Vous lui avez sauvé la vie, Tyler ! » Elle a reculé d'un pas. « Tyler ? Ça va ? »

Ça n'allait pas. J'ai regardé le ciel par-dessus l'épaule d'Ina. L'aube arrivait. Le vieux soleil se levait. Le mont Merapi se découpait sur le ciel d'un bleu indigo. « Juste un coup de fatigue », ai-je répondu avant de fermer les yeux. J'ai senti mes jambes se dérober et entendu Ina appeler à l'aide, puis j'ai encore dormi... pendant des jours, m'a-t-on assuré ensuite.

Pour des raisons évidentes, je ne pouvais rester dans le village.

Ina voulait me soigner jusqu'à la dernière des crises inhérentes au traitement, et elle estimait que le village me devait protection. Après tout, j'avais sauvé la vie d'Eng (du moins selon elle), son petit-neveu mais aussi un parent plus ou moins éloigné d'à peu près tous les villageois. J'étais un héros. Mais j'avais aussi tendance à attirer l'attention de personnes malveillantes, et sans le plaidoyer d'Ina, je pense que le *kepala desa* m'aurait mis dans le premier bus pour Padang, en m'envoyant au diable par la même occasion. On m'a donc installé, avec mes bagages, dans une maison inhabitée du village (ses propriétaires étant partis *rantau* quelques mois plus tôt) le temps de prendre d'autres dispositions.

Les Minangkabaus du Sumatra occidental savaient se dérober à l'oppression. Ils avaient survécu à l'arrivée de l'islam au seizième siècle, à la guerre des Padris, au colonialisme hollandais, au Nouvel Ordre de Suharto, à la restauration Negari ainsi que, après le Spin, au Nouveau Reformasi et à sa police nationale composée de voyous. Ina m'avait raconté certaines de ces histoires, à la clinique puis dans la minuscule pièce de cette maison en bois où je restais allongé sous les énormes et lentes pales d'un ventilateur électrique. Les Minangs, m'a-t-elle dit, tiraient leur force de leur flexibilité et de la compréhension profonde que le reste du monde n'était pas et ne serait jamais comme chez eux. (Elle m'a cité un proverbe minang : « À champ différent, sauterelles différentes ; à étang différent, différents poissons. ») La tradition du *rantau*, l'émigration — celle des jeunes hommes partant dans le monde pour en revenir plus riches ou plus sages — avait raffiné son peuple. Des antennes-aérostat hérissaient les toits en corne de buffle des maisons en bois toutes simples, et d'après Ina, la majorité des familles du village recevaient régulièrement du courrier postal ou électronique de parents en Australie, en Europe, au Canada ou aux États-Unis.

Rien de surprenant, par conséquent, qu'on trouve des employés minangkabaus à tous les niveaux des docks de Padang. L'ex-mari d'Ina, Jala, n'était qu'un des nombreux gérants d'une affaire d'import/export à organiser des expéditions *rantau* jusqu'à l'Arc et au-delà. Ce n'était pas une coïncidence si les recherches de Diane l'avaient conduite à Jala puis à Ibu Ina et à ce village dans les hauteurs. « Jala est un opportuniste parfois mesquin, mais il n'est pas dénué de scrupules, m'a affirmé Ina. Diane a eu de la chance de le trouver, ou alors elle ne manque pas de psychologie... je penche d'ailleurs plutôt pour la deuxième hypothèse. Toujours est-il que Jala ne porte pas le Nouveau Reformasi dans son cœur, par bonheur pour tous les intéressés. »

(Elle avait divorcé, m'a-t-elle dit, parce que Jala avait pris la mauvaise habitude de coucher en ville avec des femmes de mauvaise réputation. Il dépensait trop d'argent pour elles et était revenu à deux reprises avec des maladies vénériennes curables mais inquiétantes. C'était un mauvais mari, a dit Ina, mais pas vraiment un mauvais homme. Il ne livrerait Diane aux autorités que si elles le capturaient et le torturaient... et il était bien trop intelligent pour se laisser capturer.)

« Les hommes qui ont mis le feu à votre clinique...

— ... ont dû suivre Diane jusqu'à votre hôtel à Padang et interroger ensuite le chauffeur du taxi qui vous a conduits ici.

— Mais pourquoi brûler le bâtiment ?

— Je n'en sais rien, mais je pense qu'ils essayaient de vous faire peur pour vous attirer à découvert. Tout en lançant un avertissement aux personnes susceptibles de vous venir en aide.

— S'ils ont trouvé la clinique, ils vont connaître votre nom.

— Mais ils ne débarqueront pas comme ça dans le village pistolet au poing. La situation ne s'est pas encore détériorée à ce point. Je m'attends à ce qu'ils surveillent les quais en espérant un acte stupide de notre part.

— Mais tout de même, si votre nom figure sur une liste, quand vous essaierez d'ouvrir une autre clinique...

— Je n'en ai jamais eu l'intention.

— Ah bon ?

— Non. Vous m'avez convaincue qu'il pourrait être bénéfique à un médecin d'entreprendre le *rantau gadang*. Si la concurrence ne vous gêne pas.

— Je ne comprends pas.

— Je veux dire qu'il existe une solution simple à tous nos problèmes, une solution que j'envisage depuis longtemps. Le village tout entier y a songé, d'une manière ou d'une autre. Beaucoup sont déjà partis. Nous ne sommes pas une grande ville florissante comme Belubus ou Batusangkar. La terre n'est pas particulièrement riche, ici, et nous perdons chaque année des habitants, partis en ville, dans d'autres clans d'autres villes ou en *rantau gadang*. Pourquoi pas ? Il y a de la place dans le nouveau monde.

— Vous voulez émigrer ?

— Moi, Jala, ma sœur, sa sœur, mes neveux et cousins... On est plus de trente, en tout. Jala a plusieurs enfants illégitimes qui se feraient un plaisir de reprendre le contrôle de son affaire une fois leur père de l'autre côté. Alors, vous voyez ? » Elle a souri. « Inutile de vous montrer reconnaissant. Nous ne sommes pas vos bienfaiteurs. Juste des compagnons de route. »

Je lui avais demandé à plusieurs reprises si Diane était en sécurité. Autant qu'il était possible à Jala, avait répondu Ina. Il l'avait installée au-dessus d'un poste de douane, dans un espace qui lui fournirait un confort relatif et une cachette sûre le temps de procéder aux derniers arrangements. « Le plus délicat sera de vous conduire au port sans se faire repérer. Comme elle soupçonne votre présence dans les hauteurs, la police s'intéressera à tous les étrangers sur les routes, et surtout aux étrangers *malades*, puisque le chauffeur qui vous a conduit à la clinique a dû leur dire que vous ne vous portiez pas bien.

— C'est terminé, maintenant », ai-je dit.

La dernière crise avait commencé devant la clinique en flammes pour s'achever pendant ma perte de conscience. Selon Ibu Ina, cela avait été un passage pénible et après mon transport dans cette petite pièce de la maison vide, j'avais gémi au point que les voisins s'étaient plaints. Elle avait même eu besoin de son cousin Adek pour me maintenir pendant mes pires convulsions : n'avais-je pas remarqué ces vilains bleus sur mes bras et mes jambes ? Je ne me rappelais rien. Je savais juste que je reprenais des forces jour après jour, que ma température restait normale et que j'arrivais à marcher sans trembler.

« Et les autres effets du produit ? a demandé Ina. Vous sentez-vous *différent* ? »

Question intéressante. J'ai répondu franchement : « Je n'en sais rien. Pas encore, du moins.

— Eh bien, pour le moment, cela n'a pas vraiment d'importance. Comme je disais, le plus dur sera de vous faire regagner Padang. Par bonheur, je crois qu'on va pouvoir arranger cela.

— On part quand ?

— Dans trois ou quatre jours, a répondu Ina. D'ici là, reposez-vous. »

Ina a été très occupée pendant la majeure partie de ces trois jours. Je l'ai à peine vue. Durant ces journées chaudes et ensoleillées, au cours desquelles des brises traversaient toutefois la maison de bois en bourrasques apaisantes, j'ai tué le temps en effectuant de prudents exercices physiques, en écrivant et en lisant : j'avais découvert, sur une étagère en rotin de la chambre, des livres de poche en anglais, dont une biographie populaire de Jason Lawton appelée *Vivre pour les étoiles*. (J'y ai trouvé mon nom dans l'index : *Dupree, Tyler*, suivi de cinq renvois. Mais je n'ai pu me résoudre à lire le livre. Les romans cornés de Somerset Maugham me tentaient davantage.)

Eng passait à intervalles réguliers s'assurer que j'allais bien ou m'apporter sandwiches et bouteilles d'eau sortis du *warung* de son oncle. Il se comportait avec moi en propriétaire et tenait à s'enquérir de ma santé. Il s'est dit « fier de faire *rantau* » avec moi.

« Toi aussi, Eng ? Tu vas dans le nouveau monde ? »

Il a hoché la tête avec emphase. « Avec mon père, ma mère, mon oncle » et une douzaine d'autres membres de sa famille pour lesquels il s'est servi de termes de parenté minangs. Ses yeux luisaient. « Peut-être que vous m'apprendrez la médecine, là-bas. »

J'y serais peut-être obligé. Traverser l'Arc exclurait à peu près toute éducation traditionnelle. Ce qui ne serait peut-être pas pour le mieux en ce qui concernait Eng, et je me suis demandé si ses parents avaient bien réfléchi avant de prendre leur décision.

Mais cela ne me regardait pas, et de toute évidence, le voyage enthousiasmait Eng, qui contrôlait difficilement sa voix lorsqu'il en parlait. J'ai savouré son expression ouverte et impatiente. Eng appartenait à une génération capable d'envisager l'avenir avec plus d'espoir que de crainte. Dans ma propre génération d'excentriques, personne n'avait jamais souri ainsi à l'avenir. C'était un regard bon, profondément humain, qui me rendait à la fois heureux et triste.

La veille du jour prévu pour le départ, Ina est revenue avec le dîner et un plan.

« Le beau-frère du fils de mon cousin est ambulancier dans un hôpital de Batusangkar, m'a-t-elle affirmé. Il peut emprunter une ambulance pour vous conduire à Padang. On aura au moins deux voitures devant nous, avec des téléphones portables, ce qui devrait nous permettre d'être avertis des barrages routiers.

— Je n'ai pas besoin d'ambulance, ai-je répliqué.

— Elle servira de déguisement. Vous caché à l'arrière, moi dans mon accoutrement de médecin et un villageois — Eng supplie qu'on le choisisse — dans le rôle du malade. Vous comprenez ? Si la police regarde à l'arrière de l'ambulance, elle n'y verra qu'un médecin, moi-même, s'occupant d'un enfant malade. Et quand je dirai “SDCV”, elle aura moins envie de pousser son inspection. Voilà comment on leur fera passer sous le nez un docteur américain ridiculement grand.

— Vous pensez que cela marchera ?

— Je pense qu'il y a de très bonnes chances, oui.

— Mais si on vous capture avec moi...

— Si mauvaise que soit la situation, la police ne peut m'arrêter si je n'ai pas commis de crime. Transporter un Occidental n'en est pas un.

— Mais peut-être que transporter un criminel...

— Êtes-vous un criminel, Pak Tyler ?

— Tout dépend de la manière dont on interprète certaines lois du Congrès.

— Je choisis de ne pas les interpréter du tout. Ne vous inquiétez pas. Vous ai-je dit qu'on avait retardé le voyage d'un jour ?

— Pour quelle raison ?

— Un mariage. Bien entendu, les mariages ne sont plus ce qu'ils étaient. L'*adat* mariage s'est terriblement érodé depuis le Spin. Comme tout le reste, depuis que l'argent, les routes et les fast-foods sont arrivés dans les hauteurs. Je ne pense pas que l'argent soit mauvais, mais il peut se révéler terriblement corrosif. Les jeunes sont pressés, de nos jours. Enfin, nous n'avons tout de même pas de mariages en dix minutes comme à Las Vegas... Cela existe toujours, dans votre pays ? »

J'ai reconnu que oui.

« Eh bien, nous finirons bien par y arriver aussi. *Minang hilang, tinggal kerbau*. Au moins, il y aura toujours un *palaminan*, beaucoup de riz gluant et de la musique *saluang*. Êtes-vous assez remis pour y assister ? Au moins pour la musique ?

— J'en serais honoré.

— Donc, demain soir nous chantons, et le lendemain matin, nous défions le Congrès américain. Le mariage joue aussi en notre faveur. Beaucoup de déplacements et de véhicules sur la route : notre petit groupe *rantau* se dirigeant vers Teluk Bayur n'aura pas l'air suspect. »

J'ai dormi tard et me suis réveillé en me sentant mieux que je ne m'étais senti depuis longtemps : plus fort, plus subtilement vigilant. La brise matinale, chaude et riche d'arômes de cuisine, les plaintes des coqs, les coups de marteau venant du centre du village, où on érigeait une estrade en plein air. J'ai passé la journée à la fenêtre, à lire ou observer la procession publique des jeunes mariés vers la maison de l'époux. Le village d'Ina était assez petit pour que le mariage le paralyse. Même les *warungs* locaux avaient fermé pour la journée, mais on avait toutefois laissé du personnel dans les franchises fréquentées par les touristes sur la route principale. En fin d'après-midi, l'odeur de poulet au curry et de lait de noix de coco emplissait l'atmosphère, et Eng est passé en coup de vent m'apporter un repas.

Ibu Ina, en robe brodée et fichu de soie, est apparue à ma porte peu après la tombée de la nuit. « C'est fini, le mariage en lui-même, je veux dire. Il ne reste plus que les chants et les danses. Vous voulez toujours venir, Tyler ? »

J'ai revêtu mes meilleurs habits, un pantalon de coton blanc et une chemise blanche. Cela me rendait nerveux de me montrer en public, mais Ina m'a assuré qu'il n'y avait pas d'inconnus parmi les invités et que j'y serais le bienvenu.

Malgré tout, je me sentais affreusement voyant tandis qu'Ina et moi descendions la rue en direction de l'estrade et de la musique, moins à cause de ma grande taille que de ma trop longue réclusion. Quitter la maison revenait à sortir de l'eau : je me retrouvais soudain sans rien de substantiel autour de moi. Ina m'a changé les idées en me parlant du jeune couple. Le marié, apprenti pharmacien à Belubus, était un de ses jeunes cousins. (Ina appelait « cousin » tout membre de sa famille autre que ses frères, sœurs, oncles et tantes : le système de parenté minang se servait de mots précis dépourvus d'équivalents simples en anglais.) La mariée vivait dans la région où elle jouissait d'une réputation pas tout à fait honorable. Tous deux partiraient *rantau* après le mariage. Le nouveau monde les attirait.

La musique a commencé au crépuscule et ne se tairait, selon Ina, qu'au matin. D'énormes haut-parleurs montés sur poteaux la diffusaient dans tout le village, mais elle provenait de l'estrade surélevée et du groupe qui s'y tenait assis sur des nattes de roseau, deux chanteuses accompagnées à l'instrument par deux hommes. Les chansons, a expliqué Ina, parlaient d'amour, de mariage, de déception, de destin, de sexe. Beaucoup de sexe, en métaphores qui auraient plu à Chaucer. Nous avons pris place sur un banc à la périphérie de la fête. Je me suis attiré plusieurs regards appuyés parmi la foule, dont une partie au moins avait dû entendre parler de la clinique brûlée et du fugitif américain, mais Ina prenait soin que je ne devienne pas une distraction. Elle me gardait pour elle, même si elle souriait avec indulgence aux jeunes assiégeant l'estrade. « J'ai passé l'âge de me plaindre. Mon champ n'a plus besoin qu'on le laboure, comme dit la chanson. Toute cette agitation. Mon Dieu. »

Les jeunes mariés en parures brodées occupaient des faux trônes près de la plate-forme. J'ai pensé que le mari, avec sa fine moustache, avait l'air louche, mais non, a insisté Ina, c'était la fille, si innocente dans son costume de brocart bleu et blanc, qu'il fallait garder à l'œil. Nous avons bu du lait de noix de coco. Nous avons souri. Aux abords de minuit, nombre des femmes du village se sont éclipsées, nous laissant avec une foule d'hommes, les jeunes riant autour de l'estrade, les plus âgés jouant avec beaucoup de sérieux aux cartes sur une table, le visage aussi inexpressif que du vieux cuir.

J'avais montré à Ina les pages dans lesquelles j'avais relaté ma première rencontre avec Wun Ngo Wen. « Mais votre récit ne peut être totalement exact, a-t-elle dit durant une accalmie de la musique. Vous sembliez bien trop calme.

— Je ne l'étais pas du tout. J'essayais juste de ne pas me rendre ridicule.

— Après tout, on vous présentait à un homme de Mars... » Elle a levé les yeux vers le ciel, vers les étoiles post-Spin dans leurs fragiles et éparses constellations peu visibles dans la lumière du mariage. « À quoi vous attendiez-vous donc ?

— À quelqu'un de moins humain, j'imagine.

— Ah, mais il est *très* humain.

— Oui. »

Wun Ngo Wen était devenu une espèce d'idole très respectée dans l'Inde rurale, l'Indonésie et l'Asie du Sud-Est. À Padang, m'a appris Ina, on voyait parfois son portrait dans les maisons, entouré d'un cadre doré comme l'aquarelle d'un saint ou d'un mullah célèbre. « Il y avait, a-t-elle ajouté, quelque chose d'extraordinairement attirant dans son comportement. Une manière de parler familière, même si pour nous, cela passait toujours par un interprète. Et lorsque nous avons vu les photographies de sa planète... tous ces champs cultivés... cela avait tellement l'air plus rural qu'urbain. Plus oriental qu'occidental. La Terre recevait la visite d'un ambassadeur d'un autre monde, et cet ambassadeur était l'un des *nôtres*! Du moins en apparence. On aimait bien aussi sa manière de fustiger les Américains.

— Wun n'a jamais voulu réprimander qui que ce soit.

— La légende dépasse sans doute la réalité. N'aviez-vous pas des milliers de questions à lui poser, le jour où on vous a présenté à lui ?

— Bien entendu. Mais je me suis dit que depuis son arrivée, il avait déjà dû répondre aux questions les plus évidentes. Et qu'il pouvait en avoir marre.

— Il n'avait pas envie de parler de chez lui ?

— Si, si. Il adorait cela. C'est juste qu'il n'aimait pas qu'on l'interroge.

— Je suis moins bien élevée que vous. Je l'aurais sûrement submergé de questions. Supposez, Tyler, que vous ayez pu lui poser n'importe quelle question, ce premier jour... que lui auriez-vous demandé ? »

Je n'ai eu aucune difficulté à lui répondre : je savais précisément quelle question j'avais gardée pour moi lors de ma première rencontre avec Wun Ngo Wen. « Je l'aurais interrogé sur le Spin. Sur les Hypothétiques. Je lui aurais demandé si son peuple avait appris quoi que ce soit que nous ne sachions pas déjà.

— Avez-vous à un moment ou à un autre abordé ce sujet-là avec lui ?

— Oui.

— Et avait-il des choses à dire ?

— Des tas. »

J'ai jeté un coup d'œil sur l'estrade. Un nouveau groupe de *saluang* était arrivé. Le sourire aux lèvres, l'un de ses membres jouait du *rabab*, un instrument à corde, dont il martelait le ventre avec son archet. Une autre chanson de mariage lubrique.

« J'ai bien peur de *vous* avoir interrogé, a dit Ina.

— Désolé. Je suis encore un peu fatigué.

— Alors vous devriez rentrer dormir. Ordre de votre médecin. Avec un peu de chance, vous verrez Ibu Diane demain. »

Elle s'est éloignée avec moi des bruyantes festivités. La musique a continué jusqu'aux environs de cinq heures du matin. Cela ne m'a pas empêché de dormir à poings fermés.

Nijon, l'ambulancier, était un homme taciturne et très mince qui portait une tenue blanche à l'insigne du Croissant-Rouge. Il m'a serré la main avec des égards exagérés, me parlant sans quitter Ibu Ina de ses grands yeux. Je lui ai demandé si ce voyage à Padang le rendait nerveux. Ina m'a traduit sa réponse : « Il dit avoir fait des choses plus dangereuses pour des raisons moins convaincantes. Il dit être heureux de rencontrer un ami de Wun Ngo Wen. Il ajoute que nous devrions prendre la route le plus tôt possible. »

Nous sommes donc montés à l'arrière de l'ambulance, où on entreposait en général l'équipement dans un casier métallique servant aussi de banquette le long de la paroi. Nijon l'avait vidé, ce qui nous a permis d'établir que je pouvais m'y fourrer en repliant mes jambes au niveau de la hanche et du genou tout en rentrant la tête dans les épaules. Le casier, qui sentait l'antiseptique et le latex, m'a semblé aussi confortable qu'une caisse à savon, mais c'est là que je me cacherais, en cas de contrôle, Ina s'asseyant alors sur la banquette dans sa blouse de médecin et Eng, allongé sur un brancard, s'efforçant de son mieux de sembler infecté par le SDCV. Dans l'air chaud du matin, ce plan semblait assez ridicule.

Nijon avait calé le couvercle du casier afin de laisser l'air y pénétrer, aussi n'étoufferais-je sans doute pas, mais la perspective de rester enfermé dans ce qui se résumait en substance à une boîte de métal chaude et sombre ne m'enchantait guère. Par chance, une fois établi que j'y rentrais, ce n'était pas nécessaire, du moins pour le moment. La police, m'a dit Ina, ne se montrait que sur la nouvelle grande route entre Bukik Tinggi et Padang, et comme nous voyagions plus ou moins en convoi avec les autres villageois, nous devrions être avertis bien à l'avance de la présence d'un barrage de police. Je me suis donc assis près d'Ina qui installait une perfusion saline (fausse : scellée et sans aiguille) dans la saignée du coude d'Eng. Enthousiasmé par son rôle, le garçon a entrepris de répéter sa toux, une expectoration sèche venue du fond des poumons qui a fait tout aussi théâtralement froncer les sourcils à Ina : « Tu as volé les cigarettes au clou de girofle de ton frère ? »

Eng a rougi et prétendu n'avoir agi que par souci de réalisme.

« Ah oui ? Eh bien, prends bien soin que ce souci de réalisme ne te conduise pas trop vite au cimetière. »

Nijon a claqué les portières arrière, s'est installé au volant et a démarré. Ainsi a commencé notre voyage cahoteux jusqu'à Padang. Ina a dit à Eng de fermer les yeux. « Fais semblant de dormir. Utilise tes talents d'acteur. » Il n'a pas fallu longtemps pour que la respiration du garçon se transforme en petit ronflement.

« Il n'a pas dormi de la nuit, à cause de la musique, m'a expliqué Ina.

— Je suis stupéfait qu'il puisse tout de même dormir maintenant.

— Un des avantages de l'enfance. Ou du Premier Âge, comme l'appellent les Martiens... si je ne me trompe pas. »

J'ai hoché la tête.

« Ils en ont quatre, si j'ai bien compris ? Là où nous en avons trois ? »

Oui, comme Ina ne pouvait manquer de le savoir. De toutes les coutumes des Cinq Républiques de Wun Ngo Wen, c'était celle que le public terrien avait trouvée la plus fascinante.

Les cultures humaines reconnaissent en général deux ou trois étapes dans la vie : l'enfance et l'âge adulte, ou l'enfance, l'adolescence et l'âge adulte. Certaines réservent un statut spécial à la vieillesse. Mais la coutume martienne était unique et se basait sur leur maîtrise séculaire de la biochimie et de la génétique. Les Martiens divisaient la vie humaine en quatre épisodes marqués par des événements à médiation biochimique. L'enfance allait de la naissance à la puberté. L'adolescence allait de la puberté à la fin de la croissance physique et au début de l'équilibre métabolique. De cet équilibre au déclin, à la mort ou au changement radical, c'était l'âge adulte.

Et après cet âge venait le facultatif : le Quatrième.

Des siècles plus tôt, les biochimistes martiens avaient conçu un moyen de prolonger la vie en moyenne de soixante à soixante-dix ans. Mais cette découverte avait ses inconvénients. Mars était un écosystème fortement contraint, régi par la pénurie d'eau et d'azote. Les terres cultivées qui semblaient si familières à Ibu Ina provenaient d'opérations de génie biologique subtiles et sophistiquées. La reproduction humaine, régulée depuis des siècles, variait en fonction des estimations de viabilité. Ajouter soixante-dix ans à la durée de vie moyenne revenait à provoquer une crise démographique.

Le traitement de longévité n'avait de surcroît rien de simple ni d'agréable. Il consistait en une reconstruction cellulaire complète. On injectait dans l'organisme un mélange d'entités virales et bactériennes conçues par des méthodes très complexes. Des virus taillés sur mesure effectuaient une espèce de mise à jour systémique, réparant ou révisant les séquences ADN, restaurant les télomères, réinitialisant l'horloge génétique, tandis que des phages bactériens cultivés en laboratoire se débarrassaient des métaux toxiques et dépôts divers tout en réparant les dommages physiques manifestes.

Le système immunitaire s'y opposait. Le traitement, au mieux, équivalait à six semaines de grippe débilitante : fièvre, douleurs articulaires et musculaires, faiblesse. Certains organes étaient pris d'une espèce de frénésie reproductive. Les cellules de la peau mouraient et se voyaient remplacées à toute vitesse, le tissu nerveux se régénérait rapidement de lui-même.

C'était un processus épuisant, douloureux et aux effets secondaires potentiels gênants. La plupart des sujets déclaraient avoir perdu au moins une partie de leur mémoire à long terme. On déplorait quelques cas de démence temporaire et d'amnésie incurable. Le cerveau, restauré et recâblé, devenait un organe subtilement différent. Et son propriétaire un être humain subtilement différent.

« Ils ont conquis la mort.

— Pas tout à fait.

— On pourrait penser qu'avec toute leur sagesse, a dit Ina, ils auraient pu rendre l'expérience moins désagréable. »

Ils auraient certainement pu soulager l'inconfort superficiel du passage au Quatrième Âge. Mais ils avaient choisi de s'en abstenir. La culture martienne avait intégré dans ses mœurs le Quatrième Âge et sa douleur : cette dernière était une des conditions limitatives, un inconfort tutélaire. Tout le monde ne choisissait pas de devenir un Quatrième Âge. Non seulement la transition était difficile, mais on avait inclus des pénalités sociales rigides dans les lois de longévité. Tout citoyen martien avait le droit de subir le traitement sans frais et sans préjudice. Mais on avait interdit aux Quatrièmes Âges de se reproduire : la reproduction était un privilège réservé aux adultes. (Depuis deux siècles, on intégrait dans le mélange de longévité des substances qui provoquaient une stérilisation définitive, quel que soit le sexe.) On ne les autorisait pas non plus à voter aux élections du conseil : personne ne voulait d'une planète gouvernée à leur seul profit par de vénérables anciens. Mais chacune des Cinq Républiques disposait d'une espèce de corps chargé d'examiner les décisions de justice, l'équivalent de la Cour suprême aux États-Unis, élu *uniquement* par les Quatrièmes Âges. Ceux-ci étaient à la fois plus et moins que les adultes, de même que les adultes étaient à la fois plus et moins que les enfants. Plus puissants, moins espiègles ; plus et moins libres.

Mais je n'ai pas pu déchiffrer, que ce soit pour Ina ou pour moi-même, tous les codes et totems dans lesquels les Martiens avaient incorporé leur technologie médicale. Des anthropologistes s'y étaient essayés des années durant, en se basant sur les documents d'archives de Wun Ngo Wen. Jusqu'à l'interdiction de toute recherche de ce genre.

« Et nous disposons maintenant de la même technologie, a dit Ina.

— Certains d'entre nous en disposent. J'espère qu'elle finira par être à la disposition de tous.

— Je me demande si nous en userons avec sagesse.

— Ce n'est pas impossible. Les Martiens l'ont fait, et ils sont aussi humains que nous.

— Je sais. Je ne doute pas que ce soit possible. Mais qu'en pensez-vous, Tyler... nous en servirons-nous avec sagesse ? »

J'ai regardé Eng. Il dormait toujours. Peut-être rêvait-il : ses yeux s'agitaient sous ses paupières comme des poissons dans l'eau. Ses narines frémissaient quand il respirait et le mouvement de l'ambulance le ballottait d'un côté ou de l'autre.

« Pas sur cette planète », ai-je répondu.

Quinze kilomètres après Bukik Tinggi, Nijon a donné un grand coup sur la paroi nous séparant du siège conducteur. C'était le signal convenu pour un barrage routier. L'ambulance a ralenti. Ina s'est levée précipitamment en s'armant de courage. Elle a plaqué un masque à oxygène jaune néon sur le visage d'Eng — réveillé, le garçon semblait reconsidérer les mérites de l'aventure — et s'est couvert la bouche d'un masque en papier. « Dépêchez-vous », m'a-t-elle chuchoté.

Je me suis donc contorsionné pour m'insérer dans le casier à équipement. Le couvercle s'est rabattu sur les cales qui permettaient le passage d'un filet d'air, insérant quelques millimètres entre l'asphyxie et moi.

L'ambulance s'est immobilisée avant que je sois prêt et ma tête a durement cogné l'extrémité étroite du casier.

« Du calme, maintenant », a dit Ina... à Eng ou à moi, je ne sais pas trop.

J'ai attendu dans l'obscurité.

Les minutes se sont écoulées. J'entendais le murmure distant d'une conversation, impossible à suivre même si j'en avais compris la langue. Deux voix. Nijon et un inconnu. Une voix grêle, gémissante, dure. Une voix de policier.

Ils ont conquis la mort, avait dit Ina.

Non, ai-je pensé.

Le casier se réchauffait vite. La sueur m'inondait le visage, trempait ma chemise, me piquait les yeux. J'entendais le bruit de ma respiration. Le monde entier me semblait l'entendre.

Nijon a répondu au policier par des murmures révérencieux. Ledit policier a aboyé de nouvelles questions.

« Allons, ne bouge pas, arrête de bouger », a murmuré Ina d'un ton pressant. Par nervosité, Eng faisait rebondir ses pieds sur le fin matelas du brancard. Avec trop d'énergie pour un malade du SDCV. J'ai vu quatre ombres à phalanges sur les quelques millimètres de lumière au-dessus de ma tête : l'extrémité des doigts écartés d'Ina.

On ouvrait maintenant les portes arrière de l'ambulance et j'ai senti les gaz d'échappement du moteur diesel ainsi que la fétide végétation de midi. En hissant la tête — doucement, tout doucement —, j'ai vu une petite bande de lumière extérieure et deux ombres, peut-être Nijon et un policier, peut-être juste des arbres et des nuages.

Le policier a posé une question à Ina d'une voix gutturale

et monotone, ennuyée et menaçante. Cela m'a mis en colère. J'ai pensé à Ina et à Eng, se recroquevillant ou faisant semblant de se recroqueviller face à cet homme en armes et à ce qu'il représentait. Pour moi. Ibu Ina a répondu dans sa langue natale d'un ton grave mais dépourvu de toute provocation. *SDCV, bla-bla-bla SDCV.* Elle se servait de son autorité médicale, testant la sensibilité du policier, équilibrant peur contre peur.

L'agent a répliqué d'un ton brusque, exigeant de fouiller l'ambulance ou de voir les papiers d'Ibu Ina. Cette dernière a dit quelque chose de plus énergique ou de plus désespéré. A prononcé de nouveau le mot *SDCV.*

Je voulais me protéger, mais je voulais surtout protéger Ina et Eng. J'allais me rendre avant qu'il ne leur arrive du mal. Me rendre ou me battre. Me battre ou fuir. Abandonner, si nécessaire, toutes les années que les médicaments martiens avaient rendues à mon corps. Peut-être était-ce le courage des Quatrièmes Âges, ce courage spécial mentionné par Wun Ngo Wen.

Ils ont conquis la mort. Mais non : en tant qu'espèce, terrestre, martienne, durant toutes nos années sur les deux planètes, nous avions seulement conçu des sursis. Rien n'était certain.

Des bruits de pas, de pieds sur du métal. Le policier entreprenait de monter dans l'ambulance. Je l'ai su à bord en sentant le véhicule tanguer sur ses amortisseurs, roulant comme un navire dans une petite houle. Je me suis appuyé sur le couvercle du casier. Ina s'est levée en piaillant des refus.

J'ai inspiré et me suis apprêté à bondir.

Mais il y a eu à ce moment-là du bruit sur la route. Un autre véhicule est passé en vrombissant. D'après le gémissement dopplerisé de son moteur surmené, il roulait très vite... à une vitesse évidente, scandaleuse, qui disait merde à la loi.

Le policier a émis un grognement outragé. Le plancher a bougé à nouveau.

Des bruits de pas, un instant de silence, une porte claquée, puis la voiture du policier (j'imagine) naissant à une vie vengeresse et une furieuse grêle de gravier projetée par des pneus.

Ina a soulevé le couvercle de mon sarcophage.

Je me suis redressé dans la puanteur de ma sueur. « Que s'est-il passé ?

— C'était Aji. Du village. Un cousin à moi. Il a forcé le barrage pour distraire la police. » Elle était pâle mais soulagée. « J'ai peur qu'il conduise comme un ivrogne.

— Il a fait ça pour que la police nous lâche la grappe ?

— Quelle expression pittoresque. Oui. Nous roulons en convoi, vous vous souvenez ? Il y a d'autres voitures, des téléphones portables, il a su ce qui nous arrivait. Il risque une amende ou une réprimande, rien de plus grave. »

J'ai inspiré l'air, que j'ai trouvé doux et frais. J'ai regardé Eng. Il m'a adressé un sourire un peu tremblant.

« Vous serez gentille de me présenter à Aji à notre arrivée à Padang, ai-je dit. Je veux le remercier d'avoir fait semblant d'être ivre. »

Ina a roulé des yeux. « Hélas, Aji ne faisait pas semblant. *C'est* un ivrogne. Une offense aux yeux du prophète. »

Dehors, Nijon nous a regardés, puis, avec un clin d'œil, a refermé les portières.

« Eh bien, on a eu chaud », a dit Ina. Elle a posé la main sur mon bras.

Je me suis excusé de lui avoir laissé prendre le risque.

« Sottises. Nous sommes amis, maintenant. Et ce n'est pas un si grand risque. Les policiers peuvent être difficiles, mais au moins ce sont des gens d'ici et ils sont obligés de suivre certaines règles... pas comme les types de Jakarta, le Nouveau Reformasi ou je ne sais quoi, ceux qui ont incendié ma clinique. Et je suppose que vous prendriez vous-même des risques pour nous. Vous le feriez, Pak Tyler ?

— Oui, je le ferais. »

Sa main tremblait. Elle m'a regardé dans les yeux. « Mon Dieu, je crois que c'est vrai. »

Non, nous n'avions pas un seul instant conquis la mort, nous avions juste conçu des sursis (la pilule, la poudre, l'angioplastie, le Quatrième Âge), promulgué notre conviction que prolonger la vie, même un *tout petit peu*, pourrait produire le plaisir ou la sagesse que nous voulions ou dont nous avions manqué durant celle-ci. Personne ne rentrait chez soi, après un triple pontage ou un traitement de longévité, en espérant vivre pour l'éternité. Lazare lui-même est sorti de la tombe en sachant qu'il mourrait à nouveau.

Mais il en est sorti. Il est sorti avec reconnaissance. J'étais reconnaissant.

Les endroits froids de l'univers

Un vendredi soir, en arrivant chez moi après une réunion tardive à Périhélie, j'ai ouvert la porte et découvert Molly en train de pianoter sur le clavier de mon terminal PC.

Celui-ci était installé dans le coin sud-ouest du salon, contre une fenêtre, dos à la porte. Molly s'est à demi retournée, l'air surpris. Au même moment, d'un geste rapide, elle a cliqué sur l'icône fermant le programme en cours d'utilisation.

« Molly ? »

Cela ne m'étonnait pas de la trouver chez moi. Nous passions la plupart des week-ends ensemble et je lui avais donné un double des clés. Mais elle n'avait jamais manifesté le moindre intérêt pour mon PC.

« Tu n'as pas appelé », a-t-elle dit.

Je sortais d'une réunion avec les représentants de la compagnie assurant la couverture médicale des employés de Périhélie. On m'avait prévenu qu'elle risquerait de durer deux heures mais comme elle s'était limitée à vingt minutes de mise à jour de la politique de facturation, j'ai pensé ensuite qu'il serait plus rapide de rentrer tout simplement chez moi et que j'y arriverais peut-être même avant Molly si jamais elle s'arrêtait acheter du vin. Tel a été sur moi l'effet du long regard franc de Molly que je me suis senti obligé de lui expliquer tout cela avant de lui demander ce qu'elle trafiquait dans mes fichiers.

Elle a ri alors que je traversais la pièce, un de ces rires d'excuse embarrassés : *Tu vois dans quelle situation bizarre tu me surprends ?* Sa main droite s'est déplacée sur le *touchpad* du PC. Molly s'est retournée vers le moniteur. Sur l'écran, le curseur a plongé vers l'icône d'extinction.

« Attends, ai-je dit.

— Pourquoi, tu en as besoin ? »

Le curseur a mis le cap sur sa cible. J'ai posé ma main sur celle de Molly. « En fait, j'aimerais savoir ce que tu faisais. »

Elle était tendue. Une veine pulsait sur la peau rose juste devant son oreille. « Je prenais mes aises. Mmh, peut-être un peu trop ? Je ne pensais pas que cela te gênerait.

— Que quoi me gênerait, Molly ?

— Que j'utilise ton terminal.

— Que tu l'utilises pour quoi ?

— Pour rien, en fait. Je regardais juste. »

Mais ce ne pouvait être la machine qui excitait sa curiosité. Le terminal, âgé de cinq ans, était presque une antiquité. Molly utilisait du matériel plus sophistiqué à la clinique. Et j'avais reconnu le programme fermé avec une telle hâte à mon arrivée : mon gestionnaire personnel, dont je me servais pour payer mes factures, équilibrer mes comptes et mémoriser mes contacts.

« On aurait dit une feuille de calcul, ai-je dit.

— Je me suis promenée là-dedans. Ton bureau m'a perturbée. Tu vois ce que je veux dire. Les gens n'organisent pas tous leurs affaires de la même manière. Désolée, Tyler. Je me suis comportée de manière arrogante, j'imagine. » Elle a dégagé sa main de sous la mienne et a cliqué sur l'icône d'extinction. Le bureau s'est minimisé et j'ai entendu le ventilateur du processeur s'arrêter. Molly s'est levée en ajustant son chemisier. Elle arrangeait toujours un peu son apparence en se levant. Elle remettait les choses en ordre. « Et si j'allais préparer le dîner ? » Elle m'a tourné le dos et s'est dirigée vers la cuisine.

Je l'ai regardée disparaître derrière les portes battantes. J'ai compté jusqu'à dix avant de la suivre.

Elle décrochait des casseroles du râtelier mural. Elle m'a jeté un coup d'œil avant de détourner le regard.

« Molly, ai-je dit. S'il y a quelque chose que tu veux savoir, il suffit de demander.

— Ah. Il suffit juste de demander ? D'accord.

— Molly... »

Elle a posé une casserole sur la cuisinière avec un soin exagéré, comme si elle craignait de la casser. « Tu as besoin que je m'excuse une nouvelle fois ? D'accord, Tyler. Je suis désolée d'avoir joué avec ton terminal sans ta permission.

— Je ne t'accuse de rien, Molly.

— Alors pourquoi est-ce qu'on en parle ? Je veux dire, pourquoi est-ce qu'on a l'air partis pour en parler *toute* la soirée ? » Ses yeux se sont humidifiés. Ses lentilles émeraude ont pris une teinte plus sombre. « Bon, j'étais un peu curieuse de toi.

— De mes factures d'eau et d'électricité ?

— De *toi.* » Elle a tiré une chaise de cuisine, dont le pied s'est accroché dans celui de la table. Elle l'a dégagée d'une secousse et s'est assise, les bras croisés. « Oui, peut-être même des choses sans intérêt. Voire *surtout* de celles-là. » Elle a fermé les yeux et secoué la tête. « Quand je dis ça, j'ai l'air d'une groupie harcelant son idole. Mais oui, tes factures d'eau et d'électricité, la marque de ton dentifrice, ta pointure, oui. Oui, je veux avoir l'impression d'être davantage que la nana que tu sautes le week-end. Je l'avoue.

— Tu n'as pas besoin d'aller voir dans mes fichiers pour ça.

— Je ne l'aurais peut-être pas fait si...

— Si ? »

Elle a secoué la tête. « Je ne veux pas me disputer.

— Parfois, il vaut mieux finir ce qu'on a commencé.

— Eh bien, *là*, par exemple. Chaque fois que tu te sens

menacé, tu te mets en mode *détaché*. Tu deviens tout calme, réservé, analytique, tu me regardes comme une espèce de documentaire animalier passant à la télé. L'écran de verre descend. En fait, cet écran est *toujours* là, pas vrai ? Entre toi et le monde. Voilà pourquoi tu ne parles pas de toi. Voilà pourquoi j'ai dû attendre un an que tu t'aperçoives que je n'étais pas un simple équipement de bureau. Ce grand regard calme, bête et sans fin, qui regarde la vie comme on regarde le JT du soir, comme une espèce de guerre navrante de l'autre côté d'une planète habitée par des gens aux noms imprononçables.

— Molly...

— Je veux dire, bon, je sais bien qu'on est tous dans la merde, Tyler, nous tous qui sommes nés dans le Spin. Un état de stress prétraumatique, je crois que tu as appelé ça ? Une génération d'excentriques. Voilà pourquoi, tous, on couche facilement, on est divorcés, hyper-religieux, dépressifs, maniaques ou *dépassionnés*. On a tous une excellente excuse pour mal se comporter, y compris moi, et s'il te faut être ce roc de serviabilité soigneusement préméditée pour arriver à dormir la nuit, d'accord, je comprends. Mais j'ai aussi le droit d'en vouloir davantage. En fait, il est parfaitement humain que j'aie envie de te toucher. Pas juste de coucher avec toi. De te toucher. »

Elle a dit tout cela puis, s'apercevant qu'elle en avait terminé, a décroisé les bras dans l'attente de ma réaction.

J'ai songé lui répondre moi aussi par un discours. Lui dire que je n'étais *pas* dépassionné à son égard. Cela ne s'était peut-être pas vu, mais je l'avais remarquée dès mon arrivée à Périhélie. J'avais remarqué sa silhouette, ses mouvements, sa manière de se tenir debout, de marcher, de s'étirer ou de bâiller ; sa garde-robe pastel et le bijou fantaisie en forme de papillon accroché à son cou par une chaînette en argent ; ses humeurs, ses élans et la palette de ses sourires, de ses mimiques, de ses gestes. Lorsque je fermais les yeux, je voyais son visage, et c'était son visage que je regardais en m'endormant. J'aimais sa surface et sa substance : le goût salé de sa gorge et la modulation de sa voix, la courbure de ses doigts et les mots qu'ils traçaient sur mon corps.

J'ai pensé à tout cela mais sans pouvoir me résoudre à le lui dire.

Ce n'était pas tout à fait un mensonge. Ce n'était pas tout à fait la vérité non plus.

Nous avons fini par nous réconcilier en échangeant de vagues propos aimables, en versant quelques larmes et en se serrant dans nos bras avant de laisser tomber le sujet. J'ai joué à l'aide-cuistot pendant qu'elle préparait une sauce vraiment excellente pour les pâtes. La tension a commencé à se dissiper et à minuit, après une heure de câlins devant les nouvelles (chômage en hausse, débat électoral, une guerre navrante de l'autre côté de la planète), nous étions prêts à aller nous coucher. Molly a éteint la lumière et nous avons fait l'amour dans la chambre obscure, sous la fenêtre ouverte donnant sur un ciel vide et vierge. Elle a cambré le dos en jouissant et quand elle a soupiré, son souffle m'a paru doux et laiteux. Séparés mais toujours en contact, la main sur la cuisse, nous avons prononcé des phrases inachevées. J'ai dit « tu sais, pour la *passion* » et elle a dit « au lit, mon Dieu, oui ».

Elle s'est vite endormie. Une heure plus tard, je n'avais toujours pas trouvé le sommeil.

Je me suis levé doucement sans que la respiration de Molly en semble perturbée. J'ai enfilé un jean puis je suis sorti de la chambre. Par de telles nuits d'insomnie, un fond de Drambuie m'aidait en général à faire taire ce monologue intérieur tenace, les requêtes présentées par le doute au cerveau antérieur bien fatigué. Mais avant d'aller dans la cuisine, je me suis installé devant mon terminal et j'ai lancé mon gestionnaire domestique.

Impossible de savoir ce que Molly avait regardé. Mais rien n'avait changé, pour autant que je pouvais le dire. Tous les noms et les numéros semblaient intacts. Peut-être avait-elle trouvé là-dedans quelque chose lui permettant de se sentir plus proche de moi. Si c'était vraiment ce qu'elle voulait.

Ou peut-être sa recherche s'était-elle révélée vaine. Peut-être n'avait-elle rien trouvé du tout.

J'ai davantage vu Jason dans les semaines précédant les élections de novembre. Sa maladie regagnait du terrain malgré une médication augmentée, peut-être à cause du stress généré par le conflit avec son père. (E.D. avait annoncé son intention de « reprendre » Périhélie à ce qu'il considérait comme une cabale de bureaucrates et de scientifiques parvenus alignés sur Wun Ngo Wen. Une menace en l'air, selon Jason, mais potentiellement perturbatrice et embarrassante.)

Jase me gardait à proximité au cas où il ait besoin d'antispasmodiques à un moment critique. Cela ne me gênait pas de lui en administrer, dans les limites de la loi et de l'éthique professionnelle. La médecine ne pouvait guère garder Jase opérationnel qu'à court terme, et rester opérationnel le temps nécessaire pour déjouer les manœuvres d'E.D. Lawton était, pour le moment, tout ce qui comptait pour lui.

J'ai donc passé beaucoup de temps dans l'aile de Périhélie réservée aux personnalités, en général avec Jason mais souvent avec Wun Ngo Wen. Ce qui m'a valu la suspicion du reste du personnel attaché, un assortiment de sous-autorités gouvernementales (des représentants subalternes du ministère des Affaires étrangères, de la Maison-Blanche, de la Sécurité intérieure, du Commandement spatial, etc.) et des universitaires recrutés pour traduire, étudier, classifier ce qu'on avait appelé les archives martiennes. Que j'aie accès à Wun leur paraissait irrégulier et importun. J'étais un larbin. Un moins que rien. Mais c'était pour cela que Wun préférait ma compagnie : je n'avais pas de programme à promouvoir ni à protéger. Comme il insistait pour me voir, des flatteurs à l'air renfrogné me laissaient de temps en temps franchir les quelques portes séparant de la chaleur de Floride et du monde entier les appartements climatisés de l'ambassadeur martien.

J'ai ainsi trouvé un jour Wun Ngo Wen assis dans son fauteuil en osier — quelqu'un lui avait apporté un tabouret du même matériau pour que ses pieds ne pendent pas — en train de regarder d'un air songeur le contenu d'une fiole en verre de la taille d'une éprouvette. Je lui ai demandé ce qu'elle contenait.

« Des réplicateurs », a-t-il répondu.

Il portait un costume et une cravate qu'on aurait pu croire faits sur mesure pour un enfant de douze ans plutôt râblé : il venait d'effectuer un exposé devant une délégation du Congrès. Bien que l'existence de Wun n'ait pas été annoncée officiellement, il avait reçu, au cours des semaines précédentes, un flot régulier de visiteurs, américains ou non, agréés par la sécurité. La Maison-Blanche procéderait à l'annonce officielle peu après les élections, Wun serait ensuite vraiment très occupé.

Je suis resté de l'autre côté de la pièce, à distance prudente pour regarder le tube de verre. *Des réplicateurs*. Des mangeurs de glace. Des graines d'une biologie inorganique.

Wun a souri. « Cela vous fait peur ? Il n'y a pas de quoi. Je vous assure que le contenu est en tout point inactif. Je pensais que Jason vous l'avait expliqué. »

Il l'avait fait. Un peu. « Ce sont des appareils microscopiques, ai-je dit. Semi-organiques. Ils se reproduisent dans le froid et le vide extrêmes.

— Voilà, très bien, correct sur le fond. Jason vous a-t-il expliqué leur but ?

— Aller peupler la galaxie. Pour nous expédier des données. »

Wun a hoché lentement la tête, comme si j'avais répondu d'une manière moins satisfaisante, bien que tout aussi correcte sur le fond. « Les Cinq Républiques n'ont jamais rien fabriqué de plus perfectionné, Tyler. Nous n'aurions jamais pu nous permettre le genre d'activité industrielle que votre peuple pratique à une échelle inquiétante : paquebots, hommes sur la lune, grandes villes...

— D'après ce que j'ai vu, vos villes sont assez impressionnantes.

— Uniquement parce que nous les avons bâties dans une gravité plus modérée. Sur Terre, nos tours s'effondreraient sous leur propre poids. Mais le fait est que ceci, le contenu de ce tube, équivaut pour nous à un triomphe technologique : c'est si complexe et si difficile à produire que nous en tirons une certaine fierté, peut-être légitime.

— Je n'en doute pas.

— Alors venez l'apprécier à sa juste valeur. N'ayez pas peur. » D'un geste, il m'a enjoint de m'approcher. J'ai traversé la pièce pour m'asseoir sur une chaise en face de lui. J'imagine que de loin, nous devions ressembler à deux amis discutant de tout et de rien. Mais mes yeux ne quittaient pas la fiole. Il me l'a tendue. « Prenez-la », a-t-il dit.

J'ai saisi le tube entre le pouce et l'index avant de le lever devant la lueur du plafonnier. Le contenu ressemblait à de l'eau ordinaire légèrement huileuse. Rien de plus.

« Histoire que vous vous rendiez bien compte, Tyler, sachez que vous avez entre les mains trente à quarante mille cellules individuelles artificielles dans une suspension de glycérine. Chaque cellule est un gland.

— Vous connaissez les glands ?

— Grâce à mes lectures. C'est une métaphore banale. Les glands et les chênes, pas vrai ? Lorsque vous tenez un gland, vous tenez la possibilité d'un chêne, et non d'un seul mais de toute sa descendance au fil des siècles. Assez de bois de chêne pour construire une ville... Vos villes sont-elles faites de chêne ?

— Non, mais cela n'a pas d'importance.

— Ce que vous tenez, c'est un gland. À l'état latent, comme je l'ai dit, et en fait cet échantillon-*là* est sans doute tout à fait mort, vu le temps qu'il a passé aux températures ambiantes terrestres. Analysez-le, et vous n'y trouverez guère que quelques traces chimiques inhabituelles.

— Mais ?

— Mais... placez-le dans un environnement froid, sans air et comportant de la glace, le nuage d'Oort, par exemple, et alors il vient à la vie, Tyler ! Il commence, très lentement mais très patiemment, à croître et à se reproduire. »

Le nuage d'Oort. J'en avais entendu parler en discutant avec Jason et dans les romans de science-fiction qu'il m'arrivait encore de lire. Il s'agit d'un ensemble nébuleux de corps cométaires qui commence plus ou moins au niveau de l'orbite de Pluton pour s'étendre jusqu'à mi-chemin de l'étoile la plus proche. Ces petits corps ne sont pas du tout serrés les uns contre les autres — ils occupent un volume d'espace quasi inimaginable — mais leur masse totale équivaut à vingt ou trente fois celle de la Terre, pour l'essentiel sous forme de glace sale.

Beaucoup de nourriture, pour qui se nourrit de glace et de poussière.

Wun s'est penché en avant. Nichés dans sa peau évoquant du cuir froissé, ses yeux brillaient. Il souriait, ce que j'avais appris à interpréter comme un signe de sérieux : les Martiens souriaient quand ils parlaient du fond du cœur.

« Cela n'est pas allé sans controverses au sein de mon peuple. Vous avez dans la main de quoi transformer en profondeur non seulement notre système solaire, mais beaucoup d'autres. Et bien entendu, on ne sait pas ce que cela va donner. Si les réplicateurs ne sont pas organiques au sens conventionnel du terme, ils sont bel et bien vivants. Il s'agit de boucles de rétroaction autocatalytiques, susceptibles de subir des modifications dues à la pression environnementale. Tout comme les êtres humains, les bactéries ou les... les...

— Les *murkuds* », ai-je suggéré.

Il a souri. « Ou les *murkuds*.

— En d'autres termes, ils peuvent évoluer.

— Ils *vont* évoluer, et nous ne pouvons pas prévoir de quelle manière. Nous leur avons toutefois imposé certaines limites dans ce domaine. Du moins, nous pensons l'avoir fait. Comme je l'ai dit, il y a amplement matière à controverse. »

Chaque fois que Wun parlait de la politique martienne, j'imaginais des hommes et des femmes ridées vêtues de toges pastel et débattant de sujets abstraits à des tribunes en acier inoxydable. En fait, insistait Wun, les parlementaires martiens se comportaient davantage comme des fermiers fauchés lors d'une vente de grain aux enchères ; et les vêtements... eh bien, je n'ai même pas essayé de me représenter les vêtements : pour les événements officiels, les Martiens des deux sexes avaient tendance à s'habiller comme la reine de cœur d'un jeu de cartes fantaisie.

Mais alors que les débats avaient été longs et sincères, le plan lui-même n'avait rien de bien compliqué. Les réplicateurs seraient éparpillés dans les extrémités froides et lointaines du système solaire. Une partie infinitésimale tomberait sur deux ou trois des noyaux cométaires constituant le nuage d'Oort et commencerait à se reproduire.

Leur information génétique, a dit Wun, était encodée dans des molécules thermiquement instables à des températures supérieures à celles des lunes de Neptune. Mais dans l'environnement hyperfroid pour lequel ils avaient été conçus, des filaments inframicroscopiques entameraient un métabolisme lent et rigoureux. Ils grandiraient à des vitesses auprès desquelles un pin aristata[1] paraîtrait pressé, mais ils grandiraient, assimilant des traces de molécules volatiles et organiques, façonnant la glace en parois, nervures, longerons et liaisons cellulaires.

Le temps que les réplicateurs consomment de l'ordre de quelques mètres cubes de noyaux cométaires, leurs connexions

1. Conifère rustique du sud-ouest des États-Unis à croissance lente (quelques millimètres par an) et grande longévité. (*N.d.T.*)

commenceraient à se complexifier et leur comportement gagnerait en résolution. Ils développeraient des appendices hautement perfectionnés, des yeux de glace et de carbone pour explorer l'obscurité étoilée.

En une dizaine d'années, la colonie de réplicateurs se transformerait en une entité collective complexe capable d'enregistrer et de diffuser des données rudimentaires sur son environnement. Entité qui observerait le ciel en se demandant : *Un objet noir de la taille d'une planète orbiterait-il autour de l'étoile la plus proche?*

Poser et répondre à cette question prendrait quelques décennies de plus, et on connaissait déjà la première réponse : oui, deux mondes en orbite autour de cette étoile étaient des corps noirs : Mars et la Terre.

Néanmoins — patiemment, obstinément, lentement — les réplicateurs collationneraient ces données et les diffuseraient vers leur point d'origine : nous, ou du moins nos satellites d'écoute.

Puis, dans sa sénescence en tant que machine complexe, la colonie de réplicateurs se diviserait en groupes individuels de cellules simples, identifierait une autre étoile brillante ou proche, et se servirait des substances volatiles extraites des noyaux cométaires pour propulser ses graines hors du système solaire. (Graines qui laisseraient derrière elles d'infimes fragments d'elles-mêmes en guise de répéteurs radio, de nœud passif dans un réseau en extension.)

Ces graines de deuxième génération dériveraient des années, des décennies, des millénaires dans l'espace interstellaire. La plupart finiraient par périr, perdues sur des trajectoires vaines ou attirées dans des courants gravitationnels. Certaines, incapables d'échapper à la faible mais lointaine attraction du Soleil, retomberaient dans le nuage d'Oort et répéteraient le processus, consommant stupidement mais patiemment de la glace et enregistrant des informations redondantes. Au cas où deux lignées se rencontreraient, elles échangeraient du matériel cellulaire, établissant la moyenne des erreurs de copie provoquées par le temps ou les radiations, et produiraient une descendance presque mais pas totalement semblable à elles-mêmes.

Quelques-unes atteindraient le halo glacé d'une étoile proche et reprendraient le cycle au début, rassemblant cette fois des informations nouvelles, qu'elles finiraient par nous diffuser en salves de données, brefs orgasmes numériques. *Étoile binaire*, diraient-elles, *aucun corps planétaire sombre*. Ou peut-être : *naine blanche, un corps planétaire sombre.*

Et le cycle se répéterait.

Et se répéterait.

Et se répéterait encore, d'une étoile à l'autre, l'une après l'autre, au fil des siècles et des millénaires, agonisant à une vitesse très faible mais assez élevée sur l'échelle temporelle utilisée par la galaxie... et selon laquelle, de notre tombeau, nous considérions l'univers. Nos jours engloberaient leurs années par centaines de milliers et une décennie de notre temps ralenti les verrait infester la majeure partie de la galaxie.

L'information passerait de nœud en nœud à la vitesse de la lumière, changerait le comportement, dirigerait de nouveaux réplicateurs vers des territoires inexplorés, supprimerait les redondances d'informations afin de ne pas saturer les nœuds centraux. Tout cela revenait en réalité à câbler une espèce de pensée rudimentaire dans la galaxie. Les réplicateurs construiraient un réseau neural aussi grand que le ciel nocturne, réseau qui communiquerait avec nous.

Y avait-il des risques ? Bien entendu.

Sans le Spin, a dit Wun, jamais les Martiens n'auraient approuvé une appropriation aussi arrogante des ressources de la galaxie. Il ne s'agissait pas juste d'explorer, mais d'*intervenir*, d'imposer un nouvel ordre à l'écologie galactique. S'il y avait une autre espèce intelligente — et l'existence des Hypothétiques répondait définitivement par l'affirmative à cette question —, la dispersion des réplicateurs pourrait être prise, à tort, pour une agression. Et entraîner des représailles.

Les Martiens n'avaient réexaminé le risque qu'en détectant des structures Spin en construction au-dessus de leurs pôles nord et sud.

« Le Spin a plus ou moins rendu obsolète toute objection, a dit Wun. Avec de la chance, les réplicateurs nous apprendront quelque chose d'important sur les Hypothétiques, ou du moins sur l'étendue de leur action dans la galaxie. Nous pourrons peut-être avoir une idée du but du Spin. Sinon, ils serviront en quelque sorte de signal d'alarme pour les autres espèces intelligentes confrontées au même problème. Une analyse poussée permettra à un observateur sérieux de voir dans quel but le réseau a été construit. D'autres civilisations pourront choisir de s'y brancher. La connaissance pourrait en aider d'autres à se protéger. À réussir là où nous avons échoué.

— Vous pensez que nous allons à l'échec ? »

Wun a haussé les épaules. « N'avons-nous pas déjà échoué ? Le Soleil est désormais très âgé. Vous le savez bien, Tyler. Rien ne dure indéfiniment. Et vu les circonstances, pour nous, même "indéfiniment" n'est pas très long. »

Peut-être était-ce la manière dont il l'avait dit, avec ce petit sourire triste de sincérité martienne et en se penchant en avant sur son fauteuil en osier, mais le poids de sa déclaration m'a paru un peu choquante.

Non que cela me surprît. Nous nous savions tous condamnés. Condamnés, au moins, à finir nos vies sous une coquille constituant notre seule protection contre un système solaire hostile. La lumière ayant rendu Mars habitable rôtirait la Terre si on la privait de sa membrane Spin. Et même Mars (dans sa propre enveloppe obscure) glissait rapidement hors de ce qu'on appelait la zone habitable. L'étoile mortelle mère de toute vie était passée dans une sénescence sanglante et nous tuerait sans conscience.

La vie avait fait son apparition aux limites d'une réaction nucléaire instable. C'était vrai et l'avait toujours été, même avant le Spin, même à l'époque du ciel transparent et des nuits d'été étincelant d'étoiles lointaines sans importance. Cela avait été vrai mais sans conséquence parce que la vie humaine ne durait guère ; d'innombrables générations se seraient succédé le temps d'un battement de cœur du Soleil. Mais désormais, Dieu nous aidait, nous vivions plus vieux que le Soleil. Soit nous finirions en cendres orbitant autour de son cadavre, soit nous serions préservés dans une nuit éternelle, curiosités encapsulées dépourvues de véritable foyer dans l'univers.

« Tyler ? Vous ne vous sentez pas bien ?

— Si, ça va. » Pour je ne sais quelle raison, je pensais à Diane. « Peut-être ne pouvons-nous espérer davantage que d'en comprendre un minimum avant que le rideau tombe.

— Quel rideau ?

— Avant la fin.

— Voilà qui n'est pas d'une bien grande consolation. Mais peut-être, en effet, ne peut-on guère espérer que cela.

— Votre peuple connaît l'existence du Spin depuis des millénaires. Et durant tout ce temps, vous n'avez rien pu apprendre sur les Hypothétiques ?

— Non. Désolé. Je ne peux vous offrir cela. Quant à la nature physique du Spin, nous ne disposons que de quelques hypothèses. » (Que Jason avait peu auparavant essayé de m'expliquer : une histoire de quanta temporels surtout constituée de mathématiques et largement hors de portée des technologies terrienne et martienne.) « Sur les Hypothétiques eux-mêmes, nous n'avons rien. Et sur ce qu'ils veulent de nous... » Il a haussé les épaules. « Encore des hypothèses. Nous nous sommes posé la question suivante : qu'est-ce que la Terre avait de spécial lorsqu'on l'a encapsulée ? Pourquoi les Hypothétiques ont-ils attendu pour s'occuper de Mars, et pourquoi ont-ils choisi ce moment particulier de notre histoire ?

— Et vous avez des réponses ? »

L'un de ses attachés a frappé à la porte puis l'a ouverte. Un type à la calvitie naissante vêtu d'un costume noir sur mesure.

Il a parlé à Wun, mais en me regardant. « Un petit rappel : le représentant de l'Union européenne arrive. Dans cinq minutes. » Il a tenu la porte grande ouverte avec l'air d'attendre quelque chose. Je me suis levé.

« La prochaine fois, a dit Wun.

— Bientôt, j'espère.

— Dès que peux arranger cela. »

J'étais en retard et j'avais fini ma journée. Je suis parti par la porte nord. En gagnant le parking, je me suis arrêté près de la palissade qui délimitait le chantier de la nouvelle extension de Périhélie. Par les interstices de la clôture de sécurité, j'ai vu un bâtiment simple en parpaings de mâchefer, d'énormes réservoirs de pression externes, des embrasures en béton traversées de tuyaux aussi larges que des tonneaux. Des rouleaux de tuyaux en cuivre et du téflon isolant jaune jonchaient le sol. Un contremaître casqué de blanc aboyait ses ordres à des hommes poussant des brouettes, des hommes équipés de lunettes de sécurité et de chaussures à embout métallique.

Ils construisaient un incubateur pour un nouveau genre de vie. On cultiverait là les réplicateurs dans des berceaux d'hélium liquide, on les préparerait au lancement dans les endroits glacés de l'univers : nos héritiers, en un sens, destinés à vivre plus longtemps et à voyager plus loin que les humains ne le feraient jamais. Notre dialogue final avec l'univers. À moins qu'E.D. ne parvienne à ses fins et annule tout le projet.

Ce week-end-là, Molly et moi sommes allés nous promener sur la plage.

C'était un samedi sans nuages de fin octobre. Nous avons parcouru cinq cents mètres sur le sable recouvert de mégots avant que la température ne devienne inconfortablement élevée et le soleil trop brillant, l'océan renvoyant la lumière en éblouissantes pointes d'épingle, comme si des bancs de diamants nageaient au large. Molly portait un short, des sandales et un T-shirt de coton blanc qui commençait à lui coller au corps de manière séduisante, et elle avait rabattu la visière de sa casquette pour se protéger les yeux.

« C'est un truc que je n'ai jamais compris, a-t-elle dit en s'essuyant le front avec le poignet avant de se retourner vers les traces qu'elle avait laissées dans le sable.

— Quoi donc, Molly ?

— Le soleil. Je veux dire sa lumière. Cette lumière. Elle est fausse, tout le monde le dit, mais bon Dieu, la chaleur, elle est réelle, elle.

— Le soleil n'est pas vraiment faux. Celui que nous voyons n'est pas le vrai, mais cette lumière en vient. Il est géré par les Hypothétiques, les longueurs d'ondes réduites et filtrées...

— Je sais, mais je voulais parler de son déplacement dans le ciel. L'aube, le crépuscule. Si ce n'est qu'une projection, comment se fait-il qu'il ait la même apparence vu du Canada et d'Amérique du Sud ? Si la barrière Spin n'est qu'à quelques centaines de kilomètres d'altitude ? »

Je lui ai raconté ce que Jason m'avait raconté un jour : le faux soleil n'était pas une illusion projetée sur un écran mais une réplique de lumière solaire *traversant* l'écran depuis une source située à cent cinquante millions de kilomètres, comme un rendu par lancer de rayon à une échelle colossale.

« Un truquage foutrement élaboré, a estimé Molly.

— S'ils l'avaient fait d'une autre manière, nous serions tous morts depuis des années. L'écologie planétaire a besoin d'une journée de vingt-quatre heures. » Nous avions déjà perdu un certain nombre d'espèces animales qui dépendaient de la lune pour se nourrir ou s'accoupler.

« Mais c'est un mensonge.

— Si tu veux l'appeler ainsi.

— J'appelle un chat, un chat. Je reçois sur le visage la lumière d'un mensonge. D'un mensonge qui peut donner le cancer de la peau. Mais je ne le comprends toujours pas. J'imagine qu'on ne le comprendra jamais, à moins qu'on comprenne les Hypothétiques. Si on les comprend un jour. Ce dont je doute. »

On ne peut comprendre un mensonge, m'a dit Molly alors que nous longions une vieille promenade blanchie par le sel, qu'en comprenant la motivation qui le sous-tend. Elle a dit ça en me jetant des regards obliques, ses yeux m'expédiant depuis l'ombre de sa visière des messages que je n'arrivais pas à déchiffrer.

Nous avons passé le reste de l'après-midi à lire ou écouter de la musique dans mon logement de location climatisé, mais Molly s'agitait et je n'avais pas encore tout à fait accepté son incursion dans mon ordinateur, autre événement incompréhensible J'aimais Molly. Ou du moins, je me disais que je l'aimais. Ou, si ce n'était pas de l'amour que je ressentais pour elle, c'en était du moins une imitation plausible, un substitut convaincant.

Ce qui m'inquiétait, c'était que Molly se montrait complètement imprévisible, aussi changée par le Spin que le reste d'entre nous. Je ne pouvais lui offrir de cadeaux : il y avait des objets qu'elle désirait, mais on ne pouvait deviner lesquels si elle n'exprimait pas son admiration sur l'un d'eux dans une vitrine. Elle gardait bien profondément cachés ses besoins les plus profonds. Peut-être, comme la plupart des personnes secrètes, supposait-elle que je gardais moi aussi des secrets importants.

Nous venions de terminer de dîner et commencions à nettoyer quand le téléphone a sonné. Molly a décroché pendant que je me séchais les mains. « Oui, a-t-elle dit. Si, il est là. Attendez une seconde. » Elle a pressé la touche secret et m'a demandé : « C'est Jason. Tu veux lui parler ? Il a l'air complètement déboussolé.

— Évidemment que je vais lui parler. »

J'ai pris le combiné et j'ai attendu. Molly m'a regardé longtemps, puis a roulé des yeux et quitté la cuisine. Intimité. « Jase ? Qu'est-ce qui se passe ?

— J'ai besoin de toi ici, Tyler. » Il parlait d'une voix tendue, gênée. « *Tout de suite.*

— Un problème ?

— Putain, oui, j'ai un problème. Et il faut que tu viennes le régler.

— C'est urgent à ce point ?

— Tu crois que je t'appellerais, sinon ?

— Où es-tu ?

— Chez moi.

— OK, écoute, ça peut prendre un peu de temps, avec la circulation...

— Arrive, c'est tout », a-t-il coupé.

J'ai donc annoncé à Molly devoir terminer un travail urgent. Elle a souri, ou peut-être grimacé, avant de dire : « Quel genre de travail ? Quelqu'un a raté un rendez-vous ? Un accouchement ? Quoi ?

— Je suis médecin, Molly. Ce sont les privilèges du métier.

— Être médecin ne fait pas de toi le toutou de Jason Lawton. Tu n'as pas besoin d'aller chercher chaque bâton qu'il lance.

— Désolé de devoir abréger la soirée. Tu veux que je te dépose quelque part, ou... ?

— Non. Je vais rester ici jusqu'à ton retour. » Elle m'a regardé d'un air de défi, un air belliqueux, en voulant presque que j'élève une objection.

Mais je ne pouvais pas discuter. Cela aurait voulu dire que je n'avais pas confiance en elle. Et j'avais confiance en elle. La plupart du temps. « Je ne sais pas trop combien de temps ça va durer.

— Pas grave. Je m'installerai sur le canapé et je regarderai la télé. Si tu n'as rien contre ?

— Du moment que tu ne t'ennuies pas.

— Je promets de ne pas m'ennuyer. »

L'appartement à peine meublé de Jason se situait à trente kilomètres de chez moi par l'autoroute, et en m'y rendant, j'ai dû faire un détour parce que l'attaque ratée d'un fourgon de transport de fonds venait de provoquer la mort de touristes canadiens passant en voiture à ce moment-là. Jase m'a donné accès à l'immeuble quand j'ai sonné à l'interphone et a crié « c'est ouvert » lorsque j'ai frappé à sa porte.

J'ai trouvé le grand salon aussi dépouillé que jamais, désert de parquet dans lequel Jase avait établi son camp de bédouin. Il m'a reçu allongé sur le canapé, près d'un lampadaire délivrant une lumière dure et peu flatteuse. Il avait le teint pâle, le front perlé de sueur et les yeux brillants.

« J'ai cru que tu ne viendrais pas, m'a-t-il lancé. Que ta péquenaude de petite amie ne te laisserait peut-être pas sortir. »

Je lui ai raconté le détour imposé par la police. Puis je lui ai dit : « Sois gentil : arrête de parler de Molly comme ça.

— Que j'arrête d'en parler comme d'une bouseuse de l'Idaho à la sensibilité de bas étage ? Pas de problème. Tout ce que tu voudras.

— Qu'est-ce qui te prend ?

— Question intéressante. À laquelle il y a de nombreuses réponses possibles. Regarde. »

Il s'est levé.

Une opération graduelle, pathétique, faiblarde. Jason était toujours grand, toujours svelte, mais avait perdu la grâce naturelle qui imprégnait ses mouvements. Ses bras remuaient. Ses jambes, lorsqu'il a réussi à se mettre droit, se sont agitées sous lui comme des échasses articulées. Il a cligné convulsivement des yeux. « Voilà ce qui me prend », a-t-il dit. Puis, comme un autre mouvement convulsif, la colère s'est emparée de lui, son état émotionnel étant aussi instable que ses membres : « Regarde-moi ! P-putain, Tyler, *regarde ça !*

— Rassieds-toi, Jase. Laisse-moi t'examiner. » J'avais apporté ma trousse. J'ai relevé sa manche et installé un tensiomètre sur son bras maigre. Sous la peau, je sentais le muscle se contracter, à peine contrôlé.

Il avait une pression sanguine élevée et le pouls trop rapide.

« Tu as pris tes anticonvulsifs ?

— Oui, je les ai pris, ces anticonvulsifs de merde, évidemment.

— À l'heure prévue ? Sans dépasser la dose prescrite ? Parce que si tu en prends trop, Jase, tu te fais plus de mal que de bien. »

Il a soupiré d'un air impatient. Puis il a agi d'une manière surprenante. Il a tendu la main derrière ma tête et m'a douloureusement attrapé par les cheveux, avant de tirer vers le bas jusqu'à ce que mon visage se retrouve près du sien. Les mots se sont échappés de sa bouche comme une rivière déchaînée.

« Ne me fais pas la leçon, Tyler. Ne le fais pas, parce que je ne peux pas me le permettre en ce moment. Tu as peut-être des problèmes avec mon traitement. Je suis désolé, mais ce n'est pas le moment de me ressortir tes foutus principes. L'enjeu est trop grand. E.D. arrive à Périhélie demain matin. E.D. pense avoir un atout à jouer. E.D. préférerait nous faire fermer plutôt que me laisser m'emparer de sa saloperie de trône. Je ne peux pas permettre que cela se produise. Et regarde-moi : j'ai l'air en état de commettre un parricide ? » Il a resserré sa prise à m'en faire mal — il avait toujours assez de force pour cela — avant de me lâcher et de me repousser de l'autre main. « Alors RÉPARE-MOI ! C'est à ça que tu *sers*, non ? »

J'ai tiré une chaise sur laquelle je me suis assis sans un mot jusqu'à ce que Jason retombe sur le canapé, épuisé par son accès de colère. Il m'a regardé sortir une seringue de ma sacoche et la remplir à un petit flacon brun.

« Qu'est-ce que c'est ?

— Un soulagement temporaire. » Il s'agissait en réalité d'un inoffensif mélange de vitamines B associé à un tranquillisant léger. Jason l'a regardé d'un air soupçonneux mais m'a laissé le lui injecter dans le bras. Une minuscule perle de sang est apparue lorsque j'ai retiré l'aiguille.

« Tu sais déjà ce que j'ai à te dire, lui ai-je lancé. Il n'y a pas de remède à ce problème.

— Pas de remède *terrestre.*

— Que veux-tu dire par là ?

— Tu le sais très bien. »

Il parlait du traitement de longévité de Wun Ngo Wen.

La reconstruction, nous avait appris celui-ci, était aussi le remède à une longue liste de maladies génétiques incapacitantes. Il purgerait l'ADN de Jason de la SEPA, inhibant les mauvaises protéines qui érodaient son système nerveux. « Mais cela prendrait des semaines, ai-je objecté. De toute manière, je ne peux pas accepter qu'on fasse de toi le cobaye d'une procédure non testée.

— Comment ça, non testée ? Les Martiens s'en servent depuis des siècles, et ils sont aussi humains que nous. De toute manière, Tyler, je suis désolé, mais tes scrupules professionnels ne m'intéressent pas vraiment. Ils ne font tout simplement pas partie de l'équation.

— Et pourtant si. Pour autant que je sois concerné.

— La question est donc : jusqu'à quel point es-tu concerné ? Si tu ne veux pas en faire partie, retire-toi.

— Le risque...

— C'est moi qui le cours, pas toi. » Il a fermé les yeux. « Ne prends pas cela pour de l'arrogance ou de la vanité, mais que je meure ou que je vive, voire que je puisse marcher droit ou prononcer mes p-putains de consonnes, cela fait une grosse différence. Pour le monde entier. Parce que je suis dans une position d'une importance unique. Et pas par hasard. Pas grâce à mon intelligence ou à ma vertu. J'ai été désigné. À la base, Tyler, je suis un artefact, un objet construit, conçu par E.D. Lawton de la même manière que ton père et lui concevaient des plans de sustentation. Je fais le travail pour lequel il m'a construit : je gère Périhélie, je gère la réaction humaine au Spin.

— Le président ne serait peut-être pas d'accord. Sans parler du Congrès. Ni des Nations unies, d'ailleurs.

— Je t'en prie. Je ne suis pas en plein délire. Justement. Gérer Périhélie signifie jouer la comédie aux parties intéressées. Toutes autant qu'elles sont. E.D. le sait très bien : il se montre d'un cynisme sans pareil sur le sujet. Il a transformé Périhélie en bonne aubaine pour l'industrie aérospatiale, et il y est arrivé en se liant d'amitié ou en nouant des alliances politiques avec des gens haut placés. En amadouant, suppliant, faisant pression, finançant des campagnes. Il avait une vision, il avait des relations et il se trouvait au bon endroit au bon moment : il a pu proposer le programme aérostats et sauver du Spin l'industrie des télécommunications, ce qui l'a propulsé dans l'entourage de personnes puissantes... et il sait exploiter une opportunité. Sans E.D., il n'y aurait pas d'humains sur Mars. Sans E.D. Lawton, Wun Ngo Wen n'existerait pas. Reconnais cela à ce vieux con. C'est un grand homme.

— Mais ?

— Mais c'est un homme de son époque. Pré-Spin. Aux motivations archaïques. Le flambeau a changé de main. Ou il va changer de main, si j'y arrive.

— Je ne sais pas ce que tu veux dire par là, Jase.

— E.D. pense toujours pouvoir retirer un avantage personnel de tout cela. Il en veut à Wun Ngo Wen et il déteste l'idée d'ensemencer la galaxie de réplicateurs, pas parce qu'il trouve ça trop ambitieux, mais parce que c'est mauvais pour les affaires. Le projet Mars a injecté des milliards de dollars dans l'aérospatiale. Il a rendu E.D. plus riche et plus puissant qu'il avait jamais rêvé d'être. Cela l'a fait connaître de tous. Et E.D. pense toujours que cela a de l'importance. Il pense que cela a autant d'importance qu'avant le Spin, quand on pouvait faire de la politique comme on joue, prendre des risques pour remporter la mise. Mais la proposition de Wun ne paye pas de cette manière. Lancer des réplicateurs est un investissement dérisoire, comparé à la terraformation de

Mars. Il suffit de deux Delta 7 et d'un moteur ionique bon marché. D'un lance-pierres et d'une éprouvette, en fait.

— Pourquoi est-ce mauvais pour E.D. ?

— Cela n'aide guère à protéger une industrie en cours d'effondrement. Cela mine ses soutiens financiers. Pire, cela le sort du feu des projecteurs. Tout le monde va se tourner d'un coup vers Wun Ngo Wen... nous ne sommes qu'à deux semaines d'une tempête médiatique sans précédent... et Wun m'a choisi pour vendre son projet. La dernière chose que souhaite E.D., c'est qu'un fils ingrat et un Martien ridé démantèlent l'œuvre de sa vie et lancent une armada moins coûteuse à produire qu'un simple avion de ligne.

— Qu'est-ce qu'il préférerait ?

— Il a mis au point un programme à grande échelle. Il l'a appelé "surveillance intégrale du système". La recherche d'indices récents d'une activité des Hypothétiques. Avec des appareils surveillant toutes les planètes de Pluton à Mercure, des postes d'écoute sophistiqués dans l'espace interplanétaire, des missions de reconnaissance des artefacts Spin aux pôles terrestres et martiens.

— C'est une mauvaise idée ?

— Cela pourrait nous fournir quelques informations sans intérêt. Augmenter un peu le volume de nos données et canaliser de l'argent dans l'industrie. C'est conçu dans ce but. Mais E.D. ne comprend pas, sa *génération* ne comprend pas du tout...

— Quoi donc, Jase ?

— ... que la fenêtre se referme. La fenêtre humaine. Notre époque sur Terre. L'époque de la Terre dans l'univers. Elle touche à sa fin. Il ne nous reste, à mon avis, qu'une seule occasion réaliste de comprendre ce que signifie — ce que *signifiait* — d'avoir construit une civilisation humaine. » Ses paupières ont cillé, une fois, deux fois, lentement. La plus grande partie de sa tension et de sa colère avait disparu. « Ce que signifie d'avoir été choisi pour cette forme particulière d'extinction. Et même davantage. Ce que signifie... Ce que signifie... » Il a levé les yeux : « Qu'est-ce que tu m'as donné, bordel, Tyler ?

— Pas grand-chose. Un anxiolytique léger.

— Une réparation rapide ?

— N'est-ce pas ce que tu veux ?

— J'imagine. Je veux être présentable demain matin, voilà ce que je veux.

— Le remède ne te guérira pas. Ce que tu me demandes revient à essayer de réparer un faux contact en augmentant la tension du courant. Cela peut fonctionner, sur le court terme. Mais c'est peu fiable et soumet d'autres parties de l'organisme à des contraintes inacceptables. Je serais ravi de te donner une bonne journée sans le moindre symptôme. Je veux juste éviter de te tuer.

— Si tu ne me donnes *pas* une journée sans symptômes, *autant* me tuer.

— Je n'ai que mon avis professionnel à te proposer.

— Et que puis-je espérer de ton avis professionnel ?

— Je peux aider. Je pense. Un peu. Pour cette fois. *Pour cette fois*, Jase. Mais on n'a pas vraiment de marges de manœuvre. Il faut que tu l'admettes.

— Aucun d'entre nous n'a vraiment de marges de manœuvre. On doit tous l'admettre. »

Mais il a soupiré et souri lorsque j'ai rouvert ma sacoche.

En rentrant chez moi, j'ai trouvé Molly sur le canapé en train de regarder à la télé un film populaire récent parlant d'elfes, ou peut-être d'anges. Une vague lumière bleue emplissait tout l'écran. Molly a éteint quand je suis entré. Je lui ai demandé s'il s'était passé quelque chose durant mon absence.

« Pas vraiment. Tu as reçu un coup de fil.

— Ah oui ? De qui ?

— La sœur de Jason. Comment elle s'appelle, déjà... Diane. Celle en Arizona.

— Elle a dit ce qu'elle voulait ?

— Juste parler. Alors on a parlé un peu.

— Ah bon. Et de quoi ? »

Molly s'est à demi retournée, plaçant son profil en contre-jour devant la faible lumière sortant de la chambre. « De toi.

— Et de quelque chose en particulier ?

— Ouais. Je lui ai dit qu'il ne fallait plus qu'elle appelle maintenant que tu avais une nouvelle petite amie. Je lui ai dit que c'était moi qui prendrais tes appels à partir de maintenant. »

Je l'ai regardée bouche bée.

Molly a montré les dents dans ce que j'ai compris vouloir être un sourire. « Allons, Tyler, tu ne comprends pas la plaisanterie ? Je lui ai répondu que tu étais sorti. J'ai bien fait ?

— Tu lui as dit que j'étais sorti ?

— Oui, que tu étais sorti. Je n'ai pas précisé où. Parce qu'en fait, tu ne me l'as pas dit.

— A-t-elle précisé si c'était urgent ?

— Ça n'en avait pas l'air. Rappelle-la, si tu veux. Vas-y... Je m'en fiche. »

Mais cela aussi, c'était un test. « Ça peut attendre, ai-je répliqué.

— Tant mieux. » Des fossettes se sont creusées dans ses joues. « Parce que j'ai d'autres projets. »

Rites sacrificiels

Obsédé par l'arrivée imminente d'E.D. Lawton, Jason avait négligé de mentionner que Périhélie attendait un autre invité : Preston Lomax, l'actuel vice-président des États-Unis, que les sondages donnaient gagnant des prochaines élections.

La sécurité était stricte aux entrées du complexe, et on voyait un hélicoptère posé sur le toit du bâtiment central. Le président Garland nous ayant rendu plusieurs visites le mois précédent, j'ai reconnu tous ces protocoles Code Rouge. Le garde à l'entrée principale, celui qui m'appelait « Doc » et dont je vérifiais les taux de cholestérol une fois par mois, m'a glissé qu'il s'agissait cette fois de Lomax.

Je venais de franchir la porte de la clinique (où, en l'absence de Molly, une intérimaire du nom de Lucinda gérait l'accueil) lorsque j'ai reçu sur mon *pager* un message me redirigeant vers le bureau de Jason, dans l'aile de la direction. Quatre périmètres de sécurité après, je me suis retrouvé seul avec lui. Je craignais qu'il me demande davantage de médicaments, mais le traitement de la veille lui avait permis de bénéficier d'une rémission convaincante, bien que purement temporaire. Il s'est levé et a traversé la pièce en tendant ostensiblement une main qui ne tremblait pas : « Je veux te remercier pour cela, Ty.

— Pas de quoi, mais je me sens obligé de te le répéter : c'est sans garantie.

— Bien noté. Du moment que je suis retapé pour la journée. E.D. arrive à midi.

— Avec le vice-président.

— Lomax est là depuis sept heures du matin. C'est un lève-tôt. Il a passé deux heures avec notre hôte martien et je lui fais faire le tour des lieux sous peu. À propos, Wun voudrait te voir, si tu as quelques minutes.

— Ma foi, si les affaires nationales ne l'occupent pas trop. » Lomax était le candidat ayant le plus de chances de remporter les élections de la semaine suivante — les sondages lui prédisaient une large victoire. Jase cultivait son amitié bien avant l'arrivée de Wun, et Lomax était fasciné par le Martien. « Ton père se joindra à la visite ?

— Uniquement parce qu'on ne peut pas l'en empêcher sans se montrer impoli.

— Tu prévois un problème ?

— J'en prévois beaucoup.

— Sur le plan physique, tu te sens bien ?

— Très bien. Mais c'est toi le médecin. J'ai juste besoin d'encore quelques heures, Tyler. Je suppose que je les ai ? »

Il avait le pouls un peu rapide — rien d'étonnant à cela — mais les symptômes de la SEPA avaient bel et bien disparu. De plus, toute éventuelle agitation ou confusion due aux médicaments restait cachée. En fait, il semblait presque d'un calme radieux, comme enfermé dans une pièce tranquille et lucide à l'arrière de son crâne.

Je suis donc allé voir Wun Ngo Wen. Il avait déserté ses appartements au profit de la petite cantine directoriale, à laquelle on n'accédait qu'en franchissant, si on le pouvait, le cordon des grands types avec un câble en tire-bouchon derrière l'oreille. Wun a levé les yeux quand j'ai dépassé la table chauffante et a écarté d'un geste les clones de sécurité qui s'avançaient pour m'intercepter.

Je me suis assis en face de lui à une table en verre. Un sourire serein aux lèvres, une fourchette de cantine à la main, il mangeait du bout des lèvres un steak de saumon blafard. Il aurait pu utiliser un rehausseur.

Mais la nourriture lui convenait. Il semblait avoir pris un peu de poids depuis son arrivée à Périhélie. Son costume, taillé sur mesure deux mois plus tôt, lui serrait un peu l'abdomen. Il avait négligé de boutonner la veste. Ses joues aussi s'étaient arrondies, même si elles restaient toujours aussi ridées, leur peau sombre doucement ravinée.

« J'ai entendu dire que vous aviez eu de la visite », ai-je commencé.

Wun a hoché la tête. « Mais ce n'était pas notre première rencontre. J'ai vu plusieurs fois le président Garland à Washington et j'ai déjà rencontré le vice-président Lomax à deux reprises. On dit que les élections devraient le porter au pouvoir.

— Il n'est pas particulièrement aimé pour autant.

— Ma position ne me permet pas de le juger en tant que candidat, a répondu Wun. Mais il pose des questions intéressantes. »

Sa remarque m'a fait me sentir un peu protecteur : « Je suis sûr qu'il peut se montrer aimable quand il le veut. Et il n'a pas à rougir de son bilan. Mais il est resté une bonne partie de sa carrière l'homme le plus haï du Congrès. Il y a été, sous trois législatures différentes, chargé de la discipline dans son parti. Pas grand-chose ne lui échappe. »

Wun a souri. « Vous me croyez naïf, Tyler ? Vous craignez que le vice-président Lomax m'exploite ?

— Naïf n'est pas le mot exact...

— Je suis novice, d'accord. Les nuances politiques subtiles m'échappent. Mais j'ai quelques années de plus que Lomax, et j'ai moi-même exercé des fonctions officielles.

— Ah bon ?

— Pendant trois ans, a-t-il précisé avec une fierté visible. J'ai été administrateur agricole pour le canton des Vents de Glace.

— Ah.

— Le conseil d'administration pour la plus grande partie du delta du Kirioloj. Ce n'était pas la présidence des États-Unis. Nous ne disposions pas d'armes nucléaires. Mais j'ai démasqué un fonctionnaire local corrompu qui falsifiait les rapports de récolte au poids et vendait sa marge sur le marché des surplus.

— Une magouille à base de commissions ?

— Je suppose que c'est le nom que vous lui donnez.

— Les Cinq Républiques ne sont donc pas exemptes de corruption ? »

Wun a cillé, provoquant une ondulation sur la géographie convolutée de son visage. « Non, comment pourraient-elles l'être ? Et pourquoi tant de Terriens se l'imaginent-ils ? Si j'arrivais, disons de France, de Chine ou du Texas, personne ne serait surpris d'entendre parler de corruption, de duplicité ou de vol.

— J'imagine. Sauf que ce n'est pas la même chose.

— Vraiment ? Mais vous travaillez ici à Périhélie. Vous avez dû rencontrer une partie de la génération fondatrice, si étrange que cette idée continue de me sembler... ces hommes et ces femmes dont nous, les Martiens, sommes les lointains descendants. Toutes ces personnes étaient-elles si parfaites, que vous leur imaginiez une descendance vierge de tout péché ?

— Non, mais...

— Cette idée fausse est pourtant quasi universelle. Même dans ces livres que vous m'avez donnés, ces livres écrits avant le Spin...

— Vous les avez lus ?

— Oui, je les ai même dévorés. Avec plaisir. Merci. Mais même dans ces romans, les Martiens... » Il s'est efforcé de saisir une pensée.

« J'imagine que certains ont un peu l'air de saints...

— Distants, a-t-il dit. Sages. D'apparence fragile. En réalité très puissants. Les Anciens. Mais pour nous, Tyler, c'est *vous* les Anciens. L'espèce aînée, la planète âgée. J'aurais pensé que l'ironie était indéniable. »

J'y ai réfléchi. « Même le roman d'H.G. Wells...

— On y voit à peine ses Martiens. Ils sont un mal abstrait, indifférent. Non sages, mais intelligents. Anges et démons sont toutefois frères, si je comprends bien le folklore.

— Mais les histoires plus contemporaines...

— Très intéressantes, et au moins les protagonistes en étaient-ils humains. Mais le véritable plaisir qu'on tire de ces histoires vient des paysages, vous ne trouvez pas? Et même comme ça, ce sont des paysages *transformatifs*. Avec un destin derrière chaque dune.

— Et bien entendu le Bradbury...

— Son Mars n'est pas Mars. Mais son Ohio m'y fait penser.

— Je comprends ce que vous voulez dire. Vous, Martiens, n'êtes que des humains. Mars n'est pas le paradis. C'est entendu, mais cela ne veut pas dire que Lomax n'essaiera pas de vous utiliser à des fins politiques personnelles.

— Je voulais vous faire comprendre que j'étais parfaitement conscient de cette possibilité. Ou plutôt de cette *certitude*. On se servira de toute évidence de moi dans un but politique, mais c'est le pouvoir dont je dispose : accorder ou refuser mon approbation. Coopérer ou faire ma mauvaise tête. Dire le mot qu'il faut. » Il a souri à nouveau, dévoilant ses dents uniformément parfaites et d'un blanc éclatant. « Ou pas.

— Et vous, qu'est-ce que vous voulez retirer de tout ça? »

Il m'a montré ses paumes, un geste tout aussi martien que terrien. « Rien. Je suis un saint martien. Mais j'aimerais bien qu'on lance les réplicateurs.

— Purement dans l'intérêt de la science?

— Je l'avoue, même si c'est un motif saint. Pour au moins apprendre quelque chose sur le Spin...

— Et défier les Hypothétiques ? »

Il a cillé à nouveau. « J'espère de tout cœur que les Hypothétiques, quels qu'ils soient, n'interpréteront pas notre action comme un *défi*.

— Mais si c'est le cas..

— Pourquoi le serait-ce ?

— Mais si c'est le cas, ils croiront que ce défi provient de la Terre et non de Mars. »

Wun Ngo Wen a cillé à nouveau, plusieurs fois. Puis le sourire est revenu : indulgent, approbateur. « Vous êtes vous-même d'un cynisme surprenant, Dr Dupree.

— Je suis si peu martien.

— En effet.

— Et Preston Lomax vous prend pour un ange ?

— Lui seul peut répondre à votre question. La dernière chose qu'il m'a dite... » Il a abandonné sa diction digne d'Oxford au profit d'une excellente imitation du ton de Preston Lomax, abrupt et aussi glacé qu'un rivage en hiver : *« C'est un privilège de discuter avec vous, monsieur l'Ambassadeur Wen. Vous dites sans détour ce que vous pensez. Très rafraîchissant pour un vieil habitué de Washington comme moi. »*

L'imitation était surprenante, de la part de quelqu'un qui ne parlait anglais que depuis un peu plus d'un an. Je le lui ai dit.

« Je suis un érudit, a-t-il rappelé. Je lis l'anglais depuis mon enfance. Parler est une autre affaire, mais j'ai le don des langues. C'est une des raisons pour lesquelles je suis là. Je peux vous demander un autre service, Tyler ? Vous voulez bien m'apporter d'autres romans ?

— Je crains d'être à court d'histoires martiennes.

— Pas sur Mars. N'importe quel genre. N'importe quoi, du moment que le livre vous paraît important, qu'il compte pour vous ou que vous l'avez lu avec plaisir.

— Il ne doit pas manquer de professeurs d'anglais qui se montreraient ravis de vous fournir une liste de lectures.

— Je n'en doute pas. Mais c'est à *vous* que je demande.

— Je n'ai rien d'un érudit. J'aime lire, mais je choisis un peu au hasard et je lis surtout du contemporain.

— Tant mieux. Je suis plus souvent seul que vous ne l'imaginez. Mon logement est confortable, mais je ne peux en sortir sans préparatifs compliqués. Je ne peux pas sortir dîner, je ne peux pas aller voir un film ou adhérer à un club d'activités sociales. Je pourrais demander des livres à mes anges gardiens, mais une œuvre de fiction approuvée par un comité est bien la dernière chose dont j'aie envie. Un bon bouquin vaut presque un ami. »

Jamais Wun n'avait été aussi près de se plaindre de sa situation à Périhélie et sur Terre. Il m'a dit n'avoir pas grand-chose à reprocher à ses journées, étant trop occupé pour laisser prise à la nostalgie et toujours aussi enthousiasmé par l'étrangeté de ce qu'il ne cesserait jamais de considérer comme un monde étranger. Le soir, au moment de s'endormir, il lui arrivait néanmoins de s'imaginer se promener au bord d'un lac martien en regardant des oiseaux de rivage s'attrouper et tournoyer au-dessus des vagues, et dans son esprit, c'était toujours un après-midi brumeux, avec une lumière teintée par les serpentins de cette poussière antique qui s'arrachait toujours des déserts de Noachis pour aller colorer le ciel. Dans ce rêve, ou cette vision, m'a-t-il raconté, il se trouvait seul, mais se savait attendu au prochain détour du rivage rocheux. Par des amis ou des inconnus, peut-être même par sa famille perdue, il savait juste qu'on l'accueillerait à bras ouverts, qu'on le toucherait, le tirerait, l'embrasserait. Mais ce n'était qu'un rêve.

« Quand je lis, m'a-t-il confié, j'entends l'écho de ces voix. »

Je lui ai promis de lui apporter des livres. Mais pour le moment, il avait à faire. Le cordon de sécurité s'agitait à l'entrée de la cantine. Un des hommes en costume a traversé celle-ci : « On vous attend à l'étage. »

Wun a abandonné son repas et a entrepris de descendre de sa chaise. Je lui ai dit au revoir.

Le type en costume s'est tourné vers moi. « Vous aussi, a-t-il précisé. Ils vous demandent tous les deux. »

La sécurité nous a poussés dans une salle de conférence proche du bureau de Jase. Une poignée de chefs de division de Périhélie s'y trouvaient avec Jason face à une délégation incluant E.D. Lawton et l'homme qui deviendrait sans doute le prochain président, Preston Lomax. Personne n'avait l'air heureux.

Je me suis tourné vers E.D. Lawton, que je n'avais pas revu depuis les funérailles de ma mère. Sa maigreur avait pris une tournure quasi pathologique, comme si une substance vitale lui avait échappé. Revers blancs amidonnés, osseux poignets bruns. Cheveux clairsemés, souples et coiffés n'importe comment. Mais son regard restait vif. E.D. avait toujours les yeux vifs quand il était en colère.

Preston Lomax, en revanche, semblait juste impatient. Il était venu à Périhélie se faire photographier en compagnie de Wun (clichés qu'on publierait après l'annonce officielle par la Maison-Blanche) et discuter du projet réplicateurs, qu'il comptait approuver. E.D. devait sa présence à sa réputation. Il avait, par la persuasion, réussi à s'inviter dans la visite préélectorale du vice-président et semblait ne pas avoir cessé de parler depuis.

La visite de Périhélie avait duré une heure, durant laquelle E.D. avait mis en question ou en doute, tourné en ridicule ou considéré avec inquiétude la moindre affirmation des chefs de division de Jason, surtout quand le groupe était passé près des nouveaux laboratoires d'incubation. Mais (m'a raconté plus tard Jenna Wylie, la responsable de la cryogénisation) Jason avait patiemment opposé à chacune des sorties de son père des réfutations de son cru qu'il avait sans doute répétées à l'avance. Cela avait hissé E.D. à de nouveaux sommets d'indignation, lui donnant l'air, selon le mot de Jenna, « d'un roi Lear ayant perdu la tête et divaguant sur des Martiens perfides ».

La bataille suivait toujours son cours lorsque Wun et moi sommes entrés. E.D. s'est penché sur la longue table : « Pour vous dire le fond du problème : c'est sans précédent, non testé, et basé sur une technologie que nous ne comprenons pas et nous ne maîtrisons pas. »

Jason a souri à la manière d'un homme bien trop poli pour embarrasser un aîné respecté mais excentrique. « Rien de ce que nous faisons n'est sans risque, bien entendu. Mais... »

Mais nous étions là. Les quelques personnes présentes n'ayant jamais vu Wun l'ont regardé comme des moutons effarouchés. Lomax s'est éclairci la gorge. « Excusez-moi, mais pour le moment, j'ai besoin de toucher un mot à Jason et aux nouveaux arrivants... en privé, si possible ? Juste une minute. »

Les gens sont sagement sortis en file indienne, y compris E.D., même s'il semblait plus triomphant que congédié.

Les portes se sont refermées. L'épais silence de la salle de conférence est retombé autour de nous comme de la neige fraîche. Lomax a continué à se comporter comme si nous n'étions pas là et s'est adressé à Jason : « Je sais bien que vous m'aviez prévenu qu'on essuierait un tir de barrage, mais là...

— C'est un gros morceau. Je comprends.

— Je n'aime pas qu'E.D. pisse dans la tente depuis l'extérieur. C'est déplacé. Mais il ne peut pas vraiment nous nuire, du moment que...

— Du moment que ce qu'il affirme est sans fondement. C'est le cas, je vous l'assure.

— Vous le pensez sénile.

— Je n'irais pas jusque-là. Son jugement est-il devenu contestable ? Je le pense.

— Vous savez qu'on en dit autant à votre encontre. »

Je ne m'étais jamais retrouvé et ne me retrouverais jamais plus aussi près d'un président en exercice. Lomax n'avait pas encore été élu, mais seules les formalités le séparaient du bureau ovale. En tant que vice-président, Lomax avait toujours semblé un peu grincheux, boudeur, surtout comparé à l'exubérance texane de Garland, la présence idéale à des funérailles nationales. Au cours de la campagne, il avait appris à sourire davantage mais sans jamais réussir à paraître convaincant : les caricaturistes accentuaient toujours son expression renfrognée, la lèvre inférieure rentrée comme s'il ravalait une malédiction et le regard aussi glacé que Cape Cod en hiver.

« À mon encontre. Vous faites allusion aux insinuations d'E.D. quant à ma santé. »

Lomax a soupiré. « Franchement, l'opinion de votre père sur la faisabilité du projet réplicateurs n'a guère de poids. Son point de vue est minoritaire et le restera sans doute. Mais oui, je dois l'admettre, ce dont il vous a accusé aujourd'hui est un peu troublant. » Il s'est tourné vers moi. « D'où votre présence ici, Dr Dupree. »

Jason me consacrait maintenant toute son attention et parlait d'une voix circonspecte, prudemment neutre. « Il semble qu'E.D. se livre à des affirmations assez fantaisistes. Il dit que je souffre de, comment déjà ? d'une maladie cérébrale agressive ?...

— D'une dégradation neurologique incurable, a corrigé Lomax, qui amoindrit la capacité de Jason à superviser les opérations ici à Périhélie. Qu'est-ce que vous en dites, Dr Dupree ?

— J'en dis, j'imagine, que Jason peut répondre lui-même.

— Je l'ai déjà fait. J'ai déjà tout dit de ma sclérose en plaques au vice-président Lomax. »

SEP dont en réalité, il ne souffrait pas. C'était un indice. Je me suis éclairci la gorge. « La sclérose en plaques n'est pas entièrement curable, mais elle est plus que maîtrisable. De nos jours, un patient atteint de cette maladie peut s'attendre à une vie aussi longue et aussi productive que n'importe qui. Peut-être Jase n'a-t-il pas eu envie d'en parler, ce qui est son droit, mais il n'y a rien de honteux dans la SEP. »

Jase m'a regardé d'un air dur que je n'ai pu interpréter. Lomax m'a remercié un peu sèchement. « Merci pour l'information. À propos, connaissez-vous un Dr Malmstein ? David Malmstein ? »

Le silence qui a suivi béait comme les mâchoires d'un piège métallique.

« Oui, ai-je dit peut-être un instant trop tard.

— Ce Dr Malmstein est neurologue, je crois ?

— Exact.

— L'avez-vous consulté par le passé ?

— Je consulte de nombreux spécialistes. Cela fait partie de mon travail de médecin.

— Parce que d'après E.D., vous avez appelé ce Malmstein à propos du, euh, grave trouble neurologique de Jason. »

Voilà pourquoi Jase m'avait décoché un regard aussi froid. Quelqu'un avait parlé à E.D. Quelqu'un de proche. Mais pas moi.

J'ai essayé de ne pas penser à qui cela pouvait être. « J'aurais fait la même chose pour n'importe quel patient avec un diagnostic de SEP. Je dirige une bonne clinique, ici à Périhélie, mais nous ne disposons pas de l'équipement de diagnostic auquel Malmstein peut avoir accès dans un hôpital. »

Lomax, je pense, n'a pas manqué de s'apercevoir que j'avais évité de répondre, mais il a repassé la balle à Jase : « Le Dr Dupree dit la vérité ?

— Bien entendu.

— Vous lui faites confiance ?

— C'est mon médecin personnel. Je lui fais confiance, bien entendu.

— Parce que, sans vouloir vous offenser, je ne vous souhaite pas de mal, mais je me fous de vos problèmes médicaux. Ce qui m'intéresse, c'est de savoir si vous pouvez nous fournir le soutien dont nous avons besoin et mener ce projet à son terme. Vous le pouvez ?

— Aussi longtemps que nous aurons le financement, oui, je serai là, monsieur le Vice-président.

— Et vous, monsieur l'Ambassadeur ? Cela vous inquiète-t-il ? Des appréhensions ou des questions sur l'avenir de Périhélie ? »

Wun a pincé les lèvres jusqu'à obtenir les trois quarts d'un sourire martien. « Aucune inquiétude de quelque sorte que ce soit. J'accorde une confiance totale à Jason Lawton. Et au Dr Dupree. Qui est aussi mon médecin personnel. »

Cette déclaration nous a obligés, Jason et moi, à réprimer notre stupeur, mais a permis de conclure avec Lomax, qui a haussé les épaules. « Très bien. Mes excuses pour avoir abordé le sujet. Jason, j'espère que votre santé restera bonne et j'espère aussi que vous ne m'en voudrez pas de vous avoir interrogé sur ce ton, mais étant donné la position d'E.D., j'ai eu le sentiment de devoir poser la question.

— Je comprends, a répondu Jase. Quant à E.D....

— Ne vous inquiétez pas pour votre père.

— Je n'aimerais vraiment pas qu'on l'humilie.

— On le poussera tout doucement en touche. Je pense pouvoir vous l'assurer. S'il insiste pour porter l'affaire sur la place publique... » Lomax a haussé les épaules. « Dans ce cas, ce seront ses capacités mentales à lui qu'on mettra en doute, j'en ai bien peur.

— Bien évidemment, a dit Jason, nous espérons tous que cela ne sera pas nécessaire. »

J'ai passé l'heure suivante à la clinique. Molly n'était pas venue travailler ce matin-là et Lucinda s'était occupée de tous les rendez-vous. Je l'ai remerciée en lui indiquant de prendre le reste de sa journée. J'ai envisagé de passer quelques coups de fil, mais je ne voulais pas utiliser le système de Périhélie.

J'ai attendu de voir l'hélicoptère de Lomax décoller et sa cavalcade impériale partir par l'entrée principale, puis j'ai rangé mon bureau en essayant de réfléchir à ce que je voulais faire. J'ai découvert que mes mains tremblaient un peu. Pas à cause de la SEP. De colère, peut-être. D'outrage. De douleur. Je voulais le diagnostiquer, pas le vivre. Je voulais le renvoyer aux pages d'index du *Diagnostic and Statistical Manual.*

Je passais devant l'accueil quand Jason est entré.

« Je voulais te remercier de m'avoir soutenu, m'a-t-il dit. Il faut en conclure, j'imagine, que ce n'est pas toi qui as parlé de Malmstein à E.D.

— Je ne ferais pas ça, Jase.

— Je l'admets. Mais quelqu'un a parlé. Et cela pose problème. Parce que combien de personnes sont au courant que je vois un neurologue ?

— Toi, moi, Malmstein, ceux qui travaillent dans son cabinet...

— Malmstein ignorait qu'E.D. cherchait à me nuire, ses employés aussi. E.D. a dû en entendre parler par une source plus proche. Si ce n'est ni toi ni moi... »

Molly. Il n'a pas eu besoin de prononcer son nom.

« Tu ne peux pas le lui reprocher sans la moindre preuve.

— Parle pour toi. C'est toi qui couches avec elle. Tu as un dossier dans lequel tu gardes des traces de mes consultations avec Malmstein ?

— Pas ici au bureau.

— Chez toi ?

— Oui.

— Tu as montré ce dossier à Molly ?

— Bien sûr que non.

— Mais elle a pu y avoir accès sans que tu t'en aperçoives ?

— J'imagine. Oui.

— Et elle n'est pas là pour répondre à nos questions. Elle a appelé pour se faire porter malade ? »

J'ai haussé les épaules. « Elle n'a pas appelé du tout. Lucinda a essayé de la contacter, mais elle ne décroche pas son téléphone. »

Il a soupiré. « Je ne peux pas vraiment dire que je t'en veuille. Mais tu dois bien reconnaître, Tyler, qu'en l'occurrence, beaucoup de tes choix sont discutables.

— Je m'en charge, ai-je dit.

— Je sais que tu es en colère. Blessé et en colère. Je ne veux pas qu'en sortant d'ici, tu ailles faire quelque chose qui compliquerait encore la situation. Mais je veux que tu réfléchisses à ta position sur ce projet. Que tu saches envers qui tu veux te montrer loyal.

— Je le sais très bien », ai-je répondu.

Dans la voiture, j'ai essayé de joindre Molly, mais elle ne répondait toujours pas. Je suis allé chez elle. La journée était chaude. Une brume issue du dispositif d'arrosage automatique nimbait l'immeuble bas en stuc qu'habitait Molly.

Je me dirigeais vers le parking visiteurs quand je l'ai aperçue en train d'entasser des cartons à l'arrière d'une remorque blanche U-Haul délabrée accrochée au pare-chocs de sa Ford vieille de trois ans. Je me suis arrêté devant elle. Elle m'a vu et a dit quelque chose que je n'ai pas entendu mais qui ressemblait beaucoup à « Oh, merde ! » Elle a toutefois campé sur ses positions quand je suis descendu de voiture.

« Tu ne peux pas te garer là, a-t-elle dit. Tu bloques la sortie.

— Tu t'en vas ? »

Elle a posé un carton marqué VAISSELLE sur le plancher en tôle ondulée de la remorque. « À ton avis ? »

Elle portait une chemise en jean au-dessus d'un pantalon brun roux et s'était noué un mouchoir sur la nuque. Je me suis approché de trois pas et elle a reculé d'autant, la peur sur le visage.

« Je ne vais pas te faire de mal, ai-je assuré.

— Alors qu'est-ce que tu veux ?

— Savoir qui t'a engagée.

— Je ne sais pas de quoi tu parles.

— Tu as traité directement avec E.D. ou bien il est passé par un intermédiaire ?

— Merde. » Elle a évalué la distance la séparant de la portière de sa voiture. « Laisse-moi partir, Tyler. Qu'est-ce que tu veux de moi ? À quoi ça sert ?

— Tu es allée le trouver avec une proposition, ou c'est lui

qui t'a appelée ? Et quand tout cela a-t-il commencé, Molly ? Tu as couché avec moi pour obtenir des informations, ou tu m'as vendu après le premier rendez-vous ?

— Va au diable.

— Combien tu as touché ? J'aimerais savoir combien je vaux.

— Va au diable. Quelle importance, de toute manière ? Ce n'est pas...

— Ne me dis pas que ce n'est pas une question d'argent. Je veux dire, ce serait une histoire de *principe* ?

— C'est l'argent le principe. » Elle s'est essuyé les mains sur son pantalon, un peu moins effrayée, me défiant un peu plus.

« Qu'est-ce que tu veux donc acheter, Molly ?

— Qu'est-ce que je veux *acheter* ? La seule chose que n'importe qui *puisse* acheter. Une meilleure mort. Une mort plus propre. Un matin, le soleil va se lever et *continuer* à se lever jusqu'à ce que tout ce putain de ciel se retrouve en feu. Et je suis désolée, mais je veux vivre dans un endroit agréable lorsque cela se produira. Un endroit pour moi toute seule. Un endroit aussi confortable que je pourrai le rendre. Et quand ce dernier matin arrivera, je veux des médicaments chers pour me faire franchir la ligne. Je veux m'endormir avant le début des hurlements. Vraiment, Tyler. C'est tout ce que je veux, c'est la seule chose au monde que je veuille *vraiment*, et merci, merci d'avoir rendu cela possible. » Elle fronçait les sourcils, l'air en colère, mais une larme a coulé sur sa joue. « Déplace ta voiture, s'il te plaît.

— Une jolie maison et une boîte de pilules ? C'est ton prix ?

— Il n'y a que moi pour prendre soin de moi.

— Cela va te sembler minable, mais je pensais que nous pourrions prendre soin l'un de l'autre.

— Il aurait fallu te faire confiance. Et sans vouloir t'offenser... regarde-toi. Glissant dans la vie comme si tu attendais une réponse, ou un sauveur. Ou comme si tu restais tout le temps en attente.

— J'essaye de me montrer raisonnable, là, Molly.

— Oh, je n'en doute pas. Si se montrer raisonnable était un couteau, je serais en train de me vider de mon sang. Pauvre Tyler raisonnable. Mais j'avais compris cela aussi. C'est par vengeance, n'est-ce pas ? Toute cette sainteté que tu portes comme des vêtements. C'est ta manière de te venger du monde parce qu'il t'a déçu. Comme le monde ne t'a pas donné ce que tu voulais, tu ne lui donnes rien d'autre que compassion et aspirine.

— Molly...

— Et ne t'avise surtout pas de me dire que tu m'aimes, je sais que ce n'est pas vrai. Tu ne connais pas la différence entre *être* amoureux et *se comporter* comme si on était amoureux. C'est sympa de m'avoir choisie, mais cela aurait pu être n'importe qui, et crois-moi, Tyler, cela aurait été tout aussi décevant, d'une manière ou d'une autre. »

J'ai tourné les talons pour rentrer dans ma voiture, un peu tremblant, moins scandalisé par la trahison que par sa finalité, les intimités balayées comme des actions de faible valeur dans un crash boursier. Puis je me suis retourné vers elle : « Et toi, Molly ? Je sais que tu étais payée pour fournir des informations, mais tu as couché avec moi juste pour ça ?

— J'ai *baisé* avec toi parce que j'étais *seule*.

— Et maintenant ?

— Je n'ai jamais cessé d'être seule. »

Je suis parti.

Le tic-tac d'horloges coûteuses

Les élections approchaient à toute vitesse. Jason comptait s'en servir comme couverture.

« Répare-moi », avait-il dit. Et il ne cessait de répéter qu'il existait un moyen. Une thérapie non conventionnelle. Et non approuvée par l'administration fédérale... mais disposant d'un long passé bien documenté. Il m'avait bien fait comprendre qu'il comptait en profiter, avec ou sans ma coopération.

Et comme Molly l'avait dépouillé de presque tout ce qui comptait à ses yeux — en me laissant dans les décombres —, j'ai accepté d'aider Jase. (En pensant avec ironie à ce qu'E.D. m'avait dit bien des années plus tôt : *Je compte sur toi pour veiller sur lui. Pour faire preuve de discernement.* En faisais-je preuve ?)

Quelques jours avant les élections, Wun Ngo Wen nous a dit tout ce qu'il fallait savoir sur la procédure et les risques afférents.

S'entretenir avec Wun n'était pas simple. Moins à cause du réseau de sécurité qui l'entourait, même si c'était un obstacle assez difficile à négocier, qu'à cause de la foule d'analystes et de spécialistes s'alimentant à ses archives comme des oiseaux-mouches à du nectar. Autorisés par le FBI comme par la Sécurité intérieure, ces éminents spécialistes, qui avaient juré de garder le secret, du moins un certain temps, étaient fascinés par les vastes banques de données de sagesse martienne apportées sur Terre par Wun. Lesdites données numériques correspondaient à plus de cinq cent mille pages de connaissances astronomiques, biologiques, mathématiques, médicales, historiques et technologiques pour l'essentiel bien plus avancées que les nôtres. Récupérer le contenu intégral de la bibliothèque d'Alexandrie par l'intermédiaire d'une machine à voyager dans le temps n'aurait guère provoqué plus grande fringale érudite.

On avait mis ces gens sous pression pour qu'ils terminent leur travail avant l'annonce officielle de la présence de Wun. Le gouvernement fédéral voulait au moins un index grossier des archives (rédigées pour la plupart en un anglais approximatif, même si certaines l'étaient en caractères scientifiques martiens) avant que les gouvernements étrangers commencent à exiger un accès équivalent. Le ministère des Affaires étrangères avait prévu d'en produire et d'en distribuer des copies « propres », dans lesquelles certaines technologies potentiellement précieuses ou dangereuses auraient été soit expurgées, soit « présentées de manière sommaire », les originaux restant classés top secret.

D'où ces tribus entières de savants se battant et conservant jalousement leur accès à Wun, qui pouvait interpréter les textes martiens ou en expliquer les lacunes. Il m'est arrivé à plusieurs occasions que des hommes et des femmes désespérément polis du « groupe de physique des hautes énergies » ou du « groupe de biologie moléculaire » me chassent des appartements de Wun en exigeant le quart d'heure qu'ils avaient négocié. Wun me présentait parfois à eux, mais ils ne semblaient jamais contents de me voir, et la chef d'équipe des sciences médicales s'est inquiétée au point de frôler la tachycardie quand Wun a annoncé m'avoir choisi comme médecin personnel.

Jase a tranquillisé les spécialistes en leur laissant entendre que je participais à un « processus de socialisation » visant à perfectionner les manières terriennes de Wun en dehors d'un contexte politique ou scientifique, et j'ai promis à cette chef d'équipe de ne fournir aucun traitement médical à Wun sans l'impliquer directement. La rumeur s'est propagée parmi les chercheurs que j'étais un opportuniste civil s'étant insinué à force de bonnes grâces dans l'entourage de Wun afin de décrocher un juteux contrat d'édition une fois sa présence rendue publique. Cette rumeur est née spontanément, mais comme elle servait nos propos, nous nous sommes gardés de la démentir.

Accéder aux médicaments s'est révélé plus facile que je ne m'y attendais. Wun était arrivé sur Terre avec une panoplie complète de médicaments martiens sans équivalent sur Terre et affirmait pouvoir en avoir besoin un jour ou l'autre pour se soigner. Cette pharmacopée lui avait été confisquée dans son vaisseau au moment de son atterrissage, avant de lui être restituée une fois son statut d'ambassadeur établi. (Le gouvernement en avait sans nul doute prélevé des échantillons, mais Wun doutait qu'une analyse grossière révèle à quoi pouvaient servir ces produits très élaborés.) Wun a tout simplement fourni quelques fioles de produit brut à Jase, qui a réussi à les sortir discrètement de Périhélie en tirant profit de sa position directoriale.

Wun m'a indiqué le dosage, le minutage, les contre-indications et les problèmes potentiels. La longue liste des dangers afférents m'a empli de désarroi. Même sur Mars, a précisé Wun, le taux de mortalité du passage au Quatrième Âge s'élevait à un non négligeable 0,1 %, et la SEPA compliquerait le cas de Jason.

Mais le pronostic était encore plus défavorable sans ce traitement. Que Jason suivrait avec ou sans mon approbation... d'une certaine manière, le médecin prescripteur était davantage Wun Ngo Wen que moi. Mon rôle se limitait à superviser la procédure et traiter les effets secondaires inattendus. Ce qui a apaisé ma conscience, même si on aurait eu du mal à faire valoir cet argument en cour de justice... Wun avait peut-être « prescrit » les médicaments, mais ce ne serait pas sa main qui les administrerait à Jason.

Ce serait la mienne.

Wun Ngo Wen ne se trouverait même pas avec nous. Jase avait posé trois semaines de congés fin novembre, début décembre, époque à laquelle Wun serait devenu une célébrité mondiale, un nom (bien qu'inhabituel) connu de tous. Pendant que Wun s'adresserait aux Nations unies, accepterait l'hospitalité de notre collection de monarques, mollahs, présidents et premiers ministres aux mains plus ou moins tachées de sang, Jason suerait et vomirait durant son voyage vers une santé meilleure.

Il nous fallait trouver un endroit. Un endroit où sa maladie passerait inaperçue et où je pourrais m'occuper de lui sans attirer une attention malvenue, mais assez civilisé pour pouvoir appeler une ambulance en cas de problème. Un endroit confortable. Tranquille.

« Je connais l'endroit idéal, a assuré Jason.

— Où donc ?

— La Grande Maison. »

J'ai ri. Puis je me suis aperçu qu'il ne plaisantait pas.

Diane n'a rappelé qu'une semaine après la visite de Lomax, une semaine après que Molly est partie récupérer la récompense promise par E.D. Lawton ou les détectives à sa solde

Un dimanche après-midi. J'étais seul dans mon logement de location. Il y avait du soleil, mais les stores étaient tirés. Toute la semaine, consacrée à parts égales aux patients de la clinique Périhélie et aux travaux dirigés secrets avec Wun et Jase, j'avais eu en ligne de mire la perspective d'un week-end vide. C'était bon de s'occuper, me raisonnais-je, parce que cela permettait de crouler sous les innombrables mais compréhensibles problèmes quotidiens qui étouffaient la douleur et noyaient le remords. C'était sain. C'était une manière de faire face. Ou du moins une tactique dilatoire. Utile, mais éphémère, hélas. Car tôt ou tard, le bruit diminuait, la foule innombrable se dispersait, et on rentrait chez soi retrouver l'ampoule cassée, la pièce vide, le lit défait.

Je ne me sentais pas bien du tout. Je n'étais même pas certain de savoir que ressentir... ou plutôt, de savoir lequel des incompatibles modes de douleur je devais reconnaître en premier. « Tu es bien mieux sans elle », avait dit à deux reprises Jase, une affirmation au moins aussi vraie que banale : mieux sans elle, mais encore mieux si je pouvais la comprendre, décider si Molly s'était servie de moi ou m'avait puni pour m'être servi d'elle, déterminer si mon amour froid et peut-être légèrement contrefait égalait sa répudiation glacée et lucrative.

Le téléphone a alors sonné, à un moment embarrassant puisque j'ôtais les draps du lit et les roulais en boule avant de les descendre à la lingerie, où j'allais effacer l'aura de Molly à grands coups de détergent et d'eau bouillante. On n'aime pas être interrompu dans ces moments-là, car on se sent alors un tout petit peu gêné. Mais je n'ai jamais su résister à la sonnerie d'un téléphone. J'ai décroché.

« Tyler ? a demandé Diane. C'est toi, Ty ? Tu es seul ? »

J'ai admis être seul.

« Super, je suis contente d'arriver enfin à t'avoir. Je voulais t'avertir qu'on changeait de numéro de téléphone. Pour passer en liste rouge. Mais au cas où tu aies besoin de me joindre... »

Elle a récité leur numéro personnel, que j'ai griffonné sur une serviette de table traînant par là. « Pourquoi en liste rouge ? » Simon et elle ne disposaient à eux deux que d'une unique ligne fixe, mais j'imaginais qu'il s'agissait là d'une pénitence de dévotion, comme porter de la laine ou manger des céréales entières.

« Déjà, on a des coups de fil bizarres d'E.D. Il a appelé deux fois en pleine nuit et s'est mis à sermonner Simon. À vrai dire, il avait l'air un peu ivre. E.D. déteste Simon. Il l'a toujours détesté, mais après notre déménagement à Phoenix, on n'avait plus jamais entendu parler de lui. Jusqu'à ces jours-ci. Son silence était blessant. Mais maintenant, c'est pire. »

Peut-être le numéro de téléphone de Diane figurait-il parmi les informations subtilisées par Molly pour E.D. dans mon gestionnaire domestique. Je ne pouvais pas expliquer cela à Diane sans violer ce même serment qui m'interdisait de parler de Wun Ngo Wen ou des réplicateurs mangeurs de glace. Mais je lui ai dit que Jase était sorti vainqueur de la bataille qui l'opposait à son père pour le contrôle de Périhélie, que c'était peut-être ce qui embêtait E.D.

« Possible, a convenu Diane. Si peu de temps après son divorce.

— Quel divorce ? Tu parles d'E.D. et de Carol ?

— Jason ne t'a pas dit ? E.D. vit dans une location à Georgetown depuis mai. Les négociations se poursuivent, mais il semblerait que Carol obtienne la Grande Maison et une pension, E.D. gardant tout le reste. C'est lui qui a voulu divorcer, pas elle. Ce qu'on peut éventuellement comprendre. Carol flirte avec le coma éthylique depuis des décennies. Elle n'a pas été une très bonne mère et elle n'a pas pu être une très bonne épouse pour E.D.

— Tu veux dire que tu approuves ?

— Pas vraiment. Je n'ai pas changé d'avis sur lui. C'était un père horrible et indifférent... du moins avec moi. Je ne l'aimais pas et il s'en fichait. Mais je ne l'admirais pas non plus, à l'inverse de Jason. Jason voyait en lui le capitaine d'industrie, l'imposant personnage influent à Washington..

— Et il se trompait ?

— E.D. réussit et ne manque pas d'influence, mais tout ça est relatif, Ty. Il y en a dix mille comme lui dans le pays. E.D. ne serait jamais arrivé nulle part si son père et son oncle n'avaient pas financé sa première affaire... et je suis sûre qu'ils n'espéraient en tirer rien de plus qu'une réduction d'impôts E.D. était bon dans son domaine, et lorsque le Spin a ouvert une opportunité, il l'a saisie, ce qui lui a fait connaître des gens vraiment puissants. Mais à la base, il reste un nouveau riche, pour eux. Il n'est pas passé par Yale ou Harvard. Pas de bal des débutantes pour moi. Nous étions les pauvres du quartier. Je veux dire, c'était un chouette quartier, mais il y a les anciennes et les nouvelles fortunes, et nous faisions indéniablement partie des nouvelles.

— J'imagine qu'on avait une autre vision des choses à l'autre bout de la pelouse. Carol tient le coup ?

— Elle se soigne comme elle s'est toujours soignée, à la bouteille. Et toi ? Comment ça va avec Molly ?

— Molly est partie.

— Partie genre "faire des courses" où...

— Partie partie. Nous avons rompu. Je n'ai pas de joli euphémisme pour cela.

— Je suis désolée, Tyler.

— Merci, mais c'est mieux pour moi. Tout le monde le dit.

— Pour Simon et moi, tout va bien, a-t-elle indiqué alors que je n'avais pas posé la question. Même si cette histoire avec l'église l'affecte beaucoup.

— Encore des histoires de politique ecclésiastique ?

— Le Tabernacle du Jourdain a des ennuis avec la justice. Je n'ai pas tous les détails. On n'est pas directement concernés, mais Simon le vit mal. Mais tu es sûr que tu vas bien ? Tu as l'air un peu enroué.

— Je survivrai », ai-je répondu.

Le matin précédant les élections, j'ai préparé deux valises (vêtements propres, livres de poche, trousse de médecin) et suis passé chercher Jason chez lui pour partir en Virginie. Jase aimait toujours les voitures haut de gamme, mais comme nous voulions voyager incognito, nous avons pris ma Honda au lieu de sa Porsche. Les grandes routes n'étaient plus sûres pour les Porsche.

Le mandat de Garland avait été une époque favorable pour ceux gagnant plus d'un demi-million de dollars par an et difficile pour tous les autres. C'était plutôt évident à voir l'état des routes, près desquelles se succédaient entrepôts de détaillants et centres commerciaux en faillite, parkings occupés par des squatters vivant dans des automobiles sans roues, villages subsistant grâce aux revenus tirés d'une aire de service routière et des contrôles de vitesse. Des panneaux posés par la police d'État prévenaient : « Ne pas s'arrêter après la tombée de la nuit » ou « Seuls les appels vérifiés au 911 déclencheront une intervention d'urgence ». La piraterie de grand chemin avait réduit de moitié le nombre de petits véhicules en circulation. Nous avons passé la plus grande partie du trajet entre des semi-remorques à dix-huit roues, certains manifestement en mauvais état, et des camions de troupes vert camouflage pourvoyant aux besoins de diverses bases militaires.

Mais nous n'avons pas parlé de tout cela. Ni de l'élection, gagnée d'avance, Lomax devançant dans les sondages les autres candidats, les deux grands comme les trois petits. Nous n'avons pas parlé des réplicateurs mangeurs de glace ni de Wun Ngo Wen et certainement pas non plus d'E.D. Lawton. Nous avons plutôt discuté du passé ou de bons livres. La plupart du temps, nous n'avons d'ailleurs rien dit. J'avais chargé dans la mémoire du tableau de bord le genre de jazz anticonformiste et syncopé qu'appréciait Jason : Charlie Parker, Thelonious Monk, Sonny Rollins... des musiciens ayant longtemps auparavant sondé la distance séparant la rue des étoiles.

Nous sommes arrivés à la Grande Maison au crépuscule.

Ses vastes fenêtres déversaient une lumière jaune beurre sous un ciel couleur d'encre irisée. Novembre était frais, cette année-là. Carol Lawton a descendu les marches du porche et s'est approchée de la voiture en serrant sur sa silhouette menue des écharpes de tissu cachemire et un pull en laine. Elle était presque sobre, à en juger par sa démarche stable, quoique un peu trop mesurée.

Lentement, précautionneusement, Jason s'est extrait du siège passager.

Il était en rémission, du moins aussi près de la rémission qu'il pouvait se trouver à cette époque-là. Au prix d'un petit effort, il pouvait passer pour normal. Il m'a surpris en cessant cet effort dès notre arrivée à la Grande Maison. Sans essayer de corriger sa gîte, il a traversé l'entrée et gagné la salle à manger. Il n'y avait pas le moindre domestique — Carol avait pris ses dispositions pour nous réserver la maison pendant deux semaines — mais le cuisinier avait laissé un plateau de viande et de légumes froids au cas où nous ayons faim en arrivant. Jason s'est affalé sur une chaise.

Carol et moi l'avons rejoint. Carol avait nettement vieilli depuis la mort de ma mère. Ses cheveux étaient désormais si fins qu'ils laissaient voir son crâne rose et simiesque, et lorsque je l'ai prise par le bras, ce dernier m'a semblé un bâton enveloppé de soie. Elle avait les joues creuses, les yeux fragiles et nerveusement empressés des alcooliques au régime sec, du moins pour un temps. Lorsque je lui ai dit mon plaisir de la revoir, elle a eu un sourire chagrin. « Merci, Tyler. Je sais à quel point j'ai l'air affreuse. Gloria Swanson dans *Sunset Boulevard.* Pas encore tout à fait prête pour ma saloperie de gros plan, merci beaucoup. » Je n'avais pas la moindre idée de ce qu'elle voulait dire. « Mais je tiens le coup. Comment va Jason ?

— Comme toujours, ai-je répondu.

— Tu es gentil de rester évasif. Mais je sais... eh bien, je ne dirai pas “tout”, mais je sais qu'il est malade. Ça, il me l'a dit. Je sais aussi qu'il attend de toi que tu le soignes. Que tu lui administres un traitement pas vraiment orthodoxe, mais efficace. » Elle a dégagé son bras et m'a regardé dans les yeux. « Il est *efficace*, n'est-ce pas, ce médicament que tu comptes lui administrer ? »

J'étais trop surpris pour pouvoir répondre autre chose que « Oui.

— Parce qu'il m'a fait promettre de ne pas poser de questions. J'imagine que ce n'est pas un problème. Jason a confiance en toi. Par conséquent, j'ai confiance en toi. Même si quand je te regarde, je ne peux m'empêcher de voir le gamin qui vivait dans la maison à l'autre bout de la pelouse. Mais je vois aussi un gamin quand je regarde Jason. Des enfants disparus... Je n'arrive pas à me rappeler où je les ai perdus. »

Cette nuit-là, j'ai dormi dans une chambre d'amis de la Grande Maison, une pièce que je n'avais fait qu'apercevoir du couloir tout au long de mes nombreuses années sur la propriété.

J'ai tout de même réussi à dormir un peu. J'ai passé le reste de la nuit couché dans mon lit à essayer d'évaluer les risques juridiques que j'avais pris en venant. J'ignorais quels lois et protocoles avait pu au juste violer Jase en sortant en fraude de Périhélie des médicaments martiens, mais j'étais déjà au minimum coupable de complicité.

Le lendemain matin, Jason s'est demandé où entreposer les ampoules de liquide transparent que Wun lui avait données... en nombre suffisant pour traiter quatre ou cinq malades. (« Au cas où on fasse tomber une valise, m'avait-il expliqué au début du voyage. Redondance. »)

« Tu t'attends à une perquisition ? »

Je me suis représenté une armée de fonctionnaires fédéraux montant à l'assaut de la Grande Maison en combinaison bactériologique.

« Bien sûr que non. Mais couvrir ses arrières n'est jamais une mauvaise idée. » Il m'a regardé plus attentivement, même si ses yeux se braquaient d'un coup sur sa gauche toutes les deux ou trois secondes, symptôme supplémentaire de sa maladie. « Ça te fait un peu peur ? »

J'ai répondu qu'on pouvait cacher la réserve dans la maison à l'autre bout de la pelouse, à moins qu'il ne faille la réfrigérer.

« D'après Wun, il faudrait une guerre nucléaire pour que le produit perde sa stabilité chimique. Mais un mandat de perquisition pour la Grande Maison couvrirait l'ensemble de la propriété.

— Pour le mandat, je n'en sais rien. Mais je connais les cachettes.

— Montre-les-moi », a dit Jason.

Nous avons donc traversé la pelouse, Jason me suivant tant bien que mal. Nous étions en début d'après-midi, en ce jour d'élection, mais sur l'herbe séparant les deux maisons, cela ressemblait à n'importe quel automne. Un peu plus loin, dans le bosquet enjambant le ruisseau, un oiseau s'est annoncé par une audacieuse note unique qu'il a toutefois laissée s'éteindre comme s'il avait changé d'avis. Nous avons atteint la maison de ma mère, j'ai tourné la clef et ouvert la porte sur un calme encore plus profond.

Bien que régulièrement nettoyé et dépoussiéré, l'endroit était resté presque tout le temps fermé depuis le décès de ma mère. Je n'étais pas revenu trier ses affaires, nous n'avions pas d'autre famille, et Carol avait préféré faire entretenir les lieux plutôt que d'y changer quoi que ce soit. La maison ne se trouvait pas pour autant protégée des atteintes du temps. Loin de là. Il y avait au contraire fait son nid, s'y était installé comme chez lui. Le salon sentait le renfermé, les essences suintant des tissus d'ameublement non dérangés, le papier jauni, l'étoffe immobile. En hiver, m'a raconté par la suite Carol, on chauffait juste à une température hors gel ; en été, on fermait les rideaux contre la chaleur. Il faisait frais, ce jour-là, dedans comme dehors.

Jason a passé le seuil en tremblant. Sa démarche était restée hésitante toute la matinée, aussi m'avait-il laissé porter les médicaments (à part ceux que j'avais déjà mis de côté pour son traitement), environ une demi-livre de verre et de produits biochimiques à l'intérieur d'un sac de voyage rembourré de mousse.

« Je n'étais pas revenu ici depuis bien avant sa mort, a-t-il timidement avoué. J'ai l'air idiot si je dis qu'elle me manque ?

— Non, pas du tout.

— Elle a été, à ma connaissance, la première personne à se montrer gentille avec moi. Toute la gentillesse de la Grande Maison venait de Belinda Dupree. »

Je l'ai conduit dans la cuisine et lui ai fait franchir la porte basse d'accès au sous-sol. La petite maison de la propriété Lawton, conçue pour ressembler à un cottage de la Nouvelle-Angleterre (ou à l'idée que quelqu'un s'en faisait), reposait sur la dalle de béton brut de la cave, dans laquelle Jason a dû se pencher pour ne pas se cogner au plafond. Il y avait là juste assez de place pour la chaudière, le chauffe-eau, le lave-linge et le sèche-linge. L'air était encore plus froid, en bas, avec une odeur humide, minérale.

Je me suis accroupi dans la niche s'ouvrant à l'arrière du corps métallique de la chaudière, un de ces culs-de-sac poussiéreux que même les professionnels du nettoyage avaient tendance à négliger. J'ai expliqué à Jason qu'une fente dans la cloison sèche permettait, avec un peu de dextérité, de détacher la plaque et d'accéder ainsi à l'interstice non isolé entre les montants en pin et le mur de fondation.

« Intéressant », a estimé Jason un mètre derrière moi, à l'angle de la chaudière silencieuse. « Qu'est-ce que tu y mettais, Tyler ? Des magazines pornos ? »

À l'âge de dix ans, j'y dissimulais certains jouets, non par crainte qu'on me les vole, mais parce que cela m'amusait de les savoir cachés et introuvables pour tout autre que moi. Plus tard, j'y avais mis au secret des choses moins innocentes : plusieurs brèves tentatives de journal intime, des lettres à Diane jamais remises ni même achevées et, oui, encore que je ne voulais pas l'admettre devant Jason, des sorties papier de pornographie assez insipide trouvée sur Internet. Je m'étais débarrassé depuis longtemps de tous ces secrets honteux.

« On aurait dû apporter une lampe électrique », a dit Jase.

L'unique ampoule du plafond projetait une lumière insignifiante dans ce coin encombré de toiles d'araignée.

« À l'époque, il y avait une torche sur la table, près de la boîte de fusibles. » C'était toujours le cas. J'ai reculé le temps de la prendre des mains de Jason. Elle a émis une lumière faible, pâle, signe de piles à l'agonie, mais fonctionnait suffisamment pour que j'arrive à trouver sans tâtonner le morceau de cloison sèche mal fixé. Je l'ai soulevé, puis j'ai glissé le sac dans l'interstice avant de remettre en place la cloison sèche et d'épousseter un peu de poussière crayeuse sur les joints visibles.

Mais au moment de reculer, j'ai laissé échapper la torche électrique, qui a roulé encore plus loin dans les ombres et les toiles d'araignée derrière la chaudière. J'ai fait la grimace et tendu la main vers le faisceau lumineux. J'ai touché le corps de la torche. Puis autre chose. Un objet creux mais solide. Une boîte.

Je l'ai tirée vers moi.

« Tu as bientôt fini, Tyler ?

— Une seconde. »

J'ai braqué la lumière sur ma trouvaille. C'était une boîte à chaussures. Une boîte à chaussures avec un logo poussiéreux New Balance et une autre mention, écrite en épaisses lettres noires : « SOUVENIRS (ÉCOLE) ».

La boîte qui manquait en haut sur l'étagère de ma mère, la boîte que je n'avais pas retrouvée après son enterrement.

« Un problème ? s'est enquis Jason.

— Non non. »

Je pourrais l'examiner plus tard. Je l'ai repoussée derrière la chaudière, me suis extrait de cet endroit poussiéreux et me suis relevé en m'époussetant les mains. « Je pense qu'on en a fini.

— Rappelle-t'en pour moi, a dit Jason. Au cas où j'oublie. »

Cette nuit-là, nous avons regardé les résultats des élections sur l'écran vidéo des Lawton, un modèle démodé mais d'une taille impressionnante. Carol, qui ne retrouvait plus ses lentilles de contact, s'était assise tout près de l'écran qu'elle a regardé en clignant des yeux. Elle avait passé l'essentiel de sa vie d'adulte à ignorer la politique — « cela a toujours été le rayon d'E.D. » — et nous avons dû lui présenter quelques-uns des acteurs principaux. Mais elle semblait apprécier l'événement. Jason a raconté quelques petites plaisanteries et Carol lui a fait le plaisir d'en rire. Quand elle riait, je retrouvais un peu de Diane sur son visage.

Elle se fatiguait vite, toutefois, et elle était déjà remontée dans sa chambre quand les réseaux ont commencé à recevoir les résultats de chaque État. Ceux-ci n'avaient rien de surprenant. Lomax a fini par remporter tout le nord-est ainsi que la majeure partie du Midwest et de l'ouest. Il a obtenu de moins bons résultats dans le sud, mais les autres votes se voyaient là aussi divisés à parts presque égales entre démocrates traditionalistes et conservateurs chrétiens.

Nous avons commencé à débarrasser nos tasses de café à peu près au moment où le dernier candidat battu concédait poliment mais sans joie la victoire.

« Bon, les gentils ont gagné », ai-je dit.

Jase a souri. « Je ne suis pas sûr qu'ils se soient présentés.

— Je croyais que Lomax était le meilleur choix pour nous.

— Peut-être. Mais ne commets pas l'erreur de croire que Lomax se soucie de Périhélie ou du programme réplicateurs, à part comme moyen commode de réduire le budget spatial tout en ayant l'air de faire un grand pas en avant. Les fonds fédéraux qu'il dégage de cette manière seront versés au budget militaire. Voilà pourquoi E.D. n'a pu trouver de véritable opposant à Lomax parmi ses vieux potes de l'aérospatiale. Lomax ne laissera pas Boeing ou Lockheed Martin mourir de faim. Il veut juste les réorganiser.

— Pour la défense », ai-je complété. L'accalmie du conflit

global résultant de la confusion mondiale provoquée par l'apparition du Spin était depuis longtemps de l'histoire ancienne. Un rééquipement militaire n'était peut-être pas une mauvaise idée.

« À en croire Lomax.

— Et tu ne le crois pas ?

— J'ai peur de ne pas pouvoir me le permettre. »

Sur cette remarque, je suis allé me coucher.

Le lendemain matin, j'ai administré la première injection. Jason s'est allongé face à la fenêtre sur un canapé du grand salon des Lawton. Il portait un jean et une chemise de coton, l'air d'un patricien désinvolte, fragile mais calme. S'il avait peur, il ne le montrait pas. Il a remonté sa manche droite pour exposer le creux de son coude.

J'ai sorti une seringue de ma sacoche, j'y ai fixé une aiguille stérile et j'ai aspiré le liquide transparent d'une des ampoules que nous n'avions pas mises dans la cachette. Wun avait répété l'opération avec moi. Les protocoles du Quatrième Âge. Sur Mars, il y aurait eu une petite cérémonie et un environnement apaisant. Nous devions quant à nous composer avec la lumière de novembre et le tic-tac d'horloges coûteuses.

J'ai désinfecté la peau avant l'injection. « Tu n'es pas obligé de regarder, ai-je dit à Jason.

— Mais j'en ai envie. Montre-moi comment on fait. »

Il avait toujours aimé savoir le fonctionnement des choses.

L'injection n'a produit aucun effet immédiat, mais le lendemain midi, Jason avait de la fièvre.

Subjectivement, a-t-il dit, ce n'était pas pire qu'un léger rhume, et en milieu d'après-midi, il me suppliait de prendre mon thermomètre et mon tensiomètre et de me les... eh bien, en substance, il me demandait de les emporter ailleurs.

J'ai donc remonté mon col pour me protéger de la pluie (une pluie aveugle, bêtement tenace qui tombait sans discontinuer depuis le milieu de la nuit) avant de traverser une nouvelle fois la pelouse jusqu'à la maison de ma mère, où j'ai remonté la boîte SOUVENIRS (ÉCOLE) dans le salon.

Une lumière affaiblie par les précipitations traversait les rideaux. J'ai allumé une lampe.

Ma mère était morte à cinquante-six ans. J'avais partagé cette maison avec elle pendant dix-huit ans, soit un peu moins du tiers de sa vie. Des deux autres tiers, je ne connaissais que ce qu'elle avait choisi de me montrer. Elle me parlait à l'occasion de Bingham, sa ville natale. Je savais ainsi qu'elle y avait vécu à l'époque avec son père (agent immobilier) et sa belle-mère (éducatrice en crèche) dans une maison située en haut d'une rue escarpée et bordée d'arbres, qu'elle avait une amie d'enfance nommée Monica Lee, qu'on trouvait à Bingham un pont couvert, une rivière appelée la petite Wyecliffe et une église presbytérienne que ma mère avait cessé de fréquenter à seize ans pour n'y retourner qu'à l'enterrement de ses parents. Mais elle ne m'avait jamais parlé ni de Berkeley, ni de ce qu'elle comptait faire de son M.B.A., ni des raisons pour lesquelles elle avait épousé mon père.

Elle avait descendu ces boîtes une fois ou deux pour me montrer leur contenu, pour me faire comprendre qu'elle avait vécu les années impossibles précédant mon existence. C'était ses preuves, pièces à conviction A, B et C, trois boîtes de SOUVENIRS et de DIVERS. Se trouvaient enfouis quelque part dans ces boîtes des fragments de réalité, une véritable histoire : les unes brunies de journaux annonçant des attaques terroristes, des déclarations de guerres, des présidents élus ou destitués. Il y avait aussi les babioles que j'avais aimé tenir à la main dans mon enfance. Une pièce de cinquante cents ternie émise l'année de la naissance de son père (1951), quatre coquillages brun et rose originaires d'une plage de Cobscook Bay.

SOUVENIRS (ÉCOLE) me plaisait moins que les deux autres boîtes. Elle contenait un badge appelant à élire aux plus hautes fonctions un candidat du parti démocrate n'ayant de toute évidence pas été élu, badge dont les couleurs vives m'avaient plu, mais on n'y trouvait à part cela que le diplôme de ma mère, quelques pages arrachées au recueil de sa promotion, et une liasse de petites enveloppes auxquelles je n'avais jamais voulu (ou été autorisé à) toucher.

En ouvrant une de ces enveloppes afin de jeter un coup d'œil à son contenu, je me suis aperçu que : a/c'était une lettre d'amour et b/l'écriture ne ressemblait pas du tout à celle, nette, de mon père telle qu'on la voyait sur les missives contenues dans SOUVENIRS (MARCUS).

Ma mère avait donc eu un amoureux à la fac. Une nouvelle qui aurait pu contrarier Marcus Dupree (elle l'avait épousé une semaine après sa remise de diplôme) mais n'aurait guère scandalisé qui que ce soit d'autre. Ce n'était certainement pas une raison suffisante pour dissimuler la boîte au sous-sol, surtout qu'elle était restée exposée pendant des années au vu et au su de tous.

Ma mère l'avait-elle cachée ? J'ignorais qui pouvait avoir pénétré dans la maison entre son attaque et mon arrivée le lendemain. Carol avait trouvé ma mère effondrée sur le canapé, sans doute une partie du personnel de la Grande Maison avait-il ensuite participé au nettoyage, et des ambulanciers étaient forcément entrés préparer ma mère pour son transport à l'hôpital. Mais aucun d'eux n'aurait eu une raison un tant soit peu plausible de descendre la boîte SOUVENIRS (ÉCOLE) au sous-sol et de la glisser dans l'espace obscur entre la chaudière et le mur.

Peut-être cela n'avait-il d'ailleurs aucune importance. Après tout, il ne s'agissait pas d'un crime, juste d'un déplacement étrange. L'œuvre du poltergeist local, si cela se trouvait. Je ne le saurais sans doute jamais, et il ne servait à rien de tourner et retourner cette question. Tout dans la pièce, chaque objet de la maison, y compris les boîtes, se verrait tôt ou tard conservé, vendu ou jeté. J'avais remis cette tâche à plus tard, Carol aussi, mais elle aurait dû être faite.

En attendant...

En attendant, j'ai remis SOUVENIRS (ÉCOLE) sur l'étagère du haut entre SOUVENIRS (MARCUS) et DIVERS. Complétant la pièce vide.

Sur le plan médical, la question la plus inquiétante, parmi celles que j'avais posées à Wun Ngo Wen quant au traitement de Jason, portait sur l'interaction médicamenteuse. Je ne pouvais interrompre le traitement traditionnel de Jason sans le précipiter dans une rechute désastreuse. Mais cela ne m'inquiétait pas moins de combiner son régime médicamenteux quotidien avec le remaniement biochimique fourni par Wun.

Wun m'a promis que cela ne poserait aucun problème. Le traitement de longévité n'était pas un « médicament » au sens conventionnel du terme. Ce que j'injectais dans le système sanguin de Jason ressemblait davantage à un programme informatique implémenté sous forme biologique. Les médicaments conventionnels interagissaient en général avec les protéines et les surfaces des cellules. La potion de Wun ne s'occupait que de l'ADN lui-même.

Il lui fallait néanmoins pénétrer dans une cellule afin d'y accomplir son œuvre... et pour cela surmonter la chimie sanguine et le système immunitaire de Jason... non ? Wun avait affirmé d'un ton catégorique qu'elle y arriverait sans problème. Le mélange de longévité était assez flexible pour opérer quelle que soit la condition physiologique, excepté la mort.

Sauf que le gène de la SEPA n'avait jamais migré sur la planète rouge, où on ne connaissait pas les médicaments pris par Jason. Et Wun avait eu beau répéter que je m'inquiétais pour rien, j'avais remarqué qu'il le faisait sans vraiment sourire. Nous avions donc pris des garanties : je minimisais depuis une semaine les médicaments pris par Jason pour sa SEPA. Simple réduction des doses.

Cette stratégie avait semblé payante. À notre arrivée dans la

Grande Maison, et malgré des principes actifs moins présents dans son organisme, Jason ne présentait que de légers symptômes. Nous avions donc entamé son traitement avec optimisme.

Trois jours plus tard, il souffrait d'accès de fièvre que je ne parvenais pas à juguler. Il a passé la plus grande partie de la journée du lendemain dans un état de semi-conscience. Le jour suivant, sa peau a rougi et s'est boursouflée. Ce soir-là, il a commencé à hurler.

Il a continué malgré des administrations de morphine.

Il ne s'agissait pas d'un hurlement à gorge déployée mais d'un gémissement atteignant parfois un volume élevé, d'un son auquel on peut s'attendre chez un chien malade, pas chez un être humain. Un son purement involontaire. Dans ses périodes de lucidité, il ne hurlait pas et ne se souvenait pas avoir hurlé, alors même que cela lui laissait le larynx enflammé et douloureux.

Carol s'est efforcée de supporter les gémissements de Jason. Ils s'entendaient à peine dans certaines parties de la maison — les chambres donnant sur l'arrière, la cuisine —, dans lesquelles elle a passé le plus clair de son temps, s'occupant à lire ou écouter une radio locale. Mais la pression était manifestement trop forte et Carol n'a pas tardé à se remettre à boire.

Je ne devrais peut-être pas dire « remettre ». Elle n'avait jamais vraiment cessé, se limitant juste à la dose minimale lui permettant de fonctionner, d'équilibrer les terreurs très réelles d'une sobriété soudaine par la tentation d'une ivresse totale. Et j'espère ne pas avoir l'air désinvolte en disant cela. Carol arpentait un chemin difficile. Elle l'avait suivi longtemps par amour pour son fils, même si cet amour était resté de nombreuses années en sommeil. Il avait fallu le bruit des souffrances de Jason pour la sortir de ce chemin.

Quand nous avons entamé la deuxième semaine de traitement, j'alimentais Jason en fluides par intraveineuse et je surveillais sa pression sanguine de plus en plus élevée Il avait eu une journée plutôt bonne malgré son apparence horrible, avec sa chair à vif ou couverte de croûtes et ses yeux presque enfouis dans des enflures de chair. Il était parvenu à demander si Wun Ngo Wen avait effectué sa première apparition télévisée. (Pas encore. Elle figurait au programme de la semaine suivante.) Mais le crépuscule l'a vu retomber dans l'inconscience et reprendre, après deux jours de silence, ses gémissements à pleine gorge douloureux à entendre.

Douloureux pour Carol, qui est apparue à la porte de la chambre les joues striées de larmes et le visage figé par une colère noire. « Tyler, m'a-t-elle lancé, il faut que tu arrêtes ça !

— Je fais ce que je peux. Il ne réagit pas aux opiacés. Il serait peut-être préférable d'en reparler demain matin.

— Mais tu ne l'*entends* pas ?

— Bien sûr que si.

— Cela ne veut rien dire ? a-t-elle interrogé. Ce son ne signifie *rien* pour toi ? Mon Dieu ! Il serait mieux entre les mains d'un charlatan de Mexico. Il serait mieux entre les mains d'un guérisseur. As-tu la *moindre* idée de ce que tu lui injectes ? Charlatan de merde ! Mon Dieu. »

Par malheur, elle exprimait à voix haute des questions que j'avais déjà commencé à me poser moi-même. Non, je ne *savais pas* ce que je lui injectais, pas au sens rigoureusement scientifique. J'avais cru aux promesses de l'homme de Mars, mais je ne pouvais pas vraiment me défendre ainsi auprès de Carol. Le processus se révélait plus difficile, nettement plus pénible que ce que je m'étais autorisé à attendre. Peut-être fonctionnait-il mal. Peut-être ne fonctionnait-il pas du tout.

Jase a émis un hurlement lugubre qui s'est terminé en soupir. Carol s'est bouché les oreilles. « Il *souffre*, foutu charlatan ! *Regarde-le !*

— Carol...

— Ne me sors pas des Carol, espèce de boucher ! J'appelle une ambulance. J'appelle la police ! »

J'ai traversé la pièce pour aller prendre par les épaules cette femme qui a semblé à la fois fragile et dangereusement vivante entre mes mains, comme un animal acculé. « Carol, écoutez-moi.

— Pourquoi, pourquoi devrais-je t'écouter *toi* ?

— Parce que votre fils m'a confié sa vie. Écoutez. Écoutez, Carol. Je vais avoir besoin d'aide. Je n'ai pas dormi depuis plusieurs jours. Je vais bientôt avoir besoin de quelqu'un pour rester près de lui, de quelqu'un d'assez calé sur le plan médical pour prendre des décisions en connaissance de cause.

— Tu aurais dû amener une infirmière. »

J'aurais dû, mais cela n'avait pas été possible, et ce n'était pas la question. « Je n'en ai pas. J'ai besoin que vous le fassiez. »

Elle a mis un moment à comprendre. Puis elle a reculé d'un pas en hoquetant de surprise. « Moi !

— Vous êtes toujours médecin, pour autant que je sache.

— Je n'ai pas pratiqué depuis... oui, des dizaines d'années...

— Je ne vous demande pas de procéder à une opération à cœur ouvert. Juste de surveiller sa pression sanguine et sa température. Vous pouvez le faire ? »

Sa colère s'est évanouie. Elle était flattée. Elle avait peur. Elle a réfléchi. Puis elle a posé sur moi un regard d'acier. « Pourquoi devrais-je t'aider ? Pourquoi devrais-je me rendre complice de ceci, de cette *torture* ? »

Je réfléchissais toujours à une réponse lorsqu'une voix a dit dans mon dos : « Oh, je t'en prie. »

La voix de Jason. L'une des caractéristiques du traitement médicamenteux martien était cette lucidité qui revenait de manière aléatoire et repartait à l'improviste. Apparemment, elle venait de réapparaître. Je me suis retourné.

Jase a grimacé et tenté de se redresser sans y arriver tout à fait. Mais il braquait sur nous un regard limpide.

Il s'est adressé à sa mère. « Vraiment, tu ne crois pas que tu exagères un peu ? Fais ce que Tyler te demande, s'il te plaît. Il sait ce qu'il fait et moi aussi. »

Carol l'a regardé bouche bée. « Mais moi, non. Je n'ai pas... Je veux dire, je ne peux pas... »

Puis elle nous a tourné le dos avant de sortir en titubant et en prenant appui sur le mur.

Je suis resté avec Jason. Le lendemain matin, Carol est entrée dans la chambre, l'air calme et sobre, pour proposer de me remplacer. Jason traversait une période de tranquillité, aussi n'avait-il pas vraiment besoin qu'on s'occupe de lui, mais je l'ai laissé entre les mains de sa mère et je suis allé rattraper mon retard de sommeil.

J'ai dormi douze heures. Lorsque je suis revenu dans la chambre, Carol s'y trouvait toujours et tenait la main de son fils inconscient, lui caressait le front avec une tendresse que je ne lui avais jamais vue.

La phase de guérison a commencé une semaine et demie après le début du traitement. Il n'y a pas eu de transition soudaine, d'instant magique. Les périodes de lucidité de Jason se sont juste allongées peu à peu tandis que sa pression sanguine se stabilisait non loin des valeurs normales.

Le soir du discours de Wun aux Nations unies, j'ai récupéré dans la partie de la maison réservée aux domestiques un téléviseur portable que j'ai placé dans la chambre de Jason. Carol nous a rejoints juste avant la diffusion.

Je ne pense pas que Carol ait cru en Wun Ngo Wen.

Sa présence sur Terre venait d'être annoncée officiellement le mercredi précédent. Sa photo figurait depuis plusieurs jours en une des journaux et on diffusait aussi des séquences vidéo sur lesquelles il traversait la pelouse de la Maison-Blanche sous le bras avunculaire du président en exercice. La Maison-Blanche avait bien précisé que Wun était venu nous apporter son aide, mais n'avait pas de solution immédiate au problème du Spin et ne savait pas grand-chose sur les Hypothétiques. Le public avait réagi avec circonspection.

Ce soir-là, Wun est monté sur l'estrade dans l'hémicycle du

Conseil de sécurité et s'est avancé jusqu'au pupitre, qu'on avait ajusté à sa taille. « Eh bien, il est minuscule, s'est exclamée Carol.

— Un peu de respect, l'a réprimandée Jason. Il représente une culture qui a duré plus longtemps que toutes les nôtres.

— Il m'a davantage l'air de représenter la Guilde des sucettes. »

Les gros plans ont restauré la dignité de Wun. La caméra aimait ses yeux et son sourire évasif. Et lorsqu'il a parlé dans le microphone, cela a été d'une voix douce qui a rabaissé son registre aigu à un niveau plus terrien.

Wun savait (ou bien on lui avait fait comprendre) à quel point un Terrien normal trouverait son histoire improbable. (« Nous vivons vraiment une ère de miracles », avait affirmé le Secrétaire général dans son introduction.) Usant de son meilleur accent américain, il nous a donc tous remerciés pour notre hospitalité avant de parler avec nostalgie de sa planète et de la raison pour laquelle il l'avait quittée afin de venir sur la nôtre. Il a décrit Mars comme un endroit étranger mais humain à cent pour cent, le genre d'endroit qu'on aimerait visiter, peuplé de gens amicaux et riche de paysages intéressants, même si les hivers, il le reconnaissait, étaient souvent rudes.

(« On dirait le Canada », a dit Carol.)

Il s'est ensuite attaqué au fond du problème. Tout le monde voulait davantage d'informations sur les Hypothétiques. Le peuple de Wun n'en savait hélas guère davantage que nous : les Hypothétiques avaient encapsulé Mars pendant son voyage interplanétaire, laissant les Martiens aussi impuissants que nous l'avions été.

Il ne pouvait deviner les motivations des Hypothétiques. Malgré des siècles de débats sur la question, les plus grands penseurs martiens eux-mêmes ne l'avaient jamais résolue. Fait notable, a dit Wun, la Terre comme Mars s'étaient vues isolées alors qu'elles frôlaient une catastrophe globale : « À l'instar de la vôtre, notre population approchait de la limite de viabilité. Sur Terre, votre industrie ainsi que votre agriculture dépendent du pétrole, dont les réserves s'épuisent à toute vitesse. Sur Mars, nous n'avons pas de pétrole, mais nous dépendons d'une ressource tout aussi rare, l'azote élémentaire : il conditionne notre cycle agricole et impose des limites absolues sur le nombre de vies humaines pouvant subsister sur la planète. Nous nous en sommes un peu mieux sortis que la Terre, mais uniquement parce que nous avons été obligés de faire face à ce problème dès les premiers jours de notre civilisation. Nos deux planètes risquaient et risquent toujours de connaître un effondrement économique et agricole ainsi qu'une diminution catastrophique de la population. Nos deux planètes se sont retrouvées encapsulées avant d'atteindre ce point limite.

« Peut-être les Hypothétiques comprennent-ils cette vérité à notre propos et peut-être cela a-t-il influencé leurs actions. Mais nous n'en sommes pas certains. Nous ignorons aussi ce qu'ils attendent de nous, si toutefois ils attendent quelque chose, nous ignorons quand et même si le Spin se terminera. Nous ne *pouvons pas* le savoir, à moins de rassembler davantage d'informations directes sur les Hypothétiques.

« Par bonheur, a dit Wun alors que la caméra zoomait pour le cadrer en gros plan, il existe un moyen de rassembler ces informations. Je suis venu porteur d'une proposition, dont j'ai déjà discuté à la fois avec le président actuel Garland, le futur président Lomax et d'autres chefs d'État », et il a poursuivi en esquissant les bases du plan réplicateurs. « Avec un peu de chance, cela nous permettra de savoir si les Hypothétiques se sont abattus sur d'autres mondes, de quelle manière ces mondes ont réagi, et quel pourrait être le destin ultime de la Terre. »

Mais quand il s'est mis à parler du nuage d'Oort et de « technologie de rétroaction autocatalytique », j'ai vu se troubler le regard de Carol.

« Ce n'est pas possible », a-t-elle dit quand Wun a quitté la tribune sous des applaudissements abasourdis, au moment où les experts des réseaux télévisés entreprenaient de mâcher et régurgiter son discours. Elle avait sincèrement l'air effrayée. « Y a-t-il du vrai dans ce qu'il a raconté, Jason ?

— Presque tout, a répondu son fils avec calme. Je ne peux pas me prononcer pour le temps sur Mars.

— Sommes-nous vraiment au bord du désastre ?

— On y est depuis que les étoiles ont disparu.

— Je veux dire en ce qui concerne le pétrole et tout. Sans le Spin, on serait tous en train de mourir de faim ?

— Mais les gens *meurent de faim*. Ils meurent de faim parce qu'on ne peut pas assurer à sept milliards d'habitants une prospérité de style nord-américain sans dépouiller la planète de ses ressources. Les chiffres sont implacables. Oui, c'est vrai. Si le Spin ne nous tue pas, nous connaîtrons tôt ou tard une régression globale de la population humaine.

— Et cela a un rapport avec le Spin lui-même ?

— Peut-être, mais ni moi ni le Martien que tu as vu à la télé n'en savons rien au juste.

— Tu te moques de moi.

— Non.

— Mais si. Ce n'est pas grave. Je sais bien que je suis ignorante. Je n'ai pas ouvert un journal depuis des années. Déjà, il y avait toujours le risque d'y voir le visage de ton père. Et à la télévision, je ne regarde que les dramatiques de l'après-midi. Dans lesquelles il n'y a pas de Martiens. Je dois être comme Rip Van Winkle : j'ai dormi trop longtemps. Et je n'aime pas beaucoup le monde dans lequel je me suis réveillée. Quand il n'est pas terrifiant, il est... » Elle a désigné le téléviseur. « ... absurde.

— Nous sommes tous des Rip Van Winkle, a doucement conclu Jason. Nous attendons tous de nous réveiller. »

Carol a vu son humeur s'améliorer en même temps que la santé de Jason et a commencé à s'intéresser de plus près au pronostic sur son fils. Je lui ai appris ce que je savais sur la SEPA, une maladie non encore formellement diagnostiquée à l'époque où Carol avait obtenu son doctorat de médecine, afin d'éviter les questions sur le traitement lui-même, arrangement implicite qu'elle a semblé comprendre et accepter. L'important était que la peau ravagée de Jason guérisse et que les échantillons de sang expédiés par mes soins à un laboratoire de Washington montrent une réduction drastique des protéines de plaques neurales.

Elle continuait toutefois à ne parler du Spin qu'avec réticence, et semblait malheureuse quand Jason et moi en discutions devant elle. J'ai repensé au poème de Housman que m'avait appris Diane tant d'années auparavant : *L'enfançon n'a pas conscience/De s'être fait manger par le grizzly*.

Carol avait été harcelée par de nombreux grizzlys, certains aussi grands que le Spin, d'autres aussi petits qu'une molécule d'alcool éthylique. Selon moi, il n'était pas impossible qu'elle ait envié l'enfançon.

Diane m'a appelé (sur mon téléphone personnel, pas sur celui de la maison) quelques nuits après le discours de Wun aux Nations unies. Je m'étais retiré dans ma chambre, Carol assurant la garde de nuit. Il avait plu par intermittence pendant tout le mois de novembre, et la pluie tombait à nouveau, la fenêtre de la chambre comme un miroir fluide de lumière jaune.

« Tu es à la Grande Maison, a affirmé Diane.

— Tu as parlé à Carol ?

— Je l'appelle une fois par mois, en fille attentionnée. Parfois, elle est assez sobre pour bavarder. De quoi souffre Jason ?

— C'est une longue histoire. Il va mieux. Inutile de s'inquiéter.

— Je déteste qu'on me réponde comme ça.

— Je sais bien. Mais c'est vrai. Il y avait un problème, on s'en est occupé.

— Et c'est tout ce que tu peux me dire.

— Pour le moment. Comment ça va, Simon et toi ? » Pendant notre dernière conversation, elle avait mentionné des ennuis juridiques.

« Pas très bien, a-t-elle répondu. On déménage.

— Où ça ?

— Hors de Phoenix, en tout cas. Loin de la ville. Le Tabernacle du Jourdain a été temporairement fermé... Je pensais que tu en avais peut-être entendu parler.

— Non. » Pourquoi aurais-je entendu parler des problèmes financiers d'une petite église afflictionniste du Sud-Ouest ? Nous avons abordé d'autres sujets, et Diane a promis de me tenir informé dès que Simon et elle auraient une nouvelle adresse. Bien sûr, pourquoi pas, après tout.

Mais j'ai entendu parler du Tabernacle du Jourdain le lendemain soir.

Pour une fois, Carol avait tenu à regarder le journal télévisé de fin de soirée. Cela convenait à Jason, bien éveillé malgré sa fatigue, aussi avons-nous assisté à quarante minutes de cliquetis de sabres et de procès de célébrités. Tout n'était pas inintéressant : on nous a donné les dernières nouvelles concernant Wun Ngo Wen, parti en Belgique rencontrer des officiels de l'Union européenne, et la situation s'améliorait en Ouzbékistan, où la base marine avancée avait fini par être libérée. Un sujet s'est intéressé au SDCV et à l'industrie laitière israélienne.

Nous avons vu de spectaculaires images de bétail abattu qu'on poussait au bulldozer dans d'immenses fosses avant de le recouvrir de chaux vive. Cinq ans plus tôt, l'industrie bovine japonaise avait subi une catastrophe similaire. Une douzaine de pays, du Brésil à l'Éthiopie, avaient connu une éruption de SDCV bovin ou ongulé qu'ils avaient réussi à juguler. Les antibiotiques modernes arrivaient à guérir l'équivalent humain, mais ce dernier couvait encore dans les économies du tiers-monde.

Les fermiers israéliens observaient toutefois des protocoles sanitaires très stricts, aussi ne s'attendait-on pas à une épidémie. Pire, le premier cas — la première bête infectée — avait été identifié comme provenant d'une cargaison clandestine d'ovules fertilisés expédiée des États-Unis.

On avait retrouvé l'expéditeur, une œuvre de charité afflictionniste appelée Un Mot pour le Monde ayant son quartier général dans un parc industriel des environs de Cincinnati, dans l'Ohio. Si UMplM introduisait en fraude des ovules bovins en Israël, ce n'était pas, comme l'avait révélé l'enquête, pour des raisons particulièrement charitables. On était remonté, par l'intermédiaire d'une douzaine de sociétés écrans, aux commanditaires d'UMplM : un consortium mêlant Églises afflictionnistes et dispensationnalistes à des groupes politiques marginaux de taille diverse. Tous partageaient une doctrine biblique commune extraite des Nombres (chapitre 19) et inférée de Matthieu et Timothée, à savoir que la naissance en Israël d'une génisse parfaitement rouge signalerait le second avènement de Jésus-Christ et le début de Son règne sur Terre.

L'idée n'avait rien de neuf. Des extrémistes juifs alliés croyaient que le sacrifice d'un veau rouge sur le mont du Temple marquerait l'avènement du Messie. Plusieurs attaques « veau rouge » s'étaient produites sur le Dôme du Rocher au cours des années précédentes, l'une d'elles avait même endommagé la mosquée Al-Aqsa et failli provoquer un conflit régional. Le gouvernement israélien s'était efforcé d'étouffer le mouvement, mais n'avait réussi qu'à le pousser dans la clandestinité.

Selon le journal télévisé, le Midwest et le sud-ouest américain comptaient plusieurs élevages bovins parrainés par UMplM, se consacrant tous tranquillement à précipiter l'Apocalypse. Ils avaient essayé d'engendrer un veau entièrement rouge sang, présumé supérieur aux nombreuses et décevantes génisses présentées comme candidates au cours des quarante dernières années.

Ces élevages s'étaient systématiquement soustraits aux inspections fédérales et aux protocoles de nourriture, au point de dissimuler un cas de SDCV qui avait traversé la frontière depuis Nogales. Les ovules infectés ont produit des reproducteurs dotés de nombreux gènes pour une robe rouge, mais la plupart des veaux ainsi venus au monde (dans un élevage du Negev lié à UMplM) n'ont pas tardé à succomber de détresse respiratoire. Les cadavres avaient été enterrés discrètement, mais trop tard. L'infection s'était répandue au bétail adulte et à un certain nombre d'ouvriers agricoles.

L'affaire embarrassait l'administration américaine. La FDA, l'agence fédérale chargée entre autres de la sécurité sanitaire, avait déjà annoncé un réexamen de ses politiques tandis que la Sécurité intérieure avait gelé tous les comptes bancaires d'UMplM et délivrait des mandats à l'encontre des collecteurs de fonds afflictionnistes. On a vu des images d'agents fédéraux sortant d'immeubles anonymes avec des cartons remplis de documents et plaçant des scellés aux portes d'églises peu connues.

Le présentateur en a cité quelques-unes.

Dont le Tabernacle du Jourdain.

4×10^9 ap. J.-C.

Aux environs de Padang, nous avons changé de moyen de transport, abandonnant l'ambulance de Nijon au profit d'un véhicule particulier conduit par un Minang qui nous a déposés — Ibu Ina, Eng et moi — dans un parc de camionnage sur l'autoroute du littoral. Cinq énormes entrepôts au toit de tôle ondulée s'y dressaient sur une étendue de gravier noir, entre des cônes de ciment en vrac recouverts de bâches et un wagon-citerne rouillé immobilisé sur une voie de garage. Un petit bâtiment en bois surmonté d'une enseigne en anglais libellée Expéditions Bayur en constituait le bureau principal.

Les Expéditions Bayur, a indiqué Ina, étaient l'une des entreprises de son ex-mari Jala. Grassouillet, les joues pleines et rouges, celui-ci m'a fait penser, lorsqu'il est venu nous accueillir à la réception dans son complet jaune canari, à une chope « Toby » habillée pour les tropiques [1]. Ina et lui se sont enlacés à la manière des gens qui ont divorcé sans difficulté, puis Jala m'a serré la main et s'est baissé pour serrer celle d'Eng. Il m'a présenté à sa réceptionniste comme « un importateur d'huile de palme venu du Suffolk », au cas, j'imagine, où le Nouveau Reformasi l'interroge. Il nous a ensuite précédés jusqu'à sa BMW à pile à combustible, un modèle

1. Une chope « Toby » a la forme d'un homme assis portant un tricorne et fumant la pipe. (*N.d.T.*)

vieux de sept ans, et nous avons pris la direction de Teluk Bayur, Jala et Ina à l'avant, Eng avec moi à l'arrière.

Tout son argent, c'est à Teluk Bayur — le grand port en eau profonde au sud de Padang — que Jala l'avait gagné. Trente ans plus tôt, m'a-t-il raconté, ce n'était qu'un bassin de sable et de boue peu actif, avec de modestes services portuaires et un trafic sans surprise de charbon, d'huile de palme non raffinée et d'engrais. Le boom économique de la restauration *nagari* et l'explosion démographique de l'époque de l'Arc l'avaient transformé en port de premier plan, doté de quais et de mouillages de classe mondiale, d'un énorme complexe d'entrepôts, et de tant de commodités modernes que Jala lui-même a fini par se lasser de citer par tonnage tous les remorqueurs, hangars, grues et chargeurs. « Jala est fier de Teluk Bayur, a affirmé Ina. Il n'y a guère là-bas de hauts fonctionnaires qu'il n'ait corrompus.

— Personne de plus important que les Affaires générales, a rectifié Jala.

— Tu es trop modeste.

— Est-ce une tare de gagner de l'argent ? Je réussis trop bien ? C'est un crime que d'essayer de devenir quelqu'un ?

— Questions purement rhétoriques, bien entendu », a précisé Ina en penchant la tête.

J'ai demandé si nous nous rendions directement dans un navire mouillé à Teluk Bayur.

« Non, a répondu Jala. Je vous conduis à un endroit sûr que je connais sur les quais. On ne peut pas monter comme ça à bord prendre ses aises.

— Il n'y a pas de navire ?

— Bien sûr que si. Le *Capetown Maru*, un joli petit cargo. On est en train d'y charger du café et des épices, pour le moment. Une fois les cales pleines, les créances acquittées et les permis signés, la cargaison humaine montera à bord. En toute discrétion, j'espère.

— Et Diane ? Elle est à Teluk Bayur ?

— Elle y sera bientôt, a répondu Ina en adressant à son ex-mari un regard qui en disait long.

— Oui, bientôt », a confirmé Jala.

Si Teluk Bayur avait été un port commercial peu actif, il était devenu, comme tout port moderne, une ville en soi, une ville non de gens mais de cargaisons. Une clôture protégeait le port proprement dit, mais des activités auxiliaires s'étaient développées autour, à l'instar des bordels à l'extérieur d'une base militaire : des affaires d'import-export de moindre importance, des collectifs de transporteurs indépendants équipés de dix-huit roues retapés, des dépôts de carburant à l'étanchéité douteuse. Nous sommes passés devant tout cela sans ralentir. Jala nous voulait installés avant le coucher du soleil.

La baie de Bayur se présentait sous la forme d'un fer à cheval d'eau de mer huileuse, sur la rive duquel s'appuyait le chaos ordonné de commerces à grande échelle, avec les entrepôts d'importance primaire et secondaire, les dépôts tampon, les grues comme des mantes géantes se régalant du contenu des cales des porte-conteneurs amarrés. Nous nous sommes immobilisés devant une guérite, le long d'une clôture métallique. Jala a passé quelque chose au garde par la fenêtre de la voiture, un permis, un pot-de-vin, peut-être les deux. De la tête, l'homme lui a fait signe de passer et Jala lui a adressé un geste aimable avant de franchir la clôture. Il a suivi une ligne de citernes de gaz CPO et Avigas à une vitesse qui m'a semblé imprudente. « Je me suis arrangé pour que vous passiez la nuit ici, a-t-il dit. J'ai un bureau dans un des entrepôts du dock E. Il ne contient que du béton de masse : personne ne viendra vous déranger. Demain matin, j'amène Diane Lawton.

— Et nous partons ?

— Patience. Vous n'êtes pas les seuls à faire *rantau*... juste les plus voyants. Il pourrait y avoir des complications.

— De quel genre ?

— Le Nouveau Reformasi, évidemment. De temps en

temps, la police ratisse le quartier des docks à la recherche de clandestins et de candidats à l'Arc. Elle en déniche en général quelques-uns. Voire davantage, suivant qui a été acheté. En ce moment, il y a une grosse pression de Jakarta, alors qui sait ? On parle aussi de mouvements revendicatifs. Le syndicat des dockers est extrêmement militant. Avec un peu de chance, on appareillera avant tout début de conflit. Vous allez donc passer la nuit par terre dans le noir, j'en ai peur. J'emmène Ina et Eng rejoindre les autres villageois.

— Non, a répliqué Ina d'un ton ferme. Je reste avec Tyler. »

Jala a marqué un temps d'arrêt. Puis il l'a regardée et a prononcé quelques mots en minang.

« Ce n'est pas drôle, a-t-elle répondu. Ni vrai.

— Alors quoi ? Tu ne me fais pas confiance pour sa sécurité ?

— Qu'ai-je jamais gagné à te faire confiance ? »

Jala a souri, dévoilant des dents brunies par le tabac. « L'aventure.

— Oui, exactement. »

Nous nous sommes donc retrouvés, Ibu Ina et moi, à l'extrémité nord d'un complexe d'entrepôts situé à l'écart des quais, dans une pièce strictement rectangulaire qui, m'a indiqué Ina, avait servi de bureau à un commissaire d'avaries jusqu'à ce qu'on ferme le bâtiment pour procéder à des réparations sur le toit poreux.

Cette pièce s'achevait sur un côté par une fenêtre de verre armé surplombant un vaste espace de stockage blanchi par la poussière de béton, espace dans lequel, formant comme une cage thoracique rouillée, des étançons métalliques s'élevaient d'un sol parsemé de flaques et de boue.

La seule lumière provenait des rares lampes de l'éclairage de sécurité. Des insectes volants entrés dans l'édifice par ses interstices voletaient en nuages autour des ampoules encagées de fer ou mouraient en monticules sous celles-ci. Ina a réussi à faire fonctionner une lampe de bureau. Dans un coin, j'ai vu un tas de cartons vides : j'en ai extrait les plus secs pour les empiler en deux matelas rudimentaires. Pas de couvertures. Mais la nuit était chaude. La mousson approchait.

« Vous croyez que vous arriverez à dormir ? s'est enquise Ina.

— Ce n'est pas le Hilton, mais j'ai fait de mon mieux.

— Oh, non, je voulais parler du bruit. Il ne vous empêchera pas de dormir ? »

Teluk Bayur ne fermait pas durant la nuit : les chargements et déchargements se poursuivaient vingt-quatre heures sur vingt-quatre. On ne les voyait pas, mais on les entendait, bruit de moteurs puissants et de métal gémissant sous la contrainte, tonnerre périodique de conteneurs de plusieurs tonnes en transit. « J'ai connu pire.

— J'en doute, mais c'est gentil de le dire. »

Ina et moi avons mis plusieurs heures à trouver le sommeil. Nous avons tué le temps par des conversations sporadiques, un peu à l'écart de la lueur projetée par la lampe de bureau. Ina m'a interrogé sur Jason.

Je l'avais laissée lire quelques-uns des longs passages écrits durant ma maladie. La transition de Jason au Quatrième Âge lui avait semblé moins difficile que la mienne. Je l'ai détrompée : j'avais juste omis les détails du style bassin hygiénique.

« Mais sa mémoire ? Jason en a-t-il perdu une partie ? Il ne s'en souciait pas ?

— Il n'en parlait pas beaucoup, mais je suis certain que cela ne le laissait pas indifférent. » En fait, il s'était extrait d'une de ses fièvres récurrentes en exigeant que je documente sa vie à son intention : « *Écris-la pour moi, Ty*, avait-il dit. *Écris-la au cas où j'oublie.*

— Mais il n'a pas souffert de graphomanie.

— Non. La graphomanie survient quand le cerveau entame la réfection de ses propres facultés verbales. Ce n'est qu'un des symptômes possibles. Les bruits que produisait

Jason étaient sans doute la manière dont ce phénomène se manifestait chez lui.

— Vous avez appris cela de Wun Ngo Wen. »

En effet, et de ses archives médicales, que j'avais étudiées ensuite.

Wun Ngo Wen fascinait toujours Ina. « Cet avertissement aux Nations unies, au sujet de la surpopulation et de la diminution des ressources, Wun en a-t-il jamais parlé avec vous ? Je veux dire, avant que...

— Je sais. Oui, il en a discuté un peu.

— Que vous a-t-il dit ? »

C'était durant l'une de nos conversations sur le but ultime des Hypothétiques. Wun m'avait tracé un diagramme, que j'ai reproduit pour Ina dans la couche de poussière recouvrant le parquet : un graphique muni d'un axe vertical pour la population et d'un axe horizontal pour le temps, graphique sur lequel une courbe de tendance irrégulière restait à peu près horizontale.

« La population en fonction du temps, a dit Ina. Jusque-là, je comprends, mais qu'est-ce que cela mesure au juste ?

— Toute population animale constitue un écosystème relativement stable. Cela pourrait représenter les renards en Alaska ou les singes hurleurs du Belize. Bien que la population fluctue en fonction de facteurs externes, tels qu'hiver froid ou accroissement du nombre de prédateurs, elle reste stable au moins sur le court terme. »

Mais, avait dit Wun, que se passerait-il à long terme pour une espèce intelligente et capable de se servir d'outils ? J'ai tracé le même graphique à Ina, sauf que cette fois-ci, la courbe de tendance s'incurvait progressivement en direction de la verticale.

« On voit là, ai-je indiqué, que la population — disons juste "les gens" — apprend à mettre en commun son savoir-faire. Pas juste comment tailler des silex mais comment apprendre aux autres à les tailler et comment se répartir économiquement le travail. La collaboration produit davantage de nourriture. La population s'accroît. Il y a davantage de gens à collaborer plus efficacement et à générer de nouveaux savoir-faire. L'agriculture. L'élevage. La lecture et l'écriture, ce qui signifie une meilleure répartition des savoir-faire et même leur transmission aux générations suivantes bien après votre mort.

— La courbe monte donc encore davantage, a dit Ina, jusqu'à ce que nous mourions de surpopulation.

— Eh bien non. Il existe d'autres forces qui tirent la courbe vers la droite. Une prospérité accrue et un savoir-faire technologique jouent en fait en notre faveur. Bien nourris, en sécurité, les gens tendent à vouloir limiter leur reproduction. La technologie et une culture flexible leur en donnent les moyens. À la fin, du moins d'après Wun, la courbe aura tendance à redevenir horizontale. »

Ibu Ina a eu l'air perdue. « Il n'y a *pas* de problème, alors ? Pas de famine ni de surpopulation ?

— Malheureusement, la courbe de la population terrestre est encore loin de l'horizontale. Et nous rencontrons des conditions limitatives.

— Des conditions limitatives ? »

Un nouveau diagramme. Celui-ci avec une courbe de tendance ressemblant à un S en italique, plat en haut. Je l'ai barrée de deux lignes horizontales : l'une bien au-dessus du S, marquée « A », l'autre la croisant là où elle obliquait vers le haut, marquée « B ».

« Que représentent ces lignes ? a voulu savoir Ina.

— La viabilité planétaire, l'une comme l'autre. La quantité de terres arables disponibles pour l'agriculture, le combustible et les matériaux bruts nécessaires à la technologie, l'air et l'eau non pollués. Le diagramme montre la différence entre une espèce intelligente qui réussit et une qui échoue. Une espèce qui atteint son pic de population sous la limite dispose du potentiel pour survivre à long terme. Une espèce qui réussit peut entreprendre toutes ces choses dont les futuristes rêvaient : coloniser le système solaire ou même la galaxie, manipuler le temps et l'espace.

— Grandiose.

— Du calme. L'alternative est pire. Une espece qui dépasse les limites de viabilité avant de stabiliser sa population est sans doute condamnée. Famine massive, technologie en échec, et planète si épuisée par la première éclosion de civilisation qu'elle n'a plus les moyens de se reconstruire.

— Je vois. » Elle a frissonné. « Alors, laquelle sommes-nous ? A ou B ? Wun vous l'a dit ?

— Tout ce qu'il pouvait affirmer avec certitude, c'était que les deux planètes, Mars et la Terre, commençaient à approcher des limites. Et que les Hypothétiques étaient intervenus avant qu'elles les atteignent.

— Mais *pourquoi* sont-ils intervenus ? Qu'attendent-ils de nous ? »

Le peuple de Wun ignorait la réponse à cette question. Nous aussi.

Non, ce n'était pas tout à fait exact. Jason Lawton avait trouvé une sorte de réponse.

Mais je n'étais pas encore prêt à en parler.

Ina a bâillé et j'ai effacé mes diagrammes dans la poussière. Elle a éteint la lampe de bureau. Les rares lumières de sécurité dégageaient une lueur épuisée. On aurait cru qu'une énorme cloche assourdie sonnait toutes les cinq ou six secondes à l'extérieur de l'entrepôt.

« Tic tac », a dit Ina en s'installant sur un des matelas de cartons plus ou moins moisis. « Je me souviens de l'époque où les horloges faisaient tic-tac, Tyler. Et vous ? Les horloges de l'ancien temps ?

— Ma mère en avait une dans la cuisine.

— Il existe tant de temps différents. Celui par lequel on mesure nos vies. Les mois et les années. Ou le *grand* temps, celui qui soulève les montagnes et crée les étoiles. Ou toutes les choses qui se passent entre deux battements de cœur. C'est difficile de vivre dans tous ces temps-là. Et facile d'*oublier* qu'on vit dans tous. »

Le bruit métallique et métronomique se poursuivait.

« Vous parlez comme une Quatrième Âge », ai-je dit.

Dans la quasi-obscurité, je l'ai tout juste distinguée qui esquissait un sourire fatigué.

« Je pense qu'une vie me suffit », a-t-elle dit.

Au matin, nous avons été réveillés par le cognement d'une porte accordéon contre sa butée, un jaillissement de lumière et la voix de Jala qui nous appelait.

J'ai dévalé les marches. Jala avait déjà traversé la moitié de l'entrepôt. Diane le suivait à pas lents.

Je me suis approché et j'ai prononcé son nom.

Elle a essayé de sourire, mais elle serrait les dents et son visage était d'une pâleur inhabituelle. Je venais de voir qu'elle pressait une boule de tissu au-dessus de sa hanche, une boule de tissu rouge vif, tout comme son chemisier de coton, du sang qui les imbibait.

Euphorie désespérée

Huit mois après le discours de Wun Ngo Wen à l'assemblée générale des Nations unies, les citernes de culture hyperfroide de Périhélie ont commencé à produire des quantités suffisantes de réplicateurs martiens pour qu'à Canaveral et Vandenberg, des flottes de Delta 7 s'apprêtent à les livrer en orbite. C'est à peu près à cette époque que Wun s'est pris d'une envie irrépressible de voir le Grand Canyon. Son intérêt avait été éveillé par un exemplaire d'*Arizona Highways* de l'année précédente et oublié dans ses appartements par une des grosses têtes de biologie.

Wun me l'a montré deux jours plus tard. « Regardez ça », a-t-il dit, presque avec un tremblement d'impatience, en ouvrant le magazine sur un reportage photo consacré à la restauration de la piste de randonnée Bright Angel. Le fleuve Colorado traversant en mares vertes le grès précambrien. Un touriste de Dubaï à dos de mule. « Vous en avez entendu parler, Tyler ?

— Du Grand Canyon ? Bien entendu. À peu près comme tout le monde, j'imagine.

— C'est stupéfiant. Magnifique.

— Spectaculaire. Paraît-il. Mais Mars n'est-elle pas célèbre pour ses canyons ? »

Il a souri. « Vous parlez des Terres Déchues. Votre peuple les a appelées Valles Marineris quand il les a découvertes depuis l'orbite il y a soixante ans — ou cent mille ans. Elles ressemblent en partie à ces photos de l'Arizona. Mais je n'y suis jamais allé. Et j'imagine que je n'irai *jamais*. Je pense que j'aimerais voir le Grand Canyon à la place.

— Allez-y, dans ce cas. On est en république. »

L'expression a fait ciller Wun — il ne l'avait peut-être jamais entendue. « Très bien, j'irai, a-t-il dit avec un hochement de tête. Je demanderai à Jason de prendre les dispositions nécessaires pour mon transport. Aimeriez-vous venir ?

— Quoi, en Arizona ?

— Oui, Tyler ! En Arizona, voir le Grand Canyon ! »

C'était peut-être un Quatrième Âge, mais à ce moment-là, il ressemblait plutôt à un gamin de dix ans. « M'accompagnerez-vous ?

— Il faut que j'y réfléchisse. »

J'y réfléchissais encore quand j'ai reçu un coup de téléphone d'E.D. Lawton.

Après l'élection de Preston Lomax, E.D. Lawton avait disparu de la scène politique. Si ses contacts dans l'industrie étaient restés en place — il pouvait organiser une fête et s'attendre à ce que des personnes puissantes y assistent —, il ne pourrait plus jamais exercer l'influence dont il avait bénéficié dans les ministères sous la présidence de Garland. Des rumeurs le prétendaient même en déclin sur le plan psychologique, se terrant dans sa résidence de Georgetown d'où il harcelait au téléphone ses anciens alliés politiques. Peut-être, toujours était-il que ni Jase ni Diane n'avaient eu de ses nouvelles depuis un certain temps, et j'ai été stupéfait d'entendre sa voix en prenant un appel sur mon téléphone domestique.

« J'aimerais te parler », a-t-il indiqué.

Intéressant, de la part de l'homme ayant conçu et financé l'acte d'espionnage sexuel de Molly Seagram. Mon premier mouvement, sans doute le meilleur, a été de raccrocher. Mais le geste semblait inadéquat.

« C'est à propos de Jason, a-t-il ajouté.

— Alors parlez-en à Jason.

— Je ne peux pas, Tyler. Il refuse de m'écouter.

— Ça vous étonne ? »

Il a soupiré. « D'accord, je comprends, tu es de son côté, c'est entendu. Mais je n'essaye pas de lui faire du mal. Je veux l'aider. En fait, il y a urgence. Pour ce qui est de son bien-être.

— Je ne sais pas ce que cela veut dire.

— Et je ne peux pas t'en parler par cette saloperie de téléphone. Mais je suis en Floride, actuellement, à vingt minutes par l'autoroute. Viens à mon hôtel, je t'offrirai un verre et tu pourras m'envoyer me faire foutre les yeux dans les yeux. S'il te plaît, Tyler. Huit heures, au bar du Hilton sur la 95. Tu sauveras peut-être la vie de quelqu'un. »

Il a raccroché sans me laisser le temps de répondre.

J'ai appelé Jason, à qui j'ai relaté la conversation.

« Ouaouh », a-t-il dit. Puis : « À en croire les rumeurs, la compagnie d'E.D. est encore moins agréable qu'avant. Sois prudent.

— Je n'avais pas l'intention d'honorer le rendez-vous.

— Tu n'y es pas obligé, évidemment. Mais... tu devrais peut-être.

— J'ai assez soupé des manigances d'E.D., merci bien.

— C'est juste qu'il vaudrait peut-être mieux savoir ce qu'il a en tête.

— Tu es en train de me dire que tu *veux* que je le voie ?

— Seulement si ça te convient.

— Me *convient* ?

— C'est toi qui décides, bien entendu. »

J'ai donc pris ma voiture et j'ai remonté consciencieusement l'autoroute, passant devant les fanions décorant les bâtiments pour la fête nationale (on était le 3 juillet) et les vendeurs de drapeaux aux coins des rues (vendeurs dépourvus de patente et prêts à bondir dans leurs vieilles camionnettes), me ressassant tous les discours que j'avais jamais imaginés pour envoyer E.D. Lawton au diable. Le temps que j'atteigne le Hilton, le soleil se perdait derrière les toits et l'horloge à l'entrée indiquait 20 h 35.

J'ai trouvé E.D. en train de boire avec détermination dans un box. Il a eu l'air surpris de me voir. Puis il s'est levé, m'a pris par le bras, et m'a guidé jusqu'à la banquette de vinyle en face de la sienne.

« Un verre ?

— Je ne resterai pas assez longtemps pour ça.

— Bois un coup, Tyler. Ton comportement s'en trouvera amélioré.

— Cela n'a pas amélioré le vôtre, il me semble. Dites-moi juste ce que vous voulez, E.D.

— Quand on prononce mon nom comme une insulte, je sais avoir affaire à quelqu'un en colère. Pourquoi es-tu si en rogne ? À cause de cette histoire avec ta copine et ce docteur, mmh, Malmstein ? Écoute, il faut que je te dise, ce n'est pas moi qui ai arrangé ça. Je n'ai même pas assisté à la conclusion. J'avais un personnel trop zélé. Les choses ont été faites en mon nom, voilà tout.

— Excuse lamentable pour un comportement merdique.

— J'imagine, oui. Reconnu coupable. Je m'excuse. On peut changer de sujet ? »

J'aurais pu repartir à ce moment-là. J'imagine que je suis resté à cause de l'aura d'appréhension désespérée qu'il dégageait. E.D. restait capable de ce genre de condescendance inconsidérée qui l'avait rendu si cher aux yeux de sa famille, mais il avait perdu confiance en lui. Dans le silence séparant les éruptions vocales, ses mains ne tenaient pas en place. Il s'est caressé le menton, a plié et déplié une serviette en papier, s'est lissé les cheveux. Ce silence particulier a persisté jusqu'au milieu d'un deuxième verre. Qui n'était sans doute pas son deuxième. La serveuse était passée avec une familiarité désinvolte.

« Tu as un peu d'influence sur Jason, a-t-il fini par dire.

— Si vous voulez lui dire quelque chose, pourquoi ne pas lui parler directement ?

— Parce que je ne peux pas. Pour des raisons évidentes.

— Alors qu'est-ce que vous voulez que je lui dise ? »

E.D. m'a regardé fixement. Puis il a baissé les yeux sur son verre. « Je veux que tu lui dises de débrancher la prise du projet réplicateurs. Au sens propre, je veux dire. Couper la réfrigération. Tuer les réplicateurs. »

J'ai à mon tour affiché de l'incrédulité.

« Vous savez à quel point c'est improbable, bien entendu.

— Je ne suis pas idiot, Tyler.

— Alors pourquoi...

— C'est mon fils.

— Vous avez trouvé cela tout seul ?

— Il cesserait d'un coup de l'être à cause de nos différends politiques ? Tu me penses superficiel au point de ne pas pouvoir faire la part des choses ? Je ne l'aimerais pas parce que je ne suis pas d'accord avec lui ?

— Je ne sais de vous que ce que j'en ai vu.

— Tu n'as rien vu. » Il a failli ajouter quelque chose, mais a changé d'avis pour dire à la place : « Jason est un pion pour Wun Ngo Wen. Je veux qu'il ouvre les yeux et comprenne ce qu'il se passe.

— Vous l'avez élevé pour être un pion. Le vôtre. Et cela ne vous plaît pas de voir quelqu'un d'autre exercer ce genre d'influence sur lui.

— N'importe quoi. N'importe quoi. Enfin, bon, d'accord, on est dans les aveux, c'est peut-être vrai, je ne sais pas, on a peut-être tous besoin d'une thérapie familiale, mais là n'est pas le propos. L'important, c'est que tous les puissants du pays sont amoureux de Wun Ngo Wen et de son foutu projet réplicateurs. Pour la raison évidente qu'un tel projet ne coûte pas cher et semble plausible aux électeurs. Du coup, tout le monde se fout qu'il ne fonctionne pas, parce que rien *d'autre* ne fonctionne et si *rien* ne fonctionne, alors la fin est proche et chacun verra ses problèmes d'un autre œil quand le soleil rouge se lèvera. Pas vrai ? Je n'ai pas raison ? Ils maquillent la mariée, ils appellent cela un pari, un coup de poker, mais en réalité, c'est juste un tour de passe-passe destiné à distraire les ploucs.

— Analyse intéressante, mais...

— Tu crois que je serais là à te parler si je pensais que c'était une *analyse* intéressante ? Pose les bonnes questions, si tu veux discuter avec moi.

— Des questions comme ?...

— Comme : qui est vraiment Wun Ngo Wen ? Qui représente-t-il, et que veut-il en réalité ? Parce que malgré ce qu'on en dit à la télévision, ce n'est pas le Mahatma Gandhi déguisé en un de ces petits habitants du pays d'Oz. Il est là parce qu'il veut obtenir quelque chose de nous. Depuis le début.

— Le lancement des réplicateurs.

— De toute évidence.

— Est-ce un crime ?

— Mieux vaut demander : pourquoi les Martiens ne les lancent-ils pas eux-mêmes ?

— Parce qu'ils ne peuvent se permettre de parler pour la totalité du système solaire. Parce qu'un tel travail ne peut être entrepris unilatéralement. »

Il a roulé des yeux. « C'est ce que *disent* les gens, Tyler. Parler de multilatéralisme et de diplomatie, c'est comme dire "je vous aime" : ça sert à pouvoir baiser plus facilement. À moins, bien sûr, que les Martiens ne soient vraiment des esprits angéliques descendus du paradis nous délivrer du mal. Tu ne le crois pas, je pense. »

Wun l'avait si souvent dénié que je ne pouvais pas vraiment élever d'objection.

« Je veux dire, regarde leur technologie. Ces types sont dans la biotechnologie de pointe depuis quelque chose comme un millier d'années. S'ils avaient voulu peupler la galaxie de nanobots, ils auraient pu le faire il y a longtemps. Alors pourquoi ne l'ont-ils pas fait ? Si on exclut l'explication de leur nature meilleure, *pourquoi* ? De toute évidence, parce qu'ils craignent des représailles.

— De la part des Hypothétiques ? Ils n'en savent pas davantage que nous sur eux.

— Qu'ils disent. Cela ne signifie pas qu'ils n'en ont pas peur. Quant à nous… Nous sommes les trous du cul qui ont lancé une attaque nucléaire sur les artefacts polaires il n'y a pas si longtemps. Ouais, on prendra la responsabilité, pourquoi pas ? Nom de Dieu, Tyler, ouvre les yeux. C'est un coup monté classique. Cela pourrait difficilement être plus habile.

— Ou alors vous êtes paranoïaque.

— Vraiment ? Qui peut définir en quoi consiste la parano, après tant d'années de Spin ? Nous sommes tous paranos. Nous savons tous que des forces aussi puissantes que malveillantes contrôlent nos vies, ce qui correspond plutôt bien à la *définition* de la paranoïa.

— Je ne suis qu'un médecin généraliste, ai-je dit. Mais d'après des gens intelligents…

— Tu parles de Jason, bien entendu. Jason te dit que tout ira bien.

— Pas seulement Jason. Tout l'entourage de Lomax. La plus grande partie du Congrès.

— Mais leur avis se base sur les grosses têtes, et elles sont aussi hypnotisées que Jason par tout ça. Tu veux savoir ce qui le motive, ton ami Jason ? La peur. Il a peur de mourir dans l'ignorance. La situation dans laquelle nous nous trouvons, s'il meurt sans la comprendre, cela signifie que l'humanité meurt sans la comprendre. Et ça lui fout une trouille de tous les diables, de penser qu'une espèce raisonnablement intelligente pourrait disparaître définitivement sans comprendre ni la raison ni le but de cette disparition. Peut-être qu'au lieu de diagnostiquer ma paranoïa, tu devrais réfléchir au délire de grandeur de Jason. Il s'est donné comme mission d'arriver à comprendre le Spin avant de mourir. Wun débarque et lui tend un outil qu'il peut utiliser dans ce but, forcément, il le prend : c'est comme si on proposait une boîte d'allumettes à un pyromane.

— Vous voulez vraiment que je lui dise ça?

— Je ne... » E.D. a soudain eu l'air morose, ou alors son taux d'alcoolémie atteignait un pic. « Je me disais, comme il t'écoute...

— Vous n'êtes pas si bête. »

Il a fermé les yeux. « Peut-être. Je ne sais pas. Mais il fallait que j'essaye. Tu comprends? Pour avoir la conscience tranquille. » Cela m'a étonné qu'il confesse en avoir une. « Je vais être franc avec toi. J'ai l'impression de regarder un train dérailler au ralenti. Les roues ont quitté la voie sans que le conducteur s'en aperçoive. Alors je fais quoi? Est-il trop tard pour tirer le signal d'alarme? Trop tard pour crier "baissez-vous"? Sans doute. Mais c'est mon fils, Tyler. C'est mon fils qui conduit le train.

— Il n'est pas plus en danger que le reste d'entre nous.

— Je pense que tu te trompes. Même si ce projet réussit, tout ce qu'on a une chance d'obtenir, ce sont des informations abstraites. Cela suffit à Jason. Mais pas au reste du monde. Tu ne connais pas Preston Lomax. Moi, si. Lomax serait absolument ravi d'attribuer un échec à Jason et de lui faire porter le chapeau. Beaucoup de membres de son gouvernement veulent fermer Périhélie ou en remettre les rênes aux militaires. Et ce sont les résultats les plus *optimistes*. Au pire, les Hypothétiques s'énervent et arrêtent le Spin.

— Vous craignez que Lomax ferme Périhélie?

— C'est moi qui ai construit Périhélie. Donc oui, cela m'inquiète. Mais ce n'est pas pour cette raison que je suis là.

— Je peux répéter à Jason ce que vous m'avez dit, mais vous pensez que cela le fera changer d'avis?

— Je... » E.D. inspectait maintenant la table d'un regard désormais un peu larmoyant et vague. « Non. Manifestement.

Mais s'il veut parler... je veux qu'il sache qu'il peut me joindre. S'il veut parler. Je n'en ferais pas une épreuve pour lui. Promis. Enfin, s'il le veut. »

C'était comme s'il avait ouvert une porte par laquelle sa solitude profonde s'était échappée.

Jason présumait que le déplacement en Floride de son père participait d'un plan machiavélique. Cela aurait été possible de la part de l'ancien E.D... Mais le nouvel E.D. m'a fait l'impression d'un homme vieillissant, bourrelé de remords et dépourvu depuis peu de tout pouvoir, trouvant ses stratégies au fond d'un verre et poussé en ville par un accès de culpabilité.

« Avez-vous essayé de parler à Diane ? ai-je demandé d'un ton plus aimable.

— Diane ? » Il a eu un geste de dédain. « Diane a changé de numéro de téléphone. Je n'arrive pas à la joindre. De toute manière, elle est en cheville avec cette putain de secte fascinée par la fin du monde.

— Ce n'est pas une secte, E.D. Juste une petite Église aux idées étranges. Simon s'y implique davantage qu'elle.

— Elle est paralysée par le Spin. Tout comme le reste de votre foutue génération. Elle a plongé dans ces conneries religieuses à peine sortie de la puberté. Je m'en souviens. Le Spin la déprimait tellement. Et voilà que tout d'un coup, elle se met à citer Thomas d'Aquin à table. Je voulais que Carol en discute avec elle. Mais Carol, comme d'habitude, n'était bonne à rien. Alors tu sais ce que j'ai fait ? J'ai organisé un débat. Entre Jason et elle. Cela faisait six mois qu'ils se disputaient sur Dieu. Alors j'ai officialisé cela, tu vois, comme un débat à la fac, le truc étant que chacun devait défendre l'opinion de *l'adversaire* : Jason devait plaider l'existence de Dieu, Diane épouser le point de vue athée. »

Ils ne m'en avaient jamais parlé. Mais j'imaginais avec quelle consternation ils avaient abordé le travail pédagogique imposé par E.D.

« Je voulais qu'elle touche du doigt sa naïveté. Elle a fait de son mieux. Je pense qu'elle voulait m'impressionner. En gros, elle a répété les arguments que lui avait opposés Jason. Mais lui... » Il rayonnait de fierté. Ses yeux ont lui et son visage a repris un peu de couleur. « Il a été absolument brillant. Remarquablement, magnifiquement brillant. Jason a ressorti tous les vieux arguments de Diane et en a ajouté d'autres. Et il ne les a pas répétés comme un perroquet. Il avait lu des ouvrages théologiques, des ouvrages bibliques savants. Et il n'a pas cessé de sourire jusqu'à la fin, comme pour dire : écoute, je connais ces arguments sur le bout des doigts, je les connais aussi intimement que toi, je peux les débiter dans mon sommeil, et je continue à les trouver méprisables. Il a été foutrement, absolument impitoyable. À la fin, elle pleurait. Elle a tenu jusqu'à la fin, mais les larmes ruisselaient sur ses joues. »

Je l'ai regardé fixement.

Il a grimacé en voyant mon expression. « J'emmerde ta supériorité morale. J'essayais de lui enseigner une leçon. Je voulais qu'elle soit réaliste, pas un de ces foutus nombrilistes obsédés par le Spin. Toute ta putain de génération...

— Vous vous foutez qu'elle soit en vie ?

— Bien sûr que non.

— Personne n'a eu de ses nouvelles depuis quelque temps. Ce n'est pas juste vous, E.D. Elle est injoignable. J'envisageais d'essayer de la retrouver. Vous pensez que c'est une bonne idée ? »

Mais la serveuse était de retour avec un autre verre et E.D. a vite perdu tout intérêt pour le sujet, moi ou le monde réel. « Ouais, j'aimerais savoir si elle va bien. » Il a ôté ses lunettes qu'il a nettoyées avec la serviette en papier. « Ouais, fais ça, Tyler. »

Voilà comment j'ai décidé d'accompagner Wun Ngo Wen en Arizona.

Voyager avec Wun Ngo Wen était comme voyager avec une pop star ou un chef d'État : sécurité pesante, spontanéité quasi absente, mais efficacité irréprochable. Une succession soigneusement minutée de couloirs d'aéroports, d'avions affrétés et de convois d'autoroute a fini par nous déposer au début du sentier Bright Angel, trois semaines avant la date prévue pour le lancement des réplicateurs, par un jour de juillet aussi chaud qu'un feu d'artifice et aussi clair que l'eau d'un ruisseau.

Wun se tenait à l'endroit où le garde-fou longeait le bord du canyon. Les *rangers* avaient fermé aux touristes le sentier et le centre d'accueil, et trois de leurs hommes les plus photogéniques se tenaient prêts à conduire Wun (ainsi qu'un contingent d'agents fédéraux chargés de sa sécurité et munis de holsters sous leurs tenues de randonnées) en expédition jusqu'au fond du canyon, où ils camperaient pour la nuit.

On avait promis la tranquillité à Wun une fois la randonnée entamée, mais il se trouvait pour le moment au centre d'un véritable cirque. Les camionnettes des médias remplissaient le parking, des journalistes et des paparazzi se pressaient contre les cordes de retenue comme s'ils suppliaient de toutes leurs forces, un hélicoptère survolait le bord du canyon en filmant. Cela n'obérait en rien le bonheur de Wun, qui souriait et inspirait de grandes lampées d'air embaumé de pin. Un Martien aurait surtout été rebuté par la chaleur, selon moi, mais il ne montrait aucun signe de souffrance malgré la sueur luisant sur sa peau ridée. Il portait un léger maillot kaki, un pantalon assorti et une paire de chaussures de randonnée pour enfants qu'il formait à ses pieds depuis deux semaines. Il a longuement bu à une gourde en aluminium qu'il m'a ensuite tendue.

« Frère d'eau », a-t-il dit.

J'ai ri. « Gardez-la. Vous en aurez besoin.

— Tyler, j'aimerais que vous puissiez descendre avec moi. C'est... » Il a dit quelque chose dans sa langue. « Trop de ragoût pour une seule marmite. Trop de beauté pour un seul humain.

— Vous pourrez toujours la partager avec les fédéraux. »

Il a considéré ses gardes du corps d'un œil noir. « Impossible, hélas. Ils regardent mais ne voient pas.

— Encore une expression martienne ?

— Ça pourrait l'être. »

Wun a prononcé quelques dernières paroles aimables à l'intention de la presse et du gouverneur de l'Arizona, qui venait d'arriver, tandis que j'empruntais un des véhicules de Périhélie pour me mettre en route vers Phoenix.

Personne ne s'en est mêlé, personne ne m'a suivi : cela n'intéressait pas la presse. J'avais beau être le médecin personnel de Wun Ngo Wen — quelques reporters ont bien dû me reconnaître —, en l'absence de Wun lui-même, je n'avais aucun intérêt médiatique. Aucun. J'ai trouvé cela agréable. J'ai activé la climatisation jusqu'à ce que l'atmosphère dans l'habitacle évoque un automne canadien. Peut-être s'agissait-il de ce que les médias appelaient « euphorie désespérée » : le sentiment nous-sommes-tous-foutus-mais-il-peut-se-passer-n'importe-quoi qui avait commencé à culminer à peu près à l'époque où on avait rendu publique la présence de Wun. La fin du monde, plus des Martiens : après cela, plus rien n'était impossible. Ni même *improbable*. Comment ensuite défendre normalement la propriété, la patience, la vertu, recommander de ne pas causer d'ennuis ?

En accusant ma génération de paralysie Spin, E.D. avait peut-être raison. Nous étions pris dans la lueur des phares depuis une trentaine d'années. Aucun de nous n'avait réussi à se débarrasser de ce sentiment de vulnérabilité profonde, cette conscience bien enracinée de la présence d'une épée au-dessus de nos têtes. Cela gâchait le moindre plaisir et donnait même à nos gestes les meilleurs, les plus courageux, un air de timidité, d'indécision.

Mais même les paralysies s'érodent. Derrière l'appréhension, on trouve la témérité. Derrière l'immobilité, l'action.

L'action pas nécessairement bonne ou sage, d'ailleurs. J'ai dépassé trois ensembles de panneaux d'autoroute mettant en garde contre la piraterie de grand chemin. À la radio, une station locale, le reporter en charge de la circulation énumérait les routes fermées pour « affaires policières » d'un ton aussi indifférent que s'il listait les chantiers.

Mais je suis parvenu sans incident sur le parking à l'arrière du Tabernacle du Jourdain.

Le pasteur actuel, un jeune homme coiffé en brosse appelé Bob Kobel qui avait accepté de me rencontrer lorsque je l'avais contacté par téléphone, s'est avancé vers ma voiture pendant que je la verrouillais. Il m'a escorté à l'intérieur du presbytère, où il m'a offert du café, des beignets et une discussion sérieuse. Il ressemblait à un athlète de lycée ayant pris un peu de ventre, mais toujours empreint d'esprit d'équipe.

« J'ai réfléchi à ce que vous m'avez dit, m'a-t-il indiqué. Je comprends vos raisons de vouloir contacter Diane Lawton. Vous comprenez de votre côté pourquoi c'est un peu délicat pour notre Église ?

— Pas vraiment, non.

— Merci pour votre franchise. Laissez-moi vous expliquer. Je suis devenu pasteur de cette congrégation après la crise de la génisse rouge, mais aussi après en avoir été membre pendant des années. Je connais ces gens dont vous êtes curieux, Diane et Simon. Il fut un temps où je les considérais comme mes amis.

— Plus maintenant ?

— J'aimerais dire que nous sommes toujours amis. Mais c'est à eux qu'il faudrait que vous posiez la question. Voyez-vous, Dr Dupree, le Tabernacle du Jourdain a connu pas mal de querelles, pour une congrégation de cette taille. Surtout à cause de nos débuts d'Église hybride, union de dispensationnalistes démodés et de hippies Nouveau Royaume ayant perdu leurs illusions. Nous avions en commun de croire fermement à l'imminence des derniers temps et de désirer sincèrement la confrérie chrétienne. Une alliance difficile, comme vous pouvez l'imaginer. Nous avons eu notre lot de controverses. Des schismes. Des gens virant de bord vers des petits coins du christianisme, des disputes sur des points de doctrine qui, franchement, restaient pour ainsi dire incompréhensibles à la plus grande partie de la congrégation. Mais en ce qui concerne Simon et Diane, ils se sont alignés avec une bande de post-afflictionnistes endurcis qui voulaient s'emparer du Tabernacle du Jourdain. Cela a conduit à des démêlés politiques difficiles, à ce que le monde séculier pourrait appeler des luttes de pouvoir.

— Ils ont perdu ?

— Oh, non. Ils ont pris fermement le contrôle. Du moins, pour un temps. Ils ont radicalisé le Tabernacle du Jourdain d'une manière qui a gêné beaucoup d'entre nous. Il y avait parmi eux Dan Condon, l'homme qui nous a impliqués dans ce réseau de dangers publics essayant de provoquer le Second Avènement avec une vache rouge. Ce que je continue à trouver d'une présomption grotesque. Comme si le Seigneur des Armées attendait un programme de reproduction bovine avant de rassembler ses fidèles. »

Le pasteur Kobel a bu une gorgée de café.

« Je ne peux pas me porter garant de leur foi, ai-je dit.

— Vous m'avez indiqué au téléphone que Diane n'était plus en contact avec sa famille.

— En effet.

— Il s'agit peut-être d'un choix délibéré. J'ai déjà vu son père à la télévision. C'est un homme qui a l'air intimidant.

— Je ne suis pas venu l'enlever. Juste m'assurer qu'elle va bien. »

Une autre gorgée de café. Un autre regard songeur.

« J'aimerais pouvoir vous dire qu'elle va bien. Et c'est sans doute le cas. Mais après les scandales, tout ce groupe a déménagé dans la cambrousse. Et certains sont toujours conviés à s'entretenir au moment de leur choix avec les enquêteurs fédéraux. Aussi les visites sont-elles découragées.

— Mais pas impossibles ?

— Pas impossibles s'ils vous connaissent. Je ne suis pas sûr que vous rentriez dans cette catégorie, Dr Dupree. Je pourrais vous indiquer la route, mais je doute qu'ils vous laisseraient entrer.

— Même si vous répondiez de moi ? »

Il a cillé et semblé y réfléchir.

Puis il a souri, a sorti du bureau derrière lui un morceau de papier sur lequel il a noté une adresse et quelques indications. « Bonne idée, Dr Dupree. Dites-leur que c'est le pasteur Bob qui vous envoie. Mais soyez prudent quand même. »

Le pasteur Bob Kobel m'avait indiqué comment trouver le ranch de Dan Condon, qui était une ferme proprette à deux étages, située dans une vallée broussailleuse à plusieurs heures de route de la ville. Cela ne ressemblait guère à un ranch, du moins à mes yeux de béotien. Il y avait une vaste grange, en mauvais état comparée à la maison, et plusieurs têtes de bétail occupées à paître quelques lopins mêlant mauvaises herbes et herbe à pâturage.

Dès que j'ai freiné, un grand type en salopette a bondi au bas de la véranda : environ cent dix kilos, avec une barbe et une expression malheureuse. J'ai baissé ma fenêtre.

« Propriété privée, chef.

— Je suis venu voir Simon et Diane. »

Il m'a regardé sans rien dire.

« Ils ne s'attendent pas à ma visite. Mais ils me connaissent.

— Ils vous ont invité ? Parce qu'on n'est pas trop fana de visiteurs, par ici.

— Le pasteur Bob Kobel m'a dit que vous ne verriez pas d'inconvénients à ce que je passe.

— Ah ouais, il a dit ça.

— Il m'a dit de vous préciser que j'étais globalement inoffensif.

— Le pasteur Bob, hein. Vous avez des papiers ? »

J'ai sorti ma carte d'identité, sur lequel il a refermé la main avant de repartir dans la maison.

J'ai attendu. J'ai ouvert les fenêtres pour laisser un vent sec traverser l'automobile en murmurant. Le soleil était assez bas pour que les piliers de la véranda projettent des ombres de cadran solaire, et ces ombres se sont plus qu'un peu allongées avant que l'homme revienne me rendre ma carte en disant : « Simon et Diane vont vous recevoir. Et désolé d'avoir semblé un peu brusque. Je m'appelle Sorley. » Je suis descendu de voiture lui serrer la main. Il avait une poigne impressionnante. « Aaron Sorley. Frère Aaron pour la plupart des gens. »

Il m'a escorté à l'intérieur, franchissant avec moi la bruyante contre-porte à moustiquaire. Il régnait dans la ferme une atmosphère torride mais animée. Un garçon hilare vêtu d'un T-shirt de coton est passé en courant au niveau de nos genoux. Dans la cuisine, deux femmes préparaient ensemble ce qui ressemblait à un grand repas collectif : des énormes casseroles sur la cuisinière, des monticules de choux sur la planche à découper.

« Simon et Diane se partagent la chambre du fond, en haut des escaliers, dernière porte sur votre droite. Vous pouvez monter. »

Mais je n'avais pas besoin de guide : Simon attendait en haut des marches.

L'ex-héritier des tiges-chenilles semblait un peu usé. Cela n'avait rien de surprenant puisque je ne l'avais pas revu depuis le soir de l'attaque chinoise contre les artefacts polaires, vingt ans auparavant. Peut-être pensait-il la même chose à mon propos. Il avait toujours un sourire remarquable, grand et généreux, un sourire qu'Hollywood aurait pu exploiter si Simon avait préféré Mammon à Dieu. Il ne s'est pas contenté d'une poignée de mains : il m'a serré dans ses bras.

« Bienvenue ! m'a-t-il dit. Tyler ! Tyler Dupree ! Je m'excuse si frère Aaron s'est montré un peu rude. On n'a pas beaucoup de visiteurs, mais tu verras qu'on a l'hospitalité généreuse, du moins une fois qu'on t'a laissé entrer. On t'aurait invité plus tôt si on avait su qu'il y avait la moindre chance que tu fasses le voyage.

— Heureuse coïncidence, ai-je expliqué. Je suis en Arizona parce que...

— Oh, je sais. On écoute les nouvelles de temps en temps. Tu es venu avec l'homme ridé. Tu es son médecin. »

Il m'a conduit au bout du couloir jusqu'à une porte peinte en crème, leur porte — à Diane et lui —, qu'il a ouverte.

La pièce était meublée confortablement bien que dans un style démodé, avec dans un coin un grand lit sur lequel un édredon recouvrait les creux et les bosses du matelas, un rideau de vichy jaune à la fenêtre, un petit tapis en coton sur le plancher. Et une chaise près de la fenêtre. Et Diane assise sur cette chaise.

« C'est bon de te revoir, a-t-elle dit. Merci d'avoir pris du temps pour nous. J'espère que nous ne t'avons pas soustrait à ton travail.

— Pas plus que je ne voulais en être soustrait. Comment vas-tu ? »

Simon a traversé la pièce pour se tenir à ses côtés. Il a posé la main sur son épaule et l'y a laissée.

« On va bien tous les deux, a-t-elle répondu. On ne roule peut-être pas sur l'or, mais on s'en sort. J'imagine qu'à notre époque, il ne faut guère en espérer davantage. Désolée de ne pas avoir donné de nouvelles, Tyler. Après les ennuis au Tabernacle du Jourdain, on a davantage de mal à faire confiance au monde extérieur à l'église. J'imagine que tu as entendu parler de toutes ces histoires ?

— Une pagaille monumentale, est intervenu Simon. La Sécurité intérieure a sorti l'ordinateur et la photocopieuse du presbytère, est partie avec et ne les a jamais rendus. Bien entendu, nous n'avions absolument rien à voir avec toutes ces absurdités de génisse à robe rouge. On a juste fait circuler quelques brochures dans la congrégation. Pour qu'elle décide, tu comprends, si c'était le genre de choses dans lequel elle voulait s'impliquer. C'est pour cela que le gouvernement fédéral nous a interrogés, tu peux imaginer cela ? Il semble que ce soit un crime dans l'Amérique de Preston Lomax.

— Personne n'a été arrêté, j'espère.

— Personne parmi nos proches, a répondu Simon.

— Mais cela a rendu tout le monde nerveux, a dit Diane. On se met à penser à des choses qu'on tenait pour acquises. Les coups de téléphone. Les lettres.

— J'imagine qu'il faut vous montrer prudents, ai-je convenu.

— Oh, oui, a répondu Diane

— Vraiment très prudents », a complété Simon.

Vêtue d'une robe fourreau en coton nouée à la taille, Diane portait sur la tête un fichu à carreaux blancs et rouges qui la faisait ressembler à une paysanne. Elle ne s'était pas maquillée, mais elle n'en avait pas besoin. Habiller Diane sans élégance était aussi vain que cacher un projecteur sous un chapeau de paille.

Je me suis aperçu à quel point le simple fait de la voir m'avait manqué. Déraisonnablement manqué. J'avais honte du plaisir que je prenais à sa présence. Vingt ans durant, nous n'avions guère été que des relations. Deux personnes qui s'étaient connues par le passé. Je n'avais pas le droit à cette accélération du rythme cardiaque, à cette sensation de chute libre qu'elle provoquait en moi juste en restant assise sur cette chaise en bois à me regarder et à détourner les yeux en rougissant un peu quand ils croisaient les miens.

C'était irréaliste et injuste... injuste envers quelqu'un, peut-être moi, sans doute elle. Je n'aurais jamais dû venir.

« Et *toi*, comment vas-tu ? a-t-elle demandé Tu travailles

toujours avec Jason, à ce que je comprends. J'espère qu'il va bien.

— Très bien. Il t'embrasse. »

Elle a souri. « J'en doute. Ça ne ressemble pas à Jase.

— Il a changé.

— Vraiment ?

— On a beaucoup parlé de Jason », a dit Simon, agrippant toujours de sa main sombre et calleuse le coton clair recouvrant l'épaule de Diane. « De Jason et de l'homme ridé, le soi-disant Martien.

— Pas juste soi-disant, ai-je corrigé. Il est né et a grandi sur Mars. »

Simon a cillé. « Puisque tu le dis, ça doit être vrai. Mais comme je disais, on a parlé. Les gens savent que l'Antéchrist est parmi nous, c'est un fait établi, et peut-être est-il déjà célèbre, attendant son heure, préparant sa guerre futile. On examine donc de près les personnalités publiques, dans le coin. Je ne dis pas que Wun Ngo Wen est l'Antéchrist, mais si je le disais, je ne serais pas le seul. Tu es proche de lui, Tyler ?

— Je lui parle de temps en temps. Je ne le pense pas assez ambitieux pour être l'Antéchrist. » Même si E.D. Lawton pourrait ne pas être d'accord avec moi sur ce point.

« C'est tout de même le genre de choses qui nous rend prudents, a dit Simon. Voilà pourquoi cela posait un problème à Diane de rester en contact avec sa famille.

— Parce que Wun Ngo Wen pourrait être l'Antéchrist ?

— Parce que nous ne voulons pas attirer l'attention des puissants, si près de la fin des temps. »

Je n'ai pas su comment réagir à cela.

« Tyler a fait beaucoup de route, est intervenue Diane. Il a sans doute soif. »

Le sourire de Simon a aussitôt réapparu. « Aimerais-tu prendre un verre avant le dîner ? On a plein de boissons gazeuses. Du Mountain Dew, ça te dit ?

— Parfait », ai-je répondu.

Il a quitté la pièce. Diane a attendu de l'entendre descendre les escaliers avant de pencher la tête et de me regarder vraiment en face. « Tu as fait un long voyage.

— Il n'y avait pas d'autres moyens de reprendre contact.

— Mais tu n'avais pas besoin de te donner tout ce mal. Je suis en bonne santé et heureuse. Tu peux le dire à Jase. Et à Carol, d'ailleurs. Et à E.D., si ça l'intéresse. Je n'ai pas besoin d'une visite de surveillance.

— Ce n'en est pas une.

— Tu passais dans le coin et tu t'es arrêté pour dire bonjour ?

— En fait, oui, quelque chose dans le genre.

— Je n'ai pas rejoint une secte. Je ne suis pas ici sous la contrainte.

— Je n'ai pas dit cela, Diane.

— Mais tu l'as pensé, pas vrai ?

— Je suis content que tu ailles bien. »

Elle a tourné la tête et la lumière du couchant s'est reflétée dans ses yeux. « Désolée, c'est juste que je suis surprise. De te voir comme ça. Et je suis heureuse que tu t'en sortes bien, là-bas, dans l'est. Tu t'en sors bien, n'est-ce pas ? »

Je me suis senti d'humeur téméraire. « Non, ai-je répondu. Je suis paralysé. Du moins, c'est ce que pense ton père. Il dit que toute notre génération est paralysée par le Spin. On est toujours pris dans l'instant où les étoiles ont disparu. On ne s'en est jamais remis.

— Et tu penses que c'est vrai ?

— Peut-être davantage qu'aucun d'entre nous n'est prêt à l'admettre. » Je n'avais pas prévu de dire ce que je disais. Mais Simon allait revenir d'un instant à l'autre, une canette de Mountain Dew à la main, son sourire impénétrable aux lèvres, et l'occasion serait perdue, sans doute à jamais. « Quand je te regarde, je continue à voir la fille sur la pelouse derrière la Grande Maison. Alors ouais, peut-être bien qu'E.D. a raison. Vingt-cinq ans volés. Ils sont passés très vite. »

Diane a accepté cela en silence. L'air chaud agitait les rideaux en vichy et la chambre s'assombrissait de plus en plus. Puis Diane a dit : « Ferme la porte.

— Cela ne risque pas de paraître bizarre ?

— Ferme la porte, Tyler, je ne veux pas qu'on m'entende. »

J'ai donc fermé la porte, doucement, et Diane s'est levée pour venir prendre mes mains dans les siennes. Elles étaient fraîches. « On est trop près de la fin du monde pour se mentir. Je suis désolée d'avoir arrêté d'appeler, mais comme il y a dans cette maison quatre familles pour un seul téléphone, cela ne pose aucune difficulté de savoir qui appelle qui.

— Simon ne le permettrait pas.

— Au contraire. Simon l'aurait accepté. Simon accepte la plupart de mes habitudes et de mes manies. Mais je ne veux pas lui mentir. Je ne veux pas porter ce fardeau. J'admets toutefois que ces coups de téléphone me manquent, Tyler. Ils étaient une corde de sécurité. Quand je manquais d'argent, quand l'Église se divisait, quand je me sentais seule sans raison valable... ta voix me faisait l'effet d'une transfusion.

— Pourquoi arrêter, dans ce cas ?

— Parce que cela aurait été déloyal. À l'époque. *Maintenant.* » Elle a secoué la tête comme si elle essayait de me faire comprendre une notion difficile mais primordiale. « Je comprends ce que tu veux dire sur le Spin. J'y pense aussi. Parfois, je fais comme s'il existait un monde où nous n'aurions pas connu le Spin et où nous aurions eu des vies différentes. *Nous*, toi et moi. » Elle a inspiré en frissonnant et a rougi. « Et si je ne pouvais pas vivre dans ce monde-là, je pensais pouvoir au moins lui rendre visite toutes les deux semaines, t'appeler comme on appelle un vieil ami pour parler d'autre chose que de la fin du monde.

— Tu trouves cela déloyal ?

— C'*est* déloyal. Je me suis donnée à Simon. Il est mon mari aux yeux de Dieu et de la loi. Si ce n'était pas un bon choix, c'était tout de même *mon* choix, et je ne suis peut-être pas le genre de chrétienne que je devrais être, mais je sais ce qu'est le devoir, la persévérance et le soutien à quelqu'un même si...

— Même si *quoi*, Diane ?

— Même si c'est douloureux. Je ne pense pas que ni toi ni moi n'ayons besoin d'examiner de plus près la vie que nous aurions pu mener.

— Je ne suis pas venu pour te rendre malheureuse.

— Non, mais tu as cet effet.

— Alors je ne vais pas rester.

— Tu resteras pour le dîner. Juste par politesse. » Elle s'est mis les mains sur les hanches et a baissé les yeux. « Laisse-moi te dire quelque chose tant qu'on a encore un peu d'intimité. Pour ce qu'elle vaut. Je ne partage pas toutes les convictions de Simon. Je ne peux sincèrement affirmer croire que le monde va se terminer avec l'ascension des fidèles au paradis. Dieu me pardonne, mais cela ne me semble tout simplement pas plausible. Je crois toutefois que le monde *va* se terminer. Qu'il est *en train* de se terminer. Il est en train de se terminer depuis le début de nos vies. Et...

— Diane...

— Non, laisse-moi finir. Laisse-moi me confesser. Je crois vraiment que le monde va se terminer. Je crois à ce que Jason m'a dit il y a des années et des années, qu'un matin le soleil va se lever, enflé, infernal, et qu'en quelques heures ou quelques jours, notre temps sur la Terre sera terminé. Je ne veux pas être seule ce matin-là...

— Comme tout le monde. » Sauf peut-être Molly Seagram, me suis-je dit. Molly se la jouant *Le Dernier Rivage* [1]

1. Film américain de 1959 réalisé par Stanley Kramer, avec Gregory Peck et Ava Gardner, dans lequel les protagonistes attendent la destruction prochaine de toute vie sur Terre suite à une guerre nucléaire globale. (*N.d.T.*)

avec son flacon de pilules à suicide. Molly et les gens comme elle.

« Et je ne *serai pas* seule. Je serai avec Simon. Ce que je t'avoue, Tyler — et que je veux qu'on me pardonne —, c'est que quand je me représente ce jour, ce n'est pas forcément avec Simon que je me vois. »

La porte s'est ouverte d'un coup. Simon. Les mains vides. « Il se trouve que le dîner est déjà servi, a-t-il annoncé. Ainsi qu'un broc de thé glacé pour les voyageurs assoiffés. Descends te joindre à nous. Il y a bien assez pour tout le monde.

— Merci, ai-je répondu. Ça a l'air pas mal du tout. »

Les six adultes partageant la ferme avec Simon et Diane étaient les Sorley, les McIsaac, Dan Condon et son épouse. Les Sorley avaient trois enfants et les McIsaac cinq, si bien que nous étions dix-sept à dîner sur une grande table à tréteaux dans la pièce adjacente à la cuisine. Cela a donné un agréable chahut qui a duré jusqu'à ce que « Oncle Dan » annonce les grâces et que toutes les mains se joignent aussitôt, les têtes se baissant toutes au même moment.

Dan Condon était le mâle dominant du groupe. Grand, presque sépulcral, affreux avec sa barbe noire à la Lincoln, il nous a rappelé pendant les grâces que nourrir un étranger était un acte de vertu même si cet étranger arrivait sans invitation, amen.

J'ai déduit du déroulement de la conversation que frère Aaron Sorley commandait en second et servait sans doute d'agent exécuteur en cas de différends. Teddy McIsaac et Simon s'en remettaient tous deux à Sorley, mais se tournaient vers Condon pour les verdicts ultimes. La soupe était trop salée ? « Juste comme il faut », affirmait Condon. Le temps, un peu chaud depuis quelques jours ? « Rien d'anormal dans la région », déclarait Condon.

Les femmes parlaient peu et gardaient en général les yeux fixés sur leurs assiettes. L'épouse de Condon était petite et corpulente, avec une expression pincée. Celle de Sorley, presque aussi imposante que son mari, accueillait d'un sourire voyant chaque commentaire appréciateur sur la nourriture. Mme McIsaac semblait avoir à peine dix-huit ans, comparée à son morose quadragénaire de mari. Aucune des femmes ne m'a adressé directement la parole ni ne m'a été présentée par son prénom. Diane était un diamant parmi ces zircons, cela crevait les yeux, ce qui expliquait peut-être la prudence de son comportement.

Les familles étaient toutes des réfugiées du Tabernacle du Jourdain. Elles ne comptaient pas parmi les plus radicales de la paroisse, a expliqué Oncle Dan, comme ces agités de dispensationnalistes qui avaient fui l'année précédente au Saskatchewan, mais n'étaient pas tièdes non plus dans leur foi, contrairement au pasteur Bob Kobel et à sa bande, toujours prêts au compromis. Les familles étaient venues s'installer au ranch (celui de Condon) afin de mettre quelques kilomètres entre elles et les tentations de la ville, d'attendre l'appel final dans une paix monastique. Pour l'instant, a-t-il précisé, le plan avait fonctionné.

Le reste de la tablée parlait d'un camion à la cellule énergétique défaillante, d'un toit toujours en cours de réparation, et d'un problème à prévoir avec la fosse septique. J'ai été aussi soulagé que les enfants ont semblé l'être quand le repas s'est terminé — Condon a décoché un regard féroce à l'une des petites Sorley qui venait de pousser un soupir trop audible.

Une fois la table débarrassée (travail des femmes, au ranch Condon), Simon a annoncé que je devais partir.

« Ça ira, sur la route, Dr Dupree ? a demandé Condon. Il y a du banditisme presque toutes les nuits, maintenant.

— Je garderai les fenêtres fermées et l'accélérateur au plancher.

— C'est sans doute plus sage. »

Simon a dit : « Si cela ne te gêne pas, Tyler, je vais t'accompagner jusqu'à la clôture. J'aime rentrer à pied, par des nuits chaudes comme celle-là. Même en m'éclairant à la lanterne. »

Cela ne me gênait pas.

Tout le monde s'est alors mis en rang pour des adieux cordiaux. Les enfants se sont tortillés jusqu'à ce que je leur serre la main et qu'on les laisse partir. Lorsque son tour est venu, Diane m'a salué d'un signe de tête mais en baissant les yeux, et quand je lui ai tendu la main, elle l'a serrée sans me regarder.

Simon m'a accompagné jusqu'à environ cinq cents mètres du ranch, en gigotant dans la voiture comme quelqu'un qui a quelque chose à dire mais n'ouvre pas la bouche. Je ne l'ai pas encouragé à parler. L'air nocturne, assez frais, embaumait. Je me suis arrêté à l'endroit qu'il m'indiquait, au sommet d'une crête près d'une clôture brisée et d'une haie d'ocotillos. « Merci pour la promenade », a-t-il lancé.

Une fois sorti, il s'est attardé un moment sans refermer la portière.

« Tu voulais me dire quelque chose ? » ai-je demandé.

Il s'est éclairci la gorge. « Tu sais, a-t-il fini par me confier d'une voix à peine plus audible que le vent, j'aime Diane autant que j'aime Dieu. Je reconnais que cela a l'air blasphématoire. J'ai eu longtemps cette impression. Mais je crois que Dieu l'a mise sur Terre pour être ma femme et uniquement pour cela. Et je pense donc depuis quelque temps que ce sont les deux faces d'une même pièce. L'aimer est ma manière d'aimer Dieu. Tu crois que c'est possible, Tyler Dupree ? »

Sans attendre ma réponse, il a refermé la portière et allumé sa torche. Je l'ai observé dans le rétroviseur redescendre la colline dans l'obscurité et le cri-cri des grillons.

Je n'ai croisé ni bandits ni pirates de la route ce soir-là.

L'absence d'étoiles et de lune avait rendu la nuit plus sombre et plus dangereuse depuis les premières années du

Spin. Les criminels avaient élaboré d'ingénieuses stratégies pour les embuscades rurales. Voyager de nuit augmentait considérablement les risques de se faire dévaliser ou assassiner.

Il n'y avait donc guère de circulation quand je suis rentré à Phoenix, j'ai surtout vu des camionneurs assurant des transports entre États dans des dix-huit roues bien défendus. La plupart du temps, je me suis retrouvé seul sur la route, taillant un coin de lumière dans la nuit en écoutant le crissement des roues et le souffle du vent. S'il existe un bruit évoquant davantage la solitude, je ne le connais pas. C'est pour cela qu'on équipe les automobiles de radios, j'imagine.

Mais il n'y avait pas de voleurs ni d'assassins sur la route. Pas cette nuit-là.

J'ai donc passé la nuit dans un motel des environs de Phoenix avant de retrouver au matin Wun Ngo Wen et son équipe de sécurité dans le salon VIP de l'aéroport.

Wun s'est montré d'humeur bavarde, dans l'avion qui nous reconduisait à Orlando. Il avait étudié la géologie des déserts du sud-ouest et se montrait particulièrement enchanté par une pierre achetée dans une boutique de souvenirs sur la route de Phoenix — obligeant tout le cortège à s'arrêter et à l'attendre pendant qu'il fouillait dans une boîte de fossiles. Il m'a montré sa prise, une spirale calcaire creuse dans deux à trois centimètres d'argile schisteuse du sentier Bright Angel. L'empreinte d'un trilobite, m'a-t-il dit, mort environ dix millions d'années plus tôt, recouvert par ces déchets rocheux et sableux sous nos pieds, par ce qui avait été autrefois le fond d'un océan.

Il n'avait jamais vu de fossiles de sa vie. Il m'a affirmé que cela n'existait pas sur Mars. Il n'y avait aucun fossile dans le système solaire sauf ici, ici sur la vieille Terre.

À Orlando, on nous a fait monter à l'arrière d'une autre voiture d'un autre convoi, celui-ci à destination du complexe Périhélie.

Nous n'avons pu partir qu'au crépuscule, une opération de sécurité nous ayant retardés d'environ une heure. Une fois sur l'autoroute, Wun Ngo Wen s'est excusé de bâiller. « Je n'ai pas l'habitude de faire autant d'exercice.

— Je vous ai vu sur le tapis de jogging à Périhélie. Vous vous en sortez bien.

— Un tapis de jogging n'est pas vraiment un canyon.

— Non, j'imagine.

— Je suis crevé mais ravi. Cela a été une expédition merveilleuse. J'espère que vous avez passé d'aussi bons moments que moi en Arizona. »

Je lui ai raconté que j'avais localisé Diane et qu'elle allait bien.

« Tant mieux. Je suis désolé de n'avoir pas pu faire sa connaissance. Si elle ressemble un tant soit peu à son frère, ce doit être une personne remarquable.

— En effet.

— Mais la visite n'a pas été à la hauteur de vos espérances ?

— Je n'espérais peut-être pas ce qu'il fallait. » Peut-être n'espérais-je pas ce qu'il fallait depuis longtemps.

« Eh bien », a conclu Wun en bâillant, les yeux mi-clos, « la question... comme toujours, la question est de savoir de quelle manière regarder le soleil pour ne pas être aveuglé. »

J'ai voulu lui demander ce qu'il voulait dire par là, mais sa tête dodelinait sur la garniture des sièges et il m'a semblé plus attentionné de le laisser dormir.

Notre convoi comptait cinq voitures plus un transporteur de troupes dans lequel un petit détachement de fantassins se tenait prêt en cas d'ennuis.

Ce véhicule blindé, parallélépipédique, avait à peu près la taille de ceux utilisés par les banques régionales pour convoyer l'argent liquide dans un sens ou dans l'autre, aussi le confondait-on facilement avec un transporteur de fonds.

En fait, il se trouvait qu'un convoi de la Brink's roulait dix minutes devant nous jusqu'à ce qu'il quitte l'autoroute pour prendre la direction de Palm Bay. Des guetteurs d'un gang — placés aux grandes intersections et communiquant par téléphone — ont confondu notre convoi avec celui de la Brink's et nous ont désignés comme cible à leurs complices placés devant nous.

Ces criminels très organisés avaient déjà placé des mines terrestres sur une portion de la route contournant une réserve naturelle marécageuse. Ils étaient de surcroît équipés d'armes automatiques et de deux lance-roquettes, aussi un convoi de la Brink's n'aurait-il pas pu résister longtemps : en moins de cinq minutes, les gangsters auraient procédé au partage du butin au fond des marais. Mais leurs guetteurs avaient commis une erreur capitale. S'attaquer à un convoyeur de fonds est une chose, s'en prendre à cinq véhicules sécurisés et un transporteur de troupes rempli de militaires très entraînés et de professionnels de la protection en est une tout autre.

Je regardais défiler l'eau verte et les cyprès chauves derrière la vitre teintée quand les lampadaires de l'autoroute se sont éteints.

Un pirate avait sectionné les câbles électriques enterrés. Soudain, l'obscurité a été vraiment obscure, un mur derrière la vitre, et je n'ai plus rien vu à la fenêtre que le reflet de ma propre surprise. « Wun... », ai-je dit.

Mais il dormait toujours, son visage ridé sans plus d'expression qu'une empreinte du pouce.

C'est alors que la voiture de tête a roulé sur une mine.

L'onde de choc a frappé comme un poing de métal notre véhicule blindé. Chaque composante du convoi roulait à distance prudente des autres, mais nous étions assez près pour voir la voiture de tête se soulever sur un jaillissement de flammes jaunes et retomber en feu sur le goudron, les roues tordues.

Notre chauffeur a fait une embardée et, sans doute en contradiction avec sa formation, a ralenti. La route était bloquée devant nous. Une autre explosion s'est alors produite à l'arrière du convoi, une autre mine, qui a expédié des morceaux de revêtement dans les marécages et nous a boxés avec une efficacité impitoyable.

Désormais réveillé, déconcerté et terrifié, Wun ouvrait des yeux aussi grands que des lunes, et presque aussi brillants.

Des coups de feu d'armes de petit calibre ont claqué au loin. Je me suis recroquevillé en tirant Wun vers le bas, lui et moi pliés sur nos ceintures de sécurité et cramponnés à leurs boucles. Le conducteur s'est arrêté et a saisi une arme sous le tableau de bord avant de jaillir en roulé-boulé par la portière.

Au même moment, douze hommes tout juste dégorgés par le transport de troupes derrière nous ont commencé à tirer dans le noir en essayant d'établir un périmètre. Les agents en civil à bord des autres véhicules ont entrepris de converger sur notre voiture, cherchant à protéger Wun, mais les coups de feu les ont cloués au sol avant qu'ils puissent nous atteindre.

La rapidité de la réaction a dû ébranler les pirates de la route. Ils se sont servis d'armes plus lourdes. L'une d'elles a tiré ce qu'on m'a dit plus tard être une roquette. Tout ce que je sais, c'est que je me suis soudain retrouvé sourd dans la voiture pleine de fumée et de verre brisé tandis qu'elle tournait autour d'un axe compliqué.

Puis, mystérieusement, la moitié de mon corps sortait par la portière arrière, mon visage reposait sur le gravier de la chaussée et un goût de sang me recouvrait la langue. Quelques pas plus loin, Wun gisait sur le flanc avec une chaussure en feu — une des chaussures de randonnée pointure enfant qu'il avait achetées pour le Grand Canyon.

Je l'ai appelé. Il a remué, un peu. Des balles pleuvaient derrière nous sur l'épave de la voiture, creusant des cratères dans l'acier. J'avais la jambe gauche engourdie. Je me suis approché de Wun en rampant et j'ai éteint les flammes de sa chaussure à l'aide d'un morceau de garniture. Wun a gémi et levé la tête.

Nos hommes ont répliqué, leurs balles traçantes s'enfonçant dans les marais de chaque côté de la route.

Wun a voûté le dos et s'est mis à genoux. Il ne semblait pas savoir où il se trouvait. Son nez saignait. Il avait le front déchiré, à vif.

« Ne vous levez pas », ai-je coassé.

Mais il a continué à essayer de se remettre debout, sa chaussure brûlée ballottant et puant.

« Pour l'amour du ciel », ai-je dit. J'ai tendu la main, mais il s'est dérobé. « Pour l'amour du ciel, *ne vous levez pas !* »

Il a malgré tout fini par réussir à se hisser sur ses pieds et est resté debout, tremblant, silhouetté par l'épave en feu. Il a baissé les yeux et semblé me reconnaître.

« Tyler... Que s'est-il passé ? »

C'est à ce moment-là que les balles l'ont trouvé.

Beaucoup de gens avaient détesté Wun Ngo Gwen. Ils ne se fiaient pas à ses motifs, comme E.D. Lawton, ou le méprisaient pour des raisons plus complexes et moins défendables : parce qu'ils le croyaient un ennemi de Dieu, parce qu'il se trouvait avoir une peau noire, parce qu'il croyait à la théorie de l'évolution, parce qu'il personnifiait la preuve physique du Spin et les vérités dérangeantes sur l'âge de l'univers extérieur.

Beaucoup parmi ceux-là avaient songé à le tuer. La Sécurité intérieure avait intercepté et archivé des dizaines de menaces.

Ce n'était toutefois pas un complot qui l'avait tué. Mais un mélange d'avidité, d'erreur sur la personne et de témérité engendrée par le Spin.

Sa mort était tellement typique de la Terre que cela en devenait embarrassant.

On a incinéré le corps de Wun (après une autopsie et d'innombrables prélèvements d'échantillons) et on lui a accordé des funérailles nationales. Des dignitaires venus du monde entier ont assisté à la commémoration dans la cathédrale nationale de Washington. Le président Lomax a prononcé un long panégyrique.

On a envisagé d'expédier ses cendres en orbite, mais cela ne s'est jamais concrétisé. D'après Jason, on a stocké l'urne au sous-sol de la Smithsonian Institution en attendant les dispositions finales.

Elle s'y trouve sans doute encore.

Rentrer avant la nuit

J'ai donc passé quelques jours dans un hôpital des environs de Miami, le temps de me remettre de blessures bénignes, de décrire les événements aux enquêteurs fédéraux et d'accepter la mort de Wun. C'est durant ce séjour que j'ai résolu de quitter Périhélie pour ouvrir un cabinet médical privé.

J'ai toutefois décidé de ne pas en parler avant le lancement des réplicateurs. Je ne voulais pas ennuyer Jason avec cela à un moment critique.

En comparaison des efforts consentis les années précédentes pour la terraformation, le lancement des réplicateurs n'avait rien d'excitant. Ses résultats seraient peut-être encore plus grandioses et plus subtils, mais son efficacité même — un petit nombre de fusées sans minutage délicat — le privait de tout côté dramatique.

Le président Lomax tenait à le garder sous contrôle américain. Il avait déchaîné la colère des Européens, des Chinois, des Russes et des Indiens en refusant de partager la technologie réplicateurs sinon avec les indispensables NASA et Périhélie. Il avait même détruit tous les passages correspondants dans la version publiée des archives martiennes. Ces « microbes artificiels » (dans la bouche de Lomax) constituaient une technologie « à haut risque ». Ils pouvaient « servir d'arme ». (C'était vrai, comme Wun l'avait lui-même admis.) Les États-Unis se voyaient par conséquent dans l'obligation de « contrôler » l'information afin d'empêcher toute « prolifération nanotech ainsi qu'une nouvelle et mortelle course à l'armement ».

L'Union européenne avait crié au coup bas et les Nations unies convoquaient une commission d'enquête, mais dans un monde affligé de conflits armés sur quatre continents, l'argument de Lomax pesait d'un poids considérable. (Même si, comme aurait pu riposter Wun, les Martiens avaient réussi à vivre durant des siècles avec cette technologie... et ils n'étaient ni plus ni moins humains que leurs ancêtres terriens.)

Pour toutes ces raisons, le lancement qui s'est tenu à Canaveral en fin d'été n'a guère attiré les foules et les médias. Wun Ngo Wen était mort, après tout, et les rédactions avaient traité son meurtre jusqu'à plus soif. Les quatre lourdes fusées Delta dans leurs tours de lancement au large ne semblaient guère qu'un post-scriptum à la cérémonie funèbre, ou pire, une rediffusion : les lancements d'ensemencement renouvelés à une époque d'espérances moindres.

Mais même s'il s'agissait d'une attraction de fête foraine, cela restait un spectacle. Lomax est venu en avion y assister. E.D. Lawton avait accepté une invitation de politesse et semblait désormais prêt à se comporter correctement. Le matin du lancement, je me suis donc retrouvé avec Jason dans les gradins des personnalités sur la côte est de Cap Canaveral.

L'océan s'étalait face à nous, avec, au large, les vieilles tours de lancement, toujours fonctionnelles mais un peu rouillées par le sel marin, construites pour accueillir les lanceurs les plus lourds de l'époque de l'ensemencement. À côté d'elles, les Delta flambant neuves semblaient minuscules. Non que nous voyions autre chose, à une telle distance, que quatre colonnes blanches aux limites brumeuses de l'océan estival, plus le chantournement d'autres plates-formes de lancement inutilisées, les rails de raccord, les ravitailleurs et navires de support ancrés à distance de sécurité. C'était un matin brûlant et clair d'été. Les bourrasques de vent, trop faibles pour compromettre l'opéra tion, parvenaient toutefois à faire claquer le drapeau et ont ébouriffé le président Lomax lorsqu'il a grimpé sur l'estrade pour s'adresser à l'assemblée de dignitaires et de reporters.

Par chance, son discours ne s'est pas éternisé. Il a cité l'héritage de Wun Ngo Wen et déclaré ne pas douter que le réseau de réplicateurs sur le point d'être mis en place dans les périphéries glacées du système solaire nous éclairerait bientôt sur la nature et le but du Spin. Il a prononcé de courageuses paroles sur l'humanité laissant sa marque sur le cosmos. (« Sur la galaxie, il veut dire, a chuchoté Jason. Pas sur le cosmos. Et... *laisser sa marque*? Comme un chien pissant sur une borne d'incendie? Il devrait vraiment faire relire ses discours. ») Lomax a ensuite cité un poète russe du dix-neuvième siècle, un nommé F.I. Tiutchev qui semblait avoir imaginé le Spin quand il avait écrit :

Comme une apparition, le monde externe s'est envolè
laissant l'Homme, orphelin sans foyer, affronter,
sans défense, nu et seul,
la noirceur de l'incommensurable espace.
Toute vie, toute clarté semble un rêve ancien,
tandis que dans la substance de la nuit,
élucidée, étrangère, il perçoit désormais
un quelque chose de fatidique lui appartenant de droit.

Le président a ensuite quitté l'estrade, et après le prosaïque compte à rebours, la première des fusées s'est élevée sur sa colonne de feu pour aller déchiffrer le cosmos derrière le ciel. Un quelque chose de fatidique. Nous appartenant de droit.

Alors que tout le monde regardait en l'air, Jason a fermé les yeux et joint les mains sur ses genoux.

Nous avons suivi les autres invités dans une salle de récep tion en attendant que la presse nous interviewe. (Vingt minutes avec un réseau d'information câblé étaient prévues pour Jason et dix pour moi, « le médecin qui avait tenté de sauver la vie de Wun Ngo Wen », même si je n'avais rien fait d'autre qu'éteindre sa chaussure en feu et le tirer à l'abri lorsqu'il est tombé. Après un rapide contrôle de ses voies respiratoires, de sa respiration et de son pouls, j'avais conclu que je ne pouvais pas l'aider et qu'il serait plus sage de me contenter de rester à couvert en attendant l'arrivée des secours. Et c'est ce que j'ai raconté aux reporters jusqu'à ce qu'ils se lassent de m'interroger à ce sujet.)

Le président Lomax a traversé la pièce en serrant des mains avant que son entourage ne l'escamote une fois de plus. Puis E.D. nous a coincés au buffet, Jason et moi.

« Tu as ce que tu voulais, j'imagine, a-t-il dit en s'adressant à Jason mais en gardant les yeux fixés sur moi. On ne peut plus faire machine arrière.

— Dans ce cas, a répondu Jason, ce n'est peut-être pas la peine d'en discuter. »

Wun et moi avions tenu à garder Jase quelques mois sous observation après son traitement. Il avait subi une batterie de tests neurologiques, dont une autre série d'IRM clandestine. Aucun des tests n'avait révélé la moindre carence, et les seuls changements physiologiques manifestes étaient ceux relatifs à sa guérison de la SEPA. Un certificat de parfaite santé, en d'autres termes. Mieux que ce que j'aurais jamais pu imaginer.

Il semblait néanmoins subtilement différent. J'avais demandé à Wun si tous les Quatrièmes Âges passaient par des changements psychologiques. « Oui, d'une certaine manière », avait-il répondu. On s'attendait à ce que les Quatrièmes Âges martiens se comportent différemment après leur traitement, mais il y avait une subtilité dans le mot « s'attendre » : oui, affirmait Wun, on s'attendait (c'est-à-dire qu'on considérait probable) à ce qu'ils changent, mais ses semblables et la communauté s'attendaient aussi (attendaient d'eux) qu'ils changent.

En quoi Jason avait-il changé ? Déjà, il ne se déplaçait plus de la même manière. Jase avait dissimulé sa SEPA avec beaucoup d'habileté, mais on percevait une nouvelle liberté dans sa démarche et ses gestes. C'était l'homme de fer-blanc du *Magicien d'Oz*, après huilage. Il lui arrivait encore d'avoir des accès de mauvaise humeur, mais moins violents. Il jurait moins souvent... autrement dit, il était moins souvent sujet à un de ces effondrements émotionnels qui le voyaient faire précéder n'importe quel substantif par « putain de ». Il plaisantait plus souvent qu'auparavant.

Tout cela semblait bel et bon. Et l'était, mais cela restait superficiel. D'autres changements s'avéraient plus gênants. Il avait abandonné la gestion quotidienne de Périhélie au point que son équipe ne lui en rendait compte qu'une fois par semaine, l'ignorant le reste du temps. Il avait entamé la lecture de l'astrophysique martienne, à partir des traductions grossières, en ignorant les protocoles de sécurité, si ce n'est en y contrevenant formellement. Seule la mort de Wun était parvenue à pénétrer son calme nouveau, le laissant hagard et blessé d'une manière que je ne comprenais toujours pas complètement.

« Tu te rends compte, a dit E.D., que l'événement auquel nous venons d'assister signe la fin de Périhélie ? »

Il n'exagérait pas. À part pour interpréter les informations que nous renverraient les réplicateurs, Périhélie en tant qu'agence spatiale civile était finie. Les réductions d'effectifs avaient sérieusement commencé. On s'était déjà séparés de la moitié du personnel de support. Le personnel technique partait moins vite, séduit par des universités ou des gros sous-traitants.

« Qu'il en soit donc ainsi », a répondu Jason en affichant soit l'équanimité inhérente aux Quatrièmes Âges, soit une hostilité qu'il réprimait depuis longtemps en ce qui concernait son père. « Nous avons effectué le travail que nous avions besoin d'effectuer.

— Tu peux affirmer cela sans broncher ? À moi ?

— Je l'affirme parce que je le crois vrai.

— Cela n'a donc pas d'importance que j'aie passé ma vie à construire ce que tu viens de démolir ?

— De l'importance ? » Jason y a réfléchi comme si E.D. avait posé une véritable question. « En fin de compte, non, je ne crois pas.

— Mon Dieu, mais que t'est-il arrivé ? Quand on fait une erreur de cette importance...

— Je ne pense pas qu'il s'agisse d'une erreur.

— ... il faudrait en assumer la responsabilité.

— Je crois l'avoir fait.

— Parce qu'en cas d'échec, c'est à toi qu'ils vont le reprocher.

— J'en suis conscient.

— C'est toi qu'ils vont mettre sur le bûcher.

— Si on en arrive là.

— Je ne peux pas te protéger, a dit E.D.

— Tu n'as jamais pu », a répondu Jason.

Je suis rentré à Périhélie avec lui. Jase conduisait alors une automobile allemande à cellule énergétique — une série limitée : la plupart d'entre nous possédaient encore des voitures gourmandes en carburant conçues par des personnes ne croyant pas qu'il existait un avenir duquel se soucier. Les banlieusards nous dépassaient sur les voies rapides, se hâtant de rentrer avant la nuit.

J'ai informé Jason de mon intention de quitter Périhélie pour ouvrir un cabinet.

Il a gardé le silence un moment, les yeux sur la route d'où montait de l'air brûlant, comme si les limites du monde s'étaient ramollies à la chaleur. Puis il a dit : « Mais c'est inutile, Tyler. Périhélie va devoir subsister tant bien que mal encore quelques années, et j'ai assez de poids pour qu'on te garde ton emploi. Je peux même t'embaucher moi-même, si besoin est.

— Voilà justement le problème, Jase. Il n'y a *pas* besoin. J'ai toujours été un peu sous-employé à Périhélie.

— Tu t'ennuyais, tu veux dire ?

— Ce serait sympa de se sentir utile, pour changer.

— Tu as l'impression de ne servir à rien ? Sans toi, je me déplacerais en fauteuil roulant.

— C'est grâce à Wun, pas à moi. J'ai juste injecté le produit.

— Si on veut. Tu t'es occupé de moi jusqu'à la fin de l'épreuve. Je t'en suis reconnaissant. En plus… j'ai besoin de quelqu'un à qui parler, de quelqu'un qui n'essaye pas de me vendre ou de m'acheter.

— À quand remonte notre dernière véritable conversation ?

— Ce n'est pas parce que j'ai réchappé à une crise médicale qu'il n'y en aura pas d'autres.

— Tu es un Quatrième Âge, Jase. Tu n'auras plus besoin de médecin pendant cinquante ans.

— Et personne ne le sait à part Carol et toi. Raison de plus pour que je n'aie pas envie que tu partes. » Il a hésité. « Pourquoi ne pas prendre le traitement toi-même ? Accorde-toi ce supplément d'au moins cinquante ans. »

Rien ne m'en empêchait, j'imagine. Mais cinquante ans nous emmèneraient largement dans l'héliosphère du Soleil en expansion. Le geste serait futile. « Je préférerais me rendre utile maintenant.

— Tu es vraiment déterminé à partir ? »

E.D. aurait dit : *Reste.* E.D. aurait dit : *C'est ton boulot de veiller sur lui.*

E.D. aurait dit quantité de choses.

« Absolument. »

Les mains de Jason se sont crispées sur le volant et il a regardé la route comme s'il y avait vu quelque chose d'infiniment triste. « Eh bien, dans ce cas, je ne peux que te souhaiter bonne chance. »

Le jour où j'ai quitté Périhélie, le personnel de support m'a appelé dans une des salles de réunion — elles ne servaient presque plus — pour un pot d'adieu, et l'on m'a offert le genre de cadeaux convenant à un nouveau départ au sein d'un personnel en diminution : un cactus miniature dans un pot de terre cuite, un *mug* à mon nom, une épingle de cravate en étain de la forme d'un caducée.

Jase a sonné chez moi ce soir-là avec un présent plus problématique.

Il s'agissait d'un carton fermé par une ficelle. J'ai trouvé à l'intérieur environ cinq cents grammes de feuilles de papier imprimées en petits caractères ainsi que six disques optiques sans étiquette.

« Jase ?

— Des informations médicales, a-t-il expliqué. Considère ça comme un manuel scolaire.

— Quel genre d'informations médicales ? »

Il a souri. « Celles des archives.

— Des archives martiennes ? »

Il a hoché la tête.

« Mais ces informations sont classées secrètes.

— Oui, techniquement parlant, tu as raison. Mais Lomax classerait secret le numéro de téléphone de police secours s'il pensait pouvoir le faire impunément. Il y a peut-être là-dedans de quoi acculer Pfizer et Eli Lilly à la faillite. Mais ce n'est pas vraiment un problème, de mon point de vue. Et du tien ?

— Non, mais...

— En plus, Wun n'aurait pas voulu que cela reste secret, à mon avis. J'ai donc distribué au compte-gouttes des petits bouts d'archives ici et là à des personnes en qui j'ai confiance. Tu n'es pas obligé d'en faire quoi que ce soit, Tyler. Consulte-les, ignore-les, classe-les, peu importe.

— Super. Merci, Jase. Un cadeau qui pourrait me valoir une arrestation. »

Son sourire s'est élargi. « Je sais que tu en feras l'usage adéquat.

— Va savoir duquel il s'agit.

— Tu trouveras. J'ai foi en toi, Tyler. Depuis le traitement...

— Oui ?

— J'ai l'impression de voir les choses avec plus de clarté. »

Il n'a pas donné d'autres explications, et j'ai fini par fourrer le carton dans mes bagages comme on fait d'un souvenir. J'ai même été tenté d'écrire le mot SOUVENIRS dessus.

La technologie réplicateurs était lente, même comparée à la terraformation d'une planète morte. Deux ans ont passé avant que nous obtenions le moindre semblant de réaction détectable en provenance de ce que nous avions éparpillé parmi les planétésimaux aux confins du système solaire.

À peine affectés par la gravité solaire, les réplicateurs s'activaient néanmoins là-bas à faire ce pour quoi on les avait conçus : se reproduire peu à peu et au fil des siècles, suivre les instructions contenues dans leur équivalent supraconducteur de l'ADN. Avec du temps et une réserve adéquate de glace et de traces d'éléments carbonés, ils finiraient par téléphoner à la maison. Mais les quelque premiers satellites de détection placés en orbite derrière la membrane Spin sont retombés sur Terre sans enregistrer de signal.

Durant ces deux années, j'ai réussi à trouver un associé (Herbert Hakkim, un médecin à la voix douce né au Bengale et ayant achevé son internat l'année où Wun avait visité le Grand Canyon), avec qui j'ai repris le cabinet d'un généraliste de San Diego partant à la retraite. Hakkim se montrait franc et amical avec les patients mais ne fréquentait guère qu'eux, apparemment par choix : nous ne nous sommes que rarement vus en dehors du cabinet et la question la plus personnelle qu'il m'ait jamais posée doit être pourquoi j'avais deux téléphones portables.

(L'un pour les raisons habituelles, l'autre parce que son numéro était le dernier que j'avais donné à Diane. Il ne sonnait jamais pour autant. Et je n'ai pas essayé non plus de la contacter. Mais si je ne gardais pas ce numéro, elle n'aurait plus aucun moyen de me joindre, ce qui continuait à me sembler... eh bien, mal.)

J'appréciais mon travail, et dans l'ensemble j'appréciais mes patients. J'ai eu à soigner davantage de blessures par balles que je m'y serais attendu, mais nous vivions les années difficiles du Spin : en ce qui concernait les meurtres et les suicides, les courbes de tendances nationales avaient commencé à monter en flèche. Ces années-là, on aurait cru que toute personne de moins de trente ans portait un uniforme : armée, garde nationale, Sécurité intérieure, force de sécurité privée ; même les scouts et les éclaireurs, pour les enfants apeurés d'un monde au taux de natalité déclinant. Ces années-là, Hollywood s'est mis à débiter des films ultraviolents ou ultrareligieux dans lesquels, toutefois, on ne mentionnait jamais explicitement le Spin : tout comme l'acte sexuel et les mots le décrivant, le Conseil culturel de Lomax et le Conseil fédéral de l'audiovisuel l'avaient banni du « discours de divertissement ».

On a vu aussi, ces années-là, promulguer une série de nouvelles lois visant à expurger les archives martiennes. Les archives de Wun, au dire du président et de ses alliés au Congrès, renfermaient des connaissances intrinsèquement dangereuses qu'il convenait de réviser et de protéger. Les ouvrir au public serait revenu à « publier sur Internet les plans d'une bombe atomique tenant dans une valise ». Même les données anthropologiques se sont vues censurées : dans la version publiée, on définissait un Quatrième Âge comme « un aîné respecté ». Sans la moindre mention d'une longévité obtenue par voie médicale.

Qui voulait ou avait besoin de longévité, de toute manière ? La fin du monde approchait jour après jour.

Les scintillements en ont fourni une preuve à quiconque en aurait besoin.

Les scintillements ont commencé un an et demi après la réception des premiers résultats positifs du projet réplicateurs.

Jase m'avait en général tenu informé des dernières nouvelles des réplicateurs deux ou trois jours avant qu'elles n'apparaissent dans les médias. Elles n'avaient rien de spectaculaire en soi. Un satellite de surveillance NASA/Périhélie avait enregistré un signal très faible en provenance d'un corps connu du nuage d'Oort bien au-delà de l'orbite de Pluton — un bip périodique non codé qui était le bruit d'une colonie de réplicateurs approchant de la complétion (de la maturité, pour ainsi dire).

Ce qui semblait insignifiant tant qu'on n'en envisageait pas la signification.

Les cellules dormantes d'une biologie tout à fait originale et fabriquées par l'homme s'étaient posées sur un morceau de glace poussiéreuse au plus profond de l'espace. Ces cellules avaient entamé une forme de métabolisme d'une lenteur cauchemardesque au cours de laquelle elles avaient absorbé la maigre chaleur du lointain Soleil, chaleur qui leur avait permis de séparer quelques molécules d'eau et de carbone voisines et de se dupliquer avec les matériaux bruts ainsi obtenus.

Au fil de nombreuses années, cette colonie avait peut-être atteint la taille d'une bille de roulement. Un astronaute ayant accompli l'incroyablement long voyage et sachant exactement où regarder n'aurait vu qu'une fossette noire sur la régolithe roche/glace du planétésimal. Mais la colonie était un tout petit peu plus efficace que son ancêtre monocellulaire. Elle s'est mise à croître plus vite et à générer davantage de chaleur. L'écart de température entre la colonie et son milieu se limitait à une fraction de degré Kelvin (sauf lorsque de brefs accès reproductifs déversaient de l'énergie latente dans l'environnement local), mais il se maintenait.

D'autres millénaires (ou mois terrestres) se sont écoulés. Les sous-routines du substrat génétique des réplicateurs, activées par les gradients thermiques locaux, ont modifié la croissance de la colonie. Les cellules ont entrepris de se différencier. À la manière d'un embryon humain, la colonie a non seulement produit davantage de cellules, mais des cellules spécialisées, l'équivalent d'un cœur, de poumons, de bras et de jambes. Des vrilles se sont frayé un chemin dans le matériau du planétésimal afin d'en extraire des molécules carbonées.

Pour finir, des jets de vapeur microscopiques mais calculés avec soin ont commencé à ralentir (patiemment, au fil des siècles) la rotation de l'objet-hôte, jusqu'à ce que la colonie se retrouve orientée en permanence vers le Soleil. La différentiation a alors commencé pour de bon. La colonie a extrudé des raccordements carbone/carbone et carbone/silicone, puis a développé des filaments monomoléculaires pour relier ces raccordements, se hissant sur l'échelle de la complexité : lesdits raccordements ont généré des points sensibles à la lumière — des yeux — ainsi que la capacité à produire et traiter des microjets de bruit radio.

Et tandis que d'autres siècles passaient, la colonie élaborait et perfectionnait ses capacités jusqu'à pouvoir s'annoncer par un simple pépiement périodique, l'équivalent du cri d'un moineau tout juste éclos. Qu'avait détecté notre satellite.

Les médias ont exploité l'histoire deux jours durant (en ressortant des images de Wun Ngo Wen, de ses funérailles, du lancement) avant de la passer aux oubliettes. Après tout, il ne s'agissait que de la première étape de ce pour quoi les réplicateurs avaient été conçus.

Rien que ça. Aucun intérêt. À moins d'y réfléchir un peu plus de trente secondes.

C'était littéralement une technologie dotée d'une vie propre. Un génie sorti une fois pour toutes de sa bouteille.

Le scintillement s'est produit quelques mois plus tard.

Il représentait le premier signe d'une modification ou d'une perturbation de la membrane Spin... du moins, le premier à part ce qui avait suivi l'attaque des artefacts polaires par les missiles nucléaires chinois, durant les premières années du Spin. Ces deux événements ont été visibles sur tout le globe. Mais hormis cet important point commun, ils ne se ressemblaient en rien.

Après l'attaque chinoise, la membrane Spin avait semblé bégayer et se reformer, générant des images récurrentes du ciel en évolution, des lunes multiples et des étoiles tournoyantes.

Le scintillement était différent.

Je l'ai observé du balcon de mon appartement de banlieue. Par une chaude nuit de septembre. Certains de mes voisins se trouvaient déjà à l'extérieur lorsqu'il avait commencé. Tout le monde était désormais sorti. Nous nous tenions perchés sur nos balcons comme des étourneaux en train de jacasser.

Le ciel brillait.

Non d'étoiles mais de fils de feu doré d'une minceur infinitésimale, fendillant le ciel comme des éclairs sans chaleur. Ces fils bougeaient et se décalaient de manière erratique, certains vacillaient ou se fondaient dans le noir, de nouveaux se formaient parfois. C'était aussi fascinant qu'effrayant.

Il s'agissait non d'un événement local, mais global. Sur la partie éclairée de la planète, le phénomène se voyait à peine, noyé dans la lumière du jour ou masqué par des nuages ; en Amérique du Nord ou du Sud, tout comme en Europe occidentale, ce spectacle sur le ciel noir a provoqué quelques paniques sporadiques. Après tout, nous attendions la fin du monde depuis bien davantage d'années que la plupart d'entre nous n'avaient envie de compter. Cela ressemblait au minimum à son prélude.

Ma ville de résidence a connu cette nuit-là des centaines de suicides ou tentatives de suicide, ainsi que des dizaines de meurtres ou d'euthanasies. Au niveau mondial, les chiffres ont été incroyablement plus élevés. Il semblait exister beaucoup de gens comme Molly Seagram, des gens ayant choisi d'échapper à l'ébullition des océans, prédite par tous, à l'aide de quelques comprimés mortels d'une substance ou d'une autre. Dont ils avaient une provision pour leur famille et leurs amis. Beaucoup d'entre eux ont choisi la sortie finale dès que le ciel s'est illuminé. Prématurément, comme on allait le voir.

Le spectacle a duré huit heures. Au matin, je me trouvais à l'hôpital local pour donner un coup de main aux urgences. À midi, j'avais traité sept cas d'empoisonnement au monoxyde de carbone : des personnes qui s'étaient enfermées volontairement dans leur garage après y avoir démarré le moteur de leur voiture. La plupart étaient mortes avant que je prononce leur décès et les survivants ne valaient guère mieux. Des gens par ailleurs sains, que j'aurais pu croiser à l'épicerie, vivraient sous assistance respiratoire jusqu'à la fin de leurs jours, victimes d'une sortie bâclée, à cause de dommages cérébraux irrémédiables. Assez désagréable. Mais cela valait mieux que les blessures par balle à la tête. En soignant ces dernières, je ne pouvais m'empêcher de penser à Wun Ngo Wen couché sur cette autoroute de Floride, le sang coulant goutte à goutte de ce qui lui restait de crâne.

Huit heures. Puis le ciel s'est à nouveau effacé, le soleil y brillant comme la chute d'une mauvaise blague.

Cela a recommencé un an et demi après.

« Tu ressembles à un homme qui a perdu la foi, m'a dit un jour Hakkim.

— Ou qui ne l'a jamais eue, ai-je répondu.

— Je ne parle pas de la foi en Dieu. Dont tu sembles authentiquement dépourvu. Mais de la foi en quelque chose d'autre. Je ne sais pas quoi. »

Voilà qui semblait sibyllin. Mais j'ai un peu mieux compris pendant ma discussion suivante avec Jason.

Il m'a appelé chez moi. (Sur mon portable normal, pas sur l'orphelin que je trimballais comme un talisman ne portant pas bonheur.) Il a répondu à mon « Allô ? » par : « Tu dois être en train de regarder ça à la télévision.

— De regarder quoi ?

— Branche-toi sur une des chaînes d'info continue. Tu es seul ? »

Je l'étais. Par choix. Pas de Molly Seagram pour compliquer mes fins de journée. La télécommande était restée sur la table basse. Où je la laissais toujours.

La chaîne d'information montrait un graphique multicolore que commentait une monotone voix off. J'ai pressé la touche sourdine. « Qu'est-ce que je regarde, Jase ?

— Une conférence de presse du Jet Propulsion Laboratory. Les données récupérées sur le dernier récepteur orbital. »

Des données réplicateurs, en d'autres termes. « Et ?

— Les affaires reprennent. » Je l'entendais presque sourire.

Le satellite avait détecté plusieurs sources radio diffusant en faisceau étroit depuis le système solaire extérieur. Ce qui signifiait plusieurs colonies de réplicateurs parvenues à maturité. Et d'après Jason, elles expédiaient des données complexes. Au fur et à mesure que les colonies vieillissaient, leur taux de croissance diminuait mais leur fonctionnement devenait plus subtil et plus spécialisé. Elles ne se contentaient plus de se tourner vers le Soleil pour obtenir davantage d'énergie. Elles analysaient la lumière stellaire, calculaient, grâce à des réseaux neuronaux en silicone et en fibre de carbone, des orbites planétaires qu'elles comparaient aux modèles inscrits dans leur code génétique. Pas moins de douze colonies complètement adultes envoyaient exactement les données pour la collecte desquelles on les avait conçues, quatre flots de données binaires déclarant :

1. qu'elles se trouvaient dans un système planétaire dont l'étoile avait une masse solaire de 1,0 ;
2. que ce système comptait huit grands corps planétaires (Pluton restant en dessous de la limite des masses détectables) ;
3. que deux de ces planètes étaient optiquement vierges, c'est-à-dire entourées d'une membrane Spin ;

4. que les colonies de réplicateurs émettrices étaient passées en mode reproductif, se dépouillant des cellules souches non spécifiques qu'elles lançaient sur un jet de vapeur cométaire en direction des étoiles voisines.

Le même message, m'a dit Jase, avait été expédié à des colonies locales, moins matures, qui y réagiraient en se passant des fonctions redondantes et en investissant leur énergie dans un comportement purement reproducteur.

En d'autres termes, nous avions réussi à infecter le système extérieur avec les systèmes quasi biologiques de Wun.

Systèmes qui maintenant sporulaient.

« Cela ne nous apprend rien sur le Spin, ai-je dit.

— Bien sûr que non. Pas encore. Mais ce filet d'informations va bientôt devenir torrent. On finira par pouvoir dresser une carte Spin des étoiles voisines... peut-être même de la galaxie tout entière. À partir de cela, on devrait pouvoir déduire d'où viennent les Hypothétiques, à quelles planètes ils ont fait subir le Spin et ce qu'il finit par arriver à celles-ci lorsque leur étoile enfle et meurt.

— Mais cela ne changera rien, n'est-ce pas ? »

Il a souri, comme si je l'avais déçu en posant une question stupide. « Sans doute pas. Mais mieux vaut savoir que se contenter d'hypothèses, non ? On pourrait découvrir qu'on est foutus, mais aussi qu'on dispose de plus de temps que prévu. N'oublie pas, Tyler, qu'on se bat aussi sur d'autres fronts. On s'est plongés dans les archives de Wun traitant de la physique théorique. Si on modélise la membrane Spin comme un trou de ver renfermant un objet en accélération à une vitesse proche de celle de la lumière...

— Mais on n'accélère pas. On ne va nulle part. » À part droit dans l'avenir.

« Non, mais ce calcul donne des résultats qui correspondent à nos observations du Spin. Ce qui pourrait nous fournir un indice sur les *forces* que manipulent les Hypothétiques.

— Mais à quoi cela nous servirait-il, Jase ?

— On ne peut pas encore le dire. Mais je ne crois pas à l'inutilité de la connaissance.

— Même si on est en train de mourir ?

— Tout le monde meurt.

— En tant qu'espèce, je veux dire.

— Cela reste à prouver. Quoi que soit le Spin, il ne peut se limiter à une espèce d'euthanasie globale compliquée. Les Hypothétiques doivent bien avoir un but. »

Possible. Mais ceci, ai-je compris, était la foi qui m'avait déserté. La foi dans le Grand Salut.

Toutes les variétés, tous les types du Grand Salut. À la dernière minute, nous mettrions au point une solution technologique salvatrice. Ou bien les Hypothétiques se révéleraient des êtres bienveillants sur le point de transformer la planète en domaine pacifique. Ou bien Dieu nous sauverait tous, ou au moins les vrais croyants parmi nous. Ou. Ou. Ou.

Le Grand Salut. Un mensonge mielleux. Un canot de sauvetage en papier, même si on se tuait à essayer de s'y agripper. Ce n'était pas le Spin qui avait mutilé ma génération. Mais la tentation et le prix du Grand Salut.

Le scintillement est revenu l'hiver suivant et a persisté quarante-quatre heures avant de disparaître à nouveau. Beaucoup d'entre nous ont commencé à le considérer comme une espèce de manifestation météorologique céleste, imprévisible mais en général inoffensive.

Les pessimistes remarquaient que les épisodes revenaient plus souvent et duraient plus longtemps.

En avril, nous avons eu un scintillement qui a duré trois jours et interféré avec la transmission des signaux aérostat. Il a provoqué une nouvelle vague (mais plus modeste) de suicides et tentatives de suicide, les gens paniquant moins à cause de ce qu'ils voyaient dans le ciel que de la panne de leurs téléphones et téléviseurs.

J'avais cessé de suivre les actualités de près, mais on ne pouvait ignorer certains événements : les revers militaires en Afrique du Nord et en Europe de l'Est, le renversement de culte au Zimbabwe, les suicides collectifs en Corée. Les apôtres de l'Islam apocalyptique avaient obtenu cette année-là d'excellents résultats électoraux en Algérie et en Égypte. Un culte philippin vénérant le souvenir de Wun Ngo Wen — transformé en saint pastoraliste, en Gandhi agraire — avait réussi à provoquer une grève générale à Manille.

J'ai aussi reçu quelques autres appels de Jason. Il m'a expédié un téléphone muni d'une espèce de pavé de cryptage intégré qui nous fournirait, affirmait-il, « une protection plutôt efficace contre les chasseurs de mots-clés ». J'ignorais ce qu'il entendait par là.

« Ça a l'air un peu parano, lui ai-je dit.

— Utilement parano, à mon avis. »

Peut-être, si nous voulions discuter de sujets touchant à la sécurité nationale. Ce qui n'était toutefois pas le cas, du moins au début. Jason m'interrogeait sur mon travail, ma vie, la musique que j'écoutais. Je comprenais qu'il essayait de susciter le genre de conversations que nous avions pu avoir vingt ou trente ans auparavant... avant Périhélie, voire avant le Spin. Il m'a raconté être allé rendre visite à sa mère. Carol passait toujours ses journées à boire. Rien n'avait changé. Carol avait insisté sur ce point. Le personnel de maison veillait à la propreté et à l'ordre des lieux. La Grande Maison ressemblait à une capsule témoin, m'a-t-il dit, comme si on l'avait fermée hermétiquement la nuit du Spin. Cela faisait un peu froid dans le dos.

Je lui ai demandé si Diane avait jamais appelé.

« Diane a cessé de parler à Carol avant que Wun se fasse tuer. Non, aucune nouvelle. »

Puis je l'ai interrogé sur le projet réplicateurs. Les journaux n'en avaient pas parlé depuis un certain temps.

« Ne cherche pas. Le JPL garde les résultats sous le coude. »

Il semblait malheureux. « C'est si mauvais ?

— Ce ne sont pas uniquement des mauvaises nouvelles. Du moins jusqu'à ces derniers temps. Les réplicateurs font tout ce que Wun espérait. C'est stupéfiant, Tyler. Absolument stupéfiant. J'aimerais pouvoir te montrer les cartes qu'on a générées. De grandes cartes logicielles de navigation. Presque deux cent mille étoiles, dans un halo spatial de plusieurs centaines d'années-lumière de diamètre. On en sait désormais davantage sur l'évolution stellaire et planétaire qu'un astronome de la génération d'E.D. n'aurait jamais pu l'imaginer.

— Mais rien sur le Spin ?

— Ce n'est pas ce que j'ai dit.

— Alors qu'avez-vous appris ?

— Déjà, que nous ne sommes pas seuls. Dans ce volume d'espace, nous avons trouvé trois planètes optiquement vierges d'une taille proche de celle de la Terre, dans des orbites qui sont ou ont été habitables selon les normes terriennes. La plus proche tourne autour d'Ursa Majoris 47. La plus lointaine...

— Je n'ai pas besoin des détails.

— Si l'on considère l'âge des étoiles en question, on peut vraisemblablement supposer que l'origine des Hypothétiques se situe quelque part dans la direction du centre galactique. On dispose aussi d'autres indicateurs. Les réplicateurs ont trouvé deux naines blanches — des étoiles mortes, en gros, mais qui ressemblaient au Soleil il y a quelques milliards d'années —, autour desquelles tournent des planètes rocheuses qui n'auraient jamais dû survivre à la dilatation du Soleil.

— Des survivants du Spin ?

— Possible.

— Ces planètes sont-elles *vivantes*, Jase ?

— On ne peut pas vraiment savoir. Mais elles n'ont pas de membranes Spin pour les protéger, et leur environnement stellaire actuel est indéniablement hostile, selon nos normes.

— Ce qui veut dire ?

— Je n'en sais rien. Personne ne le sait. On pensait pouvoir effectuer des comparaisons plus significatives au fur et à mesure que le réseau des réplicateurs s'étendrait. En fait, ce que nous avons créé avec les réplicateurs, c'est un réseau neuronal à une échelle inimaginable. Ils communiquent entre eux à la manière des neurones, mais à travers les siècles et les années-lumière. C'est d'une beauté absolue, renversante. Un réseau plus grand que tout ce que l'humanité a jamais construit. Rassemblant des données, les sélectionnant, les archivant, nous les renvoyant...

— Qu'est-ce qui a mal tourné, alors ? »

Il a eu l'air blessé par mes paroles. « L'âge, peut-être. Tout vieillit, même les codes génétiques extrêmement bien protégés. Peut-être qu'ils évoluent sans plus tenir compte de nos instructions. Ou alors...

— Ouais, mais qu'est-ce qu'il s'est *passé*, Jase ?

— Les données diminuent. Les réplicateurs les plus éloignés de la Terre nous transmettent des informations fragmentaires et contradictoires. Ce qui peut avoir de nombreuses significations. S'ils meurent, cela peut provenir d'une erreur de conception. Sauf que certains des nœuds-relais en place depuis longtemps commencent eux aussi à se taire.

— Quelque chose les prend pour cible ?

— C'est une conclusion trop hâtive. Voici une autre interprétation. En lançant ces trucs dans le nuage d'Oort, nous avons créé une écologie interstellaire simple : glace, poussière et vie artificielle. Mais si nous n'étions pas les premiers ? Si l'écologie interstellaire n'était pas simple ?

— Tu veux dire qu'il y aurait d'autres genres de réplicateurs là-bas ?

— Possible. Dans ce cas, ils rivaliseraient avec les nôtres pour accaparer les ressources. Peut-être même s'utiliseraient-ils *les uns les autres* comme ressources. Nous pensions expédier nos réplicateurs dans un vide stérile. Mais il existe peut-être des espèces rivales, voire prédatrices.

— Jason... tu penses que quelque chose *les mange* ?

— Peut-être. »

Le scintillement a réapparu en juin et a duré presque quarante-huit heures avant de se dissiper.

En août, cinquante-six heures de scintillement, avec des problèmes intermittents de communication.

Personne n'a été surpris lorsque cela a recommencé fin septembre. J'ai passé la plus grande partie du premier soir les stores baissés, ignorant le ciel pour regarder un film que j'avais téléchargé la semaine précédente. Un vieux film, antérieur au Spin. Je l'ai regardé non pour son intrigue mais pour les visages, ceux de l'époque, ceux de gens n'ayant pas passé leur vie à redouter l'avenir. De gens qui, de temps en temps, parlaient de la lune et des étoiles sans ironie ni nostalgie.

Puis le téléphone a sonné.

Pas mon téléphone personnel, ni celui à cryptage expédié par Jase. J'ai reconnu aussitôt la mélodie à trois tons que je n'avais pourtant pas entendue depuis des années. Elle était perceptible mais faible... faible parce que j'avais laissé l'appareil dans la poche d'une veste accrochée dans le placard de l'entrée.

Il y a eu deux sonneries avant que j'arrive à récupérer le combiné et à dire « Allô ? »

En m'attendant à un faux numéro. En voulant entendre la voix de Diane. En le voulant et en le craignant.

Mais c'était une voix d'homme. J'ai mis un peu de temps à la reconnaître.

« Tyler ? a dit Simon. Tyler Dupree ? C'est toi ? »

J'avais répondu à suffisamment d'appels d'urgence pour déceler l'angoisse dans sa voix. « C'est moi, Simon. Qu'est-ce qu'il se passe ?

— Je ne devrais pas te parler. Mais je ne sais pas qui appeler d'autre. Je ne connais pas de médecin dans la région. Et elle est si malade. Elle est vraiment très malade, Tyler ! Je ne pense pas que son état s'améliore. Je pense qu'elle a besoin... »

Le scintillement nous a alors coupés et il n'y a plus eu sur la ligne que du bruit blanc.

4×10^9 ap. J.-C.

Derrière Diane venaient Eng ainsi que deux douzaines de ses cousins et autant d'étrangers, tous en partance pour le nouveau monde. Jala les a fait entrer puis a refermé la porte coulissante en tôle ondulée, replongeant l'entrepôt dans la pénombre. Quand Diane m'a pris par la taille, je l'ai guidée jusqu'à un endroit à peu près propre sous l'une des lampes aux halogénures fixées en haut des murs. Ibu Ina a déroulé un sac de jute vide afin que Diane puisse s'y allonger.

« Le bruit », a dit Ina.

À peine étendue, Diane a fermé les yeux, sans s'endormir, mais manifestement épuisée. J'ai déboutonné son chemisier que j'ai entrepris, doucement, de décoller de la blessure.

« Ma trousse médicale..., ai-je demandé.

— Oui, bien entendu. » Ina a appelé Eng qu'elle a expédié à l'étage récupérer nos affaires. « Le bruit... »

Diane a grimacé lorsque j'ai détaché le tissu poisseux du sang coagulé sur la plaie, mais je ne voulais rien lui donner avant d'avoir pu évaluer la gravité de sa blessure. « Quel bruit ?

— Justement ! a répondu Ina. Les docks devraient être bruyants, à cette heure de la matinée. Mais c'est calme. Il n'y a *aucun* bruit. »

J'ai relevé la tête. Elle avait raison. Pas d'autre bruit que le bavardage nerveux des villageois minangs et un tambourinement lointain, celui de la pluie sur le toit métallique.

Mais ce n'était pas le moment de s'en inquiéter. « Allez demander à Jala, ai-je ordonné. Découvrez ce qu'il se passe. »
Puis je me suis occupé de Diane.

« C'est superficiel », m'a-t-elle dit. Elle a inspiré à fond, les paupières crispées pour contenir la douleur. « Du moins, je crois.
— On dirait une blessure par balle.
— Oui. Le Reformasi a trouvé le refuge de Jala à Padang. Une chance que nous étions justement en train d'en partir. *Oh !* »
La blessure elle-même était en effet superficielle, même si elle allait nécessiter quelques points de suture. La balle n'avait fait que traverser le tissu adipeux juste au-dessus de l'os iliaque, mais l'impact avait méchamment contusionné Diane autour de la déchirure et je redoutais que cette contusion soit profonde, qu'elle ait lésé un organe interne. Son urine ne contenait toutefois pas de traces de sang, à ce qu'elle m'a dit, et sa pression sanguine tout comme son pouls restaient dans des limites raisonnables vu les circonstances.
« Je vais te donner un analgésique, ensuite, il faut recoudre.
— Recouds si nécessaire, mais je ne veux pas de médicaments. On doit ficher le camp.
— Tu ne voudrais quand même pas que je te fasse des points de suture sans la moindre anesthésie ?
— Une locale, alors.
— On n'est pas dans un hôpital. Je n'ai pas d'anesthésique local.
— Alors recouds, Tyler. Je peux supporter la douleur. »
Elle, oui, mais moi ? J'ai regardé mes mains. Elles étaient propres : on trouvait de l'eau courante dans les toilettes de l'entrepôt et Ina m'avait aidé à enfiler des gants de latex avant que je m'occupe de Diane. Des mains propres et habiles. Mais qui manquaient de fermeté.
Mon travail ne m'avait jamais dégoûté. Dès la fac de méde-

cine, j'arrivais, lors des dissections, à déconnecter le circuit empathique qui vous fait ressentir comme vôtre la douleur d'un autre. À faire comme si l'artère déchirée que je devais soigner n'avait pas le moindre rapport avec un être humain vivant. À faire comme si et à y croire vraiment pendant les quelques minutes nécessaires.

Mais j'avais maintenant la main qui tremblait, et l'idée de transpercer ces lèvres de chair ensanglantées avec une aiguille me semblait d'une brutalité, d'une cruauté insoutenables.

Diane a posé la main sur mon poignet pour l'immobiliser. « C'est un truc de Quatrième Âge, a-t-elle dit.

— Quoi ?

— Tu as l'impression que ce n'est pas moi mais toi que la balle a traversé. Pas vrai ? »

Stupéfait, j'ai hoché la tête.

« C'est un truc de Quatrième Âge. Censé nous rendre meilleurs, je pense. Mais tu es toujours médecin. Il faut juste que tu oublies un peu d'être Quatrième Âge.

— Je ne peux pas, ai-je dit. Je vais te confier à Ina. »

Mais j'ai pu. D'une manière ou d'une autre. Et je l'ai fait.

Après avoir discuté avec Jala, Ina est revenue vers nous. « Les travailleurs avaient prévu une action, aujourd'hui, nous a-t-elle expliqué. La police est à l'entrée du port avec le Reformasi et ils ont l'intention d'en prendre le contrôle. On s'attend à un conflit. » Elle a regardé Diane. « Comment allez-vous, ma chère ?

— Je suis en de bonnes mains », a chuchoté Diane. D'une voix inégale.

Ina a inspecté mon travail. « Satisfaisant, a-t-elle jugé.

– Merci, ai-je dit.

— Étant donné la situation. Mais écoutez-moi. Écoutez. Il faut partir de toute urgence. Pour l'instant, seule une émeute des ouvriers nous sépare de la prison. Il faut monter tout de suite à bord du *Capetown Maru.*

— La police nous cherche ?

— Pas vous, à mon avis, du moins pas spécialement vous. Jakarta a passé une espèce d'accord avec les Américains pour réprimer l'émigration en général. Il y a des rafles sur les docks, ici et ailleurs, de manière très publique, afin d'impressionner le consulat des États-Unis. Bien sûr, cela ne durera pas, il y a trop d'argent en circulation pour qu'on élimine vraiment ce commerce. Mais il n'existe rien de plus efficace, au niveau cosmétique, que des agents de police en uniforme en train de sortir des gens des cales des cargos.

— Ils sont venus au refuge de Jala, a rappelé Diane.

— Oui, ils ne vous oublient pas, le Dr Dupree et vous, l'idéal pour eux serait de vous mettre en état d'arrestation, mais ce n'est pas pour cette raison que la police se prépare à investir le port. Les navires continuent à appareiller, mais cela ne va pas durer. Le mouvement syndical est puissant à Teluk Bayur. Ils veulent se battre. »

Du seuil, Jala a crié quelques mots que je n'ai pas compris.

« Il faut vraiment y aller, maintenant, a dit Ina.

— Aidez-moi à fabriquer une civière pour Diane. »

Diane a essayé de se redresser. « Je peux marcher.

— Non, a dit Ina. Là, je crois que Tyler a raison. Essayez de ne pas bouger. »

Nous avons replié quelques longueurs de jute afin de former une espèce de hamac. Je me suis emparé d'une extrémité et Ina a appelé l'un des Minangs les plus costauds pour prendre l'autre.

« Dépêchez-vous ! » a crié Jala en nous faisant signe de sortir dans la pluie.

La saison de la mousson. Était-ce la mousson ? Le matin ressemblait au crépuscule. Les nuages passaient au-dessus de l'eau grise de Teluk Bayur comme des pelotes de laine détrempées, masquant châteaux et radars des gros pétroliers à double coque. L'air était brûlant et fétide. La pluie nous a trempés alors que nous chargions Diane à bord d'une automobile en attente. Jala avait organisé un petit convoi pour son groupe d'émigrés : trois voitures et deux petits plateaux de transbordement à roues pleines.

Le *Capetown Maru* était mouillé cinq cents mètres plus loin à l'extrémité d'une haute jetée en béton. Dans la direction opposée, derrière des rangées d'entrepôts et de grosses citernes de gaz rouge et blanc, une foule d'ouvriers se massait le long des quais près du portail. Malgré le tambourinement de la pluie, j'entendais quelqu'un crier dans un porte-voix. Il y a eu ensuite un bruit qui pouvait être ou non celui de coups de feu.

« Montez », a dit Jala en me désignant d'un geste pressant l'arrière de la voiture où Diane, courbée sur sa blessure, semblait prier. « Vite, vite ! » Il s'est mis au volant.

J'ai jeté un dernier coup d'œil par-dessus mon épaule à la foule plus ou moins masquée par la pluie. Quelque chose de la taille d'un ballon de football américain s'est élevé haut au-dessus des ouvriers en laissant dans son sillage des spirales de fumée blanche. Une grenade lacrymogène.

La voiture a bondi en avant.

« La police n'est pas seule, a dit Jala tandis que nous remontions le quai à vive allure. Elle ne serait pas d'une telle imprudence. C'est le Nouveau Reformasi. Des voyous qu'on a recrutés dans les taudis de Jakarta et revêtus de l'uniforme d'agent gouvernemental. »

Des uniformes et des armes à feu. Et encore du gaz lacrymogène, en nuages houleux qui se fondaient dans la pluie. La foule a commencé à s'effilocher sur les bords.

Il y a eu un *oump* au loin et une boule de feu est montée de quelques mètres dans le ciel.

Jala l'a aperçue dans son rétroviseur. « Mon Dieu ! Les imbéciles ! Ils ont dû tirer sur un fût de pétrole. Les docks... »

Les sirènes ont meuglé par-dessus l'eau. La foule était

vraiment paniquée, maintenant. J'ai enfin pu voir les policiers, se frayant en ligne un chemin par le portail qui barrait l'entrée du port. Équipée d'armes lourdes, leur avant-garde portait des masques noirs.

Un camion de pompiers est sorti de son abri dans un crissement de pneus et a pris la direction du portail.

Nous avons emprunté une suite de rampes pour nous arrêter à l'endroit où l'embarcadère se trouvait au niveau du pont principal du *Capetown Maru*, un vieux cargo battant pavillon de complaisance. Les premiers Minangs de notre groupe s'élançaient déjà sur la petite passerelle métallique reliant le pont principal au quai.

Jala s'est précipité hors de l'automobile. Le temps que je fasse sortir Diane — nous avons abandonné la civière de jute : Diane arrivait à tenir debout en s'appuyant pesamment sur moi —, une dispute enflammée opposait en anglais Jala et l'homme debout à l'extrémité de la passerelle : le commandant de bord, le pilote ou quelqu'un investi d'une autorité similaire, un type trapu enturbanné comme un Sikh et serrant résolument les dents.

« On s'est arrangés il y a des mois, disait Jala.

— ... mais avec ce temps...

— ... *quel que soit* le temps...

— ... mais sans l'approbation des autorités portuaires...

— ... d'accord, mais il n'y a *pas* d'autorités portuaires... regardez ! »

Jala a fait un geste qu'il voulait de pure forme. Mais il agitait la main en direction des citernes de gaz et d'essence près du portail principal quand l'un des réservoirs a explosé.

Je ne l'ai pas vu. L'explosion m'a jeté sur le sol de béton et j'en ai senti la chaleur sur ma nuque. Il y a eu un bruit énorme, mais qui est arrivé comme après coup. Les oreilles bourdonnantes, j'ai roulé sur le dos dès que j'ai pu bouger. Le gaz, me suis-je dit. Ou du moins ce qu'ils stockaient dans les citernes, benzène, kérosène, mazout, voire huile de palme brute. Le feu avait dû s'étendre, ou bien la police, livrée à elle-même, avait tiré dans la mauvaise direction. J'ai tourné la tête pour chercher Diane. Je l'ai trouvée à côté de moi, regardant en arrière avec une expression plus perplexe qu'effrayée. *Je n'entends pas la pluie*, ai-je songé. Mais il y avait un autre bruit, très distinct et plus inquiétant : le *ping* des débris en train de tomber. Des éclats de métal, certains en feu. *Ping*, résonnaient-ils en heurtant le quai en béton ou le pont métallique du *Capetown Maru*.

« Couchez-vous », a crié Jala, d'une voix faible, submergée. « Tout le monde se couche, vite ! »

J'ai essayé de couvrir Diane de mon corps. Quelques interminables secondes durant, une grêle de métal en feu s'est abattue autour de nous ou dans l'eau sombre derrière la coque peinte en blanc et brun orangé. Puis elle a cessé d'un coup. Il n'est plus rien tombé que la pluie, douce comme le murmure de cymbales caressées par des balais.

Nous nous sommes relevés. Jala poussait déjà des gens vers l'extrémité de la passerelle tout en jetant des coups d'œil craintifs aux flammes. « Ce ne sera peut-être pas la dernière ! Montez à bord, tous, allez, tous à bord ! » Il a fait passer les villageois devant l'équipage du *Capetown*, qui maîtrisait les débuts d'incendie sur le pont ou larguait les amarres.

La fumée se dirigeait vers nous, masquant les violences sur le rivage. J'ai aidé Diane à grimper à bord. Elle grimaçait à chaque pas et sa blessure avait commencé à saigner dans les bandages. Nous avons été les derniers à franchir la passerelle. Deux marins ont entrepris de la retirer derrière nous, activant le treuil sans quitter des yeux la colonne de feu sur les quais.

Les moteurs du *Capetown Maru* ont vrombi sous le pont. M'apercevant, Jala est venu prendre Diane par l'autre bras. Lorsque celle-ci s'est rendu compte de sa présence, elle lui a demandé : « Sommes-nous en sécurité ?

— Pas avant d'être sortis du port. »

Sur l'eau gris-vert, cornes et sirènes retentissaient. Tout

navire mobile tentait de gagner le large. Jala a regardé le quai et s'est raidi. « Vos bagages », m'a-t-il lancé.

On avait chargé sur l'un des petits plateaux de transbordement la valise rigide et cabossée pleine de papiers, de médicaments et de mémoire numérique. Elle s'y trouvait toujours, abandonnée.

« Remettez la passerelle », a intimé Jala aux matelots de pont.

Ils l'ont regardé, incertains de son autorité. Le second était parti dans la timonerie. Jala a gonflé la poitrine avant de prononcer d'un ton très dur quelques mots dans une langue que je n'ai pas reconnue. Les marins ont haussé les épaules et redéployé la passerelle jusqu'au quai.

Les moteurs du navire ont émis une note plus grave.

J'ai retraversé en courant, l'aluminium ondulé résonnant sous mes pas. J'ai attrapé la valise. J'ai jeté un dernier coup d'œil en arrière. Au bout du quai, un détachement d'une douzaine d'agents en uniforme du Nouveau Reformasi s'est mis à courir en direction du *Capetown Maru*. « Appareillez ! criait Jala comme si le navire lui appartenait. Appareillez ! Vite ! »

La structure en aluminium a commencé à reculer. J'ai jeté les bagages à bord et me suis précipité à leur suite.

J'ai atteint le pont avant que le navire commence à bouger.

Puis une autre citerne Avigas a explosé et nous a tous jetés au sol.

De rêves entourés

Les batailles nocturnes entre les pirates de la route et la police de l'autoroute gênaient les voyages même dans les meilleurs moments. Une période de scintillement les rendait encore plus difficiles. Les autorités déconseillaient tout déplacement superflu tant qu'il durait, mais cela n'empêchait personne d'essayer de rejoindre famille ou amis, voire dans certains cas de monter simplement en voiture pour rouler jusqu'à se retrouver à court d'essence ou de temps. J'ai jeté dans deux valises tout ce que je ne voulais pas laisser derrière moi, y compris les archives données par Jase.

Ce soir-là, l'autoroute Alvarado était congestionnée et l'interstate 8 ne valait guère mieux. J'ai eu tout le temps nécessaire pour réfléchir à l'absurdité de ce que je tentais de faire.

Accourir à la rescousse de l'épouse d'un autre, d'une femme à laquelle je m'étais par le passé intéressé bien davantage qu'il ne le fallait pour mon propre bien. Lorsque je fermais les yeux en m'efforçant de visualiser Diane Lawton, je n'obtenais plus une image cohérente, mais un simple montage flou d'instants et de gestes. Diane remontant ses cheveux d'une main pour enfouir son visage dans le pelage de son chien Saint-Augustin. Diane passant en douce une connexion Internet à son frère dans l'abri de jardin au sol parsemé des pièces d'une tondeuse à gazon. Diane lisant une poésie victorienne à l'ombre d'un saule, en souriant à une partie du texte que je n'avais pas comprise : *Mûris à l'été éternel* ou *L'enfançon n'a pas conscience...*

Diane, dont les regards et les gestes les plus subtils laissaient depuis toujours entendre qu'elle m'aimait, d'au moins un début d'amour, mais qu'avaient toujours retenue des forces que je ne comprenais pas : son père, Jason, le Spin. C'est le Spin, me semblait-il, qui nous avait reliés et séparés, nous avait enfermés dans des chambres contiguës mais dépourvues de portes.

J'avais dépassé El Centro quand la radio a annoncé une activité policière « significative » à l'ouest de Yuma et un embouteillage d'au moins cinq kilomètres à la frontière de l'État. Refusant de risquer un tel retard, j'ai bifurqué sur une route secondaire — prometteuse d'après la carte — traversant le désert vide vers le nord, avec l'intention de reprendre l'interstate 10 là où elle traversait la frontière d'État près de Blythe.

Bien qu'assez chargée, cette route était moins encombrée. Le scintillement semblait inverser le monde, le rendre plus brillant en haut qu'en bas. De temps en temps, une veine lumineuse particulièrement épaisse se contorsionnait du nord jusqu'au sud, d'un horizon à l'autre, comme si une fracture ouverte dans la membrane Spin laissait passer des fragments en flammes de l'univers accéléré.

J'ai pensé au téléphone dans ma poche, le téléphone de Diane, le numéro appelé par Simon. Je ne pouvais pas rappeler : je ne disposais d'aucun numéro pour joindre Diane et le ranch — s'ils s'y trouvaient toujours — figurait sur liste rouge. Je voulais juste que ce téléphone sonne à nouveau. Et je redoutais qu'il le fasse.

La circulation est redevenue mauvaise en approchant de l'autoroute d'État près de Palo Verde. Il était désormais plus de minuit et je roulais peut-être à cinquante kilomètres à l'heure au grand maximum. J'ai envisagé de m'arrêter dormir. J'en avais besoin. J'ai décidé qu'il valait peut-être mieux attendre le matin que la circulation s'améliore. Mais je ne voulais pas dormir dans la voiture. Les seules automobiles stationnaires que j'avais vues avaient été abandonnées et pillées, leurs coffres comme des bouches béant de surprise.

Au sud d'une petite ville nommée Ripley, j'ai aperçu, dans la lueur des phares, un panneau MOTEL décoloré par le soleil et criblé de sable près d'une route à deux voies mal goudronnée. J'ai emprunté cette dernière, qui m'a permis d'arriver en cinq minutes devant le portail de ce qui était ou avait été un motel, deux étages de chambres en fer à cheval autour d'une piscine qui paraissait vide sous le ciel scintillant. Je suis descendu de voiture et j'ai sonné.

Le portail, du genre qu'on peut ouvrir et refermer avec un panneau de contrôle situé à distance de sécurité, était pourvu, au sommet d'un grand poteau, d'une caméra vidéo tenant au creux de la main. Celle-ci a pivoté pour m'examiner tandis qu'un haut-parleur monté à hauteur de tableau de bord s'éveillait en grésillant. De quelque part, du bunker du motel ou de son hall, me sont parvenues des notes de musique. Pas de la musique programmée, juste quelque chose qui jouait en fond sonore. Puis une voix. Bourrue, métallique et inamicale. « On ne prend personne ce soir. »

Au bout de quelques instants, j'ai tendu la main pour sonner à nouveau.

La voix est revenue. « Qu'est-ce qui vous a échappé dans ce que je viens de vous dire ? »

J'ai dit : « Je peux payer en liquide, si ça vous arrange. Je ne chicanerai pas sur le prix.

— Pas de chambres à louer. Désolé, mon gars.

— D'accord, un instant... écoutez, je peux dormir dans la voiture, mais est-ce qu'il serait possible juste de rentrer, histoire d'être un peu protégé ? Je me garerais à l'arrière, par exemple, là où on ne me verra pas de la route. »

Une pause plus longue. J'ai entendu une trompette lancée à la poursuite d'une caisse claire. La chanson était d'une familiarité troublante.

« Désolé. Pas ce soir. Veuillez passer votre chemin. »

Un nouveau silence. Quelques minutes se sont écoulées. Un grillon s'activait dans la petite oasis de palmiers et de gravillons devant le motel. J'ai sonné une troisième fois.

Le propriétaire a vite répondu. « J'ai un truc à vous dire : on est armés et on commence à en avoir plein le dos. Vous feriez mieux de vous tirer.

— "Harlem Air Shaft", ai-je annoncé.

— Pardon ?

— Ce morceau que vous écoutez. Ellington, pas vrai ? "Harlem Air Shaft". On dirait son groupe des années 50. »

Encore une longue pause, mais sans couper le haut-parleur. J'étais presque certain d'avoir raison, même si je n'avais pas entendu le Duke depuis des années.

Puis la musique s'est tue, son fil grêle abruptement interrompu. « Il y a quelqu'un d'autre que vous dans la voiture ? »

J'ai baissé la vitre et allumé le plafonnier. La caméra a tourné avant de revenir se fixer sur moi.

« Bon, d'accord, a-t-il dit. Si vous me donnez le nom du trompettiste sur ce morceau, je vous ouvre le portail. »

Le trompettiste ? Quand je pensais au Duke Ellington du milieu des années cinquante, je pensais à Paul Gonsalvez, mais il jouait du saxophone. Il y avait eu plusieurs trompettistes. Cat Anderson ? Willie Cook ? Cela faisait trop longtemps.

« Ray Nance, ai-je lancé.

— Eh non. Clark Terry. Mais j'imagine que vous pouvez entrer quand même. »

Le propriétaire est venu à ma rencontre lorsque je me suis arrêté devant le bâtiment. Grand, peut-être quarante ans, il portait un jean et une grande chemise à carreaux. Il m'a examiné avec soin.

« Désolé, a-t-il dit, mais la première fois que c'est arrivé... » Il a désigné le ciel, le scintillement qui lui jaunissait la peau et donnait aux murs en stuc une écœurante teinte ocre. « Eh bien, lorsqu'ils ont fermé la frontière à Blythe, j'ai vu des gens se battre pour une chambre. Se bagarrer vraiment, je veux dire. Deux types m'ont braqué, juste là où vous vous tenez. J'ai dépensé en réparations le double de ce que j'ai gagné ce soir-là. Les gens buvaient dans les chambres, vomissaient, déchiraient tout. Ça a été encore pire sur l'I-10. Le réceptionniste de nuit au Days Inn, quand on va dans la direction d'Ehrenberg, est mort poignardé. Alors j'ai installé la clôture de sécurité, juste après. Maintenant, dès le début du scintillement, j'allume le panneau COMPLET et je m'enferme jusqu'à ce que ça soit fini.

— En écoutant Duke », ai-je complété.

Il a souri. Nous sommes rentrés afin de m'inscrire sur le registre. « Duke, ou Pops, ou Diz. Miles si je suis d'humeur. » L'intimité du vrai fan appelant les morts par leur prénom. « Rien de postérieur à 1965. » Le hall, mal éclairé, moquetté, sans personnalité, était décoré comme un vieux western, mais par une porte donnant sur le refuge du propriétaire — qui semblait vivre sur place — s'écoulait encore un filet de musique. Il a examiné la carte de crédit que je lui tendais.

« Dr Dupree. » Il a tendu la main. « Allen Fulton. Vous allez dans l'Arizona ? »

Je lui ai raconté vouloir retrouver l'interstate près de la frontière.

« Je ne suis pas sûr que ce sera mieux sur l'I-10. Des nuits comme ça, on dirait que tout Los Angeles part vers l'est. Comme si le scintillement était une espèce de tremblement de terre ou de raz-de-marée.

— Je ne tarderai pas à reprendre la route. »

Il m'a tendu une clé. « Dormez un peu. C'est toujours une bonne idée.

— Pas de problème, pour la carte ? Si vous préférez du liquide...

— La carte vaut le liquide tant que ce n'est pas la fin du monde. Et si c'est la fin du monde, j'imagine que je n'aurais pas le temps de regretter. »

Il a ri. J'ai essayé de sourire.

Dix minutes plus tard, allongé tout habillé sur un lit dur dans une chambre qui sentait l'antiseptique parfum pot-pourri et l'air climatisé trop humide, je me demandais si je n'aurais pas dû rester sur la route. J'ai posé le téléphone sur la table de chevet, j'ai fermé les yeux et me suis endormi sans hésiter.

Pour m'éveiller une heure plus tard, les sens en alerte sans savoir pourquoi.

Je me suis redressé pour explorer la chambre du regard, comparant formes grises et obscurité avec ce dont je me souvenais. Mon attention a fini par se focaliser sur le rectangle pâle de la fenêtre, le rideau jaune pulsant de lumière à mon arrivée.

Le scintillement avait cessé.

Cela aurait dû m'aider à dormir, cette obscurité plus douce, mais je savais, à la manière dont on sait ce genre de choses, que je n'arriverais plus à trouver le sommeil. Je lui avais mis un court instant le grappin dessus, mais il s'était maintenant enfui, et prétendre le contraire n'aurait servi à rien.

Je me suis servi de la petite cafetière à pression équipant la chambre pour me préparer une tasse de café. Une demi-heure plus tard, j'ai à nouveau regardé ma montre. Deux heures moins le quart. Le cœur de la nuit. La zone de l'objectivité perdue. Autant prendre une douche et repartir.

Je me suis habillé et j'ai descendu la tranquille allée de béton menant à l'entrée du motel avec l'intention de laisser les clefs dans la boîte, mais Fulton, le propriétaire, ne dormait toujours pas : le téléviseur brillait dans sa pièce. Il a sorti la tête quand il m'a entendu secouer la porte.

Il avait l'air bizarre. Un peu ivre, peut-être un peu défoncé. Il a cligné des yeux jusqu'à ce qu'il me reconnaisse. « Dr Dupree...

— Désolé de vous déranger à nouveau. Il faut que je reprenne la route. Mais merci pour votre hospitalité.

— Pas besoin d'expliquer. Bonne chance à vous. J'espère que vous arriverez quelque part avant l'aube.

— Je l'espère aussi.
— Moi, je le regarde juste à la télé.
— Ah bon ? »
Tout à coup, je ne savais plus très bien de quoi il parlait.
« Sans le son. Je ne veux pas réveiller Jody. Je vous ai parlé d'elle ? Ma fille. Elle a dix ans. Sa maman vit à La Jolla avec un réparateur de meubles. Jody passe l'été avec moi. Ici, dans le désert, quel destin, hein ?
— Bon, eh bien...
— Mais je ne veux pas la réveiller. » Il s'est soudain assombri. « J'ai tort ? De la laisser dormir pendant ce temps-là ? Ou aussi longtemps que possible ? Peut-être que je *devrais* la réveiller, en fait. Maintenant que j'y pense, elle ne les a jamais vues. Dix ans. Jamais vues. Si ça se trouve, c'est sa dernière chance.
— Désolé, je ne suis pas sûr de comprendre...
— Encore qu'elles soient différentes. Pas comme je m'en rappelais. Non que je sois un expert, loin de là... mais à l'époque, si on passait un minimum de nuits dehors, on finissait par les connaître assez bien.
— Quoi donc ? »
Il a cillé. « Les étoiles », a-t-il répondu.

Nous sommes allés près de la piscine vide regarder le ciel.
Le bassin n'avait pas été rempli depuis longtemps. De la poussière et du sable s'étaient amassés au fond, et quelqu'un avait doté les parois de graffitis violets en forme de bulles. Accroché à la clôture, un panneau métallique (BAIGNADE NON SURVEILLÉE) s'agitait dans le vent chaud arrivant par l'est.
Les étoiles.
« Vous voyez ? a dit Fulton. Différentes. Je ne retrouve pas les anciennes constellations. Tout a l'air comme... éparpillé. »
Quelques milliards d'années avaient cet effet. Tout vieillit, même le ciel : tout tend vers le maximum d'entropie, de désordre, d'aléatoire. Au cours des trois derniers milliards d'années, la galaxie dans laquelle nous vivons avait été torturée

à grande échelle par une violence invisible, avait brassé son contenu avec celui d'une galaxie satellite plus petite (M41 dans les anciens catalogues) jusqu'à ce que les étoiles se retrouvent réparties dans le ciel comme une étendue sans signification. C'était comme regarder la main brutale du temps.

« Ça va, Dr Dupree ? a demandé Fulton. Vous devriez peut-être vous asseoir. »

Trop engourdi pour rester debout, en effet. Je me suis assis sur le béton caoutchouté, les pieds pendants dans la déclivité côté petit bassin de la piscine, en gardant toujours les yeux levés. Je n'avais jamais rien vu de si magnifique ni de si terrifiant.

« Plus que quelques heures avant le lever du soleil », a rappelé Fulton d'une voix triste.

Ah. Plus à l'est, quelque part au-dessus de l'Atlantique, le soleil devait déjà avoir percé l'horizon. J'allais interroger Fulton à ce sujet quand une petite voix s'est élevée dans l'ombre, derrière la porte du motel : « Papa ? Je t'ai entendu parler. » Sûrement Jody, la fille. Elle s'est approchée timidement d'un pas. Elle portait un pyjama blanc et des baskets non lacées. Elle avait un grand visage quelconque mais mignon et des yeux emplis de sommeil.

« Approche, chérie, a dit Fulton. Monte sur mes épaules et jette un coup d'œil au ciel. »

Elle a grimpé, toujours perplexe. Fulton s'est levé en tenant les chevilles de sa fille qu'il a approchée de l'obscurité pailletée.

« Regarde, a-t-il dit avec un sourire malgré les larmes qui avaient commencé à lui couler sur les joues. Regarde, Jody. Regarde comme on voit loin, cette nuit ! Cette nuit, tu vois presque jusqu'au fond du ciel. »

Je suis revenu dans la chambre regarder les informations à la télévision : d'après Fulton, la plupart des chaînes d'information du câble poursuivaient leurs émissions.

Le scintillement avait cessé une heure plus tôt. Il s'était tout simplement évanoui, tout comme la membrane Spin. Le Spin s'était terminé aussi tranquillement qu'il avait commencé, sans tambour ni trompette, sans autre bruit sinon, en provenance du côté ensoleillé de la planète, le grésillement de parasites impossibles à interpréter.

Le soleil.

Trois milliards d'années et quelques plus âgé qu'au moment où le Spin nous en avait séparés. J'ai essayé de me souvenir de ce que Jase m'avait raconté sur l'état actuel du ciel. Mortel, sans aucun doute : nous nous trouvions en dehors de la zone habitable, personne ne l'ignorait. La presse avait évoqué des océans en ébullition, mais en étions-nous déjà là ? Serions-nous morts à midi, ou avions-nous jusqu'à la fin de la semaine ?

Cela avait-il de l'importance ?

En allumant le petit panneau vidéo, dans la chambre du motel, je suis tombé sur une retransmission en direct de New York. La panique générale n'avait pas encore commencé. De nombreux habitants dormaient encore ou avaient renoncé à aller travailler en ville, tirant les conclusions évidentes de la présence d'étoiles dans le ciel quand ils s'étaient réveillés. Comme prise d'un rêve fiévreux d'héroïsme journalistique, la rédaction de la chaîne avait installé sur un toit de Todt Hill une caméra braquée vers l'est et Staten Island. La lumière y était faible, le ciel oriental devenait de plus en plus clair mais restait vide. Deux présentateurs arrivant tout juste à rester professionnels se lisaient l'un l'autre des communiqués au fur et à mesure qu'ils les recevaient.

Il n'y avait eu, ont-ils annoncé, aucune liaison intelligible avec l'Europe depuis la fin du scintillement. Peut-être à cause des interférences électrostatiques, la lumière non modérée du soleil noyant les signaux du réseau d'aérostats. Il était trop tôt pour conclure au désastre. « Et comme toujours, a précisé l'un des présentateurs, même si nous n'avons pas encore de réaction officielle, la meilleure attitude consiste à ne pas bouger et à rester à l'écoute des informations jusqu'à ce que nous ayons éclairci la situation. Je ne pense pas déplacé de demander aux gens de rester chez eux, dans la mesure du possible.

— Ce jour entre tous, a convenu sa collègue, les gens veulent rester près de leur famille. »

Je me suis assis au bord du lit et j'ai regardé le panneau vidéo jusqu'à ce que le soleil se lève.

La caméra en hauteur a d'abord vu une couche de nuages cramoisis rasant l'horizon huileux de l'Atlantique. Puis un bout de croissant en ébullition, et des filtres de protection ont alors glissé devant l'objectif.

Son échelle n'était pas facile à déterminer, mais le soleil s'est levé (pas tout à fait rouge, plutôt brun orangé, à moins que ce ne soit dû à la caméra) et a continué à se lever jusqu'à flotter au-dessus de l'océan, du Queens, de Manhattan, trop grand pour un corps céleste plausible, ressemblant davantage à une énorme montgolfière remplie de lumière ambre.

J'ai attendu de nouveaux commentaires, mais l'image est restée muette jusqu'à ce qu'on la remplace par une vue d'un studio dans le Midwest, le quartier général secondaire de la chaîne, d'où un autre journaliste, trop mal coiffé pour être un des présentateurs habituels, a prononcé quelques avertissements inutiles sans en citer la source. J'ai éteint.

Et suis allé mettre ma valise ainsi que ma trousse de médecin dans la voiture.

Fulton et Jody, devenus soudain de vieux amis qu'attristait mon départ, sont sortis du bureau pour me voir partir. La fillette semblait désormais effrayée. « Jody a parlé à sa maman, m'a expliqué Fulton. Je ne pense pas que sa maman était au courant, pour les étoiles. »

J'ai essayé de ne pas me représenter cet appel téléphonique au petit matin, Jody tirant sa mère du sommeil en l'appelant depuis le désert pour lui annoncer ce que cette dernière avait aussitôt interprété comme l'arrivée de la fin du monde. Sa mère qui lui disait alors une espèce d'ultime adieu en s'efforçant de ne pas trop l'apeurer, de la protéger de la vérité qui approchait à toute allure.

Jody se pressait maintenant contre son père, qui lui a entouré les épaules du bras. Il ne restait entre eux que de la tendresse.

« Vous êtes obligé de partir ? » a-t-elle demandé.

Je lui ai répondu que je l'étais.

« Parce que vous pouvez rester, si vous voulez. C'est mon père qui l'a dit.

— M. Dupree est médecin, est doucement intervenu Fulton. Il a sans doute une visite à domicile à faire.

— Tout à fait », ai-je répondu.

Quelque chose de quasi miraculeux s'est produit ce matin-là sur l'autoroute allant vers l'est. La plupart des gens se comportaient mal, dans ce qu'ils croyaient être leurs dernières heures. Comme si les scintillements n'avaient été qu'une répétition pour cette mort moins contestable. Nous avions tous entendu les prédictions : les forêts en flammes, la chaleur fulgurante, les océans transformés en vapeur bouillante. La seule question était de savoir si cela prendrait un jour, une semaine ou un mois.

Nous avons donc brisé les vitrines pour nous emparer de ce qui nous faisait envie, de toutes ces babioles que la vie nous avait refusées : des hommes ont essayé de violer des femmes, certains découvrant alors que la perte d'inhibitions fonctionnait dans les deux sens, la victime se retrouvant, par les mêmes événements, dotée de capacités inattendues à arracher des yeux ou écraser des testicules ; on a tiré des coups de feu en guise de règlement de comptes ou par simple caprice. Il y a eu pléthore de suicides. (J'ai pensé à Molly : si elle n'était pas morte durant le premier scintillement, elle l'était presque certainement, désormais, peut-être même avait-elle rendu le dernier souffle heureuse que son plan logique se déroule de manière logique. Cela m'a donné envie de pleurer pour elle, ce qui ne m'était encore jamais arrivé.)

Mais il y a aussi eu des îlots de civilité et des actes de bonté héroïques. Comme sur l'I-10 à la frontière de l'Arizona.

Pendant toute la durée du scintillement, un détachement de la garde nationale avait stationné sur le pont franchissant le fleuve Colorado. Les soldats avaient ensuite disparu, peut-être rappelés, ou bien rentrés sans permission chez eux. En leur absence, le pont aurait pu devenir un goulet d'étranglement infranchissable.

Ce n'était pas le cas. La circulation s'écoulait tranquillement dans les deux directions. Une douzaine de civils avaient pris sur eux de la réguler à l'aide de torches puissantes et de signaux lumineux prélevés dans la trousse d'urgence de leurs camions. Et même les plus impatients — ceux voulant ou ayant besoin de parcourir un long chemin avant l'aube, d'atteindre le Nouveau-Mexique, le Texas ou peut-être même la Louisiane si leur moteur ne les lâchait pas avant — semblaient en comprendre la nécessité, semblaient saisir qu'aucune tentative de doubler ne pouvait réussir et que patienter constituait la seule solution. Je ne sais ni combien de temps a duré cet état d'esprit ni quel mélange de bonne volonté et de circonstances l'a engendré. Peut-être provenait-il de la bonté humaine ou des conditions météorologiques : en dépit de la mort se ruant vers nous depuis l'est, la nuit s'obstinait à rester *agréable*. Des étoiles éparpillées dans un ciel transparent et calme ; une brise de plus en plus forte qui emportait la puanteur des gaz d'échappement et entrait aussi doucement qu'une caresse maternelle par la fenêtre de la voiture.

J'ai songé à me porter volontaire dans un des hôpitaux de la région — Palo Verde à Blythe, dans lequel je m'étais rendu un jour pour une consultation, ou peut-être La Paz Regional à Parker. Mais à quoi bon ? Aucun soin ne pouvait convenir à ce qui allait se passer. Il n'existait que des palliatifs, la morphine, l'héroïne, la voie de Molly, à supposer que les armoires pharmaceutiques n'aient pas déjà été pillées.

Et la réponse de Fulton à Jody était en substance exacte : j'avais une visite à effectuer.

Une quête. Désormais chimérique, bien entendu. Quels que soient les ennuis de santé de Diane, je n'y pourrais rien non plus. Alors pourquoi achever le voyage ? Cela avait un rapport avec la fin du monde, les mains qui s'activent ne tremblaient pas, les esprits actifs ne paniquaient pas, mais cela n'expliquait pas cette urgence, ce besoin viscéral de la revoir qui m'avait jeté sur les routes durant le scintillement et semblait même s'être accru depuis.

Après Blythe, après la désagréable épreuve des boutiques obscures et des bagarres à main nue autour des stations-service assiégées, la route s'est dégagée sous les étoiles étincelantes dans le ciel devenu plus sombre. Je pensais à cela lorsque le téléphone a trillé.

À fouiller dans ma poche tout en pressant la pédale de freins, j'ai failli sortir de la route, et le véhicule utilitaire qui me suivait m'a dépassé en klaxonnant.

« Tyler, a dit Simon.

— Donne-moi un numéro où te rappeler avant de raccrocher ou qu'on soit coupés, lui ai-je intimé sans lui laisser le temps de poursuivre. Afin que je puisse te joindre.

— Je ne suis pas censé faire ça. Je...

— Tu appelles d'un téléphone personnel ou de celui de la maison ?

— Plus ou moins personnel, un portable, on s'en sert juste localement. Je l'ai en ce moment, mais des fois c'est Aaron, alors...

— Je n'appellerai qu'en cas de nécessité.

— Eh bien. J'imagine que cela n'a pas vraiment d'importance. » Il m'a communiqué le numéro. « Mais tu as vu le ciel, Tyler ? Je suppose, vu que tu ne dormais pas. C'est la dernière nuit du monde, non ? »

J'ai pensé : *Pourquoi me poses-tu la question à moi ?* Simon vivait dans les derniers jours depuis maintenant trois décennies. Il aurait dû pouvoir répondre lui-même. « Parle-moi de Diane, ai-je dit.

— Je m'excuse pour cet appel-là. À cause, eh bien, de ce qu'il se passe.

— Comment va-t-elle ?

— C'est ce que je te dis. Cela n'a pas d'importance.

— Elle est morte ? »

Un long silence. Il a ensuite repris la parole d'un ton blessé. « Non. Non, elle n'est pas morte. Là n'est pas le propos.

— Elle flotte dans les airs en attendant l'Extase ?

— Tu n'es pas obligé d'insulter ma foi », a répondu Simon. (Et je n'ai pu m'empêcher de remarquer qu'il avait dit *ma* foi et non *notre* foi.)

« Parce que sinon, elle a peut-être encore besoin de soins médicaux. Est-elle toujours malade, Simon ?

— Oui, mais...

— Malade comment ? Quels symptômes ?

— Plus qu'une heure avant le lever du soleil, Tyler. Tu comprends sûrement ce que cela signifie.

— Je ne suis pas sûr du tout de ce que cela signifie. Et je suis sur la route. Je peux arriver au ranch avant l'aube.

— Oh... non, ça n'ira pas... non, je...

— Pourquoi pas ? Si c'est la fin du monde, pourquoi ne devrais-je pas être là ?

— Tu ne comprends pas. Ce n'est pas seulement la fin du monde. C'est aussi la naissance d'un nouveau.

— À quel point est-elle malade au juste ? Je peux lui parler ? »

La voix de Simon s'est mise à trembler. Un homme au bord du gouffre. Nous nous trouvions tous au bord du gouffre. « Elle peut juste chuchoter. Elle a du mal à respirer. Elle est faible. Elle a perdu beaucoup de poids.

— Depuis combien de temps est-elle dans cet état ?

— Je ne sais pas. Je veux dire, c'est arrivé petit à petit...

— Quand sa maladie est-elle devenue évidente ?

— Il y a des semaines. Ou peut-être... à y repenser... eh bien... des mois.

— A-t-elle reçu le moindre soin médical ? » Un silence. « Simon ?

— Non.

— Pourquoi ?

— Cela ne semblait pas nécessaire.

— Cela ne semblait pas *nécessaire* ?

— Le pasteur Dan ne l'a pas autorisé. »

As-tu envoyé le pasteur Dan se faire foutre ? ai-je pensé. « J'espère qu'il a changé d'avis.

— Non...

— Parce que sinon, je vais avoir besoin de ton aide pour accéder à Diane.

— Ne fais pas ça, Tyler. Ce ne serait bon pour personne. »

Je cherchais déjà la sortie d'autoroute, dont je ne me rappelais que vaguement mais que j'avais indiquée sur la carte. Quitter l'autoroute pour rouler en direction d'une *ciénaga* complètement à sec sur une route sans nom du désert.

« Elle m'a demandé ? »

Un silence.

« Simon, elle m'a demandé ?

— Oui.

— Dis-lui que j'arrive au plus vite.

— Non, Tyler... Tyler, on est dans une situation difficile, au ranch, en ce moment. Tu ne peux pas débarquer comme ça. »

Des ennuis ? « Je croyais qu'un nouveau monde était en train de naître.

— De naître dans le sang », a répondu Simon.

Le matin et le soir

Je suis arrivé par la petite crête surplombant le ranch Condon, au sommet de laquelle je me suis garé hors de vue. Lorsque j'ai éteint les phares, j'ai vu à l'est dans le ciel la lueur annonciatrice de l'aube, les nouvelles étoiles noyées par un accroissement de luminosité qui n'augurait rien de bon.

C'est à ce moment-là que je me suis mis à trembler.

Sans pouvoir m'en empêcher. J'ai ouvert la portière, suis tombé hors de l'automobile et me suis relevé à force de volonté. La terre s'élevait hors de l'obscurité comme un continent perdu, collines brunes, pâturages négligés redevenus désertiques, longue pente douce jusqu'à la ferme. Mesquites et ocotillos tremblaient dans le vent. Je tremblais aussi. De peur : non du malaise intellectuel transi que nous éprouvions tous depuis le début du Spin mais d'une panique viscérale, d'une peur semblable à une maladie musculaire ou intestinale. Fin de séjour dans le quartier des condamnés à mort. Jour de remise des diplômes. Tombereau et potence en approche par l'est.

Je me suis demandé si Diane avait aussi peur que moi. Je me suis demandé si je pourrais la réconforter. S'il restait un tant soit peu de consolation en moi.

Il y a eu une nouvelle bourrasque, qui a balayé de sable et de poussière la route sur la crête desséchée. Peut-être le vent était-il le premier annonciateur du soleil boursouflé, un vent venu de la partie brûlante du monde.

Je me suis accroupi à un endroit où j'espérais qu'on ne pourrait pas me voir et j'ai réussi, malgré mes tremblements, à composer le numéro de Simon sur le clavier du téléphone.

« Tu ne devrais pas faire ce que tu es en train de faire, a-t-il dit.

— J'interromps l'Extase ?

— Je ne peux pas parler.

— Où est-elle, Simon ? Dans quelle partie de la maison ?

— Mais toi, *où* es-tu ?

— Juste en haut de la colline. » Le ciel désormais plus lumineux s'éclaircissait seconde après seconde, contusion pourpre à l'est sur l'horizon. Je voyais très bien la ferme. Elle n'avait guère changé depuis ma visite, quelques années plus tôt. La grange à l'écart semblait un peu rafraîchie, comme si on l'avait réparée et blanchie à la chaux.

Beaucoup plus dérangeant, on avait creusé, parallèlement à la grange, une tranchée désormais recouverte d'un monticule de terre.

Peut-être une canalisation d'égout d'installation récente. Ou une fosse septique. Ou une fosse commune.

« Je viens la voir, ai-je affirmé.

— Ce n'est tout simplement pas possible.

— Je suppose qu'elle se trouve à l'intérieur. Dans une des chambres du dernier étage. Correct ?

— Même si tu la vois...

— Dis-lui que j'arrive, Simon. »

En bas, j'ai vu une silhouette se déplacer entre la maison et la grange. Pas Simon. Pas Aaron Sorley, à moins que frère Aaron n'ait perdu une quarantaine de kilos. Sans doute le pasteur Dan Condon. Il portait un seau d'eau dans chaque main. Il semblait pressé. Il se passait quelque chose dans la grange.

« Tu risques ta vie », a dit Simon.

J'ai ri. Je n'ai pas pu m'en empêcher.

Puis j'ai demandé : « Es-tu dans la grange ou la maison ?

Condon est dans la grange, pas vrai ? Et Sorley ? McIsaac ? Comment je les évite ? »

Sentant sur ma nuque une pression comparable à une main chaude, je me suis retourné.

Cette pression était la lumière du soleil. L'astre dépassait de l'horizon. Ma voiture, la clôture, les rochers, les maigres ocotillos jetaient tous de longues ombres violettes.

« Tyler ? Tyler, tu ne *peux pas* les éviter. Il faut que tu... »

Mais une rafale de parasites a emporté la voix de Simon. La lumière du soleil avait dû atteindre l'aérostat relayant l'appel et noyer le signal. J'ai pressé par réflexe la touche *bis*, mais le téléphone ne fonctionnait plus.

Je suis resté accroupi jusqu'à ce que le soleil soit visible aux trois quarts. Je ne cessais d'y jeter un coup d'œil puis de détourner le regard, aussi fasciné qu'effrayé. C'était un énorme disque orange rubicond. Des taches solaires s'y promenaient comme des plaies suppurantes. De temps à autre, de la poussière s'élevait du désert alentour pour l'obscurcir.

Je me suis alors levé. Peut-être déjà mort. Peut-être mortellement irradié sans même le savoir. La chaleur restait supportable, du moins pour l'instant, mais peut-être des dégâts se produisaient-ils au niveau cellulaire, peut-être des rayons X perçaient-ils l'air comme des balles invisibles. Je me suis donc levé pour descendre la route en terre battue conduisant à la ferme, sans me cacher, sans armes. Sans armes et sans encombre, du moins jusqu'à ce que j'aie presque atteint la véranda en bois, jusqu'à ce que frère Sorley propulse ses cent cinquante kilos par le seuil et m'inflige sur la tempe un coup de crosse de fusil.

Frère Sorley ne m'a pas tué, sans doute ne voulait-il pas arriver à l'Extase avec du sang sur les mains. Il a préféré me jeter dans une chambre vide à l'étage et en verrouiller la porte.

Deux heures ont passé avant que j'arrive à me redresser sur mon séant sans vagues de nausées.

Lorsque le vertige a enfin cessé, je suis allé à la fenêtre soulever le store en papier jaune. Le soleil, de l'autre côté de la maison, baignait la terre et la grange d'un caniculaire éclat orange. L'air était déjà torride, mais au moins rien ne brûlait. Insouciant de la conflagration dans le ciel, un chat lapait de l'eau stagnant dans un fossé ombragé. Je me suis dit que le chat vivrait peut-être jusqu'au crépuscule. Et moi aussi.

J'ai essayé de soulever la vieille fenêtre — même si j'aurais été incapable de sauter en bas — mais elle était plus que verrouillée : le châssis avait été coupé, les contrepoids immobilisés, le cadre figé des années plus tôt par une couche de peinture

La pièce ne contenait d'autres meubles que le lit, d'autres outils que le téléphone inutile dans ma poche.

L'unique porte était un bloc de bois massif et je doutais d'avoir la force nécessaire pour l'enfoncer. Diane se trouvait peut-être à quelques petits mètres, peut-être une seule paroi nous séparait-elle. Mais je n'avais aucun moyen de le savoir ou de le découvrir.

La moindre tentative pour réfléchir de manière cohérente à la situation générait une douleur profonde et écœurante à l'endroit où la crosse m'avait ensanglanté la tête. Il a fallu que je me rallonge.

En milieu d'après-midi, le vent s'est calmé. Lorsque je me suis à nouveau traîné à la fenêtre, j'ai vu le rebord de l'orbe solaire au-dessus de la maison et de la grange, si grand qu'il semblait en chute perpétuelle, presque à portée de main.

La température, dans cette chambre à l'étage, avait graduellement augmenté depuis le matin. Je n'avais aucun moyen de la mesurer, mais je l'estimais à au moins 38 °C, pour le moment. Très chaud, mais pas mortel, du moins pas d'un coup, pas tout de suite. J'aurais aimé avoir Jason pour m'expliquer cela, la thermodynamique de l'extinction globale. Peut-être aurait-il pu me dessiner un diagramme, établir à quel moment les courbes de tendance convergeaient vers la létalité.

Une brume de chaleur montait en tremblotant du sol cuit.

Dan Condon est passé encore deux fois de la ferme à la grange et de la grange à la ferme. On le reconnaissait tout de suite dans l'intensité brutale de la lumière orange, avec son allure un peu dix-neuvième siècle, sa barbe carrée et criblée de trous, son affreux visage : un Lincoln résolu aux longues jambes revêtues d'un jean. Il n'a pas levé les yeux, même quand j'ai martelé la vitre.

Puis j'ai tapé sur les murs, pensant que Diane pourrait peut-être me répondre. Mais je n'ai obtenu aucune réponse.

Un nouvel étourdissement m'a alors fait retomber sur le lit, étouffant dans cette pièce fermée, trempant les draps de ma sueur.

J'ai dormi, ou perdu conscience.

Je me suis réveillé en croyant la pièce en feu, mais ce n'était que la chaleur confinée associée à l'incroyable extravagance du crépuscule.

Je suis retourné à la fenêtre.

Le soleil avait franchi l'horizon à l'ouest et descendait à vue d'œil. Des nuages ténus traversaient en altitude le ciel de plus en plus sombre, bribes d'humidité arrachées à une terre déjà desséchée. J'ai vu qu'on avait descendu ma voiture de la colline pour la garer juste à gauche de la grange. On en avait sans aucun doute pris les clefs. De toute manière, il ne restait plus assez d'essence dans le réservoir pour qu'elle puisse vraiment servir à quelque chose.

Mais j'avais survécu à la journée. J'ai pensé : *Nous* avons survécu à la journée. Tous les deux. Diane et moi. Et sans doute des millions d'autres. Nous avions donc affaire à la version lente de l'apocalypse. Cela nous tuerait en nous cuisant à petit feu, ou bien en vidant de sa substance l'écosystème terrestre.

Le soleil enflé a fini par disparaître. L'atmosphère a aussitôt semblé rafraîchir de cinq degrés.

Quelques étoiles éparpillées ont fait leur apparition entre les nuages translucides.

Je n'avais pas mangé et j'avais très soif. Peut-être Condon avait-il prévu de me laisser mourir là de déshydratation... ou bien m'avait-il tout simplement oublié. Je n'arrivais même pas à commencer à imaginer de quelle manière le pasteur Dan envisageait les événements dans son esprit, qu'il se sente sûr de sa foi, terrifié, ou les deux à la fois.

La pièce s'est assombrie. Aucun plafonnier, aucune lampe. Mais j'entendais un vague halètement, sans doute celui d'un groupe électrogène, et de la lumière sortait par les fenêtres à l'étage de la grange.

Je n'avais quant à moi rien de technologique à part mon téléphone. Je l'ai sorti de ma poche et allumé, juste pour voir la phosphorescence de l'écran.

Puis m'est venue une autre idée.

« Simon ? »

Un silence.

« Simon, c'est toi ? Tu m'entends ? »

Un silence. Puis une voix métallique, numérisée : « Tu as failli me faire crever de trouille. Je croyais que ce truc ne fonctionnait plus.

— Seulement tant qu'il fait jour. »

Le bruit solaire avait empêché les transmissions des aérostats de haute altitude, mais désormais la Terre nous protégeait du Soleil. Peut-être les aérostats avaient-ils subi des dommages — le signal semblait en bande basse et parasité — mais ils fonctionnaient assez bien pour moi.

« Désolé pour ce qu'il t'est arrivé, a-t-il dit. Mais je t'avais prévenu.

— Où es-tu ? Dans la grange ou la maison ? »

Un temps d'arrêt. « La maison.

— J'ai eu beau regarder toute la journée, je n'ai vu ni la femme de Condon, ni celle de Sorley, ni leurs enfants. Ni McIsaac et sa famille, d'ailleurs. Que leur est-il arrivé ?

— Ils sont partis.

— Tu en es sûr ?

— Si j'en suis sûr ? Évidemment ! Diane n'a pas été la seule malade. Juste la dernière. C'est la petite fille de Teddy McIsaac qui est tombée malade la première. Puis son fils, puis Teddy lui-même. Quand il s'est aperçu que ses gamins étaient... eh bien, tu sais, manifestement vraiment malades, et qu'ils ne guérissaient pas, il les a mis dans son camion et il est parti. La femme du pasteur Dan les a accompagnés.

— C'est arrivé quand ?

— Il y a deux mois. La femme et les enfants d'Aaron sont partis d'eux-mêmes peu après. Leur foi les avait abandonnés. Et ils avaient peur d'attraper quelque chose.

— Tu les as vus partir ? Tu en es certain ?

— Eh bien, oui, pourquoi tu me demandes ça ?

— Cette tranchée près de la grange, on dirait vraiment qu'il y a quelque chose d'enterré dessous.

— Oh, ça ! Eh bien, tu as raison, on a enterré quelque chose à cet endroit : le mauvais bétail.

— Pardon ?

— Il y a là-haut dans la Sierra Bonita un grand ranch appartenant à un certain Boswell Geller. Un ami du Tabernacle du Jourdain avant le remaniement. Un ami du pasteur Dan. Il élevait des génisses rouges, mais le ministère de l'Agriculture a ouvert une enquête en fin d'année dernière. Juste au moment où il progressait ! Boswell et le pasteur Dan voulaient élever à eux deux toutes les variétés de bétail rouge du monde, parce que cela représenterait la conversion des Gentils. C'est de cela que parle le chapitre 19 du livre des Nombres, d'après le pasteur Dan : une génisse d'un rouge sans défaut née à la fin des temps, d'élevages de tous les continents, partout où on a prêché l'Évangile. Le sacrifice est à la fois littéral et symbolique. Dans le sacrifice biblique, les cendres de la génisse ont le pouvoir de nettoyer une personne corrompue. Mais à la fin du monde, le soleil brûle la génisse et les cendres sont dispersées aux quatre points cardinaux, nettoyant la Terre entière, la nettoyant de la mort. C'est ce qu'il se passe en ce moment. Hébreux, chapitre 9 : "Car si du sang de boucs et de taureaux, et de la cendre de génisse, les sanctifient en leur procurant la pureté de la chair, combien davantage le sang du Christ purifiera-t-il notre conscience des œuvres mortes afin que nous servions le Dieu vivant ?" Alors évidemment...

— Vous gardiez ce bétail *ici* ?

— Seulement quelques têtes. Cinq reproductrices sorties clandestinement avant que le ministère de l'Agriculture puisse les récupérer.

— C'est à ce moment-là que les gens ont commencé à tomber malades ?

— Pas seulement les gens. Le bétail aussi. Nous avons creusé cette tranchée près de la grange pour les enterrer, tous, sauf trois du cheptel d'origine.

— Faiblesse, démarche chancelante, perte de poids précédant la mort ?

— Oui, en gros... comment le sais-tu ?

— Ce sont les symptômes du SDCV. Les vaches étaient porteuses. Voilà ce qui ne va pas chez Diane. »

S'en est suivi un long silence. Puis Simon a dit : « Je ne peux pas poursuivre cette conversation avec toi.

— Je suis en haut dans la chambre du fond...

— Je sais où tu es.

— Alors viens ouvrir la porte.

— Je ne peux pas.

— Pourquoi ? On te surveille ?

— Je ne peux tout simplement pas te libérer. Je ne devrais même pas te parler. Je suis occupé, Tyler. Je prépare le dîner de Diane.

— Il lui reste assez de forces pour manger ?

— Un peu... si je l'aide.
— Laisse-moi sortir. Personne n'a besoin de le savoir.
— Impossible.
— Elle a besoin d'un médecin.
— Je ne pourrais pas te libérer si je le voulais. C'est frère Aaron qui a les clefs. »

J'y ai réfléchi. Puis j'ai dit : « Alors pourquoi ne pas apporter son dîner à Diane et lui laisser le téléphone ? Le tien ? Tu as dit qu'elle voulait me parler, non ?
— Elle ne pense pas la moitié des choses qu'elle dit.
— Tu crois que c'était le cas ?
— Je ne peux pas te parler plus longtemps.
— Laisse-lui juste le téléphone, Simon. Simon ? »

Le silence.

Je suis allé à la fenêtre, où j'ai regardé et attendu.

J'ai vu le pasteur Dan aller de la grange à la maison avec deux seaux vides puis en repartir avec deux seaux pleins et fumants. Quelques minutes plus tard, Aaron Sorley est allé le rejoindre.

Ce qui ne laissait que Simon et Diane dans la maison. Peut-être lui donnait-il son dîner. La nourrissait-il.

Cela me démangeait d'utiliser le téléphone, mais j'avais résolu d'attendre, de laisser les choses se calmer, la chaleur se dissiper dans la nuit.

J'ai observé la grange. Une vive lumière se déversait par les interstices des parois, comme si quelqu'un avait installé une rangée de lumières industrielles. Condon avait effectué des allers-retours toute la journée. Il se passait quelque chose dans la grange. Simon n'avait pas dit quoi.

Une heure s'est écoulée à la faible luminosité de ma montre.

Puis j'ai entendu, vaguement, un bruit qui ressemblait à une porte en train de se fermer, suivi de pas dans l'escalier, et quelques secondes plus tard, j'ai vu Simon gagner la grange.

Il n'a pas levé la tête.

Et il n'est pas ressorti de la grange. Il s'y trouvait avec Sorley et Condon, et s'il avait gardé le téléphone, en étant assez idiot pour le régler sur une sonnerie audible, l'appeler pourrait le mettre en danger. Encore que le bien-être de Simon ne m'importait pas vraiment.

En revanche, s'il avait laissé le téléphone à Diane, c'était le moment.

J'ai composé le numéro.

« Oui », a-t-elle dit — c'est bien Diane qui a répondu — puis, avec une modulation indiquant une question : « Oui ? »

Elle parlait d'une voix faible, essoufflée. Ses deux syllabes suffisaient pour avancer un diagnostic.

« Diane, c'est moi. Tyler. »

J'essayais de contrôler les battements furieux de mon cœur . on aurait dit qu'une porte venait d'être ouverte dans mon torse.

« Tyler, a-t-elle dit. Ty... Simon m'a dit que tu appellerais peut-être. »

J'ai dû tendre l'oreille pour comprendre ce qu'elle disait. Ses mots n'avaient pas de force, venaient de la gorge et de la langue, pas de la poitrine. Ce qui correspondait à l'étiologie du SDCV. La maladie affectait d'abord les poumons, puis le cœur, en une attaque coordonnée d'une efficacité quasi militaire. Le tissu pulmonaire lésé et œdémateux transmettait moins d'oxygène au cœur, celui-ci, privé d'oxygène, pompait le sang avec moins d'efficacité. Les bactéries du SDCV exploitaient ces deux faiblesses et s'enfonçaient plus profondément dans le corps à chacune des laborieuses respirations.

« Je ne suis pas loin, ai-je dit. Je suis vraiment tout près, Diane.

— Tout près. Je peux te voir ? »

J'ai voulu creuser un trou dans le mur. « Bientôt. Promis. Il faut qu'on te sorte de là. Qu'on te trouve de l'aide. Qu'on te retape. »

J'ai entendu plusieurs inhalations angoissées et me suis demandé si elle avait cessé de me prêter attention. Puis elle a dit : « J'ai cru voir le soleil...

— Ce n'est pas la fin du monde. Pas encore, du moins.

— Ah bon ?

— Non.

— Simon.

— Oui ?

— Il va être tellement déçu.

— Tu souffres du SDCV, Diane. C'est presque à coup sûr ce qu'avait la famille McIsaac. Ils ont eu la sagesse de se faire soigner. C'est une maladie curable. » Je n'ai pas ajouté *jusqu'à un certain point* ou *tant que la maladie n'a pas atteint son stade terminal.* « Mais il faut qu'on te sorte d'ici.

— Tu m'as manqué.

— Toi aussi. Tu comprends ce que je dis ?

— Oui.

— Tu es prête à partir ?

— Si le moment vient...

— Il est tout proche. Repose-toi, en attendant. Mais il faudra peut-être se dépêcher. Tu comprends, Diane ?

— Simon, a-t-elle dit d'une voix éteinte. Il sera si déçu.

— Tu te reposes, et je... »

Mais je n'ai pas eu le temps de terminer.

Une clé a cliqueté dans la serrure. J'ai refermé le téléphone que j'ai fourré dans ma poche. La porte s'est ouverte sur Aaron Sorley, un fusil à la main, essoufflé comme s'il avait monté les escaliers en courant. Sa silhouette se découpait sur la vague lumière du couloir.

J'ai reculé jusqu'à avoir les épaules plaquées au mur.

« Votre plaque d'immatriculation dit que vous êtes médecin, a-t-il lancé. C'est vrai ? »

J'ai hoché la tête.

« Alors suivez-moi. »

Sorley m'a fait descendre les escaliers puis sortir par la porte de derrière et gagner la grange.

Plus marquée et plus petite que dans mon souvenir, la lune, teintée d'ambre par la lumière du soleil gibbeux, s'était élevée à l'est au-dessus de l'horizon. L'air nocturne m'enivrait presque de sa fraîcheur. Je l'ai inspiré à fond. Le soulagement a duré jusqu'à ce que Sorley ouvre tout grand la porte de la grange, permettant à une grossière puanteur animale d'en jaillir : une odeur d'abattoir mêlant sang et excréments.

« Entrez », a dit Sorley en me poussant de sa main libre.

La lumière provenait d'une grosse ampoule aux halogénures suspendue par son fil au-dessus d'une stalle ouverte. Un groupe électrogène cliquetait dans une enceinte quelque part à l'arrière, évoquant un motocycliste emballant au loin le moteur de sa machine.

Debout à l'extrémité ouverte de l'enclos, Dan Condon plongeait les mains dans un seau d'eau fumante. Il a levé les yeux à notre entrée. Il a froncé les sourcils, son visage était d'une géographie austère sous l'unique source de lumière, mais m'a paru moins intimidant que dans mon souvenir. Il semblait même diminué, décharné, voire malade, dans les prémices du SDCV. « Referme cette porte », a-t-il ordonné.

Aaron a repoussé le battant. À quelques pas de Condon, Simon me décochait des regards nerveux.

« Approchez, a dit Condon. Nous avons besoin de votre aide. Et peut-être de vos compétences médicales. »

Dans l'enclos, sur une litière de paille crasseuse, une maigre génisse essayait de vêler.

Elle était allongée, sa croupe osseuse sortant de la stalle, avec la queue attachée au cou par un bout de ficelle afin de ne pas gêner. Son sac amniotique saillait de sa vulve, et des mucosités ensanglantées tachaient la paille entourant l'animal.

« Je ne suis pas vétérinaire, ai-je lancé.

— Je sais », a répliqué Condon, une hystérie réprimée dans le regard, celui d'un homme qui a organisé une fête mais la voit lui échapper, les invités perdant la tête, les voisins se plaignant, les bouteilles d'alcool volant par les fenêtres comme des obus de mortiers. « Mais nous avons besoin de deux autres mains. »

Tout ce que je savais sur le bétail et le vêlage, je le tenais des histoires que m'avait racontées Molly Seagram sur la vie dans la ferme de ses parents. Aucune de ces histoires n'avait été spécialement agréable. Au moins Condon s'était-il équipé de ce que je me souvenais être les ustensiles de base : de l'eau chaude, du désinfectant, des chaînes obstétriques et un grand flacon d'huile minérale, déjà taché d'empreintes de main sanglantes.

« C'est un croisement d'angeln, de rouge danoise et de rouge bélarusse, pour ne parler que de sa lignée récente, m'a informé Condon. Mais les croisements augmentent les risques de dystocie. C'est ce que disait frère Geller. Le mot "dystocie" signifie "accouchement difficile". Les hybrides ont souvent du mal à vêler. Elle est en travail depuis presque quatre heures. Il faut extraire le fœtus. »

Cordon a prononcé tout cela d'une voix monotone et distante, comme quelqu'un donnant un cours à une classe d'imbéciles. Mon identité ou la manière dont j'étais arrivé là semblait n'avoir aucune importance, seule comptait ma disponibilité, la possibilité pour moi de l'aider.

« Il me faut de l'eau, ai-je dit.

— Il y a un seau pour se nettoyer.

— Je ne parlais pas de cela. Je n'ai rien eu à boire depuis hier soir. »

Condon a marqué un temps d'arrêt comme pour traiter l'information. Il a ensuite hoché la tête. « Simon. Occupe-t'en. »

Simon semblait le garçon de course du trio. Il a baissé la tête en disant : « Je vais aller te chercher à boire, Tyler, pas de problème » avant, sans cesser un instant de fuir mon regard, de sortir par la porte que Sorley venait de lui rouvrir.

Condon s'est retourné vers l'enclos à bétail dans lequel haletait la génisse épuisée, les flancs ornés de mouches très occupées. Deux d'entre elles se sont retrouvées sur les épaules de Condon sans qu'il s'en aperçoive. Il a inondé ses mains d'huile minérale et s'est accroupi pour élargir la vulve de la génisse, le visage tordu en un mélange d'enthousiasme et de dégoût. Mais à peine avait-il commencé que le veau s'est présenté dans un autre flot de sang et de fluides, la tête émergeant à peine malgré les contractions désespérées de la génisse. Le veau était trop gros. Molly m'avait parlé de ce problème... moins gênant qu'une présentation par le siège ou un blocage au flanc, mais difficile à gérer.

Cela n'arrangeait rien que la génisse soit manifestement malade, bavant un mucus verdâtre et peinant à respirer même lorsque les contractions se calmaient. Je me suis demandé si je devais en toucher un mot à Condon ou pas. Son veau divin était tout aussi manifestement contaminé.

Mais le pasteur Dan n'en savait rien ou ne s'en souciait pas. Condon était tout ce qu'il restait de l'aile dispensationnaliste du Tabernacle du Jourdain, une Église à lui tout seul, réduite à deux paroissiens, Sorley et Simon, et je ne pouvais qu'imaginer à quel point sa foi avait dû être solide pour le soutenir jusqu'à la fin du monde. Il a dit de cette même voix d'hystérie refrénée : « Le veau, le veau est rouge... Aaron, regarde le veau. »

Le fusil à la main, Aaron Sorley s'est éloigné de la porte pour venir regarder dans l'enclos. Le veau était en effet rouge. Couvert de sang. Et atone.

« Il respire ? a demandé Sorley.

— Il le fera », a affirmé Condon. Il semblait absorbé, comme s'il savourait l'instant, ce moment qu'il prenait sincèrement pour le pivot grâce auquel le monde accéderait à l'éternité. « Mettez les chaînes autour des paturons, vite. »

Sorley m'a jeté un regard qui valait aussi avertissement — *ne vous avisez pas de dire un putain de mot* — et nous avons suivi les instructions, nous activant au point d'avoir du sang jusqu'aux coudes. La mise bas d'un veau trop gros est à la fois brutale et absurde, mélange de biologie et de force brute. Elle nécessite au moins deux hommes d'une force raisonnable pour tirer sur les chaînes obstétriques. Ces tractions devaient être synchronisées avec les contractions de la mère si on ne voulait pas risquer de l'éviscérer.

Mais cette vache était faible à mourir, et on ne pouvait désormais douter que son petit, dont la tête pendait sans vie, serait mort-né.

J'ai regardé Sorley, qui m'a rendu mon regard. Ni lui ni moi n'avons prononcé un mot. Condon a dit : « Il faut d'abord le sortir. Ensuite, on le réanimera. »

Un peu d'air frais nous est parvenu par la porte de la grange : Simon revenait avec une bouteille d'eau de source. Il nous a regardés, puis le mort-né à moitié libéré, avec un visage d'une pâleur saisissante.

« J'ai ta boisson », a-t-il réussi à articuler.

La génisse est arrivée au bout d'une autre contraction faible et improductive. J'ai lâché la chaîne. Condon a dit : « Buvez, fils. Après on continue.

— Il faut que je me nettoie. Que je me lave au moins les mains.

— Il y a de l'eau propre et chaude près des balles de foin. Mais dépêchez-vous. » Il serrait les paupières, fermait les yeux sur la bataille opposant sa foi au sens commun.

Je me suis rincé et désinfecté les mains. Sorley m'observait avec attention. Ses mains à lui tenaient la chaîne obstétrique, mais son fusil était posé à proximité contre une paroi de la stalle.

Lorsque Simon m'a tendu la bouteille, je me suis penché vers lui : « Je ne peux pas aider Diane sans la sortir d'ici. Tu comprends ? Et je ne peux pas la sortir d'ici sans *ton* aide. Il nous faut un véhicule fiable avec le réservoir plein, et il nous faut Diane dans ce véhicule, de préférence avant que Condon s'aperçoive que le veau est mort. »

Simon a sursauté. « Il est vraiment mort ? » a-t-il demandé… trop fort, mais ni Sorley ni Condon n'ont semblé l'entendre.

« Il ne respire pas. La génisse est elle-même quasi morte.

— Mais le veau, il est rouge ? Partout ? Sans tache blanche ou noire ? Uniformément rouge ?

— Bordel, Simon, même s'il était aussi rouge qu'un camion de pompiers, ça n'aiderait pas Diane. »

Il m'a regardé comme si je venais de lui annoncer que son chien s'était fait écraser. Je me suis demandé à quel moment il avait échangé sa débordante confiance en lui-même contre cette confusion déconcertée, si cela s'était passé d'un coup ou si la joie l'avait déserté grain à grain, comme dans un sablier.

« Parle-lui, ai-je dit, si tu en as besoin. Demande-lui si elle veut bien partir. »

Encore fallait-il qu'il reste à Diane assez de force pour lui répondre. Qu'elle se souvienne de notre discussion.

« Je l'aime davantage que la vie elle-même », a-t-il affirmé.

Condon a appelé : « Venez, nous avons besoin de vous ! »

J'ai vidé la moitié de la bouteille pendant que Simon me regardait, les larmes lui montant aux yeux. L'eau était propre, pure, délicieuse.

Puis j'ai rejoint Sorley aux chaînes obstétriques, tirant au rythme des spasmes de plus en plus faibles de la génisse pleine.

Nous avons fini par extraire le veau autour de minuit, et il est resté tout emmêlé sur la paille, les pattes avant coincées sous son corps flasque, sans la moindre vie dans ses yeux injectés de sang.

Condon est resté penché quelques instants sur le petit corps. Puis il m'a demandé : « Vous pouvez y faire quelque chose ?

— Je ne peux pas le ressusciter des morts, si c'est ce que vous voulez dire. »

Sorley m'a jeté un regard de mise en garde, comme pour dire : Ne le torturez pas, c'est déjà assez dur.

Je me suis approché discrètement de la porte de la grange. Simon avait disparu une heure plus tôt, alors que nous nous battions encore contre un flot de sang hémorragique qui avait inondé la paille déjà trempée, nos vêtements, nos bras et nos mains. Par l'entrebâillement de la porte, j'ai vu du mouvement autour de la voiture — la mienne — et entraperçu un tissu à carreaux, peut-être la chemise de Simon.

Il faisait quelque chose dehors. J'espérais savoir quoi.

Le regard de Sorley est passé du veau mort au pasteur Dan Condon avant de revenir se poser sur l'animal. Sorley se caressait la barbe sans se rendre compte qu'il la maculait de sang. « Peut-être que si on le brûlait... », a-t-il dit.

Condon l'a foudroyé d'un regard désespéré.

« Mais peut-être », a dit Sorley.

Puis Simon a ouvert en grand les portes de la grange, laissant pénétrer une bouffée d'air frais. Nous nous sommes retournés pour le regarder. Au-dessus de son épaule brillait une lune étrangère aux trois quarts pleine.

« Elle est dans la voiture, a-t-il annoncé. Prête à partir. » Il me parlait mais en regardant Sorley et Condon dans les yeux, les mettant presque au défi de réagir.

Le pasteur Dan s'est contenté de hausser les épaules, comme si ces sujets temporels avaient perdu toute pertinence.

J'ai regardé frère Aaron. Celui-ci s'est penché vers le fusil.

« Je ne peux pas vous en empêcher, a-t-il dit. Mais je vous raccompagne jusqu'à la porte. »

Il s'est arrêté à mi-chemin pour froncer les sourcils. Il semblait essayer de démêler la suite d'événements qui l'avait conduit jusque-là, chacun menant inexorablement au suivant avec la même logique qu'une marche d'escalier mène à l'autre, et pourtant, et pourtant...

Sa main est retombée le long de son flanc. Il s'est tourné vers le pasteur Dan.

« Je pense que si on le brûlait quand même, ça fonctionnerait. »

Sans regarder en arrière, je suis allé rejoindre Simon à la porte de la grange. Sorley aurait pu changer d'avis, prendre son fusil et viser. Je n'étais plus tout à fait capable de m'en soucier.

« Peut-être en le brûlant dans la nuit, l'ai-je entendu dire. Avant que le soleil se lève à nouveau. »

« Tu conduis, a décrété Simon quand nous sommes arrivés à la voiture. Il y a de l'essence dans le réservoir et des jerrycans pleins dans le coffre. Et aussi un peu de nourriture et des bouteilles d'eau. Tu conduis pendant que je reste à l'arrière pour m'occuper de Diane. »

J'ai démarré et remonté doucement la colline. Après avoir franchi la clôture et la haie d'ocotillos éclairés par la lune, j'ai pris la direction de l'autoroute.

Spin

Par sécurité, je me suis éloigné de quelques kilomètres du ranch Condon avant d'arrêter la voiture et de dire à Simon d'en descendre.

« Quoi ? Ici ?

— J'ai besoin d'examiner Diane. J'ai besoin que tu ailles prendre la torche électrique dans le coffre et que tu me la tiennes. D'accord ? »

Il a hoché la tête, les yeux écarquillés.

Diane n'avait pas prononcé le moindre mot depuis la ferme. Elle était restée allongée sur la banquette arrière, la tête sur les genoux de Simon, à inspirer et expirer. Sa respiration avait constitué la principale source de bruit dans l'habitacle.

La torche à la main, Simon a attendu que j'ôte mes vêtements trempés de sang et procède à une toilette aussi minutieuse que possible — une bouteille d'eau minérale avec un peu d'essence pour décaper la saleté, une autre bouteille pour me rincer. J'ai ensuite pris dans mes bagages un Levi's et un sweat-shirt propres que j'ai enfilés, ainsi qu'une des paires de gants en latex contenues dans ma trousse. J'ai vidé d'un seul trait une troisième bouteille d'eau. Puis j'ai dit à Simon d'éclairer Diane pendant que je l'examinais.

Elle était plus ou moins consciente, mais trop affaiblie pour prononcer une phrase vraiment cohérente. Je ne l'avais jamais vue d'une telle minceur, presque anorexique. Elle avait une fièvre dangereusement élevée, trop de tension, le pouls trop rapide, et lorsque je l'ai auscultée, ses poumons produisaient un bruit d'enfant aspirant son milk-shake par une paille étroite.

J'ai réussi à lui faire avaler un peu d'eau et une aspirine. J'ai ensuite déchiré l'emballage stérile d'une seringue hypodermique.

« Qu'est-ce que c'est ? a voulu savoir Simon.

— Un antibiotique polyvalent. » J'ai désinfecté la saignée du coude de Diane avant, non sans difficulté, d'y localiser une veine. « Il va t'en falloir aussi. » Tout comme à moi. Le sang de la génisse contenait indubitablement des bactéries du SDCV vivantes.

« Est-ce que cela va la guérir ?

— J'ai bien peur que non, Simon. Il y a un mois, peut-être que cela aurait suffi. Plus maintenant. Elle a besoin de soins médicaux.

— Tu es médecin.

— Certes, mais je ne suis pas un hôpital.

— Alors on peut peut-être l'emmener à Phoenix. »

J'y ai réfléchi. Toute mon expérience des scintillements m'amenait à penser qu'un hôpital urbain serait au mieux submergé, au pire réduit en ruines fumantes. Mais je pouvais me tromper.

J'ai sorti mon téléphone dont j'ai parcouru la mémoire pour retrouver un numéro dont je ne me souvenais plus vraiment.

« Qui appelles-tu ? a demandé Simon.

— Quelqu'un que je connaissais. »

Colin Hinz et moi avions partagé une chambre à la fac de Stony Brook et étions plus ou moins restés en contact depuis. Aux dernières nouvelles, il avait des responsabilités à l'hôpital St Joseph de Phoenix. Cela valait le coup d'essayer... tout de suite, avant que le soleil se lève et brouille à nouveau les communications pour la journée.

J'ai essayé son numéro personnel. La sonnerie a retenti longtemps, mais il a fini par décrocher en disant · « Y a intérêt que ce soit important. »

Je me suis identifié et lui ai dit me trouver à environ une heure de Phoenix avec une personne en besoin urgent de soins médicaux — une personne qui m'était proche.

Colin a soupiré. « Je ne sais pas quoi te dire, Tyler. St Joseph est ouvert, et j'ai entendu dire que la clinique Mayo à Scottsdale aussi, mais eux comme nous ne fonctionnons qu'avec un personnel minimum. Les informations que nous avons reçues sur les autres hôpitaux sont contradictoires. Mais tu n'obtiendras des soins rapides nulle part, et diable, sûrement pas ici. Nous avons des tas de gens devant nos portes, blessures par armes à feu, tentatives de suicide, accidents de voiture, crises cardiaques et tout ce que tu voudras. Avec des flics qui montent la garde à l'entrée pour les empêcher de s'en prendre aux urgences. Ta patiente est dans quel état ? »

Je lui ai indiqué que Diane se trouvait à un stade avancé du SDCV et ne devrait pas tarder à avoir besoin d'assistance respiratoire.

« Où est-ce qu'elle a chopé le SDCV, bordel ? Non, peu importe. Franchement, je t'aiderais si je pouvais, mais nos infirmières ont passé la nuit à faire du triage sur le parking et je ne peux pas te promettre qu'elles traiteraient ta patiente en priorité, même si je le leur demandais. En fait, il est même quasi certain qu'aucun médecin n'évaluerait son état avant vingt-quatre heures. Si nous vivons jusque-là.

— Je *suis* médecin, tu as oublié ? J'ai juste besoin d'un peu d'équipement pour m'occuper d'elle. Solution de Ringer, canules de Guedel, oxygène...

— Je ne voudrais pas avoir l'air sans cœur, mais nous pataugeons dans le sang, ici... On peut se demander si cela vaut vraiment le coup, vu les événements actuels, de s'occuper d'une patiente au stade terminal du SDCV. Si tu as ce qu'il faut pour qu'elle ne souffre pas...

— Je ne veux pas juste l'empêcher de souffrir. Je veux lui sauver la vie.

— D'accord... mais ce que tu as décrit est un stade terminal, ou alors j'ai mal compris. » En fond sonore, j'entendais d'autres voix réclamer son attention, brouhaha généralisé de misère humaine.

« Il faut que je l'emmène quelque part, ai-je dit, et j'ai besoin qu'elle y arrive vivante. J'ai davantage besoin de fournitures médicales que d'un lit.

— Nous n'avons rien dont nous pouvons nous passer. Dis-moi s'il y a quoi que ce soit d'autre que je puisse faire pour toi. Sinon, je suis désolé, mais j'ai du travail. »

J'ai réfléchi à toute vitesse. « D'accord, Colin, mais les fournitures médicales... tu ne saurais pas où je peux trouver du Ringer ? C'est tout ce que je demande.

— Eh bien...

— Eh bien, quoi ?

— Mmmh... Je ne devrais pas te le dire, mais St Joseph a passé un accord avec la ville dans le cadre du plan d'urgence civil. Il y a un grossiste médical appelé Novaprod dans la banlieue nord. » Il m'a donné une adresse et la direction approximative. « Les autorités l'ont placé sous la protection d'une unité de la garde nationale. C'est notre principale source de médicaments et de fournitures médicales.

— Ils me laisseraient entrer ?

— Si je les appelle pour leur annoncer ton arrivée, et si tu peux leur présenter des papiers d'identité.

— Fais ça pour moi, Colin. S'il te plaît.

— Je le ferai si j'arrive à obtenir une ligne extérieure. On ne peut pas compter sur le téléphone.

— Si je peux te renvoyer l'ascenseur...

— Possible. Tu travaillais dans l'aérospatiale, non ? À Périhélie ?

— Oui, mais plus depuis un moment.

— Tu peux me dire combien de temps cela va encore

durer ? » Il avait presque chuchoté la question, et j'entendais soudain la fatigue dans sa voix, la peur non avouée. « Je veux dire, quelle que soit la fin ? »

Je me suis excusé en lui indiquant que je n'en avais tout simplement pas la moindre idée... et je ne pensais pas que quiconque à Périhélie en saurait davantage.

Il a soupiré. « D'accord. C'est juste que je trouve irritant de savoir qu'on risque de traverser tout ça pour brûler dans deux jours sans savoir à quoi rimait cette histoire.

— J'aimerais pouvoir te fournir une réponse. »

À l'autre bout de la ligne, quelqu'un a commencé à appeler Colin. « J'aimerais beaucoup de choses, a-t-il dit. Faut que j'y aille, Tyler. »

Je l'ai remercié avant de couper la communication.

Quelques heures nous séparaient encore de l'aube.

Simon était resté à quelques mètres de la voiture, les yeux levés vers les étoiles, à faire semblant de ne pas écouter. Je l'ai rappelé d'un geste. « Il faut qu'on y aille », lui ai-je lancé.

Il a hoché la tête avec docilité. « Tu as trouvé de l'aide pour Diane ?

— Plus ou moins. »

Il a accepté cette réponse sans demander de détails. Mais avant de se pencher pour remonter en voiture, il m'a tiré par la manche : « *Regarde...* qu'est-ce que c'est, à ton avis, Tyler ? »

Il désignait l'horizon à l'ouest, sur lequel une ligne argentée décrivait un arc de cercle d'environ cinq degrés dans le ciel nocturne. Comme si quelqu'un grattait l'obscurité pour former une énorme lettre C.

« Une traînée de condensation, peut-être. D'un jet militaire.

— La nuit ? Non, pas la nuit.

— Alors je ne sais pas ce que c'est, Simon. Allez, monte... on n'a pas de temps à perdre. »

Cela a été plus rapide que prévu. Quand nous avons atteint l'entrepôt de fournitures médicales, des locaux numérotés dans un morne parc industriel, il nous restait du temps avant le lever du soleil. J'ai présenté mes papiers au type nerveux posté à l'entrée, un soldat de la garde nationale qui m'a confié à un autre soldat et à un employé civil. Ceux-ci m'ont accompagné dans les rayonnages, et quand j'y ai trouvé le matériel dont j'avais besoin, un troisième soldat m'a aidé à le transporter dans la voiture, pour battre toutefois rapidement en retraite en voyant Diane haleter sur la banquette arrière. « Bonne chance à vous », m'a-t-il souhaité d'une voix mal assurée.

J'ai pris le temps d'installer un goutte-à-goutte intraveineux, dont je me suis débrouillé pour fixer la poche au crochet portemanteau de la voiture, puis de montrer à Simon comment surveiller le débit et s'assurer que Diane n'arrache pas la perfusion dans son sommeil. (Elle ne s'était pas réveillée, même quand je lui avais enfoncé l'aiguille dans le bras.)

Simon a attendu que nous reprenions la route pour demander : « Elle est en train de mourir ? »

Mes doigts se sont crispés sur le volant. « Pas si je peux l'en empêcher.

— On l'emmène où ?

— Chez elle.

— Quoi ? À l'autre bout du pays ? Dans la maison de Carol et E.D. ?

— Voilà.

— Pourquoi là-bas ?

— Parce que là-bas, je peux l'aider.

— C'est un long voyage. Je veux dire, vu la situation actuelle.

— Oui. Cela pourrait être un long voyage. »

J'ai jeté un coup d'œil sur la banquette arrière. Simon caressait doucement la tête de Diane, ses cheveux flasques collés de sueur. Il avait les mains pâles à l'endroit où il les avait nettoyées du sang.

« Je ne mérite pas d'être avec elle, a-t-il dit. Je sais que c'est de ma faute. J'aurais pu quitter le ranch quand Teddy l'a fait. J'aurais pu lui trouver de l'aide. »

Oui, ai-je pensé. Tu aurais pu.

« Mais je croyais à ce que nous faisions. Tu ne comprends sans doute pas. Cela ne se réduisait pas au veau rouge, Tyler. J'étais certain que nous nous verrions hissés à l'impérissabilité. Qu'en fin de compte, nous serions récompensés.

— Récompensés pour quoi ?

— La foi. La persévérance. Parce que la première fois où j'ai posé les yeux sur Diane, j'ai tout de suite ressenti avec force que nous ferions partie de quelque chose de spectaculaire, même si je ne le comprenais pas complètement. Qu'un jour, elle et moi nous trouverions ensemble devant le trône de Dieu... rien de moins. “Cette génération ne passera pas que tout cela n'arrive.” *Notre* génération, même si nous n'avons pas pris un bon départ. J'admets que pendant ces rassemblements Nouveau Royaume, il se passait des choses qui me semblent maintenant honteuses. L'ivresse, la lubricité, les mensonges. Nous avons tourné le dos à tout cela, et nous avons bien fait, mais on aurait dit que le monde rapetissait un peu quand nous ne nous entourions pas de gens essayant de construire le chiliasme, même de manière imparfaite. Comme si nous avions perdu notre famille. Je me suis alors dit, eh bien, chercher la voie la plus simple et la plus propre devrait te conduire dans la bonne direction. “Par votre persévérance vous sauverez vos âmes.”

— Le Tabernacle du Jourdain.

— Il est facile d'opposer des prophéties au Spin. Luc parle de signes dans le soleil, la lune et les étoiles. Eh bien, on y est. Les puissances des cieux ébranlées. Mais ce n'est pas... ce n'est pas... »

Il a semblé perdre le fil de sa pensée.

« Comment respire-t-elle ? » En réalité, je n'avais pas besoin de poser la question : j'entendais chacune de ses inspirations, laborieuses mais régulières. Je voulais juste que Simon change de sujet.

« Pas de problèmes », a-t-il répondu. Avant d'ajouter : « Arrête-toi, s'il te plaît, Tyler. Je veux descendre. »

Nous roulions en direction de l'est. La circulation était étonnamment peu chargée sur l'interstate. Colin Hinz m'avait prévenu d'embouteillages autour de l'aéroport Sky Harbor, mais nous les avions contournés. Nous ne voyions que quelques automobiles de tourisme, même s'il y avait un certain nombre de véhicules abandonnés sur le bas-côté. « Ce n'est pas une bonne idée », ai-je répondu.

J'ai vu dans le rétroviseur Simon essuyer les larmes qui lui montaient aux yeux. Il avait, à ce moment-là, l'air aussi vulnérable et perdu qu'un gamin de dix ans à un enterrement.

« Je n'ai jamais eu que deux repères dans la vie, a-t-il expliqué. Dieu et Diane. Et je les ai trahis tous les deux. J'ai attendu trop longtemps. C'est gentil de le nier, mais elle est en train de mourir.

— Pas forcément.

— Je ne veux pas être avec elle en sachant que j'aurais pu empêcher cela. Je préférerais mourir dans le désert. Je le pense vraiment, Tyler. Je veux descendre. »

La lumière réapparaissait dans le ciel, affreuse lueur violette ressemblant davantage à celle d'une lampe fluorescente défectueuse qu'à quoi que ce soit de sain ou de naturel.

« Je m'en fiche », ai-je répliqué.

Simon m'a regardé d'un air surpris. « Quoi ?

— Je me fiche de ce que tu ressens. Il faut que tu restes avec Diane parce que nous avons un voyage difficile à faire et que je ne peux pas conduire en prenant soin d'elle. Et tôt ou tard, il faudra bien que je dorme. Si tu prends le volant de temps en temps, on n'aura besoin de s'arrêter que pour se ravitailler en nourriture et en essence. » Si on en trouvait. « Sans toi, le trajet prendra deux fois plus longtemps.

— Quelle importance ?

— Elle n'est peut-être pas en train de mourir, Simon, mais elle est bien aussi malade que tu l'imagines, et elle mourra si on ne l'aide pas. Et la seule aide que je connaisse se trouve à trois mille kilomètres d'ici.

— Le ciel et la Terre s'éteignent. On va tous mourir.

— Pour le ciel et la Terre, je n'en sais rien. Quant à Diane, je refuse de la laisser mourir tant qu'il me reste le choix.

— Je te l'envie, a doucement dit Simon.

— Quoi ? Que pourrais-tu donc m'envier ?

— Ta foi », a-t-il répondu.

Un certain optimisme était encore possible, mais seulement la nuit. Il se flétrissait à la lumière du jour.

J'ai roulé en direction de l'Hiroshima du soleil levant. J'avais cessé de m'inquiéter de la possibilité que la lumière me tue, même si elle ne pouvait guère m'être bénéfique. C'était un mystère que nous ayons survécu au premier jour... un miracle, aurait pu dire Simon. Cela incitait à faire preuve d'un certain sens pratique plutôt fruste : j'ai sorti des lunettes de soleil de la boîte à gants et j'ai essayé de garder les yeux sur la route plutôt que sur l'hémisphère de feu orangé en lévitation sur l'horizon.

La journée s'est réchauffée. L'intérieur de l'automobile aussi, malgré la climatisation surmenée. (Je la poussais au maximum pour essayer de maîtriser la température corporelle de Diane.) Quelque part entre Albuquerque et Tucumari, une grande vague d'épuisement m'a envahi. Mes paupières se fermaient toutes seules et j'ai failli percuter une borne kilométrique. Aussi me suis-je arrêté et ai-je éteint le moteur avant d'indiquer à Simon de remplir le réservoir avec les jerrycans et de se préparer à prendre le volant. Il a hoché la tête à contrecœur.

Nous avancions plus vite que je m'y attendais. La circulation avait été fluide ou inexistante, peut-être parce que les gens craignaient de se retrouver seuls sur la route. « Qu'est-ce que tu as emporté comme nourriture ? ai-je demandé à Simon qui remplissait le réservoir.

— Juste ce que j'ai pu attraper dans la cuisine. Il fallait que je me dépêche. Tu n'as qu'à regarder. »

Entre les jerrycans bosselés, les paquets de fournitures médicales et les bouteilles d'eau minérale, j'ai trouvé dans un carton trois boîtes de céréales Cheerios, deux boîtes de corned-beef et une bouteille de Pepsi light. « Nom de Dieu, Simon. »

Il a grimacé en entendant ce qu'il considérait, j'ai dû me le rappeler, comme un blasphème. « C'est tout ce que j'ai pu trouver. »

Et ni bols ni cuillères. Mais j'avais aussi faim que sommeil. J'ai dit à Simon qu'il fallait laisser le moteur refroidir, et nous en avons profité pour nous asseoir à l'ombre de la voiture aux vitres baissées, dans la brise mordante venue du désert, avec le soleil accroché dans le ciel comme en plein midi à la surface de Mercure. En guise de tasses, nous avons découpé des fonds de bouteilles de plastique vides dans lesquels nous avons mangé des Cheerios humidifiés à l'eau tiède. Cela avait l'air (et le goût) de gélatine.

J'ai donné à Simon les instructions pour l'étape suivante, lui ai rappelé de brancher la climatisation une fois en mouvement, et lui ai ordonné de me réveiller s'il voyait le moindre ennui devant nous sur la route.

Puis je me suis occupé de Diane. L'intraveineuse et les antibiotiques semblaient lui avoir redonné des forces, mais juste un peu. Elle a ouvert les yeux et prononcé mon nom après que je lui ai fait boire un peu d'eau. Elle a accepté quelques cuillerées de Cheerios mais a détourné la tête ensuite. Elle avait les joues creuses, le regard apathique et distrait.

« Tiens le coup, ai-je dit. Accroche-toi encore un peu, Diane. » J'ai ajusté son goutte-à-goutte. Je l'ai aidée à se redresser, les jambes hors de la voiture, pour expulser un peu d'urine brunâtre. Puis je l'ai essuyée et lui ai échangé sa culotte sale contre un slip en coton propre pris dans ma valise.

Lorsqu'elle a été réinstallée confortablement, j'ai fourré une couverture dans l'interstice séparant les sièges avant et arrière afin d'avoir un endroit où m'étendre sans la déranger. Simon n'avait sommeillé que brièvement pendant que je conduisais, il devait être aussi épuisé que moi... mais il n'avait pas pris de coup de crosse. L'endroit frappé par frère Aaron était enflé et j'entendais des bourdonnements dès que je posais les doigts à proximité.

Simon a observé tout cela à quelques mètres de distance avec une expression boudeuse, peut-être même jalouse. Lorsque je l'ai appelé, il a hésité et regardé le désert salant d'un air de regret, les yeux plongés au cœur de rien du tout.

Puis il est revenu à grandes foulées, s'est baissé et installé au volant.

Je me suis serré dans ma niche derrière les sièges avant. Diane semblait inconsciente mais avant de m'endormir, j'ai senti sa main presser la mienne.

Quand je me suis réveillé, il faisait nuit à nouveau et Simon s'était arrêté pour changer de place avec moi.

Je suis descendu de voiture pour m'étirer. J'avais toujours des lancinements à la tête et ma colonne vertébrale me donnait l'impression de s'être coincée dans une déformation gériatrique définitive, mais j'étais plus éveillé que Simon, qui s'est traîné à l'arrière où il s'est aussitôt endormi.

J'ignorais où nous étions, sinon en train de rouler vers l'est sur l'I-40, dans un paysage moins aride, des champs irrigués s'étendant de chaque côté de la route sous l'éclat cramoisi de la lune. Je me suis tout d'abord assuré que Diane était bien installée et respirait sans problème, puis j'ai laissé les portières avant et arrière ouvertes quelques minutes pour évacuer les mauvaises odeurs, la puanteur de maladie mêlée à un soupçon de sang et d'essence. Ensuite, je me suis mis au volant.

Les étoiles au-dessus de la route étaient d'une rareté désespérante et impossibles à identifier. J'ai pensé à Mars. Était-elle toujours entourée d'une membrane Spin ou avait-elle, comme la Terre, retrouvé sa liberté ? Mais je ne savais pas où regarder dans le ciel et même si j'avais su, je ne pense pas que cela m'aurait permis de répondre. En revanche j'ai vu — je n'ai pas pu m'en empêcher — l'énigmatique ligne argentée que Simon m'avait montrée en Arizona, celle que j'avais prise pour une traînée de condensation. On la voyait encore mieux, ce soir-là. De l'horizon à l'ouest, elle avait migré presque jusqu'au zénith, et la courbe peu accentuée était devenue un ovale, une lettre O aplatie.

Le ciel que je regardais était trois milliards d'années plus âgé que celui que j'avais vu pour la dernière fois sur la pelouse de la Grande Maison. J'ai pensé qu'il pouvait abriter toutes sortes de mystères.

Une fois en mouvement, j'ai essayé la radio de bord, restée complètement muette depuis la nuit précédente. Je n'ai rien capté de numérique, mais j'ai fini par trouver une station locale sur la bande FM — le genre de station de petite ville consacrée en général à la musique country et au christianisme, mais qui ne diffusait ce soir-là que des paroles. J'ai beaucoup appris avant que le signal finisse par se fondre dans le bruit.

J'ai appris, déjà, que nous avions bien fait d'éviter les grandes villes, devenues zones sinistrées… non à cause du pillage et de la violence (il y en avait eu étonnamment peu) mais de l'effondrement catastrophique des infrastructures. L'ascension du soleil rouge avait tellement ressemblé à la mort de la Terre, prédite depuis si longtemps, que beaucoup de gens étaient tout simplement restés chez eux pour mourir avec leur famille, si bien que les centres urbains se sont retrouvés avec des effectifs minimaux dans la police et les pompiers, et un manque cruel de personnel dans les hôpitaux. La minorité ayant cherché à mourir par l'intermédiaire d'armes à feu ou de doses excessives d'alcool, de cocaïne, d'OxyContin ou d'amphétamines, avait involontairement provoqué les problèmes les plus immédiats en laissant allumé leur four à gaz, en perdant conscience au volant ou en lâchant leur cigarette au moment de rendre l'âme. Lorsque la moquette commençait à fumer ou que les rideaux s'embrasaient, personne n'appelait les secours, et dans bien des cas, il n'y avait personne pour répondre à ces appels. Les incendies domestiques s'étaient rapidement étendus à tous les quartiers.

Quatre grandes volutes de fumées montaient au-dessus d'Oklahoma City, d'après le présentateur du journal, et les rapports téléphoniques affirmaient que la plus grande partie du sud de Chicago était déjà réduite en cendres. Chaque grande ville du pays — du moins celles dont on recevait des nouvelles — annonçait au moins un ou deux grands incendies hors de contrôle.

Mais la situation s'améliorait, au lieu de se détériorer. Dans la journée, il avait commencé à sembler possible que l'espèce humaine puisse survivre au moins encore quelques jours, si bien qu'un plus grand nombre de pompiers et autres employés des services essentiels avaient regagné leur poste. (L'inconvénient étant que les gens commençaient à s'inquiéter de leur réserve de provisions, d'où un accroissement des pillages d'épiceries.) On préconisait à toute personne *non* indispensable de ne pas encombrer les routes — ce message, déjà transmis avant l'aube sur le système de diffusion d'urgence et par chaque station radio ou chaîne de télé encore en fonctionnement, se voyait répété ce soir-là. Voilà pourquoi la circulation avait été plutôt clairsemée sur l'interstate. J'avais croisé quelques patrouilles militaires ou policières, mais sans qu'aucune ne nous porte le moindre intérêt, sans doute à cause de mes plaques d'immatriculation — comme la plupart des États, la Californie avait entrepris, après le premier scintillement, de fournir des autocollants de plaque « Urgence médicale » à tous les médecins.

Les actions de police restaient sporadiques. L'armée régulière n'avait pas vraiment souffert, malgré quelques désertions, mais les unités de réserve et celles de la garde nationale avaient perdu l'essentiel de leurs effectifs et ne pouvaient pas remplacer les autorités locales. Le courant électrique était tout aussi sporadique, la plupart des centrales manquant de personnel pour assurer un fonctionnement normal, et des pannes électriques commençaient à se répandre sur le réseau. La rumeur voulait que deux centrales nucléaires aient frôlé la fusion définitive, celles de San Onofre en Californie et de Pickering au Canada, mais ces incidents n'avaient pas été confirmés.

La radio a ensuite listé les dépôts de nourriture locaux désignés et les hôpitaux encore ouverts (avec le temps d'attente estimé pour le triage), puis conseillé ses auditeurs sur la manière d'effectuer les premiers soins à domicile. Elle a enchaîné avec un avis de la météorologie nationale déconseillant toute exposition prolongée au soleil. Sa lumière ne semblait pas instantanément mortelle, mais un niveau excessif d'ultraviolets pouvait provoquer « des problèmes à long terme », comme elle a dit, ce qui m'a paru aussi triste que drôle.

J'ai capté d'autres émissions de radio ici ou là, mais le soleil les a toutes noyées de bruit dès son lever

L'aube, nuageuse, m'a permis de ne pas conduire directement dans l'éclat du soleil, mais même ce lever voilé était d'une étrangeté intimidante. Toute la moitié orientale du ciel s'est transformée en bouillon de lumière rouge, aussi envoûtant à sa manière que les braises d'un feu de camp à l'agonie. De temps en temps, les nuages s'entrouvraient pour laisser des doigts de lumière ambre venir sonder la terre. Mais à midi, la couverture nuageuse s'était épaissie et la pluie s'est mise à tomber moins d'une heure plus tard : une pluie brûlante, sans vie, qui a recouvert l'autoroute et reflété les couleurs malsaines du ciel.

Ce matin-là, j'avais vidé le dernier jerrycan d'essence dans le réservoir, et quelque part entre Cairo et Lexington, l'aiguille de la jauge a commencé à donner d'inquiétants signes de faiblesse. J'ai réveillé Simon à qui j'ai expliqué le problème en précisant que je m'arrêterai à la prochaine station-service... puis à la suivante, et ainsi de suite jusqu'à ce qu'on en trouve une qui nous vende de l'essence.

La première station était une petite franchise familiale de quatre pompes située à cinq cents mètres de l'autoroute. La partie supérette n'était pas éclairée et les pompes sans doute mortes, mais je m'y suis quand même arrêté, je suis descendu de voiture et j'ai décroché un pistolet.

Un homme coiffé d'une casquette Bengals et tenant un fusil de chasse au creux du coude est arrivé de derrière le bâtiment. « Marche pas », a-t-il annoncé.

J'ai raccroché le pistolet. « Plus d'électricité ?

— Exact.

— Pas de générateur de secours ? »

Il a haussé les épaules et s'est approché. Simon a commencé à descendre de voiture, mais je lui ai fait signe de rester à l'intérieur. L'homme en casquette Bengals — la trentaine et quinze kilos de trop — a regardé le goutte-à-goutte accroché au siège arrière avant de jeter un coup d'œil à ma plaque d'immatriculation. C'était une plaque californienne, ce qui n'a sans doute pas ajouté à mon crédit, mais l'autocollant « Urgence médicale » était tout à fait visible. « Vous êtes docteur ?

— Tyler Dupree. Généraliste.

— Excusez-moi de ne pas vous serrer la main. C'est votre femme, à l'arrière ? »

J'ai répondu oui, c'était plus simple qu'une explication. Simon m'a jeté un coup d'œil, mais ne m'a pas contredit.

« Vous avez des papiers prouvant que vous êtes médecin ? Parce que sans vouloir vous offenser, il y a eu pas mal de voitures volées ces deux derniers jours. »

J'ai sorti mon portefeuille que j'ai jeté à ses pieds. Il l'a ramassé et ouvert sur ma carte d'identité. Il a ensuite sorti des lunettes de sa poche de poitrine avant de regarder à nouveau Il a fini par me rendre le portefeuille et me tendre la main. « J'espère que vous ne m'en voulez pas, Dr Dupree. Je m'appelle Chuck Bernelli. Si c'est juste d'essence dont vous avez besoin, je vais rebrancher les pompes. S'il vous faut autre chose, ça ne me prendra qu'une minute pour ouvrir le magasin.

— J'ai besoin d'essence. Des vivres, ce serait bien, mais je n'ai pas beaucoup de liquide sur moi.

— Au diable le liquide. Nous sommes fermés pour les criminels et les ivrognes, et la route n'en manque pas en ce moment, mais ouverts vingt-quatre heures sur vingt-quatre pour l'armée et la police des autoroutes. Et les médecins. Du moins tant qu'il nous reste de l'essence. J'espère que votre femme n'est pas trop gravement atteinte.

— Ça ira si je peux arriver à destination.

— L'hôpital Lexington V.A. ? Ou le Samaritan ?

— Un peu plus loin que ça. Elle a besoin de soins spéciaux. »

Il a jeté un nouveau coup d'œil à la voiture. Simon avait baissé les vitres pour laisser entrer de l'air frais. La pluie s'écrasait sur le véhicule poussiéreux et l'asphalte aux flaques huileuses. Voyant Diane se retourner et tousser dans son sommeil, Bernelli a froncé les sourcils.

« Bon, je vais rebrancher les pompes. Vous n'avez pas de temps à perdre. »

Nous sommes repartis avec un peu d'épicerie qu'il avait réunie pour nous : quelques conserves de soupe, une boîte de biscuits salés, un ouvre-boîtes sous son blister en plastique. Mais il n'a pas voulu approcher de la voiture.

La toux déchirante et intermittente constitue un des symptômes habituels du SDCV. La bactérie se montre presque rusée dans sa manière de préserver ses victimes, d'éviter de les plonger dans une pneumonie catastrophique, même si c'est par ce moyen qu'elle finit par les tuer… ou par une grosse insuffisance cardiaque. J'avais pris une bonbonne d'oxygène, un robinet de purge et un masque chez le grossiste de la banlieue de Phoenix, et quand Diane a commencé à trop tousser pour arriver à respirer — au bord de la panique, elle se noyait dans ses expectorations et roulait des yeux — j'ai dégagé du mieux que je pouvais ses voies respiratoires avant de lui maintenir le masque à oxygène sur le nez et la bouche pendant que Simon conduisait.

Elle a fini par se calmer et retrouver des couleurs, ce qui lui a permis de se rendormir. Je suis resté avec elle pendant qu'elle se reposait, sa tête fiévreuse nichée sur mon épaule. La pluie, désormais déluge incessant, nous ralentissait. De grandes gerbes d'eau jaillissaient dans notre sillage à chaque creux de la route. Le soir venu, la lumière s'est réduite à des charbons ardents sur l'horizon.

Il n'y avait d'autre bruit que le martèlement de la pluie sur le toit, et je me suis contenté de l'écouter jusqu'à ce que Simon s'éclaircisse la gorge pour demander : « Tu es athée, Tyler ?

— Pardon ?

— Je ne veux pas me montrer grossier, mais je me demandais si tu te considérais comme athée ? »

Je ne savais pas trop de quelle manière répondre. Simon avait été utile — indispensable — pour nous conduire aussi loin. Mais il avait aussi attelé son wagon intellectuel à une équipe de dispensationnalistes extrémistes pour qui la fin du monde ne posait d'autre problème que de défier leurs espoirs très précis. Je ne voulais pas l'offenser : j'avais encore besoin de lui… Diane avait encore besoin de lui.

« Quelle importance, la manière dont je me considère ? ai-je donc répondu.

— Simple curiosité.

— Eh bien… je ne sais pas. J'imagine que c'est ma

réponse. Je n'affirme pas savoir si Dieu existe ou pourquoi Il a remonté le ressort de l'univers pour le faire tournoyer de cette manière. Désolé, Simon. Je n'ai rien de mieux à te proposer sur le plan théologique. »

Il a gardé le silence pendant quelques kilomètres. Puis il a avancé : « C'est peut-être ce que voulait dire Diane.

— À quel sujet ?

— Quand nous en avons parlé. Ce qui ne nous est pas arrivé depuis quelque temps, maintenant que j'y pense. Avant même le schisme, nous n'étions pas d'accord sur le pasteur Dan et le Tabernacle du Jourdain. Je la trouvais trop cynique. Elle disait que je me laissais trop facilement impressionner. C'est possible. Le pasteur Dan a le don de trouver la connaissance à chaque page quand il regarde dans les Écritures... une connaissance solide comme une maison, des poutres et des piliers de connaissance. C'est vraiment un don. Moi, je n'y arrive pas. J'ai beau essayer de toutes mes forces, je n'ai encore jamais réussi, en ouvrant la Bible, à y comprendre quelque chose.

— Tu n'es peut-être pas censé le faire.

— Mais je le voulais. Je voulais être comme le pasteur Dan : intelligent et, tu comprends, toujours en terrain sûr. D'après Diane, c'était un pacte avec le diable, Dan Condon avait échangé l'humilité contre la certitude. C'est peut-être ce qui me manquait. Et ce qu'elle a vu en toi, ce qui l'a poussée à se cramponner à toi toutes ces années : ton humilité.

— Simon, je...

— Tu n'as pas à t'en excuser ou à me réconforter à ce sujet. Je sais qu'elle t'appelait quand elle me pensait endormi ou quand je m'absentais de la maison. Je sais que j'ai eu de la chance d'avoir Diane aussi longtemps. » Il m'a regardé par-dessus son épaule. « Tu veux bien me rendre un service ? J'aimerais que tu lui dises que je suis désolé de n'avoir pas mieux pris soin d'elle quand elle est tombée malade.

— Tu peux le lui dire toi-même. »

Il a hoché la tête d'un air songeur et a continué à rouler

dans la pluie. Je lui ai demandé de chercher des informations utiles à la radio, maintenant que la nuit était tombée à nouveau. J'avais l'intention de rester éveillé pour écouter, mais je souffrais beaucoup de la tête et ma vision voulait se dédoubler. Au bout d'un moment, il m'a simplement semblé plus facile de fermer les yeux pour m'endormir.

J'ai dormi à poings fermés, et longtemps, tandis que les kilomètres défilaient sous les roues de la voiture.

Lorsque je me suis réveillé, c'était un autre matin pluvieux. Nous nous trouvions à l'arrêt sur une aire de repos (à l'ouest de Manassas, ai-je appris plus tard) et une femme munie d'un parapluie noir déchiré toquait à la vitre.

J'ai cligné des yeux et ouvert la portière. La femme a reculé d'un pas en jetant un regard soupçonneux à Diane. « Il vous fait dire de ne pas attendre.

— Pardon ?

— Il a demandé de vous dire au revoir et qu'il ne fallait pas l'attendre. »

Simon n'était pas au volant. Et je ne l'ai vu nulle part entre les fûts servant de poubelles, les tables de pique-nique trempées et les latrines peu solides qui constituaient notre voisinage immédiat. Quelques voitures étaient garées là, en général le temps que leurs propriétaires passent aux toilettes. J'ai aperçu des arbres, des espaces verts, une petite ville industrielle et vallonnée que trempait la pluie tombant d'un ciel ardent. « Un blond très mince ? Avec un T-shirt sale ?

— Voilà. Celui-là même. Il a dit qu'il ne voulait pas que vous dormiez trop longtemps. Puis il est parti.

— À pied ?

— Oui. Le long de la rivière, pas de la route. » Elle a de nouveau dévisagé Diane, qui respirait de manière superficielle et bruyante. « Vous allez bien, tous les deux ?

— Non. Mais nous sommes presque arrivés. Merci d'avoir posé la question. Il a dit quelque chose d'autre ?

— Oui. Il m'a dit de dire Dieu vous bénisse, et qu'il trouverait son propre chemin à partir de maintenant. »

Je me suis occupé de Diane, j'ai jeté un dernier coup d'œil sur le parking pluvieux et j'ai repris la route.

J'ai dû m'arrêter à plusieurs reprises pour régler son goutte-à-goutte ou lui administrer quelques bouffées d'oxygène. Elle n'ouvrait plus les yeux... pas parce qu'elle dormait, mais parce qu'elle avait perdu conscience. Je refusais de penser à ce que cela signifiait.

La circulation était lente, la pluie incessante et on trouvait partout des signes du chaos des deux derniers jours. J'ai vu, poussées sur l'accotement, des dizaines de voitures à l'état d'épave ou incendiées, certaines fumant encore. On avait interdit quelques routes à la circulation civile afin de les réserver aux véhicules militaires ou de secours. J'ai dû rebrousser deux fois chemin à cause d'un barrage routier. La chaleur du jour rendait presque intolérable l'humidité atmosphérique, et même le vent puissant qui s'est levé dans l'après-midi n'a apporté aucun soulagement.

Mais au moins Simon nous avait-il abandonnés près de notre destination, et il restait encore un peu de lumière dans le ciel quand je suis arrivé à la Grande Maison.

Le vent avait empiré, devenant presque tempête, parsemant la longue allée des Lawton de branches arrachées aux pins alentour. La maison elle-même était obscure, ou en avait l'air dans le crépuscule d'ambre.

J'ai laissé Diane dans la voiture au pied des marches et j'ai frappé à la porte. Attendu. Frappé à nouveau. La porte a fini par s'entrouvrir, laissant Carol Lawton regarder à l'extérieur.

J'ai eu du mal à distinguer ses traits dans cet interstice : un œil bleu clair, un coin de joue ridée. Mais elle m'a reconnu.

« Tyler Dupree ! Tu es seul ? »

La porte s'est ouverte plus largement.

« Non, ai-je répondu. Je suis avec Diane. Et je pourrais avoir besoin d'aide pour la transporter à l'intérieur. »

Carol est sortie sur le grand porche et a baissé les yeux vers l'automobile. Quand elle a vu Diane, son petit corps s'est raidi, ses épaules se sont redressées et elle a laissé échapper un hoquet de surprise.

« Mon Dieu, a-t-elle murmuré. Mes *deux* enfants sont venus mourir à la maison ? »

L'abysse en feu

Le vent a secoué la Grande Maison toute la nuit, un vent brûlant et salé chassé de l'Atlantique par trois jours de soleil anormal. J'en avais conscience même dans mon sommeil : je l'ai retrouvé chaque fois que je me suis redressé, à moitié endormi, et il a servi de bande-son à une douzaine de rêves agités. Il a continué à taper à la fenêtre une fois le soleil levé, dès que j'ai été habillé, je suis parti à la recherche de Carol Lawton.

La maison était privée d'électricité depuis plusieurs jours. On voyait à peu près clair dans le couloir du premier étage, muni à son extrémité d'une fenêtre par laquelle entrait une lueur pluvieuse. L'escalier en chêne descendait jusqu'au vestibule, où deux fenêtres en saillie ruisselantes de pluie admettaient un jour rose pâle. J'ai trouvé Carol dans le salon, occupée à régler une antique horloge de cheminée.

« Comment va Diane ? » ai-je demandé.

Carol m'a jeté un coup d'œil. « Stationnaire », a-t-elle répondu avant de se retourner vers l'horloge qu'elle remontait avec une clé en cuivre. « J'étais avec elle il y a un instant. Je ne la néglige pas, Tyler.

— Je n'en doutais pas. Et Jason ?

— Je l'ai aidé à s'habiller. Il va mieux quand il fait jour. Ne me demande pas pourquoi. Mais les nuits sont difficiles pour lui. La nuit dernière a été... difficile

— Je vais passer les voir tous les deux. » Je n'ai pas pris la peine de lui demander si elle avait des nouvelles, si l'agence fédérale de gestion des crises ou la Maison-Blanche avaient publié de nouvelles directives. Cela n'aurait servi à rien : l'univers de Carol s'arrêtait aux limites de la propriété. « Vous devriez dormir un peu.

— J'ai soixante-huit ans. Je dors moins qu'avant. Mais tu as raison, je suis fatiguée... j'ai en effet besoin de m'allonger. Dès que j'aurais terminé ça. Si on ne s'occupe pas d'elle, cette horloge perd la notion du temps. Sais-tu que ta mère la réglait chaque jour ? Et après sa mort, Marie la remontait chaque fois qu'elle faisait le ménage. Mais Marie ne vient plus depuis environ six mois. Depuis six mois, l'horloge est donc coincée sur quatre heures et quart. Comme dit la blague, elle donne l'heure juste deux fois par jour.

— Nous devrions parler de Jason. » La veille, épuisé, je m'étais contenté des informations essentielles : arrivé sans prévenir une semaine avant la fin du Spin, Jason était tombé malade la nuit où les étoiles avaient réapparu. Ses symptômes, intermittents, consistaient en une paralysie partielle, une perte de vision et de la fièvre. Carol avait essayé d'appeler les secours mais vu les circonstances, elle n'en avait pas obtenu, aussi s'occupait-elle elle-même de lui, bien qu'elle n'ait pas été capable de diagnostiquer le problème ou de fournir davantage que de simples soins palliatifs.

Elle craignait qu'il soit en train de mourir, appréhension qui ne s'étendait toutefois pas au reste du monde. Jason lui avait conseillé de ne pas s'inquiéter à ce sujet. *Les choses vont bientôt reprendre leur cours normal*, avait-il affirmé.

Et elle l'avait cru. Le soleil rouge ne signifiait rien de terrifiant pour Carol. Mais les nuits étaient difficiles, disait-elle. Les nuits s'emparaient comme un cauchemar de Jason.

Je suis d'abord passé voir Diane.

Carol l'avait installée dans une chambre à l'étage : sa

chambre d'enfant, reconvertie en une chambre d'amis sans personnalité. J'ai trouvé Diane stable sur le plan physique et capable de respirer sans assistance, ce qui n'avait toutefois rien de rassurant. Cela figurait dans l'étiologie de la maladie. La vague avançait et reculait, mais chaque cycle laissait le malade avec un peu moins de résistance et de forces.

J'ai embrassé le front sec et brûlant de Diane en lui disant de se reposer. Elle n'a eu aucune réaction laissant penser qu'elle m'avait entendu.

Je me suis alors rendu au chevet de Jason. Il fallait que je lui pose une question.

D'après Carol, Jase était revenu à la Grande Maison à cause d'un conflit à Périhélie. Elle n'avait pas retenu les détails, mais cela avait un rapport avec le père de Jason (« E.D. a recommencé à mal se comporter », avait-elle dit) et avec « ce petit homme noir et ridé, celui qui est mort. Le Martien ».

Le Martien. Le fournisseur du traitement de longévité ayant transformé Jason en Quatrième Âge. Du traitement censé protéger Jason de ce qui le tuait maintenant.

Il était éveillé quand j'ai frappé à la porte de sa chambre, celle qu'il avait occupée trente ans plus tôt, à l'époque où nous étions des enfants dans le monde limité des enfants, quand les étoiles figuraient à leur place légitime. J'y ai retrouvé le rectangle un peu plus clair sur le mur, à l'emplacement autrefois recouvert par un poster du système solaire. J'y ai retrouvé la moquette, depuis longtemps nettoyée à la vapeur et chimiquement décolorée, sur laquelle nous avions répandu à l'époque Coca et miettes, par des jours pluvieux comme celui-ci.

Et j'y ai retrouvé Jason.

« Il me semble entendre Tyler », a dit celui-ci.

Il était allongé sur le lit, tout habillé — il tenait à s'habiller tous les matins, m'avait indiqué Carol —, en pantalon kaki et chemise de coton bleu. Le dos soutenu par des oreillers, il semblait jouir de toutes ses facultés mentales. « Ça manque un peu de lumière, par ici, Jase, ai-je dit.

— Ouvre les stores, si tu veux. »

Ce que j'ai fait, mais cela n'a eu d'autre effet que de laisser entrer à l'intérieur un peu plus de ce maussade jour ambre. « Ça te gêne si je t'examine ?

— Bien sûr que non. »

Il ne me regardait pas. Il regardait, à en croire la position de sa tête, un morceau de mur sans rien de particulier.

« Tu as des problèmes de vision, d'après Carol.

— Carol vit dans le déni, comme on dit dans ton domaine. En fait, je suis aveugle. Je n'ai rien vu depuis hier matin. »

Je me suis assis près de lui sur le lit. Il a tourné la tête vers moi en un mouvement fluide mais d'une lenteur de cauchemar. J'ai pris une lampe-stylo dans ma poche de poitrine et en ai braqué le faisceau sur son œil droit pour observer la contraction de sa pupille.

Elle ne s'est pas contractée.

Elle a même fait pire.

Elle a scintillé. La pupille de Jason a scintillé comme si on y avait injecté de minuscules diamants.

Jason a dû sentir mon mouvement de recul.

« C'est si horrible ? » a-t-il demandé.

J'ai été incapable de répondre.

Il a insisté, plus sombrement : « Je ne peux pas utiliser de miroir. S'il te plaît, Ty. J'ai besoin que tu me dises ce que tu vois.

— C'est... Je ne sais pas de quoi il s'agit, Jason. Ce n'est rien que je puisse diagnostiquer.

— Contente-toi de le décrire, s'il te plaît. »

J'ai essayé de retrouver un détachement clinique. « Cela donne l'impression que des espèces de cristaux t'ont poussé dans l'œil. La sclérotique a l'air normale et l'iris ne semble pas affecté, mais la pupille est totalement dissimulée par des paillettes d'une chose qui ressemble à du mica. Je n'ai jamais entendu parler d'un truc de ce genre. Je n'aurais jamais cru cela possible. Je ne peux pas le soigner. »

Je me suis éloigné du lit, j'ai trouvé une chaise et je me suis assis dessus. Pendant un moment, il n'y a pas eu d'autre bruit que le tic-tac du réveil, une autre des authentiques antiquités de Carol.

Puis Jason a inspiré et s'est forcé à produire ce qu'il semblait prendre pour un sourire rassurant. « Merci. Tu as raison. Ce n'est pas une affection que tu peux traiter. Mais je vais quand même avoir besoin de ton aide pendant... eh bien, pendant les deux prochains jours. Carol essaye, mais elle a très nettement perdu pied.

— Moi aussi. »

La pluie a encore cinglé la fenêtre. « L'aide dont j'ai besoin n'est pas uniquement médicale.

— Si tu as une explication...

— J'en ai une au mieux partielle.

— Alors fais-m'en part, s'il te plaît, Jase, parce que je commence à avoir un peu peur. »

Il a penché la tête, écoutant un bruit que je n'avais pas entendu ou ne pouvais pas entendre, jusqu'à ce que je commence à me demander s'il m'avait oublié. Puis il a dit : « La version courte, c'est qu'une chose sur laquelle je n'ai aucun contrôle s'est emparée de mon système nerveux. L'état de mes yeux n'en est qu'une manifestation extérieure.

— Une maladie ?

— Non, mais c'est l'effet que cela a.

— Est-ce contagieux ?

— Au contraire. Je crois que c'est unique. Une maladie qui ne peut se déclarer que chez moi. Du moins, sur cette planète.

— Cela a donc à voir avec le traitement de longévité.

— D'une certaine manière. Mais je...

— Non, Jase, j'ai besoin d'une réponse avant que tu

continues : ton état actuel, quel qu'il soit, résulte-t-il directement du médicament que je t'ai administré ?

— Pas *directement*, non... tu n'es en aucun cas fautif, si c'est ce que tu veux savoir.

— Pour le moment, je me fiche complètement de connaître le fautif. Diane est malade. Carol ne te l'a pas dit ?

— Carol a parlé de grippe...

— Elle a menti. Ce n'est pas la grippe, mais le SDCV au stade terminal. J'ai parcouru plus de trois mille kilomètres dans ce qui ressemble à la fin du monde parce qu'elle est en train de mourir, Jase. Je n'arrivais à penser qu'à un seul médicament, et voilà que tu jettes le doute dessus. »

Il a tourné la tête à nouveau, peut-être involontairement, comme s'il essayait de se débarrasser d'une distraction invisible.

« Il y a des aspects de la vie martienne que Wun n'a jamais partagés avec toi, a-t-il toutefois dit avant que je puisse le relancer. E.D. s'en doutait, et jusqu'à un certain point, ses soupçons étaient fondés. Mars produisait de la biotechnologie sophistiquée depuis des siècles. Il y a des siècles, le Quatrième Âge était exactement ce que Wun t'en a dit : un traitement de longévité et une institution sociale. Mais cela a évolué depuis. Pour la génération de Wun, le Quatrième Âge était davantage une *plate-forme*, un système d'exploitation biologique capable de faire tourner des applications logicielles bien plus sophistiquées. Il n'y a pas qu'un quatre, il y a un 4.1, un 4.2... Si tu vois ce que je veux dire.

— Ce que je t'ai administré...

— Ce que tu m'as injecté était le traitement traditionnel. Un quatre de base.

— Mais...

— Mais... je l'ai complété depuis.

— Avec un complément lui aussi apporté de Mars par Wun ?

— Oui. Le but...

— Peu importe le but. Es-tu absolument certain que tu ne souffres pas des effets du traitement d'origine ?

— Aussi certain que possible. »

Je me suis levé.

Jason m'a entendu me diriger vers la porte. « Je peux expliquer, a-t-il dit. Et je continue à avoir besoin de ton aide. Soigne-la, Ty, bien entendu. J'espère qu'elle vivra. Mais garde à l'esprit... que mon temps est limité aussi. »

J'ai retrouvé le sac de voyage renfermant les médicaments martiens, intact, là où je l'avais laissé, derrière le panneau de revêtement cassé, dans le sous-sol de la maison de ma mère. Je l'ai récupéré et suis reparti avec dans la Grande Maison, de l'autre côté de la pelouse inondée de pluie ambre et traversée de bourrasques.

Carol se trouvait dans la chambre de Diane, à qui elle administrait au masque quelques bouffées d'oxygène.

« Il ne faut pas en abuser, ai-je averti. À moins que vous ne puissiez faire apparaître une nouvelle bonbonne.

— Elle avait les lèvres un peu bleues.

— Laissez-moi voir. »

Carol s'est éloignée de sa fille. J'ai fermé l'admission d'oxygène et écarté le masque. Il faut se méfier, avec l'oxygène. Il est indispensable à un patient en détresse respiratoire, mais il peut aussi causer des problèmes. À trop fort débit, il risque de léser les alvéoles pulmonaires. Je craignais que l'état de Diane s'aggrave au point de nécessiter des doses plus importantes pour que son sang reste suffisamment oxygéné, le genre de thérapie qu'on administre en général par ventilation mécanique. Nous n'avions pas de respirateur.

Ni de moyens cliniques de surveiller ses gaz du sang, mais la couleur de ses lèvres semblait à peu près normale quand j'ai enlevé le masque. Elle respirait toutefois rapidement et superficiellement, et si elle ouvrait les yeux, elle restait léthargique et passive.

Carol m'a observé d'un air soupçonneux ouvrir le sac poussiéreux et en extraire l'un des flacons martiens ainsi qu'une seringue hypodermique. « Qu'est-ce que c'est ?

— Sans doute la seule chose qui puisse lui sauver la vie.

— Vraiment ? Tu en es sûr, Tyler ? »

J'ai hoché la tête.

« Non, je veux dire, tu en es *vraiment* sûr ? Parce que c'est ce que tu as donné à Jason, n'est-ce pas ? Quand il avait la SEPA. »

Il n'aurait servi à rien de le nier. « Oui, ai-je répondu.

— Je n'ai peut-être pas pratiqué la médecine depuis trente ans, mais je ne suis pas ignorante. J'ai effectué quelques petites recherches sur la SEPA après ton dernier passage. J'ai consulté les résumés dans les revues médicales. Et le truc intéressant, c'est qu'il n'existe *pas* de remède. Pas de médicament magique. Même s'il en existait un, il pourrait difficilement guérir aussi le SDCV. Je suppose donc, Tyler, que tu t'apprêtes à administrer un agent pharmaceutique sans doute lié à cet homme ridé mort en Floride.

— Je ne discuterai pas, Carol. De toute évidence, vous avez tiré vos propres conclusions.

— Je ne veux pas que tu *discutes*, je veux que tu me *rassures*. Je veux que tu me dises que ce médicament ne fera pas à Diane ce qu'il semble avoir fait à Jason.

— Il ne le lui fera pas », ai-je affirmé, mais Carol a compris, je pense, que je supprimais l'avertissement, le *pour autant que je sache* inexprimé.

Elle m'a dévisagé. « Tu tiens toujours à elle.

— Oui.

— Cela ne cesse de m'étonner, a dit Carol. Cette ténacité de l'amour. »

J'ai enfoncé l'aiguille dans la veine de Diane.

À midi, la maison était non seulement brûlante mais si humide que je m'attendais à voir de la mousse apparaître au plafond. Je suis resté avec Diane pour m'assurer de l'absence d'effets néfastes consécutifs à l'injection. À un moment, quelqu'un a longuement frappé à la porte d'entrée. *Des voleurs*, ai-je pensé, *des pillards*, mais le temps que je descende dans le vestibule, Carol avait ouvert et remerciait un homme corpulent, qui a hoché la tête et tourné les talons.

« C'était Emil Hardy, m'a informé Carol en refermant la porte. Tu te souviens des Hardy ? Ils ont une petite maison de style colonial sur Bantam Hill Road. Emil a imprimé un journal.

— Un journal ? »

Elle a brandi deux feuilles A4 agrafées. « Emil dispose d'un groupe électrogène dans son garage. Il prend des notes la nuit en écoutant la radio et il en imprime un résumé qu'il distribue aux maisons du quartier. Voilà son deuxième numéro. C'est un gentil garçon qui pense bien faire. Mais je ne vois pas du tout l'intérêt de lire de telles choses.

— Je peux voir ?

— Si tu veux. »

Je l'ai emporté à l'étage.

Emil était un honorable reporter amateur. Il racontait surtout les crises à Washington et en Virginie — listant les zones officiellement interdites, les évacuations liées aux incendies, les tentatives de rétablir les services locaux. J'ai parcouru tout cela. Ce sont deux articles, plus bas, qui ont attiré mon attention.

Le premier affirmait que les radiations solaires récemment mesurées au niveau du sol étaient élevées, mais beaucoup moins que prévu. « Les scientifiques gouvernementaux, était-il précisé, restent perplexes mais se montrent prudemment optimistes quant aux chances de survie à long terme de l'espèce humaine. » Aucune source n'était citée, aussi pouvait-il s'agir d'une invention du commentateur ou d'une tentative de contenir la panique, mais cela correspondait à mon expérience : la nouvelle lumière du soleil, bien qu'étrange, n'était pas immédiatement mortelle.

Rien quant à son effet éventuel sur les récoltes, la météorologie ou l'écologie en général. Ni la chaleur pestilentielle ni cette pluie torrentielle n'avaient l'air spécialement *normales*.

Plus bas, un article annonçait DES LUMIÈRES DANS LE CIEL PARTOUT DANS LE MONDE.

Il s'agissait des mêmes lignes en forme de C ou de O que Simon m'avait montrées en Arizona. On en avait vu d'Anchorage au nord jusqu'à Mexico au sud. Les informations en provenance d'Europe et d'Asie, fragmentaires, parlaient surtout des crises immédiates, mais quelques histoires similaires avaient filtré. (« À noter, disait l'exemplaire d'Emil Hardy, que les réseaux d'information câblés, s'ils ne fonctionnent que par intermittence, diffusent des vidéos venues d'Inde montrant un phénomène similaire à plus large échelle. » Quoi que cela voulait dire.)

Diane s'est éveillée quelques instants pendant que je me trouvais à ses côtés.

« Tyler », a-t-elle dit.

Je lui ai pris la main. Celle-ci était sèche et d'une chaleur bizarre.

« Je suis désolée, a-t-elle ajouté.

— Tu n'as pas à être désolée de quoi que ce soit.

— Je suis désolée que tu sois obligé de me voir dans cet état.

— Tu commences à aller mieux. Cela va peut-être prendre du temps, mais tu t'en sortiras. »

Elle avait la voix aussi douce que le bruit d'une feuille en train de tomber. Elle a inspecté la pièce du regard et l'a reconnue. Ses yeux se sont écarquillés. « Je suis là !

— Tu es là.

— Redis mon nom.

— Diane, ai-je obéi. Diane. Diane. »

Diane était gravement malade, mais c'était Jason qui mourait. Il me l'a dit quand je suis retourné le voir.

Il n'avait rien mangé de la journée, d'après Carol. Il avait bu de l'eau glacée à la paille mais refusé tout autre liquide. Il n'arrivait presque plus à bouger. Lorsque je lui ai demandé de lever le bras, il a obtempéré, mais avec un effort si intense et une telle lenteur léthargique que je le lui ai fait baisser. Seule sa voix restait forte, mais il s'attendait à ce que cela ne dure pas non plus. « Si cela se passe comme hier soir, je serai incohérent jusqu'à l'aube. Demain, qui sait ? Je veux parler tant que je le peux encore.

— Y a-t-il une raison que ton état empire la nuit ?

— Une raison toute simple, je pense. On en reparlera. Je veux d'abord que tu fasses quelque chose pour moi. J'avais posé ma valise sur la commode. Elle y est toujours ?

— Toujours.

— Ouvre-la. J'y ai mis un enregistreur audio. Sors-le-moi. »

J'ai trouvé un rectangle d'acier brossé de la taille d'un paquet de cartes à côté d'une pile d'enveloppes en papier manille adressées à des personnes dont le nom ne m'a rien dit. « Ça ? » ai-je demandé avant de me maudire : il ne voyait pas, bien entendu.

« Si la marque est Sony, alors c'est ça. Il devrait y avoir des mémoires vierges dessous.

— Ouaip, trouvé.

— Bon, on va discuter. Jusqu'à ce qu'il fasse noir, et peut-être même un peu après. Et je veux que tu laisses cet enregistreur en marche. Quoi qu'il arrive. Change la mémoire quand il y en a besoin, ou la pile quand elle donne des signes de faiblesse. Fais ça pour moi, d'accord ?

— Tant que Diane n'a pas besoin de soins urgents. Tu veux commencer quand ? »

Il a tourné la tête. Ses pupilles tachetées de losanges ont scintillé dans l'étrange lumière.

« Tout de suite ne serait pas trop tôt », a-t-il répondu.

Ars moriendi

Les Martiens, m'a dit Jason, n'étaient pas, comme Wun nous avait conduits à le croire (ou laissés croire), un peuple simple, pacifique et pastoral.

Ils n'avaient certes rien de particulièrement belliqueux, les Cinq Républiques ayant réglé leurs différends politiques depuis presque un millénaire, et ils étaient « pastoraux » dans le sens qu'ils consacraient l'essentiel de leurs ressources à l'agriculture. Mais on ne pouvait les dire « simples » dans aucun des sens de ce terme. Ils étaient passés maîtres dans l'art de la biologie synthétique. Leur civilisation se basait dessus. Nous leur avions construit une planète habitable à l'aide d'outils biotechnologiques, et toutes les générations martiennes sans exception comprenaient la fonction et les usages potentiels de l'ADN.

Une partie de leur technologie à grande échelle restait grossière — l'engin spatial de Wun, par exemple, était presque primitif, simple boulet de canon newtonien —, à cause de leurs ressources naturelles extrêmement limitées. Mars, monde sans pétrole ni charbon, devait entretenir un écosystème fragile manquant d'oxygène et d'azote. Une base industrielle luxuriante et gaspilleuse comme celle de la Terre n'aurait jamais pu exister sur la planète de Wun. Sur Mars, on consacrait l'essentiel des efforts humains à la production d'une quantité de nourriture suffisante pour une population contrôlée de manière très stricte. À l'inverse des industries de transformation, la biotechnologie remplissait admirablement cette fonction.

« Wun t'a raconté cela ? ai-je demandé tandis que l'après-midi touchait à sa fin sans que la pluie n'ait cessé.

— Il me l'a avoué en confidence, oui, même si la plus grande partie de ce qu'il m'a dit était déjà sous-entendue dans les archives. »

La lumière rouille entrant par la fenêtre se reflétait dans les yeux modifiés et aveugles de Jason.

« Mais il a peut-être menti.

— Je ne pense pas qu'il ait jamais *menti*, Tyler. Il était juste un peu avare avec la vérité. »

Les réplicateurs microscopiques apportés sur Terre par Wun se plaçaient à la pointe de la biologie synthétique. S'ils pouvaient accomplir sans problème tout ce que Wun avait promis, ils étaient plus sophistiqués que ce qu'il avait bien voulu admettre.

Parmi leurs fonctions méconnues figurait une deuxième voie de communication auxiliaire, cachée, servant à communiquer entre eux et avec leur point d'origine. Wun n'avait pas indiqué s'il s'agissait de radio à faisceau étroit ou de quelque chose de plus exotique (Jase penchait pour cette deuxième hypothèse). Quoi qu'il en soit, cela nécessitait un récepteur bien plus avancé que tout ce que nous pourrions construire sur Terre. Cela nécessitait, selon Wun, un récepteur *biologique*. Un système nerveux humain modifié.

« Tu t'es porté *volontaire* pour ça ?

— Je l'aurais fait. Si on me l'avait demandé. Mais si Wun s'est confié à moi, c'est uniquement parce qu'il craignait pour sa vie depuis son arrivée sur Terre. Il ne se faisait aucune illusion sur la vénalité humaine ou la politique du coup de force. Il avait besoin de quelqu'un de confiance pour garder sa pharmacopée, au cas où il lui arrive quelque chose. Quelqu'un qui en comprendrait le but. Il n'a jamais proposé que je devienne récepteur. La modification ne fonctionne que sur un Quatrième Âge... tu te souviens ? Je t'ai dit que le traitement de longévité était une plate-forme. Permettant de faire tourner d'autres applications. C'en est une.

— Tu t'es fait ça *exprès* ?

— Je me suis injecté la substance après la mort de Wun. Cela n'a rien eu de traumatisant, ni d'ailleurs d'effet immédiat. N'oublie pas, Tyler, qu'il n'y avait aucun moyen pour les communications des réplicateurs de pénétrer une membrane Spin fonctionnant à plein régime. Ce que je me suis attribué était une capacité *latente*.

— Pourquoi le faire, alors ?

— Je ne voulais pas mourir sans savoir. Nous avons tous supposé que si le Spin s'arrêtait, nous mourrions en quelques heures ou quelques jours. Le seul avantage de la modification de Wun était que durant ces dernières heures ou ces derniers jours, aussi longtemps que je durerais, je me retrouverais en contact avec une base de données presque aussi vaste que la galaxie elle-même. Je saurais, à peu près aussi bien qu'il est *possible* à quiconque sur Terre de le savoir, qui étaient les Hypothétiques et pourquoi ils nous avaient fait cela. »

J'ai pensé : *Et alors, tu le sais, maintenant ?* Mais peut-être le savait-il. Peut-être s'agissait-il de ce qu'il voulait communiquer avant de perdre la parole, la raison pour laquelle il voulait l'enregistrer. « Wun savait que tu risquais d'agir ainsi ?

— Non, et je ne pense pas qu'il aurait approuvé... même si lui-même hébergeait la même application.

— Vraiment ? Cela ne se voyait pas.

— Normal. Souviens-toi : ce qu'il m'arrive, ce qui arrive à mon corps et à mon cerveau, ce n'est pas l'application. » Il a tourné ses yeux aveugles vers moi. « C'est un dysfonctionnement. »

Les réplicateurs lancés par la Terre avaient prospéré dans le système solaire externe, loin du Soleil. (Les Hypothétiques s'en étaient-ils rendu compte, et attribuaient-ils à la Terre la responsabilité de cette intervention conçue par Mars ? Était-ce, comme E.D. l'avait laissé entendre, ce que les rusés Martiens avaient prévu depuis le début ? Jason ne l'a pas dit... j'ai supposé qu'il n'en savait rien.)

Avec le temps, les réplicateurs s'étaient répandus jusqu'aux étoiles les plus proches, puis au-delà... et en fin de compte, bien au-delà. Les distances astronomiques nous empêchaient de voir les colonies réplicateurs, mais en les reportant sur une carte de notre voisinage stellaire, on dessinait un nuage en expansion continue, une explosion de vie artificielle se produisant à une lenteur de glaciation.

Les réplicateurs n'étaient pas immortels. En tant qu'entités individuelles, ils vivaient, se reproduisaient et finissaient par mourir. Le réseau qu'ils avaient construit restait en place, récif de corail constitué de nœuds interconnectés dans lequel les nouvelles données s'accumulaient et s'écoulaient vers le point d'origine du réseau.

« La dernière fois que nous avons discuté, ai-je rappelé à Jase, tu as parlé d'un problème. D'un dépérissement de la population réplicateurs.

— Ils ont fait une rencontre que personne n'avait prévue.

— Laquelle, Jase ? »

Il a gardé le silence quelques instants, comme pour rassembler ses pensées.

« En lançant les réplicateurs, a-t-il dit, nous avons supposé que nous introduisions une nouveauté dans l'univers, un genre de vie artificielle absolument original. C'était une supposition naïve. Nous, les êtres humains, terriens ou martiens, ne constituions pas la première espèce intelligente de la galaxie. Loin de là. En fait, nous n'avons rien de vraiment particulier. À peu près tout ce que nous avons accompli au cours de notre brève histoire a déjà été fait, quelque part, par quelqu'un d'autre.

— Tu veux dire que les réplicateurs sont tombés sur d'autres réplicateurs ?

— Une *écologie* de réplicateurs. Les étoiles sont une jungle, Tyler. Elles contiennent davantage de vie que tu ne l'as jamais imaginé. »

J'ai essayé de me représenter le processus tandis que Jason me le décrivait :

Loin de la Terre isolée par le Spin, loin du système solaire... si loin dans l'espace que le Soleil lui-même n'était qu'une étoile parmi d'autres dans le ciel surpeuplé, une graine de réplicateurs atterrissait sur un fragment de glace poussiéreuse et commençait à se reproduire. Ce réplicateur initiait le même cycle de croissance, spécialisation, observation, communication et reproduction qui s'était déroulé à d'innombrables reprises au cours des lentes migrations de ses ancêtres. Peut-être atteignait-il la maturité, peut-être commençait-il même à émettre des microjets de données, mais cette fois, le cycle se voyait interrompu.

Quelque chose avait détecté la présence du réplicateur. Quelque chose d'affamé.

Le prédateur (m'a expliqué Jase) était une autre sorte de système semi-organique à rétroaction autocatalytique — une autre colonie de mécanismes cellulaires autoreproductibles, autant machine que biologie — et le prédateur était connecté à son propre réseau, plus ancien et beaucoup plus étendu que tout ce que les réplicateurs terrestres avaient eu le temps de construire durant leur exode depuis la Terre. Le prédateur, nettement plus évolué que sa proie, bénéficiait de sous-routines de recherche de nourriture et d'utilisation des ressources qui avaient connu un affinage de plusieurs milliards d'années. La colonie de réplicateurs terrestres, aveugle et incapable de fuir, ne tardait pas à se faire avaler.

Mais « avaler » avait ici un sens spécial. Le prédateur ne voulait pas seulement les molécules carbonées sophistiquées constituant les réplicateurs arrivés à maturité, si utiles étaient-elles.

La *signification* du réplicateur, les fonctions et stratégies inscrites dans ses modèles reproductifs présentaient un intérêt bien supérieur pour lui. Le prédateur adoptait celles qui lui semblaient posséder de la valeur, puis réorganisait et exploitait la colonie réplicateurs à ses propres fins. La colonie ne mourait pas : elle se retrouvait absorbée, ontologiquement engloutie, subsumée avec ses camarades sous une hiérarchie interstellaire plus grande, plus complexe et beaucoup plus ancienne.

Ce n'était ni le premier ni le dernier appareil de ce genre à se faire absorber.

« Les réseaux réplicateurs, a dit Jason, sont l'une des choses que les civilisations intelligentes tendent à produire. Étant donné la difficulté inhérente au voyage à vitesse subluminique pour explorer la galaxie, la plupart des cultures technologiques finissent par choisir un réseau en expansion de machines de von Neumann — c'est ce que sont les réplicateurs —, puisque cela ne coûte rien en termes de maintenance et génère un filet d'informations scientifiques croissant de manière exponentielle avec le temps historique.

— D'accord, ai-je dit. Je comprends. Les réplicateurs martiens ne sont pas uniques. Ils sont tombés sur ce que tu appelles une écologie...

— Une écologie de von Neumann. » (D'après le mathématicien du vingtième siècle John von Neumann, le premier à avoir suggéré la possibilité de machines autoreproductibles.)

« Une écologie de von Neumann qui les a absorbés. Mais cela ne nous apprend rien sur les Hypothétiques ou le Spin. »

Jason a pincé les lèvres d'impatience. « Tyler... tu ne comprends pas. Les Hypothétiques *sont* l'écologie de von Neumann. C'est une seule et même chose. »

Arrivé à ce point, il m'a fallu prendre du recul pour me demander qui se trouvait au juste dans la pièce avec moi.

Cela ressemblait à Jase. Mais tout ce qu'il venait de dire jetait le doute sur ce point.

« Tu es en communication avec ce... cette entité ? Maintenant, je veux dire ? En ce moment même ?

— Je ne sais pas si tu appellerais ça une communication. Une communication fonctionne dans les deux sens. Ce n'est pas le cas ici, du moins pas au sens où tu l'entends. Et une véritable communication ne serait pas aussi frénétique. C'*est* frénétique. Surtout la nuit. Les données sont moins nombreuses le jour, sans doute parce que les radiations solaires noient le signal.

— Le signal est plus fort la nuit ?

— Peut-être le terme "signal" est-il trompeur aussi. Un signal, c'est ce que les réplicateurs d'origine étaient conçus pour transmettre. Ce que je reçois arrive par la même onde porteuse et transmet des informations, mais est actif et non passif. Cela essaye de faire de moi ce qu'il a fait à tout autre nœud du réseau. En réalité, Ty, il essaye de s'emparer et de reprogrammer mon système nerveux. »

Il y avait donc *bien* une troisième entité dans la pièce. Moi, Jase... et les Hypothétiques, qui le dévoraient vivant.

« Ils le peuvent ? Reprogrammer ton système nerveux ?

— Pas de la manière qu'ils veulent, non. Pour eux, j'ai l'air d'un autre nœud du réseau réplicateurs. La biotechnologie que je me suis injectée est sensible à leur manipulation, mais pas comme ils s'y attendent. Ne me percevant pas comme une entité biologique, ils ne peuvent que me tuer.

— Y a-t-il un moyen de masquer ce signal ou de le brouiller ?

— Pas que je sache. Si les Martiens bénéficiaient d'une telle technique, ils n'ont pas jugé bon de la mentionner dans leurs archives. »

La fenêtre de la chambre de Jase donnait à l'ouest et laissait désormais pénétrer une lueur rose, celle du soleil en train de se coucher derrière les nuages.

« Mais ils sont avec toi en ce moment. Ils te parlent.

— Ils. *Ça*. Il nous faut un meilleur pronom. L'ensemble

de l'écologie de von Neumann forme une entité unique. Une entité qui pense, lentement, et dresse ses propres plans. Mais nombre de ses milliards et milliards de constituants sont aussi des individus autonomes, souvent en concurrence entre eux, aux réactions plus rapides que le réseau dans son ensemble et nettement plus intelligents que n'importe quel être humain. Prends la membrane Spin, par exemple...

— La membrane Spin est un *individu* ?

— Dans tous les sens importants du terme, oui. Ses buts ultimes dérivent du réseau, mais elle évalue les événements et prend des décisions autonomes. Elle est plus complexe que nous ne l'avons jamais rêvée, Ty. Nous avons tous supposé la membrane soit *active* soit *inactive*, comme un interrupteur, un code binaire. C'est faux. Elle a de *nombreux* états. De *nombreux* buts. De nombreux degrés de perméabilité, par exemple. Nous savons depuis des années qu'elle peut laisser passer un vaisseau spatial et repousser un astéroïde. Mais elle peut se montrer encore plus subtile. Voilà pourquoi nous n'avons pas été submergés de radiations solaires ces derniers jours. La membrane continue à nous fournir une certaine protection.

— Je ne connais pas le nombre de victimes, Jase, mais rien que dans cette ville, il doit y avoir des milliers de gens qui ont perdu des membres de leur famille depuis la fin du Spin. J'aurais beaucoup de mal à leur affirmer qu'ils ont été "protégés".

— C'est pourtant le cas. En général, sinon en particulier. La membrane Spin n'est pas Dieu : elle ne peut voir le moineau tomber. En revanche, elle peut l'empêcher d'être cuit par un niveau létal d'ultraviolets.

— Dans quel but ? »

Ma question lui a fait froncer les sourcils. « Je ne comprends pas bien, a-t-il commencé, ou peut-être est-ce que je n'arrive pas bien à *traduire*... »

Il y a eu un coup à la porte, et Carol est entrée avec du

linge dans les bras. J'ai éteint et reposé l'enregistreur. Carol affichait une mine lugubre.

« Des draps propres ? me suis-je enquis.

— Des sangles », a-t-elle répondu d'un ton sec. Le linge avait été découpé en lanières. « Les convulsions ne vont pas tarder. »

Elle a désigné du menton la fenêtre et la lumière du jour qui s'allongeait.

« Merci, a répondu doucement Jason. Tyler, si tu as besoin d'une pause, c'est maintenant. Mais ne tarde pas trop. »

Je suis passé voir Diane, endormie entre deux crises. J'ai pensé au médicament martien que je lui avais administré (le « quatre de base », comme Jase l'avait appelé), à ces molécules semi-intelligentes sur le point d'affronter l'énorme quantité de bactéries du SDCV dans le corps de Diane, aux bataillons microscopiques s'assemblant pour la réparer et la reconstruire, sauf si son organisme était trop affaibli pour résister à l'épuisante transformation.

Je l'ai embrassée sur le front en prononçant quelques paroles aimables qu'elle n'a sans doute pas entendues. Puis je suis sorti de la chambre pour descendre sur la pelouse de la Grande Maison, volant quelques instants pour moi.

La pluie avait enfin cessé, abruptement, complètement, et l'air n'avait pas été aussi frais de toute la journée. Le ciel au zénith présentait une couleur bleu foncé. À l'ouest, quelques lambeaux de cumulo-nimbus voilaient le soleil monstrueux là où il touchait l'horizon. Des gouttes de pluie s'accrochaient au moindre brin d'herbe comme de minuscules perles ambre.

Jason avait admis qu'il mourrait. Je commençais désormais à l'accepter moi-même.

En tant que médecin, j'avais croisé la mort plus souvent que la plupart des gens. Je savais comment mouraient mes semblables. Je n'ignorais pas que la conception habituelle de la manière dont on affronte la mort — déni, colère, acceptation — n'était au mieux qu'une généralisation grossière. Ces émotions pouvaient évoluer en quelques secondes ou ne pas évoluer du tout, la mort pouvait renchérir sur elles à tout instant. Pour beaucoup, affronter la mort n'était pas un problème : elle survenait sans s'annoncer, par une rupture d'aorte ou une décision malencontreuse à un carrefour encombré.

Mais Jase savait qu'il mourait, et cela m'a tout d'abord laissé perplexe qu'il semble l'accepter avec un calme aussi surnaturel. J'ai ensuite compris que sa mort était aussi l'aboutissement de ses ambitions. Il se trouvait en effet sur le point de comprendre ce qu'il avait cherché toute sa vie à comprendre : la signification du Spin et la place de l'humanité dans celui-ci : sa *propre* place dans celui-ci, puisqu'il avait contribué au lancement des réplicateurs.

C'était comme s'il avait levé le bras et touché les étoiles.

Et les étoiles avaient réagi en le touchant aussi. Les étoiles l'assassinaient. Mais il mourait en état de grâce.

« Il faut se dépêcher. Il fait presque noir, maintenant, non ? »

Carol était partie allumer les bougies d'un bout à l'autre de la maison.

« Presque, ai-je répondu.

— Et la pluie a cessé. Ou du moins, je ne l'entends plus.

— La température baisse, aussi. Tu veux que j'ouvre la fenêtre ?

— S'il te plaît. Tu as rallumé l'enregistreur audio ?

— Il est en marche. » J'ai soulevé de quelques centimètres la vitre de la vieille fenêtre à guillotine, laissant l'air frais pénétrer dans la pièce.

« Nous parlions des Hypothétiques...

— Oui. » Un silence. « Jase ? Tu es toujours là ?

— J'entends le vent. J'entends ta voix. J'entends...

— Jason ?

— Désolé… ne fais pas attention à moi, Ty. Je me laisse facilement distraire, maintenant. Je… *oh!* »

Ses bras et ses jambes se sont agités avec violence sous les sangles nouées par Carol en travers du lit. Sa tête s'est enfoncée dans l'oreiller. Cela ressemblait à une crise épileptique, mais brève : elle s'est terminée avant que j'aie le temps de m'approcher du lit. Jason a haleté et inspiré une grande bouffée d'air. « Désolé, désolé…

— Ne t'excuse pas.

— Je ne peux pas le contrôler, désolé.

— Je sais que tu ne le peux pas. Ça ne fait rien, Jase.

— Ne leur reproche pas ce qui m'arrive.

— Leur reprocher? Aux Hypothétiques? »

Il a essayé de sourire, malgré son évidente souffrance. « Il faut leur trouver un nouveau nom, tu ne crois pas? Ils ne sont plus aussi hypothétiques qu'avant. Mais ne leur reproche rien. Ils ignorent ce qu'il m'arrive. Je suis sous leur seuil d'abstraction.

— Je ne sais pas ce que cela signifie. »

Il a parlé rapidement, avec empressement, comme si cela le soulageait de ses douleurs physiques. Ou bien en constituait un autre symptôme. « Toi et moi, Tyler, nous sommes des communautés de cellules vivantes, d'accord? Et si tu abîmes un nombre suffisant de mes cellules, je mourrai, tu m'auras assassiné. Mais si nous nous serrons la main et que je perds quelques cellules de peau dans l'opération, ni toi ni moi ne nous en apercevrons. Cela reste invisible. Nous vivons à un certain niveau d'abstraction : nous interagissons en tant que corps, pas en tant que colonies de cellules. C'est la même chose pour les Hypothétiques. Ils habitent un univers plus grand que nous.

— Et cela leur donne le droit de tuer des gens?

— Je parle de leur perception, pas de leur moralité. La mort de n'importe quel être humain, *ma* mort, pourrait avoir une signification pour eux, s'ils pouvaient y assister dans le contexte adéquat. Mais c'est impossible.

— Ils l'ont pourtant déjà fait, ils ont créé d'autres mondes Spin... N'est-ce pas une des découvertes faites par les réplicateurs avant que les Hypothétiques les arrêtent?

— D'autres mondes Spin. Oui. Beaucoup. Le réseau des Hypothétiques s'est étendu jusqu'à englober presque toute la zone habitable de la galaxie, et c'est ce qu'ils font quand ils tombent sur une planète habitée par une espèce intelligente, se servant d'outils et parvenue à un certain degré de maturité : ils l'entourent d'une membrane Spin. »

Je me suis imaginé des araignées enveloppant leurs victimes dans de la soie. « Pourquoi, Jase? »

La porte s'est ouverte sur Carol, tenant à la main une petite bougie sur une soucoupe en porcelaine. Elle l'a posée sur le buffet avant de l'allumer avec une allumette en bois. La flamme a dansé, menacée par la brise entrant par la fenêtre.

« Pour la protéger, a dit Jason.

— La protéger de quoi?

— De sa propre sénescence et de la disparition qui en résulte. Les cultures technologiques sont mortelles, comme tout le reste. Elles se développent jusqu'à épuisement de leurs ressources, puis elles meurent. »

À moins qu'elles ne meurent pas, ai-je pensé. À moins qu'elles ne continuent à se développer, s'étendent dans leurs systèmes solaires, se transplantent dans les étoiles...

Mais Jason avait anticipé mon objection. « Même le voyage spatial local est lent et inefficace pour des êtres à la durée de vie des humains. Peut-être aurions-nous constitué l'exception à la règle. Mais les Hypothétiques existent depuis très longtemps. Avant d'avoir conçu la membrane Spin, ils ont vu d'innombrables mondes habités se noyer dans leurs propres effluves. »

Il a inspiré et semblé s'étouffer avec cette goulée d'air. Carol s'est retournée vers lui, perdant son masque de compétence, et dans la seconde qu'il a fallu à Jason pour récupérer, elle a eu l'air vraiment terrifié, l'air non d'un médecin mais d'une femme dont l'enfant meurt.

Par chance, peut-être, Jase ne voyait pas. Il a eu du mal à déglutir, et a réussi ensuite à respirer normalement.

« Mais pourquoi le Spin, Jase ? Il nous pousse dans l'avenir, mais cela ne change rien.

— Au contraire. Cela change tout. »

Jason a vécu une dernière nuit paradoxale en ce sens qu'il parlait de manière de plus en plus bizarre et hachée au fur et à mesure de la croissance en apparence exponentielle de ses connaissances. Je crois qu'il a davantage appris en ces quelques heures qu'il ne pouvait commencer à partager, et ce qu'il a partagé était capital : considérable dans sa puissance explicative et provocateur dans ce qu'il sous-entendait concernant la destinée de l'humanité.

Si l'on oublie le traumatisme, la recherche déchirante des mots appropriés, ce qu'il a dit était...

Eh bien, cela a commencé par : « Essaye de voir ça à leur manière. »

Leur manière : celle des Hypothétiques.

Les Hypothétiques, qu'on les considère comme un seul ou de nombreux organismes, avaient évolué à partir des premiers appareils de von Neumann à habiter notre galaxie. L'origine de ces machines autoreproductibles restait obscure. Leurs descendants n'en avaient pas de souvenir direct, pas davantage que vous et moi ne pouvons nous « souvenir » de l'évolution humaine. Ils pouvaient avoir été produits par une culture biologique ayant émergé précocement et dont il ne resterait aucune trace, ils pouvaient avoir émigré d'une autre galaxie, plus ancienne. Dans un cas comme dans l'autre, les Hypothétiques actuels appartenaient à une descendance d'une ancienneté presque invraisemblable.

Ils avaient vu à d'innombrables reprises des espèces biologiques intelligentes évoluer et s'éteindre sur des planètes comme la nôtre. En transportant passivement du matériel organique d'étoile en étoile, ils ont peut-être même contribué à ensemencer le processus de l'évolution organique. Et ils ont observé des cultures biologiques engendrer de grossiers réseaux de von Neumann, sous-produits de leur complexité à la croissance de plus en plus rapide (mais en fin de compte insoutenable). Ils ont vu cela se produire non pas une, mais de nombreuses fois. Pour les Hypothétiques, nous avions tous plus ou moins l'air de pépinières à réplicateurs : étranges, féconds, fragiles.

De leur point de vue, cette éternelle et bégayante gestation de réseaux de von Neumann simples, suivie par l'effondrement écologique rapide des planètes sources, était un mystère autant qu'une tragédie.

Un mystère, parce que les événements éphémères sur une échelle temporelle purement biologique étaient difficiles à comprendre et même à percevoir.

Une tragédie, parce qu'ils avaient commencé à se représenter ces cultures d'origine comme des réseaux *biologiques* ratés, apparentés à eux-mêmes... mais détruits, dans leur évolution vers la complexité véritable, par des écosystèmes planétaires finis.

Et donc, pour les Hypothétiques, le Spin servait à nous préserver — ainsi que des dizaines d'autres civilisations apparues sur d'autres mondes avant et après nous — dans la fleur de notre âge technologique. Mais nous n'étions pas des pièces de musée, figées sur place pour une exposition publique. Les Hypothétiques remodelaient notre destinée. Ils nous avaient suspendus dans un temps lent pendant la mise en place d'une expérience grandiose, une expérience formulée sur des milliards d'années et approchant désormais de son but ultime : construire un paysage biologique immensément étendu, dans lequel ces cultures, qui couraient sans cela à leur fin, pourraient se développer et *in fine* se rencontrer et se mêler.

Je n'ai pas compris tout de suite ce que cela signifiait : « Un environnement biologique étendu ? Plus grand que la Terre elle-même ? »

Nous frôlions désormais l'obscurité complète. Je n'ai pas inclus dans mon récit les mouvements convulsifs et les sons involontaires qui interrompaient les paroles de Jason. Je vérifiais à intervalles réguliers son pouls, rapide et de plus en plus faible.

« Les Hypothétiques, a-t-il affirmé, peuvent manipuler l'espace et le temps. Tu en as la preuve tout autour de nous. Mais ils peuvent accomplir bien davantage que la création d'une membrane temporaire. Par l'intermédiaire de boucles spatiales, ils peuvent relier au sens propre notre planète à d'autres comme elles... de nouvelles planètes, certaines conçues et entretenues artificiellement, sur lesquelles nous pouvons nous rendre *instantanément* et *facilement*... par des liaisons, des ponts, des structures, des structures assemblées par les Hypothétiques, assemblées à partir de... si c'est vraiment possible... la matière d'étoiles mortes, d'étoiles à neutrons... des structures littéralement remorquées dans l'espace, patiemment, très patiemment, pendant des millions d'années... »

Carol se tenait assise d'un côté du lit, moi de l'autre. J'immobilisais les épaules de Jason pendant ses convulsions et Carol lui essuyait le front chaque fois qu'il ne pouvait plus parler. Les yeux de Jason étincelaient dans la lumière de la bougie et fixaient le vide avec attention.

« La membrane Spin est toujours en place, elle fonctionne, elle pense, mais sa fonction temporelle est terminée, achevée... c'est cela, les scintillements : les effets secondaires d'un processus de désyntonisation, qui a rendu la membrane perméable afin de laisser quelque chose la traverser pour pénétrer dans l'atmosphère, quelque chose de *gros*... »

Plus tard, ce dont il parlait est devenu évident. Mais sur le moment, cela m'a laissé perplexe et j'ai soupçonné Jason d'avoir sombré dans la démence, dans une espèce de surcharge métaphorique gouvernée par le mot « réseau ».

Je me trompais, bien entendu.

Ars moriendi ars vivendi est : l'art de mourir est celui de vivre. J'avais lu cette maxime quelque part pendant mon troisième cycle universitaire et je m'en suis souvenu au chevet de Jason. Il est mort comme il avait vécu, dans la poursuite héroïque de la compréhension. Il ferait cadeau au monde des fruits de cette compréhension, fruits non pas thésaurisés mais librement distribués.

Mais l'autre souvenir qui m'est revenu à l'esprit, tandis que les Hypothétiques transformaient et érodaient la substance du système nerveux de Jason d'une manière qu'ils ne pouvaient savoir mortelle pour lui, est celui de cet après-midi, longtemps auparavant, où il avait dévalé Bantam Hill Road sur mon vélo d'œuvre de bienfaisance depuis le sommet de la colline. Je me suis souvenu avec quelle adresse, presque digne d'un danseur de ballet, il avait contrôlé cette machine en cours de désintégration, jusqu'à ce qu'il n'en reste rien d'autre que balistique et vélocité, l'inévitable dégradation de l'ordre en chaos.

Le corps de Jason — et n'oublions pas que c'était un Quatrième Âge — était une machine réglée avec précision. Il n'est pas mort facilement. Peu avant minuit, Jason a perdu la parole, et c'est à ce moment-là qu'il a commencé à sembler effrayé et plus vraiment humain. Carol lui a tenu la main en lui assurant qu'il était en sécurité, à la maison. Je ne sais pas si cette consolation est parvenue jusqu'aux étranges salles convolutées dans lesquelles son esprit était entré. Je l'espère.

Peu après, ses yeux se sont révulsés et ses muscles se sont décontractés. Son corps a continué à se battre, à inspirer convulsivement presque jusqu'au matin.

Je l'ai alors laissé avec Carol, qui lui a caressé le front avec une douceur infinie tout en lui parlant à voix basse, comme s'il pouvait encore l'entendre, et je n'ai pas remarqué que le soleil s'est levé, non plus rouge et boursouflé mais aussi brillant et parfait qu'avant la fin du Spin.

4×10^{9} ap. J.-C./Nous atterrissons tous quelque part

Je suis resté sur le pont du *Capetown Maru* tandis qu'il quittait son mouillage pour se diriger vers la haute mer.

Pendant les feux de pétrole, pas moins de douze porte-conteneurs ont appareillé à Teluk Bayur en cherchant à obtenir la meilleure position à la sortie du port. Il s'agissait pour la plupart de petits navires marchands d'immatriculation douteuse qui se rendaient sans doute à Port Magellan malgré ce qu'affirmaient leurs manifestes — des bâtiments dont les propriétaires et capitaines avaient beaucoup à perdre des contrôles que provoquerait une enquête.

Appuyés au bastingage, Jala et moi observions un caboteur piqueté de rouille s'écarter d'une couche de fumée en virant de bord à proximité inquiétante de la poupe du *Capetown*. Les deux bateaux actionnaient leur sirène et l'équipage de pont du *Capetown* regardait avec appréhension vers l'arrière. Mais le caboteur a changé de cap avant la collision.

Puis nous nous sommes retrouvés hors de la protection du port, dans les rouleaux de la haute mer, et je suis descendu rejoindre Ina, Diane et les autres émigrés dans le poste d'équipage. Tout comme ses parents et Ibu Ina, installés avec lui à une table à tréteaux, Eng semblait indisposé. Par égard pour sa blessure, on avait laissé à Diane la seule chaise rembourrée du local, mais la plaie avait cessé de saigner et Diane était parvenue à enfiler des vêtements secs.

Jala est entré une heure plus tard. Il a crié pour obtenir l'attention de tous avant de prononcer un discours, qu'Ina m'a traduit : « Je vous épargne sa prétentieuse autosatisfaction… Jala raconte qu'il est allé dans la timonerie parler au capitaine. Les débuts d'incendie sur le pont sont tous éteints, dit-il, nous sommes en route et en sécurité. Le capitaine s'excuse pour la houle. D'après les prévisions météorologiques, le temps devrait changer en fin de soirée ou en début de matinée. Mais pour ce qui concerne les prochaines heures… »

Assis à côté d'elle, Eng s'est alors tourné pour lui vomir sur les genoux, finissant sa phrase pour elle.

Deux nuits plus tard, je suis monté sur le pont regarder les étoiles avec Diane.

Le pont principal était plus calme la nuit qu'à n'importe quel moment de la journée. Entre les conteneurs longs de douze mètres, trop exposés, et la superstructure de poupe, nous avons déniché un endroit sûr pour parler sans qu'on nous entende. La mer était calme, l'air d'une chaleur agréable, et les étoiles grouillaient au-dessus des cheminées et radars du *Capetown*, comme emmêlées dans son gréement.

« Tu continues à écrire ta biographie ? » Diane avait vu l'assortiment de cartes mémoire que je transportais dans mes bagages, avec la contrebande numérique et pharmaceutique rapportée de Montréal. Ainsi que divers papiers, carnets, pages et notes manuscrites.

« Moins souvent. Cela ne me semble plus aussi urgent. Le besoin de tout mettre par écrit…

— Ou la peur d'oublier.

— Ou ça, oui.

— Et te *sens*-tu différent ? » a-t-elle demandé avec un sou rire.

J'étais un nouveau Quatrième Âge. Pas Diane. Sa blessure avait déjà cicatrisé, ne laissant qu'une longueur de chair froncée suivant la courbure de sa hanche. La capacité de son corps à se régénérer continuait à me sembler troublante. Même si, *a priori*, j'en bénéficiais aussi.

Elle posait cette question pour me taquiner. J'avais demandé de nombreuses fois à Diane si elle se sentait différente en tant que Quatrième Âge. La véritable question étant, bien entendu, si elle *me semblait* différente.

La bonne réponse n'existait pas. Diane était manifestement une personne différente après avoir frôlé la mort et ressuscité à la Grande Maison... qui n'aurait pas changé ? Elle avait perdu un mari et une foi, puis repris conscience dans un monde face auquel le Bouddha lui-même se serait gratté la tête de perplexité.

« La transition n'est qu'une porte, a-t-elle dit. Une porte donnant dans une pièce. Une pièce dans laquelle tu n'es jamais entré, même si tu as pu l'entrapercevoir de temps en temps. C'est désormais dans cette pièce que tu vis, elle est à toi, elle t'appartient. Elle a certaines qualités que tu ne peux pas changer : tu ne peux pas la rendre plus grande ou plus petite. Mais tu peux la meubler à ton goût.

— C'est davantage un proverbe qu'une réponse, ai-je dit.

— Désolée. Je ne peux pas faire mieux. » Elle a levé la tête vers les étoiles. « Regard, Tyler, on voit l'Arc. »

Nous l'appelons « Arc » parce que nous sommes une espèce myope. L'Arc est en réalité un anneau, un cercle de mille cinq cents kilomètres de diamètre, mais dont seule la moitié supérieure s'élève au-dessus des eaux. Le reste est sous-marin ou enfoui dans la croûte terrestre, exploitant peut-être (comme l'ont avancé certains) l'énergie du magma subocéanique. Mais de notre point de vue de fourmis, cela ressemblait bien à un arc de cercle, dont le sommet se trouvait nettement au-dessus de l'atmosphère.

Même la moitié exposée n'était complètement visible que sur les photographies spatiales, et en général, on trafiquait ces clichés pour en accentuer les détails. Une section transversale du matériau de l'anneau lui-même — en fait, du câble qui formait la boucle — donnerait un rectangle de quatre cents sur mille cinq cents mètres. Immense, même s'il renfermait un espace démesurément plus grand et s'avérait parfois difficile à voir de loin.

L'itinéraire du *Capetown Maru* nous avait conduits au sud de l'anneau, parallèlement à son rayon et presque sous son sommet. Le soleil brillait toujours sur ce dernier, qui ne ressemblait plus à un U ou un J tordu mais à un sourcil légèrement froncé (comme celui du chat du Cheshire, d'après Diane) haut au nord dans le ciel. Les étoiles tournaient en passant de chaque côté, comme du plancton phosphorescent divisé par la proue d'un navire.

Diane a posé la tête sur mon épaule. « J'aurais aimé que Jason voie ça.

— Je crois qu'il l'a vu. Mais pas sous cet angle. »

Dès la mort de Jason, nous avons dû affronter trois problèmes, à la Grande Maison.

Le plus urgent était Diane, dont la condition physique n'a pas changé jusqu'à plusieurs jours après l'injection du médicament martien. Elle était quasi comateuse et sujette à une fièvre intermittente, son pouls battant dans sa gorge comme une aile d'insecte. Nous avions peu de fournitures médicales et je devais de temps en temps la persuader de boire une gorgée d'eau. Le bruit de sa respiration a constitué la seule véritable amélioration : elle devenait peu à peu plus détendue et moins encombrée. Ses poumons, au moins, se réparaient.

Le deuxième problème, déplaisant, se rencontrait toutefois dans de trop nombreuses maisonnées du pays : un membre de la famille venant de rendre l'âme, il fallait l'enterrer.

Au cours des jours précédents, le monde avait connu une grande vague de décès (par accidents, suicides, homicides). Ni les États-Unis ni aucune autre nation sur Terre n'étaient équipés pour l'affronter, sauf de la manière la plus crue possible.

La radio locale avait commencé à lister les sites de dépôt pour les enterrements collectifs, on avait réquisitionné des camions frigorifiques dans les usines de conditionnement de viande et mis en place un numéro de téléphone spécial, les communications ayant été rétablies, mais Carol a refusé d'en entendre parler. Lorsque j'ai abordé le sujet, elle s'est repliée dans une attitude de dignité farouche : « Je ne le ferai pas, Tyler. Je ne laisserai *pas* jeter Jason dans une fosse comme un pauvre du Moyen Âge.

— Carol, nous ne pouvons pas...

— Silence ! Il me reste trois ou quatre contacts d'autrefois. Laisse-moi passer quelques coups de fil. »

Spécialiste respectée avant le Spin, elle devait disposer à l'époque d'un vaste réseau de contacts, mais qui pouvait-elle encore connaître après trente ans de réclusion alcoolique ? Elle a néanmoins passé la matinée au téléphone, à localiser les numéros de ceux qui en avaient changé, à se présenter à nouveau, à expliquer, amadouer, supplier. Tout cela me semblait sans espoir. Mais moins de six heures plus tard, un corbillard s'arrêtait devant la maison et deux professionnels visiblement épuisés mais implacablement aimables sont entrés poser le corps de Jason sur une civière à roulettes avant de le faire sortir pour la dernière fois de la Grande Maison.

Carol est ensuite restée à l'étage jusqu'à la fin de la journée, tenant la main de Diane, chantant à sa fille des chansons que celle-ci n'entendait sans doute pas. Cette nuit-là, Diane a bu un verre entier pour la première fois depuis que le soleil rouge s'était levé... une « dose d'entretien », comme elle a dit.

Notre troisième gros problème a été E.D. Lawton.

Il avait fallu informer E.D. du décès de son fils, et Carol s'était préparée à accomplir ce devoir-là aussi. Elle a reconnu ne plus lui parler depuis deux ans que par l'intermédiaire de leurs avocats et avoir toujours eu peur de lui, du moins tant qu'elle restait sobre : lui était grand, amateur de conflits, intimidant, elle fragile, évasive, rusée. Mais son chagrin avait transformé cette équation de manière subtile.

Au bout de quelques heures, elle a fini par réussir à le contacter — il se trouvait non loin de là, à Washington — et à lui parler de Jason. Elle s'est montrée d'une imprécision prudente sur la cause du décès. Elle lui a raconté que Jason était arrivé chez elle souffrant en apparence d'une pneumonie devenue critique peu après le courant coupé et le monde devenu fou : pas de téléphone, pas d'ambulance, et en définitive pas d'espoir.

Je lui ai demandé comment E.D. avait accueilli la nouvelle.

Elle a haussé les épaules. « D'abord, il n'a rien dit. C'est par le silence qu'E.D. exprime sa douleur. Son fils est mort, Tyler. Cela ne l'a peut-être pas surpris, étant donné les événements de ces derniers jours. Mais cela lui a fait du mal. Je pense que cela lui a fait un mal effroyable.

— Lui avez-vous dit que Diane était là ?

— J'ai pensé plus sage de m'en abstenir. » Elle m'a regardé. « Je ne lui ai pas parlé non plus de toi. Je sais que Jason et E.D. étaient en conflit. Jason est venu échapper à quelque chose qui se passait à Périhélie, quelque chose qu'il trouvait effrayant. Je présume que cela a un rapport quelconque avec le médicament martien. Non, Tyler, ne m'explique pas... je m'en fiche et de toute manière, je ne comprendrais sans doute pas. Mais j'ai pensé qu'il valait mieux éviter qu'E.D. débarque ici en essayant de prendre les choses en main.

— Il n'a pas posé de questions sur elle ?

— Non, pas sur Diane. Mais il s'est tout de même passé une chose étrange. Il m'a demandé de m'assurer que Jason... eh bien, que le corps de Jason soit conservé. Il a posé beaucoup de questions à ce sujet. Je lui ai dit avoir pris les dispositions nécessaires, qu'il y aurait des obsèques et que je le tiendrais au courant. Mais cela ne lui a pas suffi. Il réclame une autopsie. Mais j'ai fait mon obstinée. » Elle m'a regardé froidement. « Pourquoi réclame-t-il une autopsie, Tyler ?

— Je n'en sais rien », ai-je répondu.

Mais j'ai entrepris de le découvrir. Je suis allé dans la chambre de Jason. Les draps avaient été enlevés du lit vide. J'ai ouvert la fenêtre avant de m'installer sur la chaise près de la commode pour regarder ce qu'avait laissé Jason.

Il m'avait demandé d'enregistrer ses considérations finales sur la nature des Hypothétiques et la manipulation à laquelle ils se livraient avec la Terre. Il m'avait aussi demandé d'inclure une copie de cet enregistrement dans chacune des douze enveloppes matelassées, timbrées et adressées, à expédier si le service postal était rétabli un jour. De toute évidence, Jase ne s'attendait pas à produire un tel monologue à son arrivée à la Grande Maison, quelques jours avant la fin du Spin. Une autre crise le tourmentait. Son testament sur son lit de mort constituant un ajout de dernière minute.

J'ai parcouru la liasse d'enveloppes. Toutes étaient adressées, de la main de Jason, à des noms que je n'ai pas reconnus. Correction : j'ai reconnu un nom sur l'une d'elles.

Le mien.

Cher Tyler,

Je sais t'avoir importuné plus que de raison par le passé. J'ai peur d'être sur le point de recommencer, et cette fois pour des enjeux considérablement plus importants. Je t'explique. Et désolé si cela semble abrupt, mais je suis pressé, pour des raisons qui te seront bientôt évidentes.

Les récents épisodes de ce que les médias appellent « le scintillement » ont sonné l'alerte dans l'entourage de Lomax. D'autres événements aussi, dont on a beaucoup moins parlé. Je ne te donnerai qu'un exemple : depuis la mort de Wun Ngo Wen, des échantillons de tissus prélevés sur ses organes sont à l'étude au Centre des maladies animales de Plum Island, dans ces mêmes installations où on l'a placé en quarantaine à son arrivée sur Terre. La biotechnologie martienne est subtile, mais la médecine légale moderne est têtue. Il est récemment devenu évident que la physiologie de Wun, en particulier son système nerveux, avait été modifiée de manière bien plus radicale que la procédure « Quatrième Âge » résumée dans ses archives. Pour cette raison comme pour d'autres, Lomax et ses hommes ont commencé à flairer du louche. Ils ont sorti E.D. de sa retraite forcée et accordent désormais crédit à ses soupçons sur les motifs de Wun. E.D. y a vu le moyen de récupérer Périhélie (et de restaurer sa réputation), aussi s'est-il empressé de capitaliser sur la paranoïa de la Maison-Blanche.

Comment les autorités ont-elles choisi de procéder ? Brutalement. Lomax (ou ses conseillers) ont décidé d'effectuer une descente dans les installations actuelles de Périhélie pour s'emparer de tout ce qu'il restait des possessions et documents de Wun, ainsi que de tous nos dossiers et notes de travail.

E.D. n'a pas encore fait le lien entre ma guérison de la SEPA et les médicaments de Wun, ou alors il l'a gardé pour lui. C'est du moins ce que je préfère croire. Parce que si je tombe entre les mains des services de sécurité, ils vont procéder aussitôt à une analyse sanguine et ne tarderont pas ensuite à me transformer en sujet d'expérience scientifique captif, sans doute dans la cellule que Wun occupait à Plum Island. Et je ne crois pas que ce soit vraiment la volonté d'E.D. Il a beau m'en vouloir d'avoir « volé Périhélie » ou collaboré avec Wun Ngo Wen, il reste mon père.

Mais ne t'inquiète pas. Même si E.D. a effectué un retour en force auprès de Lomax à la Maison-Blanche, je ne manque pas de ressources. Je les ai cultivées. Il ne s'agit généralement pas de puissants, même si certains le sont à leur manière, mais de personnes raisonnables et brillantes qui ont choisi de considérer la destinée humaine à plus long terme, des personnes qui m'ont prévenu à l'avance de la descente à Périhélie. Je me suis échappé. Me voilà un fugitif.

Toi, Tyler, tu n'es que soupçonné de complicité, encore que cela puisse revenir au même.

Je suis désolé. Tu te retrouves dans cette position en partie à cause de moi, je le sais bien. Un jour, je m'excuserai en personne. Pour le moment, je ne peux te proposer qu'un conseil.

Les archives numériques que je t'ai remises à ton départ de Périhélie sont, bien entendu, des rédactions très secrètes issues des archives de Wun Ngo Wen. Tu les as peut-être brûlées ou jetées dans l'océan Pacifique, je n'en sais rien. Peu importe. Concevoir des vaisseaux spatiaux pendant des années m'a appris la nécessité de la redondance. J'ai divisé la sagesse de contrebande de Wun entre des douzaines de personnes dans ce pays et à l'étranger. Cela n'a pas encore été publié sur Internet — personne n'est à ce point irresponsable —, mais c'est quelque part. Il s'agit sans nul doute d'un acte profondément antipatriotique et certainement criminel. Si on me capture, on m'accusera de trahison. D'ici là, j'en profite au maximum.

Mais je ne crois pas que des connaissances de ce genre (dont les protocoles pour les modifications humaines capables de guérir les maladies graves, entre autres, et je parle en connaissance de cause) doivent être conservées pour procurer un avantage à la nation, même si les dévoiler soulève d'autres problèmes.

Lomax et le Congrès à sa botte ne sont manifestement pas d'accord. Je disperse donc les derniers fragments des archives et je décampe. J'entre dans la clandestinité. Tu devrais peut-être m'imiter. En fait, tu y seras peut-être obligé. Tôt ou tard, les autorités fédérales vont s'intéresser de très près à chacun de mes proches qui travaillaient à Périhélie à l'époque.

À moins au contraire que tu ne préfères passer au bureau du FBI le plus proche et leur remettre le contenu de cette enveloppe. Si tu penses que c'est la meilleure réaction possible, obéis à ta conscience, je ne te le reprocherais pas, même si je ne te garantis pas le résultat. Mon expérience de l'administration Lomax m'incite à penser qu'en fait, la vérité ne te libérera pas.

En tout cas, je regrette de t'avoir placé dans cette position difficile. Ce n'est pas juste. C'est trop demander à un ami, et j'ai toujours été fier de t'avoir pour ami.

Peut-être E.D. a-t-il raison sur un point. Notre génération s'est battue pendant trente ans pour récupérer ce que le Spin nous a volé par cette nuit d'octobre. Mais c'est impossible. Il n'y a rien à quoi on puisse s'accrocher dans cet univers en évolution, et rien à gagner d'essayer. Si j'ai appris quelque chose de ma « Quatrièmeté », c'est cela. Nous sommes aussi éphémères que des gouttes de pluie. Nous tombons tous, et nous atterrissons tous quelque part.

Tombe de la manière que tu veux, Tyler. Utilise les documents ci-joints si tu en as besoin. Ils ont coûté cher, mais ils sont fiables à 100 %. (C'est agréable d'avoir des amis haut placés !)

Les « documents ci-joints » consistaient, pour l'essentiel, en un jeu d'identités de secours : passeports, cartes d'identité, permis de conduire, certificats de naissance, numéros de sécurité sociale et même diplômes de médecin, portant tous ma description et un nom qui n'était pas le mien.

Le rétablissement de Diane se poursuivait. Son pouls s'est raffermi et ses poumons se sont dégagés, mais elle restait fébrile. Le médicament martien agissait comme il le devait : il reconstruisait Diane depuis l'intérieur, procédant à de subtiles modifications et révisions de son ADN.

Au fur et à mesure que sa santé s'améliorait, elle commençait à poser des questions prudentes, sur le Soleil, sur le pasteur Dan, sur notre voyage de l'Arizona à la Grande Maison Sa fièvre intermittente l'empêchait parfois de retenir les réponses que je lui donnais. Elle m'a demandé à plusieurs reprises ce qu'était devenu Simon. Si elle semblait lucide, je lui racontais le veau rouge et le retour des étoiles, sinon je lui répondais que Simon n'était « pas là » et que je m'occuperais d'elle encore un peu. Aucune de ces réponses — la véridique et l'à moitié vraie — ne paraissait la satisfaire.

Certains jours, elle restait avachie, calée face à la fenêtre, à regarder le soleil parcourir les vallons formés par les draps et les couvertures. D'autres, elle ne cessait de s'agiter fiévreusement. Un après-midi, elle a réclamé du papier et un stylo... mais lorsque je les lui ai donnés, elle n'a écrit qu'une phrase,

Ne suis-je pas le gardien de mon frère, qu'elle a réécrite encore et encore jusqu'à en avoir des crampes aux doigts.

« Je lui ai dit, pour Jason, a admis Carol quand je lui ai montré le papier.

— Vous êtes sûre que c'était une bonne idée ?

— Il fallait bien qu'elle l'apprenne tôt ou tard. Elle finira par l'accepter, Tyler. Ne t'inquiète pas. Diane ira bien. Diane a toujours été la plus forte des deux. »

Le matin des obsèques de Jason, je me suis occupé des enveloppes qu'il avait laissées : j'ai ajouté une copie de son dernier enregistrement dans chacune et je les ai toutes glissées dans une boîte aux lettres choisie au hasard sur le chemin de la chapelle réservée par Carol pour la cérémonie. Les colis devraient sans doute patienter quelques jours dans la boîte — le rétablissement du service postal se poursuivait — mais je me suis dit qu'ils y seraient plus en sécurité qu'à la Grande Maison.

La « chapelle » était un salon funéraire sans confession situé dans la grande rue d'un quartier de banlieue, rue très encombrée depuis la levée des restrictions de déplacement. Jase avait toujours manifesté un mépris de rationaliste envers les obsèques sophistiquées, mais la notion que Carol avait de la dignité exigeait une cérémonie, même médiocre et de pure forme. Elle avait réussi à rassembler une petite foule composée surtout de vieux voisins qui avaient connu Jason enfant et suivi sa carrière de loin par ses brèves apparitions télévisées et les encadrés dans le journal. C'était sa célébrité sur le déclin qui remplissait les travées.

J'ai prononcé un bref éloge funèbre. (Diane s'en serait mieux sortie, mais son état ne lui avait pas permis de venir.) Jase, ai-je dit, avait dédié sa vie à la poursuite de la connaissance, non avec arrogance mais avec humilité : il comprenait que le savoir n'était pas créé mais découvert, qu'on ne pouvait le posséder, seulement le partager, de la main à la main, d'une génération à l'autre. Jason s'était lui-même inclus dans ce partage, dont il continuait à faire partie. Il s'était incorporé dans le réseau du savoir.

Je me trouvais toujours à la tribune quand E.D. est entré.

Il ne m'a reconnu qu'au milieu de l'allée. Il m'a alors regardé toute une minute avant de s'asseoir sur le banc libre le plus proche.

Plus émacié que dans mon souvenir, il avait tondu ses derniers cheveux blancs. Mais il se comportait toujours comme une personne importante. Il portait un costume sans doute taillé au millimètre près. Il a croisé les bras et inspecté les lieux d'un air impérial, comme pour dresser la liste des personnes présentes. Son regard s'est un peu attardé sur Carol.

À la fin de la cérémonie, Carol s'est levée et a accepté avec courage les condoléances que lui présentaient l'un après l'autre ses voisins en sortant. Elle avait versé d'abondantes larmes les jours précédents, mais son œil restait résolument sec et son regard gardait une distance presque clinique. E.D. s'est approché une fois tout le monde sorti. Elle s'est raidie, comme un félin sentant la présence d'un prédateur plus gros que lui.

« Carol, a dit E.D. Tyler. » Il m'a adressé un regard acerbe.

« Notre fils est mort, a dit Carol. Jason n'est plus parmi nous.

— C'est pour cette raison que je suis venu.

— Pour le pleurer, j'espère...

— Bien entendu.

— ... et pas pour une autre raison. Parce qu'il est rentré à la maison pour t'échapper. Je suppose que tu le sais.

— J'en sais plus à ce sujet que tu ne te l'imagines. Jason avait les idées confuses...

– On peut dire beaucoup de choses de Jason, E.D., mais pas qu'il avait les idées confuses. J'étais avec lui quand il est mort.

— Vraiment ? Intéressant. Parce que moi, contrairement à toi, j'étais avec lui quand il était vivant. »

Carol a inspiré d'un coup et tourné la tête comme si elle avait reçu une gifle.

« Allons, Carol. C'est moi qui ai élevé Jason, tu le sais très bien. Le genre de vie que je lui ai donné peut ne pas te plaire, mais c'est ce que j'ai fait : je lui ai donné une vie et les moyens de la vivre.

— Je lui ai donné le jour.

— C'est une fonction physiologique, pas un acte moral. Tout ce que Jason a jamais eu, il l'a eu de moi. Tout ce qu'il a appris, c'est moi qui le lui ai enseigné.

— Pour le meilleur ou pour le pire...

— Et voilà que tu veux me condamner juste parce que j'ai des préoccupations d'ordre pratique...

— *Quelles* préoccupations ?

— L'autopsie, bien entendu.

— Oui. Tu en as parlé au téléphone. Mais c'est indigne et pour tout dire, impossible.

— J'espérais que tu prendrais au sérieux mes préoccupations. Ce n'est pas le cas, de toute évidence. Mais je n'ai pas besoin de ta permission. Il y a des hommes qui attendent devant l'entrée pour récupérer le corps, et ils peuvent présenter des ordonnances judiciaires dans le cadre de la loi des mesures d'urgence. »

Elle a reculé d'un pas. « Tu as autant de pouvoir que cela ?

— Ni toi ni moi n'avons le choix, en l'occurrence. Cela va se produire que nous le voulions ou pas. Et il ne s'agit vraiment que d'une formalité. On ne lui fera aucun mal. Alors pour l'amour du ciel, gardons un peu de dignité et de respect mutuel. Laisse-moi avoir le corps de mon fils.

— Je ne peux pas.

— Carol...

— Je ne peux pas te donner son corps.

— Tu ne m'écoutes pas. *Tu n'as pas le choix.*

— Non, je suis désolée, mais c'est *toi* qui ne m'écoutes pas. Écoute, E.D., je ne *peux pas* te donner son corps. »

Il a ouvert la bouche et l'a refermée. Ses yeux se sont écarquillés.

« Carol, a-t-il dit. Qu'as-tu fait ?

— Il n'y a pas de corps. Ou il n'y en a plus. » Ses lèvres se sont plissées en un sourire amer et rusé. « Mais j'imagine que tu peux emporter ses cendres. Si tu y tiens. »

J'ai reconduit Carol à la Grande Maison, où son voisin Emil Hardy — qui avait abandonné la publication de son éphémère journal dès l'électricité rétablie — était resté tenir compagnie à Diane.

« On a parlé de la vie dans le quartier à l'époque, nous a-t-il dit en prenant congé. Je regardais les gamins faire du vélo. C'était il y a bien longtemps. Ce problème de peau qu'elle a...

— Rien de contagieux, l'a rassuré Carol. Ne vous inquiétez pas.

— Bizarre, quand même.

— Oui. Bizarre. Merci, Emil.

— Ashley et moi serions très heureux de vous inviter à dîner un de ces soirs.

— Voilà qui est très aimable. Remerciez Ashley pour moi. » Elle a refermé la porte et s'est tournée vers moi. « Il me faut un verre. Mais chaque chose en son temps. E.D. sait que tu es là. Donc il faut que tu partes, et que tu emmènes Diane. Tu peux le faire ? L'emmener dans un endroit sûr ? Un endroit où E.D. ne la trouvera pas ?

— Bien entendu. Mais vous ?

— Je ne cours aucun danger. E.D. pourrait envoyer des gens dans le coin chercher le trésor qu'il s'imagine que Jason lui a volé. Mais il ne trouvera rien... du moment que tu es *consciencieux*, Tyler, et il ne peut pas me prendre la maison. E.D. et moi avons signé notre armistice il y a bien longtemps. Nos escarmouches sont insignifiantes. Mais il peut te faire du mal à *toi*, et il peut en faire à Diane même sans le vouloir

– Je l'en empêcherai.

— Alors rassemble tes affaires. Tu n'as peut-être pas beaucoup de temps. »

La veille du jour où le *Capetown Maru* devait traverser l'Arc, je suis monté sur le pont assister au lever du soleil. On voyait à peine l'Arc, aux piliers masqués à l'ouest comme à l'est par l'horizon, mais dans la demi-heure précédant l'aube, son apex a formé une ligne dans le ciel presque juste au-dessus de nos têtes, fil de rasoir luisant doucement.

Il a disparu derrière un voile de cirrus en milieu de matinée, mais nous savions tous qu'il était là.

La perspective du transit rendait nerveux non seulement les passagers, mais aussi l'équipage, malgré son expérience. Celui-ci vaquait à ses occupations habituelles, pourvoyant aux besoins du navire, réparant la machinerie, décapant et repeignant la superstructure, mais avec un rythme de travail empreint d'une brusquerie absente la veille. Jala a trimbalé une chaise en plastique jusqu'au pont et s'est assis près de moi, protégé du vent par les longs conteneurs de fret, qui limitaient toutefois sa vue sur la mer.

« C'est mon dernier voyage de l'autre côté », a-t-il dit. Il avait revêtu une tenue appropriée pour la chaleur de la journée : des jeans et une chemise jaune bouffante qu'il avait ouverte pour exposer sa poitrine au soleil. Il a décapsulé la canette de bière qu'il venait de prendre dans la glacière. Toutes ces actions annonçaient l'homme sécularisé, l'homme d'affaires tenant la *sharia* musulmane et l'*adat* minang dans un égal mépris. « Cette fois, a-t-il repris, pas de retour. »

Il avait brûlé les ponts derrière lui — au sens littéral, s'il avait de près ou de loin orchestré l'émeute à Teluk Bayur. (Les explosions avaient couvert notre fuite d'une manière trop commode pour ne pas sembler suspecte, même si nous avions failli rester prisonniers du sinistre.) Des années durant, Jala avait dirigé une affaire d'émigration clandestine bien plus lucrative que son commerce légal d'import/export. Il disait qu'il y avait davantage d'argent dans les gens que dans l'huile de palme. Mais la concurrence indienne et vietnamienne était féroce et le climat politique se détériorait : mieux valait se retirer à Port Magellan maintenant que passer le reste de sa vie dans une prison du Nouveau Reformasi.

« Vous avez déjà fait le transit ?

— Deux fois.

— C'était difficile ? »

Il a haussé les épaules. « Ne croyez pas tout ce qu'on vous raconte. »

À midi, la plupart des passagers étaient montés sur le pont. En plus des villageois minangkabaus, il y avait à bord un assortiment d'émigrants acehnais, malais ou thaïs. Nous étions peut-être une centaine en tout... bien davantage que le nombre de places dans les cabines, mais on avait aménagé trois dortoirs à fond de cale, dans des conteneurs aérés avec soin.

Ce n'était pas le sinistre et souvent mortel trafic humain transportant des réfugiés en Europe et en Amérique du Nord. Les personnes traversant l'Arc jour après jour, pour la plupart refoulées par les timides programmes de recolonisation placés sous l'égide des Nations unies, disposaient souvent d'argent à dépenser. Les membres d'équipage nous traitaient avec égard, bon nombre d'entre eux comprenant les attraits et embûches de Port Magellan pour y avoir séjourné plusieurs mois.

L'un des matelots avait consacré une partie du pont principal à une espèce de terrain de football, délimité par des filets, sur lequel jouait un groupe d'enfants. De temps à autre, la balle rebondissait par-dessus les filets et souvent sur les genoux de Jala, à sa grande contrariété. Jala était irritable, ce jour-là.

Je lui ai demandé quand le navire traverserait.

« D'après le capitaine, dans une douzaine d'heures, si on maintient cette allure.

— Notre dernier jour sur Terre.

— Ne plaisantez pas.

— Je parlais au sens propre.

— Et baissez la voix. Les marins sont superstitieux.

— Que ferez-vous à Port Magellan ? »

Jala a haussé les sourcils. « Ce que j'y ferai ? Je baiserai des belles femmes. Et peut-être quelques moches aussi. Quoi d'autre ? »

La balle a rebondi une fois de plus par-dessus le filet. Cette fois, Jala l'a ramassée et se l'est plaquée sur le ventre. « Nom de nom, je vous avais prévenus ! Le match est terminé. »

Une douzaine de gamins se sont aussitôt pressés contre les filets avec des cris de protestation, mais c'est Eng qui a rassemblé le courage de venir affronter Jala. Le garçon suait et sa cage thoracique pompait comme un soufflet. Son équipe menait de cinq buts. « Rends-la-nous, s'il te plaît, a-t-il demandé.

— Tu veux la récupérer ? » Jala s'est levé, la balle toujours entre les mains, impérieux, empli d'une colère mystérieuse. « Tu la veux ? Va la chercher. » D'un long coup de pied, il a expédié la balle au-dessus du bastingage, dans l'immensité bleu-vert de l'océan Indien.

Eng a eu l'air stupéfait, puis en colère. D'un ton amer, il a chuchoté quelques mots minangs.

Jala a rougi. Puis l'a giflé si fort que les grosses lunettes de l'enfant ont volé sur le pont.

« Excuse-toi », a exigé Jala.

Eng est tombé sur un genou, les paupières serrées. Il a inspiré plusieurs fois en sanglotant. Il a fini par se relever. Il est allé récupérer ses lunettes à quelques pas de là, les a remises et est revenu vers nous avec une dignité que j'ai trouvée stupéfiante. Il s'est planté en face de Jala.

« Non, a-t-il prononcé d'une voix faible. C'est à *toi* de t'excuser. »

Jala est resté un instant le souffle coupé puis a juré. Eng s'est recroquevillé. Jala a levé la main une nouvelle fois.

Je lui ai attrapé le poignet au vol.

Il m'a regardé, interloqué. « Mais enfin, lâchez-moi ! »

Il a essayé de se dégager. Je l'en ai empêché. « Ne le frappez plus, ai-je dit.

— Je fais ce que je veux !

— Très bien. Mais ne le frappez plus.

— *Vous*... après ce que j'ai fait pour vous !.... »

Puis il m'a regardé à nouveau.

J'ignore ce qu'il a vu sur mon visage. Je ne savais pas exactement ce que je ressentais à ce moment-là. Quoi qu'il en soit, cela a eu l'air de le troubler. Son poing serré s'est rouvert. Jala a semblé se flétrir.

« Putains d'Américains cinglés, a-t-il marmonné. Je vais à la cantine. » Il s'est adressé à la petite foule d'enfants et de matelots de pont rassemblée autour de nous : « Où je peux avoir *paix* et *respect* ! » Il s'est éloigné à grands pas.

Eng me regardait toujours, bouche bée.

« Désolé », ai-je dit.

Il a hoché la tête.

« Je ne peux pas récupérer votre balle. »

Il a touché sa joue à l'endroit où Jala l'avait giflé. « Pas grave », a-t-il dit doucement.

Plus tard — nous dînions dans le carré d'équipage, quelques heures avant la traversée —, j'ai raconté l'incident à Diane. « Je n'ai pas réfléchi à ce que je faisais. Ça m'a juste paru... évident. Presque un réflexe. C'est un truc de Quatrième Âge ?

— Possible. Le besoin de protéger une victime, surtout un enfant, et tout de suite, sans réfléchir. Je l'ai ressenti moi-même. Je suppose que les Martiens ont inscrit cela dans leur reconstruction neuronale... à supposer qu'ils puissent vraiment concevoir des sentiments aussi subtils. Si seulement on avait Wun Ngo Wen pour nous expliquer. Ou Jason, d'ailleurs. Cela t'a semblé forcé ?

— Non...

— Ou incorrect, inapproprié ?

— Non... je pense que c'était exactement ce qu'il fallait faire.

— Mais tu ne l'aurais pas fait avant le traitement ?

— Peut-être que si. Ou que j'aurais voulu. Mais j'y aurais sans doute réfléchi jusqu'à ce qu'il soit trop tard.

— Tu n'es donc pas mécontent. »

Non, juste surpris. C'était autant *moi* que la biotechnologie martienne, disait Diane, et j'imaginais qu'elle disait vrai... mais il faudrait que je m'y habitue. Comme pour toute transition (de l'enfance à l'adolescence, de l'adolescence à l'âge adulte), il y avait des nouveaux impératifs avec lesquels composer, de nouvelles opportunités et de nouveaux pièges, de nouveaux doutes.

Pour la première fois depuis bien des années, j'étais à nouveau un étranger pour moi-même.

J'avais presque fini de faire mes valises quand Carol est descendue, agile et un peu ivre, avec une boîte à chaussures dans les bras. Une boîte portant la mention SOUVENIRS (ÉCOLE).

« Tu devrais emporter ça, a-t-elle affirmé. C'était à ta mère.

— Si cette boîte a de l'importance pour vous, Carol, gardez-la.

— Merci, mais j'y ai déjà pris ce que je voulais. »

J'ai ôté le couvercle pour jeter un coup d'œil au contenu. « Les lettres. » Les lettres anonymes adressées à Belinda Sutton, le nom de jeune fille de ma mère.

« Oui. Alors comme ça, tu les as vues. Et lues ?

— Non, pas vraiment. Juste assez pour comprendre qu'il s'agissait de lettres d'amour.

— Oh mon Dieu. Cela fait tellement eau de rose, dit comme ça. Je préfère parler d'hommages. Elles sont très chastes, vraiment, si tu les lis attentivement. Non signées. Ta mère les a reçues quand elle et moi étions à l'université. Elle sortait avec ton père, à l'époque, et elle ne pouvait pas vraiment les lui montrer à *lui*... il lui en envoyait aussi. Alors elle les a partagées avec moi.

— Elle n'a jamais découvert qui les avait écrites ?

— Non, jamais.

— Elle a dû trouver cela curieux.

— Bien entendu. Mais elle était déjà fiancée à Marcus, à l'époque. Elle a commencé à sortir avec Marcus Dupree quand E.D. et lui montaient leur première affaire, la conception et la fabrication de ballons de haute altitude, à l'époque où les aérostats représentaient ce que Marcus appelait de la technologie "sauvage" : un peu folle, un peu idéaliste. Belinda appelait Marcus et E.D. "les frères Zeppelin". J'imagine donc que nous étions les sœurs Zeppelin, Belinda et moi. Parce que c'est à cette époque que j'ai commencé à flirter avec E.D. D'une certaine manière, Tyler, mon mariage n'a guère été qu'une tentative de garder ta mère comme amie.

— Les lettres...

— Intéressant, n'est-ce pas, qu'elle les ait conservées toutes ces années ? Un jour, j'ai fini par lui demander pourquoi. Pourquoi ne pas les jeter ? "Parce qu'elles sont sincères", elle m'a répondu. C'était sa manière à elle de faire honneur à la personne qui les avait écrites. La dernière est arrivée une semaine avant son mariage. Il n'y en a plus eu après. Et un an plus tard, j'ai épousé E.D... Même en tant que couples nous étions inséparables, elle te l'a déjà dit ? Nous partions en vacances ensemble, nous allions au cinéma ensemble. Belinda est venue à l'hôpital à la naissance des jumeaux et j'attendais à la porte la première fois qu'elle t'a ramené chez elle. Mais tout cela s'est achevé avec l'accident de Marcus. Ton père était un homme merveilleux, Tyler, très truculent, très drôle... la seule personne capable de faire rire E.D. Mais imprudent à l'excès. Ta mère a été complètement anéantie par sa mort. Et pas seulement sur le plan émotionnel. Marcus avait dépensé la plus grande partie de leurs économies et Belinda a utilisé le reste pour payer le prêt sur leur maison de Pasadena. Quand E.D.

a déménagé dans l'est et que nous avons fait une offre pour cet endroit, il a donc semblé tout naturel d'inviter Belinda à habiter la Petite Maison.

— En échange de l'entretien chez vous.

— C'était l'idée d'E.D. Moi, je voulais juste l'avoir près de moi. Mon mariage ne se déroulait pas aussi bien que le sien. Bien au contraire. À cette époque, Belinda était plus ou moins ma seule amie. Presque une confidente. » Carol a souri. « Presque.

— C'est pour cela que vous voulez garder ces lettres ? Parce qu'elles font partie de votre passé commun ? »

Elle a souri comme si elle parlait à un enfant un peu lent d'esprit. « *Non*, Tyler. Je te l'ai dit. Elles sont à *moi.* » Son sourire s'est réduit. « Ne prends pas cet air abasourdi. Ta mère était aussi bêtement hétérosexuelle que n'importe quelle femme de ma connaissance. J'ai juste eu la malchance de tomber amoureuse d'elle. De tomber si lamentablement amoureuse que j'aurais fait n'importe quoi, même épouser un homme qui, dès le début, me semblait un peu déplaisant, pour rester près d'elle. Et durant tout ce temps, Tyler, pendant toutes ces années, je ne lui ai jamais fait part de mes sentiments. Jamais, sauf dans ces lettres. Cela me plaisait qu'elle les ait gardées, même si elles m'ont toujours semblé dangereuses, comme une substance explosive ou radioactive, cachées en pleine vue, preuves de ma sottise. Quand ta mère est morte, le jour même de sa mort, je veux dire, j'ai paniqué un peu : j'ai essayé de cacher la boîte, j'ai envisagé de détruire les lettres, mais je n'ai pas pu, je n'ai pas pu m'y résoudre ; et ensuite, quand E.D. a divorcé, quand il n'y a plus eu personne à tromper, je les ai tout simplement prises pour moi. Parce que tu vois, elles sont *à moi.* Elles l'ont toujours été. »

Je n'ai pas su que dire. En voyant mon expression, Carol a secoué la tête d'un air triste et posé les mains sur mes épaules. « Ne sois pas fâché. Le monde regorge de surprises. Nous naissons tous étrangers à nous-mêmes et aux autres, et nous sommes rarement présentés dans les règles les uns aux autres. »

J'ai donc passé quatre semaines dans une chambre de motel du Vermont à veiller sur Diane pendant qu'elle se rétablissait. Sur le plan physique, du moins. Le traumatisme émotionnel subi au ranch Condon et par la suite l'avait laissée épuisée et secrète. Ses yeux s'étaient fermés sur un monde qui semblait toucher à sa fin et rouverts sur un monde dépourvu de points de repère. Il n'était pas en mon pouvoir de rectifier cela pour elle.

Voilà pourquoi je l'aidais avec prudence. Je lui expliquais ce qu'il fallait lui expliquer. Je n'ai rien réclamé et j'ai bien fait comprendre n'attendre aucune récompense.

Peu à peu, elle s'est mise à s'intéresser au monde modifié. Elle a posé des questions sur le Soleil, rétabli dans son aspect bienveillant, et je lui ai raconté ce que m'avait appris Jason : la membrane Spin se trouvait toujours en place, même si la barrière temporelle avait disparu, et protégeait la Terre de la même manière qu'auparavant, transformant les rayonnements mortels en un simulacre de lumière solaire adapté à l'écosystème de la planète.

« Alors pourquoi l'ont-ils débranchée pendant sept jours ?

— Ils l'ont *diminuée*, pas *débranchée* complètement. Ils voulaient faire traverser la membrane à quelque chose.

— Ce truc dans l'océan Indien.

— Voilà. »

Elle m'a demandé de lui passer l'enregistrement des dernières heures de Jason, qu'elle a écouté en pleurant. Elle a demandé ce qu'étaient devenues ses cendres. E.D. les avait-il emportées ou Carol les avait-elle gardées ? (Ni l'un ni l'autre. Carol m'avait mis l'urne entre les mains en m'enjoignant d'en disposer de la manière qui me semblerait appropriée. « C'est une vérité horrible à dire, Tyler, mais le fait est que tu le connaissais mieux que moi. Jason me semblait un code secret. Le fils de son père. Mais tu étais son ami. »)

Nous avons observé le monde se redécouvrir. Les inhumations à grande échelle ont fini par cesser ; les survivants, affligés, effrayés, ont commencé à comprendre que la planète avait retrouvé un avenir, si étrange celui-ci pourrait se révéler. Pour notre génération, il s'est agi d'un revirement stupéfiant. L'extinction ne pesait plus sur nos épaules, et que ferions-nous sans ce poids ? Que ferions-nous maintenant que nous n'étions plus condamnés mais simples mortels ?

Nous avons vu la séquence vidéo sur cette structure monstrueuse qui s'était enfoncée dans la peau de la planète, avec l'eau de l'océan Indien continuant à s'évaporer au contact des énormes colonnes. L'Arc, comme on avait commencé à l'appeler, ou le Passage de l'Arc, à cause de sa forme mais aussi des navires en mer revenus au port en parlant de balises de navigation disparues, de conditions météorologiques étranges, de compas devenus fous, de littoral sauvage là où il ne devrait pas y avoir de continent. Divers bâtiments de guerre ont aussitôt été dépêchés. Le testament de Jason laissait deviner l'explication, mais seuls quelques individus avaient eu la chance de l'écouter : Diane, moi et la douzaine de personnes l'ayant reçu par courrier postal.

Le temps s'est rafraîchi et Diane a commencé à prendre un peu d'exercice chaque jour, à faire du jogging sur le sentier de terre battue derrière le motel, à en revenir avec une odeur de feuilles mortes et de fumée de bois dans les cheveux. Son appétit s'est amélioré, tout comme le menu du café-restaurant. Les livraisons de nourriture avaient repris, l'économie nationale redémarrait tant bien que mal.

Nous avons appris que pour Mars aussi, le Spin avait cessé. Des signaux avaient été échangés entre les deux planètes ; le président Lomax, dans un de ses discours tous-unis-autour-du-drapeau, a même laissé entendre une reprise du programme spatial habité, premier pas vers l'établissement de relations continues avec ce qu'il a appelé (d'un ton d'une exubérance suspecte) « notre planète sœur ».

Nous avons parlé du passé. Nous avons parlé de l'avenir. Mais nous ne sommes pas tombés dans les bras l'un de l'autre.

Nous nous connaissions trop bien, ou peut-être suffisamment bien. Nous avions un passé mais pas de présent. Et la disparition de Simon près de Manassas rongeait Diane d'angoisse.

« Il a failli te laisser mourir, lui ai-je rappelé.

— Pas volontairement. Il n'est pas méchant. Tu le sais.

— Alors il est d'une naïveté dangereuse. »

Diane a fermé les yeux d'un air songeur. Puis elle a dit : « Il y avait une phrase que le pasteur Bob Kobel aimait bien, au Tabernacle du Jourdain. "Son cœur appelait Dieu." Si elle décrit quelqu'un, c'est bien Simon. Mais il faut analyser la phrase. "Son cœur appelait"... Je pense que cela s'applique à chacun de nous, à tout le monde. Toi, Simon, Jason, moi. Même Carol. Même E.D. Quand les gens arrivent à comprendre à quel point l'univers est grand et la vie humaine courte, leurs cœurs appellent. Parfois c'est un cri de joie : je pense que c'était le cas pour Jason, je pense que c'est ce que je ne comprenais pas chez lui. Il avait un don pour l'admiration. Mais pour la plupart d'entre nous, c'est un cri de terreur. Terreur de l'extinction, de l'absence de signification. Nos cœurs appellent. Peut-être Dieu, ou peut-être juste pour briser le silence. » Elle a écarté les cheveux lui venant sur le front et j'ai constaté que son bras, dangereusement aminci par la maladie, avait désormais retrouvé force et plénitude. « Je pense que le cri s'élevant du cœur de Simon était le son le plus purement humain du monde. Mais oui, il manque de psychologie, oui, il est naïf, d'où son passage dans tous ces styles de foi, le Nouveau Royaume, le Tabernacle du Jourdain, le ranch Condon... peu importait, du moment que cela utilisait un langage simple et direct et répondait au besoin humain de signification

— Même si cela te tuait ?

— Je n'ai pas dit qu'il était raisonnable. Je dis qu'il n'est pas mauvais. »

Plus tard, j'ai reconnu ce genre de discours : elle parlait comme une Quatrième. Détachée mais impliquée. Intime mais objective. Cela ne me déplaisait pas mais cela me dressait parfois les cheveux sur la tête.

Peu après que je la déclare en parfaite santé, Diane m'a annoncé vouloir partir. Je lui ai demandé où elle comptait aller.

Elle m'a répondu devoir retrouver Simon. Elle avait « des choses à régler », d'une manière ou d'une autre. Après tout, ils étaient toujours mariés. Elle tenait à savoir s'il vivait ou non.

Je lui ai rappelé qu'elle n'avait ni argent ni logement. Elle m'a assuré qu'elle se débrouillerait. Je lui ai donné une des cartes de crédit fournies par Jason, en la prévenant que je ne pouvais garantir son fonctionnement : je n'avais aucune idée de qui payait et du montant de découvert autorisé, j'ignorais même si quelqu'un ne pourrait pas retrouver sa trace avec.

Elle m'a demandé comment me contacter.

« Appelle-moi, tout simplement », ai-je répondu. Elle avait mon numéro, j'avais payé des années durant pour le conserver, tout comme j'avais gardé en permanence à portée de main, même s'il ne sonnait presque jamais, le téléphone associé à ce numéro.

Puis je l'ai conduite à la gare routière locale, où elle a disparu dans une foule de touristes déplacés bloqués par la fin du Spin.

Le téléphone a sonné six mois plus tard, à une époque où les journaux continuaient à faire leurs gros titres sur « le nouveau monde » et où les chaînes câblées commençaient à diffuser des images d'un cap rocheux et sauvage « quelque part derrière le Passage de l'Arc ».

Des centaines de bateaux de toutes tailles avaient déjà effectué la traversée. Certains pour le compte de grosses expéditions scientifiques autorisées par l'Année internationale de la géophysique et l'ONU, avec des escortes navales américaines et des pools de presse embarqués. Certains navires avaient été affrétés. D'autres étaient des chalutiers, qui revenaient au port les cales pleines de ce qui pouvait passer pour du cabillaud si on n'y regardait pas de trop près. C'était bien entendu strictement interdit, mais « le cabillaud d'Arc » avait déjà infiltré tous les grands marchés asiatiques au moment de l'interdiction. Il s'est révélé comestible et nourrissant. Ce qui constituait un indice, aurait pu dire Jase : l'analyse ADN des poissons suggérait un lointain ancêtre terrestre. Le nouveau monde n'était pas seulement hospitalier, il semblait avoir été approvisionné en songeant à l'humanité.

« J'ai trouvé Simon, m'a déclaré Diane.

— Et ?

— Il vit dans une caravane près de Wilmington. Il gagne un peu d'argent avec des petites réparations, genre bicyclettes et grille-pain. Sinon, il touche les allocations et fréquente une modeste église pentecôtiste.

— Il a été heureux de te revoir ?

— Il n'a pas cessé de s'excuser pour ce qui était arrivé au ranch Condon. Il a dit qu'il voulait me revaloir ça. Il m'a demandé s'il pouvait faire quoi que ce soit pour me faciliter la vie. »

J'ai serré le combiné un peu plus fort. « Qu'est-ce que tu lui as répondu ?

— Que je voulais divorcer. Il est d'accord. Il a aussi dit que j'avais changé, qu'il y avait quelque chose de différent chez moi. Il n'arrivait pas à mettre le doigt dessus. Mais je ne pense pas que cela lui a plu. »

Une odeur de soufre, peut-être.

« Tyler ? a demandé Diane. J'ai changé tant que ça ?

— Tout change », ai-je répondu.

Son appel important suivant date d'un an plus tard. J'étais à Montréal, en partie grâce aux faux papiers d'identité de Jason, où j'attendais l'officialisation de mon statut d'immigrant en travaillant dans une clinique de consultations externes à Outremont.

Depuis notre dernière conversation, la dynamique de base de l'Arc avait été comprise. Les faits étaient confondants pour quiconque la considérait comme une machine statique ou une simple « porte », mais prenaient tout leur sens si on la voyait de la même manière que Jason : comme une entité complexe et consciente capable de percevoir et manipuler les événements dans son domaine.

L'Arc connectait deux mondes, mais seulement pour des embarcations marines habitées transitant depuis le sud.

Voyons les implications. Pour une brise, un courant marin ou un oiseau en migration, l'Arc se réduisait à deux colonnes fixes entre l'océan Indien et le golfe du Bengale. Tous trois pouvaient circuler sans obstacle autour de l'Arc et le traverser, tout comme n'importe quel navire se déplaçant du nord vers le sud.

Mais traversez l'équateur en bateau du sud vers le nord à 90 degrés à l'est de Greenwich et vous vous retrouviez à regarder l'Arc derrière vous depuis une mer étrangère, sous un ciel étranger, à un nombre incalculable d'années-lumière de la Terre.

Dans la ville de Madras, un service de croisière ambitieux mais pas tout à fait légal avait publié une suite d'affiches annonçant en anglais UNE PLANÈTE AMICALE À DEUX PAS DE CHEZ VOUS ! Interpol l'avait fait fermer — les Nations unies cherchaient encore à réguler le passage, à l'époque — mais ces affiches disaient vrai. Comment de telles choses pouvaient-elles exister ? Demandez aux Hypothétiques.

Diane m'a appris que son divorce avait été prononcé mais qu'elle se trouvait sans travail et sans perspectives d'avenir. « J'ai pensé que si je pouvais te joindre... » Elle semblait indécise, et pas du tout Quatrième Âge, du moins pas du tout comme je m'imaginais un Quatrième Âge. « Si c'est possible. Franchement, j'ai besoin d'un peu d'aide. Pour trouver une place et, tu sais, m'installer. »

Je me suis donc débrouillé pour lui trouver un emploi à la clinique et me suis occupé des papiers pour son immigration. Elle m'a rejoint à Montréal à l'automne.

Cela a été une cour nuancée, lente, à l'ancienne (ou peut-être à demi martienne), durant laquelle Diane et moi nous sommes découverts de manière complètement nouvelle. Nous n'étions plus ni paralysés par le Spin, ni des enfants à la recherche aveugle du réconfort. Nous sommes tombés amoureux, enfin, comme des adultes.

C'est durant ces années-là que la population mondiale a atteint les huit milliards. La plus grande partie de cette croissance s'est écoulée dans les mégacités en expansion : Shanghai, Jakarta, Manille, le littoral chinois ; Lagos, Kinshasa, Nairobi, Maputo ; Caracas, La Paz, Tegucigalpa... tous les terriers enfumés et éclairés au feu que comptait le monde. Il aurait fallu douze Arcs pour infléchir cette croissance démographique, mais la surpopulation générait une vague régulière d'émigrants, de réfugiés et de « pionniers », pour la plupart entassés dans les soutes de navires illégaux et qu'il n'était pas rare de voir arriver morts ou agonisants sur les rives de Port Magellan.

Port Magellan a été la première colonie baptisée du nouveau monde. Une grande partie de celui-ci avait alors été grossièrement cartographiée, en général depuis les airs. Port Magellan se situait à l'extrémité orientale d'un continent que certains appelaient « Equatoria ». Il existait une deuxième masse continentale, encore plus grande (« Borea ») qui chevauchait le pôle nord et s'étendait jusque dans la zone tempérée de la planète. Les mers australes regorgeaient d'îles et d'archipels.

Le climat était clément, l'air frais, la gravité valait 95,5 % celle de la Terre. Les deux continents semblaient destinés à devenir des greniers à blé. Les poissons pullulaient dans les mers et les cours d'eau. Une légende circulant dans les taudis de Douala et Kaboul voulait qu'on puisse cueillir son dîner dans les arbres géants d'Equatoria et dormir à l'abri de leurs racines.

On ne pouvait pas. Port Magellan était une enclave des Nations unies sous contrôle militaire. L'anarchie et l'insécurité régnaient dans les bidonvilles ayant poussé autour. Mais des villages de pêcheurs actifs constellaient le littoral sur des centaines de kilomètres ; on construisait des hôtels touristiques autour des lagons de Reach Bay et d'Aussie Harbor ; la perspective de terrains fertiles gratuits avait conduit les colons à l'intérieur des terres dans les vallées du fleuve Blanc et du Nouvel Irrawaddi.

Mais la plus importante information en provenance du nouveau monde cette année-là a été la découverte d'un second Arc. Situé à un demi-monde du premier, près de l'extrémité sud du continent boréal, il donnait accès à un autre nouveau monde… un peu moins attrayant, d'après les premiers rapports, ou bien peut-être était-ce juste la saison des pluies, là-bas

« Il doit y avoir d'autres gens comme moi, a dit Diane cinq ans après la fin du Spin. J'aimerais les rencontrer. »

Je lui avais passé ma copie des archives martiennes, une traduction grossière répartie sur un ensemble de cartes mémoire, et elle l'avait étudiée avec la même intensité qu'elle consacrait autrefois à la poésie victorienne et aux tracts du Nouveau Royaume.

Si Jason avait réussi, alors, oui, il devait y avoir d'autres Quatrièmes Âges sur Terre. Mais annoncer leur présence leur aurait valu un aller simple pour la prison fédérale. L'administration Lomax avait placé tout ce qui était martien sous le boisseau de la sécurité nationale, et les agences chargées de la sécurité des États-Unis s'étaient vu accorder de larges pouvoirs de police durant les crises économiques consécutives à la fin du Spin.

« T'arrive-t-il d'y penser ? » a-t-elle demandé un peu timidement.

À devenir un Quatrième Âge, voulait-elle dire. À m'injecter dans le bras une dose précise du liquide transparent contenu dans une de ces fioles que je conservais dans un coffre-fort métallique au fond du placard de notre chambre. Bien entendu que j'y avais pensé. Cela nous aurait permis de nous ressembler davantage.

Mais le voulais-je ? J'avais conscience de l'espace invisible, du fossé entre sa Quatrièmeté et mon humanité non modifiée, mais sans en avoir peur. Certains soirs, en regardant dans ses yeux solennels, je chérissais même cette différence. C'était le canyon qui définissait le pont, et nous avions construit un pont agréable et solide.

Elle m'a caressé la main, ses doigts lisses sur ma peau texturée, rappel subtil que le temps ne cessait jamais de s'écouler, qu'un jour je pourrais avoir besoin du traitement même si je n'en voulais pas spécialement.

« Pas encore, ai-je répondu.

— Quand ?

— Quand je serai prêt. »

Hughes puis Chaykin ont succédé à Lomax à la présidence, mais tous étaient des vétérans de la même politique de l'ère du Spin. Ils considéraient la biotechnologie martienne comme la nouvelle bombe atomique, au moins potentiellement, qui n'appartenait pour l'instant qu'à eux, une menace propriétaire. La première communication diplomatique de Lomax avec le gouvernement des Cinq Républiques avait été pour demander de ne pas inclure d'informations biotechnologiques dans les émissions martiennes à destination de la

Terre. Il avait avancé à l'appui de sa requête des arguments plausibles relatifs aux effets possibles d'une telle technologie sur un monde politiquement divisé et souvent violent — en prenant comme exemple la mort de Wun Ngo Wen —, et jusqu'à présent, les Martiens étaient entrés dans son jeu.

Mais ce contact édulcoré avec Mars avait suffi à semer quelque peu la discorde. Les économistes égalitaristes des Cinq Républiques avaient fait de Wun Ngo Wen une espèce de mascotte posthume pour le nouveau mouvement travailliste global. (Je trouvais choquant de voir le visage de Wun sur les pancartes brandies par les employés du textile des zones industrielles asiatiques ou les assembleurs de cartes électroniques travaillant dans les *maquiladoras* d'Amérique centrale... mais je ne pense pas que cela lui aurait déplu.)

Diane a traversé la frontière pour assister aux obsèques d'E.D. onze ans presque jour pour jour après que je suis allé la délivrer du ranch Condon.

Nous avions appris son décès aux informations. La nécrologie mentionnait en passant que son ex-épouse Carol l'avait précédé de six mois dans la mort, autre triste surprise. Carol avait cessé de prendre nos appels presque dix ans plus tôt. Trop dangereux. Et il n'y avait rien à dire, vraiment.

(Diane a profité de son séjour à Washington pour se rendre sur la tombe de sa mère. Ce qu'elle trouvait le plus triste, m'a-t-elle confié, était de voir à quel point la vie de Carol avait été incomplète : un verbe sans complément d'objet, une lettre anonyme, prise à tort pour un manque de signature. « Ce qu'elle aurait pu être me manque davantage qu'elle. »)

Aux obsèques d'E.D., Diane a pris soin de ne pas s'identifier. Trop de copains d'E.D. au gouvernement y assistaient, dont le ministre de la Justice et le vice-président en exercice. Mais une inconnue sur les bancs avait attiré son attention, une femme qui la regardait elle-même discrètement. « J'ai senti que c'était une Quatrième Âge, a dit Diane. Je ne sais pas trop pourquoi. La manière dont elle se tenait, cette espèce d'air sans âge... mais surtout, on aurait dit qu'un signal allait et venait entre nous. » À la fin de la cérémonie, Diane s'était approchée de cette femme pour lui demander comment elle avait connu E.D.

« Je ne l'ai pas connu, a répondu celle-ci. Pas vraiment. J'ai fait de la recherche à Périhélie à un moment, à l'époque de Jason Lawton. Je m'appelle Sylvia Tucker. »

Quand Diane me l'a répété, ce nom m'a rappelé quelque chose. Sylvia Tucker comptait parmi les anthropologues ayant travaillé avec Wun Ngo Wen en Floride. Elle s'était montrée plus amicale que la plupart des universitaires embauchés et il se pouvait que Jase se soit confié à elle.

« Nous avons échangé nos adresses électroniques, a précisé Diane. Ni elle ni moi n'avons prononcé les mots "Quatrième Âge". Mais nous *savions* toutes les deux. J'en mettrais ma main au feu. »

Aucune correspondance n'en a résulté, mais de temps en temps, Diane recevait, de l'adresse de Sylvia Tucker, des coupures de presse numériques sur, par exemple :

Un chimiste industriel de Denver arrêté en vertu d'une ordonnance de sécurité et détenu sans limitation de durée.

Une clinique gériatrique de Mexico fermée par le gouvernement fédéral.

Un professeur de sociologie de l'université de Californie mort dans un incendie « qu'on soupçonne criminel ».

Et ainsi de suite.

J'avais pris soin de ne pas garder ni mémoriser la liste des noms et adresses à qui Jason avait expédié ses ultimes paquets. Mais quelques-uns des noms cités dans ces articles m'ont semblé familiers.

« Elle nous informe qu'on nous pourchasse, a dit Diane. Le gouvernement traque les Quatrièmes Âges. »

Nous avons passé un mois à discuter de ce que nous ferions si nous attirions ce genre d'attention. Étant donné le dispositif de sécurité globale mis en place par Lomax et ses successeurs, où fuirions-nous ?

Mais il n'y avait en réalité qu'une seule réponse plausible. Un seul endroit où le dispositif ne fonctionnait pas, où la surveillance était complètement aveugle. Nous avons donc pris nos dispositions — préparant passeports, compte bancaire, itinéraire par l'Europe et le sud de l'Asie — et attendu d'en avoir besoin.

Un jour, Diane a reçu une dernière communication de la part de Sylvia Tucker, un seul mot :

Partez.

Alors nous sommes partis.

Au cours du dernier vol de notre périple, celui pour Sumatra, Diane m'a demandé : « Tu es sûr de vouloir le faire ? »

J'avais pris ma décision plusieurs jours auparavant, durant une escale à Amsterdam, à un moment où nous craignions encore qu'on nous ait suivis, qu'on ait repéré nos passeports, qu'on nous confisque notre réserve de médicaments martiens.

« Oui, ai-je répondu. Maintenant. Avant de traverser.

— Tu en es certain ?

— Autant que je le serai jamais. »

Non, je n'en étais pas certain. Mais je le voulais. Je voulais, enfin, perdre ce qui pouvait être perdu, je voulais profiter de ce qui pouvait être gagné.

Nous avons donc loué une chambre au troisième étage d'un hôtel de style colonial à Padang, où personne ne nous remarquerait avant un moment. Nous tombons tous, me suis-je dit, et nous atterrissons tous quelque part.

Au nord de n'importe où

Trente minutes avant le transit par l'Arc, une heure après la tombée de la nuit, nous avons retrouvé Eng dans le carré d'équipage. L'un des matelots lui avait donné une feuille de papier brun et quelques bouts de crayon pour le tenir occupé.

Il a semblé soulagé de nous voir. Il nous a dit s'inquiéter pour le transit. Il a remonté ses lunettes sur son nez — en grimaçant quand son pouce a effleuré le bleu laissé par Jala sur sa joue — et m'a demandé à quoi ça ressemblerait.

« Je n'en sais rien, ai-je répondu. Je n'ai jamais traversé.

— On s'en apercevra, quand on passera ?

— D'après l'équipage, le ciel devient un peu bizarre. Et juste au moment où on traverse, quand on se retrouve en équilibre entre l'ancien et le nouveau monde, l'aiguille du compas décrit un demi-cercle. La timonerie fera sonner la sirène, en plus. Donc tu sauras.

— On fait un long voyage, a dit Eng. En peu de temps. »

Il avait indéniablement raison. L'Arc — du moins notre « côté » de celui-ci — avait été physiquement remorqué dans l'espace interstellaire, sans doute à une vitesse légèrement inférieure à celle de la lumière, avant d'être lâché depuis l'orbite. Mais les Hypothétiques avaient eu des éternités de temps Spin pour procéder au remorquage. Ils pouvaient avoir franchi jusqu'à trois milliards d'années-lumière. Et une simple fraction de cette distance aurait été choquante, à peine compréhensible.

« On se demande pourquoi ils se sont donné tant de peine, a lancé Diane.

— D'après Jason...

— Je sais. Les Hypothétiques veulent nous sauver de l'extinction afin que nous puissions faire de nous-mêmes quelque chose de plus complexe. Mais cela ne fait qu'éluder la question. Pourquoi veulent-ils cela ? Qu'attendent-ils de nous ? »

Eng a ignoré notre philosophie. « Et après le passage...

— Après, lui ai-je répondu, en un jour, on arrive à Port Magellan. »

Il a souri à cette perspective.

Diane et moi avons échangé un regard. Eng et elle étaient déjà amis, alors même qu'ils se connaissaient depuis seulement deux jours. Elle lui avait lu un livre d'histoires pour enfants en anglais déniché dans la bibliothèque de bord. (Elle lui avait même cité Housman : *L'enfançon n'a pas conscience...* « Je n'aime pas celle-là », avait tranché Eng.)

Il nous a montré son dessin, des animaux des plaines d'Equatoria qu'il avait dû voir à la vidéo, des bêtes au long cou, aux yeux pensifs et au pelage tigré.

« Ils sont magnifiques », a affirmé Diane.

Eng a hoché la tête avec solennité. Nous l'avons laissé à son œuvre pour remonter sur le pont.

Le ciel nocturne était dégagé. Le sommet de l'Arc, désormais juste au-dessus de nous, reflétait une dernière lueur. Il ne semblait pas courbé le moins du monde. Vu sous cet angle, on aurait dit une ligne euclidienne parfaite, un chiffre (1) ou une lettre (I).

Nous nous sommes placés contre le bastingage, aussi près que possible de la proue. Le vent tirait sur nos cheveux et nos vêtements. Les pavillons du navire claquaient et la mer agitée renvoyait des images fracturées de ses feux.

« Tu l'as ? » m'a demandé Diane.

Elle parlait de la minuscule fiole renfermant un échantillon des cendres de Jason. Nous avions prévu cette cérémonie — si toutefois on pouvait l'appeler ainsi — bien avant de quitter Montréal. Jason n'avait jamais beaucoup cru aux commémorations, mais je pense qu'il aurait approuvé celle-là. « Oui, sur moi. » J'ai sorti de la poche de ma veste le tube de céramique, que j'ai tenu dans ma main gauche.

« Il me manque, a dit Diane. Il me manque sans cesse. » Elle s'est nichée contre mon épaule et je l'ai entourée de mon bras. « J'aurais aimé le connaître comme Quatrième Âge. Mais je ne pense pas que cela l'a beaucoup changé...

— Non, pas beaucoup.

— Par certains côtés, Jase a *toujours* été un Quatrième Âge. »

Au fur et à mesure que nous approchions du transit, les étoiles semblaient s'estomper, comme si un voile avait entouré le navire. J'ai ouvert le tube contenant les cendres de Jason. Diane a posé sa main libre sur la mienne.

Le vent a changé brutalement de direction tandis que la température chutait d'un ou deux degrés.

« Parfois, a-t-elle dit, quand je pense aux Hypothétiques, j'ai peur...

— De quoi ?

— Que nous soyons leur veau rouge. Ou ce que Jason espérait que les Martiens seraient. Qu'ils attendent de nous que nous les sauvions de quelque chose. De quelque chose dont *eux* auraient peur. »

Possible. Mais dans ce cas, me suis-je dit, nous ferons ce que la vie fait toujours... défier toute attente.

J'ai senti un frisson la parcourir. Au-dessus de nous, la ligne de l'Arc est devenue moins visible. Une brume s'est installée sur la mer. Sauf que ce n'était pas une brume au sens ordinaire. Cela n'avait rien de météorologique.

La dernière lueur de l'Arc a disparu, l'horizon aussi. Sur le pont du *Capetown Maru*, le compas avait dû entamer sa rotation ; le capitaine a actionné la sirène du navire, un son d'une puissance brutale, le beuglement d'un espace outragé. J'ai levé les yeux. Les étoiles tournoyaient à vous donner le vertige.

« *Maintenant* », a crié Diane dans le tumulte.

Sa main sur la mienne, je me suis penché par-dessus la rambarde métallique et nous avons renversé la fiole. Les cendres ont tourbillonné dans le vent, neige dans les feux du navire. Elles ont disparu avant de toucher l'eau sombre et agitée — éparpillées, voulais-je croire, dans le néant que nous traversions sans le voir, l'endroit sans océan cousu entre les étoiles.

Diane s'est appuyée contre ma poitrine et le bruit de la sirène a vibré en nous comme un pouls avant de cesser enfin.

Diane a alors levé la tête. « Les étoiles », a-t-elle dit.

Les étoiles étaient nouvelles et étranges.

Au matin, nous sommes tous montés sur le pont : Eng, ses parents, Ibu Ina, les autres passagers, et même Jala ainsi qu'un certain nombre d'hommes d'équipage qui n'étaient pas de service, afin de humer l'air et de sentir la chaleur du nouveau monde.

Cela aurait pu être la Terre, à en juger par la couleur du ciel et la chaleur du soleil. Le cap de Port Magellan avait fait son apparition, ligne irrégulière sur l'horizon, promontoire rocheux d'où quelques colonnes de fumée pâle s'élevaient à la verticale avant de s'étirer vers l'ouest dans un vent d'altitude.

Ibu Ina nous a rejoints avec Eng près du bastingage.

« Cela a l'air tellement familier, a-t-elle dit. Tout en donnant une impression tellement différente. »

Des touffes d'herbes entremêlées dérivaient dans notre sillage, arrachées du continent d'Equatoria par les orages ou les marées, énormes feuilles à huit lobes ballottant à la surface de l'eau. L'Arc se trouvait désormais derrière nous, porte de sortie devenue porte de retour, porte d'un genre tout différent.

« C'est comme si une histoire venait de se terminer et qu'une autre commençait », a estimé Ina.

Eng n'était pas d'accord. « Non, a-t-il affirmé avec solennité en se penchant dans le vent comme pour obliger l'avenir à s'avancer. L'histoire ne commencera pas avant que nous ayons débarqué. »

Remerciements

J'ai inventé deux maladies pour les besoins dramatiques de *Spin*. Le SDCV est une maladie imaginaire transmise par le bétail sans aucune contrepartie dans le monde réel. La SEPA est elle aussi totalement imaginaire, même si ses symptômes calquent ceux de la sclérose en plaques, une maladie hélas bien réelle. Si la SEP n'est pas encore guérissable, un certain nombre de nouvelles thérapies prometteuses ont été introduites ou se profilent à l'horizon. Il ne faut toutefois pas confondre romans de science-fiction et revues médicales. Je signale à l'intention des lecteurs s'intéressant à la SEP qu'une des meilleures sources en ligne est www.nationalmssociety.org.

L'avenir que j'ai extrapolé pour Sumatra et le peuple minangkabau est aussi de mon invention, mais la culture matrilinéaire minangkabau et sa coexistence avec l'islam moderne ont attiré l'attention des anthropologues : voir l'étude de Peggy Reeves Sanday, *Women at the Center : Life in a Modern Matriarchy*.

Les lecteurs intéressés par l'état actuel de la pensée scientifique sur l'évolution et l'avenir du système solaire peuvent, pour une information non réfractée par l'objectif de la science-fiction, se pencher sur *The Life and Death of Planet Earth*, de Peter D. Ward et Donald Brownlee, ou sur *Les Origines cosmiques de la vie* d'Armand Delsemme.

Et une fois encore, parmi tous ceux qui ont aidé à rendre possible l'écriture de ce livre (et je les en remercie), le meilleur joueur de l'équipe a été mon épouse Sharry.

ROBERT CHARLES WILSON

Le traducteur souhaite quant à lui remercier pour son aide l'auteur et les diverses personnes (parents, confrères, vétérinaire blogueur...) l'ayant conseillé sur le plan terminologique, avec une mention spéciale au docteur Pascal Patoz.

GILLES GOULLET

Table des matières

DANS LA MÊME COLLECTION

Isaac Asimov
Fondation
Fondation foudroyée
Peter S. Beagle, *La Dernière Licorne*
Gregory Benford
Dans l'océan de la nuit
À travers la mer des soleils
Terry Bisson, *Hank Shapiro au pays de la récup'*
James P. Blaylock
Sonne le glas de la Terre
Ray Bradbury
De la poussière à la chair...
Trois automnes fantastiques
Ted Chiang, *La Tour de Babylone*
Thomas Day, *Resident Evil*
Thomas Day présente : *Les Continents perdus*
Philip K. Dick
L'intégrale des nouvelles 1947-1953 (Tome 1)
L'intégrale des nouvelles 1953-1981 (Tome 2)
La Trilogie divine
Gardner Dozois & George Alec Effinger, *Poison bleu*
Lord Dunsany, *La Fille du roi des elfes*
Greg Egan, *Isolation* (Ditmar Award 1993)
Jack Finney, *Le Voyage de Simon Morley* (Grand Prix de l'Imaginaire 1994)
Mary Gentle
La Guerrière oubliée, le Livre de Cendres 1/4
La Puissance de Carthage, le Livre de Cendres 2/4
Les Machines sauvages, le Livre de Cendres 3/4
La Dispersion des ténèbres, le Livre de Cendres 4/4
(British Science Fiction Award 2000, Sidewise Award 2000, prix Julia Verlanger 2005 pour la série *Le Livre de Cendres*)
Edmond Hamilton, *Les Loups des étoiles* (l'intégrale)
Johan Heliot, *Obsidio*
(prix Bob Morane 2004 pour le récit « Obsidio »)
Robert Holdstock
La Forêt des Mythagos 1/2
(British Science Fiction Award 1984, World Fantasy Award 1985)
La Forêt des Mythagos 2/2

Le Souffle du temps
Dans la vallée des statues et autres récits
La Chair et l'Ombre
Barry Hughart
La Magnificence des oiseaux (World Fantasy Award 1985, Mythopoeic Award 1986)
La Légende de la Pierre
Huit honorables magiciens
Adam Johnson, *Des parasites comme nous*
John Kessel, *L'Amour au temps des dinosaures*
Laurent Kloetzer, *Le Royaume blessé*
George R.R. Martin & Lisa Tuttle, *Elle qui chevauche les tempêtes*
Ian R. MacLeod, *L'Âge des lumières*
Richard Matheson
Journal des années de poudre
Légendes de la nuit
Michael Moorcock
Les Danseurs de la fin des temps (l'intégrale)
Mother London
Déjeuners d'affaires avec l'Antéchrist
Michel Pagel
Les Flammes de la nuit (l'intégrale)
L'Équilibre des paradoxes (prix Julia Verlanger 2000, prix Rosny Aîné 2000)
Françoise-Sylvie Pauly & Pascal Croci
L'Invitée de Dracula
Pierre Pelot, *Delirium Circus*
Tommaso Pincio, *Un amour d'outremonde*
Tim Powers
Les Puissances de l'Invisible 1/2
Les Puissances de l'Invisible 2/2
(International Horror Guild Award 2000, World Fantasy Award 2001)
Christopher Priest
eXistenZ™
Les Extrêmes (British Science Fiction Award 1998)
Le Prestige (World Fantasy Award 1996)
L'Archipel du rêve (Grand Prix de l'Imaginaire 2003 pour le récit « La libération »)
La Séparation (British Science Fiction Award 2002, Arthur C. Clarke Award 2003, Grand Prix de l'Imaginaire 2006)
René Reouven
La Partition de Jéricho

Histoires secrètes de Sherlock Holmes
Crimes apocryphes 1/2
Crimes apocryphes 2/2
Barbara Sadoul présente, *Le Bal des Loups-garous*
Rudy Rucker, *Maître de l'espace et du temps*
Karl Schroeder
Ventus 1/2
Ventus 2/2
Permanence (Aurora Award 2003)
Lewis Shiner
Fugues (World Fantasy Award 1994)
En des cités désertes
Dan Simmons, *L'Échiquier du mal*
(Bram Stoker Award 1989, August Derleth Fantasy Award 1990)
S.P. Somtow
Les Chroniques de l'Inquisition 1/2
Les Chroniques de l'Inquisition 2/2
Neal Stephenson
Zodiac
Panique à l'université!
Francis Valéry, *Le Talent assassiné*
Jack Vance
Emphyrio & autres aventures
Les Maîtres des dragons & autres aventures
Les Chroniques de Durdane (l'intégrale)
John Varley, *Le Système Valentine*
Walter Jon Williams, *Câblé +*
Robert Charles Wilson
Darwinia (Aurora Award 1999)
Les Chronolithes
(John W. Campbell Memorial Award 2002)
Blind Lake (Aurora Award 2003)
Gene Wolfe
L'Ombre du bourreau 1/2 (British Science Fiction Award 1981, World Fantasy Award 1981, prix Nebula 1981)
L'Ombre du bourreau 2/2
Roger Zelazny & Jane Lindskold, *Lord Démon*

Composé et achevé d'imprimer
par la Société Nouvelle Firmin-Didot
à Mesnil-sur-l'Estrée, le 7 août 2007.
Dépôt légal : août 2007
1er dépôt légal : février 2007.
Numéro d'imprimeur : 86456.

ISBN : 978-2-20725804-0/Imprimé en France.

155269